许多年以后，陈错才意识到，大学时期的爱情是他的第一次爱情，也是他唯一的一次爱情。

——题记

曾经执子之手

马晨明◎著

中国出版集团 现代出版社

图书在版编目（CIP）数据

曾经执子之手／马晨明著. －－北京：现代出版社，
2023.4

ISBN 978 - 7 - 5231 - 0261 - 9

Ⅰ. ①曾… Ⅱ. ①马… Ⅲ. ①书信体小说 - 中国 - 当
代 Ⅳ. ①I247.5

中国国家版本馆 CIP 数据核字（2023）第 053924 号

曾经执子之手

作 者	马晨明	
责任编辑	杨学庆	
出版发行	现代出版社	
地 址	北京安定门外安华里 504 号	
邮政编码	100011	
电 话	010—64267325　010—64245264（兼传真）	
网 址	www.1980xd.com	
印 刷	北京荣泰印刷有限公司	
开 本	710 毫米 ×1000 毫米　1/16	
印 张	25	
字 数	420 千字	
版 次	2023 年 4 月第 1 版　2023 年 4 月第 1 次印刷	
书 号	ISBN 978 - 7 - 5231 - 0261 - 9	
定 价	88.00 元	

目 录

情浓篇

情恋篇

情无篇

情浓篇

第一章

1990 年 11 月 19 日—1991 年 1 月 9 日

1990 年 11 月 19 日，邓林第一次出现在陈错的日记里。在上第一堂课前，她来还《茶花女》，并附了张纸条，纸条上写了几个问题，要陈错回答。

陈错按照自己的理解，给邓林回了封信，下课后交给了她。

11 月 20 日，在图书馆，邓林又给陈错写了几个问题。陈错在当天的日记里写道："明天回答她。有种预感，我的未来是她吗？我是否接受她呢？"

后来，陈错翻开大学时期的日记，想找一找邓林借书的具体日期，虽然没有找到，却意外地发现和邓林同一寝室的何淑莲，曾在 11 月 5 日向他借了《诗潮与诗神》，不知为什么，他把这本书放在了书包里，但迟迟没有拿给何淑莲。

1990 年的时候，陈错和邓林是春城大学中文系二年级学生。当时中文系有两个班，陈错和邓林是一班的同班同学。

以下就是邓林的问题和陈错的回答，以及此后三四年间两个人的往来书信，大致按时间顺序编排。有些需要补充的地方，在本章，均根据陈错日记以脚注方式加以说明。

邓林的问题

如果一个人爱另一个人，他就不应该去伤害她的感情，而嫉妒使阿尔芒一再伤害刺激玛格丽特。他是如此自私，怎么能说他爱玛格丽特呢？如果玛格丽特老了，失去了她绝代佳人的形象，他还会爱她吗？

阿尔芒为什么会爱上玛格丽特，难道爱情就是同情加上怜悯和虚荣心吗？我认为如果他真心了解她、爱她，就不会不信任她的感情。

一、"爱情本是梦，可是大家都愿意做，即使长梦不醒。"你相信世上有真爱吗？琼瑶小说中的纯情女孩儿根本不存在。

　　二、朋友和情人的区别是什么？

　　三、虽说爱人的人比被爱的人神圣，因为爱神在他这一边。可是，如果你不爱她，那么你忍心拒绝和伤害她的感情吗？

　　四、如果你讨厌的人用"我们应该成为互相帮助的朋友"来接近你，你会怎么样？

　　五、如果一位你不喜欢的人一再要求你接受她，你会怎样？

　　六、既然爱情的力量是不可抗拒的，那么，绿蒂为什么会拒绝维特，难道她不爱维特吗？

1990 年 11 月 20 日

陈错的回答

　　"如果一个人爱上另一个人，他就不应该伤害她的感情。"其实，往往正是因为他爱她，他才会做出别人做不出的更刺痛爱人的心的事情。而阿尔芒对玛格丽特的后来几近残忍的伤害，是因为他以为他深爱着的玛格丽特为了金钱背叛了他，是因为他不知道玛格丽特为了他做出了多大的牺牲，所以他绝望，以伤害玛格丽特求得内心的平衡。结果，他固然达到了目的，但他的所作所为也给自己造成了一生的遗憾。

　　爱情可以使人变成天使，也能使人变成魔鬼。当两情相悦时是天使；当一个破碎而另一个依旧的时候，那么依旧的那个很可能成了魔鬼（当然，玛格丽特没破碎她依旧，阿尔芒也没破碎，他也依旧。问题在于，玛格丽特不得不以破碎的面目出现，所以她受到的伤害就更加严重了）。如果说阿尔芒前期指责玛格丽特的生活也算是对她的伤害，那么，邓林，一定是你的想法错了，谁不希望自己的爱人纯洁忠贞？如果玛格丽特老了，失去了佳人的形象和绝世的容颜，别人也许会嫌弃她，但阿尔芒不会。

　　阿尔芒爱的不是玛格丽特的肉体（虽然它占很大比重，因为它毕竟是他追求她的最初原因），而是人、是气质，是心、是思想，这些永远不会老。这些书中写得很清楚，可能是你对阿尔芒抱有偏见。

　　一、"爱情本是梦"这句话是有问题的，爱情不是梦，它绝对不是。"大家都愿意做"，愿意做不是因为它是梦，而是因为它真实、美好，它给人以力量和温暖。"即使长梦不醒",梦总会醒的,没有不醒的梦,你做过不醒的梦吗?世上有真爱,对不对?这类问题很天真。"也许琼瑶小说中的纯情女孩儿根本不存在",但是,现实中的纯情女孩儿一定存在。其实这个问题应该问你们自己啊,难道你不是纯情女孩儿?你从前是不是受过太多的磨难和欺骗,有太多的故事,所以才不相信真情呢?

二、朋友是可以互相帮助的人,情人是在生活和感情上可以相互依赖、信任,有亲密关系的人。

三、爱不说抱歉,否则,他付出的代价是一生的幸福。

四、如果题中的你是指我,那么虽然我对很多人和事不满,但还没有过真心讨厌的人。

五、我会明确拒绝他,并不再和他来往。

六、《少年维特之烦恼》我初中读过,但当时很不习惯那种散文式的笔调和书信体的记叙,所以只是找有情节的地方看,对这个问题也就只能泛泛而谈。

"爱情的力量是不可抗拒的。"这句话没错,问题在于,有情人终成眷属的事情,在古今中外太少太少。爱不能脱离现实,可现实是残酷的,同时,爱不是空中楼阁,建立它的基础材料很多,爱情不可能不食人间烟火。绿蒂为什么会拒绝维特?玛格丽特、阿尔芒为什么终以悲剧出现?宝玉不爱黛玉吗?李隆基不爱杨玉环吗?伊丽莎白为什么不嫁给莱因哈德,却在分别多年后,当着丈夫的面喊出了"莱因哈德,我的上帝"?阿巴龙(人名可能记错了,好像是梅里美的作品)又为什么杀死了热恋的坎曼尔?这些问题,现在你也该能回答了吧?

1990 年 11 月 21 日

陈错:

每一位女孩儿都相信也期待爱的降临,她们把爱的梦都做得好美好动人,我也愿意做一个结局美丽的梦,宁愿长梦不醒,因为梦醒之后会叹息它的美丽。

我知道自己的想法错了,那些问题或许我不该问,因为很多书上都有现成的答案,也知道它们是怎么说的。但从你那里我得到了满意的回答,所以我不后悔你说"这类问题好天真"。

是的，"爱不必说道歉"，仅仅一句话就平息了我的不安，你真的不明白问题中的"你"，其实都是我自己的烦恼吗？你把爱看得好神圣是吗？而我把爱看成一个谜，一个永远解不开的谜。在爱面前，我无法理智，而你好像不。

你让我回答的问题太难了，或许你猜得对，我经历过许多别的女孩子不可能经历的事，至于那些事情到底带给我什么样的影响，我也弄不清楚。虽然我经历过许多苦楚，但我觉得你给我的第一个感觉是你的苦楚比我更多，是不是？假如你真诚地去爱每一个人，可没有听到爱的回音；你付出真情，得到的却是讥笑；你想去感化别人，却导致无情的刺痛；假如你与一位女孩子最纯洁的友谊也被别人看成丑恶；那么，你还会如此坚信世上有爱和真情吗？

或许是因为我对现实中的阴暗面看得太多了，美妙无比的梦，往往被无情的现实击碎，世界太不公平，为什么偏偏让我过早地发现了那些丑陋？

你想听一听一个女孩子的故事吗？我只担心听完了这个故事，你会觉得它仅仅是一个故事罢了，那么我宁愿什么也不说，往往是谜一旦被解开，也就失去了它的意义。

邓林

1990 年 11 月 23 日

邓林：

一

记不记得那个晚上？

当你找了个很严肃的借口推托了热闹的同乡会，当你我为了避开熟人一起向学校外面走去，当我要知道你的过去，而你默默低下头时，我以为，你大概不会把它说出来。对于你，我毕竟是陌生的男孩儿。不由想起你说过的一句话，"往往是谜一旦被解开，也就失去了它的意义"，我们之间存不存在这样永久的谜呢？

静静地走；我稍前，你稍后。

抬头望月，月是弯弯的，冷冷的月光洒在你身上，也洒在我身上。

终于，你开口了，说得很慢很慢。

的确，那不是一些能说得快、说得轻松的生活经历。

听着你讲，我很后悔，后悔为什么你我那时素不相识，后悔为什么一个喜欢北方的女孩儿，偏偏生长在南方，后悔曾经奇怪于你为什么有时独来独往……

但同时，也感到一丝高兴，高兴于知道你不再是我眼中从前的你，高兴于你的过去已经过去，高兴于你的现在可以自己安排……

记得我们走了很久很久，谈了很多很多。我不知道一向对女生感到无法开口的我，为什么会因为一句"可你什么都瞒着"而那样急于辩白，只希望能和你永远走下去，永远谈下去……

1990 年 11 月 25 日

二

过去的生活，对你我都留下了创伤；可将来的生活，一定在我们自己手中，因为我们已经到了掌握自己命运的年龄。

你受到过很多的伤害，也遭到过很多的误解。但是，千万不要因此对所有的一切都抱有消极的态度。毕竟我们未来的路很长，我们不是活在真空，我们还要努力上进，为未来拼搏。这些，都离不开对生活、对社会的热爱和信心。

1990 年 11 月 26 日

三

打完饭后，找了个僻静的角落，读你的过去，于是再没有心思吃饭，默默地回到寝室把饭倒掉，趴在床上，再读那段经历。读后无言。

生活确实不公平！

但是，你走过来了，尽管伴着你的只有自己。你为什么还要自卑？为什么要自己轻视自己？你应该骄傲，因为，你没被那些最冷最坏的东西压倒！

相信自己！因为你已经做得很好。

1990 年 11 月 27 日

四

昨天真的尝到了咫尺天涯的滋味！

知道你晚上一定会去自习室，所以下午没有找你。7 点以后，我坐在自习室里，几乎每次开门，都要抬起头，可结果总是失望，偏偏你们寝室的人来了那么多！8 点 20 你进来了，一下子坐在你的寝室同学中间！真要命，最后的机会也失去了。后一个小时，我东翻西翻，自己都不知道在做什么。

今天下午男生体育课看录像。晚上我们有马列课，又没有在一起的机会了。我现在特别想你，真的！

从你提出问题以后，从你断断续续说出你的经历以后，从你说很信任我以后，我一直想对你说，如果你将来有机会留在北方，你愿意吗？如果我想用一生来证实这种信任，直到和你一起走完生命的最后一刻，你愿意接受我吗？如果我一生努力却一事无成，你还会信任我、不嫌弃我吗？

1990 年 11 月 28 日

陈错：

那天晚上你走了，我很累，想在长椅上坐一会儿，休息一下。当时脑子很乱，忽然之间塞进那么多事情，真有点承受不了。可是每张长椅上都有人，他们在黑暗中望着我，好像生气我闯入了他们的世界似的，我只好回到寝室。

没想到你会告诉我过去的一切，而且如此坦率，坦率得令人吃惊。我很抱歉，因为我从没完整地想过我的过去，不知道自己什么该讲，什么不该讲。

你是真正有个性的，你的个性让人钦佩，而我的个性只是让人觉得不合时宜。没有人会欣赏一个不太合群的女孩儿，她或许会令人想起一只掉了队的丑小鸭。

你不也说这样不好吗？我感到不知所措，没有人告诉过我该怎么做一个大家都喜欢的人，我孤单吗？我怎么不觉得？也许是早已习惯形单影只。当一个人独处的时候，我的思绪是自由的，难道我愿意让别人用一种好奇探究的目光盯着我？走到哪里都不自在吗？哪个女孩不想自己被女伴们众星捧月似的包围着，那样多开心啊，可惜我无法做到。我不是那种甜蜜幸福的女孩子，你没有体会过在妈妈怀里撒娇打滚的滋味儿，我也没有。

很少有能打动我的东西，我不轻易流泪，因为我早就哭够了。你小的时候总还有爷爷奶奶哄着吧？而我从刚记事时起，就总是一个人玩，我不知道还可以吵着要爸妈抱着，想象不出父母对孩子的疼爱，到底是一种什么样的感觉。

那时胆小、害怕，心里也难过，大概出于本能，总想哭。一哭，父母有时安慰几句，多半是爸爸，那时候他的脾气还好，有耐心哄我，于是我好满足。但不哭了，又没人理会我了，后来形成了习惯，一点小事儿就让我伤心地哭个不停。一个人蜷缩在小屋的炕角里，任泪水流着。爸爸的忍耐也是有限的，一次他远远地站着看我哭泣，气得咬牙，指着房檐下一挂黑乎乎的东西说："你的肚子里长了一副苦胆，你就哭吧。"

童年是苦涩的泪。在幼儿园里，为了妈妈的宝贝儿子，我和男孩子打架，脸颊被他又脏又长的指甲划破了，火辣辣地疼，但我没哭，那个男孩儿倒哭了。等他爸爸来接他的时候，他哭诉他的委屈，他爸爸气势汹汹地来找我算账，我吓得躲在屋门后，而我对爸爸什么也没说，让伤口自己愈合，心里恨自己怎么不是个男孩儿？又受宠又不被欺负。

东北的冬天特别漫长，纷纷扬扬的大雪总也下不到尽头，我是冬天生的，所以特别爱雪。常常在大雪天的下午，站在空无一人的小院里，不戴帽子、手套，仰望着灰蒙蒙的天空中旋转降落着大片大片的雪花，看着看着，我感觉眼睛什么也看不清了，雪花不动，而我却有一种轻飘飘的感觉，不断升高、升高，一直飘向天空……

家里后来随厂子迁到南方，一切都很陌生，不到十岁的我就结束了"童年时代"。人们总是说教师是人类灵魂的工程师，可我一想起小学三年级黑黑的体育老师就不寒而栗。

大概从小养成了一种冷冷的性格，我说话时总带着一种与年龄不相称的鄙夷口气。春天的一次体育课，他教我们班蹲踞式起跑，做出姿势跑了两下，我觉得他不如以前的老师跑得好，在一边说跑啊跑啊，当时他就大发雷霆，一把把我揪出队列，质问我说的什么意思？他狠狠地瞪着我。我反感地垂下眼睛不理会他，他更加暴跳如雷，说我不尊重他，"还是个女孩儿呢，这么没脸皮！"这句话把我气哭了。他罚我站了一节课。为了再让我反省反省，课间操时间，所有的小学生都在操场上做操，众目睽睽之下，他带我穿过操场去了办公室，我的自尊在众多男孩儿女孩儿的幸灾乐祸中被刺痛了。很多年后，大姐偶然提到这件事说："我是看见你一下子沉默起来的。"沉默意味着我结束了童年，长大了。

书上说童年不幸的人能比别人更长久地保持他的一颗童心，我喜欢这句话，即使我快满19岁了，可还常常说出一些她们认为幼稚可笑的话来，当她们亲昵地笑我傻的时候，我只感到一种不被理解的痛苦。

初中阶段，尤其是刚上初一，我成了班上一部分男生欺负的目标，因为我总是低着头匆匆地走自己的路。你知道我从小就痛恨男孩儿，我跟你讲的那个情景，只是我记忆中难以抹去的最可怖的一幕罢了。

初中的男生欺负人可不是打打架，他们是把你当成了一个女的来看待。于是常常故意让我听到几句莫名其妙的下流话，然后他们得意地哄笑。我那时个子有点高，坐在后排的女生只有我一人，只好装聋作哑，低头看书，动都不敢动一下。

上初二时分班，班上清除了不少"垃圾"，转来很多新同学。有一次，那个叫王小山的男生抢过我的课本，胡乱地在上面印他自己刻的一枚图章。我对于他的这套把戏早已恨透了，但我一句话也说不出来。这时，他旁边的一个新分来的学生，不知怎么突然生气地说："别人的忍耐是有限的。"王小山吃了一惊，我也吃了一惊，我以为我听错了，第一次听到男生说保护我的话，从来没有哥哥来保护的我体验到了什么叫"感激"。记得电影《苔丝》中，苔丝说过一句话，大意是说因为我感激你，即使你给我的是一杯满满的毒酒，我也会毫不犹豫地喝下去。虽然那时只有13岁，可我相信自己理解了这句话。

他叫吴曦景，是个活泼聪明的男孩儿，心地挺善良，我没有接触过这样的男孩，是他改变了我心目中男孩儿的可恨形象。他可能觉得我不爱笑吧，常常在上课时和周围的男生说笑话，做些可笑的动作，我的注意力常常跑到他那儿去，我终于爱笑了，而且和他一样能开心地哈哈大笑了。我知道他在观察我的变化，因为在课堂上我不敢笑出声，每次都用手遮一下鼻子，后来我无意中发现他也学会了这个动作。我好怀念那段快乐的日子，再也没有人和我过不去，我们在考试的时候会趁混乱偷偷地对答案，我们之间完全是纯洁的同学关系，我们的友谊无可指摘。

他和王小山在班上都属于活跃分子，两人见面就争，什么都争。在争辩中，我自然向着吴曦景，王小山常常寡不敌众，败下阵来。后来，他就造谣污蔑我和吴曦景的关系，弄得我俩特别尴尬，见面连招呼都不敢打了。

吴曦景的成绩在初三时略差了，我又对他总和王小山争辩表示不满。后来，在值日时为了一个凳子，我和他吵了几句，至此，我俩谁也不理谁了。但我并不记恨他，我深深地感谢他给了我一段美好的中学时光。他现在在襄樊读书，或许他早已忘记了曾经给他带来麻烦的一个孤独的女孩儿。

中考后，我把这个经历写下来，以为会是个动人的故事，可是我很不满意。很小的时候就做过作家梦，现在看来，实现的可能性不大。我总是自卑，而你是自信的，我真诚地为你祝福，祝你实现你的理想！

1990 年 11 月 28 日

林：

总想看到你。

特别是昨天，上课时我们的座位离得很近，却没有机会说话，叫人心里真是无可奈何。

晚上看完电影《大独裁者》后去自习室，你不在，我实在看不进去什么，索性在走廊里待了近一个小时，关灯的时间到了，只好回寝室。

写完日记，听听录音机，十点半左右睡觉，怎么也睡不着，连着几天都这样，可今天特别没睡意，闭着眼睛躺在床上，真的尝到了"寤寐思服，辗转反侧"的滋味。

后来总算迷迷糊糊睡着了。一场梦（忘了内容）又醒了，这时最多不超过两点，索性在黑暗中闭着眼睛想你，想你的过去（尽管我还不完全知道）、现在和将来；想自己，想自己这是怎么了？搞得昏天黑地、狼狈兮兮的？朦胧间，灯亮了（我们寝室不关灯，依电闸开关而开关），睁开眼看看表，四点半，心想总算到头了。

打完饭，去五楼等你，如果你不来，我真的要去找你了，幸好你来了。又想，我能得到什么样的回答，拒绝？接受？模棱两可？还是不表态？不管怎样，我要听真话。

我们是不是在爱？

下午你坐哪儿？我们要不要坐在一起？

写了首小诗，你不要见笑。

当我和你一起

走在僻静的林间小路倾诉往事

我不再孤独

我知道

从此以后

挂在天边的星星

不再只是谨慎地保持着遥远的距离

它们是在调皮地眨着眼睛相互问候

树梢上的月亮啊

也在用微笑的面孔

陪伴着你我一起漫步

而不再是仅仅点缀着寂寞浩瀚的夜空

1990 年 11 月 30 日

陈：

昨天晚上，你以为我真的看进去了吗？眼睛盯着画面，耳朵里一句也听不见，随着录音机里放出的舒缓的乐曲，我的思绪也飞了。

近五点半的时候，我站在你的寝室门口，凭直觉你一定不在，我没有敲门又回到寝室；六点钟我漫无目的地到教学楼里走了一圈，希望有你的身影出现；七点钟我溜出西配楼到自习室，没有你。我在二楼大厅里沿着地板上的方格线走了一会儿（怪我太没耐心），再等一会儿就好了。

我心里明白，但我不敢说出那个字，有点害怕。

下午我怎样才能和你在一起呢？

也想你。

1990 年 11 月 30 日

林：

一

在公交车上，我轻轻地拢着你的长发，说："你的头发真黑。"你羞涩地笑了，深深地埋下头。这时，我望了望窗外，窗外是一片匆匆忙忙的景象；这时，我嗅着你的缎子似的秀发，并在心里发誓，一定要温柔地对待你，一定要用一生的时间来爱护你。

在路上，你靠着我，说："我好怕，我好像在做梦。"这时，我紧紧地握住你的手，想拥你入怀；我在心里发誓，一定要让你幸福快乐，一定要用一生的时间不让你受到任何伤害。

回去时，我们手挽着手，你抬起头告诉我："我担心，我们没有结果。"这时，我沉默了很久，才对你说："不会。"并在心里发誓，一定要从此不再分离，一定要永远这样相依相伴地走下去。

1990 年 12 月 3 日

二

林，你信不信，我现在是在流着泪往下写？就在 626 的第二排桌子上。

上午，我们坐在这里闲谈，我抚摸着你的黑发，你突然说："我没想到。"我说："你没想到什么？"你说："我以为你很冷，你好像对谁都是一副冷漠的样子。"顿时，我的心仿佛受了重重的一击，一时无言。过了很久，我才鼓起勇气装作笑着问："那你是高兴还是失望呢？"心里却紧张得厉害。你低着头，小声说："我也不知道。"于是，我慢慢地放下手，装作向外看的样子转过头，为的是怕你看到我的眼睛，为的是掩饰心里的失望。

林，自从我说过爱你之后，就绝不是逢场作戏，以前，我也许孤独、寂寞，但我绝不会用爱的玩笑使自己摆脱那种境地。我从前没爱过任何人，也不知道应该怎样去爱。我也许"很冷"，但面对自己的爱人，我不知道自己的冷消失到哪里了，我不愿在爱人面前隐藏自己的感情，不愿爱得有所顾忌。林，我现在真想大声喊几句，心里闷得厉害！

林，以后别再逼我做这种解释了，我真的很不愿意。

1990 年 12 月 3 日

陈：

我真不知道那句话会产生这样的后果，请你原谅。但是我真的有些不清楚自己到底是什么样的感觉，你的爱来得太快，快得让我不敢相信。虽然我早已梦过很多回，在梦里你总是站在不远处微笑着，似乎很近很近，当我伸出手时却怎么也触碰不到你。我一直以为我会这样悄悄地、痛苦地暗恋你四年，然后留下一张你的一寸照片，作为永恒的回忆。我以为你不会喜欢我，所以我说"我没想到"，你不要误解我的意思好吗？

虽然你对我坦然地表白过，但至今我仍像在梦里。上午你还问我呢，我不敢告诉你。我一直没有勇气用眼睛仔仔细细地看着你，因为我不相信这是真的。和你在一起的时候，我就像有点眩晕，头脑总是不听使唤，怎么办呢？

请你给我时间，让我学会爱和被爱。相信我，总有一天我会有勇气面对你的！（陈错日记：今天晚自习后，我们手拉着手绕着校园走了一圈又一圈，就是不愿意回宿舍，这时我们好快乐。我知道，我开始了自己真正的初恋，一定要好好待她，用一生来爱她，不辜负她。）

林
1990 年 12 月 3 日

林：

我昨天想说的话是，在爱面前，你比我理智。有时特别想见到你，总想时时刻刻都和你在一起，于是自己也瞧不起自己，觉得太没出息，好像离不开爱人似的，但我知道，如果我们一定要分开一段时间，我也会忍耐下来，可我不愿意，既然你就在我身边。

别说我危险，也许我会冲动，但我永远不会违背你的意思，不会做让你不高兴的事，永远不会。

你说你认识我一年了，而我认识你最多半个月，我知道你还有一句话没说出来，你不能相信这是真的，你仍像在做梦，真不知什么时候你才能放弃这个做梦的想法。后来，我问你，谁能让你相信这不是梦，你说没有人，包括我，听得我又失望又恼火。唉，感情永远不能用文字完全表达出来，林，不要笑话我，我觉得自己离不开你，即使我们在一起时仅仅默默地走，心里的感觉也很满足很充实。

现在我在想，下课你能不能来？你能来吗，亲爱的林？

世上有一种人，他从没得到过爱，也不知道爱上别人该怎样，于是他在等待、在寻找，而一旦发现了他要的东西，埋藏在他心底的压抑了多少年的爱便汹涌而出，于是他比别人爱得更热烈、更执着、更无所顾忌，这种感情，很多人不会理解，因为他们没经历过——我说的是自己。

昨晚回去后，我给星光文学社和广播站各写了两张海报，校园歌曲比赛明天下午一点半在俱乐部举办，不用票，我们去吗？

林，现在我担心的是这样下去会不会影响你的学习？我无所谓，兴趣本来就不在此，60分万岁嘛，对了，这种想法在上学期写作文时，我就表现出来过，可不是因为你。

林，为什么总说自己丑？你很好看，也很温柔，在我心里你永远不会有丑的一天。

林，让我们在一起，每天晚上去教学楼都在一起，你学你的，我看我的，然后我们一起回去行不行？

纸里包不住火，我已被很多人带着隐晦的笑试探过了，问咱俩的关系，要多久才能公开呢？（陈错日记：要她和寝室的人说清我们的关系，她不愿意，她说鱼和熊掌不可兼得，又说怕伤了别人的心。而且，她总说我是"小男孩儿"。12月8日，邓林主动和陈错在课后一起回宿舍楼，向同学宣告了两个人的关系。12月13日，两个人共同请各自寝室的同学去附近的影院看电影《柏林之恋》和《本命年》，公布了两个人的关系，成为中文系第一对恋人。）

"两情若是长久时，又岂在朝朝暮暮"，固然是种真情，也是份无奈、自慰，我不愿意，你也不会愿意吧？

1990年12月5日

林：

如果说"拿得起放得下"是潇洒，那么爱永远不潇洒。

千百年来，有多少人因为爱而生死，因为爱而义无反顾，因为爱而看破红尘，你不可能说他们潇洒；千百年来，又有多少人爱得轰轰烈烈，而一旦出现挫折，他们却知难而退；又有多少人为了名利而轻松地与爱人分手，难道你说他们潇洒？

爱是苦事，也是乐事，刻骨铭心的爱、真挚的爱永远是不潇洒的爱。诗人也知道这一点，所以他说"总想爱得潇洒"。上段是想和梦，下段是现实和生活，不知这样理解对不对？①

1990年12月6日

亲爱的陈：

晚自习一个字也不想看，就是想你，我不想离开你，但寒假我真的不能去你家，或许这是早晚的事，但现在还太早了，我们毕竟刚刚开始，我们要考虑各自的家庭，我们的学校和我们周围的人们，我们不是生活在真空中，对吗②？

我深信不疑你是真心爱我的，自始至终我会信赖你，无论你到哪儿，我都会陪伴你同行，永远永远。或许将来你会一生不得志，一事无成，穷困潦倒，被生活磨得更加冷漠孤傲，不近人情，我也无悔。我生来注定要吃苦，生来就要为我的爱人分担忧愁和痛苦的，我唯一自信的是自己能够忍受一切苦难。

---

① 邓林看了一首诗歌《总想爱得潇洒》，此即为此诗而写。

② 当天，教文学史的老师说到考研究生的事，陈错邀邓林寒假回他家，为将来一起考研究生做准备。

我已经为了等待你的爱默默忍受了300多天，还有什么不能等待和忍耐的呢？如果不是那个男生对我一逼再逼，我还会这样无言地等待下去，直到梦醒的那一天。如果那个男生真想得到我、真的爱我的话，那么他就不会说些冤枉误解伤我心的话，不会一味指责我不给他一点点友爱。而你是真正爱我的，你不会伤害我的，即使你也骂过我，骂得好厉害，可我知道那是出于一种执着的狂热的爱心。正因为他让我在烦躁和屈辱中强烈地感到我真正爱的是谁，在此之前我不敢承认这是爱，现在越来越明晰，我的心告诉我，你爱的人就是他呀。

在欢乐时想起你的人是你爱的人，在痛苦时想起的人是爱你的人。我不知道你会不会爱我，或许你不相信，在滑旱冰的那次，我的手腕被你握住，那一瞬间，我仿佛触电了一般屏住了呼吸，那时起就觉得自己属于你了。你觉得奇怪吗？我说的是真话①。

再有，你别再提起我唱的《你的笑容》那首歌的事儿了，还记得我说过喜欢看你笑吗？你的笑很短暂，但你一笑，似乎整个世界都快乐起来了，而你不笑的时候，让人感到忧郁。你笑的时候，露出洁白的牙齿，清新明朗极了，知道吗？我的歌声就是献给你的呀！一直没勇气告诉你罢了，你这个大笨蛋哪！

下午你把卡片撕了②，有点可惜，不过因为它已经没有意义了，不是吗？你无须再期待她的到来，因为她现在就在你身边了，对不对？我为什么会看上你呢？因为你的眼神与众不同，从中我看到了自己。我也一直在寻找和等待能与我心心相印的人，他要能理解我的苦处，在你身上我找到了自己需要的东西：自信、智慧、勇气、正义……我喜欢你的带着忧郁的深沉；喜欢你的高傲的自尊心；喜欢你的正直善良；喜欢你的独立自强、我行我素，我一直非常崇拜和信任你，现在是，将来也是。在我眼中你比任何人都要完美，我爱你，我终于敢说这个字了。（陈错日记：今天真高兴，林终于敢说出

---

① 这件事应该发生在1989年夏天，邓林作为小组长，组织小组同学去南湖公园滑旱冰，陈错在无意中拉了快要摔倒的邓林一把，随即两人就分开了。这件事在陈错日记中没有记录，但他有印象。

② 邓林在陈错的书包里发现了一张印着"期待"两个字的贺年卡，是以前买的，陈要送给她，邓林执意不要，陈错"当时也不知道出于什么心理，觉得再留着也没什么意义，就把卡片撕了"。

"我爱你"了。晚上我们一起看电影回来，路上手挽着手，我要吻她，她不让，说让的时候会告诉我，就看我蠢不蠢了。我搂着她，我们在学校小花园的树下站了很长时间，我在心里发誓，一定真心爱她，永不变心，周围的山石、草木、星空都可以做证。）可当你发现我的不美妙之处还会喜欢我吗？我好担心啊。

周六下午别来找我，干自己的事吧，晚饭后我去找你好吗？

等着我。

1990 年 12 月 7 日

林：

上午我说将来要娶你，你说我想得远，口气颇不以为意。其实我自从说过爱你之后，就一直这么想，我对你很认真，没有一点其他目的。我不轻易许诺什么，可承诺了，就一定会做到，我不怕其他压力，家庭、环境我都不在乎，只怕你不答应。

林，也许你看到的丑事太多，可你对吻的看法一定错了。我以为它很纯洁，是真情的一种表露，有时和你在一起特别难以自制，但一连三天你都不让我吻你，你问我为什么，我确实不知道怎么回答。所以，以后我不会再主动提出吻你了（其实，我也不知道怎么去吻别人）。

别把我想得太好太完美，否则你会失望、后悔，我只是一个普通的男孩子。

1990 年 12 月 10 日

林：

忍不住又要给你写一些话。

昨天在楼梯口，我说"再见"以后，心中有种失落感，自从我们在教学楼里出来，你说你喜欢昨天的我，你说我今天净说笑话以后，我就有了这种感觉，这是从前不曾有的，这时心里觉得很闷、很压抑，虽然仍在挽着你的手，但好像没有了从前那份充实和热情，那时真后悔出来，一直在教室里多好。

下午我没去找你，自己去了教学楼，可心里总在想你，想你在做什么。是不是在等我？所以待了一个小时就回来了，当我终于下决心去看看你时，我多希望你狠狠地怪我一顿，多希望你跟我生气呀，可你高高兴兴地对待我，我真的失望极了。

今天晚上我们出去走了走，实在是个错误。我知道自己有时莫名其妙，可你也是。你为什么说说笑笑谈起那个火车上认识的北科大的"男士"，你以为我会一笑置之吗？我做不到，虽然我认为自己的气量并不小。我一直认为女孩子应该矜持一些，所以"轻浮"两个字脱口而出，没过脑子，说得有点过分了。

1990 年 12 月 11 日晚匆匆

终于有句话可以说出昨晚我想说的那种感觉了，我觉得自己是在初恋，而你好像是经过了多少次恋爱的人似的，原谅我这么说，也许会伤你的心，但我确实是这种感觉。

1990 年 12 月 11 日匆匆

真留恋你在教学楼时的样子，我认为那才是真正的你，可最近为什么你总是对我一副凛然不可接近的样子呢？

其实我们远远说不上已经相互了解了对方，你我都有自己的秘密，也许你比我更多，你到底是什么样子的？是在教学楼里，我让你重写作业时的样子，还是昨晚出去走路时的样子？

1990 年 12 月 12 日

亲爱的林：

你知道吗？我现在最关心的就是你。我希望你好，你快乐，你永远不会再有从前那些令人心疼的往事，看到你高兴，听见你受到别人的称赞，我比什么都高兴，而这一切都是因为你爱我，而我也爱你。

我知道，相貌身材比你强、比你优秀的女孩儿很多，但我现在不后悔，将来也不会后悔，爱情不必用相貌来衡量，我爱的是你的心你的人你的一切，所以你永远不会在我眼中老去。我知道，寻找一个终身伴侣并非易事，所以我珍惜现在，珍惜现在的每时每刻，我要每分钟都和你在一起，看你，和你说话，不要笑我没有男子汉气概，我不要隐藏自己，敢爱敢恨，敢说敢做，才是真正的男子汉。

也许我一直都心细，对每一件小事的反应都很敏感，而你在这方面也确实不注意，所以注定以后我的担心比你多。

晚上我们一起去图书馆，路上你说有点感冒，当时我总想拖长和你在一起的时间，但进了图书馆以后，又后悔，于是一再让你回寝室早点休息，你执意不肯。有一阵心里真的很生气，想以后总这个样子，两人在一起谁也不让步，怎么能生活下去？你以为我愿意让你回去吗？我还不知道你走了自己该做什么呢，不过是替你着急罢了。你怪我小题大做，记得你曾说过，"你什么时候才能理解我"，现在我正想问问你这句话，你什么时候才能理解我呢？

今天在一起说你"轻浮"是句玩笑话，你不要往心里去。不过，有时和你在一起，确实感到别扭。

现在的气氛很冷，我看不下去什么，回宿舍看小说去，反正叫你你也不会走，就不跟你说了。

别多想，早点回去，好好休息，明天见。

1990 年 12 月 17 日

亲爱的陈：

别忘了下午是我固定的整理内务时间，自己安心学习吧，晚上我们一起上自习去，好不好？

昨天晚上非常抱歉，让你生气了，我不是故意的，那时我真的好多了，而且愿意学一会儿，开始我不太高兴出来上自习，因为下午头疼得厉害，可出来之后就特别想用心学一会儿，因为是你帮助我摆脱了慵懒。

如果我不比别人付出更多的时间和精力，那就很难超过他们，对不对？怪我当时没告诉你心里所想的，让你误以为我在赌气。你走后，我感到很委屈，看了你的信，真想立即去找你，但我害怕刚下的决心又泡汤，所以又坚持学了一会儿，到九点才回去。

说真的，我多希望我们的成绩不比别人差，常说谈朋友影响学习或是贪图享乐的一种方式，我可不愿意被此话说中，你同样也不愿意是吗？

陈，我也想总和你在一起，但我害怕你要吻我，只要我们能够偎依在一起，你的手握着我的手，我就非常满足，非常幸福了。我知道你们男孩子的特点，在这方面，你当然是心急的，我也在使自己尽快找到这种感觉，这种迫切地想吻你的感觉，还要给我一段时间，你愿意吗？

你也知道我曾经认为男女之间的事很丑很下流。当然，你的父母是相当恩爱的，你一定不会有这种想法。可是我的父母有一段时间感情非常不好，见面就像仇敌一样相互指责和谩骂，甚至闹到妈妈半夜出去到工作间哭，还是大姐撑着雨伞把她劝回来。他们差点闹到离婚的地步，如果不是为了我们，恐怕他们早就分开了。妈妈在谈话中几次告诉我，她对这种生活很不满，后悔当初的选择。虽然他们表面上如此破裂，可是在某一天晚上，我从睡梦中惊醒，却听见我和妈妈睡着的双人床上多了一个人，他们……可怕的欲望，丑恶的欲望使他们晚上偷偷地和好。当时我吓得心惊肉跳，缩在被子里不敢呼吸。你当然不会有这种感觉，永远也不会有。

我也把爱情看得很崇高神圣，它是那么纯洁，这纯洁中一定不会包括这种丑恶的，对不对？憧憬中的美与现实中的丑，往往使我陷入矛盾之中，所以我的情绪时常变得莫名其妙。当我们在一起上晚自习读书的时候，我感到这样很好，心里也很平静，可当你要吻我的时候，我感到一种侵略性的东西，让我有点害怕，那时心里是不安全的。

今生今世该你倒霉，碰上我这个怪物，本来我实在不想将家丑外扬，这实在是难以启齿的，但我还是告诉你了，因为你要"了解"我，所以你还要耐心一点。

上课我没听，都是你！

1990 年 12 月 18 日

林：

你不用后悔，你没错。

看完你的信，我一直在怪自己，我知道你说得对，我应该照你说的做，但是，心里总是不习惯，你一定不要向我"妥协"，虽然这段时间我总会有种不得劲儿的感受，但慢慢就会好的。

晚上我实在太消极，由消极转向粗暴，请你原谅①。

匆匆写下这几句话，不写真不知道这个夜里怎么熬过去。

1990 年 12 月 19 日

---

① 因接吻的事和邓林闹了别扭，一个人回寝室了。陈错在当天日记中写到，林，你经历太丰富，林，该怎样去爱你，告诉我！怎样才能做到我们都感到幸福快乐，都知道自己在爱海里沉醉？林，我不要我们在一起时你有丝毫不快的感觉，告诉我，我该怎么办？

林：

古代汉语下课后，本想和你谈谈，但走过你身边，一是不方便开口，二是怕你拒绝，只好走过去。

站在寝室窗前，终于看到你和基春杏回寝室，心里不免有种失望的感觉。但我感谢这种感觉，它让我知道，在这个天底下，还有一个我牵挂的人，如果连这种感觉也没有了，如果我见不见到你都感到无所谓，那才真是麻烦了。

昨晚太匆忙，没法写明白我的情感为什么起伏如此之大。大前天晚上我走时给你留下了一封信，我说我不要隐藏自己，我就是我，我不愿失掉自己，虽然最终我可能是个失败者，是个默默无闻的小人物。

前天你的回信让我挺难受的。可请你不要后悔，我感谢你说真话，否则我永远不知道你的想法，矛盾不解决，积累越久，误解越深，将来悔恨就会越多。我最想说的是，你应该早告诉我。我一直不知道你认为男女之间的事情是丑恶的原因，虽然我没你的经历，但我也能想象得到那件事对你造成的伤害。

想到这些，莫名其妙的，好像自己有了种犯罪感。我渴望和你在一起，那时候我觉得自己的心都不属于自己，我唯一的念头就是我爱你，你多么纯洁和可爱啊。但我不知道那时你却并不真正欢乐，你在防备我，防备我的自私的吻。我一直想让你感到有所依赖，一直想让自己能补偿你童年没有的所有欢乐。我以为我做得到，事实却恰恰相反。我以自己的感受代替你的感觉，以自己的判断代替你的判断，这就是我犯的错误。

从接到那一封信起，我强迫自己以后要控制自己，学会等待，学会以你的角度看我、看你。但我还是做不到，这两个晚上已经很清晰地说明了这一点，我还是不会隐藏伪装自己，我要么冷，要么热，不冷不热我做不到，学不会。

我曾对你说过，以后和你在一起，我恐怕会失掉自己，它不是玩笑话。我现在和你在一起，有时就不想看你，不敢看你，不想握你的手，更不想吻你。我也不知道是怎么回事，我也不愿意这样，可能是潜意识在压制着我，你的态度让我没有了从前那种心情。我不能装出来像从前那样对待你，我知道你不好受，可你知道我心里也很难受吗？

现在我真不知道怎么做，怎么做让你我都感到这样很好？既不迁就我，也不委屈自己。如果这又是个"鱼和熊掌不可兼得"的问题，你也要说出来，然后我们一起来找解决的办法。

今早五点就醒了，又尝到了最初我们相识的滋味。

你的陈

1990 年 12 月 20 日

亲爱的陈：

你的咳嗽比昨晚更厉害了，上课时我听见了，心里特别着急，你可不能生病，明天还能去滑冰吗？

梨和冰糖可以治咳嗽，把苹果分一点给你，这回一定得吃啊，我去医院开了甘草片给你，按时吃药别忘了。（陈错日记：上午下课后回到寝室，看到林冒雪买回来的苹果、梨、冰糖和两服药，心里很感动。当一个人知道世界上有另一个人在惦记他、关心他，这是多么幸福啊。谁能说她不细心呢。晚上我们一起在自习室里看书，八点多就出来了，拉着手在雪中的校园里漫步。我们比从前更加了解对方、珍惜对方了。以后我要温柔地对待她，一定不要生她的气。同时，要控制自己，除非她要，否则不表现出想吻她的样子。）

从教学楼回去的时候雪下得很大，毛茸茸的特别柔软轻盈，外面又要成童话世界了。下雪的时候是最美的，不是吗？

昨晚上你写的信，我反复看过了，我真不知道怎么回答你，只知道世界上除了你，我的心里已经没有别人。

林

1990 年 12 月 20 日

（"甜蜜的初吻是对一生的承诺。"这句话两个人各写了一遍，并签上各自的名字。邓答应在她生日那天让陈吻她。陈错日记：12 月 22 日下午，滑冰课。天一直下雪，我们先扫雪，再上课。我挽着林一步一步地学滑冰，她学得已经有点模样了。男生下午三点交冰刀，我磨蹭了一会儿，是和女生下午三点半一起交的冰刀。我和林一起回去的时候，二班的一位女生对林说："你真幸福。"下课后，我们去南湖公园，打雪仗、摔跤，玩得快活极了。后来在教学楼，她伏在我肩上睡了半个小时。我们到晚上九点四十分回去，我似乎在混乱中被她偷偷吻了一下，可是感觉不明显，没敢说要吻她。回来后，寝室里有人对我说，"下午滑冰时真羡慕你"。）

亲爱的陈：

　　今天我特别高兴，因为我知道我的室友们没有忘记曾答应过我的生日礼物。中午我一回去，她们很抱歉地问我是不是很失望？因为今天广播站不工作①，我觉得好像是有点失望，但这点不快很快就消失了，因为我已经是非常快乐的了。

　　她们是衷心希望我幸福快乐的；她们心里是想着我，照顾我的；她们从来没有以为我不需要她们的友谊，表面上她们装着漫不经心对我的生日绝口不提，以致我真以为她们忘了呢，实际上，她们是多想给我一份惊喜啊。我觉得受之有愧，因为我和她们在一起的时间越来越少，但她们并不在意，也没有因此不理睬我，而是处处为咱俩着想，真心实意地为我们高兴。真庆幸自己在大学里遇到了这样几位真正的好女孩儿，将来我怎么感谢她们的这番情意呢？

　　亲爱的陈，明天我就满 19 岁了，这是个特殊的年龄。山口百惠最喜欢她的 19 岁，因为她认为 19 岁既不能算少年，也不能算成年，这个年龄的人，最浪漫最自由，所以我早就盼望 19 岁快点到来，总算如愿以偿啦。

　　她们说我今年的生日和去年的意义不同，我明白她们指的是因为有了你，她们也关心地问我生日怎么过。我自己也不知道怎么过，只要有你陪着我就够了，不需要太多的祝福，但她们以为我们要大大地庆祝一番呢。

　　下午室友们去看学校的歌舞演出，本来可以为我们让出两张票来，但我不愿她们去挤，而且你也不会答应的，所以我高高兴兴地来上自习。我想她们或许以为我生气了，但我无法让她们明白此时我的心情。我不会再去做你不喜欢的事，只要你满意，我也就心满意足了，但愿她们能理解我，我真不愿意让她们不高兴，也不愿意让你不高兴，这又是一种不可"兼得"的问题。

　　还有你告诉我的那段"奇遇"，说真的，我很赞赏你的所作所为，我甚至想，如果我也遇到了这种事，你一定也希望有人像你一样过来帮助我的，所以我由此知道你不是一个自私的人。如果你并不关心别人，只对我一个人好，那么我反而会感到痛心的。我感到自豪和骄傲，因为你自始至终是个正直善良，富有同情心的人，但愿今后你也别改变。我喜欢现在的你，非常非

────────────

　　① 12 月 28 日，何淑莲来借一盘有歌曲《奉献》的磁带，为后天邓林的生日点歌用，让陈错暂时保密。

常喜欢。如果离开你，我真不知道自己会成什么样呢。嫉妒是每个女孩儿的本能，但我没有理由去嫉妒韩玮琪，对吗？因为我比她更幸运。

一个人坐在空空的教室里想你，给你写几句话也是非常惬意的，心里再没有从前的那种寂寞感，想一想晚上我们又可以在一起，心里快乐极了。世间的一切，因为你变得美丽无比，连等待也成了一种享受，吻你。

林

1990 年 12 月 29 日下午

林：

觉新①的一生是他性格的悲剧，他已经习惯于逆来顺受，正如他自己说的，"他是一个无力的、懦弱的人"。不能否认，觉新爱瑞珏，但这种爱是带强制性的，为什么中国几千年的父母之命、媒妁之言能延续下来，因为有千千万万个觉新和瑞珏，卓文君和司马相如毕竟只有一对，刘兰芝和焦仲卿的死最多只不过被写成了一首乐府长诗。作为社会上的人，作为传宗接代的男人和女人，作为从前绝对没有接触过女人的男人，和从前绝对没有接触过男人的女人，一旦外力使他们在一起，他们只能天经地义地结合。而时间长了，就出现了才子佳人、闺怨弃妇之类的诗和故事。当然，必须承认，瑞珏爱觉新，因为她别无选择，如果当初她不嫁给觉新而是嫁给另一个男人，她也绝对是个贤妻良母式的人物，这也许是中国妇女的一种"美德"，嫁鸡随鸡嫁狗随狗不是现在也有市场吗？

在觉新和瑞珏之间，瑞珏是主动的。在封建社会里，女孩儿最倾心的往往是第一次见到的男性，这是人之常情。瑞珏便是这样的女人，当觉新为保护家产独自留在客厅里，瑞珏要和他一起死。这时没人会怀疑她的感情，而她这种感情是那些封建社会中遭遇比较好的出嫁女人们共有的，这时她们的依靠，一生的幸福都在她们的丈夫身上。

再看看觉新和瑞珏在一起的感觉，"他做人家要他做的事，他没有快乐，也没有悲哀，他做这些事，好像这是他应尽的义务，"等等。如果说这也是爱，那么该是爱的悲哀，爱的无奈，爱的行尸走肉，世界都这样，便是死的世界。

---

① 文学史课讲到巴金的《家》，邓林说她们寝室讨论的结果是一夫多妻制是合理的，故陈错写了此文给邓林。

觉新、梅、瑞珏虽然生活在五四时期，但他们都是封建时期的人物，觉新是典型的孝子，梅是典型的薄命佳人，瑞珏是典型的贤妻良母。三者之间，瑞珏的遭遇最好：她爱觉新并且和觉新结了婚（确切地说，她是和觉新结婚了以后才爱上他的）。梅的遭遇最惨，她爱觉新，觉新也爱她，但他们不能结合。想想梅自己折磨自己，把自己向死里推的心情，再想想黛玉在潇湘馆里香炉焚稿临终之前的那一声悲呼，"宝玉——你好——"的心情，大约千古红颜薄命此心一同。

觉新是孝子，是男人，但不是男子汉，他的评语应该是可怜可悲不值得同情；他是顺应别人的人，别人的意志是他的意志，别人的爱情是他的爱情；他可能是那个时代的产物，也可能是现在与将来都不会缺少的一种人。

一夫多妻制是对女人是男人的泄欲工具的道德承认和法律承认。我不否认许多人会同时爱上一个异性，但爱是相互的，单相思不是爱。人不该被礼教和名利所束缚，但是每个人心中都应该有个道义标准，应该有责任感和使命感，做任何事不能亏心，不能伤人。别人我不知道，我只知道自己，我也许会欣赏许多异性，但只会爱上一个人，现在和以后，我永远是我，不会改变。

林，告诉你韩玮琪（12 月 26 日，陈上街在百货大楼买东西的时候，被一个身材窈窕、穿白衣服的女孩儿叫住，问拿没拿她的钱包。后来，陈陪着这个女孩去找保卫处、广播站、给她同学打电话，并买票送她上车回校。分手时女孩儿说她叫韩玮琪，是武警学校学生，元旦有她的舞蹈演出，邀请陈去看。回来后，陈把这件事告诉邓，约她一起去，邓说不去，因此陈也没去，后来也没再和韩联系。）的事，是我和她在车站分手时就想起的，当时觉得这很自然，不需要什么解释。可从来都有一些事，出于"无意"，却引起"有心"。"我知道你告诉我这事的意思了"，没想到你会以为我是让你感到我品格高尚，让你感到要珍惜我，让你感到别的女孩儿在注意我。可笑，其实你有时也很敏感，但这一次用得确实不是地方。

昨天看你日记的时候（陈错日记：12 月 27 日，林在寝室煮元宵，我带着两个人的书包先去教学楼占座，看见了她的日记本，忍不住大致翻了翻，想找一找我自己，了解了解她的想法。晚上七点左右，林带着元宵来了，发现我的神色不对，反复地问，我说看了她的日记。当时，她好激动，哭丧着脸说，没有秘密的人可怜而不可爱。后来我向她道了歉，她的心情好多了。）心里也知道做得不对，但忍不住，胆战心惊地匆匆看了两眼，以为只要我隐藏得好，你不会知道，结果是……

陈

1990 年 12 月 29 日

亲爱的林：

　　不用再海誓山盟，不用再重复那些已经被重复了千万次的话语，林，我知道，当贮满爱的情感闸门被打开后，我付出的那部分永远在你身上，永远。

　　永远不会忘记昨天晚上，（陈错日记：12 月 30 日，林送给我一张贺卡，写着从前我写给她的一行字："但愿君心似我心，长相知永不忘，相伴终生。"后来我们一起出去，我请她在新苑饭店吃饺子庆祝生日。然后我们去教学楼，看了会儿书，到一段僻静的走廊里说话，从 19 点一直到 21 点半，总有许多话说不完。我们吻了对方，都有些慌乱，心跳得厉害。不论是她，还是我，都是初吻，我的初吻给了她，她的初吻给了我。我相信，以后我们谁都不会忘记今天，在各自的生命中，我们，无论在何时何地，都会相互牵挂、相互思念。）你 19 岁的第一天。它在你的生命里和在我的生命里都有特殊的意义，眼里的一切都变得如此美丽可爱。

　　林，19 岁，一个让你期盼了很久的年龄，一个浪漫热烈的年龄，它不会让你失望的，我保证，希望你能相信。（陈错日记：12 月 31 日，今天上午和林去买挂历和鞭炮，结果挂历买了张次品，鞭炮没有买到，但两个人玩得都很高兴。晚上开元旦联欢会，我写的对联是"莘莘学子欢聚一堂今宵多美好飞雪迎春昂扬意气明朝考试多"横批"欢度元旦"贴在门口，开始时大家交换礼物，我和林的被安排了互相交换。表演节目的时候，院校领导过来，正常进行的游戏环节被打断。到了自由活动时间，我和二班的周富贵到其他班级看了看。回来后，班里正在包饺子，林让我去，我没去，惹得她很不高兴。后来我俩去五楼看跳舞，坐在凳子上，她说了我一顿，今天晚上她表现得确实比我有涵养，以后我要改掉一些坏毛病。在看跳舞时，见林眼巴巴地瞧着别人跳，心里真不好受，我也不比别人差，应该学会跳舞，为了林。出来后，在校园里和林在一起玩得特别高兴，才觉得这个元旦过得还不错。因为有了林，每天都充满快乐。）

陈

1990 年 12 月 31 日

亲爱的林：

你总说我要"注意自己的形象"，说那样做、这样做"就不是我了"，我不知道在你眼里我到底是什么样子，我总认为自己一直就是这个样子，只不过是那时你没见过我高兴时的样子罢了。和自己喜欢的人在一起，我有时闹得还厉害呢，可从前让我高兴的时候太少了。别担心，我从不需要想象自己该是个什么样子，从不需要让自己时刻注意应该如何做，我也从不伪装自己，这就足够了。现在男生们都说我变得快乐了，而没有谁感到我变成了另外一个样子。

情绪波动大，不都是不成熟的表现，这点你误会了，有时是性格原因。有的人即使活了一辈子，不失本性，不失童心，难道你也要说他不成熟吗？这类情况对从事文学艺术的人来说，例子最多，因为他们的性格，所以别人不可能拥有他们的那份激情和狂热，也正因为如此，世界上才会出现那么多永具魅力的文学艺术作品。

再说，把心里闷着的话说出来，把矛盾解决掉，这难道不值得高兴吗？最害怕死气沉沉，虽然有时候我也喜欢沉默，喜欢安静。

林，今天的事不怪你，真的！我一直希望你学得好，但当你这样，我反而不高兴，我知道错在自己，向你道歉，你千万不要因此责怪自己。

晚上那句话本来是玩笑话，没想到你会生那么大的气，其实你也知道，和你在一起我是多么高兴，不过这样也好，让你也尝一尝不适当的玩笑伤人的滋味，以后你也不会这样打趣我了。

现在最害怕你不喜不怒，亲你也没反应的样子，那时真不知道该怎么办？林，以后你也要有话就说行不行？别再那样满脸怨气的样子定定地打量我，别再把什么委屈和不高兴都埋在心里，好吗？

陈

1991 年 1 月 6 日

亲爱的陈：

今天我看上去是不是太自私啦？为了应付明天的考试，我真有点慌了手脚，一直自顾自地看书、写答案，我后来发觉你似乎学不进去，但是我没有来陪你说话，还在写。平时我一学不进去，就去惹你，害得你只好陪着我，或者你马上来问我怎么不学啦？可是当我在学习的时候，你却从来不打扰我，即使你一点也不想看了。

我真恨自己怎么一点也不会体谅人，怎么会显得那么自私和冰冷？虽然我表面上觉得自己对考试成绩已经不看重了，可内心却时时担心自己的考试结果，我不知道这是怎么回事，你是不是非常希望我能取得好成绩？如果我考不好，又该怎么办呢？我也希望你的所有课程都能顺利过关，否则我会感到心里很不安的。

林

1991 年 1 月 6 日

林：

何必想得太远太多。你我都是普通人。你把我想成你希望的人，或许我不是。我更蠢，全心投入，如果发现错了的时候，真不知该怎么办。有句话你说得很好，我们毕竟才认识，仅仅 40 多天，现在我更清楚它的含义。的确，有朝一日感到失望时，"何必当初"？

何必想得太远太多，不仅对我，也对你。我不知道你是不是我期待的人，虽然我没想过你应该怎样怎样，说这话的时候，我的心情不比你读这句的时候更好受。（陈错日记：1991 年 1 月 1 日，今天放假，上午和林去南湖公园，满地皆白，踩着冰面上硬硬的积雪，偌大天地只有我们两个人，大声说笑，又打又闹，静谧而有情趣。去的时候很高兴，回来时则发生了别扭，原因是她开玩笑似的说了句，你将来要娶个媳妇，可我们才相识 40 天呢！我听了，想的是她不愿意永远和我在一起、找借口离开我，和我们不相互了解、可能要分手。我不知道她是怎么想的，既然我已爱上了她，不管她有多少缺点，我都永远爱她。所以这几句话让我特别生气，狠狠打了她一下。她愣了，站了一会儿，瞅了我一眼，一言不发地向前走。然后我们差不多一前一后地低着头只顾走，走到湖边那片稀稀疏疏的小树林时，我靠着一棵老树，想她的一切，想我的一切，心里一片灰暗，一直想怎么就看不透她，想当时她说这番话的心情，想今天到底会怎么样，想她总说这类话弄得我好没意思……这时她靠过来。不知怎么搞的，我的眼泪止不住流下来，心里骂自己真没出息，可就是忍不住。她拿出手绢给我擦（后来因此把她的手冻肿了），自己也流了好多泪。我们回到教学楼里，她摩擦着双手又哭了好几次，眼睛肿肿的。当我望着她，问她为什么当初爱上了我时，我用整个心去听，我那时真怕她说她在做梦，但听她立刻回答，"因为你能承担起我的一切"。霎时，我觉得天地好像都颤动起来，除了问一句："既然这样，为什么你总说丧气的话呢？"我再也不知道该怎么表达自己的心情。我紧紧搂住她，她在哭，我也在哭，但这是信任的眼泪，是快乐的眼泪。我要为她做一切事情，为她付出我的所有，永远，因为她爱我，我也爱她。后来她又说了一句，我发现你需要的是母爱。我不否认，但母爱是女性的天性，任何一位好妻子，同时都是一位好母亲，她那么关心别人，相信她将来一定是位贤妻良母。)

陈

1991 年 1 月 8 日

陈：

　　我并没有把你想象成一个什么样的人，从来没有，我也认为你就是现在这个样子，这样已经很好了。我曾说这样那样就不像你的时候，心里是充满喜悦的，因为我又发现了从前我所不知道的你的性格特点。

　　我的意思是没想到你也会这么孩子气，并不是从前我眼里的那般忧郁和高傲，知道你也会像我一样快乐、一样会开玩笑、一样会想象得漫无边际、一样会冒出一两句别人认为傻气的话来，我不知有多高兴。而我嘴里依然说着注意你的形象，其实这又是一句玩笑话，我才不在乎你的什么"形象"呢？

　　我非常清楚你对我的感情，我知道，除了你，在世界上我已找不到第二个像你或者比你更好的人。在心里我已经不再考虑自己的未来，既然心已找到了避风港，那么人也就有了依赖和寄托。每次一想到自己已不再是孤孤单单一个人的时候，每次一想到我们马上又要在一起的时候，一种幸福宁静的感觉就涌了上来。

　　你从不苛求我什么，正像你说的一样，你从没想过自己的她该怎样，而最令我不安的也正是这一点。的确，我有一种如履薄冰的感觉，时常想，如果一旦你发现了让你更满意的女孩儿，更温柔、更美丽、更体贴的她，你会不会后悔？那时我该怎么办？或许那时我已无路可走，我总觉得自己不能变得更完美一点，因为我希望你能因此爱我一生，因为人的一生只能有一个归宿，对于我们来说，这个归宿就是生命的全部了。即使到了今天这个时代，我们女人依旧无法超脱出来，不要总记着我说过的那句"仅仅40天"，你应该能够理解我对于这个归宿的期待和向往。谁不希望自己将来的归宿是安稳可靠的呢？请你原谅我的谨慎和小心，我相信你，从一开始就信任你，将来也不会改变。

林

1991 年 1 月 9 日

陈错日记：1 月 4 日下午。我们去教学楼，发现占的座位被别人坐了，就在走廊里说了会儿话，然后回寝室录了几首歌曲，但其他人很快就回来了。因为时间还早，我们又去了教学楼，她问我们是不是太小，问以后在一起是什么样子。我说我们已经有了自己的头脑，以后也是这个样子。我想林问的原因，在于下午我做了件非常非常冲动的事，连自己都感到不可思议，不敢相信自己怎么会有这么大的胆子。后来她说她害怕，我的心也沉了下去，对她说我不敢保证以后会不会做傻事儿，因为它对我们来说本就是个禁不起诱惑的谜。但自从她问了那两个问题以后，我知道自己可以保证不会不经过她的同意再做傻事。林，我爱你，真心爱你，以后不会只顾自己一时的狂热和兴奋而不管你的感受，你放心好了。

1 月 5 日。今天除了上午考试的两个小时以外，都和林在一起，心里有说不出的快乐。

1 月 6 日。本来计算机操作是个选修课，没想到能变成考试课，还是院里通考，都弄得手忙脚乱的。下课后，我本来在教学楼复习得很专心，林说她有些看不下去，于是我们去了图书馆，找了个座位，林学得挺认真，我却看不下去了。坐了两个多小时，胡思乱想，怪吓人的，后来实在忍不住了，说出去玩一会儿，去寝室拿了本字帖，又回来了。

晚上睡觉前，看到寝室的人都在应付明天的考试，有的把答案写在手上、有的写在衣服上，有的还在商量着怎么相互抄得比较隐蔽。

1 月 7 日。今天和林在一起时，总有点控制不住自己，不知怎么搞的。林红着脸说，到了夏天穿得少时，可怎么办？我真没出息，我一定要学会控制自己。

1 月 9 日。今天晚上和林在一起时，我们都有些慌，我说反正你是我的，是不是？她不回应，过了一会儿，低声说，既然这样，你就不要着急好不好？我说我怕忍不住，她说我信得过你。我该努力做好一切，不辜负她，不辜负我。

1月10日。今天我们在教学楼九楼说了好一会儿话，两个人都有些昏头，不过说心里话，我暗暗喜欢她这样。人不是木偶，有血有肉，有情有欲，一点不懂风情的恋人没法让人忍受。林，以后我们会生活得很好，无论在哪些方面。

1月11日下午。我们在九楼，我想动她，她不让，两个人打打闹闹一下午就过去了。晚上又闹了点别扭，后来说到男女关系方面，各人把各自的看法说了出来，才知道她这方面的书也看了不少。接着，在九楼，我们把各自的身体秘密都用手读了，我的心和第一次接吻一样，怦怦怦地都要跳出来了，口干舌燥，又紧张又刺激，说不出话来。现在我们每个人无论从精神上，还是身体上都毫无保留地交给了对方，她属于我，我属于她，从此别无选择。

1月13日。上午在教学楼，先是我抚摸她，然后我们到七楼背了会儿古文，再是她抚摸我。我们说了有三个多小时的话，好像总有说不完的话似的。食堂没赶上，一起去外面买了月饼、面包和汽水，晚上又在一起说话，还有五天就要放假了。今天她说，即使毕业后我们不在一起，她也要把她给我。

马上要放寒假了，林说今天有点感觉到要走了，觉得真是难舍难分。

第二章

1991 年 1 月 19 日—2 月 21 日

陈错的信

当时，陈错和邓林接到对方的信需要一周左右，并且时有延误。双方沟通并不顺畅，很多都是在自说自话。因此，本书将寒暑假期间两人之间的通信分别编为两个部分，不再一一对应，有兴趣的读者可以自行辨认。

亲爱的林：

现在是 13 点整，你在哪儿？有没有顺利签上票？短短几个小时内，你我已相隔千里，看不见你，听不见你的声音，不能再携手漫步，不能在雪里嬉闹，林，想你，你能听见我默默的祝福吗？

昨天送你的时候，我看着你，一直在笑，车开了，眼泪却突然涌了出来，你走了，我的心也走了，空空的，以后，又是一个人，一个不完整的人，我的心在你身上。

好容易回到寝室，什么也做不下去，虽然屋里闹哄哄的，我早早就躺下了，想你；五点左右醒过来，闭着眼一动不动，想你；七点半起床，没心思吃饭，洗漱完了，索性到外面，走昨天我们走过的路，从卫星到幸福，从幸福到南湖，从南湖到教学楼，满脑子都是你，总是想你，想你！

夜里有风，风里有我，我拥有什么？我拥有你。

再不会忘记围着围巾在我身边的你，再不会忘记车厢里贴着玻璃痴痴望着我的你，为什么当时你我都没说话？是不是有时语言已失去作用？是不是有时语言并不能表达一切？

陈

1991 年 1 月 19 日

亲爱的林：

现在是五点二十四分，静静的一个人，又想给你写几句话。

林，别怪我在临走时没要你的钱，你并不富裕，家里可能也不轻松，我对钱财看得不重。我一直希望自己能帮助你，保护你，而不会让你为我操心，那样做我会感到内疚，感到心里不安，我愿意为你做任何事情。

今天我也要收拾东西回家了，一会儿要把信邮出去，担心你没到家，收信人我写的是你姐姐。

记住，一到家马上给我写信，我等着！

吻你。

陈
1991 年 1 月 20 日

亲爱的林：

我于 20 日平安回到了岗上部队大院的家里。我已经把你的相片压在了我的写字台的玻璃底下，我们又可以天天见面了，看着相片上的你开心的笑，我也忍不住要笑了。

今天我痛痛快快地逛了回书店，把带去的 100 元花了 94 元！买的书有《大卫·科波菲尔》《浮士德》《巴黎圣母院》《红与黑》，以及琼瑶的《失火的天堂》，岑凯伦的《双面娇娃》，严沁的《云上云上》等。

当然，最惬意的是吃糖葫芦。因为你喜欢吃糖葫芦，现在一看到糖葫芦我就想吃，一吃就想到你。我吃的是一元一串的，串的是海棠果，又红又圆，亮晶晶的，糖汁冻得硬硬的，现在一想起来还流口水呢！你应该没吃过，我们学校周围从没有卖过海棠果的，什么时候你也能一饱口福呢？

另外还给你买了盘小夜曲的磁带，不知道你会不会喜欢。

林，今天我的运气超好。在买磁带的时候，我把装书的提包放在脚边，一个头上抹油、脚穿皮靴，身穿皮大衣的男子东张西望，迅速提起我的包就要走，我叫住他问你干什么？那家伙反应倒快，顺手把包放下，说对不起，他看看磁带，意思是包碍了他的眼。我点点头，没再理他。那男子装模作样地在柜台看了一两秒钟，赶快溜掉了。事后我很后悔，怎么没把这家伙送到保安部？也许他是个"大偷"呢！

那家伙打扮得衣冠楚楚，很时髦，孰知空有一副好皮囊。

陈
1991 年 1 月 21 日

亲爱的林：

昨天把《双面娇娃》看完，大失所望，我个人认为看它是在浪费时间。

今天读严沁自认为"最满意"的小说《云上云上》，感觉还不错，边读边想着你，要是我们两个在一起看该多有情调。这本书推荐给你，现在我还没有收到你的信，收到你的信后，我把书寄给你。

可惜你不喜欢传记类作品，否则，尼克松的《领袖们》和阎涛的《东行漫记——新中国从这里升起》，会令你大有收获。

又要告诉你一个坏消息了。昨晚临睡前吻你的照片，再用手摸时，不晓得上面还是湿湿的，指甲立刻在相片上划出道深深的印痕，又恰恰是在脸上，真要命，当时我心疼得不得了，可是没办法，对不起，你生气了吗？是那张你穿着红羽绒服在雪地里大笑的照片，抱歉，以后再不敢用手动你的照片了。

陈
1991 年 1 月 22 日

亲爱的林：

你收到我的信了吗？为什么还收不到你的信？你在哪儿？在路上，还是在家里？我的心在你身上，你可千万小心，别把它丢了，你在哪儿，它就在哪儿。不知道你在哪儿，就是不知道它在哪儿。没心的人，怎么活呢？真担心你啊，你能体会到这种滋味吗？

陈
1991 年 1 月 23 日

亲爱的林：

这么多天没有你的消息，我又有些坐立不安了，你怎么样？别叫人这样担心好不好？是不是我的信你一封也没有收到？现在做什么都没心情。现在对我来说，看见你的信就意味着看见你。

林，你知不知道，在和你相处的短短 50 多天里，我笑的次数比我以前笑的次数的总和还要多！

　　吻你。

陈

1991 年 1 月 27 日

亲爱的林：

　　每当我写下这个"林"字时，便想起当初我们热烈而郑重地商量相互称呼的事儿来。我们终于还是用了这两个普通的字，并给了它们一番合情合理的解释。真可笑啊，可我希望你永远是那个时候我心爱的林。

　　为什么一提起往事，我的泪水便涌出来啦？是因为它太美好了，还是像我现在预感的它将永远成为我心中的过去？

　　"人有三灾九病，最是相思难受，不疼不痛在心头，暗暗叫人消瘦。"诗词写相思，大多写得很美，即使愁，也是带着意境的愁，还不如这几句俚语说得透彻。"衣带渐宽终不悔，为伊消得人憔悴。"亦是至情人言语。而依我看，相思的滋味就是睡不着觉，吃不下饭，成天心思不定和脾气烦闷。

　　林，忘不了你眼中那闪烁的泪花，它凝聚着我们的真诚；忘不了第一次长谈时，那料峭秋寒的晚上两颗年轻的心是多么坦荡；忘不了南湖的冰面上，那对儿一前一后的身影；忘不了那棵老树下一对恋人相对落泪的情景；忘不了我们第一次携手上街时，天地为之欢笑的心情；忘不了第一次轻吻你秀发你害羞的神情；忘不了你捧给我的第一捧雪；忘不了你给我的第一个吻；忘不了我们的拥抱；也忘不了你敞开心扉的歌声。

陈

1991 年 1 月 30 日

亲爱的林：

　　今天是 2 月 1 日，现在是十一点三十五分，我正愁眉苦脸地看《百年孤独》，接到电话说有南方山区工厂的信，我硬装冷静地说我来取，就急急忙忙地跑出了家门。拿到信，用自己都能察觉的哆嗦的声音说声谢谢，马上夺门而出。到门外看到是你的字体，略感放心，捏着薄薄的信，小心撕开，匆匆看了几行，我忽然觉得自己好像底气都没有了似的，巨大希望和巨大失望之间的反差如此短暂地、快速地同时降临，我有一种眼眶发酸、怅然若失的感觉。我把信放在兜里，心里翻江倒海，什么滋味都有，你知道为了这一封薄薄的信，我的心情和连日的状态吗？你知道前几天就是为了你这封信，我每天都两次跑去收发室问吗？当然你全家团圆了，你光顾着高兴了！

冷静下来，我忍不住吻你的信。

陈

1991 年 2 月 1 日四点三十分

林：

今天我太高兴了，本来已绝望的我突然收到了你的信，你绝对猜不出，当我看着你写的熟悉的字体时的激动心情！

该死，耽误事的是邮局，你的信是 22 日投寄，可信封上当地邮局是 26 日寄出，路上走了 5 天，这样就等于我眼巴巴地盼了 10 天。

看了你的信，这几天一直盘踞在我心头的焦急、诅咒，全部化为乌有。我一直在害怕你是不是在路上遇到了麻烦？还是我的信写错了地址，我甚至做好了我们开学才能见面的准备，当时我真后悔放你走啊！

没想到路上你会那样顺利，"好人一生平安"，真的，真高兴！

林，你体会不出在经过巨大失望以后突然惊喜的心情，现在我很兴奋。

27 日以后，我没再天天写信，从今天起我要恢复原样，两天投寄一次，现在心里有底了，我还担心什么呢？

林，你要坚持练字，信封上的字很像样，功夫一定不会白费。

虽然已经是深夜十一点五十七分了，但心胸溢满着欢乐，我有点糊涂了，真不知道写些什么，什么都想说，可又乱成了一团，什么都说不出来，一切都乱套了。

奇怪，莫名其妙的你发什么牢骚和感慨，谁说马上和你结婚啦？你这个胖丫头，我爱你，胖丫头！记住，以后你再离开我，千万一到地方就写信打电报啊，千万别再这样吓唬俺了，好不好？

收到了你的信，我好像大难不死一样，全崩溃了，再也没什么兴趣给你写什么了，再见，问你全家人好，吻你，可爱的胖丫头！

陈

1991 年 2 月 2 日凌晨

亲爱的林：

昨天夜里写完信已近两点，仍无一点睡意，今早八点起来，其实最多睡了有一个多小时的觉，满脑子的你，只好看你的照片，看你的信才稍稍得到点安慰，起来后洗把脸，匆匆扒了几口饭，去邮局把信寄了。不知怎么搞的，今年部队大院特别不顺，新年没过几天，车库的"最可爱的人"就连接出了四次车祸，死了两个人，当官儿的正心有余悸地说，幸好还没到指标（大约事故名额是三个），话音未落，今天中午就听说刚才一辆"解放"卡车居然"再立一功"，又一个人被撞死。现在十天死了三个人，够骇人听闻的，闹得人人自危，连门都不敢出。真想立刻离开这个鬼地方。

现在我在想什么时候能收到你的第二封信呢？瞧，多不知足，不过，顶多今天就能收到，如果邮局不耽误事的话。回信时别忘了告诉我，你已经收到了几封信。

遵照你的指示，我不打算主动把你我的事和家里说，不过你的相片我早就放在了玻璃底下，如果他们看见问我的话，那可不怨我，你说呢？

今天和三个叔叔下棋，晚上又和父亲下，倒是赢了，可最后，父亲说，对待比自己辈分高水平又低的人，应该让着点，虽然从前我也知道这个道理，可总觉得何必把它变成一种交际手段呢，所以从前赢是真赢、输是真输，也许无意中得罪了不少人呢。从没在乎，可现在我才有点动摇，给人留面子，也许是种礼貌的表示。锋芒毕露，特别是在一事无成的情况下，又有什么好处呢？

陈

1991 年 2 月 2 日

亲爱的林：

上午听广播里的"空中大舞台"，有一段《简·爱》录音剪辑，我更想你了，别担心我们没有结果，命运在我们自己手里。

听完广播感到又乏又累，躺在床上迷迷糊糊就睡着了，梦里又是心爱的你，梦醒，索性坐起来呆呆地想你。现在才知道，古今中外，没有谁能真正表达出这种刻骨铭心的相思情，真正的情，尽在不言中。所谓言不尽意也。

恋人的发呆也该是种境界吧，苦中甜，甜中苦，欲说还休，欲休不止的境界，真想时时刻刻和你在一起。

陈

1991 年 2 月 3 日

亲爱的林:

　　天天读你的信，天天看你的相片，总觉得心里仿佛缺点什么，有时读着书，看着书，脑袋突然闪出个你，于是心全散了。

　　你们那里现在春节气氛浓不浓？反正这儿已经是有点意思了，部队的文艺演出，地方歌舞团的慰问演出，什么年终总结大会、发奖大会走马灯似的，瞧这架势，春节可能会挺热闹。

　　今天吃了豆包，部队又分了点狼肉，看来这个寒假我吃的花样一定比你多，今天本应该把信寄出，但还是等你的第二封信到了再寄吧，《云上云上》我也不敢寄了，邮局实在令人不放心，开学时我带给你。我的信，你还没收到吗？照这样下去，假期我们其实通不了几封信。

　　林，我在想怎么还收不到"您"的信呢？记得有一次在学校，你怕我着急，吃完饭就急匆匆地来找我，结果把肚子弄岔气儿了，"渴望"你现在就岔气儿一回！你知道你不在我身边，我没法埋怨你，是不是，就狠心地让我等啊等啊等啊等个没够！

2 月 4 日八点二分

　　林，你说诅咒会不会有效？我刚放下笔，父亲就拿来了你的两封信，是两封！我兴奋地端详了半天，简直不知道先开哪一封好，林，你真好！

　　你一直说我的爱来得"迅猛"，你应该知道，因为那是我，既然我选择了你，既然知道了你对我的一片深情，我为什么要犹豫呢？我说过，我从前从没有仔细注意过你，其实，我对咱们班上的女生都没有注意过，但你在我心中一直是好的形象，你不是那种漂亮得引人注目的女孩儿，可你有自己的性格、思想、气质，相貌的美总会消失，不会消失的是内在美。林，你是我的，我会一生爱你！

　　既然你知道我的爱来得迅猛，你好像就不应该对我的那些要求感到奇怪，当你说我欲望强烈的时候，我一直想辩白，其实我以前从没有接触过女生，没有任何性的经验，它对我来说是神秘而且具有吸引力的，但怕你不相信。我很理智，在我知道你爱我、信赖我以后，我不想隐瞒心中丝毫的情感，即使那的的确确是很羞人的，但你是我的，在你面前我不要控制自己，不要！

　　我们交往的点滴我都记得一清二楚：

　　1990 年 12 月 12 日，你终于敢正视我，敢让我看你的脸了，你告诉我，从前我一直感到自己在天上，现在感到回到地上来了；

1990 年 12 月 22 日，你偷偷地吻了我的脸颊，可你那时从不允许我吻你；

1990 年 12 月 24 日，你答应我在你生日那天让我吻你，告诉我"甜蜜的初吻是对人生的承诺"；

1990 年 12 月 29 日，我把初吻给了你，你把初吻给了我，当时我们心跳得好厉害；

1990 年 12 月 30 日，你的生日，我请你在饭店吃的饺子；

1991 年 1 月 11 日，我知道了你身体的"秘密"……

你说的那个风雪夜晚是 1990 年 12 月 1 日，我们在一起看完《悲惨世界》以后。

你别吓唬我好不好，这才是真正的"不可兼得"呢。一方面我也希望你吃得饱饱的，另一方面又怕你长得圆圆的。唉，离你这么远，说了也没用，你自己悠着点吃吧。反正我已有了准备，你不会太叫我吃惊的，胖胖的林。

林，你纯粹是在折磨人，你明知道我想读你信的迫切心情，为什么要把信纸叠得那么复杂，那么花样百出，眼睁睁地看着它又不敢使劲弄它，花了好长时间才打开它，那时真恨得我牙痒痒，你若在身边，说不定我要"揍"你了，亲爱的。

陈

1991 年 2 月 4 日九点三十分

亲爱的林：

上午把前两天的信寄出，真担心你收不到呢，回来的时候给你打电话，打不通，下午又打，还是打不通，估计想听你的声音是办不到了，真没意思。

看你的信，你好像把每天的时间安排得挺满挺忙的，又是看书学习，又是弹吉他打毛线，提醒你，别把自己搞得太紧张太累了，如果开学见面时发现你瘦了，我宁愿你胖胖的，听见没有？

不知道春节邮局休息不休息，如果休息的话，我们又该倒血霉了，20 日以后，我们不能再寄信了，否则也收不到，林，还能收到你几封信呢？你在天天写吗？

陈

1991 年 2 月 5 日

亲爱的林：

这封信比较顺利，从山区工厂30日寄出，5日到岗上，现在正放在我的桌上，你放心，你的信我全收到了，这是第四封，可是我已经给你寄了六封了啊，你怎么才收到第二封？

我夜夜都会梦到你，甚至有时偶尔中午躺在床上休息一会儿，脑海里浮现的也是亲爱的你，可是你的家人从来没出现过，每次都是我们两个人在一起，也许是因为我对他们还没有什么概念。

林，别担心我的家人，寒假每个人对我都挺好的，这是从前不曾有过的。父亲和我在一起的次数，比以前多了点，还和我说了很多话，大意是说我别太死心眼儿，一心要当作家，别的什么也不顾，要多为自己准备条路，他说相对来说，做学者比较容易，只要下功夫，学者就是时间积累起来的，我说我也这么想，我不喜欢社交、应酬、搞宣传，但做个搞学问的人，恐怕我的优势还有吧，我说我要两方面一起来，做学问的同时培养自己的创作能力，总之，我不会让一生白过。

林，别忘了天天练字，这个也是你说的，这封信你的字写得有点潦草，要注意了。

没打算"研究一番"言情小说，我说过，对这类流行一时的作品，不能多看，不能不看，找一个流行作家的代表作品，一两本就够了。看看他们的风格、特点，心里也有底，因为既然流行，总该有点原因吧。琼瑶的文字确实比较细腻、煽情。可是，"她笔下的纯情女孩儿根本不存在"，是不是，亲爱的林？这是哪个胖丫头说的？

你打的围巾，既然连自己都觉得很好看，何况我呢？不过也给你打个预防针，这儿的天气不是很冷，说不定到时候英雄无用武之地呢。

是不是因为"秘密会给人带来欢乐"，所以你从不叫我看你的日记——你看我日记?! 瞪大眼睛，好凶的样子哦。

这封信你写了三个"冒"字，可都写成了"昌"，不认真。

以你母亲的遭遇得出"男人本来就是靠不住"的结论一点也不奇怪，天下男人本来就是各式各样，龙虎虫豸，角色齐全，女人又何尝不是这样呢？

陈

1991 年 2 月 6 日

亲爱的林：

　　你好啊，我已经三天没有收到"您"的信了，怎么搞的？你怎么样？时间还抓得那么紧吗？昨天上邮局寄信，看到不少卖鞭炮烟花的，不禁想起元旦那天，我们俩上街为班里采购的事儿来，那天我们做得多糟糕，鞭炮没买到，连挂历也不是完整的，特别是当别人一张一张翻挂历的时候，我懊恼极了，你我的心都跑到哪儿去了？

　　林，我们一起上过两次街，真留恋那时的分分秒秒，爱做梦的你啊。当我在车上吻你的黑发的时候，我已经"承诺"了，一切我都会"迅猛"，别怪我，别拒绝我，我害怕你的拒绝和推辞，那时候总以为你依然不相信我似的。当那次你真的要喊叫的时候，霎时我觉得心都死了，一下全冷了，好像我就是陌生人，我永远不会做让你不高兴的事，也永远不会强迫你做任何你不愿意做的事情，那次你那个样子，即便答应了，我也会自己放手。但我要的是当时你的态度，这种心理很微妙，好像就是让你在表面上服从我，我就会得到了满足。这可能就是大男子主义吧。可你的毫不带感情的喊叫，使我感到自己有种犯罪感，以后几天里我一直在怀疑，不敢再看你，不敢碰你，我狠狠地骂过自己，责备过自己，我那时已经把你看作我的全部，并且以为你也是这样想的，可从那次以后，一切全塌了……幸好都过去了。

　　林，因为我爱你，所以我永远不会强迫你做任何你不愿意的事情，这是我的承诺，也是我做人的原则。

陈
1991 年 2 月 9 日

亲爱的林：

　　你真该挨骂了，昨天我打了两次电话问有没有信。今天电话没打通，我去办公室找，等到邮差到，还是没你的信，你怎么啦？我又不想骂你了，既然你也体会到了等我信的心情，为什么总让我等你？是不是总这样粗心大意？

陈
1991 年 2 月 10 日

亲爱的林：

　　今天收到你的第三封信，即使我明知道你比我还着急，但收不到你的信时，我就埋怨你，别怪我昨天的话好吗？回来后，我匆匆画了张卡片，我要争取在今天邮走，别的话来不及说，现在已经快两点了，我要马上去邮局。

陈

1991 年 2 月 11 日

邓林的信

亲爱的陈：

你好吗？我真想你，你在做什么呢？今天是 21 日，想你一定已经到家了，指针指到八点四十分，说不定你还在睡觉，坐车实在太累人了。

陈，还记得吗？我着急地在车窗上写"汽车"两个字时，还不能肯定回学校有班车，只是怕你错过了时间，后来上了火车，从老乡那儿听说只给老师们准备了一辆班车，我担心你是否知道，如果你没赶上车怎么办？这个问题一直在我脑子里转，其他什么也不想。

我真没料到，这次回来得如此顺利，18 日晚从春城出发，20 日早上七点多就到家了，我那个研究生老乡早在 16 日就已经踏上归途了，可恶的是我18 日下午才知道这个消息，我没告诉你，怕你会更担心我的旅程。19 日上午十点五十分到北京站，我让六系 89 级一个男生帮我上 245 直快，恰好他又介绍了两个老乡也上这趟车，都是不出站签票的。开始，列车员不让我们上车，我们就在站台上等了一会儿，后来趁她转身不注意时，一下子就溜进了车厢，她发现了也没办法，因为这趟车根本没有几个人签上票。可笑的是，坐在我们旁边的几个人是这个列车员的熟人，连火车票都没买，更何况我们只是没出站台签票而已了，所以他很客气地对我们说，"你们随便坐吧，不罚你们了。"

这样连续坐了 35 个小时的车，后来由于车厢里烟味太浓，加上没暖气，我又冷又想吐，头疼得厉害，觉得一点力气都没有了，到了家乡车站正下着雨，幸好还不大，天还有些黑，我背着那只沉重的包，一个人在空无一人的大街上走了 20 多分钟才到家，衣服和包都湿了。

楼门紧锁，他们都还没起来，我站在那儿等了一会儿才有人起来开门，家里人感到很意外，当然也非常高兴。

昨天回家以后和家里人聊了一通，我就想给你写信，可是感到长时间坐火车之后的那种极其发晕的感觉，只好躺下休息。

陈，此时窗外仍是阴沉沉的，南方的冬天总是下雨，人的心情也会时常和这雨天似的。你在干什么呢？也许你还没恢复体力吧，我在想你的感冒会不会加重？最后一段时间，我觉得你好像很疲惫，一方面生了病，另一方面是学习的压力。虽然你总说没事，你不想我替你担忧，可是我非常愿意，尤其是当你把头靠在我的肩膀上一言不发的时候，我心里就有一种强烈的愿望，我一定要让你感到快乐，一定要分担你的忧愁，一定要尽我的全力来帮助你。

林

1991 年 1 月 21 日早上

亲爱的陈：

你好吗？今天过得稀里糊涂的，早上听了一会儿新概念英语磁带，下午看了一会儿书，妈妈又给我讲了她如何去北方的经历，我已经听过两遍了，虽然明白她下面讲的是什么，但还是装作很感兴趣的样子来听，不过我确实为父母惋惜，调到南方后，东北原来的一批建设兵团的有功之臣，每人都得到了一枚奖章并记入史册。

本来我打算含蓄地把我和你的这件事告诉妈妈，但妈妈恰好告诉我，她很赞同趁年轻时多学点知识，不要过早考虑个人问题的观点，而且认为两人如果不是一个地方的，更不应该谈，我没有勇气告诉她了，再过一阵子吧。

妈妈大约 2 月初回老家去，天天穿着那双新棉鞋走来走去，嘴里还总哼着歌，这在从前是绝对没有的，或许她的坏脾气也只是在生活不顺心的时候才形成的吧，现在家里只剩弟弟了，其他的不用她操心，当然心情也就好起来了。

今年寒假一回家，我就发现家里的气氛不同以往。以前总有妈妈的唠叨声，爸爸和妈妈争吵的声音，要不就是妈妈训斥姐姐的声音，而现在妈妈很少说姐姐，爸妈之间似乎也亲热了许多，妈妈脸上总有笑容，哼着歌给我打一件细毛线的毛衣，我要学织手套，她就教我打，还帮我织呢，家里的气氛明显安静快乐了许多。

我和妈妈聊天的时候问她，如果将来我毕业后继续读书，将来不回南方怎么样？她脸上带着笑，说："你有本事留在大城市也好，谁也留不住你，不过我还是希望子女在身边，实在不愿意也没办法。"我的心一下子落在了地上，感到踏实了不少，既然妈妈有这种想法，那我就不担心她不让我留在北方了。爸爸那边更好说，他更管不了我的事。

在这里，不少男孩子都戴白色的围巾，穿着黑色的冬衣，显得既稳重又有书卷气，倒也蛮好看，虽然北方的男孩儿这样打扮显得秀气了一点，但我想这也挺适合你的，于是我打算给你织件白色的围巾，但回来三天了，一直是小雨不断，淅淅沥沥的，非常有耐心，只好等天晴再说了。

陈，我真想你。吻你。

林
1991 年 1 月 21 日

亲爱的陈：

早晨醒来，外面依旧飘着雨，这下又无法去买线了。

我盼着你的信，明知道二十七八日之前不可能收到，况且我的信到今天还没寄出呢，那么你的更晚了，明天无论如何也得发信了。让你等这么久，你不会以为我忘了你吧？你对家里人说了吗？我总觉得你现在就说，是不是太早了点？

从今天开始，我计划每天写一个小时的字，心想一定要坚持住，看看一个假期后有没有长进。你每天也在练字，看棋谱吧？陈，无论做什么事，我还是不能完全投入进去，脑子里总想着你，所以帮他们做事也马马虎虎的，妈妈有时吃惊得哭笑不得。

夜深了，明天我要去给你寄信。

盼你的信！

林
1991 年 1 月 22 日

亲爱的陈：

天终于放晴了，几天来一直都没出门，都不知道已经在家住了几天。今天早上在楼下看到几株矮矮的蜡梅树，开满了淡黄色的蜡梅花，我挺喜欢的，就摘了一枝插在小瓶子里。枝干上没有叶子，除了小小的花苞，就是已经开放的花朵，花瓣儿也小而且有种蜡质的透明感，散发的香味和金银花一样，难得在冬天看到什么花，东北的冬天就是雪的世界。

从昨天起有点感冒，屋里的温度也只有五六摄氏度的样子，坐的时间长了，手脚就冰凉的，看什么都看不进去。

爸爸去武汉办事，我让他帮我买了六两白色的马海毛毛线，马上就能开始织了，我给父母说是给自己织的，他们也没多问。

渐渐地也做起家务事来了，但没什么兴趣，只是帮二姐一点忙而已，你在家过得还好吗？是不是像我一样盼着日子一天天快点过去？

吻你！

林

1991 年 1 月 26 日

亲爱的陈：

你好吗？你知道当我接到你的信时有多高兴吗？当时真是急不可耐，一连声问姐姐"信呢？"躲开他们的视线，我跑到阳台上看信，刚看了几行，鼻子就发酸，匆匆看一遍就揣进兜里，不敢再看第二眼。

晚饭后洗碗，收拾厨房，看完新闻后，又去学了一个小时吉他，回来后继续织围巾，就是不敢再去碰那封信。坐在被窝里，我慢慢地打着毛线，脑子里全是你的身影，跟姐姐说话也有一句没一句的，后来姐姐困得睡着了，这时已是深夜十二点。我躺下读你的信，仔细地一句一句地读，离开时的情景，清晰地浮现在眼前，还有你那个大胆的吻。黑夜里，寒风中，你孤独地走在雪地里的影子，寝室里，你不思茶饭伏在桌子上写信的样子，仿佛就在眼前，不知什么时候，我哭出了声，眼泪打湿了枕巾。忽然想到姐姐已睡了，就忍住不出声，关了灯，闭上眼睛，但泪水还是不住地流、流，直到入睡。早上一睁眼，又从枕头下面抽出了信，看了一遍又一遍。唉，陈，我多想和你在一起啊，每时每刻都在一起，不分开。我的心终于分成了两半，一半在家里，一半在一封封寄给你的信里。

陈，我听爸爸说我们厂的长途电话不好打，除了分厂的号码外，还有总厂的一个号码，如果你打不通，就别浪费时间了。

陈，新学期我要认真把功课学好，要比以往更努力地学习，为了我们的将来。你一定要帮助我，我需要你，我开始考虑下学期我们怎么处理学习和娱乐的关系。我还是愿意咱们天天在一起看书，一起说话，一起去打饭，一起走在回宿舍的路上，真是太矛盾了。

　　我不能没有你，从我第一次把手伸向你的时候，就在那个风雪的夜晚，我觉得自己从来没有那样脆弱过，那么急切地想靠近你的时候，我就已经离不开你了。你的爱来得那么迅猛，以致我无法相信这是真的，一直以为是在梦中，生怕一醒来梦就消失了。你问过我是不是不再做梦了，问我什么时候才相信这是真的，我想大概是我答应你，让你在我生日那天吻我的时候吧！

　　陈，现在干什么事都没心思，不过不幸的是，我的胃口一直都不错，每次都吃得超量，因为父母也希望我多吃一点。这里的冬天，外面虽然不冷，但是也没什么可活动的，所以天天憋在家里，只能听见外面工地上施工的声音，如果这个寒假这么待下去，我真会又增加重量，先给你打一针预防针，免得把你吓一跳。

　　一封信分两天写完，明天我想马上寄出去，真的好想你，吻你！

林
1991 年 1 月 27 日

亲爱的陈：

　　你好吗？这是放假后的第八天了，觉得像过了很长时间似的，妈妈上医院拿药去了，我一个人在家里，屋子里有点冷，妈妈大概 30 日就动身去山东过春节，可是弟弟马上要放寒假，我还是不能安静地待着。

　　今天又是八点半才起床，九点钟开始看英语，到十一点多钟时，脑子开始发涨，眼前的短文怎么也看不懂似的，这次在家里，我很少像以前那样活泼，不笑也不闹，只喜欢一个人关在屋子里，或看书或给你写信，围巾打到有一尺来长了，我觉得很好看，不知道你喜欢不喜欢。

　　亲爱的陈，我的预感再次灵验，今天果然有你的信！我一边看，一边笑，像你十足的孩子气，快件似乎也并不快，因为三封信已寄出了，不过我深信不疑，你能够收到，你收到了吗？对了，你怎么还买那些言情小说？是不是想研究一番？

　　陈，别再把你的名字写在信封上，很多人会看到的，这封信就是姐姐的一个同事给我的，我不想让别人知道我们的秘密，虽然早晚会知道，但秘密会给人带来快乐，是不是？

　　电视上正在演琼瑶的《三朵花》，讲的是一个受丈夫抛弃的母亲，如何反对她的三个女儿谈恋爱的故事，才演到一半，已经把我深深吸引进去了，我觉得琼瑶真有本事，她怎么会那么深刻地体会到那种畸形的家庭中女性的不正常心理呢？其中人物的对话总能引起我的共鸣，也许是她们也在读大学，而母亲又把她们管得那么严，把谈恋爱又看得那么可怕的缘故吧。我多希望妈妈也能好好地听一听，可她总是很不以为然地说，那位母亲是对的，男人本来就是靠不住的之类的话，我实在太失望了！

陈，你知道我在想你吗？几乎是不分早晚，除了你，还是你，桌子上的书是你的，字帖是你的，信是你的，钢笔是你的，磁带是你买的，围巾是为你织的，拉开抽屉就能看到你的照片夹在影集里，你过得快乐吗？你也在想我吗？天天盼你的来信。

我要赶在邮差进厂前把信寄出去，他每天下午才把信取走。

快点来信，吻你！

林
1991 年 1 月 28 日

亲爱的陈：

昨天一直飘着小雨，到傍晚的时候突然下雪了！哇，那一团团的雪花好大呀，在东北都没见过这么大的雪花呢，当时真高兴坏了，心想今天一早准是银装素裹的吧。可是早晨一看，哪里有什么白雪，跟平日下过小雨一样，地是湿漉漉的而已。

妈妈已经走了，家里一下子冷清了许多，大概这个年也不会太热闹，我倒还喜欢这样。

陈，每天我都临一篇钢笔小楷字，越写越觉得《灵飞经》上的字好漂亮啊，开始我还觉得它好普通的。这几天开始练吉他的切音，每天下午没事就砰砰砰地弹，把他们都烦死了，不过从我一开始练时，他们就讨厌，可我照练不误，要不然听他们的，一辈子都没办法学。

日复一日待在家里，除了学习就是忙家务事，我都有点厌倦了，当然，织围巾除外。织围巾的时候最惬意，靠在被子上懒懒地打，手指机械性地一动一动，脑子里静静地想着你，想你一提起书法就一本正经感慨万千的样子，想你为什么那么淘气又成熟。陈，你知道我有多喜欢你吗？从小习惯于隐藏感情的我，现在几乎变成了另外一个人。我现在才知道爱是多么美好的、可贵的，都因为拥有了你，拥有了你的爱。

我得把信快点寄出去，可是又没有家门钥匙，盼姐姐提前下班，真希望今天有你的信。

吻你！

林
1991 年 1 月 31 日

亲爱的陈：

真不知道怎么安慰你是好，收到你的第三封信，看到你从 23 日起就开始苦苦等待我的第一封信，我简直后悔死了，应该一回家就寄信给你，虽然 23 日把信投到了厂里的邮箱，起码 24 日它才能被送走啊！而且如果前三封信因为地址原因收不到的话，那么，只有等到 2 月 5 日以后了。唉，陈，别着急，我好好地在家待着呢，别再为我担心好不好？这样下去，你还怎么度过这个寒假呢？

今天是 2 月 2 日，上帝保佑你最少收到了我一封信也好啊，从 26 日起，你是怎么想我的呢？真是的，为什么要放假？为什么要回家？害得你担忧成这样！陈，虽然我也天天想你，常常一个人坐在椅子上发愣，但我知道什么时候就能收到你的信，那时我又变得有说有笑的。

好了，陈，希望你安安静静读你的书，你有那么多的书等着你。收到这封信的时候，你的书看得差不多了吧？《失火的天堂》和《双面娇娃》我都看过，听你这么称赞《云上云上》，我很想马上就能看到它啊。还有你认为的那两部写得好的传记作品，倒使我好奇起来，如果以后有机会我也要看一看的。

不论我在干什么，总感觉你的心和我在一起，不是吗？看书的时候，偶尔看到一两句你写的批语，仿佛我们在一起读它一样。弹吉他的时候，一唱那首"你知道我在等你吗？"眼前出现的就是你对我似开玩笑似认真地说这句话的样子。练字、听磁带都一样，除了你还是你，或许你不如我这么幸福，所以才着急的，多希望你也能随时感觉到我的存在、我的思念啊！

亲爱的陈，我所有的照片你都见到了，单人照少得可怜，如果你喜欢，我就把那张再洗一次，本身底片上就有一道痕迹，你不必太在意了，以后还会照的。我可不好意思晚上睡前，当着姐姐的面看你的照片，更不用说吻了，所以你的照片还是好好的。

　　陈，想你都快想疯了！

　　吻你！

林

1991 年 2 月 2 日

亲爱的陈：

　　收到你的第四封信了，你会怎样的坐立不安，怎样的急躁，我完全能够想象得出，而且我的情绪也随之低落，虽然我明知道今天你肯定会收到我的信了，可是那几天对你来说实在太难熬了，我只有心疼的份儿，半点办法也没有。一切都快点过去吧，我要见你的充满快乐的信，否则我会担心得要命的。

　　陈，我很好，每天在家里睡到好晚才起来，顿顿吃得都很饱，没有干什么家务活，除了看书，就是听英语、打毛线。说真的，我可没有像你那样茶不思、饭不想的，因为首先我知道我们之间通信时间至少要七天，而且 26 日那天我就收到了你从学校发出的信，要不是我寄信晚了，要不是邮局离得太远，唉，也免得你这么受苦。但现在你别让自己烦恼了，我们都过了一半假期了，前两天我也是什么都不想干，懒懒散散就过来了，现在又有点后悔。

　　陈，我没办法给你打电话，除非上邮局，不知道你那的电话是否登记了账号，否则也打不过来的。如果你要打，只能打到厂里，我还不能马上就接到哦，实在太讨厌了，不如不打吧，总能收到你的信，我已经够满意了，非常心满意足。

　　你知道吗？我也把你写的信都带了回来，握着厚厚的一摞，心里好幸福，这里面有你，你就在我眼前向我诉说。陈，但愿明天或后天再收到你的信时你不是失望的，再这样我不敢再看你的信了。会不会呢？有时也觉得你也够傻的了，有这么快的信吗？还有几个像你这样多愁善感的男孩子呢？真拿你没办法！

　　现在已是半夜，桌上没有闹钟，被爸爸拿去用了，我估计是差十分钟十二点，你睡着了吗？啊，不对，刚才钟响了 12 下了，好了，我也要睡了，晚安，陈。

　　不能吻你，怕你惊醒。

林

1991 年 2 月 4 日

亲爱的陈：

　　昨天和今天都没有你的信，不过也是意料之中的，因为你在等我的回音呢。快到春节了，我给室友们发了信和卡片，将厚厚的一沓送进邮筒里，觉得挺得意的。我不喜欢上街，所以今天上一趟街，把要办的事一块儿办了，新配了一副眼镜，和原来的那副很像，只是度数大了，本来很讨厌戴眼镜，现在更怕摘不下来了。

　　陈，我真想你，你在做什么呢？

　　纸短情长。

　　吻你。

林
1991 年 2 月 6 日

亲爱的陈：

　　你好吗？今天不管怎样都该收到我的信了吧？一想到接连好几天的焦急等待，我真担心你会觉得我没有想你，把你忘了，什么时候才能把你的急性子忍一忍，偏偏我又是个慢性子的人，说不定你要大吃苦头的哦！

　　明天是小年，不知道你们那里是否重视。二姐和弟弟的生日，准备明天一块儿过，正好他们时间相隔不远，倒也方便，只是我妈不在家，累就累我爸了。

　　前天晚上，爸爸和弟弟生气，一气之下不做饭了，我只好放下手里的毛衣，下厨房却不知道做什么好，在家待了十几天，没做过一顿饭呢。忙了半天，稀饭干饭馒头全热上了，然后又煮挂面，越干越好玩儿，可是把作料放好了，面条盛上了，一吃什么味道都没有，原来是因为没放盐，弟弟因此对我大大嘲笑了一番。或许是因为有心事，这次假期我做的家务很少，姐姐悄悄告诉我说，妈妈曾为此嘀咕过，千万不能惹她生气，这一点实在太重要了，你恐怕无法理解。

　　陈，希望你的胃口好，这样好长胖一点，希望你能和家人和睦愉快地度过这个春节，我从没有过过一个这么不踏实的寒假，才真正体会到"牵挂"的滋味，最最希望的就是你过得比我好。

　　吻你。

林
1991 年 2 月 7 日

亲爱的陈：

下午几次提笔，又不知道该写什么，三天不见你的信，我已经沉不住气了。晚上我们给姐姐和弟弟过了生日，爸爸亲自做菜，从中午起就开始准备，因为我家离厂区很远，白天常不供应水，所以还挺麻烦的，虽然我没什么心情，但也不忍心破坏他们的兴致，还是帮忙洗菜。不知为什么，我一帮忙做饭，就让我洗菜，据说是性子慢的人洗菜洗得干净。

陈，睡觉前，我的脑子里总是我们在一起的情景，想着想着就进入梦乡了，一连几天都是这样。

吻你！

林

1991 年 2 月 8 日

亲爱的陈：

谢天谢地，总算收到了我的信，我一看到你收到了我的信，一直悬着的心才放了下来，这下可好了，你会收到更多信的。尽管十天来你都没收到信，我还是相信你一定会收到我的全部信件，我的感觉是不是很灵验？

看到你如此高兴，我也高兴得不得了。唉，你真是个大孩子！

陈，你知道现在我家又有了一只来做客的猫咪吗？弟弟的同学托他养几天，他们全家回老家过年去了。它背上的毛一块儿黄、一块儿黑，交错排列着，肚子上的毛是纯白色的，就像谁在一块白色的画布上随意抹了几处似的，看上去还挺漂亮。我猜它的爸爸妈妈应该是一只黄白相间的猫和一只黑白相间的猫。你不知它有多胖啊，它身上的毛又滑又软，不过我觉得它好像是一只怀了小猫的母猫，要不怎么显得那么笨拙呢。它不怕生人，谁抱都可以，爱窝在床上睡觉，爸爸向来讨厌猫在床上玩，所以为此大发脾气。

陈，我们厂明天放假，估计你父母单位也该放了，我担心春节期间我们厂的邮箱没人管了，怕你的信耽误下来，我准备自己去取，就怕邮递员不来了。我算了一下，如果你想提前返校的话，最晚也应该在 25 日，所以我十七八日以后就不给你寄信了，免得还要转到学校来，但我还会给你写的，真想快点见到你！

我现在过得还算开心，虽然平平淡淡的，倒也轻松，一想到学校就有一种紧迫感，所以又有点不愿意去学校，但是又想快点见到你，算一算，还有半个月的时间，我们又可以见面了，真高兴！

陈，祝你春节快乐！对了，我要在大年三十晚上为你放一只花炮，祝你快乐，你说好不好？

林
1991 年 2 月 10 日

亲爱的陈，你好：

又收到了你的信，已经是第六封了，这回轮到我对你道歉了，因为这几天厂里放假，收不到你的信，也没办法寄信，还下雨了，又不敢骑车上街，我好没用的啊，所以两天没写信了，你等急了吗？千万别在心里骂我。现在我感到非常抱歉，今天意外地收到了你的信，又是长长的 7 页纸，看着信我又高兴又后悔。

告诉你一个好消息，昨天我一鼓作气把围巾全织完了，厚厚的，软软的，我真有点担心是否太厚实了，白色本身就是发散色，这下你戴上后一定会显得"雍容华贵"的了。一共织了 15 天，姐姐说速度真够快的，今天是腊月二十八，家务活多了起来，我也一天到晚看不了几分钟书，速度大大放慢了，看来学习的任务的确完不成了。

陈，我也不知道这两天是怎么了，像着魔似的想你，越是忙，家里越嘈杂，我越是忍不住时时想起你来。和你在一起的时候，心情总是那么宁静、幸福，身外的一切都听不见、看不见，只有你才是唯一真实存在着的。昨晚上第一次躺在床上，端详你的照片，不住地向姐姐讲你怎么高兴，怎么生气。我忍不住直笑，姐姐叹着气摇着头说我是傻丫头、痴丫头，我反驳她说我还不及你的一半呢，然后她就说我们俩真是一对小疯子。

早晨起来好晚了，将近十点，因为外面下雨，所以天还很暗，睁开眼睛，第一件事情就是从枕头下抽出你的照片看。

亲爱的陈，知道你在家里吃得好，我比自己吃到了还高兴呢，你要多多地吃，希望能一下子胖起来，祝你胃口好。现在我一个人在房间里，听着你买的那盘《浪漫吉他》磁带，心里又是平静的了，仿佛又回到了你的身边。

陈，当我看到你信中列出的详细的时间时，我的眼睛又湿润了，但这次是幸福的、满足的，因为我再次体会到远在千里之外的你对我的那份真挚的感情，没有比这更让我感动的了。到底是你，这就是你！亲爱的，我永远不会为自己所做的而感到后悔，即使将来我们无法在一起，我还是你的，谁也无法改变这个决心。陈，现在我的眼泪已经夺眶而出了，不知道为什么，我一想起或说起我的爱、我的决心时，就会流泪，而当我受到打击，受到别人的流言蜚语，却心硬得像块石头，不会为此掉一滴泪。陈，你不会觉得我怪吧？陈，你真好，我相信不会有第二个人像你这样爱得不顾一切的。"你教我认识了爱的真谛，你教我认识了生命的意义，"听见了吗？我在唱那首歌，默默地在心中唱给你一个人听。

马上要过春节了，家里没有多少节日气氛，离市区远，也听不到什么很热闹的声音，只偶尔有一两声小孩放鞭炮的声音，提醒我后天就是大年三十了。现在长大了，春节不再是盼望到来的了，"平平淡淡，从从容容是最真"嘛！

重新翻阅席慕蓉的《时光九篇》，原来觉得生涩难懂的地方，现在一下子好像全懂了，自己也不明白，怎么就能理解的？或许是长大了吧？

陈，爸爸要上街买菜，我让他帮忙把这封信寄出去，害得他要绕个大弯子了。

吻你！

林

1991 年 2 月 13 日

亲爱的陈：

你好吗？想不到吧，到现在已经晚上 11 点多了，爸爸和姐姐还在厨房里忙着炸丸子、炸鱼、炸藕盒，屋子里弥漫着浓浓的油烟味儿。我的任务就是织自己的毛衣，那件旧了的重新拆洗，再掺黑线织，一气织了两个多小时，手累了就跑到厨房看看，尝尝炸出来的肉丸子，好香啊。那只肥肥的猫咪蹲在厨房地上，一个劲儿地喵喵叫，因为鱼丸已经炸好了，它都快馋死了，我一边吃一边悄悄喂它，生怕被爸爸瞧见，因为电炉子上已经在给它炖饭了。看看，我们过年，它也过年呢！明天就是三十了，家里要准备团圆饭，更要忙了。今天早晨起来就和姐姐一起蒸豆沙包，中午又做菜，本以为精心烹制的麻辣豆腐一定"味道好极了"，结果最后一尝，没想到豆腐是带酸味的！白费我放了那么多作料了。

亲爱的陈，今天过得愉快吗？好想你，晚安。

林

1991 年 2 月 13 日

亲爱的陈：

知道吗？今天可是大年三十了，厂里居然有值班的人把你的信送来，而且还是冒雨，你不必担心会被人贪污了，每封信我都会按时收到的。

陈，好几天我都没时间练字了，当然不会比以前写得更好看，怎么练还是老样子，你就别管我了，只要你写得好就行了嘛。

亲爱的陈，还有五个多小时就要过新年了，你在干什么呢？吃饺子，看电视还是下棋？反正不会一个人躲在屋子里看"老庄"吧？下午吃完了团圆饭，总算忙完了，姐姐给我梳小辫用绸带缠起来，看上去像个少数民族的发型，我挺喜欢的，她又给我化了点淡妆，反正是在自己家里没人看见。外面的鞭炮声，从中午就一直没断，都是吃年夜饭前放。你们家，除了吃饺子，也做年夜饭吗？知道你们家对你越来越好，我当然就放心了。最希望你能过得快乐，现在好想和你在一起，要不明年春节你就到我家来过春节吧，你愿不愿意啊？就怕你家不乐意。

陈，有好多话要说，可家里人开始催我看电视，对我大年三十还写信的行为感到不满，对不起，明天再写好吗？祝你快乐，我要使劲放花炮，你看得见吗？

吻你！

林

1991 年 2 月 14 日

亲爱的陈：

虽然今天是大年初一，但我们这儿离市区远，听不到什么热闹，又懒得骑车去看，早晨一直睡到 11 点才起来，下午天气特别晴，好难得的天气。我突然想起，我答应过你寒假要照相，就建议二姐和弟弟去公园玩，我们这里本来就不大，董永公园算是有名的地方了，我们一共照了三张，过几天就能去取。

昨天晚上匆匆写好了信，今天出去却忘了寄，回来后我后悔不迭，一点办法都没有。亲爱的陈，你别着急，这次让你收到两封信好不好？回来的时候，路上几乎没有车辆，特别清净，我让弟弟带姐姐，我骑姐姐的车，凉风吹着觉得很舒服，这也算是上了一次街。我真希望自己早就敢学骑车，要不以后我就可以和你一起骑车逛街了。

　　妈妈这几天不知在老家累不累，农村过年可麻烦得很，她身体又不好，以前觉得妈妈非常刻薄、冷淡，甚至近于残酷，对她没有半点亲近感。后来离开家读书后，她对我比对谁都好了，甚至超过她的宝贝儿子，所以慢慢地我开始尊敬、喜欢她，发现她的心地还是很善良的，就是吃亏在那个刀子嘴上了，真的，那张嘴说话不知轻重，伤人可厉害了。我想，我曾说过好多伤你的话，这点应该是受她的熏陶吧，刚和我接触的人都会说我说话特别冲，也劝过我改，可我改不过来，或许这就是为什么我很难和某一个人成为好朋友的缘故。但因为有了你，我渐渐地对周围的一切，不再像从前那样抱有敌意，对人也"温柔"多了，但我不喜欢她们现在一和我说话就提到咱们俩，我希望她们还是看看单独的我是什么样。

　　亲爱的陈，想你，就在现在一个人躲在小屋里给你写啊写的时候，心里藏满了对你的爱意，不想停笔，生怕一停下来就感觉不到你的亲近，我们从一开始就写啊写，我们不是"谈"的恋爱，而是"写"的恋爱，一直写到现在，还要写到以后，写到以后的以后……

　　昨晚放了两只彩珠筒花炮，长的有 30 颗呢，红黄绿三种颜色交错，"嗖"上天空好看极了，数了数，心里想的是你，只有一个"陈"字闪了三十次，亲爱的陈，亲爱的陈，知道吗？那时我多想要你啊！渴望你用胳膊使劲困住我，想逃也逃不掉……

　　期待见面的那一刻，快点来吧！你想我吗？在这个时候？

　　吻你！

林

1991 年 2 月 15 日

第三章

1991 年 3 月 1 日—6 月 22 日

本章因陈错的信缺失，相关内容以其日记补充，故文字简陋处甚多。

邓林的信

亲爱的陈：

你考场上发挥得怎么样？题难不难？而且你是否可以专心做题？早上你送的那该死的纸条，让我好担心你能集中精力吗？上帝保佑我们能过这一关。

上午十点钟左右，我去澡堂，11 点半左右才能回来，自己去打饭吧，如果想帮我打一份也行，我吃不吃没关系，一直就没饿过。

陈，不要失望，不要猜忌什么，要知道，恋人之间最忌讳的就是猜忌。你只要记住对家庭这方面我要比你轻松，因为我是女孩儿，嫁出去的姑娘泼出去的水，对父母来说，这又有什么太大的区别，只要我总能想着他们，关心他们，他们也就别无他求了。

我一点也没变，只是假期中我放松放松自己，使自己恢复了一些不安分的因子而已，难道你不喜欢我这样调皮或者嘻嘻哈哈的？如果不放心，那我就老实朴实一点好了。

中午见！

你的林

1991 年 3 月 1 日

陈错日记： 2 月 28 日。因有一门功课补考，所以提前返校，林也来了，除了稍微胖了一点，没什么变化。白天去教学楼复习功课，晚上和林一起回来，她们寝室的灯坏了，基春杏在对门寝室休息。林点上蜡烛，我让她去对门看书，她让我走，还要"送送我"，我把她按在床上，自己跑了出来。刚下楼梯，觉得不放心，又回来，林拿着《云上云上》站在蜡烛前不说话。后来她说她希望我陪着她，说她不愿意去对门，还说她知道我会回来。唉！她都把我摸透了，可我这次见面总觉得她有点陌生、心思难以猜测。然后她谈起寒假在家时她妈妈的古怪脾气，比如不喜欢她吃得少了、不喜欢她戴眼镜、不喜欢她太瘦了，还说她有些想法不现实，等等。

下楼时要吻她，她比较勉强。不知道怎么搞的，一个假期过去，总觉得她变了许多。而且，这几天我们的一些玩笑话说得太过分，真真假假、乱七八糟的，让人心里特别不舒服。

明天补考。这门功课其实考试时稍微认真点，及格没问题，可我历科考试既不屑于作弊、抄袭，又抱定60分万岁的宗旨，草草答完，以为凑够了分数，便常常提前三四十分钟就嘚瑟地交卷出来，老师不抓我抓谁？

亲爱的陈：

图书馆的光线会比教室里的更明亮一点吗①？你在想我，还是钻在一大堆的书里头也不抬地看呢？教室里有点冷，我好像困得很，头晕想睡，直打哈欠。

我相信此刻我拥有你，你也拥有我，但我并不能使自己相信自己拥有未来。它是如此的飘忽，难以捉摸，或许是自己依然没有找到通向未来的路。

多希望生活中的每分每秒都充满了热情和自信，充满了明媚的阳光和自由的空气，但此时的窗外天空阴沉灰暗，湖面上依然是凝固的冰花。太阳在哪里？

陈，此时你的心情好吗？真想去找你，可是又担心打扰你。今天好冷，我要回寝室看小说去，现在是十点钟，带的课本都看完了，没有什么事可干了。

下午还有课，真让人心烦，喜欢上午的课，听起来都有精神一点。

想你，亲爱的。

林
1991 年 3 月 5 日上午

---

① 这学期开始有选修课，两个人选的课程不同，所以有时候不在一起上课。

陈错日记： 3 月 3 日，和林一起上街买了一把红棉吉他。从百货大楼，挑到长白商场、秋林商场和红旗商场，比较了一大圈儿，最后还是回到百货大楼买的。3 月 6 日，和林闹了点别扭，是我们在一起以来最不愉快的一次，即使在分手的时候，都是心事重重的。回来的路上，她说我把她刚建立起来的自尊心又摧垮了。说不清楚那种感觉，直到现在心里还是烦。林，我爱你，但是有时觉得对自己有些失望，也希望你能更好更出色。

一上午没主动和林说话，午饭也是默默地吃的。晚饭我明明知道她给我打饭了，却故意买了两张饼。林让我吃饭，我不吃，把她气哭了，饭也没吃就跑了出去。后来在学校小花园里虽然和好了，但心中空空的。后来在教学楼，她说好困好冷，我也很饿，20 点 30 分两人就回来了，这是以前从没有过的。

晚上听《明天你是否依然爱我》，决定连夜给她写封信，即使不好，我们也不能像今天这样貌合神离。

亲爱的陈：

今天第一次觉得漫无目的地寻找是多么令人心焦！因此，也体会到《云上云上》康柏的心情，现在我不觉得她可恶了，我知道自己曾经让你担忧、心焦过多次，但并不知道其中有多痛苦，现在总算明白了。整个大楼静悄悄的，偶尔有一两个学生在学习，每间教室都是空的，从四楼到八楼都看不见你的身影。七楼已显得太静肃，到八楼已让人感到阴森森的了。当时我一边热得流汗，一边又冷得想打哆嗦，人都恍恍惚惚的，脑子中就是一个问号，你在哪儿？那时没有人，真想哭，因为你不喜欢看见我，故意躲起来，心想也许是病加重，没有力气来做什么事，看病去了？越想越急，食堂没人，寝室我去了三趟，看见范老师坐在你的床上，我几乎是瞪了他一眼！

当我靠在你身上闭上眼睛，真想说，我爱你，陈！你让我真真切切感受到了这三个字的力量，可你笑嘻嘻的样子，又让我无法说出口，它毕竟太重太重了，搁在心里好充实，一张嘴就担心它飘走了，再也回不来了。一想到我自己在八楼阴暗的走廊里疲惫的样子，我就好委屈，所以我哭了，在不该哭的时候。

亲爱的陈，你是不是故意的？希望你是看得忘了时间和饥饿，可你这么做，让我担心得要命。以前我还没有这种一刻不见像掉了魂似的感觉，可经过一个假期再度见面，我感到自己无论如何都不能离开你。我不再担心坐在睡着的你的身边别人怎么想，不再担心和你去吃饭影响寝室的什么，不再担心被熟人、老师看见会怎样，一切都已无所谓，有了你我还要什么？

陈，不用后悔，不用道歉，只要你爱我。甚至我高兴你给了我一个机会，让我来发现自己爱你有多深多苦。我不再怀疑我对你的那份感情，因为今天它那么真实而强烈！虽然我又一次流泪，但这是欣慰而又安心的一次。真的，别以为我每次哭了之后都是哀伤，因你而重温小时候哭泣的时光，多有趣！

嘴上说不出，心里又憋得慌，只好再次拿起笔，用这支亲爱的笔写给亲爱的你。知道吗？我爱你，爱你！亲爱的，别再让我紧张，你的病还没完全好，它已够令我担忧的了。

林

1991 年 3 月 11 日晚

陈错日记：3 月 11 日。前几天突然得了场大病，今天才觉得好点了，但还是全身无力。先是拉肚子，然后头痛发晕，全身发冷、打寒战，双腿无力，不想吃东西，折腾得好苦。

去了一趟医院，开了一些普普通通的感冒药，一连三个晚上，林都等着我安安稳稳地躺在被窝里才离开。夜里还盖着她的一件蓝色短大衣和我的军大衣，白天无精打采，走路都觉得费劲，三天可以说一点热的饭菜都没胃口吃。唉，病了才知道身体健康是多么值得羡慕的事。

今天下午英语课，还觉得有点没精神。下课后，去老干部退休活动室看下棋，直到五点。去食堂吃晚饭时，把林急得哭了，"陈，别离开我！"怎么会，我怎么会舍得离开她？

晚上一进自习室就睡着了，体力看来还没恢复。从教学楼出来，天空不知何时飘飘扬扬下起了好大好大的雪花，一片一片的，相互间既有距离，又接连不断，轻轻落在地上、草上、树上、身上、手心上，软得可爱。夜幕下，天地皆白，如诗如画。高兴得林大笑大叫，又蹦又跳，我站在旁边静静地看着她，感到非常温馨。

3 月 12 日。今天病好得差不多了，可还是不想吃饭，中午出去和林买了一些苹果、柿饼和零食。

3 月 14 日。下午，中文系开会，新来的辅导员老师讲了几件事，其中一件是有关大学生谈恋爱的，据说这学期学校要狠抓纪律。晚上和林在教学楼找了个教室，看了会儿书。我们在六楼亲热了一会儿，这是这学期的第一次。

3月15日。晚上系里有活动，其他人都去了，趁此机会，我和林在寝室里亲热，我第一次吻了她的胸。外面又下起了雪，晚餐后，我们挽着手在校园里走啊走啊，感觉不到天冷，也舍不得分开。

3月17日。上午一起去图书馆，林把书包放下就去二楼看杂志，一去一个多小时。其间我下去看她一次，她没注意到，到外面转了转，再回去的时候，她看见我了。本来想装作不理她，冷落冷落她，结果一见面就忍不住笑，俩人就在一起笑笑闹闹了好一阵子。

晚饭后让她陪我出去走走，她想去学习，挺不情愿地和我在学校附近逛了逛。回来后去教学楼，我想和她亲热，她不让，只好闷闷不乐地在旁边看书。九点多，在回宿舍的路上，她和我说话，我没心情，一言不发地回到寝室，静不下心来，给她写了张纸条送上去，不知道她会怎么想，如果今晚她不给答复，我的失望又加重了一层。

3月18日。早上林送来几页纸，看后无话可说，我当然相信她是真心爱我，但今天才知道她爱我有多深。昨天写的纸条，现在想起来有些后悔。晚上我们去教学楼，没看什么书，两个人在一起亲热，林很激动也很主动，像上学期一样，我们好久没有这个样子了。

3月20日。我昨天下午没课，洗完衣服，去卫星街给林买咸菜。顶着风雪，心里却正是春天，即使现在回想起来，仍洋溢着幸福，都是为亲爱的林，那时真感到"爱"的真实美好。到了卫星街，因为风雪太大，商场不营业，但我没有一丝懊悔。在邮局买了本汪国真的诗集，又回到学校门口，在一家小店里买到咸菜。

晚上一起去教学楼，不料下午六点左右，教学楼、宿舍楼全都停电。后来在林的寝室里，点着蜡烛小声说话，林说着她的家和她的二姐。临走时，我贴着她的耳朵，半开玩笑地说，你太胖了，你要是再胖，以后我就不理你了。她有点儿不高兴，嘟着嘴没说话。

陈错日记：3月21日。下午和林约好四点去食堂，我先到了，等了林一会儿，本来很平常，也没不高兴。可等林到了，脸上却不知不觉显得很生气的样子，对她也爱搭不理的，真是不应该。不知林是怎么想的，她也没问。

3月22日。晚上和林在教学楼,没怎么看下书去。林提出下星期开始,晚上要在两个教室分开学,然后一起回去,说这样学习效率高些,我答应了。

3月23日。下午,林去和老乡包饺子,我自己去吃饭,然后在校园里走了很长时间,好久没单独走了,觉得空气很新鲜。后来碰见林的两位老乡拿着买的东西回去,估计他们还没开始包。回到寝室,其他人都去看电影了,写了会儿字帖,心里觉得好烦。直到八点,林匆匆跑回来,我本想好好和她在一起说说话,但心里的埋怨还是显露得特别明显。去她的寝室,只有何淑莲和蒋胜兰在,见我来了,她俩就找借口出去了。后来我下去取书,原来她俩躲在我的寝室里,让她俩回去,我和林又出去在校园里走了一个多小时,快熄灯了才回来。

3月24日。晚饭时,我和林打闹,我用橘子皮汁射到了她的眼睛,她疼得很厉害,捂着眼睛不说话,才知道她得过角膜炎。因为她在气头上,说了一句"你怎么什么事都做得出来"?我觉得她讽刺我,也生气了,向回走时也不作声,她索性大吵大闹,直闹到小花园里,说我没有男子汉的豪气;说我不关心她;说我净想自己,要不是她能忍,早就"崩"了;说我和她打闹时,从不让她;说我做事太斤斤计较,让我道歉。那时虽然我脸上还在笑着听她说,可心已沉下去,看来她的确受过不少委屈,但从没说出来,这次痛快淋漓地发泄,虽然真假都有,但也说明她对我有些地方很不满。后来她情绪平静下来,安静地坐在我腿上,搂着我的脖子。我想着自己的所作所为,以前一直以为够关心她,一直以为她喜欢打闹,没想到她竟有这么多的怨气,心里既后悔又失望,眼泪偷偷流了出来。后来俩人又笑闹了一阵,21点半才回寝室,芥蒂解开,心里舒畅多了。

回来后,和林在宿舍楼的走廊里说了会儿话,说起汪国真诗集,我说汪多是哲理类的小诗,语言虽然简明生动,但缺少形象、意境,过于直白,只能给中小学生看。

3月29日。上午下课后,和林一起去西配楼。

晚上一起去教学楼,学到八点多,和林在走廊里说了好一会儿话。突然林说,自从我那场大病后,她就在想,万一我比她先死了,她可怎么办?她趴在我肩上很长时间不作声,我一摸她的脸,才知道她的脸都给泪水打湿了。

亲爱的陈：

"世上一朵无名的小花，默默展示着自己的那份纯洁与芬芳。"这大概是高中的男生给我的最高的评价了吧。当时觉得肉麻，实际上也真是那么回事儿。

在陈的眼里，或许我是独一无二的，但我仍是个"丑丫头"，除了你这个傻小子没人去爱上她。你从来都不担心我是吗？可我担心你呢，谁让我那么不自信，活该自己瞎担心。"不是你的夺也夺不到手，是你的赶也赶不走。"你说是不是？其实我完全知道没什么必要担心你，此时我还未真正对"别人"在过意，你更不必在意我曾提到的"别人"。除了陈，世上的男人还有什么不同？

你的林
1991 年 4 月 12 日

陈错日记：3 月 30 日。晚上去教学楼前，在林寝室坐了一会儿，她让班里来自新疆的常闻竹给她编辫子，结果她们编了好长时间都没编完，这时田革命进来，何淑莲说："怎么不请副班长嗑瓜子？"让过他后，又给我抓了一把，我心里想，我都来半天了，这时候来做顺水人情，我才不要呢，就说："拿回去！"口气很不友好，弄得何淑莲很尴尬。

后来在走廊里等林，去教学楼看了半小时书，林要去加餐，我说八点半去，她说八点。我们早早地就去了食堂，结果食堂人特别多，耽误了近一个小时。心里闷得很，看林也不顺眼。饭后又去教学楼，我念诗，她在黑板上写，九点半回宿舍楼，时间还早，我们又在五楼站着说了会儿话。林的头上长了湿疹，她下午去医院涂了碘酒，这时痒得很，她要挠，我握住她的双手不让，还说："你总说自己能忍，现在怎么连这点儿事儿都忍不了？"林哭丧着脸说："人家就是痒嘛！"后来因为不断有女生回来，林说："连个安静的地方都没有。"我突然觉得好生气，可能心里的烦躁被她说出来了吧，就把她的手一拧，林把手一摔，走了。我要追她，一想算了，反正已经够晚的了，两个人一言不发地分了手。

唉，今天真是的，怎么搞的，总是好心办坏事。林，想你，想跟你道歉，但不知道怎么安慰你。林，你会忍受得了我吗？也许没有人能受得了我，我实在太喜怒无常。

3 月 31 日。晚上在教学楼，林说她来时在火车上碰到了一个男生，约她骑车去河南，突然说暑假可以骑车去我家。于是我们好兴奋，大谈特谈怎么查路线，怎么住，带什么，怎么借车子，带什么药，别忘了带水壶，等等，直说到快晚上十点还意犹未尽。回来仔细想想，也不是不可能。

4 月 1 日。晚上去教学楼，心里很乱，觉得自己一事无成，七点多就一个人回来了，九点半在寝室写了点东西，不打算给林看，又哭了一次，觉得可能没有女孩能适应我。

4 月 7 日。昨天下午有越野比赛，女生还有林，我一点也不知道。下午四点去食堂，林走了，兴高采烈的。我突然觉得自己好孤独，仿佛还适应不了没有她在身边，后来才好点。晚上七点以后，林说她们寝室的人都去跳舞了，我们回到她的寝室，把门反锁，林好大胆，身体的旖旎幽深风景，都让我看明白了，我也是。八点半我们去加餐，然后我们在校园里拉着手走了走，到处都是一对儿一对儿的。回来已近十点。

早晨六点二十分起床，外面下雨，不大，我出去跑了一圈，想买两个面包，但小卖部没有。回来后去找林，她刚起来，告诉我影响她们寝室的人睡觉了。我们在小雨中，去外面买豆腐脑、面包、酸奶，然后直接去了教学楼。中午两点去食堂，我把磁性小象棋拿着，教她下棋，她从前一点也没学过。吃完饭又上教学楼，八点半出来，到九楼想亲热一会儿，那儿已经被人捷足先登，于是我们到七楼说了会儿话。

这几天一直下雨，要买把伞，但还没有找到合适的。

4 月 8 日。下午约林打羽毛球，她来个老乡，我先去，20 多分钟以后，她来了，只带了拍子，没带球，没打成。心里不高兴，总觉得和林好像有点陌生，做不到心意相通，虽然知道问题更多是在自己身上。晚上出去走了走，两个人倒是和好了，但林没问我下午不高兴的原因，我也觉得总解释、总写信，尤其是同一内容的信，特别没意思，所以也没提。这样很不好，如果我们以后有积累了的别扭没解决的话，就是从今天开始的。

4 月 10 日。晚自习我看不下书，和林说了声"我到外面吹吹风"，就拎着书包出来了，在教学楼前的草地上躺了一会儿。20 分钟后，看见林从宿舍方向慢慢走过来。原来我出来她就出来了，到寝室找不到我，又去花园里找，最后又回到了教学楼。林一见到我就哭，哭的声音好大好大，不知为什么，听见她哭，我心里反倒有种亲切感，觉得和她的距离一下变近了许多。

回到教学楼，又想和她亲热。我也不清楚自己的心理，本来也不是特别想，但她没让，我就又坚持要。后来她说我们去九楼吧，我看她好勉强的样子，就说算了吧。两个人八点半就回来了，林看我不高兴，陪我在路灯下，打了会儿羽毛球，后来在小花园里坐了有一个多小时。我说将来我只能是两种人，一种是独当一面的，一种是一事无成的，绝不是那种平庸、随波逐流的人。林说她二姐凭直觉就曾说过我是个难以驯服的野马，又说为了节省时间，只要心里有对方，不在一起也可以。林说我太重感情，一直说我怕失去她。

我怕吗？潜意识可能是有点，但我会承受一切。

4 月 12 日。晚上收到一封高中女同学的来信，给林看了，她神情颇不高兴，我回信时起了个头，她说，你给人家写信怎么能这么随便呢？后来在她逐字逐句的"授意"下，我写了封连自己都看不懂的回信，估计是再也收不到这位女同学的信了。

4 月 15 日。站在湖边，望着微微波动的水，才体会到自己有多爱水。

我没见过海，确切地说，连大江大河都还没有见过。所以这一洼公园里的湖水，便成了我经常去的地方。

站在湖边看水，水不大，仍感到心情开阔。我总是在想，倘若有一天我站在大海面前，望着那波涛汹涌、无边无际的水，那该是怎样一副惊心动魄、令人神驰的景象呢。

我爱水，却无缘见过真正的水。

据说有位伟人横渡过无数条河流，但当他数次站在黄河面前，他踌躇再三，终于叹了口气，放弃了畅游的企图。他说，谁敢藐视黄河，谁就是藐视中华民族。

他是毛泽东，一位历史巨人。

他未必不能黄河击浪。我猜测，他畏惧的不是滔滔浊流，他眼里的黄河是中华文明的发源地，是民族的象征，是天地精灵和浩然正气。

水之大，至于斯。

我爱水——确切地说，我震慑于水。

就像现在，我站在这一池湖水边上，虽然体会不到伟人的情怀，但这微波荡漾的水面，蕴含着不可预估的神秘和源源不断的力量，让我畏惧、困惑和着迷，让我望着它，很久很久不愿离去。

我的确没有男子汉气概，男子汉应该是：只要你爱我，其余的，我来做！我有深爱我的人，为什么我还不满足？为什么我要求她太多，而自己给予得太少？常以感情细腻为自己开脱，其实，换种说法就是斤斤计较、小肚鸡肠。细微的事情固然能体现深情，可又何必要求人人都这样？

（附记。今天是实行夏令制的第二天，食堂开饭时间改了。下午，我在图书馆，吃饭时，以为林会打好饭在桌边等我，但当我到了食堂才知道她还没来。取出饭盒，但打饭人很多，不想排队，于是把饭盒在箱子里锁好，回到寝室待了一会儿，再去食堂，果然看见林站在队伍后面。问她，才知道她也在图书馆。我心里不舒服，怪她不来找我，一赌气就拉着她走了出来，说人多不吃晚饭了，等晚自习后去吃夜餐。然后独自去了教学楼占好座位，心里还是烦，于是一个人走到南湖边上看水。待了好一会儿，突然觉得是自己太苛刻，又感到感情和水有时候是一样的，难以捉摸和难以控制。所以有感而发，回来写了一段关于水的文字。晚上送给了林。

从南湖回去的时候，看见教室里有一对恋人，还在紧紧地偎依在一起窃窃私语，我来占座的时候他们就已经这样了。年轻人的热情可见一斑。

晚上和林去加餐，吃完饭在小花园里坐了一会儿，十点才回去，走时把写的东西给了她。）

亲爱的陈：

昨晚不知是我的哪根神经又过敏了，真对不起，你能原谅我吗？就当那些话是胡言乱语吧，我知道都是自己的"醋海翻波"弄得我心神不宁，其实我什么都明白，只不过再想听到你说"还有什么比林更重要的呢？"

陈，别生气，我太爱你。

你的林

1991 年 4 月 20 日

陈错日记：4 月 13 日。林今天在寝室里弹吉他，手指裂了，我要看，她不让，我强要看，她叫起来，我打了她一下，她埋着头好一会儿不说话，然后就自己弹吉他。后来她答应我心里有别扭就说出来。今天晚上我们试了一下进入身体，没成功，两个人都太紧张，就放弃了，我没什么感觉。

4 月 14 日。今天林和她们寝室的人，与她们的友好寝室去做饭、吃饭，我一个人去教学楼。晚饭嫌打饭的人多，就买了两张饼凑合。七点多去加餐的路上，看见林匆匆走过来。她说，为了"捞本儿"，肚子撑得鼓鼓的，吃了好几次，又都是肥肉馅儿的饺子、馄饨。于是，我们把球拍拿到教学楼，在八楼打了会儿羽毛球，帮她消化消化。

今天夏日制①，晚上十点回来的。路上，林说我现在看的书太杂，应该精一些，又说我应该充分利用课堂时间，不要把学业完全放下。

4月18日。今天食堂吃饭的人太多，我们就去学校边上的小店吃了两碗面条、一碗馄饨，然后林去大学生活动室参加合唱练习，我上教学楼看了会儿书。晚上，我们在小花园里坐了一会儿，林说她以前总觉得不如别人，现在想强人一等，就要下苦功夫。

4月19日。上午下课后，和林在教室里看书。她今天好像特别高兴，她读柳宗元的文章说，柳的儿子叫周六、周七，不如改名叫周末、周日。

晚上，回来的路上，林说何淑莲收到了封"内容内详"的信，又说基春杏想找她说说和男友的事儿，我劝她应该帮助她们、让她回寝室聊天。林长时间不说话，生闷气，又不知道她在想什么。两个人在宿舍楼二楼②门口站着，后来她说了一句"她们比我还重要"就上去了。

我把书包放回寝室，又上去找她。在楼梯口，她说，"你莫惹我，我杀了你"，我笑，她说："你以为我不敢？"我应付说："嗯，你当然敢，由爱到恨只是一步，极爱导致极恨。"接着，她又数落了我半天，还双手插兜，激动得走来走去。我靠在楼梯上，听她调教的口气，好像自己做错了什么事，又不知道哪句话得罪了她，不想看她那副老谋深算、世故的样子，就打断她说，"你上去吧，你不上去，我下去了"，说完就头也不回地走了。她扔了一句："怎么，你受不了了？"

我停下来，望着怒气冲冲的林，突然起了促狭之心，几步来到她面前，对着瞪着我的林，狠狠亲了一口就跑了下来。

4月20日。吃早饭时，林给我写了张字条，说她昨晚"醋海翻波"。我知道她一开始也许是，但后来不过是在借题发挥罢了，我也没当真。

---

① 1986年至1991年，在全国范围实行了六年夏时制，每年从4月中旬的第一个星期日凌晨两点整（北京时间）到9月中旬第一个星期日的凌晨两点整，1992年4月5日后不再实行。

② 陈错的寝室在二楼，邓林的寝室在五楼。

亲爱的陈:

看你睡得那么香,白天一定给累坏了,又怕你会着凉。亲爱的,这个时候,多希望能有一间属于我们自己的小屋,只要你能安安静静地休息不被打扰的小屋该有多好!

知道你今天心情不好,也许因为累了吧。别担心,陈,咱们天天在一起,不会被别的东西分开的,你一直以来就感到神经绷得很紧是吗?为什么一直不说出来呢?我原以为你不感到紧张了。我们在寝室里待的时间很少,总是在教学楼或图书馆,周六周日也来学习,所以难免有点紧张的感觉,怎么才能使我们感到生活得轻松一点呢?是不是因为你不仅要照顾自己,还要总想着我才感到疲劳的?虽然我也习惯每天都在一起,但一直认为,如果能隔上一两天甚至五六天在一起,彼此都会更有精力,你说是不是?

亲爱的陈,你给我写得已经很多,我写得才太少,以后我会多多地给你写。我爱你,陈,什么也不会使我们分开,相信幸运会从此带在身上,随我们走到天涯海角。即使真正有了挫折和困难,我们也应该去承受,两个人的力量绝对胜过单枪匹马。亲爱的,现在我不知道说什么才能使你快点恢复旺盛的精力,只好希望你能睡得更香甜。

明天应该是个风和日丽的好天气,所有的枝叶会更绿一层,春天是最有生机的季节,你我都应该充满信心。

你的林

1991 年 4 月 23 日

陈错日记: 4 月 22 日。今天二班的周富贵被确定为甲肝,明天要隔离住院,我把我的一些磁带、字帖和棋谱、太极拳书收拾好,让他带上。

下午我去图书馆,林晚上去练合唱。八点半,我在外面等她,九点,她在黑暗中匆匆走来,看见我,高兴地跳起来,抱着我的胳膊不撒手。回去的路上,我让她唱《你的笑容》,她说再也不唱了,她早已从天上到了地上,活得踏实而快乐。《只要你过得比我好》是她一路上哼着的歌儿。

4 月 23 日。上午送周住院,在医院跑前跑后,很忙很累,中午才回到学校,又一不小心一头撞在了树上。晚上和林在学校里走了走,回来把林从前的信看了一遍,心里宁静而幸福,不知怎么就睡着了。九点,林下来叫醒我,怕我饿,让我去加餐。吃饭时跟我说,她的磁带被人乱翻乱动,又不好意思说，还有的磁带被人借走翻录，倒了好几趟手，都不知道管谁要了。我要她把磁带放我这儿，免得啰唆。

亲爱的陈：

中午我那样对你，你一定感到我好不讲理是吗？本来一点点小事儿，我却生那么大气，感到那么委屈，好像你就没有自己的自由行动的权利似的。想一想，为什么我必须让你替我买饭，在那儿乖乖地等我呢？为什么你就不能开心地下棋，边下边等我呢？只怪我今天心情分外低沉，天气又阴又冷，我担心你的身体罢了，其实什么事也没有。

刚才写到这儿的时候，你来找我了，可我火又上来了，当你拿了我的书，我以为是我的日记本，所以我生气地夺过来一看，我又蒙了，如果不是你马上就走了，我也不会趴在桌子上泪水泉涌，为什么让我一错再错？为什么既然你爱我却又不能容忍我对你发脾气？难道除了你我之外，我们还能对别人这样任性、这样不通情理吗？如果你爱我，为什么不在我伤心的时候，让我尽情发泄？为什么天经地义地要我做个温柔极了、高雅极了、通情达理的女孩儿？我偏不干，为什么只允许你可以对我闹别扭？可以随意不理睬我，可以爱高兴就高兴，不高兴就走，只因为你知道我那么爱你，所以可以忍受你的一切吗？你太残忍，你会折磨人，你比谁都善于折磨你所爱和爱你的人。

亲爱的陈，我现在已经平静了，如果你为我的所作所为而感到气愤，感到自尊受到挫折之类，那么我会感到很沮丧，不知道你还能原谅我吗？

林

1991 年 4 月 24 日

陈错日记： 4 月 24 日。今天一早没吃饭，去学校化验肝功，然后去图书馆看书。11 点半去食堂，人非常多，我懒得排队，上二楼，恰好碰到有人下棋，就去下了一盘。林下课后，拿着空饭盒在旁边等我，我下完棋，林要哭的样子，她告诉我以为我帮她打了饭，所以把钱借给了别人，身上钱都不够了。吃完饭，林说着说着突然跑开了。下午她给我写了封信，说我"太残忍"。

晚上，我们去新苑吃饺子，回来她去练合唱，我八点半去接她，然后又在教学楼四楼说了会儿话，到十点。

回到宿舍，知道我的肝功没问题。仔细想想，这几天我对林的态度实在不好，但林总是顺着我，想方设法让我高兴，一定要好好对待她。可能我对爱我的人有些"杀心"，因为知道她不会离开我。可这不好，明知不好，为什么改不掉呢？

亲爱的陈：

今天晚上你那一巴掌打得好狠，半天我都缓不过劲儿来，眼前直冒金星，那种滋味实在太难受了。我只是太想你了，整整五个小时没见面了，怕你一个人感到孤单，六点五十分看一次表，七点半看一次，八点十分看一次，八点二十五分看一次，和她们在一起听得越开心，越觉得急于见到你。你一个人在冷风中下棋等我，而我却在杯盘狼藉中度过。回来时走得飞快，下过雨地也不好走，天又黑，半个小时后，终于看到你的身影，我实在太兴奋了，真想让你也开心开心，又因为歉疚，我不知道怎么才能表达出我的心情。唉，那一巴掌打得我现在头还发晕呢！该死的家伙，人家就是想你想得厉害嘛。盼望能和你像昨天晚上那样，你陪我散步，让我好好地吻你。可是一顿美餐，我倒是心情愉快，你却没了心情，我真的很羞愧，以后我会控制自己的。

亲爱的陈，你没喝一口水就走了，我的心情一下子低落下来，看着复习题更发愁，还是想你怎么办？现在是十一点半，你睡觉了吗？昨晚我也睡得晚，写了一会儿日记，从昨晚就想你了，记得上学期期末咱们俩学文学史的情景吗？可以说是很刻苦的，不管考得怎么样，心里都很踏实，对不对？

为了暑假能够放心大胆的玩，现在就是咱们拼命学习的时候了。亲爱的，不要笑我，不要再打我，让我握着你的手，让你拥着我的时候，我感到的是充实和满足，以及难以言喻的幸福快乐。我没有喝一滴酒，没有失去理智，我也知道适可而止，可你没有一点心情，是吗？请不要说我，用那么难听的字眼。

亲爱的陈，晚安，明早见。

你的林

1991 年 6 月 22 日二十三点四十五分

陈错日记： 4 月 29 日。今天和林闹了个大别扭。白天她说了几次，老乡怎么还没来找她商量五一出去玩的事儿，又说要去问问，我担心她去挑头弄这件事，因为那样的话，我们俩就不能单独在一起了，所以心里就有些不高兴。

晚上大合唱比赛，她让我去看，还说如果我不去，她就不唱。我知道她不过说说而已，如果她真这样，我又有什么不能为她做的。心中突然不耐烦，说了声"随便!"，就头也不回地走了。

在寝室心神不定地坐着，等了半天，一看表已是七点二十分，知道她不会来了。九点，林拿本书进来了，一声不吭，坐在我前面，我把刚写的信中的称呼"亲爱的"画掉，递给她，她看了，在我床上趴了一会儿，就跑了出去。担心她出事，我追到外面，已没有踪影，又上宿舍和教学楼，反反复复找了几遍，都没找到。回来路上看见她在慢慢走，就跟着她一直走到小花园里。她坐在地上，我站了一会儿，拉她起来，她挣扎着，干脆放开手，远远地离开她站着。宿舍楼拉了熄灯铃，她往回走。我心里闷，狠狠地朝树踢了几脚，打了几拳，在地上坐了一会儿。进了宿舍楼，在二楼遇见她，然后俩人都站着也不说话，这时路过几个同学，我让她有话明天再说，扶着她上楼，送她到宿舍，她说："滚，你滚!"

看来我的话说重了。

静静地反省自己，觉得林并没有做错什么，发现自己最大的缺点就是想要爱我的人为我改变，而我却从来不为别人改变，也许这就是所谓的个性。心里又烦又闷，睡不着觉，也不想写字，她在做什么？肯定在给我写信。不知明天是什么结果。

4月30日。早上，和林又笑又哭地把早饭吃了。在教学楼，林给我看了她昨晚的日记，她的日记里有三四十个我，看完了，使我更喜欢她了。为昨天写的信后悔，当着她的面把信撕了，我撕了一半，她撕了一半。晚上，林在我寝室看我上学期的日记，走时把我的日记本拿上去了。

5月2日。和林去南湖公园照了几张相，然后去旱冰场滑冰，玩得很高兴，公园里有一个跳舞的地方，林还教我跳了舞。回来后，发现她们寝室的人还没有回来，她们早晨五点多就和友好寝室的人出去玩，晚上九点都没回来。于是和林约好，吃完加餐后，再不回来，就去告诉派出所。结果去食堂的路上，碰见了刚回来的何淑莲她们，见她们都有些不高兴的样子，就对林说，我先走了，你陪她们说说话吧。没想到林突然跑开了。我在花园里找到她，她莫名其妙地说我多管闲事，不知道女孩子之间的事儿，我恶狠狠地踢了她一脚，她又跑了。我坐在椅子上生闷气，还是不明白是咋回事。然后就在学校里到处找人，碰巧在教学楼遇见她，当时心里特别烦躁，身上又饿又累又冷，大声说到，"滚，滚，有话明天说"，就走了，急得林一步步地紧跟着我，嘴里不断地央求着："陈，你不要生气嘛。"最后，在宿舍楼前，林哭了。她说她一直在找我，说我对她太横了，好像她什么都不做，我总是斥责她，使她觉得自己好笨，我总是不管对错地打她，说跟我闹了别扭总是让她认错……她哭得很厉害，看来委屈实在是大。

我搂着她，看着她哭，下决心一定不要总是让她做这做那，不再打她骂她，约好以后谁生气了就回到寝室，好让对方容易找到。

林太好、太善良，我不知道我拥有了她还有什么不满足的呢？

可今天晚上，这件事的起因，我到底错在哪里了呢，为什么我被她又数落了一通？我还是不明白。

5月8日。今天有个班会，林坐在我旁边。会后，我跟班主任范老师提出，因为恋爱，辞去组织委员让别人当的事情，他同意了，还说我和林的事处理得很好，但要注意两个人和其他人的关系，等等。

自我和林好了以后，中文系又有了五六对谈朋友的，听林说处得都不太好，包括她们寝室的蒋胜兰和对门的常阗竹等都已经分手了，林说我们一定要珍惜我们之间的感情，好好走下去。

5月20日。林说晚六点到七点在大学生活动室练舞剑，让我上教学楼等她。八点她还没来，我就出来了，在大学生活动室外面一直等她到十点，看着不断有人说说笑笑地走过，心里感到很空虚。后来问别人才知道她们还练了健美操，九点半就散了。回到寝室上去找，林穿了件她大姐的衣服，挺高兴地出来，看着她发嗲的模样，知道她晚上一定学得很开心，我莫名其妙地生气，打了她一拳，她没喊，但捂着肚子弯着腰说，我打到她胃了。一定很疼，打完我又后悔，但大约是为了发泄自己的怨气吧，我用不容置喙的口吻说，以后不准去跳舞，林说好吧，反正跳舞学了奖学金也没她的份儿。我生气了，以为她想的还是她自己，就说那你随便吧，就下来了。回到宿舍，有人告诉我，林来找过我。我又上去找她，跟她道歉，我们在5楼又说了30多分钟的话，总算高高兴兴地分手了。

5月31日。今天运动会，林有两个集体表演项目，是健美操和舞剑。晚上去加餐时，想吃麻辣豆腐，但没有，和林闹了一点别扭。外面下雨，我俩在雨中说了一个多小时，我说我要定你了。

6月3日。中午，我们在教学楼后面的一块僻静的草地上坐着聊天、亲热，林第一次吻了它，然后悄声说，它热得烫人、好威武的，一点不难看。她动情的羞涩模样真好看。

下午，林去洗澡，我在小卖部棋摊儿下棋，五点半，她穿着漂漂亮亮的衣服在树底下喊我，两眼泪汪汪的，原来她已经站了很长时间，我都没发觉。吃饭时，林埋怨我说，我一点儿也没把她放在心上。

这几天，林反复让我别去下棋，好好复习功课，说得我心烦。有一天索性下了一晚上，回来看见林把文秘课的作业题都给我写好了，心里又感动又惭愧。

6月14日。今天尤其糟糕，林有些不舒服，晚上头痛。我下午去和别人下棋，下输了，晚上在自习室里趴了一会儿，心里不高兴，把气全撒在林身上，什么话都说，说完又后悔，林无可奈何地顺应着我。真是的，我怎么能这样对待她？

下午有阵暴雨，一二十分钟，百米之内，雨点如珠，百米之外，丝丝飘洒，天地一片白蒙蒙的，真是奇景。

这星期也许是我将来一事无成的最好证明。人，最悲哀的是，无论在做什么，都能给自己找出适当的理由，于是一切都似乎心安理得了。于是，当意识到时间不再的时候，一切都晚了，后悔也来不及。

常常惊诧于为什么自己一边是如此清醒，一边却又浑浑噩噩、自甘沉沦，难道我真的没有一点自制能力？

6月15日。晚上和林出去走了走，好久没走了，林说这几天她有点感冒，我又不陪她，说得我心里烦。

走到南湖边，两个人谈崩了，我把她手里的手绢丢到河里，说到此为止，你走吧。后来她说，你一会儿要我，一会儿不要我……好委屈的样子。

最难忘，浮动的垂柳，荡漾的水面，漂浮的手绢，斜照的夕阳，洒泪的恋人。

亲爱的，你的情谊，我永难忘记，原谅你喜怒无常、气量狭小的陈吧。

6月19日。下午在教学楼，没找到林。晚上，林打好饭在食堂等我，我为了气她，故意跑到小卖部买了两个面包，也没吃饭。后来和她一起去教学楼，在九楼说了会儿话。她说我这么做是为了警告她，离了她也可以过得很好，在小事上都不肯让她，显得唯我独尊的样子，太没意思，她为我"觉得悲哀"。

我也不知道自己是什么心理，反正看她高兴的样子，而且这高兴和我无关，就想找碴儿生事。

6月22日。下午，林和老乡聚会，晚上九点多来宿舍找我，特别兴奋，我陪着她出去走了一圈。她兴致勃勃地说着厂里和老乡的事儿，回到她的寝室，她看我情绪不高，主动要和我亲热，我突然有股无名火上来，打了她一巴掌，她捂着脸说眼冒金星，我说为你好，现在不安全。她在镜子前照了照，我看见她脸上隐隐留下几道手印，心疼她而且很后悔，但没有说出来。后来和她下了几盘五子棋，她们寝室陆续回来人了，十点我下来了，在气头上，我还说了一句"不要当交际花"之类的话。

陈错日记： 7月12日。明天考古典文学是最后一科，今天向一个棋友家借了一辆自行车，只要再借一辆，寒假骑车回家就没问题了。

期末一直和林在一起学习，效率不太高。林在复习期间哭了三次，一次是早晨，刚在教室坐下，外面广播里放吉他曲《爱情故事》；一次是因为我没给她买汽水；还有一次是昨天，我要上街买地图，她让我好好复习功课，考完再去，但怎么劝我也不听。我说你得求我，结果她真的在书桌上轻轻地碰了几个头，然后眼泪就下来了。我就知道欺负爱我的人，我是真浑哪！

第四章

1991 年 7 月 28 日—8 月 27 日

陈错日记

从春城结伴骑自行车回到岗上部队大院，是陈错永远难以忘记的一件事。虽然只有短短的四天，但邓林已深深走进陈错的心里。陈错做事刻板、不知变通和种种性格缺陷，以及邓林的纯朴、包容和在精神、行为上对陈错的支持，均在这四天中体现出来。这段经历，使当时的陈错认定邓林就是自己将来的妻子。

7 月 16 日。我和林骑着借来的两辆自行车，早晨六点从学校出发，按着在地图上计划好的路线，走春城火车站、辽宁路、凯旋路，合隆、华家、刘家，到达农安，约 120 里。路上遇场暴雨。林摔了五次，把嘴唇都划破了。林昨天还不会上下车，今天居然骑了这么远，了不起。

农安路面不平，沙尘很大，下午四点十分在农安站前旅店住下，我住的是三人间，屋里另外两个床位住的都是做生意的。林住在我隔壁。

7 月 17 日。今天按计划到了前郭。

路好、树好、田野风景好，是前郭特色。

我和林的屁股都被磨破了。经过前郭的一个村子时，被两个自称是联检的人罚了五块五，借口是没有车铃。

早晨骑了一个多小时，要休息时，林累得不会下车，直接摔了下来。

7 月 18 日。今天最轻松。走的路程最多，从前郭、大安到安广，约 280 里。

林表现得特别出色。从大安出发时已是两点，两点到六点，特别是最后两个小时，林咬着牙挺了过来。

今天在新庙爬了两个大坡。

路上在瓜地边买了香瓜、西瓜。

7月19日。今天最倒霉、最累。

早上从安广出来，即下大雨，雨中赶路，没看清楚，40里后才发觉走到平安，又用一个多小时的时间，原路骑回安广。筋疲力尽，在马路边儿上吃了块面包，略作休息，接着赶路。

遇到好长一段路在修路，和林推着自行车走了三四里路，林的凉鞋已全坏了，她索性把鞋跟都踢掉。

后来，林的车子坏了，龙头扭转，我用蛮力把龙头转正过来。为了掩饰自己的无能，还狠狠打了林一下，林哭着上路。三四里路，我看见她骑在前面，双肩晃动，使劲地在蹬车子，心里真不是滋味。后来她说她想她妈妈了。

再往前走，到了一个叫七间房的村子，我饿了，只好停下。林去路边人家要了点水喝，又去找村里的小卖部，只有饼干卖，买了一袋回来，两个人分着吃。林哭着做这些事。

往前走了一阵，我的车链子又掉了，鼓捣半天，终于可以凑合着用。晚上八点到达城市郊区火车站，又遇上暴雨。这里距离部队大院有18里，最后一班大客车因雨停运，家里电话没打通。直到半夜十一点多，遇见一辆部队大院来火车站送人的小汽车，我们把自行车放在停车场，搭车回去。

林累坏了，一上车就趴在我怀里睡着了。到了家好不容易叫开门，妈妈很热情，爸爸很冷淡。

林的大腿磨得厉害，已经流脓，一路下来，晒黑了，也瘦得让人心疼。

林真了不起！

7月24日。中午林让我吃肉，我不吃，还当着别人的面说，你今天怎么这么贱呢。林哭了，哭得很伤心，一中午都在哭。她说在我家里本来就是小心翼翼的，心好累好累的，我还不体谅人家，说好想家、无拘无束的，哭到我家里人上班，才带着眼泪睡着了。

我嘴真贱，说话不过脑子！

陈错的信

亲爱的林：

你又走了①，一个人走了，现在是二十三点二十六分，夜深人静，浓浓的都是对你的挂念。我有温暖的床，舒适的环境，可是亲爱的，你现在在哪里呢？

亲爱的，你真的还小，特别是一个人在外、在陌生的地方，我太担心你遇到麻烦。亲爱的，100次后悔放你走，为什么你不让我陪你一起走呢？

亲爱的，你现在在哪？祝愿你在去牡丹江的车上，祝愿你一路平安。只身千里，亲爱的，你真的能承受下来吗？

亲爱的林，知道今天我是怎么过来的吗？若有所失，心神不定，焦躁不安……不知道用什么词才能最恰当地形容我的心情。

屋里好空啊！

亲爱的，你在哪儿？纵有千言万语，怎么写得出我对亲爱的你的挂念？

漫漫长途上，你的小小的身影。

漫漫长途上，你累得不会下车的身影；

漫漫长途上，你受委屈时一言不发、默默承受的身影；

漫漫长途上，我打了你，而你却为我讨水、买吃的时候的身影；

亲爱的，细细想起这些我们骑自行车回来的情景，我就怎么也不能控制住自己的眼泪！

亲爱的林，爱你，爱你，爱你，爱你，爱你，爱你，爱你，爱你，爱你，爱你！

永远你的陈

1991年7月28日

---

① 邓林此天回春城去牡丹江东方红亲戚家，并坚持不让陈错陪着，为此两个人分别时闹了口角。

亲爱的林：

越来越为你担心。

今天从早上到晚上八点多，外面一直在淅淅沥沥地下雨，天阴沉沉的。亲爱的，你还在感冒呢，身上穿得也少，万一病在路上，你一定要坚持住啊。如果有意外，亲爱的，想想你的陈，一定要咬牙挺过来。真后悔没跟你一起走，后悔没给你带把伞，后悔忘了让你多加衣服，更后悔放你一个人走！可到哪里去挽回这一切呢？

亲爱的，千万保重！

亲爱的，我在岗上待了有十五六年，可是在这千千万万个日子里，即使加起来，又怎么敌得过你和我在一起的短短七天！

亲爱的，如果有可能，我宁愿用自己所有的代价，来换得和亲爱的你的长相厮守，哪怕仅仅一天、一个小时！

什么时候我们能有自己的天地，能终生在一起呢？

林，我爱你！

永远的陈
1991 年 7 月 29 日二十三点四十四分

亲爱的林：

整整两天了，我心里一直空落落的，和你在一起的日子，真令人怀念。为什么我不好好珍惜那段时光？却对你任性，总是惹你哭，为什么明知道总有分离的时候，我就不能温柔地对待你？亲爱的，人是多么奇怪呀，拥有时不珍惜，失去时后悔，真是中外通病。

整整两天了，没你的音信。

一天天在等待中过日子，一天天在寂寞中过日子。林，我真正意识到了纯洁、美丽、活泼的你对我的重要！

再相聚时，我一定不再惹你伤心。

你的陈
1991 年 7 月 30 日

亲爱的林：

真惹人心烦，望着窗外的淫雨霏霏，想着路途上的你，说不出心中的感情!

现在你该到牡丹江了吧?

明后天总该收到你平安顺利的电报了吧?

林,现在总是什么也做不下去。晚饭一点胃口也没有,什么时候能收到你的信呢?

真想吻你啊!

你的陈

1991 年 7 月 31 日

亲爱的林:

真倒霉,8 月 1—2 日部队放假,即使你有信来,我也收不到。唉,什么时候心里的这块石头能放得下呢?

林,你已经到了东方红了吗?

今天听了听临走前我们买的那盘磁带,除了蔡国庆的娘娘腔唱的《会有那么一天》把这首歌糟蹋了、令人倒胃口以外,其他的歌我都很喜欢。

林,至今我还惊诧于你的毅力,我们骑自行车在路上的四天时间,使我更清楚地看到了你具有的别的女孩不可比拟的优秀品质。

你真的很了不起!

你的陈

1991 年 8 月 1 日

亲爱的林:

也许是连接下了几天雨的缘故,今天晴朗干燥,晚上我随意出去散心,结果看见路上到处都是大大的老虎蜻蜓在飞,深蓝、淡蓝、红的、黄的、绿的,丝毫不怕人,漫天飞舞,好看极了。我心里有个好大的遗憾,没有你在身边。如果你看到这个情景,一定会兴奋地说:"好好看啊!"

亲爱的,明天无论如何也该有你的信了吧?

你的陈

1991 年 8 月 2 日

亲爱的林：

晚上有人送来一张纸条，我以为是电报，一把抢过来，原来是八一商店的什么优惠券。

亲爱的，今天该收到你的信了吧？难道你在路上真遇到麻烦了吗？

晚饭时，我说再过一天还没收到你的电报，我就去找你，我母亲听了没吱声。亲爱的，你没尝过为心上人着急的滋味，可是我，唉，以后是再也不会让你单独到外面闯了！

记得我送你的时候，你说可能你一辈子注定要这样，不能安定，口气颇为寂寥。亲爱的，当时我只把它当作玩笑话，也没在意，现在回想起来，真让人心酸。为什么我就在你身边，却让你没有安全感，为什么你那么坚决地不让我陪你一起走？万一你真的出了事，亲爱的，我又怎么能原谅自己！

亲爱的，你现在在哪儿？

陈

1991 年 8 月 3 日

亲爱的林：

中午收到了你的信，我一口气读完，心里陡然像着了火一样，事情到了这个地步，我再说后悔什么的也没有用，我立刻向我母亲要钱，说去春城找你，她不给，说她做不了主，要等明天我父亲回来决定。我把门一摔，就出去了，走了几步，又回来把学生证带上，当时心里只有一个念头，我已经犯了一个错误，无论如何也要立刻赶到你的身边。即使见不到你，我也一个人在春城待下来，为赎罪也好，为惩罚自己也好。

我赶到一个熟悉的叔叔家里借口出去玩，借了 20 元，就来到了公交车站，但现在是十二点刚过，公交车要一点半，我坐在树荫下，把你的信掏出来，反复看了几遍。有充裕的时间，让我在没走之前把事情想清楚。

亲爱的，当看到你信封上的落款是东方红时，我又举棋不定了，信上说你 3 日无论如何也从春城走了，不去黑龙江，就是去南方，那么，即使我到了春城，也见不到亲爱的你了。何况在这期间，万一你再给我来信、打电报，我不在，岂不是更耽误事？亲爱的，看来我只有干着急的份儿了。

想到我在这里成天没事似的混日子，你却一直在路上备受煎熬，我真恨不得一步飞到你的身边！无论如何，以后我再也不会让你一个人去遭罪受苦。

如果一个男人连他最亲爱的人的安全，都保护不了，他活着还有什么意思？

亲爱的，祝愿你现在正在一列安全的、准时的列车上，去哪里都好，千万要平安！

灰溜溜地回到家，中饭是没胃口吃的，在自己屋子一遍一遍读你的信，不知什么时候，我的眼泪已经涌了出来，把信纸打湿了。亲爱的，想象着你路上的艰苦，而这却是我把你送到火车上去的，唉，如果能赎回我这个罪过该多好！

亲爱的，你现在不是在去东方红的车上，就是在去南方的车上，可为什么不回到我的身边呢？你真傻，为什么你总是担心我的家里人？

亲爱的，你是我的，是我将来的妻子啊，你为什么不回到我的身边？亲爱的，为什么在遇到困难时不给我打电报，不在原地等着我的到来？为什么总以为我是个小孩子，不能保护你？你自己吃苦，难道以为我能安心吗？

如果你早一点打电报给我，我会马上到你的身边，难道你的陈就那么没用，只能使你想着不让他着急吗？我真恨自己啊，居然给你留下了这么个印象！亲爱的，什么时候你能让我承担一个男人的责任！

我爱你！

林，为什么总惦记着自己不好看？为什么在那样困难的情况下，还在乎自己的双下巴？是不是我曾经使你特别担心容貌？看到那些字，我一边哭一边恨自己，恨自己不能使亲爱的心上人明白自己的意思。

亲爱的林，天下还有哪个女孩儿能比你更美丽、更纯洁、更有魅力呢？！在我心中，你比任何女孩儿都深情、体贴、坚强，比天下任何女孩儿都出色，我会用一辈子的心来珍惜你、爱护你、永远守护着你。

亲爱的林，别再在意我从前那些有口无心的玩笑话吧，我终于尝到了自己这些无心的话所付出的代价。

陈

1991 年 8 月 4 日

亲爱的林：

一切都放心了！

电报收到，一块好大好大的石头终于落地了！

亲爱的，知道我现在最想做的是什么吗？就是把你抱到床上，吻着你睡觉！

看着你的两封信，我的眼泪不知流过多少遍，想到你在吃苦受罪，我却舒舒服服，无所事事，真是犯罪的感受！亲爱的，以后我一定再不和你离开了。

想到从前我对你的种种不好，使你在危难中还是念念不忘，真是令人又惭愧又心疼。亲爱的，别着急，你的陈不会总是什么也不会的。该正经的时候，他也不会分不清轻重好坏。这次教训实在太深刻了，只是，我和亲爱的林都已付出了极大的代价。

好好休息吧，千万别再累着。我要看见胖胖的、健健康康的、双下巴的亲爱的林，你可不能让我失望啊。

唉，差点忘了告诉你个好消息，我母亲对你的印象贼好贼好的，说你又体贴人、又能干、又聪明、又大方，她还让我好好对待你哪！

亲爱的，在你危难的时候，我还忍不住要责怪你，为什么只想到安慰我，却不把我当作你的保护神？这真令人伤心！

永远是你的陈
1991 年 8 月 6 日二十四点

邓林的信

亲爱的陈：

你好吗？

现在是 29 日上午十点五十分，我坐在牡丹江站的旅客休息室里给你写信，这个休息室是有床铺的，另外，代办签证手续，但也交了 4 元。

一切都很顺利。28 日早晨，从岗上出发，下午到春城以后，下午六点钟，坐上从北京到牡丹江的直快车，担心找不到座位，不过我一向是有运气的，所以一上车我就找到了一个只有两个人带小孩儿的长座位，和她们挤着坐。在哈尔滨，她们就下了车。

已经看完了《散聚两依依》和《萧十一郎》，准备看《现代青年》啦。刚才的两个小时，我先休息了一下，然后和一个从大连回密山的女孩一起到街上走了走。牡丹江的街市并不繁华，一个很一般的中等城市。在书店，我买了一张伊能静的画，两元一张的那种，和一本英文读本的《傲慢与偏见》，准备给我的小外甥女，我还见到一盘《温馨集》，有 10 首英文歌曲，但要 9 元，嫌贵就没买。

亲爱的，你把衣服给了我，回去没冻着吧？火车在半夜因为不开窗，所以不冷，下了车后有点冷，穿着你的衣服，还有衣服散发出来的你的味道，我一点儿也不感到害怕孤单，总觉得你时时刻刻在我身边似的。

今天一早牡丹江就下起了小雨，外面又湿又阴又泥泞，街道窄又没有人行道，交通显得乱而拥挤，但建筑都还可以，商场也特别多。

昨天下午在车站等车的时候，肚子很饿，就买了一袋包子，不是特别好吃。正吃着，一个老太太瘪着嘴唠唠叨叨地向我要钱，我身上只有 5 元的一整张，没办法，只好给她一个包子。后来看《萧十一郎》，正津津有味呢，一个自称 68 岁的老头高声大嗓地朝我要两毛钱，莫名其妙，他怎么不管别人要呢？周围人全看着我呢，正好我刚买雪糕把钱破开了，只好塞给他两毛钱，他还感激地脱帽行礼，十分老练的样子。真气人！

亲爱的，现在看着你站在家门口的那张照片，除了你的表情不太清楚外，其他的都很明亮。前天还在你家偷吃这、偷吃那的，在门口兴致勃勃地烧干草、树枝，在菜园里摘西红柿、穿豆豆，（对了，你妈说咱们那天摘的那个贼大贼大的柿子是"种"，我没敢和她说，是我干的，你不会怪我吧？）今天已相隔几百公里。我倒要问问你，为什么把我送上火车，你就没影儿了呢，我使劲儿往窗外寻找，也没看见你，你就那样笑笑走开了，连头也不回，是怕看到我哭吗？

亲爱的，想一想在你家的七天时间里，我是不是显得好没耐心？开始，因为我磨破的伤痛和"倒霉"引起的各种反应令我烦躁，而且还要显得青春焕发地帮你妈妈的忙，陪她说话，时刻警惕不要让她不满意。说实在的，那时我都快失去信心了，后来又要走了，路途的担忧，思绪的恍惚，离别的无奈，让我总有点儿心神不定，心不在焉，总之，我想我的努力可能要失败了，快点旁敲侧击地打听一下你妈对我的评价吧！

咱们买票那天你情绪很低落，我也是，但谁也没有意识到是即将的离别和令人担忧的旅途造成的，现在什么都不必担心了，一切都很顺利，明天或许你就能收到我平安到达的电报了呢。

陈，我最亲爱的，你在想我吗？有时候想，虽然说你我还小，但我们之间的感情又怎能是年龄可以衡量得出的？你我的心灵早已不再是幼稚的了。

林

1991 年 7 月 29 日

亲爱的陈：

　　知道我此时在何处？30 日凌晨一点二十分时候，开往东方红的 505 次车已在一个不知名的地方停留了三个多小时，因为牡丹江地区下了一天雨，路可能被水所淹，所以只有静等了。现在心情和情绪都越来越不好，还没到呢，就兴趣全无，如果总是这么下雨，东北的夏天也没什么意思。

　　看完了《现代青年》，看那周继春一步步堕落下去，只是气张恨水忍心让他坏下去，最后又让他一下子悔改了，厚厚的一大本，最后几页才突然转变，真让人等得不耐烦，人物对话、心理描写细腻，不过又太啰唆了一点。剩下一本古代文学词典没看，还有一本《毛泽东传》，原以为书带得多，实际上一点儿也不多，背包在身上觉得很轻松。

　　陈，照片上你在明媚的阳光下，可此时，你还在睡梦中，又想起漆黑寂静的那座城堡，看上去多么令我害怕、恐惧不安，是你温柔的耳语和拥抱，让我平静下来。现在我在一列停在不知名的小地方的孤零零的车上，旅客有的在聊天，有的在打牌，还有粗鲁的鼾声混在一起。我仍感到担忧和不安，加上疲劳引起的头痛，空气混浊，现在我最希望的只有一件事，你知道吗？那就是轻轻地走近你的床边，轻轻地让你用温暖的瘦瘦的躯体拥着我入梦，真想吻你未睡醒的眼睛、鼻子、嘴唇。哎，你不知道你睡着的时候，棱角分明的女性般的嘴唇有多好看，还希望你迷迷糊糊之中就像只小癞皮狗一样"黏"过来……

　　亲爱的，你真好，你总是为我考虑，而我总那么没耐性又自私。不过有句话你听了别生气，女人喜欢男人在那种事上专横一点，不喜欢太软弱了，但男人最好别太瘦了，否则没有"性感"。上帝饶命，宽恕我，说出如此"厚颜无耻"之语。

　　亲爱的，小茶几上有人睡觉，虽然我这次运气好，靠窗坐，也只能将本子放在膝盖上写，字迹乱七八糟的，但我特别想写给你，只有做这件事，才能让我心里踏实一点，身上披着你的衣服，开着车窗也不冷，好想你啊，好想你！可你还在呼呼大睡，可恶的小丈夫，我亲爱的小丈夫。

陈，此时是 30 日早八点半，你绝对想象不到，此时列车在往哪里开？它已经被水所阻，所以掉转车头返回牡丹江，现在正停在某个小站，它已成为一个没点儿的列车了，就是说我在这趟车上白白浪费了 24 个小时。

窗外还下着蒙蒙细雨，在这个小站也停了十多分钟了，好多人已经下车，另想办法去各自的目的地，可我只能听天由命。返回的路上，我看见穆棱河水又浑又急，在山峰之间的谷地穿过时，泥水快漫上了路基。火车开得很慢，我此时真后悔坐上这列车，唉，为什么偏偏这个时候遇上大雨？什么时候不行，偏是这两天呢？

早上买了一盒饭吃了，味道很差，几片香肠铺在一层芹菜丝上，现在我还有一个大鹅蛋和一个青苹果，暂时什么也不想吃。哎，亲爱的，你在家里做什么呢？看书还是听音乐或者下棋？或许你还在睡懒觉？

看车窗外有人在卖焦黄的煎饼，好像是五毛钱 7 张，外带葱和姜，一会儿就被抢空了。我一下子想起在你家那么多煎饼，只有我一个人享受，此时，它就像山珍海味一样抢手了。亲爱的陈啊，如果你看见这帮人买食物的样子，你就不会再叫我什么饕餮了吧？

现在突然又困又累，但从我那墨镜的反光中清楚可见我又胖了的，没辙，在你家一个星期什么都又恢复了。

现在是中午十二点了，火车还是纹丝不动，外面的雨下下停停，我几乎没有耐心再等下去了，书不想看了，坐卧不宁，头疼开了，刚才一块大雪糕吃下去，肚子里凉凉的，做什么呢，不知道。望着窗外发一阵呆，拿起笔又想向你诉诉苦。

旁边有一趟哈尔滨到鸡西的列车，也暂停了近四个小时了，只有等啊等啊，没别的办法。陈，多希望你能陪着我呀，今天本来你应该收到我平安到达的电报的，现在不行了。看着你的运动服，不知怎么一下想起了有次在学校，我穿着你的那件绿色军装上衣，被我们寝室的人遇见的情景，记得当时她们又惊讶又羡慕。

我右面的那条长凳上坐的是一对老年夫妻，丈夫稍胖，两个人相互可关心了，谁想要什么东西，马上给买了，丈夫总是扶着妻子的肩膀或者头，妻子像个女孩子似的，把头靠在他胸前，看着他们，我甚至有点嫉妒起来。忽然让我想到你，如果你在这儿，在这个令人烦恼的时候，你会有这么好脾气耐心等待转机的出现吗？或许你又像往常一样，生着我的气，丢开我不管呢。为什么有时当我一个人不知所措的时刻，你那么急于逃离，是我给你丢脸了吗？

陈，现在是 30 日下午三点，旅客们有的已不耐烦，听说另一条铁路线也被阻拦，总之，人心惶惶，准备再待上两三天吧，我心想这些事来得真巧，似乎硬是让我在今年多受一些磨难似的。亲爱的，别着急，你会听到我的好消息的，我买了一大袋面包，再等 12 个小时也不会太困难。《毛泽东传》我已经看了四分之一，没有书，真不知如何打发难挨的时光。等看完这本书，只能看那本词典和《傲慢与偏见》了，不停地写一写信，让我感到好一点，起码我有一个随时可以说话的人。

因为你最终是能够见到这些潦草的字的。你也在给我写什么吗？可别因为总给我写信而耽误你的学习。

现在是深夜两点二十八分，仍在穆棱等待。乘务员说去牡丹江的一段路滑坡了，铁轨被覆盖在下面，晚上没有人来清除，只有等明天的消息。天哪，我干脆蒙头大睡，反正一人一条座位，随便干什么都行。真后悔没在你家多留两天，或许过了八一节再走更顺利呢，可一切都晚了。

除了等待，已经别无选择，没有开水，我现在有三个面包和半个咸鸭蛋，半截香肠，一个青苹果。亲爱的，快来救救我吧，你听不见的，周围那阵阵的鼾声提醒我，你已入梦，或许在梦中你能预感到我的倒霉，穿着你的衣服又暖和又舒服，你的味道还在我身边，此时我最想念的不是父母，不是别人，只是在睡梦中的你，亲爱的，你爱我吗？你能感到我的想念吗？真想真想吻你！不论你将来命运好坏，我不在乎，只要能陪伴你度过这一生，我也就满足了。你太像个大孩子，一旦离开你，我就担心你又要耍孩子脾气，而且什么都不会，不知为什么，和你在一起，我觉得自己更像宠爱孩子的母亲，现在我都快疯了，夜深人静，我一心只想见见你，如果你突然从天而降，我会又笑又哭闹得你不得安宁的，说不定还要咬你一口才罢休。

陈，31 日上午八点四十五分，总算雨过天晴，太阳露出了笑脸。没等我高兴一阵呢，听说今天有雷阵雨，火车不知什么时候才能开，洗脸漱口到候车室用易拉罐接上点开水回车上，面包、香肠也变得难以下咽，又懒得去街上买东西吃，虽然这里距牡丹江只有七八十里，但火车翻山越岭的时间就长了，下车步行回牡丹江吧，又下不了这个决心。

《毛泽东传》还剩四分之一，今天一定能看完了，除了吃睡外，我就看书写信，两夜一天已经写了近十张纸，心里也挺欣慰的，只是再拖下去，带的钱不知还够不够用？真划不来，把钱浪费在车上。

那个女孩儿告诉我，耐心等吧，三五天的做好准备，没办法，我一看车上也不卖盒饭了，就和她到不远的街上走了走，买了几根黄瓜、两个馒头、一袋蒜蓉辣酱，先对付一阵再说。

对面那趟客车上的人几乎都走空了。渐渐地热起来，更让我有点不安宁了，尽管车厢里放着轻音乐，我一点也不感到愉快，反而我想起来每次列车快到站之前，总放这类曲子，可如今又哪儿到哪儿了？

陈，我打算坐客车到牡丹江，再从另一条线去东方红，据说那条线是主线，所有的主力都在抢修，那边肯定是先通车，所以先回到牡丹江再说吧，大不了在牡丹江再等几天，但还是很犹豫。

现在外面阳光明媚，微风习习，远处山上都是红砖房，掩映在绿叶之间，有点乡村风味。左面一列火车上装的全是白杨木，码得很整齐，粗细都一样，感受到了东北林区的气息了。

亲爱的，下午四点钟红灯亮了，广播传出即将开车的消息，我马上拿出本子来告诉你，你知道吗？我终于盼出头了！

整整两天两夜，漫长的等待啊，快快离开这个鬼地方吧，指针指向六点五十五分，汽笛拉响了，车身在颤，快点开动啊，时间怎么这么慢？怎么这么慢？又一声长长的汽笛，火车开动了、开动了，虽然是朝着牡丹江的方向，但毕竟它动了！哦，这"轰隆隆"的节奏听起来比任何音乐都要悦耳动听呢，车越开越快，我的字也像要跳舞一样，亲爱的陈，真不知道内心的高兴如何表达。别人在欢呼在喊，再见鬼地方，而我只是平静地写给你这个喜讯。

亲爱的，我要吻你100下，等着吧！

林

1991 年 7 月 31 日

亲爱的陈：

看完前面那些信了吗？我想看完后，你一定仍旧干着急呢，如果知道了我现在是坐在学校寝室里铺开信纸给你写信，你准以为我疯了。

昨天晚九点半火车返回牡丹江车站，然而，等待我们的仍是不通车的消息，而且八一也不能通，也就是今天晚上。我害怕在牡丹江停留一个人怎么住？怎么吃？等多少天？正在发愁，旁边一位等车的40多岁的中年人说，他是春城铁路局的，准备回春城听消息，而且他答应把我带回春城，然后等有消息了再送我去东方红，因为他也坐那趟车。跟着他没买车票，铁路上工作的人都不必买票，他让我叫他表叔。这不稀里糊涂的，我又回春城了，初步打算3日走。这个人姓孙，他答应送我上车不买票，他要等到10日才走。不过我怀疑为什么他那么热心地帮我一个陌生人，难道只因为我在春城上大学吗？如果有问题，我就自己买票自己走，不能贪图一时的便宜而出什么事了。

回到学校，一切照旧，我把东西收拾了一下，看完的书拿出来放在书架上，再带上新概念英语第三册和两盘磁带，还有《灵飞经》字帖，假期没事，可以练一练。我刚把衣服洗了，想过会儿买两袋方便面，开水已经打好了。

想不到这个假期近一半的时间是花在路上了，记得走之前我无意中说，这辈子我可能要来回奔波，结果现在我不就在这受罪了吗？现在写信大脑还感觉车身在震动，头有点疼，反正感觉不好。

都怪今年的雨，真是恨透了它！

亲爱的陈，我真想打张车票回到你的身边，你的身边是多么安全而又舒适啊。但我不敢再次面对你的家人，他们会责怪我不听话才吃亏，所以我只有耐心地等待，相信一切都会成为过去，这折磨人的旅行将成为永久的记忆。

这五天的漂泊都快把我折腾疯了，我随时都有一种严重的不安全感，似乎我的周围危机四伏。每天除了想你，几乎没有任何别的想法，越想你越感到我一离开你变得多么胆怯，多么没有意志力。我要全力以赴地保卫自己不受侵犯，我是独立的，我绝不会让自己吃亏，我永远只属于你一个人，我发誓一定要做到！

如果有人想利用我的轻信和善良，那就大错特错了。亲爱的陈，此时，我由于自身的不安全处境，产生了一个异常坚定的念头，除了你任何男人休想动我的念头，这辈子生死我都只属于你！亲爱的陈，我现在感到前途未卜，有一种要回到你身边的冲动，我想将来无论我走到哪里，都要和你在一起，我再也不愿和你分开。不愿意，不愿意！陈，我想哭，可没人来安慰我，哭了也没用。眼泪是懦弱的标志，既然已经骑虎难下，我只有硬着头皮走下去了。

明天我要把这些信寄给你了，唯一令我揪心的是，你会为我担惊受怕，多希望我平安的电报能在这封倒霉的信之前送到你手中啊。放心吧，我的瘦瘦的陈，开学你见到我，你一定会感到我的强壮和自信。

真舍不得放下笔，但我的肚子实在饿了，我要去买方便面啦。

日夜想念你的可怜的林。

林

1991 年 8 月 1 日下午六点左右

亲爱的陈：

今天想对你说的就是，生死和你在一起，我爱你！

你是个真正的男子汉，你是个最纯洁正直、最深情潇洒的男孩子，我的心灵因为爱你而净化升华，我将永远爱你！

亲爱的，临行前匆匆写下我的誓言，眼泪已遏制不住，但我不能尽情流泪，我即将踏上艰难的旅程。等我明白了我周围人可憎可鄙的一面时，我才发现爱上你是我唯一正确的选择，我要牢牢记住这来之不易的发现，永远珍惜我们的爱情。

终于相信了，爱情是最圣洁崇高不可侵犯的，别问我为什么。

我的心灵由于爱你而找到了一块乐土，那里没有纷争，没有钻营夺利，没有欺骗玩弄；那里有的是两人世界的深情和甜蜜，有的是相互的关怀和无限的温馨，所有的波折，只能更加促进我们的相知，这是一片多么令人快乐的桃花源啊！

亲爱的，我想你，想得我彻夜难眠，一想到你便泪眼蒙眬。现在才知道我爱你有多深，你永远是我的唯一。

陈，我爱你！

我爱你！！

多渴望此时你能深深地吻我一次。

你的林

1991 年 8 月 3 日七点三十分临行前

亲爱的陈：

你好吗？我于昨晚十点三十分又回到了牡丹江车站，满怀豪情地冲上501的希望，被501停运的消息粉碎了，广播里说501和505通车了，可怎么只有505呢？我只能等505到密山，坐汽车到虎林，再转汽车到东方红，谁能保证大客车是正常运行呢？

我昨晚一下车，心里就叫苦不迭，怎么办？又是进退维谷。唉，要是知道确切的消息，火车不到终点站东方红，我在春城就会打票回南方了，那可能比现在的情况好多了。

亲爱的，知道我昨天晚上在哪儿吗？我下了车直奔旅客休息室，再来一次，就是熟客了嘛。进去后找了个床铺坐下休息，因为快十一点了，服务员也没来管我，索性倒下就睡。因为屋子里关灯休息，所以直到今天早上我从里面溜出来，仍没有人来问我。陈，我知道我这么做会让你生气，仿佛我怕花钱似的，其实我上次住这花了4元，实在不值得，所以我心安理得，晚上只不过休息了五个小时罢了。

现在坐在候车室，水泥地上垫着蓝包包，屁股硌得麻木了，我给你写的信，又不知如何寄出，到外面找邮局去，又要大半天。漫长的等待，昨天一天在车上度过，也没干什么，只看了几页书。

昨天那个姓孙的老家伙还算讲信用，免费送我上了车，还说我返校时，他到牡丹江来接我。哈，那可就是白日做梦了，知道吗？他对我有点不怀好意，我早已发觉，所以用我全部的机智瞒住他，让他乖乖送我上车到牡丹江，还让他相信我会信守诺言，让他接到的时候扑个空，尝尝被愚弄的滋味！

亲爱的，你放心吧，我不会让自己吃一点点亏，永远永远。吃一堑长一智，你的林已不再软弱，她会变得更成熟、更坚强。还有你的运动衣穿在身上，让我有点像男孩子一样充满活力和倔强，那件红衣服实在太女性化，以后我坚决不再穿了。

陈，我亲爱的，此时我只能通过我的笔向你叙述这一切，只是后悔带了支钢笔，万一墨水用完了怎么办？我不能没有笔，不能不给你写信，你是我唯一的精神寄托。因为能够诉说这一切的，只能对你一个人，只有你——我远方挚爱的人！

我深深知道，寄出的这些信会给你带来多少困扰和烦恼，你的母亲会问你情况如何，你不应该告诉她实情，我不想让她也担心地天天念叨。别因为我而对你家里的人发脾气好吗？一切都是为我，你明白的。

今早十点半坐上了575，终点是密山，别人告诉我，让我在密山车站等凌晨的505，看是否到东方红，估计这两天就可以通车了，如果不通，那我就坐大客车到东方红了。

现在在鸡西站已停了近一个小时，还未开车，我走了三四节车厢，才打来了点开水，我把宿舍里的水壶带上了，解决了喝水的大问题，刚才车上一个六岁的小女孩儿把半壶开水全喝光了，害得我只能挤着打水，车上的人一直特别多。

陈，我是幸运的，早上没事，在候车站等车，和旁边的一个二十几岁的人闲谈了几句，似乎很投机。他帮我提前溜进站（因为我没座号），想找个没人的座位。很多人从车窗翻入，车上的一男一女和车下的这个人齐心协力，把我这个"大笨熊"扛进车窗，然后一口气跑到最后一节车厢，我看中了一个座位，坐下了，这个年轻人也帮忙占了一个座。开车后这两个座都没有人，不少人的座位给有座号的让出来了。萍水相逢的人有好有坏，刚摆脱了一个老头，又遇到一个好人，我心里说不出有种能不能信任人的感觉。漂泊真是一种锻炼，体力、智力、应变能力，我现在觉得自己很结实，精力也很充沛。虽然每天只有面包、咸菜、凉开水，偶尔有几个桃子和一些小零食，心里却很满足。

鸡西的空气有一种浓厚的煤烟味，好几个大大小小的烟囱，冒着黑乎乎的烟尘。若不是为了把煤运出去，这条铁路线不知什么时候才能修复呢。

车开了，字又开始"飞"起来，不过你能看得懂，对吧？

一路上看见黑龙江的许多地方挤满了淤泥，房屋有些还泡在积水里，甚至连炕上都有水。苞米秆倒了一片一片的，全都枯萎了，十分荒芜。这是辆慢车，每个小站都要停一两分钟，走得慢吞吞的，让人心急。我看这次家乡之旅，恐怕会让我失望，偏偏看到了最不景气的一幕。

今天已是4日，我的信和电报你都还没有收到，可以想象，你在家中坐立不安、闷头闷脑的鬼样子。只要我一到东方红，一脚踏上那个折磨人的地方，我的第一个目的地就是邮电局好不好？

我的对面坐着一对年轻人，很像城市里的，但有点俗气。他们很放肆，尤其是那个女的，歪着倒着，整个人都倒在了男的怀里，男的用一只胳膊围着她，一点也不在乎别人尴尬的目光。这种方式我还是反对的，显得好没教养。

不少人一听我是单人跑来玩的，都咋舌，似乎为我的前途担忧一样。讨厌他们瞧不起我，我又不是小孩子，怎么去做，我心里有数。

到终点再写吧，想我吗？这几天都做了些什么？听没听我的话呀？好了，祝你开心，我放下笔了。

你的林

1991 年 8 月 4 日于晃动的火车上

亲爱的陈：

今天已经是 9 日了①，昨天忙得没有片刻时间写信，我只能用身不由己来形容自己的处境了。

下午二姨领我到我弟弟拜的干爸干妈家玩，他们留我住几天，所以现在我就在他们家里给你写信。我还去原来的老房子看了看，换了新主人，变化很大，只是房间的形状没变。院子里堆满了柴火，显得面目全非。毕竟十年了，原来的邻居只去了对门家，生活条件几乎没有改变。两个女儿已经上了大学，结婚的结婚，留北京的留北京。他们见到我都很高兴，一唠叨起来就感慨万千，我坐在那里陪着，又累又困，你也知道东北人好唠嗑，没完没了的。

知道吗？亲爱的陈，我做梦梦见了你。你那么真实地躺在你的床上闭着眼睛，可我知道你没睡着，你在等我进来。我轻手轻脚地走进来了，刚趴下身子想吻你，可是梦一下子醒了！我慢慢地睁开眼睛，看天花板上的五彩灯，心里多盼望能继续做我的梦啊！

亲爱的陈，你怎么还不来信？你到底在想我吗？我后悔过来这么长时间，其实一星期也就足够了，我把一切想得太顺利，其实我还是很不成熟，尤其在与人交往方面。

陈，这儿的情况写信很难详细说明，等开学了，我再慢慢地告诉你吧。人事特别多，顶得上我几年来所遇到的那么多，我的脸都笑酸了，大脑也不好使了。在亲戚朋友家，虽然不像在你家那么紧张，可还是不能完全放松，总不能跟在自家一样，想怎样就怎样。要知道我走时只有九岁，一个小丫头，

---

① 5 日到 8 日的信缺失。

哪里记得许多呢？只是干妈家就有四个孩子，又各自成家立业有了孩子，全都不认识。相比之下，我更愿意住在你家里，只要有你在，我谁都不怕。写到这儿，干妈进来塞给我一个玉米棒子，好香。陈，我想你，盼望快点开学。

现在才知道二姨和我妈妈有过矛盾，几年没通过信了，问题出在钱上，因为偶然和不巧，造成我妈妈的误解，俩人伤了和气，难怪我妈妈不愿意回东北看看。真讨厌，知道这些乱七八糟的事，我什么都只当不知道算了。

亲爱的陈，我有很多话想对你说，真难以想象，如果没有你，我此时的心情该有多憋闷，深深地感受到你对我来说有多么重要，如果上帝安排，我们注定不能在一起，那么我想我只有出家当尼姑的命了。

陈，你在家过得还好吗？我一直相信你会成为一个非常出色的人，无论在哪一方面。

祝福我吧！希望你吻我无数次。

林
1991 年 8 月 9 日

亲爱的陈：

下午刚寄走信，还是想你，现在是十七点二十分钟，我吃完晚饭没事儿，在门口坐了一会儿，蚊子实在太多，所以就跑进来写信。干妈家那只大狼狗一见我就狂吠，幸好是拴在圈里的。还有一只长毛的巴儿狗，个儿不大，本来很温顺，一听大狗叫，它就狂吠着来咬我的脚脖子。我可怕这两只狗了，大哥的儿子才九岁，就把小狗训得服服帖帖，叫我好羡慕。

寄完了信，我路过第二中学，忽然想进去调查一番，于是就走进办公大楼，那些人都在玩麻将。我找到副校长，他是个强壮的、精干的中年人，很健谈，滔滔不绝，不过只谈好的，不谈坏的。调查出来后，我又心血来潮地到派出所了解中学生犯罪情况，也算顺利。今天很高兴，所以晚上吃了一大沓玉米煎饼，裹着"茄盒子"和各种咸菜，还有绿豆粥。吃得亲戚家的小孩儿盯着我看，真不好意思。本来前几天刚到这的时候，我觉得自己又黑又瘦，不骗你，是真瘦了，可现在又有了胖的趋势。早晨七点多钟才起来，吃得又多又好，他们都怕我饿着，使劲儿强迫我吃。

亲爱的陈，到底是东北，人都很好，我真愿意和你在北方待一辈子，只是有点舍不得家里人。收不到你的信，我总担心你是不是把我给忘了？看了我的信，你不担心我吗？

林
1991 年 8 月 9 日

亲爱的陈：

　　早上六点半起来，七点钟吃完饭又开始给你写信。离到校还有十八九天，我要充分利用。想一想不久我们就可以见面了，我又特别高兴，总想着我们见面时有多么兴奋，多么激动。真的，我总是一遍遍地幻想，不知道你会不会笑我又黑又胖，真想见面狠狠咬你一口，又心疼你太瘦，禁不起我折腾。

　　昨天下午亲戚带回来一袋小黄柿子和沙果，我懒得洗，擦一擦就吃，结果今早肚子有危险，好了，我要去 WC 了。

　　中午干妈的四个儿子、儿媳全在这儿吃饭，小屋子可挤了。三个孩子在里屋吃，我们在外屋吃。大姐的女儿得了肺结核，单独一人一个碗筷，另外两个小孩儿一起吃。可真热闹极了，大姐夫和大哥都能说，二姐是一中的老师，又漂亮又有风度，二姐夫是医生，很瘦很高也有风度。不过他们到底是北方人，真豪爽，要是在南方这样的家庭，少不了要客套一阵子的。

　　下午我和干妈去储木场转了一大圈，有点面目全非的味道。具体的样子有点变，只是四条木材传送带还是老样子，到处都堆满了木头，因为前一阵子降雨表面都发黑了，晚上想回二姨家去，我的书都在那儿放着呢。

　　想你。

林
1991 年 8 月 10 日

亲爱的陈：

　　昨天是星期日，又逛市场又准备照相，但天阴没照成。

　　知道昨晚我做了个什么样的梦吗？好恐怖的梦，醒来时我还害怕呢。好像是这样的，我梦见咱们两个走啊走，到了一间平房内，我走了进去，身后的门一下子关上了，你就不知道在哪儿了。屋里全是长得恶狠狠的阴险的人，他们说我永远别想走出去，还有一两个和我差不多的女孩儿，蓬头垢面。我历尽艰险，还是逃不出去，周围都是坏人，吓得我简直要昏过去。后来醒过来。我的心跳速度才慢慢恢复。

中午我在干妈的二女儿家吃的饺子，北方人招待客人最隆重的方式就是包饺子吧？上午我到一中找他们的教务主任，有一个 30 多岁的妇女，傲慢得很，另一个老的又说不出什么，实在让人心烦。

已经 12 日了，二姨家应该有你的信。但这两天在干妈家里写调查报告，一写完我就回去。真烦人，找不到安静的地方看书写信，干妈有时也看电视，我一听见电视、录音机声就集中不了注意力。

中午的饺子有两种，一种是芹菜和肉的，一种是蘑菇的，二姐叫我拼命吃，即使饱了也不放过，非要超过五个，肚子撑得溜圆的。晚饭又是芹菜和肉的包子，更不用说下午的那两根嫩玉米、无数个黄柿子和小苹果，然后又不锻炼，不发胖才怪呢！真怕到时候，你一见到我就失望。我很苦恼，怎么办呢？

林

1991 年 8 月 12 日

亲爱的陈：

昨晚睡得特别早，不到九点就上炕，因为晚上点灯招蚊子又费电，所以我只能睡觉了，使劲睡也睡不着，想着你才慢慢地入睡。唉，毕竟不是自己家，心里怎么也不踏实，脑子里总是紧张的。这个假期真够了，我有时特别想家，尤其是和他们讲父母讲姐姐的时候，真是好想他们，但我没感到委屈，这也是锻炼出来了。经过这一假期的旅途奔波，真是对意志、对体能的一大锻炼。

陈，你坐火车的经验现在绝对比不上我，以后有机会咱俩一定要坐一次，比方说这个寒假你就可以去我家玩，好不好？我知道你的父母当然是不愿意的，他们实际上是把你当宝贝的，别的都不重要，只有你对我的一生才是真实的，不管别人怎样对待我们，只要我们相信自己的能力，彼此信任，即使相隔很远很远，又有什么可怕的呢？

对了，已经两天没给你寄信了，姑且乱七八糟地给你寄去吧，就当一本记事簿好了。

吻你！

林

1991 年 8 月 13 日

亲爱的陈：

你都快让我"没脸见人"啦！看到你的信，那些疯话，还有纪念册，我又笑又哭，当然是偷偷地抹眼泪，但眼圈红红的，还是让阿姨看出来了，她一个劲儿奇怪，问我，我只能说是家里来信、想家了。你看我兴奋得要命，她的孙女儿硬要抢着看信，急得我骂她。

陈啊陈，真没想到你比我预料的还要让我担心，看来不告诉你那些现在早已不在意的事就好了，让我可怜的陈痛苦自责了那么多天。其实，我说亲爱的，你是天下最好的人，你要再说自己不好，我怎么办？我真想"哇呀呀"地大叫，想跳想疯，看到你那熟悉的字体、信封，我都不是自己了！眼泪偷偷地抹了一遍又一遍，该死的又没有手绢，只好偷偷地拿自己的衣襟擦鼻涕，都是你害的嘛！看了一遍还想再看，又怕自己忍不住，被干妈发现了更瞒不住了，所以只好强忍着不看，等到学校再尽情发泄好了。

说实在的，我亲爱的，我倒不怕路途的苦楚，只怕我处理不好所面临的困境，说不定一两次偶然的错误就让我终身遗憾呢。好了好了，别再提那些日子了，咱俩谁都不好过，你呀你，纯粹一个大孩子！

看了你母亲对我的印象，我心里美极了，可转念一想，又怕是你故意逗我开心的，你母亲真的那么说的吗？我真有那么好吗？别忘了我对她的那些小伎俩哦。

想想真是的，到东方红以后给你的信一直是平平淡淡的，既没有工夫想你，又没时间看书学习，自己都不属于自己了！亲爱的你真好，又给我寄了书来，太棒了！正愁坐不下来呢，这下可有办法了！今天上午寄出的信也是的，一点没意思，整个像个机器人，只写那些烦人的应酬给你看，还总说没时间想你，真对不住，我决心从今天起，除了完成任务，其余时间谁也不给，只给你一个人好吗？

唉，亲爱的，让我说你什么好呢？我真想一步就跨到你身边，看看你是不是还那么瘦？是不是对我还是那么心不在焉，只盯着你的鬼象棋，记住，不管采取什么措施，我只要你壮实一点……唉，如果咱们再经过几个这样的假期，你我非要疯一个不可，不过多半是亲爱的你，对吧？你真好，亲爱的，我想和你在一起，但又怕你，嗯——你自己明白！

亲爱的，我只能写到这儿，得快让你知道今天，13 日，书、信我都收到了，好让你放心！亲爱的，我爱你，可我放不开胆量写上一纸的"爱你"，毕竟不是自己的家。

吻你一千次，一万次！

林

1991 年 8 月 13 日

亲爱的陈：

下午才寄走一封信，可心里还是觉得意犹未尽，晚上吃完饭，一个人躲在干妈的里屋，把我的宝贝东西——你的信，慢慢地看，心里感到非常幸福。刚看了一会儿《安娜·卡列尼娜》，还是决定给你写信。亲爱的，没想到你这个小气鬼，还是生了我的气，要知道我最心疼的就是我那个什么都不会的很有大男子主义的小丈夫，我才不忍心让他为我受苦呢！只要是我一个人能忍受过来的，就不会劳累你啊！

中午我眼睛红红的，在吴阿姨家吃饭，她家就住在我老家的对门。对我真是好，做了满满一桌子的菜，有红烧肉、青椒炒肉、木耳炒鸡蛋、鸡蛋汤、豆角炒肉、糖拌西红柿，外加汽水，吃得我肚子滚圆。放心吧，我的永远的陈，还担心你的林不会有双下巴吗？我可苦恼死了，所谓盛情难却是也。

亲爱的瘦猴儿，我现在好高兴，也好想你，真不知道该怎么表达了，你知道我不会像你那样疯了似的写胡话，别伤心啊，我的话全在心里呢！

好了，不开玩笑，说真格的。亲爱的，我的陈，祝你胃口好，吃更多的东西。西瓜虽好不长肉啊！我才不馋你呢，忘了我不爱吃西瓜啦？傻蛋儿，我爱你，傻蛋儿！以后我们不会再分开了是吗？真心祈祷那不再只是个希望。唉，知道吗？我现在可希望有遥控器，在这儿指挥你学英语！别生气，小气鬼，真的，你能行的，否则你就不是你自己了。

一生中刻骨铭心的爱情，只能有一次，不是吗？

我爱你，我的小丈夫！

林

1991 年 8 月 13 日

亲爱的陈：

早上好，早就醒了，因为昨晚睡得较早，却一点睡意都没有，翻来覆去不知有多长时间，就是想你信上所写的是 11 天内经历的种种精神折磨，眼泪不禁滑下来滴在枕巾上，却不敢发出一点儿声音，怕惊动了别人。早上也是，睡醒后又是你，似乎我根本就没睡觉一样。

爬起来，外面特别阴，穿上衣服和干妈出去散步，看到一群老头老太太随着音乐在做一种像气功动作的操，我一高兴跟在后面也"耍"了几节。

今天一直在看小说，中午也没闲着，上册已看了一多半了。想这几天一定还有你的信，所以我在干妈家待不住了，打点行装，吃完晚饭准备回二姨家去。干妈家可讲规矩了，连吃饭的座位都有讲究，有一次我不知道坐到了上首，想起来都脸红。

亲爱的，我这个人真是在哪儿都不能自由自在放松自己，除了自己家，在这儿我不能洗澡、洗头发太勤，免得麻烦他们，真难受极了，要知道，在南方是一天一洗啊！可现在已经有七八天没洗了！亲爱的，就在我写信的当儿，录音机里的歌一直在响，一点都不好听，还是几年前那种曲子，以后再不会这么长时间地待在亲戚家了，尽管他们对我都非常热情关心，可总有一种寄人篱下的感觉。还有 14 天，我就可以摆脱这一切啦。

亲爱的，你现在好吗？一想到那座孤独的城堡，空空的大院，冷冷清清的气氛，我就好心疼你，难怪你会那么孤僻，都怪你的环境太冷清了。真的，我家里虽然拥挤，但我好喜欢那种温暖，虽然贫寒但是充满了温情，想一想，即使是争吵，相互的责备，都值得人留恋。来东方红一趟，我清楚地看到了我的父母在老一辈人的眼里，竟然是那样辛苦和不幸的，可我从未意识到。

他们回忆起我妈妈年轻时是如何拼命工作，一大堆繁重的家务、艰苦的生活条件没有压倒她，却累得她现在落下一身病，他们一听到我妈妈的健康情况都感慨不已。在他们印象中，我妈妈是胖胖的健康的爽朗的能干的一个人，工作上是绝对要强的，听得我好敬佩我的妈妈。他们说我爸爸如果不调走，工资和职位现在在林业局里一定是很高的了，可现在他连以前普通的局里工人的待遇都比不上。还听说林业局的干部近几年贪污受贿，风气很坏，而爸爸当初是干劳资的，却为了自己的子女将来无法安排工作调走了。多可笑啊，现在说都没人相信了是吧？无论是吴阿姨还是干妈，当年都说过，"哎呀，那个老邓，可不敢求他什么"，耿直廉洁到不近人情的程度！

有些事真是让人不能明白，我讨厌自己知道这么多形形色色的不公平，我宁愿什么都不知道，这些会让我对世事更冷漠、更愤恨、更嘲讽，本来我和你在一起后，那种尖刻的脾气都改了大半了，此刻又让我忍不住了。有些干部用国家的珍贵的木材肥了自己的腰包，其中一个竟贪污了 23 万元！搜查的时候发现他家的沙发上、屋顶上、电饭锅里全是一沓沓的人民币！唉，如果爸妈知道了现在林业局的这种局面该有多失望。而且，据说，林业资源只有五年的开采时间了！

好了，不说这些了，告诉你这些你也会生气，还是高高兴兴的好。亲爱的陈，再写这封信就要超重了吧？下次再叙。

吻你！

林

1991 年 8 月 14 日

亲爱的陈：

今天邮差没送信，本来蛮有把握能收到信的，所以心里头很不安，从下午五点多钟到七点半，一直躺在床上，迷迷糊糊的，脑袋里都是你。好奇怪，因为看到《安娜·卡列尼娜》中的列文要结婚的片段，所以我梦到咱俩结婚了。亲爱的，别笑我，真的梦得好清晰。我梦见咱俩以一种悄悄的结婚方式，给朋友们送去喜糖，好平静地说，我们结婚了，然后不看他们的反应，挽着手走了；然后又梦见了一种热闹的方式，我俩被人装扮得像木偶一样，在一张张酒席桌前发窘，后来是好喜气的洞房，屋里全是红色的，好漂亮的镶着花边的圆顶蚊帐，我们站在那儿都呆住了……亲爱的，你说多好玩的梦啊！都怪你，信上写的"什么时候我们才有自己的小天地呢"，让我这么胡思乱想的，你不好，亲爱的。还梦到我们大一的时候，那次寒假见闻会，记得庹新成说他火车上没帮一个女孩子的事儿，我笑着说，所以以后女孩子叫你干什么千万不能拒绝。那时，我看见你心不在焉地低着头坐在床边，一点都没有注意到我，我好沮丧，因为我是说给你听的呀……反正乱糟糟的，全是你和我的事儿。对了，还有上次寒假我们见面的情景，你穿着那件让人眼睛发花的花毛衣，我们好笨拙地拥抱，然后……唉，真是的，我的脑子怎么搞的？就喜欢没边没际地想啊想啊。在这儿，我最想的人就是亲爱的陈，可总也不能想出你在你那堆满了书的屋子里忙什么呢。

今天上午忙着洗头发洗澡，干净舒服极了，洗完衣服，家里没人，我使劲照镜子。嘿，我真高兴，好像镜子里的我又变得好看起来，尤其是已经长到腰际的头发，真想把这会儿的样子照下来。

　　回到二姨家，当然舒服多了。但要命的是，我的思想却不能集中在书本和要整理的调查材料上。我望着天蓝色绸布的窗帘、雕花的窗格子、绿色的写字台和粉红色的床单，脑子怎么也转不过来，好像是眼前的这些东西抑制了我的思维，而干妈家那古老的家具、干净的朴实的大写字台，让我有一种清新的清醒的意识，能够在嘈杂的环境下看书写字，如同在自己家的感觉。

　　亲爱的陈，总是后悔没替你刷那双布鞋，没替你洗一次衣服。唉，没你的信，烦得很，该死的邮差！亲爱的——真想拖长时间叫你一声，懒懒地靠在你身上，看着你吓得慌慌张张地推开我，边说"好好的，别胡闹"，那才好玩呢！嘻嘻，知道吗，你现在不能吻我，否则你会后悔地皱起鼻子说"又偷吃花生"，但这次是明目张胆地吃，二姨特地炒给我增肥的。

　　哦，亲爱的，这会儿我好想和你聊聊天，我记得小时候在北方很少吃水果。1981年，我们家调走，在北京火车站，爸爸给我们买了香蕉，我第一次看见黄澄澄的大香蕉，拿在手里看了半天，问爸爸怎么吃啊？连皮儿一块咬吗？这一问，当时就令爸妈面面相觑，很心酸的样子。小时候，总一个人在院子里，脑袋瓜里总在想问题，为什么仰头看下雪感觉在上升？黄瓜从哪儿开始长大，是头还是尾？诸如此类，一想就是一下午，可从来没弄明白过。

　　晚安。

　　吻！

林
1991 年 8 月 15 日

亲爱的陈：

　　我爱你！

　　今天邮差送的竟然还是 8 日的信，所以我明白为什么还没有你的信了。可能路还没有修通，据说要等到下一次雨季过后再修，谁知道开学时能不能坐火车？所以亲爱的陈，你在 21 日或 22 日以后就别往这儿寄信了，也许我已收不到了。好好留着开学时"统统地"交给我好吗？

　　上午从八点半至十二点半，坐着一动不动，终于把调查报告写出来了，大约有 4000 字的样子，真高兴。

　　二姨今天晚上包饺子，韭菜肉馅儿的，十分可口，就是面皮太有劲儿了，还有一大堆李子、沙果、苹果，李子皮儿太酸，沙果太涩，苹果没味儿。

亲爱的，今天看完了《安娜·卡列尼娜》上册，听了一个小时的英语，又听了两个钟头的磁带，心里很舒服的。不知道你在做什么。说真的，在学校里你天天陪着我，自己看书的时间很少，你不会怪我吧？

假期你一定要充分利用时间，但是也不要让自己太累了，睡眠不足会使你更加消瘦，我想你太瘦是因为吃得少，再就是睡眠太少，懒猪为什么会胖？

二姨家养了一只小黑狗，胖嘟嘟的，走路一摇一摆，脑袋胖乎乎的，小尾巴使劲儿摇，我想它一定是见人就讨好，因为一天到晚没人理它。有次我喂它水喝，它的眼睛湿漉漉的，好像哭过似的，真可怜。可惜我不太喜欢狗狗，可怜归可怜，反正它长得反倒越来越健康。有一次它在二姨家客厅的地板上"方便"了一次，气得二姨直骂它，真过瘾！

陈，好想和你在一起看电视节目，可以偷偷地靠在你身边，那多好啊！到了学校太亲热，又使我像小偷似的不安，你看多矛盾。

东北的蚊子真厉害，我胳膊、腿、脸到处都是小红疙瘩，痒得我只想挠，坐不住。好了，我要去洗一洗，晚上有点闷。

陈，想你想得揪心，睡前必看你的信，每次流着泪入睡，亲爱的，爱有时好痛苦啊。

林
1991 年 8 月 16 日

亲爱的陈：

今天二姨上班时走得匆忙，我忘了把信交给她带走，昨晚就封好了，真气人。

中午吃的是糯米糕，油炸过的，结果下午胃一直难受，头也昏昏的，今天该有你的信了吧？

现在我早已从开始的不习惯变得喜欢这儿了，这里每家都有小院，小院种了各种蔬菜，平时都非常安静。明天或晚上我的两个表妹该回来了，日子可就没这么清闲。想你，亲爱的，刚才躺在沙发上迷迷糊糊地想着你，但不能告诉你想了些什么。我好想吻一吻你，就一下也好。

亲爱的，已经第四天了啊，依然没有信！二姨都怕我问她了，因为列车路不通，信件也可能被耽误在虎林，真急死人！

今天是星期六，但现在星期六和别的日子没有什么不同，只有在学校才是我们共同的周末，那时最盼望到星期六了，可一到星期天，又是我害怕的日子，没有懒觉，没有休息，你总是很累。以后咱们平时多抓紧点时间，周末周日放松好不好？真喜欢那些下雨的日子，你总是打着紫伞在雨中走近、走近，我的等待不是无望的，而是骄傲和幸福的。以后我也想好好地去接你一次，什么时候给我这个机会呢？

亲爱的宝贝，你的那张照片被我夹在笔记本里留在学校了，想看你看不着了，如今有没有照相？但凭想象，我知道你穿的只有那两件短袖短裤和一条长裤，你也能记得我的样子吗？亲爱的，你在做什么呢？反正这个时间你不会在背英语吧？如果我过了四级，那么我会集中全部精力给你补英语，千万要相信我，如果实现不了我的愿望，那我将特别生气，当然是恨自己怎么那么没水平！不过我是个不易灰心的人，但问题在于前提能否实现？我担心得要命！如果你过不了的话，我会沮丧好久，还是英语课代表呢！

吻你！

林

1991 年 8 月 17 日

亲爱的陈：

星期日下午把书和牙具搬到了舅舅家，准备住两日，舅舅请我过去已经不止三次了。他和舅母对我更客气，他们不像二姨那样是"暴发户"，都是靠出大力干活吃饭的，所以令我感到亲切和感动。对了，陈，你舅舅不也是干木匠活的吗？我看见舅舅时，真有一种似曾相识的感觉，感到亲切愉快。你舅在你家和我舅在姨家的那种拘谨都很像的！舅母瘦高个，很开朗，还像个孩子似的叽叽喳喳，皮肤晒得黑黑的，我喜欢他们一家。

亲爱的，假期够愉快的了，除了洗澡不太方便之外，我的这么多寒假暑假，唯有去年和今年的暑假玩得开心，这么多人，这么多事儿，让我一下子都应付不了了，我的脑子里日常是木木的，不恰当地说跟觉新"大婚"一样的感觉，夜幕降临时才松了一口气，可以向我最亲爱的人说说心里话了。

亲爱的陈，亲爱的陈，好想你啊，该死的邮差和水灾，再没有你的信，我会难受死的！是不是你也在等我的信？多磨难的夏天，难忘的假期。常想起岗上科尔沁草原的那份景色，岗上车站夜晚的静谧，吱吱作响的煤油灯多富有浪漫情调啊！越来越高兴咱们的这次"冒险"，或许它是我长这么大做的第一件令我自豪的事儿吧？陈，以后再也别分开了，分开了，好难过，似乎心里有什么东西被掏走了一样，可还要等待多少年啊？

真喜欢和你唠唠叨叨的。

晚安，吻你。

林
1991 年 8 月 18 日

亲爱的陈：

真对不起，请你原谅你可怜的林好吗？她一连盼了五天的信，竟然是这样的！她的陈生气了，他冷冷地告诉她，她是天底下最没有良心的、不知轻重的、没心肝的女人，以为她死在路上了……就在她如此伤心难过的时候，舅舅的儿子还在吵着，"林林姐，什么时候才看完，我们来唱歌吧！"于是我手里握着信跟他学《小红帽》，"我独自走在郊外的小路上，我把糕点带给外婆尝一尝……"难道我能对他叫"滚你的蛋"吗？我的快乐和忧愁只属于我一人，任何人也休想干扰我们的世界，我表面上依旧有唱有笑，让舅舅知道我住在这儿很开心，没有一丁点不习惯的样子。我的陈，请原谅可怜的林吧，她在亲戚家也是小心谨慎，严密封锁着她的感情世界，她不想把她对陈的思念变成他们取笑的材料。

亲爱的，我可怜的陈，你本知道林是多傻多憨厚的人，她也不止一次让她心爱的陈在她学习的时候因忽略他而愤然离去，为什么她仍不改这个致命的弱点？亲爱的，我一万次后悔，一万次道歉，一万次吻你，愿意让你要我，只要你肯原谅她，行不行？我的宝贝儿，小气鬼，我非常同意"让我的亲戚都去见鬼！"反正今后再也不来就是了。你以为我住在这儿很舒服、很得意吗？我反正是紧张的神经，一直得不到充分休息，什么鬼假期呀！

再看你的信落款是"正在发脾气的陈"，我又忍不住开心地笑了，一直在观察我的小孩子一个劲问我"有什么可笑的？快告诉我！"你说你羞不羞？好了，我的陈，冲我笑一笑嘛，你的笑好好看的！

原谅我，亲爱的！

吻你！

林
1991 年 8 月 19 日

　　另外，郑重声明，电报是在东方红打的，不知为何发到你那儿变成了虎林，恐怕是拍电报的人图简单，真不像话！否则陈也不会如此焦急。另外，在东方红发的第一封信其实是 4 日写完的，真应该填一句平安到达，可我以为电报发出了就没事了呢。当时刚下的客车，所以直接发了信，拍电报重写了四遍才算合格。想一想好委屈啊，该死的陈，你说过你会体谅人、变得懂事儿的，可是马上你又生气啦！真想让你变成我，尝尝初到异地紧张时的滋味。你气我，亲爱的，可我疯狂地想你，想吻你，想见你！丝毫不改变的对你的爱，它已主宰了我的全部，我的陈！

　　再一次吻你！

你的没心肝的林
1991 年 8 月 19 日

亲爱的陈：

　　时间过得真慢，还有七天时间，我猜亲爱的你一定会比我早好几天到校的，所以这以后的信我会亲自交给你，好吗？

　　日子过得浑浑噩噩，也不知道自己一天到晚是怎么过来的。看完了《安娜·卡列尼娜》，再看一会儿唐诗，练一会儿字，虽然一个人躲在单间的小书房里，可一会儿来一个人问几句、说几句，还必须耐心地回答，他们生怕我寂寞似的，可我都被打扰得烦死了。

　　亲爱的陈，你知道我不喜欢凑热闹，可亲戚们偏不肯冷落我，今天又是照相，又是录像，晚上到了这会儿客厅里客人的谈笑声还传入小书房来。唉，这个假期真累！你不知道一种受人怜悯的感觉时时袭来，现在我忽然明白了林妹妹为什么会在那样舒适的环境中郁郁不乐。只是我的神经已久经考验，最难受的莫过于给我衣服、裤子，还有钱。我又不是揩油来了，可又无法拒绝，讨厌死了！

　　不喜欢我姨总觉得我土。不止一次，她让我把她给我的衣服穿上，可我还是穿自己的舒服，她就不高兴，说我不知道打扮自己。今天照相时，我穿上新衣裤、鞋，化了妆，她一个劲儿地说林林打扮起来也挺漂亮啊。我心里很得意，转念一想，这还不是她的功劳！好了，不说这些了，亲爱的，你见到我千万别惊讶，怎么又这么胖啦？

　　真不好意思，你的林现在跟小懒猪似的，混时间，除了吃就是玩，能不肥吗？可你呢？看你的信总是在那儿担惊受怕，茶不思饭不想的可怜的模样，好让人心疼啊！

陈，我爱你，甚至爱你那种天翻地覆的坏脾气，一会爱得烫死人，一会儿又冷冰冰的能冻死人；一会儿严厉禁止我吃一点点零食，一会儿又大发慈悲让我吃个够；一会儿林在他心中是"无与伦比的"，一会儿又变成"天底下最没良心的女人"！哎呀呀，陈哪陈，我爱你这个"七十二变的孙猴子"！

晚安，吻你一万次！

你的等待中的林

1991 年 8 月 20 日

亲爱的陈：

窗外阴沉沉的，零星地落着雨点，我感觉好清凉，心里也特别高兴，最多还有五天时间就可以见到亲爱的陈了，不去想怎么才能顺利到校，只想着见到你时，你会在第几个出站口？我想我要在中间的那一个出现，然后……我不敢肯定你能接到我的那趟车，谁知道我在哈尔滨车站一下会看中哪趟就直接混上去呢？一定争取 29 日的白天到，太盼望一到春城就能见到我的陈啊。

亲爱的，一想到新学期开始，我好高兴好兴奋，有一种久被压抑的情绪要爆发出来！我要重新开始我充满希望、充满活力、充满自信心的生活，我觉得我可以比别人生活得快乐、生活得自在。短短一个暑假，让我重新认识了自己和别人，这才知道自己是多么简单而幸福，充实而愉快，完全有能力使自己更自信、更成熟、更美丽！我是幸福的，我们是世界上最幸福的一对人儿，对吗，我的陈？

亲爱的，从 28 日到 9 月 1 日的 33 天里，你会有什么变化吗？你不告诉我你假期里都干了些什么，开学了就得说给我听，不许瞒我，我好想知道除了下棋、练书法、看小说、听音乐外，我了不起的陈还做了些什么。

真想你，越要见面越想！

吻你！

林

1991 年 8 月 21 日

亲爱的陈：

　　窗外月色溶溶，银辉透过纱窗洒进屋里，看着圆圆的月亮，没有一丝睡意，刚看完你的信，脑子里想着你，望着月亮出神，干脆打开灯给你写信。

　　亲爱的，为什么只有梦中的往事那么美好，而现实却往往令人大失所望呢？看了两三个小学同学，这种怅然若失的感觉，一直淤积在心头挥散不去，觉得自己似乎比她们更浪漫和充满活力。她们小时候在班上是那么出色，能歌善舞、聪明伶俐、伶牙俐齿、幸福快乐，可现在没考上大学的自卑、哀叹、勉强微笑；考上的也不如意，语露讥讽、冷漠迷茫。我感到吃惊，迷惑不解，生活是如此美好，为什么她们那样冰冷和叹息？

　　你的信已有两天未收到，你是生气不给我写了，还是习惯性地四五天才寄一封信？如果是后者，我可要伤心了。亲爱的，你存心让我等信等得发疯吗？既然你知道这种煎熬的滋味，为什么还要我等？如果是路途遥远的原因，我只能痛骂这该死的灾难。

　　已经二十三点了，相信亲爱的陈正在给我写信，或许你也正看着月亮想着我呢！说什么才能让你明白我此时的思念有多长、有多深，想 29 日那天你去接站，或许要等待一天，也许是两天。我好着急、好担心、好心疼。亲爱的，你将再次忍受为我担忧的痛苦，我会尽量早点赶到。

　　吻你无数次！

　　晚安，亲爱的。

怎么也睡不着的林

1991 年 8 月 22 日

亲爱的陈：

　　上午收到你的电报，心里暗自高兴，但表面上是一副很慵懒舍不得走的样子，二姨和表妹都觉得时间太仓促了，可我一点也不在乎，心里只想着 26 日怎么才能最快最早到达。我可不能再让亲爱的你辛辛苦苦等待了，我得想尽一切办法。

　　你的一封电报可把我解脱出来了，我正没法找借口呢。这下，亲戚们忙坏了，又杀鸡又要包饺子又去取钱，到各个阿姨家道别，总之很愉快，毕竟要走了，暂时不再对东方红有什么兴趣了，我的心已飞到学校，虽然学校留给了我一个不舒服的感觉。

今天特别想你，我又有点感冒，心跳加快，躺在沙发上，一个劲地想你。东西收拾得差不多了，好重的一个大包，两个小包重量也不会很轻的，后天一早我就要坐上火车，对了，昨天客车才刚通车，你说亲爱的，我是不是很幸运？相信上天保佑我，让我早一点见到我挚爱的人儿。

还有那六天时间我们应该做点什么事？想起来事情太多了，我要给你挂窗帘，洗衣服，买一件你喜欢 T 恤衫，一起去公园玩，我们可以去划船，去吃大西瓜和冰镇汽水……哦，太好啦！

我可长胖了，亲爱的，你呢？真不忍心看到你又瘦下去的样子！

陈，我爱你！好想吻你，但对自己又好没信心啊。

永远你的林

1991 年 8 月 23 日

第五章

1991 年 9 月 12 日—12 月 9 日

亲爱的林：

还在哭吗？

生活中有欢乐，也有泪水，从来没有一帆风顺的事情，上帝也不会叫人永远快活，我们早已经不再处于无忧无虑的年龄了。

学习不顺利，（陈错日记：上午发了上学期的考试成绩表，林的成绩不大好，午饭时她哭得很伤心，弄得我心里也很压抑。其实，她的成绩比我强多了，只是她比较好强而已。）要强的你今晚体会到的心情，我也有过，虽然我一直觉得 60 分万岁没什么不好，但其实这么说的时候，心中也是非常不开心的。每个人活得都不轻松，在眼泪中爬起的是英雄，在眼泪中放弃的是狗熊。英雄和狗熊，都离不开眼泪，你看，眼泪真是好东西啊！

别人当然可以比我们聪明，但在任何时候都不要丧失对自己的信心哪。

林，在今年暑假，我们看见过北方的天空那种黑云压城般沉重的感觉，压得我们仿佛透不过气来，当时我就在想，和大自然的壮美相比，个人是多么渺小啊！

林，在今年暑假，我们也看见过北方原野的浩浩荡荡、广袤无边，当时你说见过北方原野的人的心中还有什么不能容纳的呢？

加油，林！

陈

1991 年 9 月 12 日

亲爱的陈：

你是那么憔悴，我不能让你身体强壮，也不能帮助你，在任何方面我似乎都帮不上什么忙。看着你来去匆匆的身影，看你总是疲倦的面容，我实在不知道该怎样做，才能使你安心，使你不再跑来跑去，使你一心一意地学点东西。现在才感觉你的体质确实有些弱，那么轻易地便被别人传染给你总也不好的感冒。

我们都不能再浮躁，再浪费时间。亲爱的，我觉得自己是那种对生活太严肃刻板的人，不能像林语堂所说的那样自由自在地享受人生，在愿意看什么书的时候就躺在躺椅上看，一边喝着清香的茶水，我想他当年在美国读书考博士什么的，难道都是这么悠闲地得来的吗？到底怎样才能使自己活得既有意义，又能充满情调呢？是不是这种对生活刻板的态度，使我不觉得活得很轻松，是不是我把学习读书看得太重？把学问看得太神秘，以致在学习中产生一种别人看起来容易，而我却是很难受的负担？真的，有时我觉得功课可真不容易学好，而实际上，只要充满信心，满怀兴趣地去学，真的并不难。奇怪的矛盾，越是对自己说"学好学好"，却对此越没信心，越有压力。

我总是在一旁期待着你给我时间，让我能给你一点帮助（陈错日记：林真好，见我不学英语，比我还着急，看着她急得要哭的样子，心里好抱歉。她不知道，我打算放弃英语了。一直不喜欢英语，初一刚接触的时候，还挺有兴趣，后来换了一个非常刻薄、严厉的英语老师，因为讨厌她而开始了讨厌英语，成绩再没好过。初三又新来了位英语老师，对我挺好，为了中考，经常放学后让我去她家里，恶补以前落下的课程。高中以后，故态萌发。上了大学，更不知道英语对一个汉语言文学专业的人来讲有何用处），可你总是一边心不在焉地看书，一边说："看自己的去！"我担心将来恐怕也难以为你做点什么了，我应该相信你的毅力和勇气，还有你的承受力。但我还是希望你也相信我，给我一点你的耐心与信任好不好？

林
1991 年 10 月 13 日

亲爱的林：

原谅我。（这是陈错写给邓林的道歉信。其当天日记写到：今天晚上我很浑蛋，可以说很下流、很坏。我去教学楼没找到林，她找到我时，我莫名其妙地发怒，在九楼很粗暴地对待了林。林哭了，说我欺负她。我又不知道该怎么道歉，只觉得自己真坏，总是迁怒别人。林，请你原谅我。唉，我真坏！）有时候我自己都觉得自己很粗暴很野蛮，我无法对此做任何解释。有时候我需要发泄、总想毁坏点东西。从前我可以在寒风中让自己清醒，可以到一个安静的角落躺一两个小时，可以宁愿让自己引起一场病来折磨自己；现在不能，因为有你，这是我的幸福，恰恰成了你的不幸。

亲爱的，别记恨我，我爱你，只是有时候我忍不住，幸好我也知道自己并不是坏人。人活着总有各种各样的苦闷，平淡的人生很容易。但有追求就难免有失败，苦闷在所难免。我想，我能意识到这一点，你就不必为我担心。

话扯远了，亲爱的，我真心向你道歉。

陈

1991 年 11 月 11 日

亲爱的陈：

知道你会给我写点什么，因为你心情不好。以前你心情不好的时候，总是先给我写你的想法，是不是？（陈错日记：11 月 16 日。这几天可能是个精神信仰问题，总觉得自己好像在漫漫长途中跋涉，却看不到尽头，我几乎有些丧失信心，想躺下、想放弃，但是，我一定要咬牙坚持下来。）

唉，亲爱的陈，你真以为我是个糊涂蛋、大马虎吗？难道我真认为你心情不好是劝没劝的问题吗？只不过是想让你说出你的真实感觉罢了。或许连你自己也没弄清楚到底是因为什么。也许是因为我们天天厮守在一起，消耗了太多的时间，当听到你叹气时说"今天又什么也没干"的时候，我就一阵不自在。

陈，难道你还不认为我们时时刻刻在一起不影响学习吗？我知道你有新的计划，况且我也得抓紧时间好好学习，虽然我也希望两人在一起，二者兼得，可我们至今还做不到，你说是不是？陈，"两情若是久长时，又岂在朝朝暮暮。"到底不算错，虽无奈却有理，是吗？

你心情忽然不好，也许是你收到了来信，也许是你一天之中忙碌疲倦导致的，或许又想起了那几天生病的苦楚，因为今天别人关心到了你的病。总之，你绝不是单单因为我，如果你坚持认为生病的原因是心理因素，那我可要提醒你，别对自己的体质太自信而不以为意。那几天我也的确不知道自己说了些什么，而你却疑心我是否变了。（陈错日记：9 月 21 日。几乎每次开学，都要经过很长时间，才能恢复到从前的感情和亲密程度。这学期这种感觉特别明显。大约是从这个暑假，林碰到一个叫刘某人开始的，我突然觉得和她似乎有了距离。也许这是所有男孩儿共同的弱点，还是我太敏感了点？

我一直相信自己，相信林。但是，我想我能准确地判断出，爱情和友情的区别和界限，能准确地推断出，男女初次交往的言语所蕴含的心理状态。此前，就我看见的，林还收到过刘的一封信和一个月饼的邮单，让我已经感到很不自在，提醒林要注意刘的别有用心，我也不喜欢她的这种交友方式。）变了吗？如果说变，那也只是更专注，更坚定，更自信，更幸福。

亲爱的陈，你应该知道爱情真的不是生活的全部色彩，如果你我只抓住了它，我们会渐渐觉出它的单调和乏味，因为你我都不是那种耽溺于感情旋涡的人哪！如果你现在也感到矛盾和焦虑，"拿不准该怎么办"，那我就有勇气告诉你我的一点看法。别烦恼，亲爱的，我们应该积极寻找平衡心理的办法，前几次的烦恼不也被克服了吗？不是让你隐藏心中的感情，而是期待你将它厚厚地积存起来，只为你的林，不为别的。

亲爱的陈，知道你觉察出我们之间有的地方不合适，我真有点尴尬。可你没有具体说出是在哪方面，我想多半源于我不会体贴关心你，对你缺乏应有的细致和耐心？我早就担心过自己从来不曾对谁有过体贴和热情的关怀帮助，而导致对所有人都那么麻木，可你说只要心中有感情，一切都会自然流露出来，这话给了我多大的鼓励和欣慰，只有自己知道，曾努力使自己更温柔更体贴一些，常常问自己忽略了什么？心情由此总是紧张兮兮的，反而总让你不甚满意。

昨天你急匆匆地要我看你母亲的信，我猜到那上面会有对我的看法或要求，看完后，我蓦然明白你为什么会如此的急迫。是的，我看过信后心情很沉闷，笑不出来了。你母亲的希望不也正是你的希望吗？信上的话仿佛不仅仅是你母亲，也加上了你的隐隐的责备。我无法使自己毫无愧怍地面对这并不算苛刻的三条，因为我既学习不好，又没有对你体贴入微，实在只是个笨的、只知道流眼泪的"傻丫头"而已。可你依然微笑着面对我，你的笑容告诉我，你对我是宽容的，你还告诉我，"别听她的"。理想的情人只有梦中才有，可我已经不再做这种幼稚的梦了，我的梦似乎早已实现了，除了亲爱的你，世上的男孩子又有什么不同？

陈，我爱你！"可明天你是否依然爱我？"这首歌别的我都不在意，就深深体会着这一句，只有这一句。

晚安，亲爱的。

吻你！

林

1991 年 11 月 17 日二十三点八分

亲爱的陈：

　　我的最亲爱的，你要答应我的小小的要求。40多天漫长的假期，我只能待在家里看看书，弹弹吉他，每天晚上看会儿电视，非常单调无聊，当然可以学外语，时间充足。可是要是到哈尔滨看了冰灯，你回去就能冲洗出一大堆我的照片，可以拥有我的好多彩照，而且背景全是晶莹剔透、五彩缤纷的冰雕作品，就像是在水晶宫里游玩一般。我也有话题跟我的家人吹牛了，不然在外面上学哪儿都没去过，多可惜呀①！人家父母都鼓励孩子出去看看，以后就没机会了，我连北京都没逛过呢，请你答应给我三天时间嘛！

　　亲爱的，为什么我就找不到学习的劲头了呢？是不是我太贪图享乐啦？你说我该怎么办？怎么样才能考得好成绩？我是不是也打扰了你的学习？我真不好，咱们都努力学习，争取考出好成绩，然后放假时心安理得去玩，行不行？

　　亲爱的陈，这个冬天真奇怪，我也总觉得时间过得太快，似乎时间都把握不住了，一天天过得飞似的。我真担心四年大学下来自己并没学到什么东西，若考不上研究生，咱俩会跑哪儿去呢？我的心一旦有了你，就不可能全部属于我了，我不可能把全部精力放在自己身上，我时时刻刻都在想着你，为你担忧。其实你好好的，我的担忧像是无中生有，徒使自己紧张劳累一般。陈，你总是好好的吗？你有什么看法从来不说，即使是批评我不爱学习也好，我是不自觉的，时常让家里人催促才行，你该催促我，别担心我生气。

　　亲爱的，我决心在假期给你织一件非常漂亮的毛衣外套，虽然我没什么基础，可我要尽最大的努力。

　　另外，期末快到了，你要认真复习功课，上课看课本，别看别的东西了，要不然三门文学课外加社建（《社会主义建设》）真够受的。我盼望春节，家里会很热闹；不盼望放假，因为你又要离开我。

　　总之，你要满足我的愿望，听我的话好好学习，还要学会放松自己，让心情天天快乐，精神天天饱满，永远，永远……

你的林
1991 年 12 月 9 日

---

　　①　此事在陈错日记里没有提到，寒假双方还是各自回家了。

第六章

1992 年 1 月 20 日—3 月 30 日

陈错的信

亲爱的林：

19 日坐 2824 次列车到东北农村老家，见到爷爷、奶奶、二姑父、二姑，把你那张穿蓝棉衣的照片给他们看，大家都夸好，奶奶喜欢得不得了，见人就拿出来给别人看，她一直埋怨我没把你带过来呢！

亲爱的林，两天了，有事还好，没事你就从我心里跑出来了，真想星星、月亮和你那秀美的颈子啊！你想太阳了吗①?

在二姑家吃黏豆包，我觉得特好吃，就要她多做，我说要带几个给你吃，二姑满口答应。这是纯粹的东北农村风味，你等着吃吧。

亲爱的林，你真傻，送你的时候我没上去车，车开了才发现其他车厢人不是很多，虽然没座，但站着也舒服，为什么你不往里走走呢？我隐约看见你的红帽子，敲窗玻璃，你又听不见，后来再也没看见你。但想起夏天的旅程，我还有什么不放心的呢？

亲爱的，你现在到哪里啦？一切都顺利吗？二姑现在在我旁边，要和我打唠儿，谈谈你和你的家，有空儿再接着写。匆匆。

陈
1992 年 1 月 20 日

---

① 星星、月亮、太阳是两个人亲昵时候的隐语。

亲爱的林：

　　我已于 25 日早上五点半到了岗上部队大院，到的时候四周黑魆魆的。走进大院，靠近那座"古堡式建筑"时，去年暑假你我一起来到这里的情景仿佛就在昨天。亲爱的，我想你，真盼望进屋就能看见你的信！

　　在一起时，总觉得日子长着呢，无所谓，一分别才知道当时的可贵，后悔自己为什么不珍惜？即使这样，当我再见到亲爱的你以后，我未必不又回到从前那种样子，唉，真矛盾。林，我有时是不是太令你伤心？总是清楚地想起我们暑假时，最后一天的那段行程，大雨中我把路领错了，当我们尽力往回赶时，看着你疲惫地拼命蹬车子的身影，一句话就永远地在我心中扎下了根。后来我们急着赶路，休息时累坏了的你把车把摔倒了，气急败坏的我大声训斥你，无非是掩饰自己的无能罢了，可你一声不吭，哭着上路了。漫漫长途，两个身影，谁知道你哭着的心情？当我问你恨不恨我，你哭着喊着说"想妈妈"。亲爱的，最后我饿了，把车子停下来，你默默地给我去买干粮、去要水，站在我身旁看着我吃，当时我就忍不住要哭出声来……

　　　　　　　　　　　　　　　　　　　　　　1992 年 1 月 25 日

　　亲爱的林，昨天写到这里，泪如泉涌，情绪很激动，不得不停下笔，后来去洗澡，有点感冒，喝了一杯板蓝根就和衣而睡了。昨晚吃了一个橘子罐头，吃完不知不觉下嘴唇起了一个泡，今天早上起来，莫名其妙又消了下去，真奇怪。

　　你怎么还不来信呢？还不来信呢？还不来信呢？

　　快点开学吧，让我亲眼看见你，你这一分开就令人思念的胖丫头！

　　　　　　　　　　　　　　　　　　　　　　　　　　　陈

　　　　　　　　　　　　　　　　　　　　1992 年 1 月 26 日五点十分

亲爱的林：

　　在老家的几天中，我买了几本摄影方面的书，现在为了正确掌握光圈、速度、景深的关系，把我弄得头昏脑涨。

　　还有两件事告诉你，一是我的小叔结婚了，他才 22 岁，和我同岁，但生日比我大。为了腾房子，把以前院子里他爸爸妈妈（我叫老爷老奶）做豆腐的小房子修整了一下，让两位老人搬了进去，而自己住在大房子里，我是看不惯他，但又没法说。

二是我二姑父让我帮爷爷掰苞米（现在才知道，一颗颗玉米粒都是农民用手一穗一穗掰下来的），我不过才帮爷爷掰了两三个小时，大拇指就起了泡，火辣辣地疼，二姑说是没戴手套的缘故，后来因此我也就不掰了。唉，农村真不容易啊！

这次回老家，爷爷奶奶明显老了，但精神还好。爷爷是个木匠，可能就是做做日常家用的大衣柜、箱子、桌椅板凳之类的。我小时候他就已经很少接活儿了，偶尔看见他用墨斗画线、锯木头和用刨子把木板推得木花四溅，心里就羡慕得不得了，在旁边眼巴巴地看着。而他总是把我撵走，怕我调皮捣蛋，被那些斧头、锤子、锯等工具伤着。他最高兴的时候，就是自个儿盘腿坐在炕上，有滋有味地用酒盅，呡着奶奶打来的散装白酒，嚼着奶奶在菜园子新摘的、做好的凉拌西红柿、拍黄瓜、油炸花生米等小菜。兴致上来，就用破锣嗓子高唱几句京东大鼓，"火红的太阳刚出山，朝霞布满了半边天。公路上走过来人两个呀，一位老汉一位青年……"那个"年"字必定要拉长声调，一波三折，还摇头晃脑地用手打着拍子。但翻来覆去就是这么几句，从来没有变过。这时候我要是去求他点什么事，准保他一口答应。

我奶奶大字不识一个，是那个时代典型的东北农村妇女，勤俭而精明。在我的印象中，家里的大事小情都是奶奶在张罗，而且操持得井井有条。记得自家地里的土豆、玉米、青椒、豆角、茄子、大葱等成熟了，都是奶奶拿到农贸市场去卖，再把钱用手绢仔仔细细地包好。然后去买油盐酱醋等必需品，买点大米、白面、猪肉等"奢侈品"，拿出手绢，小心翼翼地打开，一分钱一分钱地和对方讨价还价，却又从未和对方红过脸，总是能和和气气地在价钱上和对方达成一致，然后再把钱用手绢仔仔细细地包好，放进衣服里面贴心口处。

有时我拽着她的衣襟，盯着用棉被围得严严实实的卖冰棍的木箱子不走路，她就会很慷慨地把提前准备好的一分钱，拿出来给我买冰棍。我一路上也舍不得吃，骄傲地用手举着，馋了就用舌头舔一舔，可以一直吃到家门口，才恋恋不舍地把冰棍棒丢掉。那时候，吃一根冰棍，足以让我回味好几天的。

奶奶有一个自己用篾子编织的小筐，里面放着些江米条、糖果等小零食，怕我偷吃，就把它挂在高高的屋梁上。等我表现好了，才取下来，挑出一两个奖励我，然后马上就挂了回去。在我眼里，那就是个百宝箱，里面有我爱吃的一切东西。可它太高了，我就是站在炕上，踮起脚或者跳起来也够不到。

奶奶有 5 个孙子孙女、外孙子外孙女，都是她从小带大的。最壮观的时候，她一个人在前走，后面手拉着手跟着 4 个小孩儿，成为村里的一景。街坊邻居一边逗着孩子，一边有说她太辛苦、有说她儿孙满堂的，她总是笑呵呵地听着，也不多说。我的这些哥哥姐姐们，一般到 6 岁左右就回到了各自父母家里。每送走一个，奶奶总是眼睛红红的，要抹几天眼泪才能缓过来。

奶奶"护犊子"。我们和村里的孩子发生冲突或者打架，不管输赢、不管有理没理，奶奶是一定要领着我们去人家家里说道说道。所以，虽然我小时候调皮捣蛋、经常闯祸，可从来没有觉得受过什么委屈。高兴了就笑，难过了就哭，不知道什么叫愁、什么叫苦，什么叫闷闷不乐，真正的无忧无虑的童年。

可是有一次，我跟着几个大孩子去村边的大水泡，用网兜捞泥鳅，奶奶听说了，吓得脸都白了，匆匆忙忙跑过来，揪着我的耳朵回家，把我按在炕上，脱下裤子，用笤帚疙瘩狠狠地打了一通，打得我鬼哭狼嚎，她也跟着掉眼泪。后来，我再也没去过大水泡，而且，似乎从此就对水有些距离感、亲近不起来，好像直到现在也这样。这也是奶奶唯一一次打我。

6 岁的时候，我也走了，听说奶奶哭了好几天。

长大后，每次听到我要回来，奶奶总是坐卧不安，这时她的腿已有些浮肿，走不了远路，就提前几个小时在院子里张望，或者坐在凳子上，一边做些农活，一边看着大门，等着我。而我每一次要离开的前一个晚上，奶奶必定翻来覆去睡不踏实，走时必定要拉着我的手千叮咛万嘱咐，等我走后，必定又是好几天的心神不定牵肠挂肚。

奶奶的名字是宋庆芝，估计她不会写这三个字，村里人知道的也没几个，都是"他大娘""他大婶儿"地称呼着。这个名字我也是上大学以后才知道的。

奶奶不高，脸圆圆的，永远是一头梳得整整齐齐的短发（从前是黑黑的，现在是花白的了），穿一身自己缝补得、浆洗得干干净净的粗布衣裳。

陈
1992 年 1 月 26 日十一点半

亲爱的林：

梦见在我旁，梦醒在他乡，辗转难再睡，相思断我肠。

林，昨夜做了两个你的梦，都是梦见你半路出了事，你怎么就这样叫人不放心呢？数着抽屉里你在东方红写得厚厚的一摞信，只能更加深我对你的思念。

陈
1992 年 1 月 27 日

亲爱的林：

人处于忧虑中难免会胡思乱想，你这么久不来信，我猜有几种可能。一是你故意不给我写，这种可能性是 1%；二是你在路上遇到了麻烦，这是最坏的可能性，占 4%；三是你家里不同意我们的交往，占 75%；还有 20% 就是邮局啊邮递员啊这类的问题了。

心情都被破坏了，为什么一不在一起，你就总是这样叫我提心吊胆、胆战心惊、惊慌失措、措手不及、急功近利、利欲熏心、心想事成、成千上万、万事如意、一贫如洗、喜新厌旧、旧事重提的呢？

陈
1992 年 1 月 28 日

亲爱的林：

爱情是什么？爱情就是等待。

陈
1992 年 1 月 29 日

亲爱的林：

下午去给你寄信，半道上，迎面走来一队战士，肩扛扫帚，雄赳赳气昂昂地在大声唱"我是一个兵"，等我走到他们面前，刚巧唱道"坚决打他不留情"歌声雄壮整齐，把我吓了一大跳。

昨天偶尔翻出一本《小说月报》，里面王星泉写的《白马》感人至深，其中一段对话深得我心。小说的主人公是个骑兵，他认为，任何动物都不能和马相比，只有马能同人结为一体，在生死攸关的时刻也绝不分离，其观点如下："狗的确很忠实，却很谄媚，由于它巴结讨好人的那种奴颜媚骨，把它的个性都玷污了；猫的声音和外形都使人感到温柔体贴的乐趣，但它的性格易变，有奶便是娘，除了捉老鼠这点实用外，基本上是个玩物；牛的伟大坚韧毋庸置疑，然而它太蠢，对人类只有愚昧的忠和无穷无尽的顺从……"

小说很好看，推荐给你。

陈

1992 年 1 月 30 日

亲爱的林：

今天是初二了，不知道春节你过得怎么样？这几天我提不起兴致来给你写信，什么也不想做，估计你玩得一定很开心。明天我打算把信寄出，因为再往后可能你也收不到，也不打算写了，开学见。

刚才去看冰箱，惊奇地发现黏豆包没了，很可能是被家里蒸了吃了，反正我没吃。还有，奶奶给我缝了个针脚密密的垫子，这样你就不用再带垫子了。那儿的糖葫芦 14 颗一串，才卖六毛钱，很便宜很好吃。

都说小别胜新婚，可每次开学我们好像都要先生疏一阵子，然后才恢复从前的样子，这次你能温柔热情主动些吗？

（本来我买了 10 个信封的，这下好，全废了。早点来。）

陈

1992 年 2 月 5 日

亲爱的林：

收到你 23 日、24 日的信，一连看了三四遍，还不忍放下。想起我寄出的几封信的口气，真后悔得不得了，急于想去邮局发电报给你道歉，又不知道如何措辞才不被外人看出，等我想好了，马上去发，否则你收到那些伤心的信，一定会过不好寒假。

初三看了场电影《过年》，不知你看过了吗？最近断断续续看了香港连续剧《法网柔情》，爱情婚姻片，挺感人的。

亲爱的林，你怎么这样傻呢？情人之间欢爱的事情，怎么能对外人说呀。你知道，爱人对妻子说出的话、做出的事儿，对别人绝对不能。再说，你怎么不知道在外面维护爱人的面子呢？

吻你！没想到你居然想出了这个法子，不让我做某种动作，看了你的解释，我发现自己更强烈地思念起在远方的你来了。放心吧，亲爱的，开学我会做得很好。

吻你!

陈

1992 年 2 月 9 日

亲爱的林：

上午去邮局发电报，电文如下，陈言勿念林愉快度假春城好。亲爱的，打个电报就盼着你能马上收到，想象你收到它时的情形，你一定还没收到那两封信，只有你看了那两封信，你才会明白我之所以急于打电报的原因。春城好，仅仅是因为目前我们只有在春城才能相聚，这个地方因为有了你，而在我的记忆中具有特殊的意义。

吻你！这几天我一直没法安静入睡，上床后总是想拥抱着你、轻轻地咬你。亲爱的，我要你，想得快疯了！真渴望我们能永远不分离，永远融为一体，吻你！

陈

1992 年 2 月 10 日

亲爱的林：

读到柏杨的一篇杂文叫《婚姻大致》，最后一段也许是他的人生感受，录之如下，"男女之间，获得爱易，获得敬难……我对卷毛狗固然爱得紧，但我对它恐怕没有啥敬意。世界上很少有人见了卷毛狗或见了金丝雀而双膝下跪。夫妻间如果仅仅有爱无敬，那种爱再浓也没用，都有变淡变无的一天。崇拜和轻视只隔一层薄纸，一边敬之不起，便也爱之不起"。

柏杨开始的动物之"爱"是喜欢之意，与后来夫妻间之"爱"含义不同，但所说道理极为合情合理，中国有句古话叫"相敬如宾"是也。

亲爱的，看到这里时，你绝对想不到我是在什么时间、什么情况下执笔的。告诉你，现在是半夜两点四十分，我揭开被窝，坐起来披上棉衣，拧开电灯，光线刺得我眯了好一会儿的眼睛，找出信纸垫在《三希堂法帖》的背面，放在膝盖上，拥被给远方的你、我的心肝宝贝写信，只想告诉你三个字，我爱你！

亲爱的，自从躺上床到现在，我没有一点睡意，翻过来转过去，终于想明白了一个问题，我想把它藏在心里，但你将是我的妻子啊，我最终是要告诉你的。我想等到明天坐在桌前，把思绪厘清了再写下来，可是仿佛看见你搂着我，要我说嘛说嘛，我越躺着越清醒，还是爬起来决定写。亲爱的，我告诉你，我想清楚了一个对我们有重大关系的问题，婚前性行为是否道德？

我认为，婚前性行为不涉及道德范畴。当然，婚前发生性行为的有不道德者，但不能因此而说婚前有性行为的恋人都是不道德的，或说婚前性行为是不道德行为，这里的性行为指的是恋爱双方心甘情愿的结合，不带强迫性质。

真心相爱的青年男女，他们纯洁而真挚，当心心相印、海誓山盟之时，他们的世界只有自己的情人，身体的爱抚已不能满足情感的表达，人类的本能可以让他们做出以身相许的举动，这是爱的托付和甜蜜。世俗的舆论倾向，并不一定正确。当然，我不否认婚前性行为可能给恋人特别是女孩子，带来无法弥补的创伤。但是，如果那个男子是道德败坏的话，我相信，即使他们婚前没有发生性行为，他们的婚姻也肯定会破碎，因为他们的婚姻不是建立在爱情的基础之上，而是一方有所企图，分手只是时间早晚问题。

亲爱的，有段时间因为我的要求常常被你拒绝，弄得我既灰心又失望，我当然不怀疑你的感情，但我怀疑自己是否有问题，真的是我欲望强烈吗？考察始终，我得出的结论是自己对爱情的态度是严肃和认真的。今夜我把我们的感情发展仔细想了一遍，更坚定了自己绝对是个正人君子，我把感情全部寄托在你身上，也从不隐瞒自己的态度和思想。我们刚好的时候，我没想过拥抱接吻，随着我们感情的加深的和逐渐的了解，我已把你当成了自己真正的爱人，这时，各种亲密的动作出现了，这是一个情窦初开的男孩子的正常的身体反应啊。当你发觉腹部顶得发疼，我也曾惊异于自己身体的变化，但我不想隐瞒。

林，记得吗？当我们第一次在九楼，手伸进对方衣服里相互抚摸时，我是如此心慌意乱、口干舌燥，甚至激动得全身打战，那是我 20 年来第一次知道女人身体的秘密。后来有一次在寝室里，你把腿举起来，你一定记得我曾经说过的那四个字，可那也是掩饰我自己不知所措的玩笑话，但可能是伤害了你，你从此再也不肯为我这样做了。你知道吗？就在那天，你主动举起腿的那个晚上，我发誓一定要娶你为妻，用一生给你幸福。因为我知道这是一个女孩子最隐秘的东西，她已把她的整个生命都托付了给我，连同自己的精神和肉体，这就是最珍贵的海誓山盟！我感到巨大的幸福，似乎天地都为我一人而设。亲爱的，直到现在，我想起你当时的神态，还觉得幸福洋溢在自己的周围，真想放声欢呼，纯洁无瑕的林啊，我最亲爱的人！

……刚才我闭目休息了一分钟吧，心情总算平静了。似乎说远了，亲爱的，我认为婚前的性行为不应当受到指责，它是感情发展到高潮的标志，当然，让社会承认这一点是不可能的，因为它会带来一系列的社会问题，会给好色之徒和道德败坏的人带来可乘之机，但不能因为它有副作用而就武断地得出它是不道德的结论。实际上，它和道德完全是两码事，如果一定要追究联系的话，它和一个人的责任——对社会、对人的负责倒有密切关系。恋爱中的青年男女，是不受诱惑而心甘情愿地吃了禁果的亚当夏娃。性的神秘和甜蜜，是爱情的润滑剂和助推器，而且我相信没有任何力量能使一对儿真心倾慕的恋人分开。

亲爱的，到此为止，虽然我觉得我的意思没有完全表达清楚，但相信你已经明白了，你赞同这个离经叛道的结论吗？你能告诉我你的想法吗？

亲爱的，现在我在看那本《男人——写给女人》，你说你看过的，我觉得这本书写得挺好，特别是关于性的部分，开学后我们坐在一起读它好不好？

好了，我要休息了，晚安，我最亲爱的人。

陈

1992 年 2 月 11 日

亲爱的林：

从现在起，我要陆续摘抄一些书中关于夫妻间的感情、关系、日常生活方面的论述给你，你可千万不要烦啊。记得当初你问我心目中的恋人是什么样子的，我说没有想过，如果现在你再问我这个问题，那么我的回答就散见于下面的文字中。它们都是生活小事，懂得了它们，我相信我们的感情和未来一定是幸福美满的。

亲爱的胖丫头，又有两天没你的信了，憋得我隔一阵子就把你来的仅有的两封信拿出来看几眼。真的，我再也不愿意忍受这种折磨了，以后的假期，我们一定不要分开好吗？

胖丫头，你不会高兴的，因为我还是那样的瘦啊。没办法，满脑子的情人，满脑子的恋人，满脑子的你，又经常看不到你的信，想也想死了。胖丫头，你真的要成为我的一切了！长长的黑黑的秀发，衬托着洁白的颈子，坚挺的胸膛，你知道有多迷人吗？还有光滑柔软的背，对了，还有自诩维纳斯的微微隆起的小腹，该死的胖丫头。亲爱的，你现在做什么呢？能想到此刻的我，正在异想天开地在自己安慰自己吗？

　　吻你！

陈
1992 年 2 月 12 日

亲爱的林：

　　今天还是没有你的信，虽然我心里有这个准备，因为春节邮局也放假，但中午、晚上妈妈下班回来，我总是心情紧张地数着她的脚步，赌我的运气。亲爱的，下午又看了你来的仅有的几封信几遍，然后就呆呆地坐在桌旁，想啊想，想可爱的你。

　　你说，这种心情还能做什么呢？一想到我如此痛苦地忍受着感情的煎熬，而你可能却安安稳稳快快乐乐地过日子，我就恨不得把周围的一切都毁坏。将你心，换我心，始知相忆深。我是没救了。

　　亲爱的林，我这种不能控制的对你的思念之情，有时令我欣慰和骄傲，有时却令我感到沮丧和自责。我骄傲自己是个感情纯洁真诚的男子，爱上了便全身心地投入、无所顾忌；我沮丧的是，我又是一个男子汉，我希望我的人生之路坎坷不平，我应该在拼搏中为世界留下我所创造的财富和我来过的印迹，它需要恒心和毅力。但现在我明白了，自己太重感情，感情和事业，我不知道自己能否都拥有，但至少现在，我觉得如果我面临着这种单项选择，我会毫不犹豫地选择你。可是，亲爱的，男人意味着什么？我现在天天好像都在感情中活着，好像全为了我的林活着。除了你，我什么也做不下，我真没出息啊，安慰我的，只有远方的你的来信。

　　亲爱的，也许正是这个缘故，对你的强烈的思念和有意无意中对自己的失望，混合起来折磨着我，我在数着日期生活。天哪，这是一个男人吗？

　　亲爱的，让我们永远记住这些个日日夜夜，即使这样，我也从来没有感到后悔，珍惜现在的一切欢乐和痛苦，笑容和泪水，甚至吵架和被你拒绝的亲热，我只祈求让你永远是我的，永远，永远。

你的现在还软弱的陈
1992 年 2 月 13 日

亲爱的林：

我今天仍没有你的信，明天无论如何该有了吧？

春节你过得怎么样？又放烟火了吗？

上午我到岗上纪念碑那里走了走，你一定记得那儿，因为你在那儿哭着对我说，你在这里小心翼翼地活得好累。其实，我们都不轻松。

陈
1992 年 2 月 14 日

亲爱的林：

盼了一天，希望终究还是在晚上破碎了，只好安慰自己，别泄气，再等等，"面包会有的"，一切都会有的。

"清晨，我从苦恼的睡梦中醒来，向你伸出双臂，但扑了个空，晚上无邪的好梦，欺骗了我，我似乎是在草地上坐在你身旁，握着你的手，给它印上成千个吻，等我寻找你时，却又是一场空。唉，当我迷迷糊糊在半睡半醒中向你走去时，便完全清醒了，一泓泪水从被压抑的心中涌出……"

相同的感受，诗人写的和我写的就是不一样，就好像他比我还纯情似的，花言巧语，令我嫉妒。上面这段话是歌德写的。

吻你！

陈
1992 年 2 月 15 日

亲爱的兔子：

今天是星期天，不可能有信，看明天的吧。真惨啊，有像我这样等女朋友的信的吗？

不好意思啊，告诉你，兔子是骂人的话，我今天从报纸上看到的。报上说，哈尔滨一带的小流氓们把和女性鬼混之类的行为叫"打兔子"。报上说，由于观念不正确引入带来很多社会问题，中国妇女明娼暗娼渐渐兴起，追求金钱，不以为耻，常见有三五成群的不良青少年在大街上招摇过市毫无顾忌地喊，"打兔子去啊"。报纸于是就此发了番痛心疾首、义正词严的议论。

打兔子去呀，放心吧，林，我也要把你这只大白兔打到！

吻你！

陈

1992 年 2 月 16 日

亲爱的林：

今天仍没有你的信，我不知该怨谁。我现在天天给你写信，但总不见你给我写，这种心情，就像我们在一起时，我总是主动，而你不但很少主动，反而在我主动的时候总是推三阻四的心情一样，既没趣儿又扫兴，觉得自己一腔热情寄托错了对象，幸好你不总是这样。

感情是双方面的，对不对？你总说你现在做的一切都是为了我，是这样的吗？

吻你！

陈

1992 年 2 月 17 日

亲爱的林：

上午我去收发室看了看，那儿锁着门。

现在是十四点二十分，也不知道今天能否有你的信，我想你那样爱我，无论如何也不会不给我写信的，我没收到，一定是邮局的原因，为什么把火发在你身上呢？有时候你说我有大男子主义，我还以为自己没有呢，我们的每件事都是我们两个人商量着办的，你承不承认？你身体不舒服时，即使我再想亲热，但总是听了你的，相比之下，你是不是拒绝我的次数太多了呢？是不是有点冷淡呢？

你看，这几天只要一提起笔给你写信，就忍不住责怪你，你能理解我现在的心情吗？也许只要一封信，就一切都会好起来的。

林，真想再给你打份电报，催你早点回校，又担心你家里人有意见，只好作罢。你什么时候能回来呢？我现在真希望能马上飞到你的身边，让我挽着你，两个人静静地待着。

林，今天是正月十五，你们那儿也看花灯吗？我们这儿有花灯，你们那儿怎么过呢？我不知道，今天你会玩得快乐吗？你一定会的，为什么呢？因为你没心没肺。你会想我吗？一定会的，只不过你在玩的时候就会把我忘了，对吧？

你是不是又长胖了呢？我真想知道你的头发现在多短了，难道你不知道我喜欢你长头发的样子吗？特别是在床上，躺在黑黑的长发中的你越发显得那么白皙迷人，为什么要剪短呢？

你应该注意呀，不要把自己撑得肚儿圆圆像蝈蝈似的，明明是你自己贪吃嘴馋，却美其名曰"不忍心拂了家人的好意"，难道你就忍心拂了我的好意吗？

信纸的颜色一变，我就再没有写下去的兴致了，让我们一起诅咒这绿色的讨厌的格子纸吧①。

吻你！

陈
1992 年 2 月 18 日

亲爱的林：

你好。再三下决心，我终于让自己做好了迎接你这个寒假使我只收到了两封信的准备，你满意了吧？开学你会怎么解释这个呢，小胖子？

现在我已经改变了成天数日子盼你信的做法，变成了数日子等开学了。今天 19 日，马上就 20 日了，我 25 日去买票，26 日去春城，一定不会很难熬的，那么就剩下四天了，连一个星期都不到呢，一寒假我都玩过来了，还在乎区区四天？到春城后，就算你 27 日不来，28 日总能来了吧？如果你在 29 日之前还不来，那我就只好向你家发电报表示沉痛追悼我的女朋友邓林不幸逝世了。这么手拿把掐地一算，人生就容易，难怪连三十八年也是"弹指一挥间"呢。

林，你真不像话，你要是现在在我身边就好了。林哪，你现在做什么呢？想我吗？你收到了我几封信，是不是四封外加一封电报？不会也出了什么差错吧？

昨天我在路上遇见一个穿黑裤子、红羽绒服，长发披肩的女孩儿，我的心一阵狂跳，真像你啊，我朝思暮想的恋人！

陈
1992 年 2 月 19 日

---

① 红格子信纸写到后来没了，换了一种绿格子信纸。

最最亲爱的妻子：

我可爱的小乳猪、大白兔、胖丫头，今天是心情最好、最开心的日子，为了你的三封信。

叫我怎么解释呢？我真高兴，又替你担心，我的信你怎么收不到呢？特别是回部队大院以后寄出的三封。上帝保佑你，现在你要收到了才好！

亲爱的，我真高兴，心儿像要飞了似的，不知道写什么了。你看，一定是邮局出了毛病，你的第一封信是 22 日写完，可是从厂里是 26 日寄出的，我是 2 月 2 日才收到的，第二封信 26 日写完，28 日寄出，我是 2 月 9 日收到的，第三、第四、第五封信分别是 1 月 30 日、2 月 2 日、2 月 11 日写完，但同时是 2 月 14 日寄出，今天同时收到，你说这是怎么回事呢？

担心你收不到我后面的三封信，所以决定要去给你打份电报，告诉你，26 日返校，不要带你家里的任何贵重东西，明白吗？以后你就是我的人，别再从家里带东西了，何况我们已经有了两个单放机了，好不好？

亲爱的，你的太阳本来一直是老老实实、偃旗息鼓的，甚至有时我上厕所时，它软塌塌的样子，任意成形地不争气，都担心它完蛋了。今天一见你在信里提到它，就立刻拔地而起，挺枪向你致敬。好久没这样了，亲爱的，我真高兴你惦记着它，开学一定要接受它好吗？它离不开你，你再拒绝它，我真担心它被刺激过度，又长期压抑，失去功能了。亲爱的，它属于你，你拥有它，是不是？

星星月亮好吗？你写得极富有诗意，这几天每晚我一定望一望夜空，可我既摸不到又亲不到，徒增诱惑。

林，多希望你现在在我面前，我们紧紧缠绕在一起，多迷人啊。那时的你最美，你美丽的胴体，黑黑的秀发，青春的气息，娇羞的神态，是我心目中的女神。

林，我亲爱的傻瓜，在老家，我把你吹得像一个仙女一样，什么好说什么，特别是说起你本不会骑车，却骑车横穿长白线，老家人都说你了不得，去年在我家人面前，我也总是夸你，你怎么总担心我会说你坏话呢？

亲爱的，我可能会胖一些吧，反正每天我都起得特别晚，又特意每顿饭坚持吃 20 来分钟来加重，也不知道有没有效果，只好等你来鉴定了。

对了，黏豆包不是被我家里人偷吃了，原来是我妈发现冰箱里的黏豆包长白毛发霉了才扔掉的，她还一直埋怨我没告诉她。奇怪，在冰箱里怎么会发霉呢？总而言之，你开学是吃不到了。

亲爱的，不好意思，太阳哭了，怎么办？现在谁能吻它呢？

见鬼，你一面夸我"电文写得多清楚啊"，一面把第一句话就理解错了，"陈言勿念"，是说你不要为我信上那些荒唐无理信口开河的话担心、胡思乱想啊，明白吗？自作聪明的傻丫头。

亲爱的林，等你看到这些信你就明白了，"我或许是在做一项大而艰苦的工作？"是的，这就是相思啊。长相思，摧心肝。我在日日夜夜牵肠挂肚地思念着你呢？看见你一口气写道："亲爱的，我爱你想你愿你念你，你听见了吗？"我的心里也酸酸的，听话，以后假期我们一定不要离开好不好？别再品尝这令人胆战心惊的相思了，行不行？每当想起我们接不到对方的信就心急如焚、胡思乱想，固然可以说明对彼此的爱情，但为什么要人为地遭受这种折磨呢？

开学毛衣能织好吗？冬天我没有机会戴你织的那条厚厚的白围巾，你很生气，这次织好了，我一定天天穿在身上。

我要去打电报啦。

用太阳吻你的星星和月亮。

陈
1992 年 2 月 20 日

亲爱的林：

我爱你。下午发完电报，电文是"不用带单放机，请于 26 日返校"，不知道能否给你带来麻烦，26 日返校说的是在 26 日从南方返校，不用我再解释了吧？

吃完晚饭，就坐在桌前反复看你的信，有好几次我情不自禁地使劲儿吻起信纸来，感觉到信纸的幽香。哼，要是换了你这个臭丫头，可能又要喊疼叫停了。真不像话，压抑自己的情绪不说，还扑灭了人家的热情。林，太阳想你，我写信的时候，甚至感觉到它在寸寸挺起，坚硬滚烫，你想它吗？

亲爱的林，我的心仿佛要飞，要飞到苍穹，去和月亮星星做伴。我的爱，我们会是天下最美满的夫妻，是不是？千万遍地吻你，抚摸你，脱光衣服，抱着你，搂着你，听你喃喃地说我爱你，感觉你的心跳、微喘和滚烫的身体……天哪，今夜我一定会做一个春梦。

吻你!

陈

1992 年 2 月 20 日

亲爱的林:

吻你和星星月亮，咬得你痛好不好？太阳现在很不安分，一拿起你的信纸它就蠢蠢欲动，这可怎么得了。

陈

1992 年 2 月 20 日

亲爱的林:

抄一段文字给你。

穆念慈见她问得天真，又是一往情深，握住了她的手，缓缓地道："妹子，你心中有了郭世兄，将来就算遇到比他人品再好千倍万倍的人，也不能再移爱于别人，是不是？"黄蓉点点头道："那自然，不过不会有比他更好的人。"穆念慈笑道："郭世兄听你这样夸他，不知有多得意了……那天爹爹带了我在北京比武招亲，有人打胜了我……"黄蓉抢着道："啊，我知道啦，你的心上人是小王爷完颜康。"

穆念慈道："他是王爷也好，是乞儿也好，我的心中总是有了他。他是好人也罢，坏蛋也罢，我总是他的人了。"她这几句话说得很轻，但语气却极为坚决。

昨晚睡觉前翻了翻《射雕英雄传》，看到这段话，与我心有戚戚焉，你不是曾担心过我吗？虽然我解释过，总觉得没有金庸说得透彻，只好掠人之美，借花献佛。亲爱的，无论你胖胖的也好，不如人家美丽也好，在我心中，你总是将和我一起携手生活到老的人。

林，刚才收到你 13 日的信，看后心里颇有不快，我记得说过，你不要"林妹妹，林妹妹"地叫我行不行，以后你少用这个昵称吧，下不为例，否则我可对你不客气了!

你看你，一个称呼把人家心情都弄没了，连信也不想再写了，以后不要这样了，啊？

你接不到我的信时不也"胡思乱想，噩梦连天"吗，那就别笑话我了，我对你的情意和你对我的情意都是一样的，相信它好了。

今年有奖的贺年卡中奖号码出来了，你们家有没有好运气呢？我家只有一张中了个末等奖，又是一张贺卡，真没意思。

吻你！

陈

1992 年 2 月 22 日

邓林的信

亲爱的陈：

你现在在哪里？是不是已经睡在了你奶奶家的炕头上啦？我回到家已经有一天了，你一定还牵挂着我的旅途是否顺利，我想今天你不管是站还是坐，总之应该是已经到老家了吧？

陈，大前天晚上你送我上车，你一定也目睹了今年 60 次车的拥挤程度，我在车厢门口和过道上足足等了十分钟才蹭到 109 号座位上，行李架上早已堆得满满的，车厢也不是专门的学生车厢，而是外面的人和学生混坐的。

我让旁边的人帮忙把包摞在别人的上面，因为过道上完全动弹不得。我的位置又是在靠站台那一边，我焦急地等着人群快点疏散开来。这时，大概是我们校 90 系的一个女生，忽然急得快哭出来了，说她的一个包被别人拽没了，那么混乱的情况下，也没人顾得上她了。

更可气的是，车站不知怎么弄的，咱们学校的号码从 90 号到 118 号全都跟外面的弄重了，一个座竟然有两张完全相等的座号！学生本身进站晚，座位被别人占了去，只能自认倒霉。

我坐在 109 号，眼看着车快开了，我也没法离开座位，挤不到窗户那边看看你。当车缓缓开动的时候，我的心就发疼，我无法想象再没见到我一面的你，会急成什么样子，没有听到我最后一声"给我写信"，我也没有像去年那样让你吻别，就这样，在如同大逃难一样的人群中，我们就分别了。

车开了许久，我才发觉一直没有人来和我对号，周围的人几乎全都有重的，我问旁边的人，才知道他们的同事刚巧把号退了，没有人来和我争了，于是我放心地坐着。或许是几天来实在太疲倦，我趴在小茶几上呼呼大睡了，整整睡了八个小时才完全清醒了。咱们学校 90 系的不少人都站着，有个男生从春城一直站到北京，根本睡不成，我又幸运了一次，我真奇怪，自己的运气从哪儿来的？

到了北京，直奔对面的245，可是今年又不同于往年春运，特别忙，无论我想上哪节车厢，都被拒绝。那些女服务员凶神恶煞似的，只一句"出站签票"。我没办法，从八节到七节，从七节到六节，背着沉重的大包，一直到了第三节车厢，才被允许上车，幸好我找到了一个空座。

我等待着被别人赶起来，坐在我对面的一个人说他是在丰台下车，就一站，等我被赶起来，可以坐他的位置。车开了，并没有人来赶我，看来这个座位没卖出去，我松了一口气。没多久，我因为在车上吃了凉面包、凉鸡蛋，肚子疼得要命，后来拉肚子，折腾了半天才好。

一口气坐了35个小时的火车，我的腿都肿了，脚在鞋里动弹不得。晚上车厢冷得出奇，反而不如在60车上暖和。我冻得睡不着，一点睡意全被寒冷赶跑了。一位也到南方的军官热心肠地非要我穿他的大衣，但他自己也只有这件大衣，里面穿着毛衣，所以我坚决没要。另一个在保定当工程兵的人，他有一件牛仔大衣在行李架上，就拿下来给我盖着。我觉得军人就是和平常人不同，比普通人更多了一些善良。

最让我高兴的是，到了南方一出站，就上了公共汽车，到了八里街一下车，我还辨不清方向，就听见爸爸在叫我的名字，原来，他特意早起来接我了。245晚点45分钟，他就在八里街街口等了我一个多小时。自行车驮着行李，我轻松地跟着爸爸回来，全家人都很高兴，妈妈说我瘦了，爸爸又忙着到厨房给我下馄饨吃，我觉得家里一下子热闹起来。今年回到家，不像往常那样疲惫不堪，我觉得自己的身体比从前结实了许多。

陈，今年暑假来这里好吗？我妈妈和二姐都以为你这次会来玩，你没来，她们都很遗憾。这两天很冷，我一冷就不想做事，连着睡懒觉。因为和二姐晚上说话、谈天，一年没见了，许多事都说不完，所以早上更起不来了！

陈，我想春节前我一定收不到你的信了，没有你的信，我只能自己在这里唱独角戏了。真希望你在老家玩得高高兴兴的，愿你在奶奶家吃得胖胖的，不惜吃多了拉肚子，也要多吃一点。

你的林

1991年1月20日

亲爱的陈：

你现在好吗？是在天天想我吗？你会给我写信吗？我想至少你在奶奶家是不会写的。回到家，直到今天，才真正恢复了精神，原因是这两天总在和二姐聊天到很晚，即使早上九十点钟起来，照样觉得困得要命。

回到家，我每天都抢着干点家务，和妈妈聊天，她退休后在家挺寂寞的。妈妈现在一听山东吕剧，就想老家小时候的事儿，免不了跟我唠叨她以前说过很多次的事。我一边洗刷着羽绒服，一边不在意地搭着话茬儿，现在厂里的澡堂天天开放，好舒服，干干净净的，懒散地干一点活，觉得这才是真正的放松呢。

从 19 日到今天 22 日，我几乎什么事都没干，完全不管时间，想干点什么干什么，过得自在极了。妈妈和二姐一有空就听我讲暑假的见闻，或许是事情太多了，三天仍有新鲜事儿不断地出来，二姐听了说她将来一定要回东方红看一看。

打扫完我和二姐的房间，又用洗衣机洗衣服，还打扫客厅，擦窗户，我觉得今天真累。我没有一个人待在家里的机会了，厂里快放假了，二姐也没事干，家里天天放着音乐节目，无非就是唱歌、球赛、有奖电话之类的，我根本没法静下来。

没有你的信，我每天都不知道到底在做什么。虽然我没有真正意识到这一点。我把咱俩的情况和妈妈说了，她说厂里好像对定向生卡得并不严，何况，管人事的阿姨还是我同学的妈妈，我妈也认识她，估计不会卡死。我 86 级的那个老乡吕周庆，如今在厂里提升了，工作还不错，可是她的男友许久没来信了，她正陷于苦闷之中。过 25 岁生日时，请我和二姐，还有二姐的朋友一起去商场的舞厅，几个人默默地玩了一阵子。她看上去很开心，因为她很引人注目。后来她对我二姐说，她再也不提他了。她好像解脱了，谁知道她心里有多苦呢？陈，世上的悲欢离合太多了，我们不让它重演好吗？只要我们努力，只要我们能在一起，我什么也不在乎。

为什么一定要急急地将两个人的小巢儿早早地安置好，里面的东西全部备齐，就这样舒舒服服地过一辈子呢？这样似乎太平淡了，等你真正实现了你的目标，或者等到你真正能够负担起一个家的责任，我们再共同来准备好吗？

还有一点，陈，你总是给自己很大的压力，所以你总是对自己不满意，总是忧虑重重、苦闷、无奈、焦急，我不知道是否所有成名的人都曾这样过？别急于求成，尤其是你将来的目标并不是很容易达到的，若你总是这样，你还有快乐的时候吗？

亲爱的陈，别苦了自己，你说过你总记着我的优点，不记我的缺点，我认为你并非真愿意让自己有缺点，你只是太焦躁了，当感到一股无形的压力时，你常常会怒形于色，而我若无其事的样子更让你火冒三丈。我想你并不懂我，若无其事，是为了让你放松下来，我所能做的一切都是为了你，你明白吗？

陈，虽然有时你瞪起眼睛说"我说过的话，你难道没听见吗？"我也只能无奈地暗自叹气。是啊，是不是又是我太讨人厌了呢？我是否总在做、说一些毫无用处的事和话呢？我无法做到你不愿意我就不管了，总想徒劳地起什么作用，结果却让你烦我，是不是？我怕你发脾气，还怕你的大男子主义。但你是那样矛盾，有时凶巴巴的，有时对我关心体贴入微，让我心疼得不行，陈啊陈，你真正是一个矛盾的人！

陈，信纸用完了，所以我只能两面写，明天买了信纸，我再好好写。

春节前你会收到我的信吗？我好想你，想你乱蓬蓬的头发、脏兮兮的衣服、瘦筋筋的脸颊和凉冰冰的鼻子。陈，写到这里我的鼻子酸极了。唉，一给你写信就忍不住伤感，眼睛总是红红的。

吻你的鼻子、额头、眼睛、耳朵，没有嘴唇，你的牙齿太硬了。

你的林

1991 年 1 月 22 日

亲爱的陈：

你好吗？我知道你还在老家，见了那么多亲戚，你会不会觉得应酬他们很累？我记得暑假在东方红时，天天面对既有亲戚关系却又陌生的人们，我的一举一动都要小心谨慎，生怕做错了让人笑话。不过呢，你是一贯正确的，你不担心这些。

天气突然暖和起来，我早上起来就帮助打扫房屋。我妈收拾起屋子来，简直不叫作卫生，应该叫搞破坏，把四面墙壁的白粉和铝粉硬是用大扫帚刷下一层来，弄得家里乌烟瘴气，害得我洗刷地板就六次，擦洗一切用品花了两个多小时。

下午我一边吃瓜子，一边看《美国短篇小说 100 篇》那本厚书，觉得很多都理解不了。不懂国外的人情世故，很难明白那些隐晦的文章。晚上我炒的麻婆豆腐，味道还不错，爸爸去老厂了，不知道回来时大姐能否一块回来，我简直太盼望见到我的大姐和小外甥了。二姐和朋友出去玩了，我和弟弟下了两盘象棋，没想到我弟弟的象棋水平和我一样，我甚至比他还强，这可归功于你这位高手了。

这会儿没事了，屋里好安静，我打开台灯给你写我一天来的流水账，明天我还得继续收拾弟弟和妈妈的卧室，谁让春节快来了呢。每年假期回来的感受都不相同，今年似乎觉得自己很主动，很清醒，以前都是迷迷糊糊地过来的，一点印象都没有。我和二姐聊天非常开心，你知道吗？当我讲我们在一起的事时，她有时会好惊讶，为什么你知道吗？她觉得你说的话好伤人，她说："如果是我，我早就和他崩了。"我二姐的脾气和你有些地方很相似，尤其是受不得委屈，这一点太像了。

吕周庆和二姐现在是特别好的朋友，我特佩服我姐，无论什么样的女孩儿、男孩儿，都能与她交朋友，而且都把她当成好朋友。有一次，吕周庆说"我好羡慕你"，用的是"我想有个家"的曲调对二姐唱出来的，让人觉得又可笑又难过，吕周庆在盼着"一个无言的结局"。

我亲爱的陈，记得你不止一次因为我不让你做某种动作而发火，我自己也觉得奇怪，问自己难道我不喜欢陈吗？可是矛盾的答案让我也不得其解。

哦，差点忘了告诉你，中午我的头发剪短了一些，二姐故意给我剪多了一些，伤心得我直叫"剪多了"，不过剪过之后整齐许多了，前面的刘海没想出好办法来。二姐的桌子上摆了好多我买的那种玻璃制品，快成为动物王国了。

吻你！亲爱的陈，想我不？

你的林

1991 年 1 月 23 日

亲爱的陈：

到今天为止，我把弟弟的房间打扫干净了，我觉得好累，下午洗了澡后，什么也不想干，勉强吃完饭收拾完，我躺进屋里告诉弟弟不要进来打扰我，打开台灯坐下来，我才想起今天是周末，虽然周末对我来说没有意义。但想到二姐早早地到她男朋友家去玩，他们一定会幸福快乐，我就感到一些冷清。陈，你过得好吗？是不是很想家？也想我？记得我在二姨家时，没有时间和空间来让我静静地想你，但在喧闹中，我的精神似乎脱离了眼前这纷纷扰扰的一切，飘浮在太空中自由地思索、想你，你有这样的感觉吗？

这两天气温一直保持在十四五摄氏度，中午很温暖，我把羽绒服洗了，现在换上了妈妈的毛衣和二姐的外套，几乎每年回来都穿这件暗红色的外套，妈妈说二姐不稀罕，让我带到学校去穿，我不知道好不好看，心里还没有拿定主意。

回来这是第六天，我没心思看书，没心思练字，不想听音乐，我简直不知道自己到底要做什么了，我在等着你的信，让我感到好幸福的信。有时它让我心满意足，有时候让我欣喜不已，有时候让我泪流满面，有时候让我愁肠百转，只有你的信才能使我在漫长的假期中感到希望，感到快乐。

明知道现在不会有我的信，你说过你奶奶家离邮局很远，可我总抱着一丝渺茫的希望企盼着。我知道厂里有了直拨电话，但没有问是否可以跨省，我想只有春节期间你才会回家，但又不知道你的电话号码，什么时候才能给你打电话呢？只好不去想打电话这件事。明天爸该回来了，大姐这次能来就好了，若不能来，今年我就没有指望看到我的小外甥了。

常常忆起在部队大院的那几天，一幕幕好清晰。在学校没工夫去想去回味，直到现在想起来，才觉得那几天挺有意思的。你带我逛军营的大院，不让我搂着你的腰；我想去看军人们跳舞，是不是还穿着军装？你哄我回家；在院子里，大摘西红柿、烧树枝、剥豆豆，你比我更像个小孩儿，你吃我炒的菜，不吃你妈妈做的，让她不高兴了，你妈妈诚心诚意地挽留我，而我执意要走，惹下了麻烦……一次假期中，经历过这么多的事情，比我多少年经历的还要多。陈，暑假来吧，尝尝南方夏天"大火炉"的滋味如何？

亲爱的，我真想像我们家客厅里的那一对猫儿中的那只闭眼睛的猫一样，它惬意地靠在另一只大猫的身上，而那只大猫两眼炯炯有神耳朵竖得直直的，它俩抻长的脖子是连在一起的，分不开。你见了一定会觉得好笑极了。

晚安，吻你！

你的林

1991 年 1 月 25 日

亲爱的陈：

你在做什么？你会不会打起包裹要回家了？只要你想回家谁也拦不住，是不是？

爸爸一个人从老厂回来了，出于种种客观原因，终于见不着小外甥了，不过我总有这种预感，也不再伤心。

告诉你一个不幸的消息，镜中的林又白又胖，可以和大白兔媲美了，希望我的瘦猴儿猴年别再"赶时髦"。

陈，想你在寒夜里。

你的林

1991 年 1 月 26 日

亲爱的陈：

让姐姐把信寄出去后算了一下，很有可能三十那天才到，你那天去取信吗？多希望你能春节前收到我前两封的信哪！我不知道春节前是否会有我的信，但我抱着好大的希望，你心里有我，是不是，亲爱的？

回到南方，觉得异常干燥、上火，昨天下午忽然下了一阵雨点，急急忙忙把辛辛苦苦晒出去的被单、衣服等乱七八糟的东西收回屋，期待老天降阵暴雨，可是最多十分钟，雨便自动撤退了。今天我的嘴角便起了小红点，上火了，皮肤也是干燥得很，今年真奇怪，怎么总不下雨，往年不断的小雨。

陈，我亲爱的宝贝，没准今天或者明天，你就要回岗上了，祝你一路平安顺利有座位。你不喜欢求人，拉下来脸来问人家在哪儿下车，你一定会不好意思，那你可就要吃苦头了，冬天的旅途好冷啊！盼望陈一路上十几个小时都平平安安，别又累成皮包骨，我会心疼死了。出门在外，没有人关心你累不累，饿不饿？你自己可要照顾好自己，路上病了最难受，别带太重的包，要软一点的，可以坐上面的那种，反正说一万句你也听不到，记着我想着我，我就满足了。

陈，真想和你坐一趟火车，我想那一定是特别浪漫的，一直在头脑中幻想着那一天的到来，我照顾你，让你舒舒服服地旅游一次，你会怎样对我呢？是不是和在学校一样正经八百？陈，我越来越想你。当我做完家务，看完书，做完摘录，听够了音乐，一个人呆呆地坐着时，心就飞起了，它不知飞到哪里去，因为你在哪里我并不知道。你奶奶家是在偏僻的乡村里吗？我真想去看看呢。

陈，今天晚上我真气坏了，我把小录音机带回来给大家听，结果发现家里已经有两台东芝的单放机，是爸爸工作时别人送的纪念品，弟弟一个人霸占着不说，硬要爸爸再买一台双卡录音机，要录收音机里的新歌。双卡录音机本身已经过时了，而他买就是为了录歌这一个目的，气得我和他吵了一架。我说我要一台东芝回校，而弟弟说他宁愿将另一台卖掉买双卡，我想带回学校没门儿！我气得大骂他自私，我真想哭一场。后来他才认错，说不买录音机了才罢休。

你的林

1992 年 1 月 27 日

亲爱的陈：

真抱歉，昨天只字未写。我和二姐上街买毛线，跑了一下午没找到我要买的橄榄绿色，只好买了一种灰绿色，回来发现其中有一股分量很轻，少了一两线，只好又和二姐回去找卖主算账，折腾一下午，浑身是汗。晚上缠完毛线后早早睡下。

你信不信，今天一天我已织了三寸长了，花纹很难打，我偏偏又不会，边数着数边织，一会儿就累得手腕酸痛了。今天没有看一页书，心里有点不安，但已是晚上十点二十分，大家都想睡了。二姐因为晚上去玩，父母为此很生气。我不明白为什么父母为此发火，谈朋友不应该在一起相互了解嘛，难道守在家中，通过心灵感应来谈吗？我真庆幸自己在这方面是自由的，山高皇帝远，鞭长莫及吧。若是我在家里，命运和二姐不会不同。她天天叹气说："真没意思，赶我走，那我早出嫁算了。"记得大姐也曾经叹着气这么说过，我不明白，不明白……

陈，窗外又有沙沙的雨声，久旱逢甘霖，我觉得舒服多了，我盼望咱们俩一起听雨，同在一个屋檐下看下雨。南方的雨是最温柔的，迷蒙的，北方的雨还带着一种豪爽，和人一样的性格。我心爱的陈，春节还未到，我又想着开学的日子了，咱俩在一起真好，除了你对我凶巴巴的时候。

借来了一本罗兰的散文和三毛的散文，这两天要抽空看看。陈，我真想你，特别是今晚，有风、有雨、有阴沉沉的空气的今晚。

100 次的吻，馋猫！

亲爱的陈，差点忘了说，新年快乐！

你永远的林

1992 年 1 月 29 日

亲爱的陈：

今天是 30 日了，早上带着信到厂里，却发现空无一人，只有收发室的老头在津津有味地看电视，我不知道应该交给谁，天仍下着小雨，我只能看着遥远的邮电局方向兴叹了。明天若有值班的，我想把信放在值班室，等邮差来了顺便带走。

今天是第三天，我根本没想到我选打毛衣的花样如此麻烦，打不到两行，我的手腕便僵硬得发疼，而且花打得并不很顺利，有时还会出错。妈妈都替我着急，对姐姐说："你帮她打吧"，姐姐狡黠地笑着说，"那意义可不同了"，我无可奈何地瞪她一眼，继续我艰苦的工作。但愿它不要小了，不过你好瘦的，估计怎么也能塞进去，计划还没完成五分之一呢。

晚上转播韩国对中国的一场足球赛，上半场已是 3：0，我不愿意看，听着结果就够气人了。陈，你看电视吗？是不是躲在屋子里看书、写字，或者听收音机？我亲爱的陈，别总一个人待着好不好？你要是总孤零零的一个人，我会心疼的。快乐一些，我知道，只要你快乐，你们全家都会欣喜，你的笑对我们大家都很重要。

陈，我一天没看书，心里发慌，只有对不起了，少写几句，多看几页书行吗？非常非常殷勤地吻你，直到你心满意足好吗？

你的林

1992 年 1 月 30 日

我最最亲爱的陈：

我快高兴死了，竟然在腊月二十七这天收到了你的信！我也得多谢二姐，亏她去厂里玩乒乓球才接到我的信。哦，我的陈，好想你，一看到你那独特的字，就如同见到了你那瘦瘦的人一样，有点洒脱不羁的味道。今天是我回到家来最快乐的一天！虽然在晚上七点多收到它，但足以伴我度过一个开心的、幸福的、愉快的春节了。

你真坏，总是骗我，说不给我写信，让我伤心，其实你心里还是好心疼我的，对吗？但愿你的黏豆包别坏了，我真想尝尝呢，你总忘不了我爱吃，还想着给我带这带那的，别太多了，让家里人笑话我。

陈，你不知道我这两天做梦总是你，醒来很起劲儿地跟姐姐讲我做的那些奇怪的梦。知道吗？陈，我现在有点想太阳了，从前我绝对不想的，真的。今天"倒霉"来了，不敢多动，偏偏气温又降低，我边看书边冷得直哆嗦，南方冬天没有取暖设备，即使有 10 摄氏度左右，但人还是坐久了觉得冷。若是夏天，又热得人汗如雨下，你夏天来就知道那种滋味不好受了。

今天特别后悔的事是忘记让姐姐寄信，眼看一天又过去了，我知道你收不到我的信有多着急。别着急，亲爱的，都怪中间这段春节，一切都休息了似的。我好高兴啊，看到信，我更想你了，怎么办呢？还有一个月时间才见得到你，我更高兴你的奶奶、姑姑喜欢我。你会怎么说我呢？我猜不到，你会说我们的相处情况，会说我多好吗？可是你在我面前，几乎不夸我一句，十足的吝啬鬼！亲爱的，我现在最想做的事是飞到你身边，使劲地吻吻你！星星、月亮她们都好极了，而且更加丰满了，她们在夜晚都非常想你，不信你望一望窗外的夜空。

亲爱的陈，真想靠在你胸前好好撒一次娇。这么多天了都没人听我说话，因为我不是忙着打毛线，就是低着头看书，几乎没时间和家人说话，若是你在，我会听你的话，一定不再惹你发脾气，做个巨乖的小乳猪（呸，真不好听）。我的陈，你到底胖了没有啊？千万要放松自己，好好享受一个假期好吗？

什么都不想说了，陈，此时只有两个字，想你，想死你了。

我可以吻一吻太阳吗？

永远的林

1992 年 1 月 31 日

亲爱的陈：

晚上终于禁不住电视的诱惑，丢下书本和毛衣，戴上眼镜兴致勃勃地做一个忠实的观众直到晚上十一点，才跑到屋子里给你写信。亲爱的，已是 2 月份的第一天，忽然又觉得日子过得挺快。我常抱怨自己不长 6 只眼睛 6 只手，好分别做我想做的事而不"撞车"。

陈，亲爱的，和你在一起的感觉没有寒冷。知道吗？今天上午飘着小雪，雪粒打在窗玻璃上，发出微小而清晰的啪啪声，一股刺骨的冷气从头到脚包住了我，我穿上羽绒服还手脚冰凉。据说明天气温更低，雪更大。

今天下午我的第三封信才迟迟寄出，你会等不及吗？刚到家，一切都还没安定吧，你要充分休息，过个心安理得的春节。

"生活需要调剂，辛劳该有报偿。一年一度，让自己享受一次畅所欲为的欢乐，那是对劳碌人生的一项最公平的犒赏。我们不该拒绝这项犒赏。"这是罗兰对春节的评价，说得太对啦。

我的太阳，它还那么烫吗？我不在你身边，想必它也是偃旗息鼓的。陈，我的宝贝、甜心、蜜糖，想你不够，吻你不够。只是姐姐催我上床睡觉，还威胁我不听话就要看我写的信。好了好了，明天再说吧。晚安，我的陈，我爱你。听见了吗？我真心爱着你。

你的林

1992 年 2 月 1 日

亲爱的陈：

听见外面疏疏落落的鞭炮声了吗？已是腊月二十九，家里也该忙起来了，从早上起床到晚上很晚，客厅里的电视声一直不停，无论在哪里都能听见，根本没有一块清静之处。我真羡慕你有一间属于自己的房间，爱干什么就干什么。所以我干脆是既来之则安之，午饭后就坐在电视前看香港的录像《噩梦方醒》，明知道是瞎编乱造的，也津津有味地看。

亲爱的，明天是三十了，什么时候我们可以一起过大年三十，放鞭炮，吃年夜饭，看节目，那该多好啊！

父母都挺惯我，不让我多干活，家务事全让爸爸包了，我只是洗个碗，择个菜而已。今天实在太冷，我到晚饭后手脚才暖和了一点。陈，你在做什么呢？总不会是在厨房里帮你母亲做菜吧？看你的大男子主义多严重。第一次让我吃惊的是，咱们班第一年的元旦，大家一起包饺子，你竟然当众说："这不是你们女人的事吗？"当时我就想，他的妻子该倒霉了。可奇怪的是，现在我自己却"自投罗网执迷不悟"，你说这是怎么回事呢？

马上过新年，不会有邮差冒着风雪来送信，我还得等几天才会有你的其他的信。亲爱的，你想我吗？悄悄问苍穹，别来可无恙？毛衣正在渐渐地展开，我的思念也随之扩散、扩散……

你的林

1992 年 2 月 2 日

亲爱的陈：

　　我的宝贝儿，三十过得好吗？昨天我特意去厂里发信，没有看到送信的。二姐给老厂的大姐打了个长途，特别顺利。在电话中，我和大姐聊了半天，她好高兴，让小外甥从话筒喊我小姨，可小外甥太小，不懂事儿，到底不肯开口，挺遗憾。放下听筒，我觉得有些伤感，两年没见大姐了，很想她，生怕她生活得不愉快，只盼她快点调到南方厂来。

　　打完电话，我望着悠闲的电话机，好生懊悔，真该问一问，你家的电话号码是多少。有谁还会在三十的下午打电话呢？我这时打给你一定会很顺利，谈多久都不会有人来打扰。唉，亲爱的，我的陈，来得及吗？等到你告诉我如何给你家打电话，是不是只要是直拨电话就可以啦？

　　刚刚我回到家没出半个小时，你的信就被人送来了，我简直不知笑好还是哭好了。因为你的信写得让我看了鼻子发酸，陈，你的感冒严重吗，好了没有？冬天洗澡一定要多预备些热水，水凉就及时添加，免得越洗越冷。

　　亲亲爱爱的陈，春节过得好吗？我最喜欢的春晚节目是胡慧中和庾澄庆的那两首歌，他们两人演唱的风度太棒了，大陆的演员们就是有点拘谨，本来他们也能非常受欢迎。赵本山的《我想有个家》，并没有多少幽默，相反，我非常厌恶赵本山那种死死盯人的眼神，似乎要时时攫取什么似的。整台演出给人一种怀旧感，看到西北科技工作者奋斗的场面，我也好激动，似乎看见岗上部队大院一样。你呢，陈，我想当时的你一定也非常感动。

　　昨天晚上熬夜到三点一刻才睡，所以今天上午十点半才爬起来，哪也不想去。这里拜年的习俗已经没了。

　　我的宝贝，你吃得多、睡得好吗？告诉我，你都享受了哪些优待？别让相机把你弄糊涂了。你呀，就是做事太专心，要是你玩得饭不吃、觉不睡的，你的父母又该反对你玩了。

　　陈，你说真没劲儿，家里现在把我当成重点保护对象，只要谁饿了，弄了点饭菜，就一定要喊我当陪客，吃少了还要劝，我自己感觉都胖了好多，你见了该不喜欢我了，是吗，陈？你会不会不喜欢？为什么你一离开我就不再说我这不好那不好？可是一见到我就是一派大男子主义？

　　对了，陈，我正在看三毛散文选，看了《梦里花落知多少》，我才真正感受到三毛与荷西的深深的爱。真的，陈，我明白她的巨大的哀痛，因为荷西与她共同度过六年相依相伴的日子，他们经历过常人没有经历过的相依为命的感觉，在那远离家乡的小岛上，只有他才是她的唯一。

　　陈，我最亲爱的人，我真庆幸自己能有这种幸福，我要好好珍惜，不知道陈此时在做什么，也许正在给我写信，用一种令人心驰神往的温柔的语气，哇，我快要醉了，想一想我就快飘飘然。我想你，想你，真想赖在你的怀里，就像小猫一样，舒舒服服地眯起眼睛，好不好？

　　晚安，吻你冰冷的鼻子！

永远的林
1992 年 2 月 4 日

亲爱的陈：

　　今天上街逛了董永公园，好热闹！这里又增添了一些新的项目，我今天去坐了一回游龙，就是那种盘旋的、从空中降下又升起的特别惊险，人身倾斜像要飞出去，我一直是死死地抓着扶手，又叫又乐。过后又觉得不过瘾，觉得不太高，时间太短，转了两回，还不到两分钟吧。陈，以后来玩，我带你去坐，好吗？

　　我还买了一个吹泡泡的小玩意儿，灌点肥皂水就能吹出好多好多七彩的泡泡。坐在弟弟的自行车后座上，我让自然风吹泡泡，一气能飞出十多个大大小小的漂亮的泡泡，使我像包裹在一大团喜气中，真好玩。你想不想要，亲爱的宝贝，我的瘦猴儿，我现在有点寂寞，或许是受了三毛的影响，对了，亲爱的，灰绿色的毛衣已经打了一尺一寸，还有三寸就开始分针，虽然花纹打得奇形怪状不够完美，但也只能硬着头皮继续"创造"下去，你会不会喜欢呢？

　　陈，我在盼着你的信，虽然明知三十才收到一封，这两天不会有的。想打电话，盼你告诉我电话号码。亲爱的，我告诉你一个大好消息，妈妈今天到退了休的一个老厂长家拜年，打听清楚了，我们厂的定向生只要有单位肯接收，并向学校正式提出要某人，那么我们厂的教育处开个证明即可，厂里的定向生绝对不是非回来不可，定向名额是给厂里职工的子女多一条出路而已，而且他说想要联系单位一定得早早行动，临毕业了就来不及了。你大可放心，我们厂子这边今年夏天分来 60 多名大学生，厂里退掉了 40 个，实在不能收多了，大学生都爆满了，还在乎每年那寥寥无几的定向生吗？我真是太高兴了，这样一来，心里一块大石头终于落了地。

但是，我的陈，你说过你不想过早地安定下来、过舒服的小日子，要闯荡两年。我也不太想毕了业就走入社会，所以我还是尽力试一试运气，考一回研，尽力了，也无憾了，你说好不好？如果不能如愿，我也不会泄气，因为我们已有了希望，不是吗？

现在是半夜十二点差十分，客厅里依然热闹非凡，电视机还在响，他们在玩升级。好了，陈，我亲爱的，我想睡觉了，明天再写。

晚安，吻你吻你吻你吻你……

你的林
1992 年 2 月 5 日

我的陈：

早晨起来空气真新鲜，心情也特别好，竟然听得见外面叽叽喳喳的鸟叫，真的，立春了嘛。你一定不相信，我昨天在董永公园看到桃树已经长出了小苞，使整个光秃秃的树枝泛着暗红色，也许是花苞呢！桃树是先开花后长叶子的，你知道吗？

今天要做什么还不知道，或许是上街陪弟弟买书，或许去厂里打乒乓球，或许在家一起看录像，总之，该干什么就干什么好了。天气好极了，我给你写着信时心情很快乐。亲爱的陈，你好吗？我的宝贝儿，该起床了吧？这会儿十点多了，相信你不会那么懒。我该打毛线了，不写了，下午把信寄出去，别着急，啊？

碰碰鼻子吧，好吗？

想你的林
1992 年 2 月 6 日

亲爱的陈：

我不知该怎么说。下午六点多钟，妈妈过来和我聊天，说二姐又玩了一天没回来时，我为二姐开脱，说她一年中难得有充分的时间和朋友一起玩，就让她开心几天吧。可妈妈一再说怕二姐把握不住分寸，超过界限，做出什么让妈妈丢脸的事儿。可她只不过看见二姐和男朋友有点亲密的动作和亲热的合影而已，我反驳她，一句驳一句，把妈妈气走了。

我想，我在为二姐辩解，又何尝不是为自己辩解呢？我说他们在一起并没有做什么，谈朋友不都是很亲密的吗？妈妈却说，朋友就是朋友，天天缠在一起，那就快结婚，免得出丑。我虽平静地靠在被子上，可心里已经在喊了，照这么说，我早该被打入地狱了！我想姐姐他们再怎么也不会比我们更"过分"。可妈妈却担心他们，怕姐姐被骗，听得我又气又恼，似乎她是在说我们一样。

真的，陈。你不知道妈妈虽为了我们好，可她总把我和姐姐当成不懂事的小孩子，怕被别的男孩子骗，看来妈妈是有意要教训我的。唉，我是在这样一个家庭中长大，父母都是受教育不多的人，尤其不看重女孩儿，偏又管教得极严。妈妈特满意我不出门，认为这才是她心目中理想的女孩子，我简直对此恨死了。我羡慕二姐的胆大泼辣，即使是她真的不懂什么"人心险恶"，我也佩服她，在我们家她能有如此胆量，真难为她了。

你不会明白，作为女孩儿的苦恼，你是随心所欲的，可我们天天要做事还要听教训，还要恭恭敬敬笑脸面对，我有时真想大吵一番，就像姐姐一样摔门出去，爱上哪里上哪里。可我的脾气你是知道的，我绝不会让爱我的人受一点点委屈，即使他们骂我打我，我也不会因此而大吵大闹，有时连我自己都奇怪，这份小心是从哪里来的？在这样的家庭中长大，你根本不会理解，也想象不出我是多保守，多小心，多封建。可是见到你，和你在一起，我就整个变了一个人。有时我的内心矛盾极了，我的人在挣扎在抗拒，我的心更是挣扎得厉害，它在说"不能不能"的时候，我的人已不是我所能支配的了。有时你问我"幸福吗"，我说"不知道"。亲爱的陈，我知道你想让我感到幸福，别的女孩儿或许会感到你做的一切都令她幸福快乐，可在我这里却变成了"不清白的"又一层罪证。你是男孩儿，你所有的亲人都绝对不会对你说"注意界限"，为什么你们可以毫无羁绊，想怎么做就怎么做而不顾及别人的眼光？真是不公平，我知道你看着这些会生气，因为你是正直的，我深深地相信你的为人，你没有做错什么，我明白，正因我明白，所以我矛盾得要命。

好了，明知道你是个最敏感、最细腻、最深情、最正派、最好的男孩，我还是写了一大堆戕伐男子的话，说明我不隐瞒任何事，你总说我隐瞒真实的感情，那我说了，你会受伤害吗？我的"林妹妹"？我最怕你说一句，"那我再也不碰你一指头了"，请你千万别说这句话，我是喜欢的。可有人不喜欢我们亲热，怕出事，认为那种事是丑事、丢脸！而且那种人已霸占到我头脑中来了，你说怎么办？对了，妈妈说那种事是"老虎吃肉"，好恐怖啊！

　　吻你。

你的可怜兮兮的林

1992 年 2 月 6 日

　　亲爱的陈：

　　上午起来很晚，又是和姐姐聊天的缘故，枕在枕头上熄着灯聊天，是非常惬意的，只是没人和你聊过，你才没有体会到。

　　亲爱的，从初一到初四没有人给我送信来，估计是邮差偷了懒，明天无论如何该有你的信了。下午到厂里去洗澡，真麻烦，一开始不卖我们票，后来找了个熟人才卖。把姐姐气坏了，遇上那种芝麻大的权力也要使的人就是没法，用我们厂里的话来说就是"夹生"。洗完澡真舒服啊！一天没干什么，打了一阵子毛线，这两天颇见成绩，看来走之前打完是不成大问题啦。

　　亲爱的陈，你的两封信我翻来覆去看了不知多少回，盼望知道你的电话号码，真希望下一封便有回答，我就可以拨给你（偷偷地去厂里拨，因为长途电话不许乱打的）。陈，想不想我？知道吗？吕周庆的男友到底没来她家过年，这意味着他不信守诺言，没有可能将吕周庆调到天津去了。二姐因此总去陪她。今天晚上家里打牌，我简直笨得出奇，玩三打一，我被人打了100 分，就是说所有的分儿都被他们得到了，妈妈差点笑得背过气去。

　　明天开始不能再这样浪费时间了，我想还应该做点正事，特别喜欢在没人的下午静静地坐着看书，旁边放杯茶、一盘瓜子和糖，实在是种享受啊。亲爱的，你怎么样啦？这几天过得高兴吗？我在早晨醒来的时候最想你，梦想着你轻轻拥着我，非常非常温柔地对我亲热，闭着眼睛我会微笑起来，直到发觉这是个梦想……

　　陈，我好想你。

你的林

1992 年 2 月 7 日

　　亲爱的陈：

　　早晨起来听见有雨声，果然，外面雨淅淅沥沥地下个不停。天阴冷得我好没情绪，于是一整天哪儿都没去，也不知道自己干了些什么，书看不进去，冷得我坐不住，加了厚袜子、羽绒服，这才舒服了一点。一个劲儿地织毛线，手织得热乎乎的，进展了许多，妈说分了针就快了。不过呢，我的宝贝蛋，虽然我是严格按照书上的规格织的，但不知怎的，左看右看就是小了，或者说瘦了，反正当外套穿很有危险，而且最可能的是你根本不喜欢这件拙劣的手工。那可太悲惨了，像围巾一样，锁在箱子里又永无出头之日，这可如何是好？

亲爱的陈，屈指算来在家也待了近20天，却如同一晃之间，再有半个月时间，就该滚回学校了，这么快，似乎以往并无这种感觉的。也许是过年比较开心的缘故，看看镜中的自己，感觉还可以，起码比在学校时气色好多了，多希望一觉醒来变得美若天仙。

等明天，雨过天晴，我要寄信出去。等着我。

吻你的太阳。

永远的林
1992年2月8日

亲爱的陈：

真怪呀，已经六天了，怎么就不见你的一封信？真奇怪，真奇怪，你是生我的气才赌气不给我寄信让我着急，是不是？是因为收到我的信很晚是吗？你忘了，我从厂里寄信要耽误一些时间，可能是信耽误了。

好了，我的陈，别让我瞎猜了。没有你的信，我像掉了魂儿似的，一会儿怀疑邮差把信丢了，一会儿怀疑被厂里的值班人偷走了，或许是发现邮票还不错……二姐倒幸灾乐祸，说再来一封信就是告诉我分手，我气得直哼哼，说今天你男朋友还没来看你，茄子了吧？

下午看了两个小时的书，后来到娱乐室打了一会儿乒乓球，微微出了点汗，觉得很舒畅。只是室内灰尘太厚，空气不好。吃过晚饭就一直坐着打毛线，两个小时大概打了四寸长度，我的速度是不是太慢啦？不过眼看着分针后的后片已打好了，还剩半个前片和两只袖子，心里还是很满意的。

陈，你不知道我在想你吗？别再折磨我，明天还没有的话，我该怎么办呢？你不会生病了，出门了，或者把我忘了吧？

我的爱有多深，我的牵挂与不舍便有多长。

你的等待的林
1992年2月9日

亲爱的陈：

　　你这个该死的家伙，挨千刀的，你存心让我等啊等啊，急死了，你还优哉游哉地不给我写信是不是？你看看，你不仅把我的鼻子气歪了，就连这张信纸都气歪了，你说你坏不坏？坏蛋坏蛋，大坏蛋！

　　一人向隅，泪流成河，忧思成疾，唉声叹气，夜不能寐，胡思乱想，噩梦连天，失魂落魄，"欲悲闻鬼叫，我哭豺狼笑"①。

林
1992 年 2 月 10 日

亲爱的陈：

　　等待了整整七天，第八天上午，也就是今天，爸回来说有我的电报，我忙接过来念了一遍，爸似乎有些不快地说，除了我没人能看懂。为什么？我又看了一遍！写得多清楚啊，我的陈说了，不要挂念他，快快乐乐地度我的假期吧，不过呢，春城是个好地方，你快点来，好吗？

　　真高兴，有陈的电报，今天过得真好。只是，我有点纳闷儿，陈不至于如此之懒，该有亲爱的他的信了呀！他在忙什么？亲爱的，你从来不让我着急的，老天保佑你，也保佑我快快收到你的亲笔字。我看着电报上的铅字，心里还是惦念得紧。那不是你手写的。亲爱的亲爱的我爱你，想你怨你念你，听见了吗？

　　我的陈，13 日是我姐姐 23 岁的生日，明天我去给她买一朵花，淡粉色的、大一些，过生日时扎在头发上一定很漂亮，这是她告诉我买的。明年我二姐说不定就出嫁了，我和她说好，一定等我放假回来，说的时候，我和她都有些难受，似乎分别就快来临了。不写了，陈，明天再不来信，我要急疯了！！

你的林
1992 年 2 月 11 日

我的陈：

　　当时间悄悄走过，13 日来临的时候，我真诚地祈祷，愿这个不吉祥的日

---

① 邓林在信纸左边画了幅女孩哭泣的图。

子里，我会幸运地收到你的信。因为今天是二姐的生日，她好幸福，那么多朋友都送她音乐卡小礼物，我送她的是一只牛骨手镯，但比我所用的那只更漂亮，她非常喜欢。她说在她的生日里，不许听到我的叹气（十天了，只有一封短短的电报，见了它我就感到担心）。是啊，我会高高兴兴的，为了她我会很高兴，不在她面前提我的信、信、信……

因为今天吕周庆出差，昨天晚上我们提前庆祝姐姐的生日，一共六个人到商场的舞厅玩了一次，大家彼此都很熟，所以很快一晚上就过去了。看到姐姐那么快活，我的心情也好多了。除了吕周庆和她的新男朋友特别会跳舞，我们几个都是瞎凑合，不过也不感到尴尬，反正是熟人，我知道你不喜欢我去舞厅，但是为了庆祝姐姐生日，你别见怪好吗？

每天都是恍惚缥缈，坐立不安，亲爱的陈，你怎么啦？到底出什么事了吗？难道在你心里我并不重要吗？我不敢往坏处想，相信这一定不是你的懈怠，可是怎么了？怎么了呢？不敢听到姐姐下班回家的声音，它将决定我一晚上和明天白天的心情……

林
1992 年 2 月 13 日

我的陈：

或许真是姐姐过生日给我带来的好运吧！陈啊陈，你怎么突然间寄出了两封信哦？我真是好高兴，颤颤抖抖地打开它，嘴巴笑得合不拢，笑声不断。可是看这两封颠三倒四、乱搁乱放的信，我的嘴角也沮丧地耷拉下来，我马上就快哭出来了。姐姐一直偷偷瞧着我，她得意地向弟弟比画，我一开始手舞足蹈合不拢嘴，然后像泄了气的皮球一样，所以我只好装作若无其事的样子吃饭、洗碗、揉面，然后再回到屋里来。

姐姐已走了，可我不敢再看你这两封厚厚的信。这里有多少思念、焦急、忧虑、担惊受怕、委屈与眼泪呀，我不敢再去碰它们，似乎在眼前的是你那颗敏感而易受伤害的心，我只有痛恨自己，恨自己为什么不一回家就给你发电报，即使你不在家又怎样；恨自己为什么想着你一月底才回家，自作聪明，害得我的陈以为我变了心；恨自己在家里休息够了才不慌不忙地寄信出去，明明知道经过一星期你才会收到信，为什么还这么大意？等等等等，总之这么说全是借口，借口推脱我的罪过。我可怜的陈，请你不要再这样胡思乱想了好不好？不管你的什么百分之多少，一切都是好好的，没有任何差错和改变，只怪我们相隔太远，路途遥遥好不方便，等见到了面，我一定向你赔不是，高兴起来行不行？别再为我耽误你的事情，你有自己的目标，有好多事情等着你去做，别再沉溺于这种消极的情绪中，要不一个假期就这样白白过去了，全是为了我，我会感到罪孽深重。若因为我而使你不思进取，陷入儿女情长中难以自拔，那么我岂不是害了你？不要这样，我亲爱的，相信我，我是爱你的，不论怎样，若有变心，那么只能是你，而不是我，难道不曾听说过"痴心女负心汉"吗？

你不信任我，让我好伤心，什么时候我说过或想过离开你吗？想到这儿，我真的好委屈，每次假期我都因为信晚的缘故，让你不得安生，生气或赌气，让我心疼得、后悔得要命，天哪，这该死的假期！我的确没有料到，也想不到我亲爱的陈离开我之后，回到自己的家那样不愉快，这或许全是我的错，我向你赔罪好吗？我的陈不会再怪罪我了吧？

知道吗？我的父母对我们的事没有异议，甚至可以说是赞成的。妈妈唯一不放心的就是将来我不在她身边，孤零零地在外地，万一我狠心的丈夫另有新欢把她女儿欺负，即使女儿哭，她也不知道该怎么办？我一再请她相信我的眼光，相信我的判断和选择，爸爸对此事并不多说什么。

亲爱的林妹妹，看到你最后一页信（我总算再次鼓起勇气看了两遍，把顺序整理清楚了），口气快活多了，我懊恼的心情才稍稍减轻了些。好了，陈，我现在明白你拍那份电报的意思了，是不是怕我等你的信等得和你一样着急？你真好，亲爱的。我会快点将这封信寄出，让你放心。只想再次提醒一句，无论发生什么事情，不变的只有林的心，其他的可能都存在，你别把林想坏了，她是世界上最爱你的人。

祝你天天快乐！

你的林

1992 年 2 月 13 日

我心爱的陈：

2 月 14 日是什么日子知道吗？当然，这是个洋节日——情人节。听着广播中的主持人娓娓诉说这个蛮有情调的节日，我的心中涌起了一种浓浓的思念和万种柔情。只是你远在天边，无法亲口对你说情人节快乐，它是真正属于我俩的日子，对吗？

陈，你好吗？在收到我的信之后，心情是否像乌云散去之后的晴空一样，多盼望自己的一封封信带去我的问候和关爱，让我的陈能因此而露出动人的清新明朗的笑容。亲爱的，我喜欢你笑，当你开心笑的时候，我的人似乎就像融化在你的笑容中消失了一般，不知道这是为什么，谁能告诉我呢？

愿我的陈快乐，亲爱的，昨晚躺在床上默默回想你信中的每一句话、每一个字，一种既幸福又心酸的热泪滚滚而下，同时心里一个声音在说，今生今世无论怎么样，我都不会离他而去，即使遍体鳞伤也绝不后悔。听见了吗？亲爱的陈，听见了吗？

再次说声情人节快乐！在这个特殊的日子里，你的林好想你，好心疼你，也好想摸一摸你这个弱不禁风的"林妹妹"，看看是否瘦削如昔？

晚安，吻你！

你的林
1992 年 2 月 14 日

陈：

你坏死了！才 2 月 9 日你就不再给我写信，你真狠心，你是大坏蛋！

每天我靠在床边，认认真真为你编织一件毛衣，一坐就是三四个小时，而且我又织得慢，只能靠耗费时间来使它一点点变大。织的时候，我心里想的，除了你还能有谁？天天织啊、想啊、盼你的信啊，可是突然你来了一封信通知我不会再有信了。你这该死的家伙，你想存心气我！

是的，我没有写一些好热情炽烈的话，没有对你海誓山盟，我只是傻乎乎地写今天干了什么，想了什么，明天又干什么，发生了哪些事情……反正你对我的生活并不感兴趣，我干吗又要不厌其烦地写给你？你只关心一件事——我是否在深深地思念着你，不吃饭，不睡觉，如同秋水为神玉为骨的仙子，天天写上 100 遍 1000 遍的山盟海誓。可惜林好笨，笨得连她自己都怜悯起自己来了，因为她的陈以为她玩得开心而没有心思给他写信，所以他决定将买了一叠的信封作废，一想到这儿，我就委屈得眼泪直打转。好啊，狠心的陈，你等着，可恶的瘦猴，开学了你看我还理你！

你的林
1992 年 2 月 15 日

亲爱的陈：

星期日不会有信，邮差也休息。抱着点希望，或者明天、后天，或大后天，我的陈会让我惊喜一番。

亲爱的坏蛋，毛衣还剩大半个袖子，本来今天已打了四个小时，但是不合适，重新拆了四遍，总算胜利在望。忽然觉得这个假期除了写信、打毛衣、看点小说，玩一玩，30来天就快过去，不禁诧异这次寒假怎么如此之短？奇怪，真奇怪。

你不给我写信，你是大坏蛋，我不理你了，如果你真的让我失望了，咱们骑驴看唱本——走着瞧！

早上的公共汽车不好坐，所以别来车站接我了，在15路公交那儿等着就可以了。别离家太早，多住几日，陪陪家人，要知道你暑假要花十几天到南方来玩呢。

15路车站见！等着我！

思念你的林
1992年2月16日

亲爱的陈：

你好吗？今天是大年初三，他们一早去武汉玩，顺便走走亲戚，我坚决不去，留在家里享受着难得的自由和清净。这几天实在太热闹了，电视从早开到晚，弟弟又一刻不得安静，我根本没地方待着，信都没心情写。

现在可好了，家里静得出奇，我从上午九点多就开始看那本《虹》。知道吗？我好喜欢读它，尽管有些地方令人费解，但我特别喜欢，作者把其中的女主人公的心理写得真实极了。令人惊叹的是，他能把一个七八岁的小女孩儿的痛苦，那么准确地写下来。整本书几乎都是微妙的心理活动描写，让我非常感兴趣。因为我曾经想过，如果将来我能成为作家，一定要写孩子，写他们的复杂的心情，绝不只简单地描绘他们的幼稚和天真。所以当我看到书中那种大量的心理描写时感到特别兴奋，很快就能沉浸进去。总算快把它看完了。还有那么多的任务没完成呢，别以为我在家好刻苦，其实懒得可以啦。

从中午十二点起，我就歪在沙发上看你的照片和信，把所有的信都拿出来看，不知道那盒吉他磁带被我翻了多少次面，就这样一动不动地看啊看，一直到两点，然后就想给你写信。

一个人就不想去弄吃的，反正什么也不干，根本没胃口，我自认为现在比以前要胖了一点，这就是过节的好处吧。除了想你，给你写信，别的什么都没兴趣，反正还有七八天要走了，再紧张书也看不完了，等开学了，我再抓紧时间多看一点吧！

已经想好了。从现在起，没有什么能使我重新陷入烦恼之中，我要抛开那种不值得去伤神的琐碎，过一种平静的、踏实的生活，还有很多很多的书等着我去看呢，对不对，亲爱的陈？我必须使自己具有考研究生的能力，尽管它对我来说可望而不可即，但是我要尽全力，因为我也知道你不会愿意离开你生长的地方，而且你到这儿来将会非常难以适应，也许真的是一事无成了，我相信我的直觉。

你的林

1992 年 2 月 17 日

陈错的信

邓林：

没想到，这封信如此难写，我已经撕了两页纸了，还是干脆说了吧：你我之间只能是朋友——如果你还愿意的话，做恋人、做夫妻，我们不太合适，我不愿意在自己爱人的身边还要心怀戒备、唯恐受骗。谁都希望自己将来的家庭是美满幸福的，容貌、身材这些外在东西也许会发生变化，但感情应该是坚贞如一、心怀坦荡的。你这样的女孩儿，我实在不敢领教。

我不想说刘某人的坏话，但他给我留下的印象实在坏，也许是我有成见，我没必要解释。你跟他交往后，到底通过几封信？我不知道，我不能忍受的是，一个女孩儿居然能在恋爱期间和另一个对她在感情上有企图的异性保持联系，而把恋人蒙在鼓里。我真不知道你做这种事的时候，心里是怎么想的①。

我是个单纯的人，在友情上非黑即白，在爱情上更是如此。所以，我没有交心的朋友，但这是我的秉性，宁可没有，也不会改变自己的观念。你该

---

① 此事另可见 1992 年 7 月 26 日陈错写给邓林的信。

知道上学期周富贵和别人一起骗我，我和他闹僵了的事①，你不同于周，我和你的关系也不同于我和周的关系，这种事情的后果如何，你应该想得到。以前每当我在你那儿偶尔看见什么有字的纸时，你就紧张得不得了，别把每个人都当成傻瓜。当时我就知道你有什么事儿瞒着我，这件事应该算是其一吧，不知道还有多少其他事呢。上学期，你把我的日记拿走，我毫不在意，因为自从和你好了以后，我和其他异性就没有什么来往，只是一心一意地对你。我做得到，可你呢？你和异性的交往情况我一无所知，你也从来不敢让我看你的日记！

当初你和他刚认识的时候，我就说过他的态度不正常，但你还是瞒着我把这种关系保持下来。这学期开学，若不是我看见你又收到他寄来的包裹，你知道再也瞒不过去了，我还不知道要受骗多久。当然，你理直气壮，"我的朋友"。笑话，火车上的一面之缘就成了朋友？你对他倒真是上心！

我告诉你，感情的事发展起来，有时不是你所能控制的，不是每个人都能做到像我一样尊重你、不强迫你做你不愿意的事儿。刘某人如此猥琐，你当然不会对他感兴趣，你是好心，你不愿伤他的心，而且，你也许还很享受这种暧昧的感觉。你知不知道这种做法很危险？不说对我，就是对你自己，你能肯定他不会得寸进尺伤害你吗？到时你怎么办？这不涉及我对你有没有信心的问题，即使将来你无心，未必能在意外的情况下左右局势。我不想我未来的家庭还要受到这种骚扰，更不想我未来的妻子因为她自己的原因遭受这种欺侮。我也奉劝你，如果你将来又有了男友，也不要随便在路上搭讪异性（我想起了那个中科大的男孩儿，当时我还为说"轻浮"两个字向你道歉。现在看，这个歉道得太早了），如果你不改，你一辈子都不会幸福，可能会受骗或堕落。

当我发现我的话对那么爱我的人失效的时候，特别是牵扯到另一个异性，你在我心中的形象就完全变了。我非常失望，非常难受。爱情是纯洁的、排他的、自私的。我曾受过许多人的骗，被最亲爱的人欺骗，你知道是什么感受？不要太相信自己的"眼光"，更不要以自己的"眼光"自诩，这实在是

---

① 二班周和一位姓段的同学的象棋是和陈错学的。上学期有个以班为单位的象棋比赛，队员是两男，周和段来与陈商量，男子都下和，共同进退。陈答应了，和段下了盘和棋，没想到周却把对手赢了，一班即被淘汰。事后，面对陈的质问，周吭哧吭哧地说不出话来。陈错和周再无往来。

很危险的事儿。你现在能瞒着我保持和异性超过普通朋友的邮件往来，谁能肯定你不会瞒着我做更出格的事情？！

真纳闷儿，刘某人居然能从车站找到你的寝室，你怎么解释？我问他的一些情况，他反问我："小林没告诉你吗？那我也不说了。"你们是在玩攻守同盟吗？怕说漏什么吗？小林是他叫的吗？我好心好意上不课要陪他，他说"萍水相逢，不用不用，等下课了，要和小林上街"。不会好好说人话吗，还"萍水相逢"？"萍水相逢"，为什么我说你住我的床位、我到别处住，他一口答应？

邓林，认识了你，爱上了你，我不后悔，但我不想用一生的幸福来打赌，我不认为这是一件小事，这是品质问题。从前我们发生的那些别扭，什么谁没给谁打饭了、什么谁亲热时冷淡了、谁只顾学习不理谁了等等，不过是恋人之间的磨合罢了，我也从没放在心上。但这件事不一样，我们只有重新考虑我们的关系。

这封信总算写完了，真不容易。本来我想等刘某人走了以后再给你，免得影响你和他的情绪，但刚才我看都没看就撕了你的信，使我改变了主意，下课就交给你。

只有上帝知道结果。

陈
1992 年 3 月 14 日

陈错日记：1992 年 3 月 9 日。昨天我在教学楼看书，林匆匆赶过来，把刘某人的包裹单给我看，我还以为他们已经没联系了呢，很意外，让她把包裹单退回。今天晚上去她寝室，看她床头挂着两块手帕，一问才知道她已经把包裹取回来了，我没问寄的是什么，气得转身就走了。晚自习的时候，她拿出刘的三封信，两封以前的，一封今天的。问她为什么收到的时候不告诉我，她说怕我生气。刘某人对她已有较明确的表示，不知她怎么想的。后来我说暑假不去她家，她又哭又闹。才发现自己也许走错了路，她也许不是那种终身靠得住的人。我不可能让自己陷入三角关系。自去年底来，我已经多次和她说了我的态度，她依然瞒着我收信、收东西，造成这种局面。容貌平常没关系，如果对感情有二心，实在不敢相处下去，只能保持距离。真没想到她是这样的人，我实在没必要介入其间。

保持冷静。

3 月 9 日。这几天，吃不好、睡不好，不知道该怎么办。今天和林又在教学楼谈了半天，没什么结果。我以为自己凶狠些可以改变她的做法，但没有用，她总可以找出理由。比如，我问为什么她那么惧怕我看她写的东西，她居然反问我是不是怀疑她之类。真不知该怎么办，有时想想突然就有些后悔，这是从来没有过的感觉。

这学期刚开学那天的情景就在眼前。我提前到校，连续三天早上去车站接她。2月28日，接到她一起回到寝室后，看她累了，一直在她寝室打水、洗衣服、买饭。她可能是在火车上休息不好，加上例假，有些发烧感冒，我找了些板蓝根和感冒清，然后坐在床边陪她。二十二点下去的时候，她握着我的手，哭了，不愿意我走。但没有办法，这是女生寝室，我只有下来，虽然寝室就她一个人。

第二天，我早早上去，她要吃青菜。我在食堂打的饭，然后去新苑买了两个素菜。饭后陪她去医院，开了药，回来后，她断断续续睡了几觉，感觉好些了，我一直在屋里陪她。那时候看着病中的她，心里真的是有说不尽的怜惜和柔情。不觉得无聊，不觉得累，更不知后悔是什么东西。哪知道仅仅几天就发生了这种变故。

3月14日。昨天晚上，林去看老乡，我在寝室看会儿书，想给她写封两个人关系的信，不知道如何下笔。早早就和衣躺在床上，忧愁袭来，不觉昏昏入睡。今天早上，正在吃早饭，林过来说刘某人到学校来找她了。上午是两堂新闻写作课，课前林递给我两页纸，我看也没看就撕了还给她。然后动笔写了封信，在课间给了她。下午和林陪着刘逛街，极其不愉快。后来在面馆吃面，我和林都只吃了几口。回来路上，因为林不听话，终于闹翻。她破天荒地没来主动找我，更加深了我的愤怒。

我坐在小花园里，独自哭了会儿。晚上，去她的寝室，让屋里的何淑莲、蒋胜兰去对门，和她谈了一个多小时，其间刘某人找过来，被我撵出门去。这件事很可能很快全传了出去，但也顾不得了。我也不得不这样做，我不会让自己的爱情受到一点玷污。接着，林为了避开同学，和我去教学楼。在她的哭诉声中，不知怎么的，我的怒气消了，意识到了她对我的爱，谁如果忍心伤害这样的女孩儿，真是冷血。我再也不提分手的事了。

可是，现在写日记的时候，我一点也不开心，心里闷闷的，没有了以前闹别扭重归于好以后，那种相互体谅、更加亲密的感觉。

3月21日。上午林吃了一根别的男生买的冰棍，一直到晚上，我也不想理她。

晚上一起去看电教中心的录像,《纵横天下》《杀手蝴蝶梦》。结束后,拉林去教学楼,她不想去,拉扯时被她寝室的人看见了,林非常不高兴,觉得很没面子,一路上耍脾气。我低声下气地向她道歉,她不依不饶,最后我说,你有完没有?她气更大了,走去路旁的树下站着。我本就有些感冒,也只好在旁边陪着她,后来我问,你完了没有?她说,你态度好一点。我又走到旁边等着,等了一会儿,回头不见她,急匆匆地去找,直走到教学楼也没有。喊了几声,才发现自己嗓子嘶哑而干裂,没人回答。又找了一会儿,才看见她从宿舍楼方向慢慢走过来。回到寝室,她在二楼不肯上去,我推着她,把她送到了四楼就下来了。本想吃药,现在也不想吃,坐在床边,心里难受得很。把床帘拉上,外面其他人在说着下流却自认为风趣的话,心里更加烦躁。

林实在令我失望,如果她总是这样,再继续下去,我们都不会有好结果。现在我后悔了,其实我早就应该后悔,但没法摆脱这种局面。那个晚上我真应该狠下心来断绝关系。明天怎么办?她现在只能令我反感,我不知道如何对待她。什么"我觉得我应该让你一生都高兴",好话谁都会说,她做得怎么样?怀念从前的日子,为什么到现在才发现我们并不合适?她不适合做我的妻子,只能做朋友,我不知道什么时候才能把这一切彻底解决。

心里真烦!

不知为什么,自从刘某人来了以后,一出现矛盾,我总是直接就想到分手,以前不是这样的。在感情上,也许有的错误,犯一次就够了,就回不去了。

我应该不是一个轻易被眼泪和话语打动的人,为什么总是令自己失望?男人,意味着他的第一是事业。

3月22日。早饭时,林见我冷冷淡淡,急得哭起来,没办法,我们俩又和好了。

晚上,在教学楼看见蒋胜兰和她的男朋友在撒娇、亲热,吓得林连忙躲开了。一路上还很吃惊,说蒋在寝室里一提起这种事,就义正词严的,一脸的不屑,没想到背后是这样的。

3月30日,昨天是我性格弱点暴露得最明显的一天。上午,和林在教学楼看书回来,中午吃饭的时候,还剩了点菜,林要吃,我不让,本来是闹着玩儿的,没想到林当真了。后来我才发现她一边吃一边还在哭,我问了好多遍,"你怎么啦"?她才说,在家她吃什么都行。

饭后在校园走了走，林对我嫌她胖极不满意，路上一个劲儿地指责我太瘦，还振振有词地说，我胖一分，她就瘦一分，我凭什么要瘦？路边走过的人都侧目看我，弄得我很恼火。

后来我默默地走，她又要求我夸她几句。这种情况，即使她有可夸的地方，我也夸不起来，何况——唉，她就不高兴。走到校门口，我拍了下巴掌，叫她往回走。她不理我，一直往幸福街方向走。我等了一会儿，又顺路去找她，没找到，心里就有些怒气了，又不是晚上，何必我担心？就独自回来。

到教学楼后，听说程继军在给和我关系较好的王老师家的小孩儿辅导语文，不知道为什么王老师不来找我，心情不觉又增加了些烦恼。来到棋摊儿，和人下棋，嘴巴也不饶人。后来王老师来了，在旁边看，这时我已连胜了四五盘，不想下，又不好意思马上走开。开始不把对手当回事儿，特意走了几个吃亏的布局，原想在中后盘扳过来，但都输了，却把对手损得够呛。可能围观的人都认为我气量忒小，可心里有事，总想找个发泄的对象，哪计后果，真是没法控制自己。

王老师可能见我虽然瞧不起对手，可总是输，看了一会儿就先走了。这时林来了，把我叫出来，给了我一个梨，我叫她一起出去走走，她嫌冷，不去。我以为她不愿意，心里更气，把梨往远处一摔就走了。

回到宿舍想一想，上去找林。她换了件衣服出来，在小花园里坐了半天，我忽然觉得这一切都太没意思了，何苦怄气呢？自己的气量真小。于是又主动向林道歉，她哭着抱着我说："你怎么又想明白了呢？怎么又想明白了呢？"唉，林虽然有很多不好，但她对我的一片痴情，真令人心疼。我没恒心，一事无成，又心高自大，于是自怨自艾、乱发脾气，迁怒于人，不过是对自己窝囊、没本事的一种发泄罢了。我真应该学会控制自己，自己情绪不好时，一定保持少说话，不说话，何必恶语伤人呢？

古人说，不迁怒、不贰过，我的涵养差远了。

情

恋

篇

第七章

1992 年 7 月 19 日—8 月 6 日

陈错的信

亲爱的林：

上午把那封平平淡淡的信寄走，不知道你看到它会怎么想。如果你认为我对你的思念没有以前那么强烈了，你就错了，实际上，这几天我几乎每时每刻都在念着你的名字，都在回忆着这学期我们在一起的情景。想着想着，我的心情总是越来越伤感，我想动笔，但我又不敢动笔，这学期包括北戴河那几天的事儿太多了①，而且都是让人不愉快的。

林，多少次，和你在一起时我想说出心中真实的感受，可我没有勇气，我害怕看见你再哭着喊："怎么一切会是这样呢?!"但是亲爱的，相信你的陈，不管将来如何，不管我做些什么，相信我，我爱你。

我不知道从何下笔，不知道从何说起，现在我捧着我那涨痛欲裂的脑袋，算了，想哪儿写哪儿吧。

林，总忘不了我们相恋的那个冬季的一个又一个温馨如画的日子，忘不了一次又一次焦灼的等待。亲爱的，当时有一句话，你也许忘了，我说我们应该好好解决每次矛盾，否则越积越多，一定会埋下祸根。但你一定记得那一次次我们在雪地里冻得发抖、在小树林里冻得发抖、在教学楼走廊里冻得发抖却最后总是冰释前嫌拥抱在一起的情景。当时你对我说："我发现每次

---

① 7 月 10 日，中文系组织 1989 级师生暑假社会实践活动，在北戴河附近的一家国企参观、调查，为期 3 天。

矛盾以后，我们的情感好像更深了一层。"

　　林，你注意到没有，这学期是我们矛盾最多的一学期，每次吵架后，我们再没有过那样的交流，每次都是不了了之，而下次见面时，你总是一副笑脸，对着你的笑脸，我又怎么好再提旧事？结果是争吵的次数一次比一次多，我不记得有多少次我是一个人赌气地往回走，望着遥远天边寒冷的星星，问自己有多长时间没有这样孤独的感觉了？然后再回到寝室埋头睡觉。于是第二天，照例是你的笑脸，于是又一切照常。于是从春城到北戴河，从背地里到当着别人的面，我们总是吵个不停。也许你认为两个人的生活应该是这样子的，可是我却一天比一天难过，总想说，你认为这样幸福吗？总想说，我们是不是差异太大啦？又总是没有勇气和机会这样对你说。

　　这学期，我们的误解实在太深了。

　　北戴河车站，你蹲着哭着说："你知道，将来的事谁也做不了主。"一时间，这几个字像锤子一样，一下一下地砸在我心上。我哭了，不是因为我没有想到这些，而是因为它突然从你的嘴里说出来，那一瞬间，我突然感觉你我之间那一学期都再没有发生过的深深的爱意。我不再坚持去你家，从那一刻到我进车站，亲爱的，是我们说话最少的时候，却是我最强烈地感受到什么是爱的时候！一种真挚深沉、无可奈何的爱！

　　亲爱的林，刚才太激动了，我放下笔休息了会儿，看着我屋里淡淡的窗帘，这才想起，这好像是我们这学期唯一真正解决了矛盾的一次（在去不去你家的问题上，我要去，你不让）。

　　林，现在我的脑子又有点乱了，迷迷糊糊的，想把自己要说的明白无误地写出来，又不让人误解，真不是一件容易的事，先搁笔吧。

陈

1992 年 7 月 19 日

亲爱的林：

　　昨晚没把信写完。夜里又梦见了你，但醒来就已经想不起来是什么内容了，反正不是高兴的事。

　　林，请你认真地回答，现在我在你心中是和我们初恋时的形象一样吗？我觉得应该是不一样了，也许是我变了，也许是你变了，也许是我们都变了。

　　说心里话，自从我们一次次吵架后，一次次不欢而散后，有时我真的心灰意懒。远的想不起来了，就说在北戴河吧。有一次在招待所食堂里，你要去问可不可以换掉剩下的钱，我不让你去，你当众说我"小气鬼"，然后抬腿就走了；还有一次在北戴河海滨，我要给你拍一张背景是龙的照片，你不愿意，一赌气走到老远；山海关走散，我在人潮中一个人苦等，我当时甚至想，如果不把你找到，我就留在山海关。你不知道，站在那里，我一个人等待你的那一个多小时是怎么熬过来的。你和她们玩儿回来后，见到我时漫不经心的样子，让我怀疑这就是当初的你吗？还有，你常常因为亲热时我咬你肩膀和我生气，后来干脆也来咬我，可你知道我咬你时心情是怎样的冲动吗？因为你的拒绝，我还能有什么方式发泄自己的性欲呢？一想到你咬我是出于纯粹的报复，我甚至开始厌恶起自己来！每次亲热时顺了你的意思，你高兴、你满意；不顺了你的意思，你马上就转身而去……表面上，给别人的印象，我们俩的事是我做主，实际上，恰恰相反。

写这些，我只是想说，我们如果将来生活在一起，是不会合得来的，不为什么，就为这些小事，这些再小不过的事情。

在北戴河，特别是和周富贵的关系也破裂了以后，我已经是完完全全地被孤立了。50多人，三年多没交下一个真心朋友，真可悲啊！你在北戴河说我："你也就只能欺负我吧！"这句话你从前也说过一遍，这次我是认真听了，也认真地记住了你那一种不屑的眼神和语气。我一直觉得，老舍投入太平湖中，让他对这个世界绝望的，不是来自文艺界同行的谩骂和批判，而是他家人的"划清界限"和闭门拒入。这成了压倒他的"最后一根稻草"。来自亲人的背叛最致命。你的不屑说明你对我已无爱意、敬意，这比我成为孤家寡人更让我难堪。你是在对我落井下石吗？如果当时我是果断的、真正有自尊的，我就应该立刻和你分手。我没有，因为我的优柔寡断和对你的感情让我做不到、舍不得。

我打算谈谈自己了。

我是怎样一个人？从前我说不清，现在也说不清，我不知道自己为什么无论到哪一个地方，都要和每个人闹僵。我难道真的喜欢封闭自己、孤立自己吗？我不知道为什么会这样。这不可能都是别人的错。做人的确是一门学问，偏偏有人生来在这个学科就是优秀，有人摸索了一辈子也是个不及格。

我不通人情世故，但我不是一个不喜欢帮助人的人，可为什么自己的好心得到的却总是别人的误解？为人处世我是个百分之百的失败者，可我又错在哪里？更可悲的是我不知道自己错在了哪里！

我懒得写下去了，有什么用呢？我是在恳求你的理解，还是恳求你的帮助呢？我真没用！

林，这封不愉快的信等你开学再看吧，何必在暑假把和家人团聚的你也弄得和我一样呢？我爱你，但愿你别骂我虚伪，可我们将来在一起合不合适，我心里真的没底。

是不是当初你选择了我、我选择了你是个错误？林，这学期我们相处得很不愉快，这不是谁改不改、谁对谁错的问题。请你冷静地想一想，我们的矛盾到底是什么，怎么解决呢？

陈

1992 年 7 月 20 日

亲爱的林：

看着抽屉里前两个假期你来的厚厚的信，真说不出心里的感受。谁知道，这里面藏着多少思念和幸福快乐的秘密？谁又知道，仅仅过了半年，我们就变成了现在这个样子。害怕你问我："那么你说怎么办吧？"我不知道，一切实在是太难了！

在北戴河的最后一天我便血，回老家之后仍然没有好利索，但没有上次严重，我不知道是什么原因。恰巧有个邻居来和奶奶唠嗑（奶奶还记着你呢，总问。她老得太厉害了，这次见面奶奶哭过好几次，现在已离不开拐杖了，我不知道怎样才能报答奶奶的养育之恩。）我装作打听的样子，问这是什么病。他说是病毒性痢疾，我也没敢多问，怕奶奶多心。后来慢慢地就好了，奇怪，我都不知道是怎么得上病的，也不知道怎么就好了的。

林，我现在真怕开学，怕看到你。我担心见到你后，我没有勇气把它给你。

陈

1992 年 7 月 21 日

亲爱的林：

写了好几天信了，连一句好都没有问，你好吗？这次你能什么时候给我写信？唉，心真烦，说什么好呢？开学怎么办？

现在是 22 日凌晨一点四十分了，可我睡不着觉，四周真安静，你在做什么？开学，真是灾难！

我好像突然明白了，我一直说我们将来不合适共同生活，但也许并不妨碍我们继续爱下去。真荒唐，这可能吗？既不想和你结婚又企图保持和你的感情，这是在自我欺骗吧？

陈
1992 年 7 月 22 日

亲爱的：

你好吗？今天一天也没做什么。下午去部队图书馆借了几本书，有《猎人笔记》《老子全译》，还有一本据说是续《金瓶梅》较好的《金屋梦》。

越来越知道自己是个平庸的人，既没有特长，又无恒心，加上不知从何而来的傲气，谁也交不下的坏脾气，想有所作为真是难事。但一想到自己将和千千万万普通人一样，毫无声息地来到这个世界上，又毫无声息地在这个世界上消失，真是悲哀。

陈
1992 年 7 月 23 日

亲爱的林：

现在是 24 日二十点十分，我独自一人在乌兰浩特《兴安日报》的一个编辑室里。偌大一座五层楼，仅我和传达室老师傅两个人。刚才到外面走了走，这里虽说是属于内蒙古辖区，但已完全汉化。一个人走在寂寞而热闹的街道上，一种非常熟悉的感觉又涌了出来，这种感觉来自似曾相识的那种绿色大楼。在你我那次骑行旅途中，我记得住宿都是找这种颜色的旅店，因为这些都是当地政府部门办的，比较安全。但那时有亲爱的你陪伴，即使再劳累，我也没有疲倦陌生的感觉。今天却不知为何，只感到有种说不出的累，特别是此时此刻，分外地想你。

林，我爱你，我不知道有了我们将来在一起生活也许不合适的想法时，我现在仍然这样说，是不是亵渎了这个"爱"字，是不是招你反感？爱是什么？没有人能说得清楚，能说得清清楚楚的绝不是爱。爱带有理性，但相对来说，感性色彩的比例大于理性成分。每个人都有自己爱的要求、爱的方式和爱的观点，很难有一个共同的模式。曾经爱过，才知道爱不是开心果，才知道爱的无可奈何。

有多少爱没有结果？有多少爱酿成悲剧？又有多少爱能喜结良缘？

我记得 1989 年刚入学时，88 级有个女生因爱自杀，当时只笑她不够坚强，现在我知道自己错了，这是因爱而造成的绝望，我不能想象一个柔弱的女孩儿面对死亡时她的心情，我痛恨若无其事地提起这件事的她的同学和辅导员。学校出于各种考虑，封锁了此事的消息和详情，谁知道是不是在有意遮掩些什么呢？

陈

1992 年 7 月 24 日

林：

看了看昨天写的，觉得自己有点可笑，小小年纪，奢谈情爱，有什么资格呢？

这几天因为地方是陌生的，人也是陌生的，独自一人的机会比较多，而且身边又没有什么书可看，更多地想起了你和我的事情。

在北戴河附近那个山沟里的机械厂，临走前照相的时候和从那里去宾馆的途中，是这学期我最孤立的时候。照相时我不知道自己该站哪儿，干脆把自己躲在最后藏起来；一路上我坐着三个人的长座，心里真不是滋味，只好把头伸到窗外，看了一路风景。这种心情我真是太熟悉了，一时间，只有自己和车厢隔离，我佯作对车内的欢声笑语充耳不闻，但自己长了两个耳朵，只好在心中暗下决心，将来一定要强过这帮男女！孤独使我失去了很多东西。比如，广泛的交际能力和侃侃而谈的口才，但也使我很早就知道，必须有自己的主见和目标，才不会被孤独压倒、才不会产生绝望。所以我拼命读书，试图在书中找到慰藉和积累力量。我虽然没有什么出色的才能，也渴望与优秀的人交往，偏偏周围皆是市井之徒、蝇营狗苟之辈。两个班 60 个人，谁在我的眼中？有时我想，这也许就是我被他们孤立的原因。

我一直在寻找自己孤傲的起因。6 岁之前，我在东北农村由爷爷奶奶带大，那时吃的是高粱米饭、玉米糙粥，穿的是表哥表姐剩下的衣服。但是，在爷爷奶奶的呵护下，那是我最快乐、健康的童年。我从来没有尝到过贫穷、困苦的滋味，更不知道什么叫作孤独、寂寞、看人眼色。

　　6岁的时候，我被接到了岗上部队大院我父母的家里，上了1年幼儿园。我记得很清楚，有一次，我看到一个男孩儿欺负一个女孩儿，我都不认识他俩，但我冲上去就把那个男孩儿打倒在地。结果回家后我父亲狠狠把我打了一顿，又逼着我去给那个男孩儿道歉。从此，挨打挨骂便成了我的家常便饭。

　　有次幼儿园在部队礼堂汇报演出，我戴着孙悟空的面具正和一堆小朋友在舞台上表演，突然看见父母就在下面坐着，于是兴奋地摘下面具和他们打招呼，惹得大人们大笑。也许是父母觉得丢了他们的脸，回家后我又挨了一顿打，"没一点规矩！"（这是他们的原话）。

　　小时候我是个左撇子。到了岗上后，父亲为了"矫正"我这个"毛病"，只要我一用左手做事（吃饭、写字），就马上用他预备好的木条狠狠地抽我手背手心，经常是打得青一道紫一道的，终于在上小学前他如愿以偿地把我左撇子的"毛病""矫正"过来了！

　　小学我在班上应该属于调皮捣蛋、不遵守课堂纪律的那种学生，但已经比在农村收敛多了。上初一，因为离家比较远，一开始都是家长陪着孩子上学。有一次，我像往常一样和走在一旁的母亲叽叽喳喳地说个不停，她突然恼羞成怒，骂了我一句："整天嬉皮笑脸的不像一个男孩子！"这是彻底改变了我性格的一句。我这才知道，她对我的讨厌，这才知道男孩子不能"嬉皮笑脸"。我甚至肯定，从那天以后，再没有人看见我"嬉皮笑脸"过，并渐渐不喜欢与人交往，这是我沉默和孤独的开始。

　　小学时候还不知道自己将来要做什么。小学毕业的那个假期还是初一的假期（记不清了），我发现部队俱乐部的图书馆可以借书，于是如饥似渴地借来很多世界名著阅读。真正打动我的是一套4本的《中外著名中篇小说选》，这里面的很多小说让当时的我感动和哭泣，我真切地感受到了文学的不分时空的恒久魅力。就是从那时起，当作家、写出传世作品便在我心里扎下了根，再也没有改变和动摇过。从那时起，书既开阔了我的眼界，使我心灵充实，也进一步使我开始和周围的人分离开来。

　　在部队吃的是大米白面，穿的也比过去好得多，但我并不快乐。通过和童年经历的对比，使我从小就对物质的要求不高，我不挑吃穿，这一点和当作家的梦想一样从未改变。

　　高中分班的时候，部队大院的孩子只有我一人选了文科，这也是到我们那一届为止，历届部队大院的孩子中的唯一一个文科生。

我没有经世济民的雄心，没有走仕途当官、经商赚钱的欲望，也不想当一个品学兼优的好学生，就是想不平平淡淡过一生，要给社会留一点有用的文字和作品——而这些，对我好像有些遥不可及。现在毕竟是个人情社会，不通人情，总令我有寸步难行之感。

唉，写着写着，心里又烦了，光说这些有什么用？

昨天夜里不知道自己是几点才睡着的。一躺上床，才发觉被上有股羊膻味儿，越闻越不好受，再加上没有枕头，蚊子又嗡嗡乱叫，我一次次翻身坐起、坐起翻身，真难熬。

今天和新闻部的陈老师去乌兰浩特烟厂做摄影采访，我把自己的华夏相机也带去了，中午十一点回来，下午四点又去了一趟，感想有一些。今天在报社接触了几个人，在新闻部一个88级毕业的李老师和公关部的一个老同志交谈中，都觉得记者这个职业很锻炼人，建立了将来我也走这条路的决心。记者、作家、专家，一步一步地走吧。

一个人在饭店里吃饭的时候，觉得有好些话要说，但一提起笔来，总是文不对题，也呼呼啦啦地写了好几页，反正来日方长，要说的一天天慢慢地说吧。

这次到《兴安日报》没有什么好吃的，但有一点可能我有点长进，就是喝酒。饭桌酒席上，喝酒好像把一切关系都变得融洽了，我终于有些明白，为什么公款吃喝风如此猖狂了。

又，今天是奥运会开幕式，房间里没有电视，只能作为这次兴安之行的牺牲品了。

又将和黑夜作战，讨厌羊膻味儿的陈。

陈

1992 年 7 月 25 日

亲爱的林：

昨夜睡得还可以，但早上起来觉得胳膊、腿、腰、背都疼，因为我为了克服没有枕头的缺陷和羊膻味，是睡在沙发上的，而且今天中午有意没睡觉，我打算今夜仍这么办。

今天乌市有个庙会，公关部的方老师约我去逛。八点他来找我，问我吃早饭了没有，虽然我已经特意出去转了一圈，但小饭店之类的都没营业，我不想麻烦他，就说吃了。和他逛庙会，主要是想向他学习摄影和冲洗胶卷。

逛完庙会去他家，在暗室里看他显影、定影、冲洗，然后用放大机印了几张照片出来，再用烘干机烘干，至此，摄影的全部过程我算是见识了一番，觉得冲卷、洗照片甚至可以自己在学校搞，但扩印因为需要扩印机比较难办。这次使我有了要逐步掌握摄影技术全过程的想法，因为新闻和摄影不分家，应该双管齐下。

从方老师家回来的路上，我去照相馆把在北戴河拍的胶卷取出来，怀揣宝贝一样的匆匆回到总编室细细地看。总的效果还不错，特别是我们从饭店出来，你满面娇红地坐在沙滩上的那张尤其好。

今天逛庙会，我什么也没买，总想给你买点什么，又不知买什么好。碰上卖字的（把字刻在小石头上），我挑了半天也没找到"林"字，只得作罢。

今晚不会寂寞了，有那么多的照片陪着我。

想做参天的大树，想做搏击长空的雄鹰，想拥有大山的深沉伟岸，想拥有翻江倒海、藐视天地的气概，想走遍祖国的每一个角落。

可笑的是，我没有大树的根基，没有雄鹰的翅膀，缺乏山的内涵，缺乏海的力量。但我知道，大树曾经低于杂草，雄鹰曾被恶鸟欺负，我知道山由寸土积成，海由水滴凝聚——我希望当我在衰老之年，面对雄鹰大树、高山海雾和迷迷茫茫的不知去处的生命之路，我会欣慰自己付出的努力和始终如一的坚守，没有让年华虚度！

刚才我像个小学生似的不知所云，以致自己都不想再看它一遍，站在窗口想撕了它，又觉得可惜，总是一种情绪的宣泄，还是把它留着吧，不管它是好还是坏。

林，总感觉自己没有把上学期造成我们矛盾的原因说清楚，但从哪儿说起呢？感情，感性大于理性，直觉大于知觉，我发现自己实在缺乏把原因解释清楚说得明白的能力，又不想总这样下去，我还是尽力而为吧。

通过我们的这段经历，我心中隐隐约约有了个结论：有了爱情不一定有婚姻，但婚姻离不开爱情。两性相爱，首先是气质、个性、感情上的默契、倾慕和结合，而其中的亲吻、爱抚甚至性关系，一切都是春风化雨，都是爱情的催化剂和爱情的表达方式。但有了爱情，不一定说双方各方面都合适，不一定结合后就会幸福和谐，也许双方都忍受不了对方的某个习惯、甚至性格和肉体上的某个缺陷，但由此就断绝了双方的关系吗？为什么在婚姻外不能存在爱情？我甚至预感，在我们以后的不知哪个世纪，家庭会消亡——当然，这是建立在全民普遍的文化素质和道德素质统一而优秀的基础上的。

记得曾看过这样一句话，艺术家的妻子应该能够激发丈夫的创作激情、审美感情和性欲望，但很少有人能拥有这些，所以，他有了情人。男人都是自私的，他希望自己有爱人和情人，却要求爱人和情人必须属于自己，这现实吗？

林，我从来没有怀疑过我们的感情，虽然我们的矛盾次数日益增多，我总相信这是生活态度和生活习惯的问题。这虽然是小事，但婚姻生活就是由它们组成的，如果说改，谁能够改掉自己20多年形成的习惯和处理事情的方式呢？何况，新事情层出不穷，事事都要错过再改，那两个人不闹个天翻地覆才怪，谁有精力搞事业？

记得刘某人那次的事情吧？我无法忍受自己爱人的隐瞒和欺骗，也无法忍受你当时处理这件事的态度：在我已经生气的情况下，你仅仅为了自己的"友谊"，就离开我，反倒去安慰对方，在我独自走开的情况下，你居然陪着另一个男的漫谈走路。你不知道你那次的所作所为，对我造成的伤害有多大，而且你从没有为此向我道歉！你当然是出于无心，你从没认为这件事你做错了什么。问题的关键就在这里。你记不记得你当时是陪着他去找老乡要住的地方，而我是在花园里哭过后，第一次在我们发生了矛盾以后主动去找的你！我真不敢有这样的妻子！

你还记得后来我们亲热的时候，你有个习惯性动作，在我吻完你后，你总是把脸擦一下。我相信你无心伤害我，但我怀疑你是否已经讨厌我？你又有多少次在亲热的时候冷冷地拒绝我，或者是无热情地听任我所为，你以为当时我什么都感觉不到吗？那种心情我去向谁说？你想的是自己，可你为我想过吗？

林，我们在一起的时候，当然是你打饭洗碗的时候多，但为什么总是提在嘴上？你给我洗衣服，又为什么总是作为我懒的把柄用居高临下的语气说我？你知道不知道，就因为这个，期末有次我生病的时候，洗不动衣服，就坚持着勉强洗完一半，而把另一半放了几天后才洗的，却对你说我洗过了，你知道那是什么滋味吗？你考虑过我的感受吗？你知道我的心情吗？

还有那次我让你替我写汉语修辞的作业，你三番五次地拒绝。你说："好像是谁欠你似的。"你胜利了，最终没写，而我们的感情又冷了一层。

想想看，这学期有多少个晚上是我提前走了，外面的棋摊儿对我真有那么大瘾吗？我是觉得坐在你旁边自己是多余的，每次走时我都在走廊的窗口前站好一会儿，而你依然是连头也不抬继续看书。

林，说了这么多，倒好像这学期我们没有一天好日子似的。好的在心里，永远不会忘，要说的就是坏的，我真想和你一起找到解决这些"坏的"的办法呀！

换个话题吧。昨天和今天都是人家骑摩托车带我，我发现一个有趣的现象，后座坐摩托的，男孩儿习惯动作是用手向后握住扶手，女孩子习惯动作是向前用双手抱住骑者的腰，自然而然地显出一种依赖的心理。

陈
1992 年 7 月 26 日

亲爱的林：

因为我打算明天离开这里，所以吃过晚饭后想给你买点纪念性的东西。进了商场、商店，眼花缭乱，也不知买什么好，恰巧碰见五六个卖字的摊位，终于把"林"字找了出来，别在衬衫上得意扬扬地回来了。

上午和陈老师在家又看了一遍冲洗相片的过程，下午向他借了几本摄影书籍，摘抄了几页。我带来的一沓稿纸快没了，就要了一沓《兴安日报》的稿纸，也算是来过这里一次，做个纪念。

昨天是星期天，因为闲的时候多，也不知哪来的精神，乱七八糟写了那么多。夜里又梦见你了，太阳很不老实，醒来的时候，里面黏糊糊地湿了一大片，这是放假以来的头一次，也许是心情还没平静下来吧？为什么有时候觉得你很美，美得让我情难自禁，但更多的时候，却让我觉得心灰意懒？

我又盼开学了，终究是躲不过，何必逃避呢？即使是一个人，又怎么样呢？我真想知道，你还爱我吗？对着照片中微笑的你，我不知道答案。不知道家里是否已收到了你的信，一回家便有信该多么令人欣喜！

永远没出息的陈
1992 年 7 月 27 日

林：

我已于 28 日返回岗上部队大院，今天下午收到了你 21 日的信，真高兴，每次读完总嫌不足，为什么抬头没写亲爱的？你果然对我们北戴河的事只字没提，是不是已经养成了习惯？

林，怪我多嘴，期末时抱怨钱不够，其实我也是有口无心、说说而已。不要再给我买衣服了，现在我夏天的衣服已经很多。这次信怎么没有多说说路上的事儿？你不知道我多想看，是不是路途不太愉快？林，是不是我们经过了上一学期感情真的发生了变化，不然为什么这次暑假的第一封信都没有往常的深情了？

晚上看了个电影《心香》，很感人，片尾我几乎要落泪了。小小人物的生平际遇，才是真正的历史。

看看你的信，本来有很多话要写，不知为什么现在已经写不出来了，可能是受了你的信的感染吧。总而言之，你安全到家，我就放心了。

陈

1992 年 7 月 29 日

林：

南方那么热，真为你担心，早点回校吧，别再受罪了。

想想去年此时我们在哪儿在做什么，真的好让人留恋啊！那时没有一点芥蒂，也不知道怎么搞的，一年下来，变成了这个样子。

林，你是不是认为两个人的世界就是应该吵吵闹闹的？所以对我们上学期的事情好像没有什么印象，还是想过去就算了，以后会好的。今天看了你的信，我更加相信自己的判断。

"怎么办呢，林？"

窗前的那一小片菜地里的柿子青了，我常常去看。我想，走的时候，一定带几个红的、熟透了的给你，专挑"留种的"，好不好？

真的没有十全十美的事情吗？

想想自己上学期的所作所为，也有很多不对，不像从前那样细心和体贴，特别是你提到的在你生病的时候，我仍在下棋，确实是我错了。可我们在一起时，为什么总发生口角呢？真让人不愉快呀！

我写信很少看第二遍，当时有时情绪激动，加上我这个人有些偏激，在前面信中的话里，有使你伤心和强词夺理的，请你一定不要挂在心中，提出来我们一起商量好吗？

陈

1992 年 7 月 31 日

亲爱的林：

去部队收发室把你的第三封信取回来，读完更使我感到惭愧和不安。这几天本来心里就想着你，想自己做的是对是错，人生其实是一眨眼的工夫，一步走错了，可能是终身遗憾。林，我爱你，这绝对没有变，但我怕我们结婚以后成天吵架，在性上你总是冷冷的，既不主动也不温柔，如果两人不合适，光有爱情也会被吵散的。我真不知道该怎么办。我不敢把这些话给你看，夜里梦到你，俩人总是不友好的样子，最多的是我想用太阳进入你不同意，坚决把我推开，次次都是不欢而散。

亲爱的，今天看着你的信，你说这一切你都是无意的，虽然你感到我有些变了，但我又不知道怎么开口对你说我们结婚不合适，我不敢说，也不忍说。现在我只知道你爱我，我也爱你，让一切都从头开始吧。等你回春城的信。

吻你全身，亲爱的！太阳又想你了，变得硬硬的烫烫的。

你的陈

1992 年 8 月 5 日

邓林的信

陈：

已经第六天了，我在等你的来信，还有一两天应该能收到你的信了。这里有多么热，你根本体会不到，当时我也因为怕你受不了这种罪，才不让你来。我从一到家就开始起痱子，脖子、胸前、背后、胳膊上，到处都是红红的，特别痒。晚上睡觉，一会儿就一身汗，汗是咸的，使红的地方杀得很疼，不到深夜一两点，简直是无法入睡。去年在北方过暑假，一点也没遭罪，所以今年格外受不住。明后天我的大姐和小外甥回来，等他们返回时，我也就该考虑动身了。

虽然在家很舒服，吃得当然好，睡也睡得够，但是书却看得少，几乎没有看几页书，天热得人只想泡在澡盆里不出来。据说今天气温预计高达43摄氏度，现在只有36摄氏度，我都坐卧不安了。二姐给我剪头发，也没征求我同意，"咔嚓"一剪子，足足剪去了一半的长度，短到了肩膀。轻快是轻快了，可这么短好让人心疼啊。

陈，昨天和二姐趁刚下过雷雨后的清凉天气，到商场去逛，我不是带回300元吗，我二姐的二六女士车不久前被盗了，本来她和男朋友攒钱结婚就已经很不容易了，我就想把300元给她。算支援她也好，算礼物也好，这不正是时候吗？二姐就非要给我买一件裙子来谢我。我们买了一件很便宜的连衣裙，才17元，是白底的，下面是黑白条紧身的，穿上去我自己也觉得不错，我高兴极了。后来我看中了一件衣服，绿色的短袖圆领套头衫，就给你买了，不知道你会不会喜欢它。有的男士衬衫很新潮，又大又有派头，我怕你不肯穿，你敢穿粉红色的吗？肯定不敢，我只好遗憾了。这儿还有很多很漂亮的男士衣服，可我看了一下价格惊人，只好作罢。将来等我们有钱了，我一定买高级的、你喜欢的服装给你，你是个衣服架子，当然得穿那样的好衣服了。在学校时，我们不能太讲究，过得去就行了，对吧？

我把你那件短裤给我弟，我弟只在家穿，出门一定要换上他的西装短裤，我猜他嫌太薄了，反正我故意装出很痛心的样子，他总是笑嘻嘻地也不分辩。我妈还一个劲儿地表扬我，说我想着弟弟呢。

现在我才知道，目前，因为弟弟生病，妈妈工资又低，家里的钱每月都用不到月尾。当我看见妈妈穿着还是多少年前的破旧衣服，不肯吃好东西，我都动摇了。妈妈希望我早点工作，家里就少了一个负担，还会宽裕。可我不能告诉她，如果我不考研，我们在一起的希望还有多少？我安慰她说最多两年半，我考上的话，也许我根本就考不上呢。

你看，上学期从家里拿了近600元，到最后根本没剩下，用的都是你的，我不想多用家里的钱，但是用你的钱，你的家里也承受不了，恐怕他们也惊讶我们为何用得这么快，我纳闷儿怎么会不够的呢？亲爱的陈，下学期我想我们的钱还是分开用吧，我实在没把握自己用钱的安排，你虽然没责怪我，但我好过意不去，因为你的钱自己用，应该是非常充裕的。

昨天上街买了六神花露水，对痱子特别有效，搽上去疼极了，像针扎一般，火烧火燎的，我一搽上去就大叫不止，那种滋味儿真难受极了。他们还笑。好没同情心。

又觉得北方天气真不错，看来早点回校也好，陈，在家好好休息，想干什么就认真去做，不要挂念我，我整个人都好好的。别为我分神了，我也觉得自己在学校太爱看着你，难怪你会有种牵绊的感慨，这次你一定要利用好时间，如果你要提前返校，我也不会高兴的，听见没有？你可以提前一两天，但绝对不可以太早！不要以为我是不喜欢你陪着我，我深深地记得你曾经说过，"假期我们再也不要分开了"，但分开我们能够无牵挂地投入各自需要做的事中，对不对？

亲爱的，我是爱你的，爱得有多深，只有我自己最清楚。每当我梦见自己考试失败，泪水就如同泉涌一般。陈，你说，当我在这条路上，最终达不到我的目的时，我是不是就从此与你永别了？我不相信自己那么笨，我一定要努力！

陈，想着你，为了你，我会吃所有的苦。

吻你！

你的林

1992 年 7 月 21 日

亲爱的陈：

想你，在难以入睡的夜晚和昏睡不醒的酷热的下午，我的头脑中除了你在你那间屋子里的身影，什么都不会想，什么也不去做。现在已经夜晚两点半，温度计显示还在 34 摄氏度，我不知道除了给你写信，我还能干什么。

你呢？在家是不是很乖？或许你正在和别人下棋，或者在看书，看电视，或者也在写信？奇怪，我甚至清楚地记得你床铺上的毛巾被的那种蓝色，你的窗帘和我的一样，也许你准备到报社去锻炼啦？我的调查报告写好了，很容易的，你不必着急，这个回校一天时间就完全可以对付出来。白天我强迫自己看书，昏昏欲睡，也只是泛泛地看，没有认真做笔记，只能埋怨天气太热，我打算等大姐和小外甥一回去我就走。今天下午他们来了，大姐坐了十多个小时的车，38 摄氏度的高温，一到家里就累倒了。小外甥还好，睡了一路，这会儿精神高涨，长得虎头虎脑的，好漂亮的一个胖小子，难怪人见人爱。他一笑起来，眼睛眯起来，露出小虎牙，吃得特别多，而且有滋有味的。不过他流了鼻血，又有轻微肺炎，大姐心情不太好，天气又热得一丝风都没有，我觉得很愧疚，不是为了我，他们也不会这么辛苦地来这，不该那么任性地让他们来，万一弄出病来，大家都不好受。

亲爱的陈，你在哪儿？一想到你在北方舒舒服服地盖毛巾被睡觉，我就觉得没有让你来真是明智的。我在写信，胳膊枕着桌子的部分全是汗，沾出一道道的水印，臂弯里全是汗水。你有没有在想我？给我写信了吗？我不知道你是不是还在生我的气，我说的那些话，你听了一定不高兴，但是我也说不清楚将来的事，从我心底里我 999 个愿意和你在一起，我会总是那个幸运儿吗？

你那么爱下棋，在我生病睡在寝室里的时候，你还是一步不离你心爱的棋摊儿，当我硬撑着发虚的脚步，到棋摊儿上找你，你下得那么开心，一点儿都觉察不到我在看你。许多次，我都是这样默默地看一会儿，然后失望地走开了。每次我来催你吃饭，催你学习，我想你肯定早烦了。好几次，下决心不管你，让你自由自在，去下棋，过把瘾，过足瘾，可每次坚持不久之后又忍不住地去叫你。我也想放开胆子，不去计较那些分数和名次，也想痛快点去看电影、录像，去弹吉他、看小说、去散步，甚至专心地去写点什么，舒服的日子人人会过。我在心里祈祷，我的陈依然深爱着我，如果陈不喜欢林了，那么我做这一切又有什么意义呢？我多希望我的陈能够爱我一辈子，而我也能和我所爱的人幸福地在一起生活，一直到老。

吻你！

林

1992 年 7 月 23 日

亲爱的陈：

今天早晨大姐夫也赶来了，这下子屋里更加拥挤热闹了。爸妈只能睡地铺了，大姐夫来了也得睡地铺，不过这对南方人来说是家常便饭，要让你睡在地铺上，你说不定有多委屈呢。

昨晚的高温一直持续到凌晨三四点钟，后来来了一阵凉风，大家才好过一点了。我买的那把小扇子，妈妈嫌它太小不管用。

陈，你好吗？吃得多不多？睡得好不好？是否已开始了你的计划？我在盼望着你的来信，不知道你还会不会说那些林喜欢听的话。人家好想你，想你那瘦筋筋的样子，凶巴巴的、恶狠狠的"嘴脸"，还有那只大鼻子，一到冬天就凉冰冰的那只。

吻你的大鼻子。

林

1992 年 7 月 24 日

亲爱的陈：

　　本来就没有规律的生活，让小外甥的到来更搅得一塌糊涂。半夜两点钟，他哇哇地哭，早晨老早就醒过来，一会儿吃这个，一会儿吃那个，稍不如意就哼哼唧唧的，带小孩儿真是好难啊！

　　我到处打游击，这个角落待一会儿，那个屋子待一会儿，根本没法看书了，连写信也得趴在床上写。

　　因为二姐的男朋友要给她买车子，二姐说这 300 元暂时用不上，而且他们结婚还不知道什么时候呢，所以又要还给我，或者给我买衣服，我觉得这样天气实在没法上街，以后再说吧。有时忽然觉得我们三姐妹在一起变得陌生了许多，不习惯像从前那样亲亲热热地交谈。多年以后再相聚时，恐怕又是另外一种情形了，那时我们就属于各自的家庭，而不再是现在单单纯纯的自己。

　　亲爱的，你到底怎么样啦？依然不见你的信，我担心走之前能否等到你的第一封信，我仍打算八月初回校，再写信往学校写。陈，我想你，想我们单独在一起的日子，你总是那么坏，欺负人，喜欢逗人家，惹人家生气，当大家心情都不好的时候，本不该生气的事儿都生气，很不值得。原以为爱情是高于一切的，没有什么能够阻挡，没有什么能够影响，只要有爱，就能克服一切困难。现在才发现，似乎不是这样的，前途、欲望、权力、金钱……任何东西都能置脆弱的感情于死地。

林

1992 年 7 月 25 日

陈：

　　今天凌晨看巴塞罗那奥运会开幕式，一直到四点钟，实在支持不住了，关上电视去睡，连节目都没看完，十一点钟起来吃了中午饭，继续睡，睡到这会儿，头疼极了，非常不舒服。

　　这次开幕式形式还是挺新颖的，我喜欢它们那种鲜艳的色彩，神秘兮兮的气氛，抽象化的动物，奔放的歌舞，女舞蹈家的西班牙舞跳得真棒。打牌子的小姐身穿的衣服和她领的国家的国旗颜色一致，相映成趣，牌子变成了圆筒状，看着挺有趣。中国队依旧是那样正统的红白两色，运动员们看上去很拘谨，表情也不自然，而别的国家的运动员则兴高采烈，衣服颜色也鲜艳极了。陈，你坚持看完了吗？看的时候我的眼睛只想闭上，困得要命，又特别想看，真没办法。

林
1992 年 7 月 26 日

亲爱的：

总算收到你的信了，我心中的一块石头落了地，原来我的瘦猴一点都没改变，虽然只有薄薄的两页纸，可我一口气看了三遍，你猜我在哪儿看的？屋子里找不到安静的地方，我躲在澡盆里，静静地一次一次地读，不知道心里是什么滋味，又甜蜜又酸酸的。

你的信就像镇静剂一样，使我烦躁的心情平静下来。陈，你真好，我也想你，一切就和从前一样，亲爱的，我们的爱是无怨无悔的，"爱，不必说抱歉"，只要我知道陈是爱着林的，那么就心满意足了。我仍坚信爱上你是我最正确的选择，因为陈是个用情很深、责任感很强的男孩儿，别看你表面上没有看着我，而我的一举一动，哪样不是全在你的眼里？

借着夜晚难得的一点清凉和晕晕的一天中难得的清醒，我在给心爱的陈写信，告诉你，亲爱的，我爱你。陈，你永远是有主心骨的，即使有时倔强得让人牙痒痒，但那就是你自己。别担心自己会做错什么，我们每决定一件事，都是有充足的理由的，我们俩做的事很少有出错的时候，这一点我是有自信的。我一个人的时候，偶尔会轻信于人，但人不看过风风雨雨，怎么会长大成熟？妈妈说你从照片上看显得有点"老"，我明白陈其实才有孩子气呢。倒是我时时冒傻气，白白地挨陈的教训连话都没得说。

陈，现在在做什么呢？两地隔得这么远，收到信像隔了半个世纪似的，总是落后信息。陈，今夜心情真好，都是因为你的信，好想吻你！陈，知不知道为什么有时我总躲着你的吻，因为我总生气一句话，不知是哪篇小说中说的，男人把吻当作一种权利，那么这不是不公平吗？你知道我对"那种事"有些稀奇古怪的看法，最重要的是不能让林感觉到陈是在占有她，她喜欢平等。写下来自己看了都不好意思，不说了，陈，以后别用大狼牙咬林了好不好？

钟上的日期已显示出 28 的数字，我要睡了。

吻你！

林
1992 年 7 月 28 日零点十分

亲爱的陈：

你看我多粗心，早晨和大姐去上街，忘记将昨晚写好的信发出去，下午厂里不送信，委屈你又得多等一天才知道你的信被林收到了。别着急，一切都是好好的。天鬼热的，难得上一次街。去了附近唯一的一家书店，另一家正在扩建，结果刚好遇上文学写作一类的柜台清包换书，什么也没买到。

这儿的有线电视信号很差劲，中央二台完全看不清，我特别想看体育比赛，干着急，没办法，只好收听实况转播，真遗憾！我弟说我回家前信号好极了，瞧我多倒霉。陈，你看了比赛吗？很精彩是吧？亲爱的陈，你想我吗？盼望你的其他的信，你说要和我详谈，谈什么呢？很久你都不曾告诉我，你在想什么了？追着你你也不谈，如果我们不为这个世界所左右，该有多好。

亲爱的，临近月底，我下不了决心收拾东西，大姐这么辛苦，到这儿来忍受39摄氏度的高温，小外甥又咳又闹，姐夫待在家里无事可做，这一切不都是因为我想要见他们吗？而我却一走了之，他们会怎么生气呢？我真茫然了，不知怎么做。走还是留？这一别又将是漫长的一年，等到明年这时候，弟弟高考的成绩就出来了，而我的命运也在这一年中确定下来，这一年，真令人恐惧！

陈，我爱你，我们不会分离的，对不对？你说过我们各方面都很和谐，这句话常令我遐想，那是一幅令人向往的美好的图画，我的陈虽然不会干家务，可他又体贴又尽力地帮我，我们会幸福的。

吻你！

你的林
1992 年 7 月 29 日

亲爱的陈：

30 日凌晨一点钟了，可是我睡不着，真的半点睡意都没有，没有一丝风，周围全是热的、滚烫的空气，我的手背上都有一层发亮的水迹，胳膊黏着稿纸，蚊子在攻击我的两条腿，那上面的红包日趋增多，渐渐地令人"目不忍睹"了。

我不懂别人这时候怎么能入睡，除了小外甥哼哼两声，其他人都入睡了，我下决心返校了，家里人都有些吃惊，妈妈说还没给我做什么好吃的；大姐说考什么研啊，回来算了，我只是笑着说，只是去试试吧，谁说我一定考得上？我在家已经玩了半个月了，够本儿了。

陈，尽管这里持续高温，但家毕竟是家，我真的非常依恋，再回来时就是明年了，这一年我会很想他们的。亲爱的，你猜我今天洗衣服时想起什么了？我想起你上次返校接了我以后，帮我洗衣服的样子，那么小心，那么认真，看见我睁开眼睛看着你，就说，睡吧，再睡一会儿。那时我对自己说，他是你的丈夫，然后又舒适地睡着了。亲爱的，我是不是很让你操心？我还总以为自己挺能干，实际上，更操心的并不是我。

身上又被汗水沁得难受，我要去洗一下了。夜已深，试着去睡吧。

晚安，陈。

林

1992 年 7 月 30 日

亲爱的陈：

"山雨欲来风满楼"，好凉快的风，是下雨前那种清凉的风，天空中有乌云。冲一个凉水澡出来，真轻松啊！快点下吧，整整十天没有雨点，简直没法过了。

忘记告诉你，上次上街称了体重，身高还是 1.6 米的样子，体重是 51.5 公斤，二姐说那个机器偏轻一斤，那就应该是 104 斤，比 1990 年夏天轻了七斤呢！太令人高兴了，但愿别再继续长胖了。

这两天一直没看书，除了奥运会外，就是抱着《简·爱》看。罗切斯特说的许多话我都很喜欢，所以我想要是我变成了简，我也会喜欢他的，以前一点也不明白简为什么离开罗，看完书才知道，她要留下来就会变成罗的情妇。我越来越喜欢她了，陈，你喜爱这个人物吗？

那边开晚饭了，我闻到香味啦，我要去吃饭了，等会儿再写。

20 分钟吃完饭，对了，告诉你都有什么吧，凉拌黄瓜、炒洋葱、半条大鱼（中午剩的）、炖冬瓜、炒冬瓜皮丝，我吃了一碗米饭，外加一碗加了鸡蛋的面条汤，吃了这么多，肚子竟然一点事儿都没有。

吻你！

林

1992 年 7 月 30 日

亲爱的陈：

今天是 31 日了，爸给我订了 3 日的 246，到底是订不到 38 次特快，真让人生气。我特别想坐一坐设了空调的车厢，一定舒适极了，但现在铁路上都靠关系才能弄到票，对外根本不卖特快票。2 日我就要去武汉，到书店再好好逛一逛，至今高温不降，我也适应了许多，不觉得难熬了。

大姐还埋怨我把他们骗来了，结果丢下他们先跑了，我知道她想留住我，真奇怪，所有的人都阻止我考研，难道我不像要考上的样子吗？不管怎样，既然已着手了，就不能半途而废，是不是？

亲爱的，你过得好吗？明天会不会收到你的第二封信呢？多希望能收到，一点也不知道你的假期生活状况，是快乐还是忧郁，是平静还是烦躁？在做些什么？无论怎样，待在家里还是好，又安静又随意，不像假期里的学校，空荡荡的，寂寥无人，伙食差劲，没有电视，没地方洗澡，图书馆开的次数也少，我是无可奈何呀，但愿我的陈在家里安安心心地度假。我要在仅剩下的 20 多天里埋头读书，但愿能有进展。不过寝室里还有个伴，蒋胜兰挺会玩，和她一起一定不会寂寞的，还有二班的女生，应该不怕的。春城 25 摄氏度的清凉是我最满意的，北方到底是北方，只热了两三天。

陈，你去报社了吗？唉，我什么也不知道，眼看都八月份了，只收到了你的第一封信，真有些急人啊！

陈，我们的两卷相片怎么样啦？效果还好吗？我知道自己不是美女，所以照相的时候也不做那些娇柔的姿势，你不会对着照片骂一句"真呆板"吧。

林

1992 年 7 月 31 日

亲爱的陈：

明天我就要出发了，东西没什么收拾的，就是那么点儿东西，妈妈给我煮了一堆咸鸭蛋，争取装上七八个，不想看书，和他们聊了一会儿天，我真舍不得就这么走了。天依旧是酷热，室内温度有 36 摄氏度，外面至少有 40 摄氏度了，可惜我的陈没有 40 摄氏度的概念，什么时候非让你来尝尝这个滋味不可！

到学校我再给你写信。我想你，大鼻子。

吻你。

你的林

1992 年 8 月 1 日

亲爱的陈：

许久没收到我的信了吧？从 2 日开始到今天一直没有动笔，因为我一直在外面赶路，今天——8月6日早晨，坐59次才到达春城，我都快累死啦！

亲爱的，我想你。本来前几页信准备到武汉发的，结果忘记了，到了北京以后，我不放心车站的邮筒没丢进去，结果一直带到了春城，带回来学校，干脆剪开封口，和这封信一起寄给你吧！

白色的这件文化衫今年北京特别流行，我就买了一件给你，很便宜的，北京街上，不论男孩儿女孩儿，一律各种图案的文化衫和花短裤，看上去蛮有青春活力的，我想等八月底，天气都凉了，买的衣服怕用不上，所以给你寄去，在天热的时候穿，要不然真的要等到明年才有机会穿了。

8月4日，在王府井书店买书，结果真让人失望，还不如武汉书店强，我在武汉的书店买了两本我要的书，在王府井书店就买了一本外语书，几乎是一无所获。后来看见一家很豪华的商铺叫麦当劳，可能是中外合资的那种，屋顶和门口各坐着一个很滑稽的小丑雕塑，正门上方有几个圆的窗，茶色的玻璃，上面贴着"8月5日中国情人节"这样的字。我很想第二天拍个电报给你，因为那是你和我的节日呀，可是电报是可以随便看的，我不愿意让别人看到，你说呢？不用说，我聪明的陈一定能猜到我要给你拍个什么样的电报。

陈，在家听话，一定要等开学再来，我想在家待都待不成呢！蒋胜兰给我接风，中午是炒茄子，晚上又做了个炒土豆，都是辣的，味道还不错。和她在一起，准馋不着。我看她又苍白又瘦弱，在学校哪有在家那么舒服啊！煤油炉子气味真难闻，我一点都不喜欢，以后就得动手做菜了，两个人搭伙还不错。真讨厌围着煤油炉转来转去的。

我的陈，想不想林？至今没收到你的第二封信，我总觉得8月2日离开那天，会有你的信来，可等我收到又得等多久？现在一点你的消息都不知道，你是否快乐？你是不是在家？你身体可好？春城真凉快呀，冻得我直起鸡皮疙瘩，盖被子竟然还冷！真是两个季节，我恨不得将这凉意用什么办法挪一点到家里去，让我那受罪的家人们全都从高温的煎熬中解脱出来！

亲爱的，学校没回家的似乎不少，反正四楼许多寝室门都开着录音机，很有些热闹。别担心我，我会专心复习功课的，明天我去邮局，将信和包裹一起寄了，在家等我的信等急了吧？亲爱的，离你这么近，我好高兴，心里很踏实。陈，我想，只要想到陈，做什么都愉快。

吻你，我的瘦猴！

林

1992年8月6日

第八章

1992 年 11 月 3 日—1993 年 7 月 1 日

林①：

很久没给你写信了，提起笔来竟有些不知从何说起。想写的东西很多，有些话其实应该早就说出来，但由于各种原因，我一见到你，即使是刚下的决心，也说不出口，时间长了，渐渐地忘掉了。今天，我想，无论如何也得告诉你，我不想这样维持下去。

我不知道自己是怎样的一个人，我并不想为自己辩白，总觉得自己不应该是个讨人嫌的人。但我常常被动地陷入孤立的处境，甚至连自己也不明白，何以莫名其妙地就被众人疏远了。从小学到大学，我几乎就是一个人过来的，即使偶尔深交一个人，但维持一阵后，关系却变得连普通同学都不如。

我无力改变这种局面，就把希望寄托在一个新的环境里，这也不过是自欺欺人罢了。初中对小学，高中对初中，大学对高中，都是新环境，结果还不是都一样。我不怕这种被孤立的状态，这使我更有了充实自己的时间，读书可以打发一切。但是这样的生活毕竟不舒服，人活在社会里，人离不开人，所以在以后的生活中，我想应该努力使自己成为一个受欢迎的人——虽然对我来说，这似乎不太可能。

真烦，因为有人糊窗缝，已经换了三个教室了。

现在我毫无例外地又被人孤立，但情况和从前不同，这次有了你。本来两个人应该比一个人强，但我常常更加心烦、沮丧和暴躁，我还是习惯一个人，我想说，你我不合适。

如果你为了我考研究生，我真心劝你不必考了，我们不是同一类人，你何必再为我吃苦？今天中午我把书包给你，一不小心掉在地上，你捡起来一

---

① 此信陈错没有交给邓林，自己留了下来。

句话不说，我更心烦，出了教学楼后，你说"你一个人吃吧，我不吃了，"就自顾自走了。我就想非写信不可了。

我不想伤害你，但我们在一起有越来越多的不愉快，我不需要这些。如果你一定让我指出你的缺点，我只能说你不会体贴我、关心我，你也许很会体贴关心人，可你的心思不在我这里。我本就是个孤独的人，那么我需要的妻子是一个可以为我着想的人，可以分担我忧愁的人，可以让我充满激情的人（你不要误解我，不是指那件事），你不是这种人。

我不知道该怎么说。总之，从上学期起，我们就有了很多矛盾，都不了了之。

如果说在大学我还有什么希望，我希望我们不要反目成仇，毕竟我们曾经做过恋人。

我想，我们还是谈谈的好，虽然我很害怕。

陈
1992 年 10 月 28 日

陈错日记：10 月 28 日。昨天早饭时，林让我去洗澡，我说明天要考试，她说后天，我说后天我要做笔记，没空儿。两个人又说得不高兴了。饭后我去拿书包，她抢先一步，背上就去洗碗了，我就独自回去了。我不高兴或心情不好的时候，她只能加深我的不愉快，一想到将来，心里就暗了下去。

今天心情特别不好。下午林说没空儿，后来她在电教室看纪录片《长征》，却不肯和我去看电影。给她写了封信，写完后，和她去南湖边上走了走，信也没给她，话也没说出来。亲热一阵，两个人和好了。

晚上，看《杜甫评传》中有关他 10 年旅食京华求官的经历，当时窗外风声起伏，心中感慨颇多。忧国忧民贤如杜甫，穷困时也不免做谄媚阿谀之小人姿态，"朝扣富儿门，暮随肥马尘"，遑论他人？人生在世，真不易耳。

前几天，林去邮局取钱回来，发现多给了十元，她又去排队退钱，回来说周围的人都很奇怪地看着她。

林：

最近心情不好，我们经常闹不愉快。我总觉得，跟我和其他人的关系一样，我们很难再"好"下去，如果保持目前的处境，将来两个人都会后悔，而对你的伤害可能更大。

我们一开始好的时候我就说过，当你我有了矛盾，如果不主动解决掉，那裂痕会越来越大。实际上，我们有意无意地回避这种现象从上学期就开始了。

我已经被周围的人孤立，试图从你身上得到慰藉，可好像使自己越来越烦躁孤独。说心里话，我觉得你不是我能终身依赖、一起度过困境的女孩儿。你有你的目标、生活方式，而我，我认为也不是你心目中男孩儿的形象。我们可能只能做朋友。

别再说"我又怎么了？"，别再说"你说我该怎么办，我就怎么办"，人的性格、态度在 20 年成长中已经成形，没有的习惯，强加也是枉然。假如你是为了摆脱你们厂而考研，你应该学下去，假如你是为了我，大可不必学了。

人生不如意事很多很多，幸福自小好像便与我绝缘。不管怎样，半个学期总能挺过来。

风雨中的一个小时不算什么，因为有个希望在等待——悲哀的是，你突然发现这个希望使你心烦。

陈
1992 年 11 月 3 日

亲爱的陈：

"恋爱中的人就是孤独的"，刚开始我被排除在我们寝室的几人帮之外时，就感到了强烈的孤独感，可我明白这句话，恋爱中的人就是孤独的，至今已快两年了，我仍是这么想的。我当然不会占据你全部的生活，我无法替代你所有的周围的世界，所以我无法满足你的其他社交方面的要求，你希望因为我而使你充实、快乐，可是我没有做到。

这学期以来我一直在祈祷这几个月快点过去，因为我知道，对于敏感多情的你来说，我稍微的一点不经意就会使你受到伤害，因为你把我看得很重要，但是我矛盾极了，我只希望自己分成两半，一半陪伴你，另一半在学习。我考试就是为了你，为了我们将来能有个好的结果。我们不依赖别人，我们只能自己掌握自己的命运。命运不是靠别人来安排的，如果我现在不努力去争取，将来也许会后悔一辈子，靠别人来救自己，会问心有愧的。

还有两个月时间，这段时间对我来说很重要，或许会决定我们的将来。亲爱的陈，把这 60 天给我吧，我知道你爱我，我同样不能离开你，可我希望在我考试之后，没有因为这段时间的不努力而遗憾，即使没有考上，我只要觉得自己已经尽了全部的力量，那也就认了。

我知道你心烦的原因是我没有将心放在你身上，而是只知道看书、听课……陈，我对你发誓，所有的一切都是为了我们两个人的最终能够在一起！我不知道你是不是相信我?!

是的，你心情不好，因为前途渺茫，生死未卜。因为除了你之外，还有我这个负担，你为我做了很多，可我到头来只能成为你的负担，使你不能放开手脚去做你想做的事，是不是我很令你心烦？是不是没有我你会生活得更轻松、更自在、更愉快、更自由？当我试图令你高兴起来，你那么冷漠地甩开我，头也不回地走开，甚至用冷冷的话语来伤害我。我的心受不住一次又一次的伤害，它不敢再去那刀子下忍受酷刑。可是当你重新好起来，你对我又是那么好，好得我又心甘情愿去做任何事。有时候你的不快乐并非因我而起，即使我主动去和解，依然解不开你心头的疙瘩，你说是不是这样？

我非常明白，如果此时咱俩的情况换一下，我会更悲哀，更烦躁，因为我所深爱的人为了别的目标而忽略自己，我同样不能忍受下去，一直想告诉你我的心里话，现在总算能认真地将它们告诉你了。

亲爱的陈，不论今后怎样，我一定不会离开你，我考研是为了我们能够凭自己的力量在一起，考研不是我自己的事，没有你的支持帮助，我无法熬到考研。在这个时候，你若不再理我，断绝以往的恋人关系，那么无疑你不想抓住这个希望，你在断送我俩本身就渺小的希望。没有你的支持，没有你的爱，我还有什么必要去做这个努力?! 我为了什么？我在哪个山沟沟里不能生活？我为什么要争名夺利、出人头地，我有这个必要吗？

如果你想就此结束我们俩两年来珍贵的感情，那么我会怀着这份感情，默默地守在山沟里，直到我们老去的那一天，能够再见面的时候。或许那时你早已不记得我这个令你年轻时讨厌的女人了，我知道自己离你心目中的女孩形象太远，或许你根本不想让我跟着你，我是不是太没有自知之明了？虽然在我的心中，我早已接受了你，可我却一直不知道自己竟然不是陈所需要的"这一个"。

我不能忘记风雨中患难与共的两个身影，因为我以为自那时起，这两个人的命运已经是连在一起的了。两年之中，有那么多、那么多的感情，足以使人回味一辈子的了。陈，你呢？

林

1992 年 11 月 4 日

陈错日记： 11 月 2 日。这一段时间，林每天要去北方大学上考研的辅导班。

今天中午，和林说好，晚上我去接她，让她在友谊商店门口等。晚上七点半，穿上大衣，坐公交去友谊商店，半路突然下起雨来。七点四十五到了，对面有几个女生走过去，真担心错过了。在友谊商店等了将近一个小时，雨大，在门口站着，望着转盘道来往的车辆，总是有一个希望。八点半多了，雨仍在下，我知道接不着了。回来后，直接去教学楼，心情本来还好。林在教室里看书，她看见我，就说她们七点四十分就下课了，她在友谊商店找了一会儿，没看到我就走了。心情突然烦躁起来，觉得自己太傻，人家根本没把我当回事儿。她还在不咸不淡地聒噪，我忍不住推了她一下，她顺势趴在桌子上，好像受了很大伤害似的。看着愈加讨厌，我拿了本书，坐到前面，大衣还是湿的。九点半，她说走吧，我先出来，她在后面，也没有追上来的意思。回到寝室，以为她会来，一直没来，心里真烦，不如算了。

11 月 3 日。下午在教学楼，给林写了封信，两点左右给她。晚上，我们一起去七楼，她把写的回信给我。反正两个人不能不好了。

11 月 16 日。晚上八点半，去教学楼和宿舍找她，她还没回来，穿上大衣去学校门口，一直等到九点半，她才和蒋胜兰回来。原来她的自行车坏了，链条断了，推到工农广场才修好，还欠了人家一元钱。

11 月 17 日。中午在食堂吃完饭后，林没来，我把饭送到她的寝室，怕饭凉了，去教学楼找她，让她回来吃饭，她不回，我就走了，心里有些不高兴，认为她白费了我的好心。有时总觉得和她隔了一层，这样的人怎么能一起过呢？又没法和她说，真烦。

11 月 18 日。下午在教学楼，林在看书，我去腻歪她，她不高兴，我也生气，她不再理我。我趴了一会儿，起来就走，她也没动。在七楼站了一会儿，昨天的事儿还在心里闷着，我俩可能真的是合不来。两年来，我除了谈了一场恋爱，学业一事无成，她二年级考了英语四级，三年级考了英语六级，四年级要考研究生，一直在进步，我这样下去只能堕落自己罢了。等了一会儿，下去叫她上来，她可能看我脸色不好，感觉到有事儿，主动往我身上凑。从前也是这样，有几次就是在这种情况下，我想说的话也说不出来，就亲热起来了。这次我推了推她，说和你说点事儿，啰啰唆唆地告诉她，我们合不来，将来我不想和你在一起。停了一会儿，又说，反正早晚都得说，你想一想吧。

她不吱声，我心里烦躁，来回使劲走几步，也不知道该怎么办好，只恨自己的愚笨。十分钟后，她一言不发地把军大衣脱下，还给我，就回教室了。我说，你倒说句话呀。她头也不回地说，你都说得这么明白了，我不会缠着你的。我在窗口站着。过了会儿，她从教室出来，一声不吭往外走。我跟在她后面，说，你怎么不说话呢？连自己都觉得自己低声下气的。

来到外面，她让我驮她，我说你先走吧，她骑车就走了。我真想大声哭喊，但旁边不断有人来来往往，我使劲憋着，哭得压抑极了。回到宿舍去打饭时，还幻想她在食堂打好饭等我，一到外面看车子没了，知道她又去补课了，心里一阵悲哀，看来我俩的事已经破裂了，至少我对她是无所谓了。

吃完饭去教学楼，随便找了个位子。八点，心又紧张地跳起来，知道她们下课了。等了一会儿，忍不住又去找她，在一间教室外面，我从窗户一看，她像没事人一样在看书。我在隔壁找了个教室，坐到九点半，便推门进去，坐在前面。她不吱声。打铃了，我问她走不走，她说再看一会儿。我就先走了，心里骂自己，何苦自讨没趣。

外面的雪极大，不知什么时候下的，地上厚厚的一层，远远就听得到宿舍楼那边91、92新生的呼喊声，走过去的时候，看他们在雪地里热火朝天地打闹，不禁心中生起很多感慨。又往回走，在岔路口看见她推着车子，喊她过来，我推车，路上谁也没说话。

回到寝室，坐了一会儿，心里难受极了。写日记，忽然停电了，翻来覆去睡不着，想得头痛，没料到我们如此下场，不知什么时候睡着了。

早晨醒来头疼，其他人仍在吵吵嚷嚷，有人写了几个卖胶卷的广告，张罗着要出去贴。我去食堂，她在打馒头，我想去买粥，一拿饭盒，里面的粥洒了一手，原来她已买了，去水龙头洗了洗手。吃饭的时候，问她照相去行不行？她说她有很多雪景的照片了，又说可以一月份去照，我只好不吱声。吃完饭她先走了，我收拾了一下，也去了教学楼。随便找个教室，坐了一个小时，也不知想什么。然后把日记本拿过来，一翻翻到回老家说没事儿就想林那一页，只想哭，接着补昨天的日记，想今后怎么办？

也许我并不想真的分手，只是想让她关心我，感受到我对她的重要。不知道谁对谁错，也许她是对的，但现在不过是一个考试，我就被她冷落下来，以后在一起生活，什么事都会遇到，很难想象她会把我放在第一位。所以，又觉得自己的决定是对的，我只希望我的妻子能够爱我，知冷知热，关心体贴。两个人的家庭，总得有一个奋斗、一个照顾，相互感受到对方的爱意。何况，我们发生过很多次不愉快，从前她能主动和解，不知道现在为什么变成只是我主动去找她。

不管她怎么说："我一切都是为了你，没有你，我还考什么呢？"我仍然觉得，我在她心中不像从前那样了，她可能另有所图，我想她是不想回那个在山沟里的工厂。我不怀疑她对我的感情，但她的性格很容易使将来和她在一起的家破碎。刘某人就是一个例子，也许女人都这样。就像今天，她明明想去看书复习功课，偏偏借口照片有很多来拒绝我，又是何必？

早上我故意去亲她，问她还让不让亲，她没有表情地说，你要亲就亲呗。我不知道她心里是怎么想的，也许她要等到一月份考试以后，再加倍亲热来挽回这一切，但这也不大可能。闲的时候，两个人再相互关心也不足为奇，难的是在有事的时候还不忘对方、关心对方。我爱她，永远忘不了我们曾经的一切，但是，我越来越感到我们不能组成一个美满的家庭，我们在生活态度、习惯、性格上，彼此很难适应。今后怎么办？我不知道，只好走一步算一步了。

11 月 19 日。晚上和林在八楼，说了将近四个小时话，从五点到九点，虽然我说得磕磕巴巴，她总算听明白了。她哭，只说我的一切都是为了将来和你在一起，现在什么都完了，怎么办呢？怎么办呢？后来她说，现在学习总看不进去，好像是没有动力了。两个人都哭，都哭累了，但两个人又和好了。一起下楼时，看见传达室里有人下棋，我头脑一热，嘱咐林穿着军大衣先走，我去下棋——我真是没心肝。我爱你，林，永远爱你。

11 月 20 日。自从昨天晚上把话说开了以后，心中仍是空空的，好像失去了什么东西，独自一个人的时候，更是如此，真不知道我们将来到底会怎么样？

11 月 25 日。今天天真冷。晚上，陪林去北方大学听课，手冷、脸冷、脚也冷，好不容易到了，衣衫都凉冰冰的。回来的时候，脚都冻得没知觉了。据说今天温度零下二十一度。

12 月 8 日。晚上在教学楼课桌上趴了一会儿，睡着了，醒来后也不抬头，想着自己一事无成，心里很烦，恢恢的。也曾责怪自己混日子，急功好利我不屑为，勤勤恳恳地积累学识，想厚积薄发，但又不能不被周围嘈杂的世界所影响，因此，常常自怨自艾。我选了一条艰难而收获小的路，有时想如果从头开始，也许我会做一些被周围认可的事情，比如学习成绩、学生会干部等，但现在已没有退路，唯有咬牙坚持下去。

林说月底要全班聚餐，去饭店吃饭，问我去不去？我说不去。她说，像你这样到哪儿也搞不好关系，谁也不理的。说得我心里很难受，情绪一直不好，觉得她也是和别人用一样的眼光看我，能真正有个知心的朋友真难。

今天上自习时，林说教室里有人抽烟，我说你不想学习，在哪儿都一样。她不高兴，背对着我，一直到结束，这时真觉得我俩合不来。

1993年1月9日。今天，林要去北方大学考研。早晨六点四十分被她叫醒，送来泡好的方便面，然后一起坐公交车。到了北方大学，找了三个地方才找到考场。白天我在外面度过，下午四点来接她，她说考得还可以。回来后，食堂已关门，就去外面吃了两碗面条，又给她买了个菠萝罐头。因为她还要准备明天的考试科目，我就早早地回到了宿舍。

1月10日。中午赶到北方大学去接林，看见她出来，急着和旁边的人说话，走到门口，从我身边就过去了。我喊住她，她才跟我说走吧。真后悔来了这一趟。可能她不高兴，是因为我早晨没陪她过来。

我想我们今后一定走不到一起，现在我在她眼里无足轻重，我只能下决心，该分手时心要坚强，否则一生不得安宁。我们之间不合的最大原因，可能就是缺乏相互理解和尊重。我的话，她从来没有听过，总认为是她的正确。后来我心里烦透了，想得头疼、心乱，不知道我们是否该结束了，不知道明天该怎么做。

吃饭时，校园广播播放歌曲《再回到从前》，我停下吃饭，静静地听，眼泪不知不觉涌出来。如果再回到从前，我和林会怎么样呢？

1月22日。这个寒假我和林都没回家。在一起，虽然时有小矛盾，但感情比较平稳，有点居家过日子的感觉。今天晚上的中央电视台春节联欢晚会很没意思。零点的时候，在林的寝室，吃她做的年夜饭，还喝了点我们下午买的香槟。

1月23日。早晨下来睡觉。十点上去，林站在房子当中，看着我，温柔地说，"你娶我吧，娶了我就是你的了。"我累了，就睡着了，中间起来吃了点林做的面条和香肠，一直睡到晚上九点才起来。现在身体精神多了。

1月26日。今天，林对考研成绩心里没底，说要准备考第二学位。后来，林说起她家里的情况，说经济一直不宽裕，说钱的重要性，以及男人如何不可靠，我们不欢而散。我觉得她在影射我，心里很烦。

2 月 8 日。林跟我说了很多话，后来她就哭了，她担心考不上研究生。后来她说，毕业后如果我们不在一起，就不再通信了，反正说了很多很多，特别伤感。

同学陆续回来得差不多了。

2 月 10 日。蒋胜兰接到一个上海的电话，兴冲冲地跑过来，说她的考研成绩还不错，那边老师让她做最好的准备。林在一旁又沉重起来。她给家里打电话，家里说如果没考上就让她回去。看她不高兴，我心里真发愁，为林发愁，为将来发愁，也为自己成天没什么收获发愁。

可我什么也做不了，一点忙也帮不上，真的是"男人不可靠"。

晚上，陪着她在教学楼八楼站了好长时间，相对无言。看着林的样子，让人心疼又无奈。林说，蒋为了考研的事，明天要请假去上海，和那个老师见见面。

3 月 1 日。今天有个大喜讯！

中午，在食堂等林，她过来说北方大学的分数出来了。于是扒拉了几口饭，立刻去北方大学看成绩。除了一科没出成绩外，林的成绩暂时在考生中名列第一。林不放心，跑到招生办去查成绩。虽然没问到，但听林说，招生办老师笑嘻嘻的，让她再准备读三年。等于林被录取了，考研成功！这么多天的提心吊胆结束，真好！心里一下轻松了，我把林抱起来，狠狠地亲了一口！

晚上吃饭，林说，蒋胜兰为了保险，向系里要推荐信。负责的老师因为他的亲戚去沈阳办签证出国的事，让蒋跟着去帮着看孩子，蒋提出和她男朋友陪着一起去，算是免费旅游了，路费都由那个老师出。今天走的——真是无奇不有。

3 月 30 日。中午，我在食堂打好饭，林过来说，她认识的那个在北京上学的男生来找她了，要我去陪他吃饭，我说不去、你随便，她就走了。我吃了几口，就把饭菜倒了，去她寝室看了看。那个男生站起来，要和我握手，我没动，说了几句话就走了。

晚上八点，林来寝室找我，我把她推出去。过了一会儿，她又来了，我穿上大衣和她一起来到花园。她往前凑，我把她推开，她又过来。我的郁闷没了，抱她坐在腿上，伸进去抚摸她，她很乐意地配合着我。于是什么话都没说，好像没发生什么事似的，亲热了半天。她说来的那个男生叫杜奎飞，很早就和我提过，是北科大的，这次去沈阳实习，路过这儿，后天的车票。到了快二十二点的时候，我们挽着手一起回寝室，好像是一对很融洽的情侣。

3月31日。我给杜买了张电影票，陪他去看电影。

今天在林寝室里玩扑克，基春杏和男朋友坐在对面上铺，相互调笑，举止放肆，毫不避人。从前耳闻，这次目见，人和人真是不一样啊。

听说周润发、钟楚红来春城，受到大批女孩儿的热烈欢迎，学校很多女生都去了。有的在宾馆外面，等了五六个小时，连个面都没见到。何淑莲和周润发合了一张影，其他人说起来都好羡慕。

4月17日。晚饭后和林去买水果回来，看见她床上有两封信，一封是她写给上次来玩的那个杜奎飞的信，被退了回来，我想可能她写的是对不起一类的话；一封是天津财院她那个高中同学的挂号信，她故意把左手的苹果递给我，自己看信，说，"怪不得，原来他是优秀毕业生"。我想问问是谁的，看她没有说的意思也就罢了，心情一下变得不好了。后来她在写回信。我回到自己寝室。

想了很多，说不上后悔，只是觉得当初太不成熟，如果能保持朋友关系和距离感，就不会有现在这些烦恼了。以后是不能轻易对异性倾心和许诺了。过去的两年，我的错就在于太专心、太认真，以致除了这段感情经历外，一无所得。男人仍要把事业放在首位，这些才是不可替代的。她的感情也没有完全放在我身上，说不专一倒不至于，但总是在多方撒网，给自己找后路。以前老觉得蒋胜兰、常阑竹一类的女生逢场作戏不能相信，没想到人家有了男朋友以后老实多了，特别是男朋友不在的时候，总是形单影只、独来独往，这些林都未必做得到，难以让人放心。

4月20日。早饭后，林去北方大学面试，她在写作专业的考生中，笔试成绩总分排第一。中午，我在学校门口，远远地看见林从远处走来，天地间一个小人儿，蛮招人欢喜。她告诉我，面试只用了20多分钟，肯定是没问题了。

晚上，我在教学楼的时候，林跑过来，说她寝室的人都去跳舞了，于是我们马上往回赶。趁着没人，匆忙和她亲热了一次。接着我们打扑克，怕有人回来，结果等到九点也没人回来。林直后悔，说可以再来一次的。

4月28日。看了上次天津商学院寄来的那封快件，前面是解释他不能来春城玩的原因，大概是林向她发的邀请，后面是"你想要听我的故事，以后再谈吧，这封信已经超重了。"看来她又在寻求别人的"故事"了，想当初她就是从听我的"故事"开始的，真感到她这个人的不可信任。仔细想一想，她虽然勤苦、善良，但因为家庭关系，有些庸俗、虚荣的毛病，这些我还能接受，但是不本分以及不能用真心对我，是我现在不敢承诺娶她的根本原因。

晚上她要我去电影院看录像，我说不想去，说有义务陪你学习，没义务陪你玩，说你想去就自己去呗。我独自去了教学楼，没想到她果然自己去看录像了。坐在教室里，想起信的事儿，心里又烦躁起了。好像在她身上已找不到吸引我的地方，当初好起来的时候，只怪自己太不成熟，没经验，从今以后，对任何女孩儿都不该太认真。

6月26日。一连几天阴雨绵绵，今天放晴，憋了好一阵子的杨柳絮纷纷扬扬，犹如漫天大雪，阳光明媚，白茫茫中掩映着绿树青草，蔚为奇观。唯不时钻入口鼻处，扫人雅兴。

前几天，在外系一个班的毕业纪念册上看到一行字，令我发愣了很久。一个女孩儿在"你心目中爱人的形象"后面，工工整整写了三个字，那三个字是她男友的名字。这是我看到的最大胆、最深情的告白了，令我感动和嫉妒。一个男孩儿能够成为所爱人的心目中的英雄，那么，即使他在全世界人的眼里一无是处，又算得了什么呢？

吃饭时，和林说起这件事。她想了想，说她也会这么写的，我没吱声儿。我心里知道，以前她会，现在她不会，现在她对我不满意的地方很多。

毕业了，很多人已经走了。家里来信说，暂时先给我在北京的一个科研单位找了个位置，再找机会向新闻单位调动。

今天，我和林说，明天回部队大院时，她哭了，真情流露。

6月27日。中午，林给我做了最后一顿饭，是凉拌西红柿、凉拌黄瓜、炒豆角和煎鸡蛋，是在寝室里，用我们寒假买的酒精炉做的。做的时候，两个人还有一搭没一搭地说着话，吃起来，我突然意识到这也许是我俩的最后一餐，泪水不禁有些控制不住，就找借口跑出来了。

分别的时候，我坚决不让她送我。在宿舍楼门口，她吻了我一下，然后躲在门玻璃后面，呆呆地看着我远走。我永远忘不了那一幕，亲爱的她就像一个无助的小孩儿一样，眼巴巴地看着幸福被人夺走。在这一刻，我和她之间的所有矛盾、分歧都消失了，弥漫在我心间的是浓得化不开的深情甜蜜的爱情。

亲爱的林：

　　记得我们分别那天的情景吗？亲爱的你忙忙碌碌地做菜的时候，我似乎无所事事，你可知道我在注视着你的一举一动吗？你知道我给你看那篇小说的目的吗？我只是为了不让自己在你面前流泪。吃饭的时候，我突然感到离别的情绪如此强烈，眼泪已经止不住流下来。我只怕自己在你面前放声大哭，才借口找人匆匆地跑出宿舍楼。路上，我已经是泪流满面，我不在乎对面行人的惊异神色，放声哭了出来。亲爱的，我这时真怕面对面看着你，看着你执拗的眼睛，看着你劝我："吃饭，吃吧……"

　　林，我爱你，但我甚至不能保证，今天一别，我们能否再见，我不敢对你说出这些话。在你面前，我强迫自己装作若无其事，我怕见到你哭，那么我们一定要哭成一团了。

　　后来分别的时候，我还在笑，你不知道我笑得多么艰难。我不让你送，我怕在大庭广众之下再次控制不了自己，但我心里是多么渴望我们俩、只有我们俩一起走啊！我怎么能忘记分手时你那匆忙而短促的一吻，我怎么能忘记你躲在宿舍门玻璃后面那样无奈地眼睁睁地看着我离去的神情！但我能怎么样？能停下来说我不走了，能跑过去拉着你的手说，我们一起走吧。我不能，我必须要有个工作呀，所以别无选择，只能屈服。

　　林，原谅我的离去。离别的时候，我伪装得轻松，因为我希望能尽快淡化让我离去而留给你的悲伤，我希望看到你高兴地生活。

　　好了，情绪总算平稳一些。不知为什么，这些天一想起离别时的情景，我就这个样子，信上的泪水和鼻涕实在抱歉，没办法，那也是我的深情，我不想停下笔去找卫生纸，索性抹在了信纸上。

　　人真是奇怪，经常犯一些明知道是错误的错误。就像我明明知道我们将有分离的时候，明明知道应该珍惜我们在一起的时光，可是我做得怎么样呢？

　　林，和你在一起难忘的事情太多了。这些天来，它们和我一起生活、欢乐和流泪。亲爱的，你已经是我生命中的一部分。在我20多年的生命里，是你让我拥有了一份世界上最宝贵的经历，拥有了一份世界上最真挚的感情，我知道这笔财富是无论多少金钱也买不到的。

要不要我说心里话？亲爱的，我一直不明白，为什么我们那么相爱，却不能完整地得到你。我不理解，我追求的爱情不是这样。也许你是过于谨慎，我知道你这样做是对的，但是，我就是不能接受你对我也是这样的有所保留。

我渴望真正地拥有你，渴望你给我第一次做男人的感受，渴望我们的情爱炽热，渴望我们能携手共度一生。但是，我们虽然曾这样真挚地相亲、相恋、相爱，虽然我们发生过各种亲密行为，但你终于还是理智而坚决地拒绝了我。你胜利了，可从我的角度说，我把它看成了你对我的不信任和不尊重，使我没有了为了你，和我的家庭破釜沉舟的底气。从前总觉得觉新软弱，事到临头才体会到这份"软弱"的无奈和挣扎。而我可能还不如觉新，他毕竟拥有了全心全意爱着他的她。

我不知道今天是几号，自从回到岗上部队大院后就再没有翻过日记本。我没法埋怨谁，造成这种结果的是我自己，我只能等待家里的安排。

最难过的还是夜晚，因为夜晚你和我同在。躺在床上翻来覆去，想那本《茶花女》，想那捧带着少女的爱心洒向我的满脸的雪花，想那无数个大学的夜晚，想那几百公里的单车骑行。奇怪的是，我们闹别扭的时候，我很难想起，即使费力去想，也大多是记得乱七八糟的。

难忘曾经拥有的真情。我们在一起度过的唯一的一个除夕夜的一景一幕，是如此清晰而温馨地浮现在我的记忆里。第二天早晨，你和我撒娇的画面，让现在的我是如此的迷恋和沉醉。我好傻啊好傻！当如花似玉的你站在我面前时，我没有说一句醉心的情话儿，没有一点儿甜蜜的举动，我居然如此地迟钝和不解风情！

林，我爱你，我是如此热烈而专制地爱着你，我曾经骂你，打你的时候，也许是个性偏狭的我，对你的爱的另一种偏狭的表达方式吧。因为，那时候，我确信你是爱着我的，而当我对你的感情不那么确定的时候，我再也没有这么做过了……①

---

① 此信至此残缺，是否寄出亦不详。应该写于大学毕业后回到部队大院的那一个月里，1993 年 7 月。

邓林的信

陈错：

27 日你走了，我不想睡觉，也不想停下来。洗了一大堆东西，窗帘、裤子、鞋，然后去外面寄了快件给家里，回来后捧起小说，看着看着就睡着了。晚上七点半才起来，吃了上午剩的饭菜，很没味道，后来又和霍彦秋聊了会儿天，因为感冒不想多说，她们说上班的事儿，我听着也没意思。

28 日上午办粮油关系，因为那个女会计没盖章，得等到 29 日下午才能办成。实在没事可做，就将剩下的豆角和西红柿做了。寝室里其他两对总在一起，我想明天该去教室看书了。今天看《永别了武器》，看入迷了，觉得对话尤其精彩，但如果不看评论，只看小说，恐怕自己还不怎么懂。

原想把《送别》弹会儿，琴谱已经打包装了，日记本也放了进去，只能无所事事地弹以前的老曲子，可又不想为一首新曲子花工夫去揭开我们费了那么大劲儿才捆好的纸箱。今天感冒基本上好了，已经没什么事。下午睡了三个小时，迷迷瞪瞪的，不过心情非常平静，特别适合看书。

此时学校已安静下来，虽然周围住进了许多陌生而傲气的面孔，但比熟人更令人心安。你走时忘记告诉你，可以打电话给我，但即使告诉了你，你也未必能给我打，因为你似乎不喜欢打那部电话，而我又不愿意让你家里看到我仍频频地来信，我想还是让他们放心吧。不是我的强求不来。不知你在家吃得多少，睡得多少？但有一点，我想西瓜之类的水果，还有菜园里那些新鲜的柿子是绝对少不了的。我对你的瘦毫无办法，只有你的父母才能使你胖起来，因为他们可以使你宽心。

我会接着锻炼身体的，这对我很有用，希望你也别偷懒，早点起来和我一样，和我们以前一样，好不好？

林
1993 年 6 月 28 日

陈：

早六点一刻起床，象征性地绕操场跑了一圈。早饭我煎了几个荷包蛋，很像样的，想起你把手指上的淋漓的蛋汁儿也伸到油锅里炸一炸的样子，真好笑。你家里的煤气灶和充足的油可以任你尽情地炸,只是你还有没有这份闲心? 愿你快乐。

上午忍着寒风在图书馆四楼看书,从八点到十一点,因为座儿太靠门,冷风吹得感冒似乎有点加重。《文章结构学》老调重弹,《写作心理学》技术性太强,很多心理学名词。

下午洗澡,收到北方大学调档通知,邮戳上是 28 日寄出的,他们还说老早就寄出了呢,幸亏我跑了一趟。

晚上吃完饭在小花园长椅上看书,天气很好,不冷不热,打球的人不多,只有三个人在打排球。嗑着瓜子看《写作心理学》,别人一定会以为我在看什么言情小说吧,后来回屋里用挂历的纸叠幸运星,我想叠 48 个庆祝我姐姐的婚事,然后什么时候买一个小礼物,她会高兴的。时间真多,闲下来之后真难紧张起来,想像以前那样也提不起劲来,真有点娇气了。

渐渐有点习惯三个人住一起了,相互都很客气,也很照顾。我的心情还好,没有你走那天阴沉抑郁了。还有八天时间,争取多看一点书,别人知道我是为了找事做才留下的,眼光中好像有一种怪异(也许是怜悯),所以我不愿意打水和吃饭,那时熟人最多。有时又有一种悲壮的自豪,觉得自己挺自立的,或者说为家里感到不安,似乎不该读这个研究生,他们本指望我缓解家里的经济状况的。

林

1993 年 6 月 29 日

陈:

几乎看了一天《中篇小说选刊》,霍彦秋的,有好几本,我只看完了三本,有些只翻看,觉得有了一些过暑假的滋味。以前上初中、高中的时候,假期就是在众多大型刊物中度过的,有一种超然世外的感觉。现实生活仿佛不存在,全部沉浸在小说的环境、时代之中了,真舒服。

幸亏霍彦秋那有不少小说,张抗抗的、贾平凹的都有,这下我可有事干了。图书馆三楼改成了自习室,每年考试前都是这样子,今天就在那坐了一上午,看小说,安静又惬意。下午躲在床帘里,躺在被窝上看,直看到眼睛发疼。中午吃了一顿鸡块,香极了,也贵极了。

因为七一快到了,正值学校各种制度改革,校园里热闹不已。二食堂在装修。一食堂利用空地，拉出一部分面食在门口卖，拉出肉菜在水池和楼梯处卖，又卖两小盆所谓的回民菜，真让人有受宠若惊之感。鲜花聚拢到大学生活动室门上，天天门内传来音乐声，有一种节日气氛。大家打饭的时候竟然都喜气洋洋的，似乎有一种主人翁状，挑得眼花缭乱。实际上，与往常大同小异，吃的仍是冷面、包子之类。

办成了粮油关系，总算一块石头落了地。有个会计说，1000元难道不好办吗？似乎责备我不该留这么久。我心想饱汉子哪知饿子汉饥。但这20多天的确漫长，这原本属于一个无忧无虑的假期的时间。真的，这点钱对有钱人算得了什么？假如不是父母在最后半学期只寄给我300元，我无论如何不相信厂里、家里到了这种地步。以前再怎么样，半学期五六百元是有的，也就是这300元，使我忽然看到了钱的重要，在这以前一直以为钱是最不值钱的东西呢。我可能不是挣大钱的人，但我太想让为钱而发愁了几十年的父母松口气了。三年内当然不可能，没有钱便无法保持最基本的尊严，我算明白了。

林
1993 年 6 月 30 日

陈：

上午在图书馆看书，很困，睡了一觉，今天有点待不住了，不知干什么好。

出去在校园里走了走，觉得自己很不自在，像一个盲目的傻瓜，好像人人都在看我，又担心改卷子的事是否妥当，万一人家不承认呢，我现在还不是北方大学的学生，介绍的人不在，谁信我的话呢？越想心里越不踏实，又不知该怎么办？也许回家也能找到事做，虽然热点、累点，但住在自家总是好的，或许价格并不低，你看我是不是太小家子气了？思前想后的一点都不潇洒，像我这样谨小慎微、胆小如鼠的人，恐怕这辈子很难潇洒了。

今天特别想家，这在我真少有。对霍彦秋谈家里人，一谈就半天，她挺有耐心的。她现在就在备课了，一副痛苦不堪的模样，没看上一会儿就倒头大睡，"好像从来没有睡过觉似的"（她本人语），真逗。

我想她当老师，一定是尖着嗓子手舞足蹈的。她买了全部家当，很像样，而且毕业前洗刷了一大堆各式各样的玻璃瓶，预备装佐料，我觉得现在还是对她挺有好感的，有些话挺谈得来。

你想我吗？也许你已到当地报社学习去了，你想着不能给我写信了是吗？班号撤了吗？我只觉得活得有些提心吊胆，不放心自己，也不放心自己现在所做的事情。

林

1993 年 7 月 1 日

第九章

1993 年 8 月 20 日—12 月 1 日

邓林的信

陈：

现在还好吗？是否能适应新的环境和新的工作？住宿和吃饭都还满意吗？接到你 17 日拍来的电报，总算让人放心了，等待了近一个月，没有你的消息，估计你也是刚到新单位是吗？

我想你大概会做类似文秘的工作吧。上班了，不知道是种什么样的滋味，只为你担心，因为那里一切都是陌生的，你是新手，一定要给人一种温和谦逊、虚心好学的印象，要是我肯定会有些紧张。不过说真的，现在我特别后悔当初没有考虑的长远和大胆一点，如果报考北京会怎么样？如果考上了，那该多好啊，我高中的一位女同学哈尔滨船舶工程学院毕业后，也考研，刚上分数线，上的是北京邮电学院，而我还留在东北，四年的来来回回，也真让我走腻了。回来后，以前的老同学笑着问我学得累不累啊？我非常奇怪地发现，如今根本没有人因为你继续读书深造表示赞许的了，相反的都有些同情，或者说认为不值得，他们只看重钱，觉得只要能赚到钱就行了。我妈只是愁眉不展地说，又要苦三年了，她苦我也苦的意思。厂里头好像谁家有钱、谁富裕，就受人尊敬，管他是如何发财的呢？相比之下，我倒觉得北方似乎没有这么势利，春城的学术气氛比较浓厚了。

原打算回来找份家教或去打工，我爸妈都说算了，一来怕高温，二来说我一年没回家，在家住个够，而且外面打工的薪水特别低，甚至赶不上我在学校挣得多，我也就放弃了，一直到这会儿天气还没怎么热起来，才有些后悔了。另外，我在家也不怎么看书，除了吃就是玩，原想回来找些理论方面的书看的，但这儿又没有图书馆。可以说稀里糊涂就眼看着假期到了头。

最感到空白的就是没有来信，也不写信，这原本是我假期最用心去做的最重要的事。所以这个暑假给我的印象太空，仿佛没有魂儿一样，飘飘荡荡了近40天。直到你的电报，我才感觉又回到现实中来，从那些恍然的、忧伤的、哀婉的流行歌曲中清醒过来，想起来我还要一个人再踏上返回东北的路，心里真不是滋味儿。

陈，还记得冬天那种让人喘不过来气的北风、看不清景物的大雪吗？我要一个人在那里度过这样的冬天了，想想就打寒战。但我知道你同样也是孤单一个人到北京工作了，虽然不再是学生了，但在别人眼里你是很小、还没经验的，你要有准备。

我们厂分来的大学生一开始都不重用，全部下基层当工人，先实习一两年，然后看干的好坏再提升，有的一干就干工人的活儿了。我感觉自己以前都是被你照顾，靠你帮助很安全的，想想这几年来我对你到底有哪些帮助呢？给你的好像更多的是苦闷、压力和烦恼，因为我而使你长时间都不快活，所以虽然我担心着你，但也相信没有我在你身边，你会更投入地工作和学习，你会有更多的时间和精力来考虑自己要做的事。真的，你可以全心全意去干了，可以尽情地追求你的事业，现在不去追求，还等何时呢？为了现在你不是已经等待了四年了吗？不是说事业对男人来说就如同爱情对女人一样重要吗？你为了爱已经付出了很大的代价，所以也该将它放在一边，而去选择你一生中另一个重要的部分并为之努力。

一毕业感觉自己成熟了许多，不知是不是真的？也许，内心里仍是个傻丫头，还不知要碰多少壁呢。唉，仍是有些不满足，为什么没往北京考呢？别人问起我学的专业和将来分配的情况，我也说不清楚，有时候就觉得自己真是学得糊涂，本来当时考研就"动机不纯"嘛。

我比起别的考上的同学，最大缺点是知识面狭窄，我不知开始学习后会不会比别人吃力？能不能学得好？真希望能有你来陪伴我，有你这个依靠，我什么都不怕了。陈，没有你的帮助，我肯定不会继续读书了。我原来该走的生活道路完全改变了，走上了另一条对我来说是陌生的路。

很快又该返校了，我打算28日走，到北京应该是29日上午六点左右。

你不必太早来接我，因为我下了车还要去签票，如果早上赶不及，就等八点再签一回，所以你可以在八点钟以后，到火车站签票处找我，如果签票顺利，我也会在签票处等你。你的单身宿舍无法安置我，来北京只要能见你一面，我就满足了，不想让你单位里的人很快就在这方面议论你、分你的心，好吗？

　　此致！
祝一切顺心！

林
1993 年 8 月 20 日

亲爱的陈：

　　你好吗？北京的繁华越发比较出春城的古旧和萧条，使我觉得以后再也不想在这儿住了。

　　9 月 1 日和 2 日两天，把我累得快散架了，报到的手续多、地方多，跑来跑去特别费时间。用一辆机动三轮车（租金六元）把行李送到北方大学，我住在研究生楼的最顶层 706 房间，司机把行李堆在楼口就走了，我一个人可真发愁，怎么能将这七八个包裹、箱子搬到七楼呢？后来好不容易遇到一位研究生部的干部，在暑假改卷时见过面的，他挺热心地帮我搬，同屋的另一个女孩儿也帮忙搬了几趟。后来就是收拾房间，新领了一套被褥，铺特别厚，我选了一张上铺、靠窗的一张桌子，有抽屉可以锁。屋里目前只住进三个人，其他两位，一位姓王、一位姓张，都是北方大学本校的应届生，还有一位一直没搬进来，估计是本市人，大概不想住宿。这两天下来，我的胳膊都酸痛极了，早上睡着不想起来，乏得很。

　　奇怪的是，住宿费并没有收 900 多元，而是收了 350 元，还有 20 元什么押金、22 元体检费、教材费 41 元，又换了 50 元，加起来也快 500 元了。另外，买日用品也用了一些，但总算比预想的少了一半，这样我剩下的钱真是绰绰有余了，你看以后不用担心我的花费了吧？你的钱就留着自己用，别再为我省，否则我真要生气了，大学里你为我省下了不少钱，你用的钱比我用得还少，我最后一学期几乎全靠你的钱才度过的，这些我并不是不知道，可是你并不喜欢我总挂在嘴上，对吗？

　　在教工食堂吃了几顿饭，现在价格还不太贵，冬天就不行了，一份酸菜粉条、二两饭就 1 元，比原来的学校要贵一些，肉菜全是 1.3 元以上的，味道一般，乱放肥肉，炒菜爱煳，但分量还是足够的，比春城大学的菜量大一些。每次吃饭，我都和同寝的女生一起去，上下 7 楼，吃完一顿饭，大约要花一个小时，真是太浪费时间了。打一次水累得气喘吁吁的，每壶水要五分钱呢。

下周开始上课，主要是英语、政治课，还有选修，一年有 240 学时，据说比较紧张，早七点半上课，下午一点半上课，每科考试必须在 75 分以上才给学分。我想我会觉得很紧张，至少比本校生吃力，他们对教学路子都是熟悉的。

先给你写一封信，讲大概的情况，怕你担心我的安全，下周我再详细地告诉你其他情况。

祝开心顺利！

林
1993 年 9 月 3 日

亲爱的陈：

请你别生气，已经过了这么多天了，每天学校给我们安排劳动，打扫寝室卫生、政治学习、考试、晚上突击检查，害得我们天天拿块抹布擦这儿擦那儿的，光是资料室就擦了一天的书架。恰好这一周我又来例假了，心情不好，感到特别累。每次提笔时，找不到安静的角落。不想在信中说这些，因为你需要的不是这个，可我若不解释，你会以为我已忘记你了，我自己在这边生活得特别快活，是不是？

陈，没想到我走后，你天天写信给我。读着你的信，我的眼泪就来了，可不得不忍着，她们两个也在。别担心我在这儿的生活，我和她们处得很好，她们两个都不是锋芒毕露的人，是那种随和而普通的女孩儿，她们还都喜欢我，愿意和我在一起吃饭、打水、洗澡、劳动。其中有个女孩儿是辽宁北镇的，她说话的口音让我想起了你。真的，比方说玩意儿叫"玩愣儿"了，说话时，尾音总翘得高高的，仿佛很惊奇似的。

现在我们三个都有了任务，帮九一届的两个研究生写小学生作文点评，他们忙着写毕业论文，就把这些活儿交给我们，当然是有报酬的。我们也想锻炼一下写的能力，学写作的，如果文笔不行，会成笑话。

你还记得我考研究生时，曾向上一届学写作的刘晓莉借课本吗？她前天找到我，要我帮她完成一篇两万字的小说《蔡文姬》。昨晚我独自在教室里想了一晚，才写出 900 字，看上去太幼稚，简直不叫小说，20 日就要交稿，我想若不行就推辞算了，反正一口吃不成个胖子。

还有 9 月 17 日的校运动会，系里选检阅方队的女生，没有选我们三个，因为选上的人都在一米六五以上，她们到时候每人手里握一只鸽子，一起放飞，多有意思啊。

其实，研究生的活动并不多，不像本科那样，多半是自己干自己的事儿，老生都热衷于出书、写论文发表。

开学以来我只有一两个晚上感到孤独，听孟庭苇的《没有情人的情人节》和苏芮的《牵手》时偷偷哭过。其他时候总有事可做。

亲爱的陈，在北京停留的 30 多个小时，现在回想起来，一点也不觉得累，相反感觉还很愉快，当然，看你写的那些破"玩愣儿"除外。下次去若还睡地铺，会不会感冒？你生活的地方，我觉得挺好，希望这几年内你能把自己锻炼得很有生活能力。

这次见面，我突然有个强烈的愿望，就是想和你一起生活，可是后来你把我气哭了，我才知道你还是不想要我。不过从中我看得出你很固执，也很倔强，你不看重生活上的不便，没有我，你也一样能像以前那样生活。因为你的无情，我以为你不再关心我、需要我。刚开始那几天，我以为自己就这样一个人了，因为我彻底失去了你，因为你当面列举了我的种种"罪状"，证明我"有罪"，这次我真的太伤心了，没料到分别之后，你给我的竟然是这样的一份礼物。我最不想受到这样的责备，原以为我所有的过失都消融在你的宽容之中，原以为我所有的错误已得到了"不娶"这样的惩罚了。不过再想想，不是张爱玲曾经写过，女人分白玫瑰和红玫瑰两种，男人娶了红玫瑰，那么，白玫瑰永远成为床前明月光，而红玫瑰则成了一摊蚊子血；男人若娶了白玫瑰，那么，红玫瑰则成了心口的一粒朱砂痣，而白玫瑰则成了粘在衣襟上的一粒白米饭。我不当白米饭和蚊子血，难道不好吗？你看林语堂他在 80 多岁时已不能行走，还要去见他 60 年前的恋人，我若是他妻子我会怎样难受呢？也许这些都是自我安慰罢了，你知道我不太爱发愁的。

亲爱的陈，你说我粗心，你那还有几张我们原来学校的钱票，我是不是也没带走？反正这儿没找着。这个月至今还没发补助，听说一个月有 92 元，每学期有书报费，所以一个月最多 100 元吧。现在食堂菜还便宜，蔬菜在五六角左右，冬天会更贵，我算了一下，这十天来，每天的钱票不超过两元，这个月五六十元也够了，若有些要写的东西，也能多少有点补贴。

我没有总去春城大学，虽说我也算留春城的八个人之中的一员，但我并不认为我和他们有什么关系。我现在真的很成熟了，不再像以前那样乱激动、感情用事，很多时候，我能镇定自若地做我的事，外界对我不像以前那样有影响了。应该说和你一起生活的近三年的时间，我已经成熟了很多很多。

这儿没有电视可看，歌也只是从家带了一盘自己录制的磁带。蓝心湄的《一见钟情》我现在只会哼三句，"一见钟情不隐藏，两颗心才不孤单，三生三世也不会觉得漫长"，旋律很好听，以后学会了唱给你听。这儿没有流行歌曲可听，哪像在南方那样天天能听，真过瘾。

这儿的开水五分钱一壶，楼下电话两毛钱一次，我不知何时才能有机会给你打长途。寝室的对讲机被扯断了一根电线，谁知什么时候可以修好呢？

陈，中午很静，给你写信，写了一大堆好像仍没说够。亲爱的，我有很多话要说的，但上午洗澡的衣服还没洗，下午要检查卫生，还有明天下午政治测试。不过我会写信给你，这对我不是负担。

祝你快乐开心。

你的林

1993 年 9 月 10 日

亲爱的陈：

今天早上开始下雨，也许昨晚就开始了，感觉骤然变冷了似的，不知为何今年冷得这样快。早晨吃完饭，有点不想动弹，于是，先写信给你，因为这一天我都要去教室"创作"小说，一沉浸进去就容易把时间忘了。现在是九点，外面的天空仍是阴沉沉的，北京好吗？还没冷到要穿毛衣的程度吧！

那天劳动时，我们寝室的第四位也来了。她是在职生，已经 29 岁了，看上去却非常年轻，成了家，还有了孩子。一见面，她就以过来人的身份对我们说，上学期间要多学点东西，不要谈朋友，将来自由自在去任何地方谋职。她总说羡慕我们还年轻、无牵挂。我觉得她真像个姐姐，能够这样对我们说话、指导我们的人真是头一位。看来与比我们大一些的人交往会受益。

在这儿生活，我也看见有的女生孤傲清高，独来独往，对人冷漠，成绩特别好。但大多数都是待人热情直爽，我虽觉得有点孤单，尤其是上自习，不知该找什么教室，往哪儿去，常走冤枉路，但比起在本科时候感觉好得多，也许以前大家把相互之间的关系看得太重了，一有点什么事就神经过敏吧。

北方大学有个特点，就是校园内看不见任何一家饭馆、副食店，除了唯一的一家综合商店以外，记得我们上学时常去外面商场吗？那儿有我喜欢买的零食，多方便。可开学到现在我还从未吃过零食呢，除了在校外顺便买过两个沙果以外，别的一概杜绝了，这样倒也显得清静了许多。

从 14 日到 18 日，学校全力迎接国家教委的检查，就连星期天也到处是学生在劳动，军乐队训练，垃圾车奔忙。校园里显得很喧闹，各处可见各系的本科生在排演节目，因为教委也要参加运动会。不论是到哪里，到处都要出示证件和校徽，而我们新生除了校徽外，没有任何证件。

这几天我的牙痛极了，这才知道什么叫"牙疼不是病，疼起来要人命"，她们说可能是牙神经露出来了，可医疗证还没发，明天我不得不去了，因为一喝水、一吃饭它就疼得我半天不敢张嘴。唉，要是有你那一口"狼牙"就不会疼了。

亲爱的陈，这一页是下午三点钟吃完饭（麻辣豆腐、二两米饭），坐在教室里写的。告诉你我今天上午的战果吧，到中午十二点半，300 字的稿纸我写了 31 页，已经接近任务的一半，这种"小说"要求不高，只要通俗易懂就行，所以我连草稿都不打，随心所欲地写。当然，还在参照郭老的戏剧，没什么创新，我准备下面就大大虚构一下，既然郭老的就是虚构，为什么我不可以再虚一些？反正是小说。给我的时间还有三天半，就要写完另外一万字，是不是很可怕？忘了告诉你，刘晓莉看了最初的 2000 字，说比她写得好，让我接着写下去。

林
1993 年 9 月 12 日

亲爱的陈：

渐渐地，初来的那种新鲜感失去了，然后就是上课了。今天上英语精读课，我没回答出问题，其实并不难，只是我没反应过来，谁让我的学号是第一个呢？别的同学，尤其是女生，英语口语真流利。其中有一个女孩儿，她已考过托福，本来要去美国留学的，因费用太贵，没去成，她考研的成绩也特别好，很活跃，刚上学便提升为头儿了。上过这次课，我有些沮丧，这里真是精英会集，要想出类拔萃非得下更大的功夫才行。

今天学校操场热闹极了，下午运动会节目预检，一直到晚上六点多还没结束呢，在教室里就听得见清晰的音乐声，没办法写别的。上午三四节课去医院，医生把牙齿清洗了之后，用一种黏性很强的白色东西堵住了，我总怀疑里面仍有病菌，前后不过十分钟，能彻底好吗？现在还隐隐作痛呢。

陈，晚饭后你在干什么呢？不知怎么的，我总觉得你一个人非常孤独，脸上总不见笑容，仿佛有千斤重担似的。虽然你的性格向来如此，可我真希望你能从此改变一点，开朗、风趣、幽默的男人才会有魅力，尤其是年老的时候。亲爱的陈，其实你的生活道路已经十分平坦了，只要你能稳稳当当走下去，不会有多大的闪失。不像我，还得费劲去争取学位，争取三年内在什么省级以上的刊物上发表文章，作为研究能力强的凭证，将来分配又是一大问题。暂时我不去想那些，车到山前必有路。如果我像你一样有一个好单位就好了，也许就满足了。你是不是觉得我没有上进心？

我总算见到了贾平凹的《废都》，发表在《十月》第三期上，而他的单行本在市场上卖到了 20 元，原价是 12.5 元，简直热成了什么似的。

我才开始看，最突出的感觉是它的语言，完全是模仿白话小说的方式，有点《红楼梦》的笔调，连人物对话也如此，看上去"恍若隔世"（跟你学的词儿）。虽是 1980 年来发生的事，真有点讲古的味道。不过我有些不太喜欢，觉得任何一种特点若成了模式或完全相同，就失去了现代的意味了，失去了所谓特点等，倒有些做作之嫌。

但作品确实写得好，上至市长、下至街上的流浪汉，远的长安历史，近的街头巷尾的小事儿，写起来都津津有味、惟妙惟肖。小说中模仿"三言二拍"那样的书，一到有性描写的地方就□□□（作者删去多少多少字）。让人不明白既已删去，何必又印刷出来。就连鲁迅他们的作品，恐怕出版社也如此尊重吧，更何况是他自己改的呢。我本来对贾平凹很有好感、也敬佩，可看到这些心里不舒服，眼前仿佛出现了一个又丑又似农民的人物，难道他也要迎合市民的低级趣味？尽管《废都》引起了很大轰动，我刚看了几页就有点异议，也许结论过早，等全部看完再说我的看法吧。

林
1993 年 9 月 13 日

亲爱的陈：

一天没课，心情一早起来就很好。吃完早饭到图书馆，靠窗的座位全被占据，当然是那些刻苦的本科生干的。昨晚自习回去，看到马路上处处有清洁工在打扫，那时已经九点多钟了，喇叭里念着慷慨激昂的稿子，早上也是，那些执勤的学生戴红袖标，早已站在路边监督着。今天开始进入"战争"阶段，我就怕教委检查团抽问，不知躲到哪里学习才会安全？

我的创作已接近尾声，还剩下大约 2500 字，可已有些词穷的架势，只得瞎编一段董祀向蔡文姬吐露真情的情节，然后二人携儿女一起隐居乡里。你看怎么样？

陈，看《废都》庄之蝶在酒馆里的一段，忽然觉得你很了不起，我记得你也曾说过，别小看这些普通人，他们很可能都是了不起的人物。所以我就想，或许你已经达到了一个很高的层次，才使我总是显得无知、显得贫乏。贾平凹 40 多岁的人，被人看作奇才，是不是就在于他能从琐碎的日常生活中悟出高深的道理，是我们感觉到却不能很好表达出来的道理呢？可你的生活经历没有他丰富，如果有的话，你也会不同凡响的，对不对？不知道贾平凹是不是年轻时也爱忧郁、也整天思考，看上去心事重重的。

亲爱的陈，金黄色的夕阳平平地就在窗外，映得玻璃和窗帘发亮发红，校园里回荡着乐曲，阅览室人稀少，显得很静。屋内一切都是重新修整过的，好像是新的似的。现在感觉到学校的确有一所大学的味道了。

周一下午的政治课，一位 40 出头的男老师，看上去朴素又清贫，没想到第二节课大讲股票，把我们的瞌睡全讲跑了。想一想有点可笑，他的学识和外表不太相称。

林

1993 年 9 月 14 日

亲爱的陈：

早起外面下过雨，很凉，忙着打扫卫生（今天正式检查），已经是八点半。三四节有课，我得将信寄出了。算一下，来信需四天时间，如果今天能发出，星期六你会收到的。

昨晚一个人从图书馆往回走，路长天凉，走着走着就想起了每天我们在大学教学楼出来，有说有笑走那条坑坑洼洼的土路的情景。这时迎面跑来了一个人，那件深蓝色的运动服和浅色裤子，还有跑步的姿势，我忽然觉得真像你大一时的样子，吓了一跳。定神一想，现在你还在千里之外呢，怎么会是你呢？

这两天心情好些了吗？星期天别闷在屋里，去逛逛北京城，以后你可以带我去玩了。

愿你顺心！坏蛋。

不爱你的林

1993 年 9 月 15 日

亲爱的陈：

昨晚收到你的第二封信，短短的两页纸，看了让我好难受。不知道我的信你是不是已经收到了，现在你好些了吗？亲爱的，你会不会是因为太孤独了，不去找伴玩，所以才总是这样，或者你根本就把自己封闭起来了？我不要看你这样，我要你每天为自己的目标而生活，你说过要写作、要当作家，虽然这是既费精力又很清苦的工作，但我想你适合于它，别在意我曾经说过的气话，其实我知道你行的。

昨晚本要写信，可听说八点钟教委检查团检查卫生，还要提问，吓得我们三个全溜了，因为万一回答有差错，不仅代表学校的水平，而且秋后要罚款和处分。七点多就在教学院内溜达，后来又到操场那站着，直到九点多，教委的面包车开走。回去一看，灯被打开，全七楼挨个儿屋看了，我们庆幸出去得英明。听说别的系本科生回答不理想，支支吾吾的。所以直到今天才拿起笔，赶快写信。

《废都》看完了，庄最后的结局也令人同情。看了之后，我觉得庄的身上肯定有贾自己的影子。贾在书中写了自己，又加上别人的故事。看到最后，对这本书先前的厌恶消灭了不少，公平地说，他书中写的生活是真真实实的生活，甚至倾向于自然主义的真实。他不像"高尚"的作家那样遮掩，只写可示人的东西；也不像"低级"的作家的黄色小说。但是看书中的婚外恋（许多女孩儿一见面就发生关系，只能是小说中的吧）、毒品、假画、攀高枝，等等，都有一个"废"字在里面，灰突突的色彩，难怪此书会有轰动，也许是它太大胆、太颓废？这本书你看看吧！如果买不到，我把手中这本《十月》寄给你，这是霍彦秋在春城大学资料室借的，好像时间不限，她不着急要。

亲爱的陈，昨晚我第一次来到研究生的自习室，就是进校门靠左边大楼最右面的那座小楼，我们曾在那楼外的台阶上等了很久，为的是看我考研的成绩，你还记得吗？

我和同屋的张来到四楼一间自习室，这里条件真不错，一间普通教室那么大，屋里横放四条长长的拼起来的桌子，两边坐人，座位蒙着赭色的椅套，不用带垫子，很暖和。桌面光洁发亮，灯光充足，窗上有绿色的百叶窗帘，赏心悦目的。

明天一早开运动会，晚饭时却得知中文系教师分队缺两个老师，让我和另外一个女孩儿去替补，多别扭，和一帮中年人在一起算什么呢？还冒充老师呢，连老师的校徽都没有。虽然不想去，但又不能违抗命令。

因为教委的检查，今天伙食可真好啊。到学生食堂吃饭，肉菜有几大盆，素菜也好，我买的豆角，吃起来又嫩又香（平时老极了），这两天能托他们的福了。

对了，今天一早起来，为了避开检查组查寝，我和张到早市去了，就是在学校礼堂那条路上。真热闹极了，卖什么的都有，早点、水果、蔬菜、衣服、日用品……逛得我俩都好开心，觉得这才是生活呢。我们每人吃了一碗豆腐脑儿、一张馅饼，又买了一张白色煎饼留着，买了一斤葡萄。每年中秋节前的葡萄最多、最好，还便宜，七八角一斤。我还买了一只刷牙用的小塑料杯，给你买了一把梳子，我记得你那没有这个。原想买月饼，离中秋节还有半个月呢，然后就想，今年的中秋，我俩是分开的，月亮还是圆的。

看我是不是太爱花钱？不过算了一下，5 元以内，你别生气。学校的学生有不少来早市买东西的，以后有需要什么不能去外面商场，那是给有钱人的。我还发现了一个麻辣烫摊位，大概不会是四川正宗的吧？什么到这儿来，都会变成东北味儿的。还记得咱们学校那个四川人的炒面吗？后来不也放了大葱、大蒜的嘛（香菜还不洗）。亲爱的，你对我津津乐道这些俗事烦吗？可我觉得蛮快乐的。

亲爱的，不是我心急才字写得潦草，我一用圆珠笔就写得快。钢笔出水不够，写得慢，妨碍我说话。

吻你，要吗？

只爱自己不爱陈的林

1993 年 9 月 16 日

亲爱的陈：

你好吗？已是晚上十点一刻了，我很累，但还是想写信给你。原打算早上开运动会，却赶上可怕的雷阵雨，闪电就在我的窗外，五点钟就吓醒了。后来上课，直到下午四点，才开开幕式。

值得高兴的是，会上，国家教委一个副司长宣布说，检查的成绩很优秀，预先祝贺北方大学。等开幕式近一个小时，又站在烂泥草地上很长时间，晚上就累得不想动，在床上躺了一个小时。也许因为长期没锻炼了，我现在常感到虚弱，腰背不能挺直，而且酸疼，干点重活就累，以后得起来跑步、玩呼啦圈。加上半个月只吃蔬菜，我现在比见到你的时候肯定是瘦多了。

晚上写作文评点，才写了五篇，速度很慢，还有 30 多篇没写。有点事做，生活充实了，但读书的时间少了。从下月起，我要多读专业书，多学外语了，像你说的那样争取第一，其实我知道自己得第一太难，太难。

林
1993 年 9 月 17 日

亲爱的陈：

今早天气好极了，晴空万里。楼外操场上又是锣又是鼓，大喇叭一刻不闲，我想一个人在屋里也不行，太吵闹，静不下心，什么也干不成。我想一会儿找一个僻静处，可以悠闲地干自己的事了。

又到了周末，不知你周末怎么过？天冷了，你的衣服都准备好了吗？如果没有羽绒服，我还是想把这绿色的给你寄去，北京的冬天不应该穿军大衣吧？我的那件红色的特别保暖，不用也是浪费了，你一定要说实话，我知道你在吃穿方面对自己太苛刻了。

得早点知道你是否需要《废都》，如需要，请打电报来，这件事最好快点办，我只是想让你尽快看到。

星期六本来是属于我们两个人的，记得吗？那些逝去的周末。

爱你！

林
1993 年 9 月 18 日

亲爱的陈：

　　昨晚我在安静的图书馆摘抄《废都》片段，忽然脑子里一道闪光，差点叫出来，原来你是看过它的，对不对？你知道吗？当我看到庄不与秘书长握手，秘书长尴尬地弯起手指说今天是星期三、明天是星期四的时候，一下子就想起你也曾说过这个好笑的情节，还有你建议我去看一部小说，我没看，那一定就是它了。唉，我还在上一封信里，那么焦急地催你，真是的，你看的书怎么会比我少？这样的一部小说，你哪能没看过？所以我就自己懊悔不迭，在信里不该大肆评论，你会不会笑我？

　　不过呢，我也是在看它的时候，不想让别人知道我有这部小说，看完了，也不想告诉别人，仿佛它是一件宝贝，不想让别人来分享似的。

　　偶尔在食堂听到有人随意地评价它"黄"、少儿不宜之类的话，我就觉得不公平，为什么人们总对此比较敏感？为什么不赞叹作者的那种看透世俗、敢于用笔记录的真真正正的人的生活呢。就是《红楼梦》不也有性描写吗？只不过它的故事更强而弱化了这方面，《废都》则突出了这方面。

　　校运会昨天下午开完了，我在寝室待了一整天，耳旁传来清晰的音乐声、锣鼓声、大喇叭中的广播声、吵得人坐卧不宁又无处可去。上街玩吧，又没伴儿。去操场看了会儿，又给冻回来，风太大了。在喧闹声中，我耐着性子写作文评点，一天下来，竟然也完成了十来篇，成果还不错呢！估计再有三四天，就能将50篇对付完。

　　这里星期天和平时一样正常开饭，所以今天也没睡懒觉，早早地来到图书馆，预习英语是我今天的主要任务，明天有课。我要学习了，先不写了，好吗？

林
1993 年 9 月 19 日

亲爱的：

　　今天上午的英语课上得不像上次那样紧张了，因为外面操场上有小学生在练团体操，声音嘈杂，所以老师也没办法，只能对付上，感觉不那么难了。后两节课，我去洗了澡，这里是白天洗澡，从上午九点多到下午四点，不像我们原来学校那样在晚上。每次洗完澡都会感到累，你一个月洗几次？别偷懒。洗澡了，自己感到舒服干净，否则身上感觉不好，人就会不精神的。你们单位没有洗澡的地方，真令人奇怪，一般来说哪个单位都会有的呀？我记得去年在我舅姥姥家一个胡同办的澡堂洗一次要1.5元，昂贵吧？

中午我买了一两饺子，个儿挺大，味道很香，青椒白菜肉馅儿的，结果打的鸡蛋炒柿子就剩下了，晚上买了个包子就对付了。奇怪得很，以前和你在一起，食欲好得惊人，每一顿中饭都要有肉的，下午也吃得多，什么时候都是我大吃大嚼的，你只是象征性地动动勺子，不食人间烟火似的。可现在我一个人用那个黄色的塑料饭盒，每次都剩些，也许是这儿的分量足，也许是那些吃的东西对我的吸引力好像丧失了，不知是好是坏？其实也不是为了省钱，一次打了一份肉菜，吃得不怎么合胃口，肉也少，全是别的冒充，结果对肉菜好像就不想了。不过早晨买的大豆腐和酱，一份才0.18元，又清凉又好吃。现在早晨我不买油条了，因为它只有咱们原来的三分之一那么小，绝对不夸张，所以改吃馒头稀饭，很饱的。

你每天早上还买湖北大饼吃吗？可以多逛几处，多尝几样，换换口味，别吃腻了。可惜北京的早点不像南方，比如武汉吧，所有市民都买早点吃，叫"过早"的，热干面、米粉、烧卖，等等。反正武汉的早点是我最喜欢的，什么时候你有机会出差，一定要去尝尝啊。

亲爱的，直到现在还没收到你的信，也不知道你现在心情怎么样？大概是我们班那个义务信使不"义务"了，以后自己配一把钥匙也行，也许今晚就能有你的信了。昨晚上做梦看你的信，一句一句的语气好冷，让我好难受，幸亏是个梦而已。但又想，即使不这样又能如何？我会因此快乐吗？也许现在是这样，可以后呢？它是没有结果的，可为什么它还是在不断发展着？为什么我们还像从前那样？难道其中的曲曲折折都已过去了吗？我想不明白，就不去想它，又因为自己没什么主意，所以怕想着会陷入一种茫然之中，整个人就会不开朗了，变成林妹妹了。先写到这儿，好吗？

林

1993年9月20日

亲爱的狐狸：

果然，我的预感非常准确，昨晚一回寝室就有你的信了，原来你这个家伙在实行"报复"，我可从来不玩这种把戏啊，无论哪次写信，我可都从来是有原因晚的，绝不是故意"折磨"人家。可你呢？看在信已来的份儿上暂不追究啦。

亲爱的狐狸，看你的信好像好长似的，其实你斗大的字多占地方啊，一口气就能把它看完。我真不敢相信自己的眼睛，你真的有那么在乎我吗？你简直要把我弄糊涂了，你怎么说怎么有理，"常有理"就是你了。我就像被驯服的动物，在你的指挥下团团乱转，高兴了赏块儿糖，不高兴了给一鞭子，反正一切只要你开心、你愿意。而且你对我表示怀疑或不信任，很久以来，你的这种心理就存在着，好像没有这种心理你就不是你了，即使不对我，恐怕也会对别的能够和你在一起的人。因为你看过很多书，那些书教给你人生百态、险恶奸诈，于是你对世人便存有戒心，认为这便是有了头脑和知识。

我之所以这么说，是因为当我十几岁的时候，因为看伤痕文学的影响，看世界很灰，藐视一切人，冷漠、不动声色地冷眼看周围，甚至到现在，这种影响依然没有清除。直到上了大学，眼中的生活好像才添加亮的色彩，我性格中快活的一面才渐渐恢复。

要知道19岁的时候，我多老成，只有穿妈妈的土灰色的外套才能出门，只想有棵隐身草才好。但我是幸运的，既然自己还算跳出来了，有了更好的希望，那我就更不应该让自己发灰发霉。我好像把性格发展过程搞颠倒了，所以总觉得有不太对劲的地方，所以你说害怕我不改我的无心所做的事儿，我不知道怎么算改，假如所有的事我都能做得完美，那么只能等我成熟、再成熟，别忘了，我今天才满23岁，而不是32岁。或者到了32岁，也会做些让人受不了的傻事，我老是感到性格中有一点"憨"的因素，不知它能不能从我性格中消失？

贾平凹在一篇小说中将女人分为三等，第一等是那种天真纯洁的女孩儿，第二等是有着良好教养的女孩，第三等是有美丽外表的女孩儿。我不知自己可以被归入哪等，好像哪等都不像。我只记住了同屋张说的一句话，"你是个好女孩儿"，也许她在奉承我，但我感到高兴。真的，这句话评价我已经够了。

如果要有爱就必须有信任，没有信任的爱，是不牢固的、易碎的，你说呢，狐狸？我也不想让你为了我而"脱离"什么、"牺牲"什么，那样的爱会有一层阴影，会使我心不安的。不知道你看到这里，会不会有些生气？多亏看不到你的表情才大胆地想说什么就说什么，否则我早就给你"恐吓"住啦！按我二姐的说法是，"读书越多人越坏"，当然她是因我而说的，因为我常常说些让她很生气，却又无法辩解的话，当时我特得意，可现在我知道她说得不错。

不写了，我还有任务呢，明天再继续，好吗？

亲爱的，终于完成了 50 篇评点的任务，心里高兴极了，我大概只用了一个星期的时间，远远提前完成了任务，原计划是 25 日之前，不过写到最后，有点对付的意思，都没词儿啦。

中午发了学生证，因为已注册，所以年底前有一次机会可以利用一次，我有点儿想用它到你那里，算算路费来回 50 多元（半价），你说好不好？可转念一想，我们才分别了一个月，仿佛昨天才从你那儿来，今天又要去，你的同事会怎么想？不应该给别人一个印象，我是你很铁的女朋友，会不会限制到你和别的女孩儿的交往？所以虽然有点可惜，但浪费这次机会也能省点，就放弃它吧，你说呢？

你需要一个关心你、体贴你、全心全意为你而活的女人，我觉得我不具备这种圣母般的情操。从小我也在孤单中长大，我也特别需要爱，需要别人全心全意来爱我，这是很自私的。每次因为你去下棋而冷落我时，我会伤心难过，整晚坐在校园的马路牙子上哭泣，而你只知道那一次，也是偶然在下棋后兴冲冲地回来的时候遇上的。我不知道像我这样的人，会忘记自己而为别人活吗？我不敢随便向你保证，即使保证了，也可能做不到的。外面在闪电、打雷，一场暴风雨要来了，但愿你那里仍是晴空万里，别阴天。

亲爱的，这封信思路很乱，因为这几天稍稍着凉，头有点疼，可能词不达意，以后我再清晰地说明我的想法，不向你隐瞒一丝一毫的，也不想你生不生气，好吗？

只爱自己不爱你的林

1993 年 9 月 21 日

亲爱的陈：

说真话，每次一旦说出什么"严重"一点的话（那些话是伤人心的），我就会感到忐忑不安，因为我知道你容易被伤害，更何况你对我那么真心。可你要相信，我也不愿用一种表面的欢喜替代内心的忧伤，可一旦写了，告诉你了，我又不安，真的，很内疚。

如果你不是一个很特殊性格的男孩儿，许多女孩子该说的话我也会说，只是那样对你太残忍了。所以我和你相处这三年以来，几乎没有像你一而再再而三地伤害我那样来对你，甚至连反驳或辩解都是小心了又小心的。我并不是怕什么，既然我们曾经那么真诚地相爱过，而且到现在我也很爱你，觉得你是个难得的好人。了解了你内心的感情世界，我就要像爱护一位任性的孩子那样来爱护你的心，像母亲容忍孩子那样容忍你的所有难以令人接受的一切。

你不知道，假如我不爱一个人，那么再殷勤、再对我好也没有用，相反，只能引起我的厌恶。如果一个男孩儿以一种坦然的态度与我交往，我也是坦荡地对待，绝对不是你所想象的那样去和人家讲什么"我的故事"。我自认为自己并不是那种人，水性杨花的女子是我最鄙视的，瞧不起的。都已经长这么大了，难道还不懂人和人之间最起码的交往常识吗？有时候你的担心真是多余的。还记不记得我曾说过，如果你将来要娶妻，只能将她关起来，每天送点吃的，不让她与外界接触才行？如果你将来的妻子是一个有风度、有内涵、美丽的女子，爱你爱得几乎忘了自己的存在，那么你就能放心了吗？这样的女子如同清丽的月亮、芳香的花朵，人见人爱，如果别的男子爱她、追求她、要接近她，她虽然置之不理，可总要生活在众人之中吧，万一她与别人交往了，那么，你恨她、怀疑她，和她离婚吗？别人喜欢她，甚至追求她，难道是她的错吗？

封建社会说"女人是祸水"，因为他们不敢说是自己控制不住内心的欲望，只将一切恶毒的咒语指向无辜的女人，让女人们在千百条纲常之下抬不起头来，然后再娶三妻四妾尽情享受。

所以我说，如果将来你娶了非常令你满意的妻子，那么，无论有多少人喜欢她、赞美她，你都不要因此去怀疑她，检查她对你的忠诚。我还认为，如果丈夫对妻子总是不信任，持怀疑态度，以为妻子不是全心全意地照顾自己，在外面招蜂引蝶，那么这位丈夫就是个没有自信心的人。他其实是对自己的魅力没有把握，怕自己吸引不了妻子，没有男子汉的气概，于是一味地责骂妻子，其实这很可悲。

亲爱的狐狸，我想看到这儿，也许你早已怒不可遏，可能连信纸都被揉烂撕碎了吧？你可能以为我在为自己辩解、开脱，证明我怎么怎么了。其实我知道，聪明的你怎么会不了解我所写的这些皮毛玩意儿？那些话不是我瞎想出来的，从无数本写爱的书中，我们早已了解因为爱而发生的种种悲喜。

尤其对于我们女子，爱是我们生活的中心，女子上来就是为爱活着。对于爱的理解和研究，大概会深于男子吧。

我不是一个出众的女子，很平常、很普通，自认为内心中有着丰富而细腻的情感，它是我唯一的财富，因为怕被伤害，所以轻易不让人走进来，把心包起来，不轻易开启心扉。你还记得刚和你谈恋爱不长时间，你就发现我常以冷漠的态度应付你所说的话，以致你哭过、恼过、骂过，正因为这样你才打开了我的心，完全毫无保留打开，真的是毫无保留了啊！

可我这颗只捧给你的心，被你爱过、温暖过、甜蜜过、幸福过，同样也冷过、痛苦过、撕裂过。你不止一次用刀子般的话撕裂过我的心，当我痛哭失声、泪如雨下的时候，我感觉到我脆弱的心在哆嗦、发抖，疼得揪成一团……

经过反反复复的折磨，如今我的心不再那么脆弱、柔嫩了，它也被打磨得结了硬壳、起了老茧——心老了，人也老了。陈，说起这些了，我又成了灰色的我，在你眼中又难看吧（当你心情不好的时候，我就变丑了）？因为我深深体会到被所爱的人伤害，那痛有多深，别以为我是个粗心大意、不懂得感情的人，所以我尽力不去同样对你。即使你不再爱我、不会娶我，我也绝不会用话来做刀子，那样太疼太疼了，你明白了吗？你懂得我的心吗？

陈，直到现在，我才稍稍清楚地分析了自己的心理，以前总想说清楚却总也表达不出来，不像你从一开始就能头头是道地说明白，"既爱我又不敢娶我"的理论弄得我像个木头人，恨死了自己的无能。

亲爱的，我不知道你喜欢读我哪样的信，这样的信与前面的信相比，太沉重，太有说教性，我想你可能不愿意看，所以请你回信告诉我，是否喜欢读不谈感情和往事的信，只谈现在的学习和生活？我怕这样的信会影响你的情绪，没有充足的精神去上班、工作，请你如实告诉我。

等待你对这封信的回答。别因它而低沉，好吗？

依旧心里只有你的林

1993 年 9 月 22 日

亲爱的陈：

9 月 23 日有点不同寻常，奥运会能申办成功吗？当然，这个答案明天一早全国人都可以知道的。学校提前警告我们，不论成功与否，一律不许有过激行为。对了，今天我们也发钱了，当然是盼望已久的了。

亲爱的，看你信中说你逛书市什么书也没买，倒累得够呛，真让人心疼，为什么不买呢？难道单位不给你们什么书报费之类的？我记得我们厂给那些有文凭的人发的呀。也许是你那一个月的工资只够吃饭的，对吗？不像银行一类的单位，刚上班的大学生就有 400 多元，转正就过 500 元，真不能比，怪不得当初财经学校、商业学校那么热，二类竟要一类的分数。

你那么爱看书，干脆找一个图书馆办个借书证吧，我想偌大一个北京城，应该有不少图书馆吧，这样岂不是方便多了吗？借来几本书，看完以后再借，总有书看的。我们这办借书证要交 55 元，50 元作为押金的。

北京太大，从一个地方到另一个地方，竟要骑车那么长时间，不如坐公交得了，又花不了几个钱，还不累，以后限制你超过半个小时的路程不要骑自行车，好不好？也不许你对那些什么《床》之类的书感兴趣，本来好好的一个男孩，看了乌七八糟的书以后就变邪了，天天胡思乱想、萎靡不振的，那多糟糕！我不喜欢你在书摊儿上总找那方面的书，我才不看呢。如果遇到一些值得看的好书，也别心疼钱，大概不是受我的影响吧，你曾说过和我上街总是买不到什么书，而以前却一摞一摞地买。

好了，大清早和你聊了一通，我得珍惜时光，看书学习，有空再说。亲爱的陈，晚上好冷啊，奇怪，今年的寒气来得太早了，穿上秋衣、秋裤、毛衣外套都冷，还得再套上一件。我觉得头发烫，躺着趴着在床上听了两个小时的听力，明天有听力课，题不难，只是个别单词听不准，得反复听清。教阅读和写作的外教说的是英语，听起来有点吃力，她说得又轻又快，又不会说汉语，常常课堂上只有两三个学生可以回答她的问题，有的听力特别棒的，又说她其实什么写作方法也没教出来，还瞧不起她。

写东西的任务完成之后，我开始攻读外语、专业，偏偏头发烫，看了一天多，可难受了，似乎也没记住什么。下午发了"工资"，94.9 元，幸好没交借书证的押金，因为现在撤销了，才得以有 90 元的进项，少得只够生活吧。

陈，我感觉不太舒服的时候，真想你，每次我一生病或来例假，你都会"开恩"让我买好东西吃，现在我什么欲望也没有，只希望你能陪在我身边。

感到了冬的来临，心里不禁也发冷。你在北京感到冷吗？冷和孤单好像是相连的，我不喜欢这种天气，又阴、又冷、又有雨，不喜欢。

我在想你呢，你呢？

林

1993 年 9 月 23 日

亲爱的：

　　早上听到悉尼成为幸运者的消息，心里有点可惜，看来大家的预感是不错的，昨晚虽然有不少人很激动，熬夜等着电视播放新闻，可到了早晨，却一点动静也没有，大家好像已经坦然接受了一样。北京有什么反应吗？等 2004 年吧，只有这么想了。天气也怪，又哗哗地下起雨来，仿佛也为此感慨悲哀。

　　昨晚预习过听力之后，早上听课轻松多了，基本上都正确，不像以前那么紧张，我们发的听力磁带还有英文歌曲，特别好听，每天中午我都听点播歌曲，几个台都有，不知听哪个好了。

　　现在在看一些书，都是你寄过来的，《文学对话》《歌德谈话录》《创作随想录》等，也不知看了记住没有，反正一没课，我就拿过来看。这半学期主要是为那些英语不好的人赶上来而设的，我有点想到系里上选修课，以后可以轻松点，又有点怕基础不够，因为是和上一届的学生一起学。

　　要睡午觉了，祝你午休做个好梦！

　　亲爱的陈，下午乐颠颠去取信，结果都没有，我想了想，你的来信也是说不准的，凭着高兴想什么时候寄就什么时候寄，还说是"惩罚"我，不许你这样！我算了一下，从春城到北京要四天，而我一三五来取信，那你就应该周一或周三寄信。我不喜欢别人送信来，然后谢人家一通，而且你第一封信的封口被拆开，也不知道是谁干的。所以我想还是自己来取信比较放心些。

　　下午去图书馆借书处转了两个小时，总觉得可借的书不多，三年得看多少书啊，我该看哪些呢？要不要问一问老师？为了加强理论修养，我得多看书才能跟得上别人。也许是没找到宝库的位置吧。这儿开架小说竟然比我们原来学校的还少，真是奇怪，原以为这里的书一定丰富极了，但我大略看了看，写作方面的书充其量就十几本吧，一个学期就能读完。现在共有十个借书卡，比本科时候多一倍，今天我用了三个，看来只要想学是绝对闲不着的。

　　亲爱的，希望明天能有我的信，你给我寄了吗？因为周日不邮信，我得赶在明早前把信寄出。一写信，稿纸用得飞快，但愿不是废话，喜欢我这么唠叨吗？若不喜欢，以后就简明扼要，像你练大字那样，怎么样？否则给你写了信就不再写日记，以后当日记读。

可以吻一下吗？

只爱自己的林
1993 年 9 月 24 日

亲爱的陈：

你好吗？上午九点半了，你应该在办公室里上班，而我却坐在寝室的桌子旁，不知该干什么好。在北京的三天半①，似乎很长很长，每天都那么愉快而充实，我仿佛觉得自己很久以前就在北京生活似的，很熟悉、很自在。直到走在回宿舍的路上，我还沉浸在那种心情之中，根本没有一点回来的感觉，等到重新去食堂吃饭，我还恍惚地感觉这种生活离我很远，我的人在这吃饭，满脑子还是我们两个人在你那里做菜、择菜的情景。临走之前，我强烈地看到我多么想就这样和你生活下去，像以前一样一起去上班，一起去买东西，一起吃饭，一起……一想到又要回到这冷清而枯燥的环境之中，我就很难过，真想痛哭一场，可你不准我这样，那我们只好高高兴兴地道别。反正要走，谁也不能挽回。但我好想你，好想你啊，我不能离开你。真的，我已经依赖你依赖惯了，好像已经没有了主心骨，你怎么说我就怎么做。从你让我考研那时起，我就完全把自己的命运交给你来掌握，我们都明白，这是唯一能使我们将来在一起的希望。开始我以为找到你就能顺顺利利地和你在一起，哪里想到会有这么多的曲折和磨难。亲爱的，我在你那儿三天，你高兴吗？你感到快乐吗？你还是不爱笑，或许我去你那里也给你增加了负担，毕竟我住在你那里，别人不会说什么吧？

亲爱的，你一个人过单身生活，我真的于心不忍，总想让你过得更舒服一些，我相信如果我天天给你做吃的，照顾你的日常生活，你会更健康、更强壮。

在火车上，我一直睡到春城。火车晚点半个小时，我中午十二点半到学校，休息一会儿就上课去了。老师点名了。第二节课我就溜回宿舍去洗澡，非常舒服。这一次出去玩得真脏死了，头发上一大股油烟味（将来要当唐

---

① "十一"邓林来北京看陈错。

琬，千万不能下厨房）。吃过晚饭就洗衣服，毛衣、裤子、包全洗了，忙了两个多小时，后来又拆毛线，一直到十点多钟，倒头就呼呼大睡。

睡到早晨七点，洗漱一下，背上那双鞋去早市。结果我一去，那个女摊主便说"你总算来了"，然后马上把那只正确的鞋换给我，因为她那里也是一双顺拐的，没法卖出去，不到两分钟的事儿。弄得我不知道说什么好，气都没法出，只好再背回来。因为这毕竟是一双对的鞋了，可它怎么才能重新回到你身边呢？我打算给你寄去，你别反对我，这虽然不是一双多么好的鞋，它只是我给你买的当便鞋穿的，也许它不结实、质量不好，但它是我特意给你买的，就穿一秋天也好，否则放在我这里，我会着急的。对不起，亲爱的，我没有给你买一双特别好的鞋，你别说我不爱你，我用的钱都不是自己的，我不敢大手大脚地花，虽然我这里还有700多元，但这是三年所需要的学费、路费，我不打算再向家里要钱了。这一次所带的钱，和以前咱们剩下的钱都在这里了，因为我干不来兼职或家教，只想安心读好书，所以只能节省地过日子，你别笑我小气，好吗？我给自己买的那双鞋，就是为了让你看到我不是那么难看的，我要为你打扮自己，不给你丢脸，记得你曾说过我穿不好看的衣服是给你丢脸的吗？

亲爱的，我想你，盼你的来信，现在最想的是你的信，见到它，就像见到了你一样，还有那些照片，该不会把我照得很不好看吧？那么多人，照起来不好意思，是不是有点拘谨？

林

1993 年 10 月 5 日上午十点半

亲爱的陈：

我好想你，我该怎么办？现在是十四点四十五分，刚刚睡起来，疲劳已基本消除了，可心情还是恢复不过来。这儿真冷，穿一件毛衣都冻手，走在外面必须穿厚衣服。

中午去存钱，回来在走廊上看报纸上说天安门广场10月1日早晨有升旗仪式，上万人围观，怪不得那天广场上人如此之多，还有圆明园菊花展的消息。看到这些关于北京的消息，心里非常亲切，因为那里也有我们俩曾走过的身影啊。

我不想学习，不想看书，只想和你在一起，我不知道自己是怎么搞的，一想到前天我们还在一起的，你对我那么好，什么都依我，我在你的床上就睡得很香、很安心，无忧无虑。我们一起等车，一起去吃煎饼，喝一碗茶，吃一个盒饭，你还是那样只给我照相，却舍不得给自己拍照，还有很多很多，就是你吃我做的饭菜那种饥饿劲儿我也记得，真喜欢你那个劲儿，如果总能那样就好了。越想越难受，越想越伤心，想哭不能哭，想说不能说，有时甚至有些烦躁不安，什么事儿也不想干。桌上、床上、书架上都有些凌乱，我也没有心情去收拾它们，只想给你写信，却写不清心中这种奇怪的感觉，我的心已不在这儿，人只能恍恍惚惚地行动着。

　　亲爱的，还有两年多我才能工作，才能离开春城这个寒冷的地方，两年以后，我能到你身边吗？我们可以在一起了吗？你对我是怎么想的？是不是以为我不能把自己全部给你，所以你也不能完全相信我，仅仅因为那不堪一击的处女膜还将你隔在外面？我不知该怎么说，反正我认为我在全身心地爱你。我不知道你是不是始终以那一层之隔作为爱情的标准和尺度，进一寸则实，退一步则虚？我知道你很想试一试，那一试，可能不会有危险。但我怕，我怕不敢面对父母、姐姐，不敢面对同龄的女孩儿们，怕自己从此心里发生变化，怕失落，怕你从此不再珍惜我。因为也许我不能像唐琬、阿灿那样给你死去活来的愉快的感觉，怕你试过之后失望。真的，在那随便的环境中，我不能全忘记周围，不能放开自己。当你抚摸我、亲吻我身体的时候，我感到很舒服，可你的太阳一碰到那儿，我就紧张，根源还在于我有心理压力，不能解除那些阴影，否则，发生关系是很平常的事。我不骗你，在我的内心中，我特别希望自己的第一次非常完美，从此过一种和谐美妙的性生活，希望自己在第一次就和你一起达到性高潮，一起死去活来，那样才没有遗憾。可那种境界只有在我与你毫无心理压力的情况下，才有可能达到，我不想在自己没有全部放开的情况下，允许你进去，也许你能达到高潮或满足，但我可能就只是迎合你而已了。你说我的想法错了吗？

　　第一次性生活对女人的将来很重要，如果不感到愉快，以后也会害怕性生活、会痛苦。我想自己一定要做个性生活幸福的女人，不再对它抱有偏见，我以前一直以为它很丑恶、很下流，你已经改变了我对它的看法，又希望你第一次就让我"幸福"，好吗？我知道自己在新婚之夜一定会幸福得要死，因为那一夜我是新娘，可以和丈夫一起过性生活了，没有人管得着我们。那种美丽而温馨的气氛，有音乐和柔和的灯光，有淡淡的香味，那一夜，我将最美丽，这是我的梦，也可能是所有女孩子的梦。我又老调重弹，你不喜欢听了吧。亲爱的，我真的是这么想的，你为什么不这么想呢？你只知道一个女孩儿只要爱一个人，就会奉献出她的全部。而我认为全部的含义不能仅指贞操，不能理解为一个女孩儿只要爱一个人，就会奉献出她的贞操，如果仅指贞操，那么，这种爱只是肉体的相悦，这种爱只能叫情欲。爱情等于贞操吗？

亲爱的陈，晚上把毛衣线洗了，然后看了会儿英语，明天有课。把鞋包裹缝好了，不知邮局是否要检查，不过带上针线有备无患，校园内的邮局可以寄快件、包裹，挺方便的。存了300元死期的，期限两年，剩下的准备存活期，反正留在抽屉里也没用处。

明天先寄出这封信吧，你嘱咐我一到就写信报平安的，那就先写到这儿了。我一切都好，就是不想刻苦地学习，只想你。

吻你的大鼻子！

你的林

1993年10月5日

亲爱的大鼻子：

坐在自习室的第一件事就是给你写信，中午吃完饭把鞋寄走了，学校邮局的服务员根本不检查，所以我的包不必再打开，非常顺利，我想它也会顺利到达，对吧？看来真是好事多磨，以后越长大可能要办的事儿越难，对吗？怪不得大人都那么老成，都是给磨的。

瞧，我4日到学校，5日就来例假了，胀胀的不舒服，却特别想吃东西。也许是因为春城比北京冷得多，我一回来胃口可好了，什么都想吃，把胃胀疼了还想吃，真是怪事。

亲爱的，你好吗？没有感冒吧？但愿你一切都好，明天不能有你的信，得等到后天呢，我真等不及了。不知道你回去后怎么样了，有没有被我给累着，天天陪我出去逛，晚上也不休息，你的身体还好吧？

今天上课我也无精打采的，半听不听，精力集中不了。看别人的作业写得那么棒，我又着急自己的水平还太低，真是矛盾。现在我缺少稳定的心情，还没有上进心，都是你的缘故，以后你要多鼓励我，虽然你的鼓励不太起作用。

　　亲爱的陈，晚上我精力很好，头脑也清醒多了，因为坐在一间阴面教室里，空气清凉，只有三四个人，而这间大教室至少可以坐 120 人，灯光明亮，好奢侈啊。看了两个小时的《秦汉风俗》，为了修改小说看的。里面写得非常有趣，古代人的穿戴、饮食、婚嫁太有意思了，描写吃的东西特别好玩，你看（略）。你看我边抄边流口水啦，要知道那些菜都是肥嘟嘟的，我们大概都不敢吃的，可看上去却那么诱人，古人的饭菜真会比今人做得好吃吗？我不信，但那时的肉，尤其是野鸡、大雁、熊掌之类的，一定比现在的肉鲜美，那时的作料不会有今天这么全吧？在冷冰冰的教室中，想着美味佳肴，一种精神享受啊，你又笑我像饕餮了吧？讨厌的家伙，不许说这个词儿，我一点都不馋的。我要乖乖地为你减肥，保持体形不变臃肿，好不好？我是不是变得好看一点了？你喜欢吗？可是人一瘦，不该瘦的也瘦了，怎么办呢？

　　亲爱的陈，我该回宿舍了，晚安，吻你。

林
1993 年 10 月 6 日

亲爱的宝贝：

　　终于有你的信了，虽然只有薄薄的两页，可我高兴极了。瞧，又说了一大堆傻话，寄来的三张照片，不知道是好的还是不好的，如果是最不好的，那我可高兴死了，别的会照得更漂亮，如果是最好看的，我可伤心了，别的还没有它们好啊？我原以为我会照得比以前好看，因为减肥了嘛，结果却远远没有我想象的好。

　　亲爱的陈，为什么信中一点也不提照片好不好？是不是我一点都不好看了？你信中说我连颧骨都瘦出来了，加上晒黑了脸，那我一定让你失望了吧？你放心，陈啊，这回回来我胃口真的很好，每次吃饭都狼吞虎咽的，尽管味道不好，我还是吃得很带劲儿呢，为了让你满意，我要使自己更胖、更白、更好看。我别的照片有没有显得很憔悴？因为一路的疲劳和游玩，总会使人看上去风尘仆仆的，希望你别失望，啊？

　　趁现在有条件，你多照照片，练好手艺。对了，亲爱的，我还没看到你的那张呢，那是我最想看的一张。以后等我看完了，把认为最满意的再寄给你，让你记住我好看的时候，好不好？

　　亲爱的，我想死你了，都怪你那么好，你除了那天对我撒气（没取到相片就生气）以外，其他的时候我都很高兴。虽然我们只是吃和睡，没有谈及一点别的东西，但你想想时间那么短，我们只想静静地享受只有两个人的世界，为什么还要让别的东西来分享呢？

我们没有时间谈话，因为知道信里可以写，写得够够的，况且我特别想亲自给你做菜，让你好好改善一下（也包括我自己），我还比较满意我的手艺，你呢？

其实我心里也遗憾咱们没有一起好好赏赏月、说说话，可你不和我去赏月，所以就没有机会谈心啰？别遗憾，以后见了面再谈严肃话题好了。

陈，现在我的心情很不平静，一会儿高兴，一会儿又沮丧，也许和例假也有关系，等以后渐渐步入正轨就好了，晚上本想上自习，但明天有听力，就留在屋里听英语，只听了一个多小时的样子，就看照片写信，听音乐，今天晚上基本是玩过来的，原打算改小说的，只能等明后天再开始了。

因为晚上陆续有男生来找张和王，寝室很吵，后悔应该还是出去好。我现在坐在床上写信，下面还有一个陌生的男生在和她们聊天，笑声不断，塞上耳机还能听见，没心情了，先写到这儿吧。

亲爱的，我爱你！

晚安，吻你！

林
1993 年 10 月 7 日

亲爱的陈：

向你报告今天的行踪。上午两节课后去中文资料室找资料，结果白跑一趟，什么也没找到。回宿舍的路上，路过一间大木工房，叮叮当当地做柜子之类的，就灵机一动向里面很和气的工人师傅要了两根一般长的木棍，拿回来用来挂窗帘。因为以前就找了两根拖把棍，四个就凑齐了，准备明天晚上认真地安上。中午把窗帘找出来，哗啦啦洗了晾起来，再翻箱倒柜找绳子，总算把那堆长绳子找出来了，心里很得意，以后有了帘儿可免去不少麻烦了。

而且，我又动手完成一项大"事业"，你一定猜不到是什么？先不告诉你，等完成了再说。下午去图书馆借了两本英语书，都不错，让我很满意，因为书店卖要七八元，而借就太方便了。学校图书馆还是有不少好书，只是遇不上机会，别人都借走了。我发现了图书馆一楼有个书店卖书，而且都挺新、挺热的那种，可惜买不起。比如说《歌德如是说》就有好几个人买，《什么什么如是说》一套书、散文集、诗集也是一套一套的，不知买哪个好？以后争取能借到。我又要去上晚自习了，先写到这，晚上再聊。

亲爱的，晚上回来了，心情很好。今天研究生综合楼的自习室，不知从哪儿来了那么多人，多半是93级的，一开门就蜂拥而入，有的人竟然没座儿，倒很安静。我的小说改得也很顺利，当然还有好大一部分没开始。

到今天已是第三天了，该给你寄信了，但忘记了省信纸（两面写）。亲爱的，今天该收到包裹单了吧？对了，今早雾大，外面湿漉漉的，有点冷，到了晚上倒没冷风了。

中午吃了一顿肘子肉，结果却炖煳了，味道说好也不好，没什么特别的感觉。晚上打了一份菠菜拌凉皮，要1元，所以一天的伙食加起来近3.5元，也没觉得吃得多舒服，还不如平时的青菜好吃呢。以后不想打肉菜了，发现还不如我们以前学校的排骨、肉段好吃。

亲爱的，我现在感到周围人都有点挑剔了，不像刚开学时那样友好和容忍，我还是像以前那样洁身自好，少说话，多做事，多学习为好。先写到这儿，想你，吻你。

爱你的林

1993 年 10 月 8 日

亲爱的陈：

上午在图书馆改了一上午的小说，下午可望改完，一路顺利吧？反正这小说人家已经说不错了，而且我改得也不少，增添了不少汉代风俗，我以为增加的东西很好，不晓得人家怎么看。

中午吃完饭，我和同屋王一起动手泡大蒜，把一个小玻璃瓶洗刷干净，剥了一堆蒜，然后泡起来，但我发现买的米醋非常淡，几乎闻不出醋味来，不知道到底能不能泡好呢？你看我们多悠闲，张有一个家教，下午就去了。

现在两点二十五分，天阴沉沉的，起风，外面好像很冷。我的心情有点不好，因为中午看到楼下贴出了英语免修考试通知，六级以上的学生下周二考试，我原来也打算报名的，但没想到这么早就考了，别的女生有四个报了名，我错过了这个机会，下学期可能要忙一些了。反正我也很闲，就这样吧，好好学习外语，还有外教什么的，但愿能比以前多点能力。只是心里有点不平衡，发现自己现在真的有些懒散，不像以前那么刻苦，难道我在享受吗？

亲爱的，有时候我想想将来，觉得一点底都没有，我会在哪里工作？我们俩到底会有什么样的结局？我要过一种什么样的生活，平静的、安逸的、清贫的，还是忙碌的？我会成什么样？你会成什么样？你什么时候会有成家的念头，家在哪？你不对我说你的想法、打算，你只对我说，你什么时候再给我做菜，什么时候呢？那当然是在你还爱我的时候了。

亲爱的，晚上我把窗帘挂上了，围起来感觉有些不同，好像空间突然变小了，屋内突然拥挤起来了，不过坐在帘中很安全，也感觉暖和了一点，这种感觉真好。我现在有点想找点事儿做了，因为张晚上回来说她又接了一个家教，是她教的那个女孩儿的表弟，上小学三年级，两个都是小学生，可以说教起来很轻松，成绩容易提高，一个月给她 120 元，只需一星期一次课，几乎是每小时 5 元，这个报酬相当高了。想到她从此可以自食其力，不必再向家里要钱。我真的很羡慕，只是我谁也不认识，到哪里去找呢？

后来我就一直在干我的"事业"，一直到睡觉时间。

已经十一点四十分了，你睡了吧，大鼻子？祝你做个好梦！吻你！

林
1993 年 10 月 9 日

亲爱的：

周日一天我非常刻苦，你看上午八点到十一点，下午两点到四点半，一直都看外语，速度虽然不快，毕竟学进去了，还没有感到烦。

晚上我们寝室的张要请两个男生跳舞，因为他们帮了她的忙。有个姓黄的男生是 91 级的，和我们寝室比较熟，想趁机也请王和我，但我们俩都拒绝了。我去上自习，从六点抄起，一直抄到九点，才抄了十几页的小说，我正在誊写，可字怎么也写不好。可能一方面是好久不写正楷字了，另一方面，那支钢笔还是不爱下水，写写就甩甩，吸墨水前我还特意清洗了，可不知怎么它就是不通水，写的字深深浅浅的不好看。还有 50 多页，够抄几个晚上的了。别人看我每天都学习，以为我多刻苦呢，哪知我并不是总学，而在干别的呢。

秋天真正来了，校园里那一排排高大的杨树、柳树都开始发黄，树顶先变成黄色，下面还绿着，抬头一看，正巧蓝天下一片黄色调，太阳也暖暖的，只是不断有大风吹起，树叶翻江倒海似的翻卷。特别是一场小雨后，路上一层半黄半绿的叶子，真不想让它们就此落下来，冬天太萧条了。

今天是 11 日，眼看到十月中旬，觉得这个月过得快多了，你有这个感觉吗？我现在是盼望时间快点过，却又不舍得让这个比较清闲的学期过去，以后忙起来，我就不能总沉浸在自己的心情中，各种学业上的问题接连而来，人事关系、师生关系也会复杂起来，那时不知还能不能天天给你写一封信，天天心里装着你，那时你会生气吗？肯定会生气，我为了自己又不顾及你了，对不对，傻蛋儿？

我想我可能在别人眼中显得有点怪，因为我从不去玩，不跳舞，不看录像，没有朋友，只是天天写啊写的，背个书包来来去去的。那个姓黄的男生请过她俩，但我每次都找借口不去跳舞，说自己不会又不能得罪人，毕竟他不是坏人吧。

亲爱的，真想你，我还不能适应一个人生活，每次一个人的时候，总觉得哪哪都不得劲，缺少了最主要的东西——敏捷的思维和女孩儿应有的活力。你的黑白相片洗出来了吗？照得好吗？有好的让我也看一看行吗？等一会儿吃完饭，我去取信，但愿能有我的，亲爱的陈的信！

林

1993 年 10 月 11 日

亲爱的陈：

一连两天没有你的信，我的心情坏到极点，昨天一个字也写不下去，只好空了一天。今早起来到医院看牙，回来人感觉不好，牙没什么，对付去吧。三四节有课，我一直在缠一团乱线，消磨时间，虽然外面阳光明媚，可心情非常暗淡。下午政治学习，我又去开信箱，仍旧没有信！我感觉实在太奇怪了。突然想起有三天没看寄包裹的小黑板了，一看却发现了我的名字，原来如此。真想立刻取来，然而，没带学生证，那老师又非常不近人情，人还不在。我此时坐在教室里心急火燎，政治学习还没开始，我只想快点取来我的东西，那里面会是什么呢？怪不得这么多天没有信，真是怪自己忽略了这个小黑板。又担心那老师下午不能来，宿舍又远，来回最快也要 20 分钟，上帝保佑我，我真想看到它！

亲爱的，会开了不到 15 分钟，我忙跑下来取信，那老师竟然没有凶，让我取了。拆开一看，不出我所料，性急的你把照片全寄来了，还有短短的两页信，反复看了三遍照片，感觉还可以，有的略显疲倦，主要还是照风景嘛。有这么多的照片，真让人高兴！亲爱的，你将我坐在石头上的那张放在最上面，是不是认为它最好看？我最喜欢那张背景全是黄色瓦片的，多有古建筑的特点。原来你第一次寄给我的不是最好的，也不是最差的，不过我也想让你保留几张，你说你想要哪几张，我再寄给你好吗？

今天终于收到了你的信，其实这信周一就到了，可我周三才看到，真急死我了。好了，可以寄信给你了，这一次一定也让你等急了。本想今早寄出的，可总不踏实，非要等到今天看看结果不可。以后估计不会再有挂号了吧？这下我又多了一项任务，天天蹲下去在小黑板上仔细搜查本人的大名，大约十有八九会落空，不过我会注意的。

这两天晚上我都在看《北京人在纽约》，八点多钟赶到六楼的女生电视室，里面总是满满的，前天是跳桌子到了第一排，看到第14集，昨天实在人多，就跑到三楼男生电视室看的，男生看的人不多。不知这14集和15集你都看了吗？记得一号那天你还抽空去看电视，我奇怪是什么片子这么吸引你，一定特别精彩了，回来后忘记去看，等想起来已到13集了，好在小说我也看过，问题不大。我喜欢马晓晴的演技，她越来越成熟，演得比以前更好了。那个阿春我对她没什么好感，好像一个半老徐娘；郭燕像个大龄女青年，我指的是她不像个有个女儿的母亲；姜文没有我以前觉得那么丑了，但仍有点滑稽感；大卫幽默而有胆量，他可能是新加的角色，原作中好像没有他吧。我想以后的几集，我会接着看下去的，至少美国的街景、建筑、生活都能令人开开眼界。

这两天我有点小感冒，有点头疼，怕冷，因为这儿的最低气温有零下二摄氏度呢，乍冷乍热的，真让人受不了。我感冒最怕头疼，它最影响情绪。对了，这感冒是因为有一天我脱得只剩下小内衣睡觉，冰冷的被窝，一夜都没有暖和过来，第二天早晨就不好受了。当然，我绝不是愿意这样，因为她们说穿得越少，睡得越暖和，可我却恰恰相反，以后不敢这样了。

你的月亮很好，它们比以前鼓了一点，不知是不是因为这一阵子胃口好的缘故，希望再接再厉，达到我所希望的程度。我感觉自己现在不像大学时那么多肉，所以行动时轻快了一些，只是因为缺少肉而显得皮肤不如以前好，有些干燥。

陈，信中你好像总有事儿，忙来忙去的，但愿你的照片能早一点洗出来，你的显影罐儿买了吗？你在哪儿建暗室？亲爱的，你平时要多买点东西吃，别对付自己的肚子，天天那么累，又不吃好，肯定会受不住的。你看附近的街上各种烤面包、馒头、包子、面条都有，还有熟的热菜，饿了可以买些回来。别以为买这些东西是女孩子才干的事情，你总是在生活上太苛求自己，跟自己身体过不去，太傻了。食欲，你在这方面就比不上书中的人物了，性欲倒不相上下。你看那庄之蝶其实很会吃，他吃什么蚕蛹、王八、羊肉，记得他买菜的清单吗？多像《红楼梦》里列的菜单，长长的一大串。人家可没有一天只吃一顿盒饭，屋里没有半粒米。今天学的英语课文中还说，吃好可以使情绪变得好起来。

你实在是个大傻瓜！瞧你照片上有多瘦，幸好还知道饿了买包子吃，只是买两个，多吃一点不行吗？你若不好好培养你的食欲，就不要总想"亲亲"，性欲不也是罪恶之一吗？反正怎么说你也改不了，每次买吃的都让我去，羞不羞？以后有了家你就会知道，男人买米买菜买食品多么正常，世界上没有比这更正常的事儿了。你是个孔老夫子！乖，想吃什么就买、就吃、就做好不好？

好了，不说了，你不会生气吧？下次见到你，千万别像照片上这么瘦了，好吗？周三下午各教室打扫卫生，我换了几间教室，真是的，写封信也找不到安静的角落。好吧，亲爱的，明天寄信给你，愿你天天充实快乐！真希望我能天天快乐，别忘了，这快乐是你给我的呀。

吻你！

你的林

1993 年 10 月 13 日

亲爱的陈：

这是谁的纸？上次到你那里拿回来厚厚的信，发现原来还有一些没有写上字的，看我是不是很贪心？用你的信纸写信，感觉真怪，好像看见了你也在写一样。

周四给你寄出信后，一直盼你的信到周六，可是你的没来，我真担心我的包裹你是否收到了，否则怎么会这么久没有消息？要是丢了该怎么办呢？这双鞋的命运令人提心吊胆的，亲爱的，快来信告诉我说你已经穿上了，好不好？

亲爱的，天冷，我把你的护膝拿出来套上，顿时，双腿从下至上便暖和起来，以前穿上只觉得特别紧，也许太紧了，就不觉得暖和了，现在也许是腿瘦了一些吧。

我花了一个星期时间，周六才将小说全部抄完，有些部分字还可以，有些部分还是有点潦草，又写上了内容简介和标题（标题名叫"北雁南归"，太普通，引不起读者兴趣吧，但又不想起什么《同心心自结》一类，一看就是用爱情小说的名字来吸引人）。这一周过得没什么意思，抄得人有点发蒙。我想有时间我可以写点东西，投投稿什么的，因为老师都说应该早点练笔投稿。

今天睡了一个大懒觉，昨晚降温风特别大，今早起来外面就有一层薄霜，不一会儿就又散去了，阳光真好。因为周日也是三顿饭，所以早饭是赶不上了，我的饭盒里还留有昨晚的饭菜，于是用电炉子热了。电炉子是一个姓胡的男生送给张的，她对他似乎有意，于是那男生特别殷勤，给她找棍、找绳、挂帘，给她一个花盆种蒜，让她监督他戒烟，等等，反正很兴奋。我和王过一种相同的生活，她的目标是考六级，我只想好好学习外语，多看点书和清静的时候给你写信。

吻你！

你的林

1993 年 10 月 17 日

亲爱的陈：

昨晚上六楼女生用电器把保险丝烧坏了，没有人去修，结果就黑了一晚上，我准备去图书馆看书的，但一个学音乐的女孩儿，她和我们屋的张很好，邀我去琴房玩，我也特别想看看，于是就去玩了一晚上。她练指法、练声，在那种音乐的气氛中，我真的特别感动，有一种强烈的愿望，想学弹钢琴、唱歌。

她找我当然也是有事的，她因为和男朋友相处得苦闷，就向我诉说，让我帮助她想个办法。我不明白是否自己看上去很面善，她反正就很信任我，我也只能翻来覆去地鼓励她，如果她真喜欢上一个男的，就需要勇气去得到那个人。

我想向她学琴，但她教一个小时收 12.5 元，我没有胆量让她白教，毕竟我们没有熟到那个份儿上。她花了 7000 元自己买了一架钢琴，租房教小孩儿，她的钱全是自己挣来的。看她那么能干，我觉得自己太平庸，太没能力了。所以昨晚回来很憋闷，心里特别沉，摸黑洗了后上床，抱着吉他乱弹了一通就睡了。

亲爱的，这里的女生各个都很强，我越来越感到天外有天、人外有人，自己该怎么做，才能使自己挺起腰杆，充满自信呢？

亲爱的，早晨上完英语课，我感到特别羞愧，因为别的女生，包括我的室友都能用英语流利地表达思想，而我却不能，每次偏偏都会叫着我，因为我在名单是第一个。我们在春城大学的时候，基本上不训练口语，只是看、听，现在就觉得吃力，以后我想去英语角练练口语了。真的，我感到很难受，真想哭。

亲爱的，终于盼来了你的信，刚开始面对你画的树叶和人体，还在笑着，当看到最后一页，我躲在窗帘后任凭眼泪无声地淌，直到现在我仍是哭着给你写信的。

亲爱的，北京在下雨，你在生病，是吗？怎么病成这样啦？为什么又像以前那样硬挺？你现在是上班的人，有公费医疗可以报销的呀。你怎么这么傻呢？硬撑下去只能使自己越来越难受，恢复起来也慢了，你让我怎么说呢？一有病就要及时去看、拿药，感冒最容易引起别的病，你知道吗？你明知道我在这里一点办法都没有，你还让我为你不会照顾自己而伤心、难受、流泪是吗？为了我，为了你自己将来能承担起更多的重担，你必须学会照顾自己，锻炼身体，吃好吃够，好吗？

每生一次病，你都脱一次形，越来越瘦，脸色苍白。亲爱的，你为了我，为了将来的家、事业也得想办法强壮起来呀。你的幸福是我的幸福，你的快乐就是我的快乐，你的不幸，也就是我的不幸。假如我可以成为你的另一半的话，你就不单单是为了你而活着了，你不爱惜自己，就是不爱惜爱你的人，你知道吗？

你在心情不好的时候，话总是不好听的，前后多鲜明的对比，你知道吗？我知道你总会说我像牛的，可我知道自己没有她那么俗，只是没有其他三个女性那么开放罢了，我若放得开，恐怕你早已受不住我的行为，我什么也没做的时候，你已对我提出异议，说我这种女孩儿会让你不放心。如果我像唐那样对性那么随便，你还能容我吗？你会放心我一个人在这里吗？

只有性的爱是为人所不齿的，柏拉图式的爱多少更纯洁、更高尚，你否认吗？还记得那部法国电影《天堂恋情》里，男主人公被除去生殖器，女主人公进了修道院，他们不也至死还爱着吗？怎么称得上没有性哪来爱？我是太计较后果、太挑剔，但我对爱是认真的，这是一辈子的事，我不得不认真。如果你喜欢唐那样的女子，恐怕我不是。我没有任何病。

我在为你织毛裤，虽然它进展得很慢，一个星期才打到一尺长，还会花我更多的时间，但我喜欢、我愿意。你不喜欢是吗？你不要是吗？你只要一件事！只有它才让你高兴，让你满足……对我认真一些好吗？你珍惜我吗？在美国，男女认识三天就可以发生性关系，对吗？你欣赏这样的，是吗？

陈，还是那句话，我不想发生婚前性行为，如果发生了，新婚之夜就失去了它的意义和美好，太令人遗憾。这个问题我们不要再谈了，好吗？以后我不想再谈这个不现实的事，你不要再逼我，每次一提到它，就觉得自己不是个少女了，倒像个失去贞操的女人，可我还不满 22 岁呢。

亲爱的陈，你是否在病中？如果你依然没有好，我不忍心，也不敢让你看到上面那一页，你会生气，也许早就把信撕了，看不到我后面的字？病中的人心情本来就不好，是吗？

想一想，离你生病的日子也有五天了，但愿这个时候你也好了。可怜的大鼻子！总算知道你收到了鞋，而且穿在脚上了，穿着还合适吧？北京也要冷了，你要注意保暖，你只会对付，只会苦自己，现在哪还有你这种这么苛刻自己的人呢！

亲爱的，希望你的心情快点好起来，你的信给我带来多大的安慰和快乐，可是当你情绪很低时，我会不开心很久，心情也随之低落下来，觉得生活很没意思，直到你下次的信来了，才会放心下来。

吻你，大鼻子，愿你快乐，愿北京的天气很好！

你的形象，在我心中，永远高大！

你的林

1993 年 10 月 18 日

亲爱的陈：

昨天一封，今天又来一封，真是让我又高兴又惊讶，你怎么也不按照收一封回一封的规律写啦？上一封你让我又心疼又生气，结果我也在信里发脾气了，等看到你的信中说病好了，情绪也好了，我只能后悔今天早晨把信放进邮箱。信就这一点不好，总是得到旧消息，其实等知道时，人家早已度过了那一段时期。

亲爱的宝贝，喜欢你给我寄剪报来，因为我还和以前一样，不看报，很少看杂志，寄来的书和英语就够我忙一阵了。另外，还要打毛线，还要弹吉他，争取三年内练出点水平出来，否则我的吉他越来越没有用处，当初买它是多疯狂啊！

你说对了，我这儿有沈、徐、林、贾四人的散文集，是否买重啦？我想寄书花钱，干脆等我寒假路过北京到你那儿去取来吧！现在不缺书看，再说你对他们的评价好像不高嘛。我不爱买书，一方面是花钱，另一方面，买了书不爱看，借的书却特别想看。

原来你没看《北京人在纽约》呀，那我也不看了，反正一共只看过三四集的样子，不过想看一看最后一集，不知道会有什么结局。

今晚为了找教室，足足走了 25 分钟，最后在一个阴面教室了。好在人多，另外，这天气温度增高了，没有风，所以手很暖和，比在寝室里强，寝室一来人就什么也干不了了。

顾城的自杀真是可怕。诗人，大概都是有些神经质、多愁善感的，在国外又不像在国内，大约精神上也很压抑、苦闷，加上感情纠纷，于是就干了愚蠢的事。另外，顾的妻子谢一定是个风流多情的女人，这也不完全怪谢，这两个人不都和别人有瓜葛吗？我认为首先顾不该与别人发生关系，其次他太脆弱，你没看仔细的呀，剪报上说，感情危机只是目前已知情况的某一部分，其中一定有许多矛盾、种种原因。

我说亲爱的，你能不能晚上自己做点菜吃？你看，下了班，出去不到十分钟，买一把菜、几个鸡蛋回来，用油一炒就行了。油盐酱醋抽空多买一些，放着又坏不了，以后总是要买桶油的，莫非你真要到 30 岁成家时再买油吗？大笨蛋，大懒虫，不会生活的家伙，活该你吃剩菜，还不是自己遭罪嘛！你想，你成家还有七年哪。别端着你那"大家公子"的架子，饭来张口的日子结束了。以后看你信上再写吃的是凉的、生的、糟透了的，我可不再可怜你，谁让你懒呢！下次我去了，做一个菜给我吃，好不好？我曾经给你写了那么多的菜谱，又简单又清楚，你不会把它们抹桌子了吧？

我们用醋泡的蒜好吃极了，做法太简单了，买瓶醋，一斤大蒜剥皮，扔进去一个星期就好了，蒜瓣发绿，又酸又香，特别开胃。亲爱的，你也试试吧！等菜不好吃的时候就弄上点。

亲爱的大鼻子，你说过的话根本没有兑现 80%，我也不是根本没兑现。你看，你没到我家去，没有留在春城，没有答应一定要娶我，我们俩应该是一人 50% 才对。我一定照你的吩咐去做，更美丽一些、更丰满一些，重点是保护好你最喜欢的地方，让你以后不停地向我要求□□！那我可真是自寻苦吃了，以后不准再提□□的事，记住了没有？我是认真的，我不会再拿结婚两个字吓唬你，据说女的一再提这个会吓跑男人，所以那两个字就当是不存在的了。你才多大一点儿啊，就一口一个要得到"满足"，羞不羞啊？

好了，再写一个晚上又没有了，因为白天学得还可以，就奢侈地写了一个小时的信，晚上再见。

林

1993 年 10 月 19 日

亲爱的：

昨晚回来就织毛线，看完了最后一集《北京人在纽约》，感觉还可以无休止地编下去，它的每一集水分比较多，最后一集中，宁宁的形象总有点让人不喜欢的，而且她为了报复她的父亲竟然嫁给了她男友的父亲，编的成分太重了。

亲爱的大鼻子，这两天气温回升，没什么风，到处都暖洋洋的，一点也不冷了。这么好的天气，真想出去玩，从同学拍的照片上可以看出来，南湖的白桦林树叶全落光了，今年一次也没去过，一个人去又有什么意思？

看了一下午的书，英语和政治专业的，头脑比较清楚。看完书后去吃饭，现在开饭越来越早，四点三十五分到那儿，面食全部卖光了，又不想吃黏糊糊的米饭，恰好还有馄饨，打了一份，油油的、特别实，味道也很好，吃得还挺满意的。回来洗了饭盒，爬上七楼，爬上床就织毛衣，看五点半多了，又背上书包和张来到研究生自习室，人已经坐满，现在的人可真爱学习，不过旁边还有两个空位，位置挺好。现在感觉学习渐渐地走上正轨，有了一种学习的惯性，不再像以前那样迷茫了，也许很多人也这么感觉的吧。

你看，我就只生活在校园这个圈子里，活动范围也并不比原来大多少，还是一切照旧。你说我们也不是热恋中的学生了，可我感觉自己仍是个没成熟的学生，上班对爱会有别的看法吗？我听说霍和她男朋友吹了，霍提出来的，她男朋友就同意了，到底是分手了。希望以后别听到这种消息，尤其是认识的人。

亲爱的，感冒好了，我就放心了，但你还要注意一点，加强营养，吃得丰富些，加强锻炼，才不易生病。千万别再来这么一次，天天坐着看书，体质会下降的。我的身体比你可强多了，开学来只有一次头疼，而且吃了两片药就好了，根本不像你那么严重。现在我精力充沛，晚上十一点睡，早上六点半起来，中午睡40分钟，其他时间就看书或写信什么的。六点半起来之后，洗漱完毕，估计到六点五十，十分钟时间，我用来拍打全身，按摩穴位和眼睛，别看就十分钟，早晨就有了精神。你也早点起来，活动活动，老头老太太还活动呢，你又不老，对吧。

我得看书了，先到这儿吧，吻你，晚安。

林
1993 年 10 月 20 日

陈：

早上好，大鼻子！早上起床忽然有什么话要说，可一转脸的工夫就忘了，匆匆忙忙去吃饭，然后赶到自习室。啊，我想起来了，你信中说我"最好耐得住寂寞"，我什么时候耐不住寂寞了，生活靠自己来创造，情绪也得靠自己来调整，寂寞嘛，当然也靠自己来消除了。什么时候会寂寞呢？一个人看小说、听音乐的时候，或者在别人的朋友来访的时候，才会感到空落落的。有时候就是一个人去吃午饭、晚饭的路上，也会有这种感觉。

不过我总觉得，女孩儿从十几岁开始，便像一朵花悄悄绽放，到了30岁就会给人花之迟暮的感觉，20多岁应该是花开最鲜艳、最美丽的时候了。她的一生中，也许只有这段时间，是她将来老了的时候，坐在没人注意的地方细细品味的主题。因为年轻、青春本身就是美的东西，总是叫人留恋。

我呢？按北方人的算法，已经23岁了，还有七年的时间，便步入中年妇女的行列，我的花期便是在校园里默默地度过。不知道我是否可以像别的花儿一样，尽情展示自己的美，或者我为了自己的心上人，应该做一株含羞草，随时关闭自己的心扉，保护自身的安全。毕业之时，我已25岁，男子越老越有魅力，而女子则越老越失去它。我工作的时候，不知会不会后悔自己将7年的青春时光奉献给了校园，奉献给了书桌？也许不会，因为这7年的时光，改变了我人生道路，我走上了与父辈截然不同的路，开启了一种新的生活，这条路是小时候梦寐以求的，我应该满足。以青春换未来，没有什么可惜的，况且我用花期换来的是硕果，芙蓉、牡丹固然美丽，但它们没有果实，对吗？

我为什么会说这些呢？同屋的张和她的一个女友，最近总爱说自己老之将至，急于找男朋友，条件还很高，天天烦恼不断，各样男子络绎不绝。时间才过两个月，她的烦恼时时会袭击我们同屋的其他人，我和王也会为她感到烦恼，但我和王是统一战线，感觉还比较好，一到晚上，便主动出去，让出地方。但张很好强，她在学习上同样不示弱，她比我们俩强多了，又不能不佩服她。

好了，大清早又写了一通。八点多了，打住。

爱你，吻。

你的林

1993 年 10 月 21 日

陈：

下雪啦！亲爱的。从 10 月 21 日下午四点，就开始飘大雪花，到 22 日也就是现在，正撒小雪粒，纷纷扬扬的，一直不停。操场的跑道上、屋顶上、草丛中，已铺了一层白。天是灰黑色的，哪像秋天的早晨，分明是冬天了，但气温不太低，穿平时的衣服还觉得可以。

本来今天上午有两节听力课，结果偏偏老师的婆婆病了，她匆匆赶来，告诉我们，改日再上，于是今天一天也就没课了。我想自己也不应得过且过了，应该有个明确的目标，我要使自己成为一个有能力的人，摆脱周围鸡毛蒜皮的小事儿，投入紧张的学习之中。真的，亲爱的，我现在又有点想学习了。

亲一下大鼻子。

林

1993 年 10 月 22 日

亲爱的陈：

昨晚没出去，先是洗衣服（下午洗澡了），水真冷，洗到六点多。自习室是去不成了，那时简直人满为患，就在屋里看了会儿小说、听录音、织毛裤，因为线细，你看一个小时最多才织几厘米长，几百针一圈，进展实在慢。我担心十月底织不出来，而 11 月北京一定很冷的，我要加油，别的可以先放一放。今天周六，天气很冷，阳光却好，我准备今晚就坐在床上织它一晚，看看到底能织多长。

上午我要去还书、打麻疹疫苗，本不想去的，校医院吓唬我们，后果自负，还不如去了吧，你说呢？

亲爱的，我现在又有一个任务了，是我给自己定的，不告诉你是什么，等我真的完成了，会毫不犹豫地告诉你。当然，这也是你给我定的任务，我应该"做了也不说"才对，是吧？

真喜欢周六，可以在这天晚上不学习，也不内疚，理所当然地玩儿的日子，对吗？

每天中午十一点二十分钟到十一点五十分，我都要看《走遍美国》英语讲座，形式内容好，所以上午一般学到十点五十分，就匆匆收拾东西到食堂，打了饭再匆匆回宿舍，爬上七楼，放下饭，再到六楼，电视正好赶上放，几乎天天是这样。看完以后，再上楼吃温热的饭，十二点多就可以休息了。

今天买早点，你看我先买了一张薄饼，特别烫，油油的、软软的，又买了三只小面包，夹馅的，吃了一只，剩的留到晚上加餐时吃。昨晚肚子饿，却没有任何可以吃的东西，忍到今早肚子空了。粥有煳味，最便宜的菜是萝卜粉条，0.38 元一份，鸡肉 2 元一份，至今还没尝过什么滋味。在春城大学的时候，吃过那么多肉菜，真好。听说那儿的肉菜也一律长了，排骨 1.5 元，肉段之类什么的，都在 1.6 元以上了。好了，先写到这儿，该看书了。

林
1993 年 10 月 23 日

亲爱的陈：

你瞧，我多不会算账，一个星期没有吃肉（当然，平时的菜里也有几片），觉得自己太苦了，于是看在周末的份上，我拉着同屋的王一起去点菜。我们去食堂办了点菜的地方叫"学士园"，名字还起得不错。人不太多，虽是周六，生意并不见得多好。我俩点来点去，点了个木樨瓜片和紫兰肉片，半斤饭，可惜肉做得一点儿味儿也没有，紫兰滚了几滚就出来了，根本没入味，吃到后来，肉剩下一大堆，我俩只好拼命地吃，又去买了一个小包子一样大的馒头，居然要两角钱。每人最后花了 4.6 元，胃倒撑得难受起来，很没趣，原以为周末的节目很令人满意呢。

晚上就一直在寝室里。开始有个姓孙的矮个子男生上来玩，他学历史、91 级的，人特别木讷腼腆，快 30 岁的人了，还没一点自信心，据说父母早逝，人很不幸。他大起胆子邀请我们三个人去跳舞，我说去给别人送信，先溜出去了，然后再到别的女生寝室聊天不回。后来，王也借口溜出来，恰好也来到这个寝室里，我俩大笑起来。一直到六点四十分，听到他走了，我们才又回去。张说我俩可恶，留下她一个人对付。笑过之后，又觉得那人自尊心一定又受到了损伤，以后恐怕更没自信了。谁让他以为我们是新生就来请的？谈谈话还行，跳舞则万万不可，对不对，亲爱的？我的手为什么要和不相干的人放在一起"跳舞"？多少人恐怕只是借此解闷儿吧！

陈，毛线织得进程比较顺利，已经快织完一条腿了，另一条腿争取月底前或十一月上旬"拼命"织完，给亲爱的陈寄去。北京的天气冷吗？该穿毛裤了吗？我织的是玫瑰红的那种颜色，只担心你嫌颜色鲜艳不肯穿，不过毛裤穿在里面，一般人也注意不到。另外，这毛线是我从初三就穿的纯毛毛线，和我有七年的历史了，比和你在一起的时间都长，所以你应该穿上它，就当我在你身边一样，这是我生平织的第一件毛裤，给你的，你会穿的，对吗？不好意思，总拿你做实验。那件绿毛衣，实在令人好笑，对吧？等明年我再给你织一件更好的，不知手艺会不会有所长进？当然，这只是个计划。

今天和王去早市买床帘，三米的、的确良布，花了12元，平摊。我还买了一双薄手套，2元；两筒卫生纸，3元；一双鞋垫，0.6元；一斤瓜子，1.5元，别的没买什么。对了，还有两袋泡大蒜用的袋装醋。你不知道泡蒜有多开胃，尽管吃了有味儿，我还是总吃，又不和别人玩，不怕。食堂的菜缺油少盐，只好自己做点可吃的东西调调味儿了。五毛一斤的大蒜，买了两斤的。王买的，她能生吃。

下午一边嗑瓜子，一边读小说，很惬意。屋里只有我一个人，于是舒舒服服、安安静静地在床上待了一个下午。星期六，我一口气借了五本书，三本美学方面的、两本小说创作方面的，打算11月23日之前全看完，时间挺紧的。目前还有两本英语书没看，总之，要想看书，永远有看的。

今晚自习室试暖气，有一股熟悉的暖气味儿，热乎乎的，真好。我现在感觉自己胖了一些，这几天吃东西比较凶，我喝凉水都长肉的，别说吃东西了。不过胃却难受起来，如今，它变娇气了，吃凉了、吃多了都不舒服，难伺候。你呢，亲爱的，凉萝卜"贼"有营养，多吃啊？反正你的胃口好。

对了，今天校园里有一棵树上结了小小的红果，像相思豆似的，树上挂了个牌子，上写"忍冬"。多好的名字，我也要"忍冬"，你也要的。

明天寄信给你吧，想你了。

吻！

你的林

1993 年 10 月 24 日

（此处残缺）

雪粒儿不断地落下，并不多，但树上已披上了树挂，不是像去年冬天像雾像霜的那种，而是由雪粒儿堆成的，一碰就会掉下来，像白沙似的。路面上没有积雪，落下便化了。天空有乌云，但乌云下却有亮光，地面很亮。奇怪的雪景，往年好像 10 月底并没有见到过这样的雪景，对吗？

也许是昨晚去英语角练习口语太累了，足足站了三个小时，睡得又晚，今早天气暗，一睁眼已经是七点多。七点半还有听力课，所以匆匆爬起来，早饭都没来得及吃。上课时，雪仍在下，气温明显下降了，有了冬天的气氛。

到昨天下午为止，我才完成了我的计划，可惜非常不成熟，若使它能够完美，必须花更大一番工夫，我不知道自己能不能使它成为现实。先不告诉你，它是什么，免得你笑话。听了你的劝告，我正一心一意地读书，而且努力使自己充满自信。

上封信你问我现在穿什么衣服，我在穿那件深绿色的衣服，实习的时候我总穿的。里面穿的是我自己织的红毛衣，毕业前一个月的功劳，但现在必须套上另一件毛衣，否则冷。头发还是长发，任其生长，不用考虑梳什么发式，编起来就可以了。你可以想象出我的样子吗？

大鼻子，我知道你在生我的气，可你信中的话，同样让我感到难受，就像一根针扎在心头。我顺从你的意思顺从惯了，你当然不会相信我有时候非常害怕你发脾气，害怕你像刀子一样冷酷的话，我绝不会用这样的话去伤害我爱的人，因为我怕伤害爱。

正因为我们已经亲密无间，所以每次我问你将来是否娶我，而你犹豫不定的时候，我是多么的绝望和屈辱。但是你真的很爱我，而我需要爱。不说了，想起这个就令我难受。

中午看完电视，吃饭打的一份鸡蛋糕，有两个黄，不把蛋搅碎了，也许就是为了证明一份由两个蛋黄组成。午饭后打毛线到两点半，打了 15 分钟的盹儿，去洗澡。去取信，没有你的。我不知道明天还没有你的，该怎么办？

也许你在忙着你的那些显影液什么的，那个原始的灯，你是怎么处置它的？别怕失败，我还等着看你的杰作呢！只是要注意安全，你说的那盏灯掉下来的时候，我想若有我在一边帮忙，一定会好得多，对吗？可惜现在你没有好的条件，连一间属于自己的小房间都没有，如果将来换了工作，最好能够兼摄影，那样一切就不用愁了。

晚上我没有出去，一方面是因为要洗衣服，另一方面外面特别冷，雪还没化，天气预报说明天最高温度才 1 摄氏度，有雪，我已套上了薄毛裤。刚 11 月，不能穿得太多，春捂秋冻嘛。北京冷吗？你从不告诉我你那的天气，大约你也从不看《新闻联播》吧，电视离你那么近，都不看。你每天晚上是去办公室看书吗？上次被锁在办公室是怎么回事？你一定饿了一次肚子，对吗？

我们寝室的窗台上有一花盆，栽的是大蒜，蒜苗发出了两寸长，屋里有了一点绿色。总的来说，我们三个人还像本科那样简单地生活，把三张桌子全靠窗台摆着，每个人都能享受阳光。本来一直打算三人合买一袋苹果，可没一个人去打听，拖到现在，看来今年冬天没有水果吃了，一切省俭吧。

这个月伙食费花了 55 元的样子，还是蛮省的。我们三个生活都挺省的，都很少吃肉菜，若打了一次好菜，肯定会端回来慢慢品尝。我打了一次木耳炒鸡蛋，味儿很香，还有一次牛肉土豆，一般，记得春城大学只要 0.75 元的，这儿要 1.4 元。

坐在屋里脚底冰凉，身上都还热乎。洗衣服的水滴了一屋子，楼下有甩干机，以后洗大衣服应该去甩一甩，否则屋里太湿。我们这七楼阳面和阴面一样，一点都不热乎，这三年可真受罪了。每天爬七楼，倒可以锻炼心脏。十一回来，那双鞋我再没舍得穿，一开始怕热，现在又下雪，没有穿的机会。你那双鞋呢？

明天是周六，为了明天吃早饭，我得睡了，也祝你晚安。

晚安，远方的情人！

眼皮打架的林

1993 年 10 月 29 日

亲爱的陈：

一直没有你的信，从上周一收到两封以后，我一直等着，直到今天又是一个周一，仍没有。

这几天我很不好，没有精神，头疼，夜夜晚上做梦早上醒不来。昨晚我把你给我的信重新找出来，把照片一张一张的仔细欣赏，让自己沉浸在与你在一起时所独有的气氛之中，让我感觉到你还在我身边。虽然你在照片上都是那么严肃冷酷，可我知道如果你的心情好，会让所有人看到你的心情有多愉快。但是你快活的日子总是那么少，就像你自己说的，活得太仔细、太认真、太累，仿佛一旦没有了这些，你就不再是你。我多希望你能感到生活的美好充实，因为走进了另一个天地，成为上班族，就要成长为大人，开始了社会经历，应以积极的态度来生活，对吗？不该让自己活在自己内心的小世界中，而应该走出去，去适应环境、积极的生活，对吗？你从没和我谈你的工作，只提过培训的事，其他的我还一无所知呢。

下午我们三个人去买苹果，本想买成袋的，但卖完了，于是每个人零称了几斤。我买了八斤，花了 6.4 元，是"元帅苹果"，既不是黄元帅，也不是红元帅，而是没有成正果的青元帅，先对付着吃吧，总比到外面去买方便些、便宜些。

不知你们单位职工的福利如何？也许不像厂矿、部队里那么好吧。

星期天在寝室里整整待了一天，七楼没有暖气，冻得我的脚指头都疼了。白天我织了一天的毛线，裤腿还有一半没有织完，到了晚上就在床上看英语、看看照片，这样人就振作不起来。所以今天早早来到自习室，门还未开，有一个人用借书卡把门给别开，于是马上座位就被占满了。自习室有暖气，全身都热乎乎的，在这儿不论学习、写信都非常惬意。以后不能总待在寝室里，人会冻坏的。

今天是 11 月的第一个日子，时间过得那么平稳，生活那么平淡。今天英语老师要听写，结果遭到大家的一致反对，于是推到下次了。借来的书尤其是美学著作翻译过来的，让人很难理解，看着看着让人缺乏信心，真不知看完后是否有收获。

亲爱的，我在等你的来信。愿你生活得充实愉快。

林

1993 年 11 月 1 日

亲爱的：

你看我现在多勇敢，竟然可以用自行车带人了。下午上自习室，我们借用别人二八的自行车，我带同屋的王，尽管拐弯儿时很不稳，吓得她直叫天哪，但终于顺利到达了目的地。外面虽然雪还没化净，但空气不冷了，或许是穿得多了，总之感觉很舒服。可自习室因为暖气太足，上午的时候又闷又难闻，有一阵我头发昏，喘气都费劲。室内空气不流通，很多人都忍不住趴在桌子上睡一会儿。七楼虽然供着暖，但温乎乎的，根本不能使人感到暖和。

两个月了，才通知我们洗换床单，结果93级的研究生们竟然没有一个去换的，有人还来通知我们要坚持立场，争取让学校退还150元的洗涤费。我想这根本上是不可能的，再说何苦费力去洗那么大的被罩呢？对了，大鼻子，你的床单、被罩该换洗了，上次去就觉得有味儿了，你已经换过了吧？

陈，前几天脑子里一直有一句话，你说你就是喜欢唐琬那样的女子，且不管她是不是作家笔下理想化的女子，只说她对感情吧，你能担保这样的女人会照顾你一生、一辈子忠实于你吗？我想周最初得到唐，大约和庄一样幸福，可惜她却不能忠实于他，对吗？从另一个角度说，你是喜欢那种见一个爱一个的女子、淫荡风流的女子，可以这么说吗？连你这么正直的人都有这种想法，那么男人也没几个好的了。男人大约都希望自己的妻子绝对忠贞，而且又希望别的女子能够风流，多可笑！

大鼻子，你好！还是没有你的来信，我不知道你怎么了，不管怎样，你应该告诉我你的状况，对吗？也许我不该对你病中写的那些话当真，也许我不该说和你不同的意见，我就该像以前那样顺从你的意志。你不来信，说明你还在生气，但你不也主张两人之间开诚布公毫不隐瞒的吗？可我发现，告诉了你我的想法，你还是不考虑、不以为然，仍坚持你自己的想法，直到我生气，然后你也生气。

其实，除了在一个问题上，我们不能达成一致以外，我并不认为我们之间还有什么隔膜存在。经过了三年的感情经历（还记得我们每年的纪念日吗?），我们根本不必为了这一点不同而如此。人烦恼的时候，谁也不能控制自己的情绪，我想我的那封信实在太激动了，不该一股脑地发泄，可这也因为你总是轻描淡写地对待我的观点，一再强调、重复你的看法，不断灌输开放的思想给我，让我很不高兴，觉得你不重视我。

事情既然过去了，我想我们应该心平气和地谈一谈，对吗？我在盼你的来信，我不知道你是否在惩罚我，因为你非常了解我的性格。你在我面前，向来是自尊而骄傲的，为了你的自尊和尊严，我就必须牺牲我的自尊和尊严，一切顺从你的意志。我也觉得自己越来越习惯于如此，变得越来越没有自信，越来越没有个性。你用你的严厉的眼神、冷酷的表情，用一张无线的情网，用你深深的爱，将我紧紧地束缚起来，束缚得越来越小……

　　我不能说你不爱我，相反，你在内心深深地爱着我。可你胆怯、懦弱，不敢容纳我，不敢容纳一个已经非常温顺的女人。她现在的路是你决定的，她的将来、后半生也是你来决定的，她只将未来寄托在你身上，只盼望共同去过以后的日子。可你只是单单要求她全部给你，现在就毫无保留地全部给你，不管将来会怎样……

　　你读过的书太多，我根本不是和你争论的对手，每次的争论都是你有理，每次我都是以失败告终，即使是写信，我也有同样的感觉。我可不是想争什么输赢，只是想让你了解我这个人、我的思想，除非你不想知道我还会有什么思想。我并不认为如果两个人将爱融进一啄一饮、一餐一饭是平淡的、庸俗的，我用我的双手一针一针编织我对你的爱。我知道，如果你接纳了我，那么我会一辈子用这种温情来照顾你的生活，会毫不疲倦地为我们的家而活着、干着。我从未保证过我会好好地照顾你、为你牺牲一切，可我心里早知道，如果我成为你的另一部分，我绝对会成为一个非常称职的妻子和母亲，这是毫无疑问的。我从不怀疑自己这一点，因为我本身就是个传统的女子，我的将来和所有的贤妻良母没有区别，难道你不需要贤妻良母型的女子吗？

　　不做贤妻良母的女人，也就是说，情人型的妻子最好。不过要拥有一个情人型的妻子的先决条件是老公的富有。清贫型家庭绝对养不起情人型的妻子。而你，大鼻子，你是不爱钱财的。你想要一个什么样的家庭呢？你可怜的林既然不是你理想的妻子，那么你就不能再让她做美梦，别再让她幻想，别再让她……

　　我不知道自己都写了些什么，再想下去，我会疯的，今天只有一个任务——去取信。

林
1993 年 11 月 3 日

陈：

　　周五本是取信的日子，可是我有一点小恙，右眼进了金属屑，有点发炎，被纱布捂上了，写信非常不方便。在床上坐了几乎一整天，将毛裤织完了，全部完工了，我会在最近的几天内寄出去，愿你早日穿上它，别嫌它的颜色是女生穿的，这毛线和我有七年的历史了，它很暖和的，是纯毛的，穿在里面没有人会注意。其中有一只腿稍微松一些，你一定要穿在右腿上，正反都一样穿，人右腿应该比左腿稍壮一点，对吧？织了一整个月，终于完工，可我不知道它是否合适，你是否会喜欢？

明天是周末，愿你开心。

想你的林

1993 年 11 月 5 日

亲爱的大鼻子：

周六上午去医院看眼睛，已经不需要纱布，再上几次药就好了。自习室里看了会书，心神不定，便跑到邮局买了包裹皮，去系里取信，虽然里面只有一张照片、一片绿叶，我也满足了，毕竟你还没有忘记我，没有忘记告诉我，北京的天气还很好，叶子还没变黄。猜另外两张相片一定是不好看，对吗？所以老规矩，好的给我，不好的归你。

现在的气温好像又回升了，穿那双白鞋，还有点热呢，尤其在屋里。下午我准备去寄包裹，再去学习一会儿，完成英语作业，中午十二点我要开始缝包裹皮了。亲爱的，给我来信好吗？没有你的信，我的生活就失去了意义和光彩，一切都变得乏味而烦躁。

我想你总不见得一定要我每一封信只有快乐而没有烦恼吧，为什么我一旦说出了自己的烦恼，你就不再理我了呢，难道你只需要一颗开心果？告诉我，最近你都做了些什么？看了什么书？摄影方面有什么进展，器材都齐全了吗？

盼你有字的信！

真心等待的林

1993 年 11 月 6 日

亲爱的：

早晨起来有点感冒，声有点变，也许是周六洗头发有些着凉。因为周五眼睛不好，没洗成，周六又来例假了，只好洗洗头发，不过吃了药应该没事的。上英语课感觉挺精神，反应也还快。

王昨晚熬夜，她借了一盏台灯，看到凌晨五点，因为她没手表，所以不知不觉学到那么晚。

我感觉没睡太踏实，但精力还好。外面阳光很不错，这几天开始供暖，但只有温乎乎的热气，根本不顶事。所以每天晚上我都出去学习，不管效率如何。自习室总比屋里暖和些，窗户缝也要糊了，发了糨糊，报纸却要自己找。还好有位老乡，他家也是南方的，帮我们寝室糊了最外层，又给了我们一些报纸。他姓吴，半通不通的普通话，常在课堂上出洋相，不过人挺实在。

大鼻子，收到我的包裹了吗？快穿上吧，我自己试了试，很暖和，也柔软，比我原来的那条还好呢。长度够不够？我担心你的长腿比它长，后悔不该把裤腿打那么宽，否则可以加长不少的。如果嫌肥，里面套上你那条绒裤，这样会很暖和。

吃完晚饭去取信，没有93级的信，当然也没有你的了，除了等待，我有什么办法？然而身上却没了力气，一点也不想动。感冒没好，好像加重了，鼻塞、头发烫，我到一间大教室坐了一会儿，六点钟，有个教授来讲了一小时的学术讲座，统计学与古典文学研究，用统计学的方法来研究古典文学的某些问题，举的都是实例，还未上升到理论的高度。

现在想看书，却看不进去；想回去，身上没力气；想睡，却不甘心浪费时间，于是拿出上午的信，接着给你写。也许是例假的缘故，身体不太舒适，心情也很低，你还好吗？快来信吧，告诉我你的生活、你的情绪、你的感受，好不好？

我不要成为你的负担，我只想让你在想起我的时候感到幸福和快乐，知道在远方还有一位女孩儿，她正为了她的恋人而读书和生活，为了将来能和他在一起而改变了原本平庸的道路，努力使自己更有修养、风度、学识，达到恋人的"高标准，严要求"。

她去英语本科生那里上口语课，她每天坐在图书馆里学9—10个小时，她一周三次忍着天寒地冻去取信，她常在看书的时候想起她的恋人，常常泪水涌上眼眶。但她必须在人前微笑，告诉每个人，她的恋人使她幸福着、充实着、无忧着。

恋人像一个虚幻的支柱，在支撑着她的生活。独自来往于寝室到教室的路上，她有时会感到孤单，她不敢去想失去了他，她该怎样走路。

谈到性，我记得曾经给你写过，我认为那种事是丑的，虽然你多次教育了我，不论从理论上还是行动上。可我必须承认，有些在小时候经历的事扎根在头脑里，不会被岁月抹去，尽管想忘掉，却也忘不掉。看来我的那种思想还未被改变，就像你的成长经历，对你现在的影响一样起作用。

正因为小时候所见所闻，使我认为爱情的高尚在于它的纯洁，肉体的接触是丑的、不正常的，而且我看过的很多书这方面的描写都是肮脏的、痛苦的、恶俗的，即使是《废都》，也给我同样的感觉。我觉得没有一部文学作品将它描写为人类正常的接触、最普通的情感交流方式，全是不正常的、可怕的。也许我的心理有些不对，可我无法彻底消除暗影。好了，不多说了，我想你还会记得我曾经给你写过的东西，只是你没有重视它们。和你在一起，的确已经使我改变了很多看法。至少让我明白，原来它在男女之间是最普通的、最正常的，可那种偷偷摸摸的感觉，让我痛苦、感到可耻。为什么有人说妻不如妾，妾不如偷呢，可我恰恰认为应该倒过来才对啊。那种正大光明的才会使人愉快、没有犯罪感、肮脏感，对吗？

毛线织完了，一下子又空闲下来，不知干什么好了。我想我还有一点以前的毛线，可以织点别的。尤其是天气冷的时候，躲在被窝里织东西，是一种很愉快的感觉。我希望你在收到毛裤后，给我写一封信，有字的信，告诉我，你还在惦记着我。

亲爱的，我想你，请你不要生气，林已经将心里的想法都告诉你了，你能不能耐心等待她将心中的阴影和压力渐渐消除？等到她心里完全接受了你的观点的时候，再尽情倾诉你的愿望和设想？而且你可不可以告诉她，你要她三年后到北京，到你的身边，愿意让她陪伴你生活？即使你没有能力在三年后建立家庭，她也不会因此埋怨或不满，她只要知道你是否接受她。

中午已糊了窗户缝，但愿从此室内可以温暖一些，可是没有你的信，我不会感到温暖。只是觉得日子一天比一天漫长，心一天比一天凉，仿佛没有勇气去面对还未来到的寒冬，无法全身心投入学习中。我为谁而学？我学了干什么？我的未来在哪儿？我要成为一个什么样的人？真的，我什么也不知道，一切都是未知的、迷乱的。看书时我会感觉我的精神是散的；听音乐的时候我会感到没有意思；弹吉他的时候，我的手是僵硬的；睡觉的时候，我会感觉一晚上都是冰凉的。我不想去吃饭，不想开口说话，什么都不想。亲爱的，请你相信我写过的一切，都不想伤害你，不是拒绝你，都不是为了让你如此冷淡我，冷淡我们之间的感情。我只是想让你更好地了解我，了解我每时每刻真实的心灵与感受，对你毫不隐瞒、毫不欺骗。为什么你可以随心所欲地倾诉你的情感思想，而不管我是否接受，就不允许我这样呢？我什么时候因为你的某封信而不再理你了呢？即使是从前也没有过，即使你说过那么令人难以忍受的话，也没有过。我总是默默地忍受它们，忘却它们，重新恢复我的心情。因为你说过，一旦我们之间有了矛盾，必须让我先来开口，可不知，每当我开口的时候，我已经屈服于你了，屈服于你的观点，接受了一切，直到下次我再以同样的面目出现。为什么呢？你为什么不可以先开口？因为你是高傲的，你是比我尊贵的，你是绝对正确的，你是无比自尊的，对吗？当然是这样，在我忍受了伤痛之后，我可以先开口，而你万万不可的，绝对不可的，永远不可的……

是的，也许真像你所说的那个令我万箭穿心的字"贱"，是的，若不是这个字，又是什么？当然，也许你把所有爱你的人都称之为"贱"，至少我知道你母亲并不比我幸运。那些不爱你的人很高贵是吗？是的，所有可望不可即的东西都是美丽而高贵的。我自认为对情感我是珍惜的、保护的，从不敢用暴风骤雨来伤害的，可你在情绪不好的时候，随时会粗暴地对待它。但我知道，你从北京来的信以从未有过的耐心与安静，给我极大的安慰，使我幸福、愉快，感觉生活的充实与美好。可我最终不喜欢你在信中越来越多的涉及我并不喜欢的话题，我只希望你以后尽量少谈或不谈，难道我的要求错了吗？如果我在信中太激动、所用的方式错了，那么真心地请你原谅爱你的林。她轻易不爆发，如果一次爆发了，一定是心里承受不住了，实在忍受不了了。也许我该改一改我的脾气，有话就说，不能老积存直到积存不下。

已经写得太多了，再写下去，或许依然得不到你的信，你的心中还有远方的一个人吗？你还想她吗？

林
1993 年 11 月 8 日

你好，大鼻子：

你这个该死的家伙，还不给我来信，我写起信来，就像没有人愿意听似的，你要再不来信，我就不理你啦！

昨天没课，早上六点四十分起来。不知从什么时候起，六点四十分我肯定会醒，就像以前一定是六点十分醒一样。因为昨晚在系里听报告，将坐垫忘在那儿了，所以早起去取，还好我的垫子太小，没人肯要。七点一刻的时候，我去四食堂吃早饭，那只黄色塑料饭盒每天都带在身边，很方便。四食堂是学生食堂，和研究生那边的教工食堂不同，七点一到四食堂人已经稀少了，所以买饭很快，而且粥很黏稠。头一次早晨吃了玉米面的烤饼，又热又脆又香，5 分钱一份的胡萝卜小菜，真是好吃极了。平时我只在这儿吃过中饭、晚饭，吃早饭还是头一次，感觉特别好。

晚上我打的是玉米糁稀饭、馒头、小菜，因为晚上胃口不如中午，所以从简。在自习室学习的时候，斜对面坐着的是谁，你猜得到吗？她就是在春城大学教我们社会主义原理的姓张的那个老师。她大约也是 93 级新生，看上去确实不像个老师，还是短发、胖胖的，只是动作挺猛的，仿佛很骄傲的样子。奇怪，她家在市内，却总看到她在学校里吃饭、学习。当然她是不认识我的，或者是想不起我曾是她的学生。

总之，到如今，我没有向她打过招呼，她也丝毫没有表示曾见过我。不过有时候我真想叫她一声"张老师"，在这儿认识的人，实在寥寥。

晚上楼里有医生给学生注射乙肝疫苗，共注射三次、23.7 元，我带了钱去，但人有点多，而且自己是一去晚了自习室就没座位，就先去学习了。听老乡说那疫苗的有效期并不长，而且北方不大可能会有乙肝流行，我想等等再说吧。

这段时间，春城气温反常，很暖和，穿一件毛衣、一件外套，足矣。晚上回宿舍，风也不冻耳朵。毛裤完工了，我还没有过足瘾，把以前剩下的毛线翻出来，有红白粉三种颜色，我打算织一副毛线手套，除了去年那双尼龙手套和新买的黑色的单手套，我没有别的手套，想利用织毛线消磨闲暇时间，不过看样子红线还不够。

三张纸正反面都写满了，明天我就寄出去了。今晚还是来晚了，自习室早被人用借书卡打开，人满为患，我就到阅览室看书。三楼期刊室老师不管我们拿着书进来看的，也不知丢没丢过杂志，大约这帮人都还够自觉。这间屋虽是阴面，但因为有暖气，恰好适宜，比在自习室清醒得多。

愿你天天开心，你到底在做什么？

还是原来的那个林

1993 年 11 月 9 日

亲爱的陈：

　　早上起来下起了毛毛细雨，所以天很暗，不过却不很冷，因为早晨去寄信，于是到四食堂去吃，却只剩下了油条，没有昨天的运气了，不过油条也很好。后两节有课，我就先去自习室，觉得白天自习室的效率还是很好的，上完课后直接去教室看英语节目《走遍美国》。早餐多买了一块豆腐和酱，所以午饭让张给我带回来一个馒头就对付了。

　　中午休息到一点四十五，然后匆忙去自习室。我觉得只有强迫自己紧张一点，才能不使自己消沉、懒散，如果轻易地放松自己，我会觉得内疚，浪费了时间。下午自习室只有七个人，可每天晚上却总爆满。我有时简直觉得自己做事像个清教徒，什么时间干什么事，总是约定俗成、很难更改。不过明天我想去一趟英语专业本科生那儿听口语课，不知能不能被允许。

　　如此轻松地享有安静的自习室，可真好，我要看书了，晚上再写。

　　亲爱的，匆匆吃完晚饭，土豆青椒、二两饭，就来系里取信，信很多，但我只收到了你的一封电报。别担心，大鼻子，眼睛没问题了，它没有继续发炎，连续上了两三天药膏就好了，现在每天点一次眼药水。我现在身体很好，前两天感冒也好了，吃了几次牛黄解毒片，不过也许有副作用吧，今天又有点腹泻，但因为来了例假，可能是正常的。真好，你的电报让我放心了许多，原来你还没忘了林。

　　如今天暗得越来越早，不到五点钟就看不清路了，所以我从食堂再到中文系取过信之后，就没兴趣再回研究生楼，爬上七层再下来，再走那么漫长的路，干脆直接到一间公共教室看书，虽然胃里的饭还硬硬地摩擦着。我最喜欢在人还没来之前，安安静静地坐在明亮的大教室里尽情地写信。教室里的桌椅和咱们学校的不一样，长条凳直接连出一条木板，作为后一条椅子的桌面，桌面漆成黑色的，给人非常庄重的感觉。

　　今天取信，100%全是93级的，92级与91级的人的信极少见，我想大约等我们上了二年级也会如此的吧。有两个女孩儿学古典文学专业的，她俩的信特别多，几乎每天去都有，我简直成了她俩的义务传递员了。

　　我们寝室的王做事神秘兮兮的，偏偏又特喜欢打听别人在干什么。有一回，明目张胆地看我给你写的信皮上的地址和你的姓名，眼神又好，等我发觉了，她已满意地走开了，还装作没事儿似的说："写德胜门，他能收到吗？"关她什么事儿啊。

前两次我俩去英语角，认识了一位环科系的博士生，姓李，有老婆孩子的，他谈话挺幽默，而且英语口语挺好，他要我们俩去他那儿坐坐，他住四层，一人一间屋。我不知道我俩去玩好不好，反正一直不去。每次周六我都是打扫卫生、洗衣服、看电视，偶尔吃点零食、打毛线、看小说，时间安排得很满，渐渐地习惯了一个人过周末。你呢？

先写到这儿，人渐渐来了，我也要看书啦。《黑格尔美学论稿》看了一小部分，渐渐能理解。中国学者写的基本上还可以，遇到翻译的这类美学、艺术方面的论述就看不太明白了。我想看不懂也得囫囵吞枣地浏览一遍，看得挺痛苦的，真不知道看这些理论书籍能不能对我有所提高。相比之下，英语倒变得有趣一些了。因为没有人指导我看书，所以到图书馆翻到文艺理论方面的卡就抄下来，也不知道对不对。别的同学好像借书，都听别人的推荐，但你也知道，同学之间在学习上都是保守的，借来的书也躲躲藏藏起来，生怕被别人窥见，不肯与人共同提高，什么心理嘛。你说呢？大鼻子。

林
1993 年 11 月 10 日

亲爱的大鼻子：

你看才五点四十六分，自习室已是灯火通明了，也不知是谁每天都来这么早，不过，还有不少座位。吃完晚饭收拾书包，就一溜烟儿地去自习室，简直像要考试了，搞得人怪紧张的。

上午去听了英语口语课，和本科生一起上的，英语老师叫汤姆森，英国人，有点儿专断。因为怕我们听不懂，有时就干脆用动作示范，我感觉还能跟上。他的发音是英音，而且从不说美音。班上有的同学从高中时就读英语学校的，口语特别好。我想以后还可以去，既然大家都没有对我表示外道。

今晚有英语角，所以自习室不那么拥挤了，但我觉得英语角的人都差不多，总是那么几个，谈不出什么新东西了，隔一两次去或许能保持新鲜感吧。现在感觉好像可以步入学习的轨道了，至少每天脑子里想的就是看书学习，渐渐地也形成了习惯。

你怎么样啦？还是那种单调的生活吗？早上是否起来锻炼身体，中午还吃盒饭吗？学没学会自己做菜？离放寒假也只有两个月时间了，不知不觉时间过了一半，剩下的可能会更紧张些吧。我平均每天一个苹果，生活还不错吧？

　　先写到这儿，祝你晚上过得愉快。

林
1993 年 11 月 11 日

亲爱的大鼻子：

　　也该听力老师不走运，今天上午停电，又加上阴雨天，到处都是暗的，匆匆忙忙地相互问候一下，听力机器自然不能使用，于是今天一天没课了。因为天暗，忽然没了心情去看书，总之，老师不上课的时间，特别让人有种解放了的感觉。所以回到寝室，兴致勃勃地织手套，不知不觉就过去了一上午。

　　中午睡到快两点，像往常那样爬起来去自习室，发现下午去自习室的人更少了，感觉特别清净。现在看美学方面的书，似乎不像以前那么困难了，或许是我一开始不适应的缘故。下午的两个小时，感觉过得特别快，都有点舍不得走了，因为到晚上人一多，效率就会差。

　　这一周过得太漫长，好像没有尽头似的，停电、停水，又洗不成澡，这可是开学来最脏的一次了，又不想去外面，又远又贵，只好忍到下周一了。

　　总是盼不到你的信，我不知道这种无奈的等待要到哪一天才可以结束？难道我们之间的爱如此脆弱，如此不堪一击吗？我已经麻木，已经不知所措，天天恍惚。一连十多天，晚上非到十一点以后才可能入睡，早上六点多一点就醒，眼圈发黑，头也发沉，这种日子实在太难受，次次满怀希望去取信，次次落空，我已经不想再失望，再失望……

等待着的林
1993 年 11 月 12 日

亲爱的陈：

　　周六一天没有课，上午去自习室看书，头发昏也不知看进去多少。下午小雨连绵，零零星星地不断，另外，自习室下午不开，只好躲在床帘里看了一本《女友》。睡了一个多小时，爬起来实在没事，就洗了一大堆衣服，一直洗到吃晚饭时间。弹了一通吉他，感觉稍微有点精神了，也许平时真的是缺乏锻炼，我想下周一开始晨跑，恢复大学时的好习惯，你说好吗？冬天早晨的被窝太暖和，很难爬起来，每天我六点四十五分才起，正好赶上七点半之前进教室，时间安排得紧紧的。

我们隔壁一个女孩儿开学两个多月就丢了两辆自行车，第二辆她花了200多元呢，到底又丢了，于是又买了第三辆车，也花了100多元。本来我也很想买一辆旧自行车，因为总去自习室，不想在路上太耗时间，可看她这样不幸运，我也打消了这个念头，看来只有两条腿才是最保险的。你的自行车还好吗？上街注意安全，北京街上的自行车太多了，你一定要当心啊。

今天又没信，愿你周六过得愉快。但愿你在周末能想起我来。

等待着的林
1993 年 11 月 13 日

陈：

这 20 来天，你好吗？穿上咱们一起买的衣服了吗？北京的天气应该不是很冷，对吗？

我非常孤独，真的。在外生活了那么多年，早已没有了想家的感觉，而如今，唯一思念的人也不给我温暖与关怀，我的世界一片空白和冰凉。陌生的人群之中，只有我自己独行。我不知道自己在做什么？我的港湾在哪里？没有希望的日子是灰暗的、苦闷的、漫长的。如果从此你不再爱我，我该怎么办？你不再爱我了是吗？不再爱了，不再爱……或者，你只爱我的肉体，不爱我这个人。你的外表那么正统而保守，内心却那样开放，难道你真的非要我是那种女孩儿，像你母亲说的，没有教养的、不知羞耻的女孩儿吗？是吗？因为她这句话给我的刺激，你不会知道有多大。在她眼里，恐怕我就是那种人。可我不是，根本不是！我不是那种人。我自尊、自爱、自立、自强，但我也自卑，自卑得可怕。我是个好女孩儿，我是珍惜自己的纯洁的女孩儿，不是吗？你为什么要毁了我才满足呢。你说你 30 岁以前不结婚，你还说你只想把我当情人，你可以随时来找我，无论我在哪里……你有那么多浪漫、天真、无耻的想法，真让我不敢相信那个正直的、严肃的人是你吗？

陈，能不能认认真真地告诉我，你对我们俩的未来是如何打算的？请你好好为我们俩想一想好吗？我就像一块浮萍，在哪里漂泊，在哪里安家，都是随意随缘，没有选择，听其自然。

我等待着你的消息。

等待你的林

1993 年 11 月 14 日

亲爱的陈：

终于收到了你的信！真的，我不知写什么好，看信的时候，坐在教室角落里一直在哭，手帕湿透了，却止不住泪。后来就累了，趴在桌上一直迷迷糊糊地想，过去的事一幕幕地闪现，一晚上就这么过去了。本已写好的信，不必再寄出，因为我的等待、苦苦的等待终于结束，你对我的"惩罚"也告终，我还有什么可埋怨的呢？

亲爱的，我知道这段时间对你一定是难过的，所以你才会瘦下去，希望别折磨自己，我们之间没有解决不了的问题，是吗？你寄来的香山红叶上的数字，我早已发现，为什么香山红叶不是那种手掌状的，而是圆形的呢？不过这种红色的确是枫叶红，记得在很多长城的油画上都见着这种深深的红色，非常热烈、浓重的颜色。

这两个星期以来，我一直强迫自己每天在教室里坐八九个小时，看书，不管看进去没有，只将眼睛盯在书本上。然而，我控制不住思维，它总是任意驰骋，各种琐事、烦忧纷纷在脑中上演。现在你的信来了，我也可以将一颗焦躁不安的心重新平静安宁下来，恢复我单纯而幸福的心态，过一种无忧无虑、美好而充实的生活了，这是属于我的一份幸福，对吗？真想这三年来我都能这样度过，没有烦恼，只有快乐、希望和充实陪伴我，只有你可以让我这样，没有你的帮助，我无法想象该如何去走路，独自去走路。

你要我回答你从前信中提出的问题，我想我除了一个问题外，其他的问题基本都回答了，这唯一的问题，我暂时先不回答，下一封信再告诉你，好吗？

春城下了一场中雪，原本温暖的天气骤然变冷，冷到零下 10 摄氏度，和寒冬一模一样。雪已不能融化，墨绿的松树上堆满了积雪，红砖墙映着洁白的雪地，校园里很美，颜色和谐而具有童话色彩，屋檐下挂着两尺多长的冰凌。晚上走在路上，鼻子冻得凉凉的，脚也特别冷，我还没有穿羽绒服，觉得还有点早，不过也许明后天就会受不住，乖乖地找出来穿上的。

这两周到英语本科生班上了两次英语课，态度认真，现在英语也可以张开口说几句了，这已经是个不小的进步了，对吗？

上周日也就是 14 日，我们寝室的张帮我介绍了一个家教，是个叫莲莲的小女孩儿，上小学六年级，教英语和作文，上了一次课，她很聪明。我觉得要教好她，我必须也提高自己的英语水平，尤其是巩固基础。

我在教时，发觉自己有的基本单词中的发音并不准，所以很不好意思。这样，我认为对自己是个锻炼，同时也能使我过得更充实、繁忙，不至于闲下来胡思乱想，是不是？因为有了这一份小小的收入（每月 60 元），我现在吃饭也大方多了，常常打肉菜，总想着一个月后就能发钱，手头就宽松了，其实这才教了一次呢。

亲爱的，你知道吗？到了冬天，我在夏天打工时晒得又黑又胖的样子，变成了又白又胖的模样，不过也不比去北京时胖很多，而是因为穿上了姐姐给我的衣服，自己感觉比原来好看多了，也许我会越来越好看，但愿如此！

我的眼睛虽没有多大问题，可一直有点儿发炎，时不时需要上点眼药。视力好像比上学期更坏，也可能是这学期这半个月拼命看书的后果吧。

亲爱的，你在信中口气还是没变，依旧那么专横，死不悔改的坏脾气。我只有一个要求，我可以在信中和你随便谈什么，可以吗？你不能因为不喜欢就不给我来信，好吗？

现在已是十一点多钟了，晚安，大鼻子！吻你，大鼻子！

快乐的林
1993 年 11 月 19 日

亲爱的大鼻子：

周末没有事，"鼓励"自己一把，又出去买了零食，一包瓜子、一包乳皮花生、一包红薯脯，因为晚上懒得去吃晚饭，就用电炉子煮方便面，放进去几根蒜苗（上次种的大蒜还在不断地长绿苗），味道很香，可禁不住饿。

刚才灯又亮又灭好几回，因为我们用，别的屋再用就会断电，但一拔下插头就会来电，谁都想用，就会有冲突。不过这可不是我引起的，而是王用的，她故意不拔插头，惹得别的屋的人都跳出来发牢骚。我觉得她太不应该，大家用电器一目了然，互相谦让多好。王其实特别倔，那个姓黄的男生总有事没事找借口上来玩，一坐就不走，王像撵一条狗一样地撵他，话说得可冲了。

周六晚上张出去约会，我和王没事，正好姓吴的老乡上来打牌，我们就凑合着玩了一会儿，后来我借口织手套不玩儿了，他还不走，我就说要去看电视，这才把他撵走了，得以清净。研究生多大年龄的都有，有的人大约太寂寞，因为我们新生面子薄、对人客气，就当铁屁股，只能自找没趣。

周日上午去家教，那个小姑娘肯定没有好好学，听写十个单词，只写正确了一个，我真是吃惊，又有点着急。她好像对学习劲头不太大，学起来有点浮光掠影、蜻蜓点水，我又不能怎么批评她，现在的独生子女都娇惯着呢。

下午回来很累，就一直睡着，吃饭时才起来，晚上乖乖去自习室上自习，效率较高。有时候不停地看书，反而会降低效率，适当地换换空气，可以使精力更集中。一晚上三个多小时，一口气坐下来都没发觉到点了，我就喜欢这种感觉。有时坐着，就只是熬时间，那样学着学着就会疲倦。

亲爱的大鼻子，我把羽绒服找出来穿上了，非常温暖，到自习室必须脱下来。还记不记得帽子上有一只扣特别松，容易掉下来，现在它还是那样，一拽它就开了，不过另两个很好。你的大号的绿羽绒服，我要等更冷一些的时候穿。我的那双暗红色的棉鞋都没什么型了，颜色也掉了一层，穿上觉得不如去年那么好看了，但今年还能过得去，先对付穿吧，保暖就行了。

这时候我们的窗户冻上了厚厚的一层冰花，外面一点也看不到，就像今年一二月原来我的那个寝室一样，幸亏暖气烧得热，屋里还比较暖和，穿两件毛衣就足够了。

大鼻子，毛裤没开口，不是我没想到，而是我不知怎么开。二姐给我写信，意思是要我帮她织毛毛的毛衣毛裤呢，我倒想织，可又觉得太费时间，反正她要等春节后三四月才生呢，我想干脆放了寒假回家再说吧。

我借了《庄子全译》，没事翻一翻，修身养性，使自己心平气和，不骄不躁，你看如何？等我悟出了什么"道"来与你讨论一番，以抛砖引玉。

亲爱的，已有点晚了，为明天吃早饭、上课，必须上床睡了。明天继续。晚安！

愉快的林
1993 年 11 月 21 日

大鼻子：

你好！收到你的第一封信，使我好快乐，你依然对我那么好，而且要我给你做饭、洗衣、照相，还有……虽然还是一副大男子主义的模样，但我知道你不再生我的气了。可是昨天又收到了你的第二封信，态度又来了个大转弯，要我回答你的问题，让我热了、融化了的心，忽地又沉下去了。是啊，从开学到现在，你向我提出了很多问题，我也不能肯定哪个问题答了，哪个问题没有答。于是将全部的信又从头到尾看了一遍，趴在床上，躲在窗帘里，一动不动地看完了。我相信自己基本上没有没回答的提问，众多问题中最集中的一个仍是"给与不给"的问题，对吗？

可是，亲爱的陈，难道我从来没给过你答复吗？你忘记了我曾写给你的信了吗？对性这件事，我一直说过，我想把我的贞操当作一件最珍贵的礼物，在新婚之夜奉献给我亲爱的丈夫。如果我在婚前轻易地交给你，那么，新婚之夜也就失去了意义，只能留下永久的遗憾。新婚之夜对我是一个美丽的梦，对所有的处女都是一个梦想，不是吗？

我从没有忘记大二那个暑假（而不是大三，你记错了），永远也不能忘记，而且我可以肯定地说，现在的我和当时的我没有区别，对你，我始终是一往情深，充满着爱意。在走错路了的时候，我决不埋怨，那时是这样，将来如果我们走错了路，我仍不会埋怨，我只会用自己的实际行动告诉你，我是你的爱人，我永远要做你最好的伴侣，相依相伴，共同扶持着走完这一生。那时的我心中对你我的感情是坚信不疑的，我认为除了爱，世上没有别的东西。只有爱，爱是不可战胜的。我只记住了你在那一个五月的雨夜，暴雨如注的操场上，你紧紧拥抱着我，一把伞遮不住什么风雨，你用颤抖着的声音说："我一定会娶你为妻！"这句话陪伴着我，让我坚定不移地踏上了暑假去岗上部队大院的路；这句话让我在你一次次对我发火、暴怒的时候，战胜自己的委屈，向你主动开口说话；无论我们之间有过多少次不快，这句话始终让我相信你不会不要我的。我在很早就郑重发誓，"即使将来不在一起，我也要把自己给你"。因为那时我坚信，只有地域能将我们分开，而我们又彼此深爱，那为什么不给你？给你无怨无悔。你正直、刚毅、有才华、感情细腻专一，我为什么不给你呢？我当然会的！

陈，你忘记了去年11月的一天，你在教学楼七楼拐角对我说过的一句话吗？直到那一天，我才如梦方醒，才知道原来誓言可以是假的，可以不用兑现的，感情是可以变的，你可以亲手将我们之间的爱情抹杀，只一句"请原谅我对你做过的那些事"就可以开脱自己的责任，多么容易啊、多么简单的一件事，从你嘴里就这么无情地说了出来！我不知道为那句话你酝酿了多久，不知道从什么时候起你有了这个念头，不知道从什么时候你不再想实现你的诺言。只知道从去年春天刘某人来过以后，你就不再信任我了。可是，亲爱的陈，我可以向你保证，自始至终我没有爱过那个姓刘的，压根没有，仅仅一次车站的邂逅，能说明什么呢？我们一生中可以遇见许许多多的人，在每个人的生命过程中，都会有不相识的人成为你生命中的匆匆过客，然后又会消失在人流之中。人和人之间不是孤立的，偶然之中，会认识一些人，伴随你度过一段时光，接着会有另一些人，走进走出你的视野。我以为人和人之间的交往是必要的，也是正常的，只要彼此坦坦荡荡，你误解我，以为我和他怎么了。以致原本不足挂齿的小事儿，弄得很僵、很难看的地步。当时我只恨不得自己钻地缝里去死了才好，不要看到那个局面。然而事情已无法挽回，你使所有的人都知道我认识了另外一个男的，而他又在追求我！你的愤怒，你的自尊心受到伤害，都使我为之负疚，但我明白自己是清清白白的，可是谁会相信？

我不是那种水性杨花的轻浮的女孩儿。我恨那种人、轻视那种人，你知道吗？接下来便是你母亲的来信，她的信给你我的影响有多大，我无法估量。你母亲的态度完全地影响了你，你开始挑剔我的不足，"讨厌"一词出来的次数也越来越多。直到北戴河达到极点。

陈，你从未听我说过北戴河之行对我的心灵的伤害有多深，对吗？我不想说，本希望一辈子也不说，只要你重新爱我，像开始那样地爱我，我宁愿忘记那段最难堪的时光。上次你的信中提到这件事，我的眼泪不停，心中的委屈难以遏制地爆发出来。照相也好，你训斥我也好，甚至……都不及一件事，你拒绝去我家，并以生病为由。……然后就到了 1993 年的 11 月。经过了反复的折磨，反复的分合，你对我的态度的变化，使我的心不再单纯而天真，我原本柔嫩的心被磨出了血，结了硬痂，它老了，人也老了。

你曾给了我多少快乐、幸福、温暖、愉悦，也给了我多少哭泣、伤心、痛苦、无奈，你让我知道了什么是"揪心的疼痛"，什么是"痛不欲生、欲哭无泪"。真的，当你告诉我"你我不合适"的时候，当你要离开我的时候，我心痛的感觉再次抓住了我的心，疼得只有绝望的感觉。第一次心痛是你因为刘某人事件，在我们寝室里告诉我你要离开我之时，那时我失声痛哭，真的是揪心的疼痛……

陈，如果没有这些，你没有说过要分手的话，没有说过你不娶我，没有说过 30 岁以前不结婚，没有说过相爱的人不一定结婚，没有说过只将我当作情人……这些令我羞耻的绝望的话，我怎能不实现自己的诺言！原以为只有地域才能使我们无奈地分开，原以为你一直会爱我，永不更改，我真的不知道你会有那么大的变化……越了解你，我越无法把握自己。

一开始，你就很快涉及性的方面，这是我始料不及的。我开始以为的爱情只是牵牵手，爱情是精神上的、高尚的爱恋，是相互的陪伴，是浪漫的风花雪月。然而，你用事实惊醒了我的梦，你让我知道了男女之间的事，那种繁衍后代的行为，你的固执和专断引导我走上这条路，越滑越远，越陷越深，直到现在的情形，我们已经到了一线的边缘。可是说实话，我很少感到这种行为的快乐，每次的尝试都是在危险的地方进行的，随时会有人闯进来看见，在一种简陋的、黑暗的、避风的、不安全的地方，我时时有恐惧感、犯罪感、羞耻感、不道德感，你有吗？

陈，你不觉得我对你一直非常温顺、非常乖的吗？我基本上不拒绝你的要求，从一开始的接吻到抚摸到尝试，我都没有敢拒绝过你，因为你执拗的脾气、火爆的个性、动作的有力，都使我不能抗拒你，你半是恳求半是强迫，而我爱你、喜欢你，对你毫无办法，无法拒绝，不能拒绝，即使是在看完《异形》那种强刺激恐怖片之后，毫无情绪的我也只能跟着你走上九楼……所有的这一切，只能用我爱你来解释，如果我不爱你，我绝不可能让你来碰我，尽管这种行为我并没有要求，或者是没有强烈的要求，但只要你要，我就会顺从你。

但我承认，你的抚摸给了我愉悦，让我意识到自己身体的魅力，我喜欢你抚摸我，是你让我明白原来"性"并不可怕，明白为什么男女之间会有性行为。

而我在小时候，以为性行为是世界上最丑恶的行为，并不是因为我看见有人吵架后做在一起，我的母亲因为我父亲"性"的不忠，骂了我父亲一辈子。虽然我并不知道他有没有过别的艳遇，只知道我母亲一提起那件事就直恶心。她那种深恶痛绝的样子，从小就深深印在我脑子里，无法忘记。她一直教育三个女儿得"要脸"，不给她丢人。

你母亲曾说我"不知羞耻"，因为我去你家的时候，想要睡在你隔壁的卧室里，而不愿意睡在楼上客厅里。我不知道这有什么"羞耻"，我没有要求和你睡在一间房子里，我只要求睡在一间卧室里，而不是在客厅里搭一个小行军床。而你母亲马上想到了我是要和你睡，可你要知道，我根本没有那样想，我不是那样恬不知耻的女孩儿，我看重自己的名誉、贞操，我相信纯真的爱情，我不喜欢用性行为来过早地玷污爱情的贞洁！然而我知道在你父母眼里我是个什么角色了，我已绝望，不奢求他们再喜欢我、喜欢上那个抢走了他们宝贝儿子的、不知羞耻的女孩儿！我明白，我们之间有一道障碍，那就是你的父母，他们不同意你和我好，这一点对你很重要。所以你不能说你要娶我，另外一点就是你不信任我的人格，以为我是轻浮女子、见一个爱一个的那种，怕将来家庭不稳定。我可以告诉你，我非常非常传统和保守，我为你而在改变自己，献出自己，献得越多，我觉得自己越可怜，怕受到抛弃的恐惧越强烈！

亲爱的陈，请你为我想一想吧，我只有一样东西没有给你了，如果你认为我可以做你的终身伴侣，那么请你珍惜我、等着我，等我给你读完书，为你修炼自己三年之后，来到你身边，我们组织家庭过一种安静的生活。我的贞操为你而保留，如果你要我，它早晚都是你的，何必如此心急呢？如果我现在答应你，马上就给你，那么你得到它之后，你会珍惜她一辈子吗？你认为这样的我就永远属于你了吗？你让我尝到了性行为的快乐以后，不担心我在这里寂寞吗？因为没有了最后的防线，是否贞洁你怎么知道？何况我轻易地给了你，你不会以为我是轻浮的女孩吗？你不会因此更瞧不起我吗？

陈，陈，你想一想啊，我应该现在给你吗？陈，你在我眼里一向是高大、有男子汉气质的人，你的相貌、气质、风度、学识都让我喜欢和欣赏，你对感情的真挚、专一，也让我感动，我现在的目标就是顺利学完三年的学业，拿到毕业证，分到北京自食其力，用双手亲自建立起一个幸福的家。你和我只靠我们自己，再苦再累也心甘情愿，那时我们是法律上合法的夫妻，谁也管不着我们做什么、怎么做。等着我好吗？亲爱的，没有你，这三年有什么意义？如果你爱我、尊重我，请求你答应林这唯一的要求。等我到新婚之夜，我会把全部身心交给你来保管。

我们并不是没有希望在一起的，不是吗？我已经不受任何因素的制约，我们三年后完全可以顺利地在一起，对吗？既然如此，何苦性急？时间，更能考验你我的忠贞，只要彼此相爱，贞洁永远属于对方。

亲爱的陈，我爱你，无论你对我怎样，我一直都爱着你，我早已将自己看作你的一部分，一直相信你最终会认识到，只有我最适合你，你难道不知道我早已将你全部都包容和接受了吗？爱一个人，只有将他的优缺点全部接受下来，那样才叫爱，而我发现你至今仍无法全部包容我，你只爱我适合你的一面，对我某些方面的性格，你始终不能容忍。也许这三年来，我没有从你的内心深处真正打动过你，若说有，也许只有单车岗上之行那一次。

三年之中，分分合合无数次，可我一如既往地珍惜我们的感情，小心翼翼地加以爱护，从不肯想到"分手"二字，从不肯伤害你。我怕失去你，失去我们的爱情，我把这第一次的爱情看得很重很重。可是，亲爱的陈，你知道你提出过多少次吗？你还记得吗？每一次都像用刀在我心头上，切开一道深深的伤口，让它流血、疼痛。从一开始，我就不会说离开你，到现在我还是离不开你，我永远不会说分手，永远不会。

我说你只爱我的肉体，只是刺激你罢了，我怎么会不知道你爱我整个的人，我只想提醒你，别把你的注意力全部放在了这上面而已。所以，陈，请你相信我，我一辈子只爱你一个人，希望我们成为夫妻，你为什么不能等到那一天？为什么？我不想失去你，也不能想象我会在这个时候失去你，现在我们已没有障碍和阻挡我们将来生活在一起了呀，面前的路完全是平坦的，只有一段时间的等待而已。可你不愿等、不想等，着急地想要我给你。那么，陈，你能保证在要我之后，三年之后你娶我吗？你不会变心是吗？如果你能够，我就答应你！

陈，除了这一层薄薄的膜，我已经对你毫无保留，你有没有觉得你要求得太多了呢？夫妻之间当然有性行为，可我们还不是夫妻，对吗？你不觉得你我之间的不公平吗？从一开始，我就哭着向你要公平、公平，你始终不肯给我，我们是平等的，不存在什么"丢人不丢人"的事。如果你认为被我拒绝了也是"丢人"的话，那么，恋人之间、夫妻之间，还有什么平等可言呢？这本来就是很平常的事，夫妻间也不可能夜夜都是那么和谐一致，一方没有需求，一方就丢人了吗？那夫妻间也太虚伪了。你说这个词儿让我感到一种奇怪的感觉，觉得用得特别幼稚，不应该是陈说出来的。在这种事上，你还总端着你高高的架子，死要面子，什么"羞耻了，丢人了"，做这种事的时候，人只是纯粹的一种动物行为罢了。你在我面前是摆惯了你的架子的，极少自由自在地显露你的天性，只有在你自然地流露天性的时候，你才最可爱，才让我感到你可触摸的灵魂和内心。可一旦你用严肃、冷峻武装起自己，我就觉得你对我冷漠、轻视，你的自尊心比我这个人还重要几百倍，为了维护你的自尊，你可以"漠然地看着我离去"。亲爱的陈，你在我面前有太多的优越感，永远处于驾驭我的地位，我努力地保持平等，可终究不能。你让我回答你的问题，都是那种独裁者的口气，可这是一个只用"可以、不可以"就回答得了的问题吗？

既然你深深地爱我、珍惜我，不仅仅爱我的肉体，那么，为何苦苦追问这个问题？有多少人发生了性关系，不也一样分手，所以你不能把我是否答应当作衡量我对你感情的尺度！

你需要"满足"，喜欢那种狂热的爱，我都懂，可是如今我们天各一方，怎么能做得到？即使在放假期间寥寥的几次机会，又能使你得到多大的满足呢？更何况，人的性欲不是一次就满足了的。记不记得庄、唐之间至少一星期一次？如果我们图一时快活尝试了，那么，这三年的时光不成了熬地狱一样的日子了吗？只有控制自己，不往那方面想，才能控制自己的冲动。为了将来的幸福，你忍耐忍耐好吗？多看一些别的书，多参加活动，多与人交往，你就会从这种性苦闷之中解脱出来。也许是你现在生活太单调、太寂寞，免不了想到这个是吗？让自己过得更充实、更快乐、更豁达、更开朗一些不更好吗？开拓你的视野，锻炼你的生活能力、社交能力、口才，多学一些技术，多写一些东西，每天让自己精力充沛地生活，乐观蓬勃地生活。陈，你的生活中已充满阳光，你的前途远远比许多人光明，别那么消极地看待一切，比你我不幸的人有的是，我们已经属于幸运儿之列，为何让自己去烦恼，去为一些并不重要的事伤神？

陈，走出你心中的迷雾，到阳光下看一看周围的世界吧。世界很大，人多么渺小，一生要做的事有多少啊？生活对我们20多岁的青年人来说，刚刚开始新的一页，我们不能将自己关闭在狭隘的个人生活中、蜷缩在内心世界的蜗壳里，打开窗，让阳光照亮你我的心房好吗？

陈，我答应你，我的贞操永远为你保留，只要你爱我一辈子，和我共同携手度过这一生。

吻你！

你的永远的林

1993 年 11 月 23 日

亲爱的陈：

稀里糊涂把信寄走了，不知道都写了些什么，只记得当时脑子里乱糟糟的，想到你今天收到了，或许正在看，心里不禁有些慌慌的，于是又早早来到自习室坐下来，铺开信纸。

这几天心神不定，转眼已到了 11 月中旬，才五点钟，一盘银月已静静地悬浮在树梢头，那么亮，暗蓝色天空中只有它一个。雪没有化，映得四周都那么洁净，但感觉不到一丝寒冷，甚至有一丝温暖的气息。北京的雪化了吗？它也下得那么大，在北京也有大雪，真没想到，但一定比长春暖和得多。陈，天冷了，要多穿一点，别对付。

你寄给我的书收到了，还有各种颜色的树叶，还有那张小纸条。书我非常喜欢，正在看这些书，比那些文艺理论方面的借的难懂的书好不知多少倍，看那些书让人云山雾罩地摸不清方向。这些书看着让人觉得是一种享受，一点儿也不觉得时间的流逝。

这个星期过得不对劲儿，心情总是不能平静，看书时间也大大减少，多半是在寝室里看看小说、听音乐、聊天。我想等你的信是最难熬的，不知怎么挨过去这一星期？

陈，亲爱的大鼻子，其实我们真的很合适，其实我们各自都没有改变，我们都是原来的我们，只是对感情有太苛刻的要求、太刻意的追求，反而弄得我们都很辛苦，也许可以说是自寻烦恼，谁让我们都是学中文的呢？偏偏又都有过奇奇怪怪的经历，于是不时地制造出那么多的感情纠葛。好好想想，我觉得自己和三年前那个我在情感上几乎没有太多的变化，对异性依然是不懂，还是那么单纯、没有心机。你喜欢我是成熟的女性，而不是这种"傻丫头"，对吗？

记得上大学不久，我就发觉你与众不同，渐渐地一看到你我就怦然心动。上课的时候总找一个适当的角落，一边听课记笔记，一边可以看见你的一举一动。你的姿势很有男子气，潇洒大方，尤其是你的笑容，每一次都像阳光，我的心也快乐起来，禁不住也要笑。那时的上课真是太愉快、太美妙了！那时真不相信你会喜欢我、爱我，我那么平常、那么不起眼。于是只想这样暗恋着你，至少可以这样幸福地看你四年，如果不是三系那个男生的纠缠，我真的不会主动去找你、接近你，寻求一种保护。遇到我不喜欢的人的纠缠，我没有一点办法，只想躲在别人的庇护下。因为我从来不去伤害、拒绝，我只能躲，可是我从此就得到了你如火山爆发似的爱，将我从头到脚笼罩起来。

我面对你汹涌如潮的爱，真是不知所措，像只呆鸟，所有的灵性、敏感都被这爱消融了。我不知道自己是谁，我在爱之中忘记了自己的存在。你那时多专断、是不由分说的，现在也没变，将我们陷入了一种强大的感情的旋涡之中，不由自主地旋转、旋转。那时的日子真是不可思议地疯狂和美好。然而最遗憾的是，我们的一举一动都在那么多猜测的、好奇的目光之下，时时刻刻都有无数的目光射向我们，谁让我们是第一对呢？那各种的目光织成一张网，既阻碍我们，更使我们无法接近别人。我们在网中是不自由的、不自在的，至今我还痛恨那张网，一想到它就莫名其妙的烦躁。

陈，成为你的恋人，我再也没有想过别人，心无旁骛。我早已将自己当成你的另一半，成为你的人。我不知道你是否和我一样，认识了我再也不去想别的女子，我不能肯定。但我知道家人的影响很重要，你对我的不满意，让我惶惑不安，我真的不知该怎么做才能战胜你的不满意。有时我都快失去信心了，傻傻地做着一些让你厌恶的事，对吗？我一直在用自己的行动来博得你的喜爱和谅解（你家人对我的不满，自然是导致你烦恼的原因之一），真的是小心翼翼、战战兢兢。

我为你而改变了自己的性格，变得稳重、成熟、深沉。记不记得大一时愚人节，我敢去捉弄你；六一时我带大家去滑旱冰。那时，我是一个热情奔放型的女孩儿，和谁都是敢说敢笑，是你把我改变、磨炼成一个女人，三年之内变成了一个女人。我为你改变了自己，这就是爱情的力量。

亲爱的，你把世事看得太透，也就是书让你学会看人生世事。在你面前，我不用开口、不用解释，你早已将我的心思猜透、看穿，外加一些我想都没想的别的含义，让我吃惊，有时也生气。你总将别人理解得太坏、太复杂，却不容我辩解，让我憋一肚子委屈。所以我二姐说的"读书越多人越坏"，真是没错，也容易将人世看得很灰很暗，对吗？

陈，为什么你总不能快活？只因你习惯性地看到灰暗。"生活中不是没有美，而是缺少善于发现美的眼睛"，这句话给我很大的震动，因为我也是个缺少发现美的眼睛的人，也喜欢以挑剔、苛刻的目光来看周围、看世界，我看到这句话之后，我便竭力去改，到现在我以为自己已经变多了，我学会了欣赏周围的世界，不太觉得世界的黑暗与可憎。

从另一方面说，你不能过那种平庸的生活，正说明你的不平凡。超出常人的人总会感到心里的痛苦，感受不到旁人的理解，会孤独、会痛苦，正是在孤独痛苦中磨砺自己，成就一番事业。我想亲爱的陈将成为这种人。虽然得不到平庸生活给予的快乐，但最终会超出平庸，成为"了不起的人"中的一员，对吗？亲爱的。你给了我很多，你就是一本我读不完的书，也许一辈子都读不完。

亲爱的陈，三年里和你在一起，我没有想过任何别的男的，真的，你应该相信我对你的忠实和真诚。有了你，我就看不见别人了。我知道你是我遇到的最出色的男子，我成为你的女朋友，是我最大的幸运。我非常非常珍惜你我之间的感情，我从不会说伤感情的话，但我确实不会将心中的感情淋漓尽致地、准确地表达出来，以致你有时觉得我对你冷淡，行为上我已经够大胆、够开放，这一点我也为你而改变了。你不知道我二姐为我的改变有多吃惊，她不敢相信我会让一个男子碰我，因为从小我就是出名的封建，夏天连半袖都不穿的。但人得到的越多就越苛刻，无论我怎么做，你对我仍有很多要求。我只有一个不能现在满足你，但将来我会在应该给你的时刻给你。

陈，你若真心实意地爱着我，为何不耐心地等待呢？彼此的信任是爱情牢固的基石，你应该知道社会上很多人已不在乎贞操，可我在乎，希望你也在乎，好吗？我对性没有多少欲望和兴趣，也许我还没有到需要性生活的年龄，即使过上了，也难说会得到快乐。陈，记住我的话，等我成为你的妻子的那一天，好吗？

吻你。

你的林

1993 年 11 月 26 日

亲爱的陈：

又是一个周一，新的忙碌开始了，你好吗？

窗外的广播还在放着不熟悉的歌曲，自习室里人不多，你在做什么呢？在办公室看书、在寝室里练字，或者什么也没做？不知道每天晚上的时间，你是如何度过的？白天上班，过一种我完全不知道的日子，你也从不告诉我，你在办公室里怎么过的？想你的时候，只知道你的那张书桌、那张床和一堵爬满了爬山虎的红砖墙，别的都朦朦胧胧、模模糊糊的。是否还觉得生活单调乏味，有没有新鲜的事儿发生？或者如你所盼望的有什么意外？

我的生活简单到没有什么可说的，除了打好了一只手套，平日上课、上自习，日复一日。周六下午和张到附近的商场逛了逛，买了一瓶洗面奶、几张小卡片、一些吃的，还为你买了一条小围巾，很柔软、黑白格相间的，我不知道是否现在给你寄去，还是等到过元旦的时候，作为新年礼物送给你，好吗？我这儿没有包裹了，又不想去买，看看哪天高兴就把枕头套缝了去，你说怎么样？

这两天长春特别热，在中午热得受不住，又有阳光又有暖气。元旦还有我的生日，每次都在一起，往往为了过元旦，就不重视我的生日了。我们屋的王也是 12 月底的，她说要和我一起过，她这个人不喜欢喜庆的东西，对玩儿很淡，想两个人的生日并在一起算了。张不同意，因为一共是三个人，她一个人祝贺我俩，觉得没气氛，要分开，昨晚就兴奋地吵吵了一番，最终决定还是分开过。

眼见一年又到头了，大鼻子，你怎么庆贺我的 22 岁生日呢，看看你有什么新花样吧，总不会从天而降，给我来个意外惊喜吧。大鼻子，收到我的信了吗？你在给我写信吗？高兴一点好不好？别天天像个老头似的，苦思冥想的，啊？

周日还是家教，那小姑娘比上次进步多了，她喜欢听我表扬，而且对我越来越亲近，看来对我挺有好感，但她也不时挑挑刺儿、出言不逊。因为她从小受宠长大的，对爷爷奶奶说话都毫不客气的，她父母离婚 10 年，没有父爱、母爱。但愿我能教出成果，我开始对自己的工作有信心了。

今天上午上完课，趁阳光好，我动手将床单、被罩全换下来，足足洗了一个多小时，六楼有暖水，所以洗起来一点都不冷，可好了。开学交的洗涤费却一次也没给我们洗过，我们一直要求退回了 150 元，自己动手洗，也不知达成协议没有。

这个月多发了 60 元的书报费，所以觉得宽裕不少。说来惭愧，这么久，我还没买过什么新书，因为百货大楼那边一次也没去过。丹纳的《艺术哲学》看了一半，这下对傅雷可真是佩服极了，以前只知道他有一封著名的家书。

我要看书了，祝你晚上愉快！

林
1993 年 11 月 29 日

亲爱的陈：

昨晚准备上床后，在床帘里再看会英语，突然停电了，一片漆黑，于是心安理得地睡去。每晚都快到十一点半，才能入睡，看来用电的方便也使我们不能早睡。但我每天还是六点半的样子爬起来，若懒一会儿，可能拖到六点五十分，每天早饭是必吃的。我们屋另外两个则不，早饭早就省掉了，其实不吃也好，又苗条又省钱，一举两得。

温度有点低，走在路上冻耳朵。今天一天没课，吃完饭坐在自习室里，突然觉得疲惫，似乎没有多少精神来对付，这一天没有感冒什么的，就是有点懒洋洋的。这一阵子吃得比较好，不知不觉胖了许多，或许这一胖就会懒了。你呢？有没有比前一阵子好些？愿你今天心情好。

亲爱的，怪不得早晨感觉懒懒的，原来外面又飘起了雪，非常非常小的雪粒，像细沙一样地落下，整整一天没有歇止。到了晚上，干净的路面上铺了厚厚的一层了，走在上面，咯吱咯吱地响，软软的。

虽然下雪仍不冷，我穿的是二姐给我的一件青色长风衣，有帽子，穿上很方便。织的那两套毛围巾（一套黄、一套红白相间的），一时还用不上。

明天就是12月的第一天了，时间是越过越快，不知11月都做了些什么，一眨眼就飞跑过去，12月的到来，给我一种要放假的感觉，于是时间抓得紧了，上图书馆、借书、看书、做题，都还很积极的。有时竟觉得头发沉，直想睡。

张不喜欢我一天天那么有规律的生活，她总是在寝室里，何时起床，何时吃饭，都随心所欲。我知道，她是想像我这样却又不能，因为她有太多的其他事要做，忙着交友、忙着恋爱、忙着做事、忙着想心事。

我喜欢这种时钟般准点的生活，这样使我感到充实。到了周末、周日不去学习，在寝室里休息，我会感到假日的愉快，会感到全身心的放松，否则根本没什么区别了。有的寝室就是，从早到晚，四个人一声不吭地各自看书，除了吃饭、下楼，别的时间全泡在屋里，周六也一样，静静的四个人，一动不动地看书。有时我送信去，有点奇怪，她们怎么总是一成不变的样子呢？

下午在阅览室看到了王蒙的《布礼》，非常感动，甚至感到震惊。他的小说几乎不能叫小说，可以说是一种心灵的袒露、赤城的袒露，那个忠诚的火热的心，仿佛就在眼前。以前我对王的印象一般，尤其看到后期的小说，带有讽刺调侃的味道，和《青春万岁》的风格大相径庭，很难统一起来。看了这篇，我对他的感觉变了，也知道了为什么那么多的读者会推崇他。我也仿照他的小说，给你来个"布礼！"真的，那个时代多纯多真多诚啊！

我要好好利用我的时间，有多少书可以看啊，而开学以来看了几本呢，是否都消化了呢，不知道。我要珍惜现在的机会，这是我得之不易的机会。

你呢，大鼻子。天冷了，还常去北图吗？有没有照雪景？真希望能照几张漂亮的，一辈子可以骄傲的雪中的我的照片，以后我还有机会吗？

要看书了，晚饭吃得称心吗？愿你晚上愉快。

你的林

1993 年 11 月 30 日

亲爱的：

早上好！雪停了，一路上许多职工在铲雪，铁锹、木板，哗哗哗的声音不绝于耳，给人一种喧嚣之感。雾气蒙蒙，像极了那次我们拍的"树挂图"，只是雾没有那次浓，但大树小树全是银装素裹的，真想折一枝下来，插在花瓶里，只可惜手一碰，就露出了树枝的颜色。这雾的浓淡恰到好处，既制造了一个银白的世界，又并不妨碍我们的观赏。

这是 12 月的第一天，进了 1993 年最后一个月了，越发觉得岁月的无情。然而，不管怎么说，这一年是我很留恋的一年。这一年之中，从 1 月开始考试，我们一起度过了近 40 天的寒假，在盼望中，相依为命，也就是从这个寒假，你对我越来越温柔，不再像以前那样动辄发怒，对我的迁就与忍让越来越多，直到毕业前，我们一直愉悦地相处，几乎没有发生过口角，那是一段多平和的时光啊！其中的实习、复试、论文答辩，既紧张又愉快，大学四年来最轻松最潇洒的莫过于这半年了，对吗？

我想，也许你心底意识到你会离开长春，去北京独自闯荡，对我便珍惜起来，是吗？北京也是我心中的圣地，在北京读一次书，这是我上大学一年级就心存的愿望，到现在仍是个梦，真的太遗憾了。长春始终对它没有多少亲密感，但也喜欢，尤其是长春的冬天，真美。

七月中旬、八月底、十一，我们利用每次可能的机会相聚，我们相互思念，你到了新单位，成为上班族中的一员，我进了新学校，开始独立的生活，我们都开始了人生的一个新阶段。

1993 年，对于我们都是值得留恋和回忆的，你说是不是？见不到你有两个月，这大约是时间最长的一次。一切都好吗，亲爱的？

期待着你的来信，盼望你快点问候你的林，除了写信、读信，没有人与她相伴。她是陌生人，在她们的世界中。

愿你心情快乐！

亲爱的，刚收到了你的信，还有猫卡，暂时将此信寄给你，明天我会继续写。我的心情很好，真的，陈，你是值得我爱的。

你的林

1993 年 12 月 1 日

亲爱的陈：

这些猫咪实在太可爱了，你真霸道，把每一张都据为己有，涂得满满的，我想将它们挂在床头的绳子上也不能了，只能收藏起来，独自享受你对我的爱。真的，有时真想做个舒舒服服的、懒洋洋的、乖乖的、听话的、柔顺的猫咪，过一种无忧无虑、乐天知足的日子，在主人的恩宠之下。不要这种的奋斗的、孤独的、辛苦的日子，不知我现在的日子是不是为了那种日子而准备呢？

你可真傻，怎么想起给我买那么贵重的鞋？我还没到那种奢华的年龄呢。一想起你不爱去商店买东西的样子，知道这一次又难为你了。我真的高兴死了，你知道我的脾气的，我就喜欢人家夸我、送我礼物。不过，去年的生日虽然只是一小盒生日蛋糕，也足够我记住我的 21 岁生日的。

今年冬天可不好，这么长时间只吃过一串糖葫芦，而且是不新鲜的。不过因为现在伙食好，许多人见我都说我胖了，脸上又鼓起来了，下巴又变双层的了。没辙，一到冬天冷了，我就忍不住猛吃，原来吃不下去的一份饭，现在可真是易如反掌。

我最爱干的事就是周六在床帘里打开灯泡，抱本小说边看边嗑瓜子，或者织织毛线，以致那个姓黄的 91 级的研究生说我"别太清高了"，他正在追王。

周末下午图书馆不开，所以从中午起就能放松自己，躲在床帘里先睡上一大午觉，然后早早地去吃晚饭，她们说工业大学新开的一个咖啡厅很有气氛，我真是很想去啊，但没有你陪伴，我只能在脑子里幻想一番，把它想象得美极了。

这两天看了两本文艺理论方面的书，一本《生命的艺术》，一本《走向现代化的文艺学》，中国人写的，看着真舒服。前一阵那两本译作真折磨死我了。

亲爱的，最近在看什么书，或者在忙什么大事，快告诉我吧。不知道你的心情恢复了没有？希望你天天快快乐乐的，尤其是快到我的生日，快过年了，能不快乐吗？瞧，你被子不叠、不洗澡、不洗衣服、饭盒黏糊糊，还找了个堂而皇之的借口，羞不羞啊？你要干干净净的，像以前一样，啊？

我想元旦前上次街，找不到伴就自己去，给我的小外甥买一套儿童读物，给二姐、姐夫买两双黑布棉鞋，给我弟买顶日本学生式的礼帽，都是计划，不知能否一次实现得了。忽然想起那次和你在什么日本快餐吃的罐肉饭了，那次真撑坏了，可一想到它却又想再去品尝一次，不晓得味道会不会改变？

我们 1 月 15 日放假，2 月 21 日开学，在家没法过十五了。亲爱的，你给我买鞋花了 100 元，那你的生活费能够吗？你平时买书都那么节省，哪里有这么多钱呢，以后千万千万别再奢侈了，我很懂事的，你放心好了。

我们寝室的张和一位航校的搞宣传的年轻人处朋友，其实他已 28 岁了，不过他们挺狂热的，冰天雪地的，忘不了约会散步。我总想起我们刚开始的那一年，咱们也像忘了寒冷似的，整个冬天都漫步在雪中，真是像在童话中。现在我的生活和大学比，少了一份浪漫，却多了一分成熟，多了更多的时间和空间，有时不知如何才能将它们填满。但我并不空虚，因为我拥有你，拥有家，拥有我的学业。

那个姓黄的男生，有一次旁敲侧击地想和我交往，我带着轻蔑的微笑告诉他，"我有男朋友了"，他马上改口说自己要追求的是王，还要我帮他美言几句。他注定要失败的，王对他也是横眉冷对，他太不知趣。当然，29 岁的大龄青年了，难怪会心急的。这宿舍楼里的人，看上去都老气横秋的。

大鼻子，你从不谈你周围的人，有没有年轻漂亮的女生，有没有认识新朋友？不过我可有点担心你，你那副冷峻的外表还蛮引人注目的，尤其是对我这样"清炖"（清纯）的女生。

好了，我要看书了，这安静的自习室真是写信的好地方。

盼望生日到来的林

1993 年 12 月 3 日

亲爱的陈：

周六上午去找资料，上次的小说又让我写两篇，我已定了一个赵姬、另一个侠女，要在这一个月内完成。但是她们告诉我不用太费心血，有的人两三天就完成了一篇。我争取快点写，只当个督促自己练笔的机会，我想应该抓住。

中午为了打扫卫生，忙了两个小时，不过室内面貌焕然一新，自己感觉舒服极了。一点钟就倒在床上，呼呼大睡到两点，怕检查，就带本小说到六楼教室去看，四点多钟溜回去，结果说只有一个学生过来看了一眼，说挺好就走了。

瞧，昨天写的信，想该不该把那段姓黄的给删去，因为你肯定不愿意看到类似的字，可是又一想我应该如实向你叙述我的生活，光明的也好，灰暗的也罢，你应该知道，何况你也不会因此而怀疑我，因为你说过"你很会保护自己，不担心你在长春的一切"，这句话既让我欣慰，又担心你是不是在说反话？

这个月看来我会很忙碌，但我喜欢忙碌的生活，给人充实的感觉。

现在很安静，屋里清清爽爽的，没有平日的灰尘。张去航校了，王去写稿，关于名人逸事的。她特爱周六去上自习，莫名其妙。只剩下我一个人在屋里，真怀念过去咱俩在大学的周末，可以看录像、吃瓜子、打牌、下棋、散步、搓一顿，现在只盼望生日那天奢侈一次了。

想你的林

1993 年 12 月 4 日

亲爱的：

早上好！星期天的阳光十分炙热，坐在桌前晒得出汗。因为那小女孩上午有个阅读竞赛，所以家教推迟到下午，上午我就一直在屋里看书，效率还可以。可是刚过十点十分，那个姓黄的来找王喋喋不休，害得我只好把书拿到走廊去看，后来就干脆去吃饭。

今天家教满一个月了，那家付给我 60 元，主要是她总留我吃饭，所以我不能埋怨什么，其实我真想公事公办，教完就走，可每次老太太极力挽留我，让我无法推托。

为了庆贺第一次得报酬，我请王去附近的舞厅。结果出人意料，那里人山人海、根本跳不开，于是听了几曲不怎么样的流行歌曲就回来了，觉得很没意思，以后恐怕再也不会涉足了。到那儿觉得自己挺老，本科生们的兴致勃勃的样子，让我想起从前自己的那种形象。

苹果全都吃完了，不知道是否再买一些？你总有水果吃吗？生活过的是否比以前好一点了？每月工资够不够花？你的消费在北京一个月200元，似乎不够对吗？每天中午你还是吃盒饭吗？

对了，我中午吃的是鱼，非常难吃，苦胆好像破了，而且要2元。渐渐地，我吃饭不像刚开学时那么拮据，每月伙食费也差不多60元了，别的地方也零零碎碎的，反正一个月90多元月月用光。

明天是周一，你盼我的信也有好几天了，明天一早给你寄出去好吗？现在因为信少，我和另一位取信的男生商量好，以后我周三去，他周六去，因为每天的信只有几封。希望你多写信好不好？别看我的信摸上去不厚，可我的字绝对比你写得多得多。

我的生日快点到来吧！

你的林

1993年12月5日

亲爱的陈：

吃完晚饭我直接到系里去写小说，所以不用回寝室换书，免了爬七楼的麻烦。昨天下午、晚上，今天一天，我已写到了40页，还有30页就能完成了，我争取这周六完成第一篇，下周完成另一篇。写起东西来，时间过得飞快，不知不觉三个小时，一晃过去了。那只钢笔使用的是不易出水的，只能用一用甩一甩，满手是黑的，你新给我的不舍得用，等考试了再用吧。

现在每天生活很有规律，晚饭后不回去，直接来系里接着写，觉得很像当初考研时那种情景。倒霉，后面坐了一对儿，窸窸窣窣的，只得赶紧离开，影响写作情绪。我现在感觉浑身可有干劲儿了，对了，今晚竟然吃了两个馒头，可见，食堂馒头的分量不足，也许是我饭量见长，也未可知。

陈，既然你20日才离开单位，那我可以一直写信到16日，你还可以收到，对吗？你也给我写好不？

这个周六下午，李大哥，学生物的那个博士生，我和你提过吧，邀请我们三个人去他那里吃牛肉火锅。我们打算买点瓜子、花生之类的去，不能白吃人家的，那样也不好。他家是内蒙古的，有妻儿，人很文弱，对人倒像个老大哥，也不乏幽默。这楼里的人年龄都大，而且学究气十足，难得有长得精神的。

可怜的陈，每天晚上只吃大白菜，没劲，不是两个人的世界，就不会自己犒劳自己一次，动手做个肉菜吗，或干脆到饭店里点两个菜，自得其乐不也可以吗？

这周得了60元的家教费，其中花五元给那个小女孩儿买了两本习题集，剩下50元整存起来，若放假钱不够再取。存钱的时候，我可自豪了，毕竟是用脑力劳动换来的，心安理得，用起来也高兴。

今天长春可真不像我想象中那么冷，至今我穿羽绒服的次数还不到八次吧，平常穿那件风衣，里面套两件毛衣、一件毛裤也足够了。真没想到那条小围巾你都不喜欢，也许你是说我没有买到你所需要的东西，是吗？我知道你缺少合适的裤子，可我不敢乱买，怕长度不够、价格不合适，也不认识料子。唉，反正我要学的东西很多，尤其是关于男人装饰方面的知识。我若有钱，一定先给你买几套好看的衣服，你们家不打扮你，我来！人穿上好看的衣服，自己就会长精神，也会自信一些。你在大学时的服装，就显得你可没精神了。你不是说上班以后再买吗？可上班了又对付，真拿你没办法。你的气质都给掩盖住了，知道吗？

先写到这儿，六点整，我该继续写我的"大作"了。

林

1993 年 12 月 9 日

亲爱的陈：

昨天来例假了，所以今天不能去洗澡了。上完两节听力课，回来后洗头、洗衣服，偏偏昨晚上食堂卖红辣椒，于是买了一份，才5分钱，吃下去之后肚子疼，今天也很胀，可不敢再吃辣的东西了。你说多奇怪，以前我从来都是提前三五天的，非常有规律。从北京回来后，每个月我都往后推迟，这次又推迟了三天，大约从前都是受你身上气味的影响吧。

这两天笔耕不辍，速度很快，只是质量明显不如《蔡》了。开头还精心构思、字斟句酌，到中间往后是边想边写，只顾着一上午、一下午、一晚上各3000字的进度了，所以尽管到今天晚上，只剩下3000字的任务，可心里却没什么底儿，草草完成的稿子能吸引人吗？尽管赵姬是个大淫妇，我可没有渲染她的行为，也不好意思写出来，只仿照别人的小说中含蓄的手段点到为止，尽管这样，我也觉得过分了。

下周计划开始写另一篇，初步确定写清朝一位侠女十三妹，还不知道如何去写，我所知道的侠女故事甚少，只限于《白发魔女传》一类的早期香港武侠小说。

窗外还是校园的广播声，讲述着深情的、浪漫的故事，一边有优雅的萨克斯音乐伴着，这时刻正适合给你写信。你说北京从 12 月 1 日禁放烟花爆竹，是永远也不允许放了吗？真遗憾，不知以后春节能不能允许放？

陈，你晚上吃的又是白菜吗？我吃的是肉炒豆芽、一个馒头，这儿的米饭还不如春城大学的好吃呢，又夹生又不香，一共才 0.7 元，你那一份白菜至少 1 元吧？以后等我有机会去你那儿，好好给你改善一下伙食，好吗？

瞧你回信，不但没告诉我元旦你想要什么，还说不喜欢我买的小围巾，见都没见过，就说不喜欢，你气死我了！它一点都不贵，价格低到你都猜不到，我现在可不能给你买多昂贵的东西，你要不喜欢我就不给你了，等到我发工资？现在我不是已经挣工资了吗？现在用的每分钱，都是我自己的。家里的钱我都存在了银行里，不是告诉过你了吗？傻蛋。

今天上课，听力老师说月底前考听力，这下月末有两次考试，估计不很难，但 75 分以上才算过关，我得全力完成这两篇小说以后，投入考试之中。以前，我每晚都听会儿英语才入睡，这两天没有听，都是听的歌曲，不到十一点半，我都睡不着，早晨六点四十分准能醒。我挺有干劲吧？她俩都说我看上去挺有劲儿，这就好。

23 日王过生日，我和张打算合买一个大点的玩具送给她，她对吃喝的方式挺淡漠，表示表示即可。但我多希望我的生日快乐呀，可是我认识的人这么少，我可能会过一个最凄凉的生日，如果没有你的祝福，我该怎么过？盼望生日快点到来！

系里公共教室放录像，我转了一大圈，又回到自习室来了，因为特别早，占了一个靠窗的、很好的位置。先写到这儿。

对了，第一次仔细地看了爬山虎的叶子，蛮秀气的，和它的名字不符。我都快成树叶收藏专家了！

吻你！

勤勤恳恳的林

1993 年 12 月 10 日

亲爱的陈：

　　吃过晚饭直接去自习室，但不是因为忙着写小说，而是借了一本《最后一位情人》急于看完，所以匆匆赶去。一晚上加一个下午，终于看完，属于20 世纪 80 年代美国畅销书一类的。我发觉女作家的书往往能畅销，尤其是写爱情的那种。一看小说就觉得时间过得飞快，坐在自习室里也不觉得闷热和时间难熬了。

　　虽然老师已提到了考试的事，心里也有点紧张，但是控制不住要干点别的。我每次都这样，越到考试越不投入，不考试的时候倒还一如既往地学习。另一篇武侠小说我改写一个叫窦线娘的女子了，争取到周六写完。

　　这两天身体有点发虚，也许是因为太长时间不锻炼的缘故吧，总是一坐就一天，所以头发沉，看书时间一长就难受。但今年冬天的感冒次数极少，是到长春以来最少的一次，我想也许是今年不太冷，或者是这儿的暖气很充足的缘故。记得大一时，每回冬天洗完澡肯定感冒一次，至于后来冬天为什么总着凉，就要问你了，大坏蛋！

　　昨晚都快十点了，那位黄同学上来找王谈心，俩人几乎是争吵了 40 多分钟，我和张在各自床帘里听音乐，他俩在下面很尴尬地争辩着。王讨厌黄的纠缠，黄偏偏不怕，他一番徒劳无益地解释着，争取着王的芳心，最终王下了逐客令。

　　我把以前咱俩在一起录的那些磁带都翻了出来，一共四盘，昨晚睡不着，就一盘一盘地听，一直听到十二点多才睡。那些老歌，让我想起两年前的暑假，大学毕业前的那一学期，但都是一种模糊的感觉，想不起具体的事，我都快把这些磁带忘记了，一直堆放在一个纸盒里，直到周日才翻出来。

　　现在我什么模样，你能猜出来吗？还是老样子，红羽绒服、那套我最喜欢的红白相间的围巾、黑裤子、暗红色鞋、红格子的书包。今年羽绒服不很脏，不像以前你老笑我的那样"小脏孩儿"，听了一点都不让我惭愧，反而会自豪呢。

　　告诉你一个比较好的消息吧，我教的那个小女孩儿，她参加一次语文作文竞赛，考了 94 分，排在第三名，她特别高兴，因为以前语文成绩在班上并不突出的，这次还不错呢。这下给了我一个鼓励，教起来也自信多了。

　　窗户上结满了厚厚的冰花和霜花。温差很大，室内只要穿一件毛衣就不冷，而外面则不然。而三、四层楼根本不糊窗户，每天还要开窗户透气呢。

先写到这儿，我要去睡了，祝你晚安。

对了，我把你带来的那枚毛主席像章别上了，今年是毛主席100周年诞辰，对吗？

想你的林

1993 年 12 月 14 日

亲爱的陈：

为了写侠女，我正在看《隋唐演义》，其实窦线娘侠义的地方并不多，大多是写她和罗成之间的纠葛，本身就带有虚构的成分。看隋唐，觉得古人的语言真的很精练，许多字看着艳丽，挪到一起，仿佛眼前繁华锦簇、目不暇接了。我要是也能用这么古色古香的文字，写小说就好了。我的小说很通俗的，多数是大白话，少量半文半白，自己看着就不很满意。时间紧迫，我得逼着自个儿动笔了。

自习室里人不是很多，选了一处较里面的位置坐下，还没休息好，旁边就坐了一个中年男子，我真是气不打一处来，他那个恶心劲儿，坐在一旁，让人难受。我拎起包就换到了最远的这边来了，虽然靠门也没办法。那个中年男子像有神经病，第一回问过我一个英语题，后来就自以为认识我了，一到自习室就故意坐在我旁边或较近的地方，前几次我都装作不知道、不认识。今晚我也顾不上礼貌了，公然表示我的厌恶。我这个人就是这样，一旦厌恶谁就不能忍受。有时候我想，万一得罪谁，有事了连个依靠都没有。

和你在一起时，我从没有考虑过这种问题，有你在，我像个傻蛋，一味地靠在你这棵树下乘凉，不操心任何事。现在不行了，上街就拼命地让自己记路、记站牌。眼看半学期过去了，离毕业还有两年半，而且目前纷纷有91级的学生提前毕业的，已经开始答辩。前一阵，各所大专院校需求专业人才的海报贴出来，有天津大学需要写作专业，还有一个杭州哪个大学的也招这方面的人，但多数都是招数学、计算机一类的。不过比上不足，比下有余，不少专业都没有需求的。91级毕业生规定是不能脱离教育口，不能去企业单位，只能在学校、机关、事业单位，当然可以去电台、报社一类的，若去企业单位需要交15000元。我也不奢望什么企业单位了，若能提前毕业，只有两年工夫，其实很快的了，我估计自己会有希望的。

窗外的广播消失了，自习室也坐满了人，已经六点了，你在做什么呢？

晚饭吃过了吗？还是炖白菜？可怜的。我也吃得一般，萝卜丝粉条，没滋没味儿的。那次在学生家吃饭，大米可真好，又香、又黏、又亮，就跟在你家吃的那种一样。食堂的米不知是几等糙米，一点儿味儿也没有。

好了，我要看书了，愿你晚上过得愉快！陈，我不晓得你会不会生气，反正我想既然已经买了小围巾，就还是送给你，带着它出门好吗？

吻你！

你的很乖的林

1993 年 12 月 15 日

亲爱的陈：

你可真是个傻蛋啊，陈哪陈，你怎么想得到做这件好事呢？太让我意外和感动了。

你的小围巾本打算今天寄出，一时间找不到大小合适的白布，另外，加上我正忙于写侠女，其实现在也不能算是写，几乎是原文照搬《隋唐演义》，因为那上面写得非常有趣，对话活灵活现，比我的想象丰富多了，何苦再去编一个，于是不知不觉中就有了抄的性质。今晚回来幡然醒悟，再抄下去不成了抄袭之作吗，哪能算作创作呢？于是我打算痛改前非，以后 30 页起一个字也不看了，任凭怎么想象吧。也怪不得我，考试临近，实在着急，就想快快完工交差了事（一股浓烈的酱味直冲我鼻子，想尝又尝不到，你可真会啊，只好放它们在一边）。

那两封信为何堆积在一起？我猜肯定是学校小邮局干的，我常看见邮筒里的信塞得满满的，却无人管。而 5 日的信，我可能是第一封信丢下去，听得"咚"的一声落在最底下，所以，等信满了，肯定是过去好几天了。

陈哪，你今天给我的信就是最后一封了吗？今天才 16 日呢，还有三天时间，你出去有什么事吗？为什么不趁机再写一封信呢？真坏，真懒，每次几个大字，根本不像我写得那么长、那么多。不干了，不干了！你到底不告诉我"秘密"呀，你可真狠心，你让我元旦过不好了，天知道你人在哪个天涯海角过新年呢？讨厌鬼，你不告诉我，我就不穿你的鞋。

你看你在信里写了一大堆，不许这不许那的，我都快成囚徒了，那你说我元旦怎么过吗？你应该再写上，不准你去看录像、电影，不准你去春城大学，不准你和同学一块儿看元旦晚会，不准你熬夜，不准你……于是我元旦就躺在床上乖乖地睡觉，好不好？这个周六，俱乐部礼堂放映《80年代灰姑娘》和《千年痴情》，我好想看呢，就是找不到伴儿。而放完一定晚上十点多了，我可不敢大老远自己走回来，但心里真的非常想看！矛盾死我了。

糟了，明天这封信能否寄走？我没邮票了。不过你放心，说什么你离开单位前得让你知道，我已收到你的信，知道你差一点做成了酝酿了几个月的大事。

好好地吻一吻你，大鼻子！

盼你来信的林
1993年12月16日

陈错的信

亲爱的林：

下午收到你的信，激动得把信纸都撕破了。可是读完之后，我却感到你在信中多了几分客气和冷淡，我们是不是已经很疏远啦？有些话我怕当面说不清，又怕见着你没工夫谈情说爱，只好先写下来。

我可能是个在感情上走极端或者偏激的人，我爱上一个人，就会真心真意地去爱，我希望她也是如此对我。在爱情中，我受不了虚伪欺骗，更不用说别有用心。

我曾经真正拥有过你，那是在大二和大三的时候，现在回想起来，那段时间实在令人难忘。实际上，我最不愿意回忆和体会的就是那段时间，何必每次都惹得自己泪流满面呢？这样的回忆实在太累、太幸福，我愿意自己是拥有而不是回忆。

可是后来渐渐变了。首先是刘某人，你在我明确表示不同意你和他交往的情况下，保持与他的暧昧关系。尤其是当他找上门来的时候，在你对待他和我的态度上。我不能忍受自己心爱的人当众冷落自己而去维护他人。在他面前，你想到的是自己的形象，你瞧不起他，又不拒绝他，当时你是不是因为有人追而感到骄傲？第二天你换上新衣服、新鞋子，你当着我的面在为谁打扮？吃饭时我和他已经有了口角，你貌似公允地打圆场，最后我一气之下先走，你居然陪他走在后头！你知不知道我的心情？你心里还有没有我？你知不知道当时我就坐在小花园凳子上，看着你们走过？你太令我失望，我的妻子怎么能是这种女人呢！

然后是在北戴河。如果说到刘某人这件事，让我对你感到伤心，那么北戴河简直是令我绝望。后来你把这次的原因归结为我家里的信，你真是不了解我，我认准的事，家里人阻挡不了我。我的感情不是别人所能左右的，除了你，在当时谁又能给我如此冷酷的打击？有时我竟然觉得北戴河之行，我失去了你，也失去了朋友（如果周富贵也算朋友的话）。那段时间是我在大学中最孤独、最灰心的日子，而你并没有和我站在一起，反倒和其他人一样对我爱搭不理。我怎么指望这样的你在日后能替我着想、为我分忧呢？

就是在日常生活中，你明明知道我和哪些人关系最不好，为什么还和他们来往？尤其是在集体活动时，你令我难堪。那次劳动技能课，你应该知道，我不喜欢那种场面，你为什么偏偏坐在独轮车上让别人推着回来？你坐给谁看？你知不知道你是我的女朋友？你有没有想到你这样做我是什么心情？你太顾着你自己了。

花钱，我是比较仔细，可是我小气吗？为你，除了在吃零食的方面，我吝啬过钱没有？你不会知道，大二寒假送你上车后，我身上只剩下一张车票了，第二天回岗上部队大院的时候，我在车上一天没有吃东西。像这样的事情，我从来没和你说过，我觉得尽自己的力量，让自己的女朋友过得比自己好，是理所当然的事情，没必要说出来。

列了一大堆你的不是，不知道你看了是什么心情。亲爱的，我说过我们不合适，当时你几乎是喊着说："怎么不合适？还不是找借口！"看着你母老虎似的凶狠样子，我又难过又得意。得意的是你是真心地爱着我，否则也不会如此着急。可是后来你似乎变了，在毕业后，我返回学校取行李的时候，你给我写的几页纸里，我已看出冷淡和疏远。我不理解，怎么会变成这样？或许是你特别有理智，或许是你特别有心机，我做不到。在经历了我们所经历的一切以后，我做不到忘掉你，做不到不爱你。我曾说过，在我的生命里，你永远占有别人不能替代的位置，我怎么能忘掉你？怎么能忘掉在一起的那些日日夜夜？我们结婚也许不合适，可是为什么我们不能拥有爱情？家庭有各式各样的，至少我这样想，家庭未必有爱情，但必须有吸引力，这吸引力可能是金钱，可能是地位，可能是崇拜，也可能是牺牲，它只要做到一方照顾好另一方，让另一方专心做事业就行了。当然，有爱情的家庭是最完美的，可这种福气未必人人都有。而双方一旦拥有了爱情，难道结婚就是它的唯一归宿吗？如果两个人性格、生活习惯不合，结婚只能令他们的爱情毁灭，最后导致他们的家庭失败，这又是何苦的呢？

世俗不允许的事很多，但未必都是坏事。举个例子，封建社会不允许自由恋爱，但自由恋爱是对是错，不辩自明；现在的世俗不允许婚前同居、一夫多妻，谁敢说历史的发展不会证明这是压抑人性？爱的方式多种多样，当然，对女孩子来说，有爱情的家庭是最完美的结局，可是拥有这种完美的究竟有百分之几？世上不如意的事情太多了，我们每个人有什么资格要求自己事事如意？每个人的青春其实就是有限的几年，我们又何必因为年轻人的执拗，追求完美而浪费生命。我爱你，我只知道尽我最大的努力去关心你，保护你，如果你还爱我，你也应该把心思放在我的身上，为我的高兴而高兴，为我的悲伤而悲伤。爱是需要时间的，它需要的是双方一辈子的时间。如果爱情结合的结果反而毁掉了爱情，那实在是愚蠢。

我不知道我将来的生活会怎么样，也不知道能否找到令我满意的妻子，我会诚实地生活，不愧对自己，不欺骗别人，如此而已。

林，不知道你明白了我的意思没有？我真受不了你毕业那段时间和现在这封信的口气。如果你还爱着我，你就亲口对我说，如果你决心把我忘掉，请你也对我说明，我不会缠着你的。

陈

1993 年 8 月 25 日

亲爱的林：

旅途顺利吗？到北方大学报到了吗？行李搬进去了吗？你住在哪儿？一切都好吗？在北京停留的短短两天，你是否感到很累？居然在我的办公室的地板上睡了一宿，你一定没想到，滋味是不是很难受？

我的生活环境你已大致看到了，可惜我不知道你那里怎么样？习惯吗？适应吗？你还要在那个环境里待三年多呢，1000 多个日日夜夜，只有你独自照顾自己。亲爱的，想到你是为了我才留在春城的，我却来到了这里，结果仍是两地分离，心里真不好受。

你说你为了我，改变了自己的生活道路，从此和你的家人走了一条完全不同的路。这其实是好事，总应该去更广阔的地方锻炼自己、开阔自己，学识、层次不一样，见解、生活态度就也不会局限于眼前。不论你将来从事什么职业，你的生活起点将永远高于你的父辈，这难道不也是他们所希望的吗？

何况，亲爱的，你永远不会孤军奋战，无论你在哪里，总有一个人把你装在心里，牵挂你的一切，永远。

你的陈，上班前匆匆

1993 年 9 月 1 日

亲爱的林：

总想为你做点什么，却不知道怎么做？你的新学期开始了吗？对新环境是否适应？我觉得在大学里，我们两个人都比较封闭，尤其是你在我的威胁下，没有参加很多自己喜欢的活动。你热心单纯，非常愿意为集体做事，何不利用这段时间使自己变得更开朗、更有魅力呢（少用化妆品，不追求吃喝玩乐，我说的魅力指的是自身的修养、学识和气质，它是内在的东西）？这样你将来对社会的适应性就很强，选择余地很大，一个人如果能做到，是他选择社会，而不是社会选择他，那实在令人羡慕。

林，我不知道写信会不会成为你的负担。如果你把它当作任务来完成，会令我伤心的。我也感觉到，即使两个人感情再深，天天写信也会没话说。因此，给我写信的次数还是你自己决定吧。

陈

1993 年 9 月 3 日

林：

你好！中午收到你的第一封信。

怎么说呢。没收到信时盼来信，收到信后也觉得不过如此。我不想再说什么，只不过感情上一时难以接受而已。

我只希望你能珍惜我们之间的感情，它是两个人的世界。

陈错

1993 年 9 月 6 日

林：

你好。你真遵守时间，说什么时候写信就什么时候写信，能不能告诉我你写信的感觉？也许是受了你的影响吧，我现在对信似乎也不那么热切了。

感情是渐渐培养的，当然，如果你愿意，它也可以渐渐冷却。

吻和爱在你的信中已经绝迹，这是否代表了你的心？

6 日去银行取第一个月的工资，150 元。

陈

1993 年 9 月 9 日

亲爱的林：

真是怪事，九点我把催你回信的信投进了邮筒，快快不乐地回来，在单位传达室门口就发现了你今天来的信，我还能说什么？

看完信，已经消失了很久的一种温暖体贴的感情，又环绕着我的心。我很想哭，但眼泪毕竟没有留下来。我想对你说，我爱你，忘掉我从前的刻薄话吧，我心胸"狭窄"，而情急之下什么都说得出口，其实我心里并不是那样想的。

亲爱的林，你在北京来到我的住处，有什么还能比这更有力地证明你对我的感情呢？可我为什么还给你写那些东西、给你看那些东西啊！其实，我好怕失去你，失去你的爱。我还敢在谁面前像在你面前那样随便、无所顾忌呢？亲爱的，在我心中，永远不会有任何人能替代你的位置！

林，我那两封信是出于什么目的呢？我自认为很独立，对一个人的爱恨是自己的事儿，不受他人束缚；我自认为一个男子汉不应当向自己的爱人隐瞒自己的情感。于是我罗列了你的"罪行"，但你一定要相信，这些缺点和你的优点比起来，只是万分之一啊！

我不知道你是不是我的精神寄托，这几天没有你的信，我都感到自己要垮了，还有谁对我比你更重要呢！亲爱的，我真的好怕失去你。你应该记得那天你说我的缺点、你哭得那么伤心时，我都没有落泪，可当你说"我不能那样爱你"时，我的泪水一下子涌出来的情形吧？也许我从小孤独，所以我特别注重友情、爱情的坚贞和温暖。友情我已得不到，爱情我得到了，难道也将失去吗？

那两封信我也是流泪写的。我好怕你看完以后立刻走掉，那样我想我出于自尊，也许不会拦你，也许会很"冷淡"地看着你走掉，但我以后是什么样子，我想象不出来。

有时我想，为什么我对娶你做妻子一直犹豫不决？可我真担心你那些无心所做的事啊，正因为你的无心，你认为这不是错，所以你改不了，而我却不能忍受。亲爱的，有件事你不知道，就是我曾多次梦见自己跪在你面前向你求婚，醒来时留给我的只有发呆和黑暗。我多想拥抱着你，对你大声说："嫁给我，做我的妻子！"可我真的是对你没有足够的信心。我爱你，林，我想要你嫁给我，可我害怕你不能全心全意地信任我，害怕你不能和我共同面临困境，害怕你在我失意的时候离我而去。否则，我真的什么也不在乎。我对物质从来没有什么要求，只要有书、有笔、有纸，有心爱的人陪伴，即使一辈子粗茶淡饭我也心满意足！

陈

1993 年 9 月 13 日十二时

林，晚上把前几页看了一遍，很奇怪，没有写时的激情和感动了，于是我很恨自己表达能力的低劣。其实，有时候我觉得自己是活得太认真、太仔细、太诚实，所以我活得很累、很辛苦。本来上午发的那封信一定会使你着急，中午我写完信打算把它用快件寄出，可又改变主意啦，谁让你叫我等了那么久、叫我担心，我也报复你一次，过几天再寄吧，那时你一定比我还惨，你活该。我爱你，亲爱的林。

吻。

吃饱了做什么？我想吃你啦。

你的陈

1993 年 9 月 13 日十九点三十五分

亲爱的林：

你的什么"白玫瑰、红玫瑰、蚊子血、白米饭"哪，真是怪论，如果你净看这些文章，三年后非走火入魔不可。

奇怪，我什么时候把"玩意"说成"玩愣"了，我不过有时候像你说那个"老几"似的，说句"嗯哪"而已，而且绝对不如你的"老几"出现之频繁。其流毒所及，在我刚来北京之时，常顺口而出，不得不以"人"解释之。

你现在的环境很好，认识到自己的不足，绝对是个良好开端，但应注意"学风"和"文品"，三年之内，是强化自己学习和锻炼自己写作的阶段。书要多读，古今中外文史美哲，纯文艺的和通俗的（武侠、言情、凶杀、色情）大可翻翻，只要自己心正，会发现很多有用的东西，加深对社会的认识，但通俗的"翻翻"而已，不可入迷。

专业当然是首要，关于写作，我特别赞成你参加小学生作文评改和《蔡文姬》，甚至嫉妒你以后也经常会有这样的好机会。报酬是小事，机会难再得，希望你把每次写作，都当成自己在进行创作，把每次任务都当作机遇，认真对待。一时成败并不重要，关键你会得到不同的锻炼。

蔡文姬，如果你手头没有什么要紧的事儿，我想你最好先把它写出来，但我很不赞成你"独自在教室想了一晚上才写出 900 字"的做法，好文章不是想出来的，特别是这种历史人物的小说，更不允许凭空臆想。

你写蔡文姬，你对她了解多少呢?《胡笳十八拍》《悲愤诗》，你读过吗?史书上她的传记你读过吗? 郭沫若的《蔡文姬》你读过吗? 如果你对这些还都不了解，或者仅仅凭别人提供的一点资料，就进行合理想象，那你就是个女投机分子。

我认为，蔡文姬的生平、思想经历、家庭一定要在了解掌握之后再动笔，如果要求严一些，两汉的风俗语言、社会环境、历史背景都应该熟知，但这几乎就是专业作家的事情了。

能力的提高是无形的。也许在被公认的一部失败的作品中，你的写作反而得到大幅提高，所以多动笔很重要。读书阶段是养精蓄锐阶段，作品的成功与否并不重要，重要的是真正培养了自己的能力。

第二个问题，读书阶段不要受他人影响，热衷打工赚钱，老老实实读书写作，底子打好了，受益的是自己的一生。

陈

1993 年 9 月 14 日

亲爱的林：

《后汉书·烈女传》有蔡文姬的传（信中原文抄录，此处略），关于蔡邕，其事可略见于《三国演义》和相关史书，可供背景参考。

汉卓文君《白头吟》有句："愿得一心人，白头不相离。竹竿何袅袅，鱼尾何簁簁。男儿重意气，何用钱刀为!"今天在书中看到注释到，"竹竿"指钓鱼竿;"袅袅"，动摇的样子，性行为隐语;"簁簁"，形容鱼尾像濡湿的羽毛。鱼、钓鱼、渔具在中国古诗中常用以隐喻男女交媾。

此种注释我第一次见，有眼界大开之感，与你共赏。

"竹竿何袅袅，鱼尾何簁簁。"这可能才是鱼水之欢的本意吧，则我们的老祖宗并不讳言"性"也。

"愿得一心人，白头不相离。竹竿何袅袅，鱼尾何簁簁。男儿重意气，何用钱刀为！"——好干净的卓文君！

陈
1993 年 9 月 16 日

亲爱的林：

你好吗？眼睛是否还很疼？真心疼你，我能为你做什么呢？

没想到你的小说写得如此顺利而迅速，倒是我多想了，但写下的既然已经写下，我也不打算毁掉，不管有用没用，留着总是一些痕迹吧。蔡文姬的结局你设计成夫妻隐居，我不知道你的前文，自然没法评论。郭氏"虚"，你当然可以更"虚"，符合你小说中的人物性格就行。

陈
1993 年 9 月 19 日

亲爱的林：

今天收到你的第四封信，才知道你才收到了我两封信。记得大学时候我们通信，我常常怪你"慢一拍"，现在这种情况又出现了，只保佑封封信你都能收到才好，不要中途弄丢了。

林，我们再没有机会在我单位的 301 打地铺了。今天集体培训结束，回到各中心，我被分到了竣工室，办公桌也搬了上来，8 个人一间大屋子，301 的钥匙也交了。谁能预料得到呢？短短几个月的变迁，我深感身不由己。也让我特别珍惜现在拥有的一切，因为说不定哪天就会改变。这阶段，我是深深地体会到了魏晋时文人的放浪形骸、及时行乐的原因。

你别为我担心，我会好好照顾自己。那件绿色的羽绒服自己留着用吧，我喜欢你穿着它的俏模样。我这里有你织的又密又厚的绿毛衣（我把那件花的，你记得吧，它曾吓过你一跳，因此我不喜欢它留在了家里，不要了），还有你给我织的又松又软又"富贵"的白色围巾（真遗憾，你从没见过我围着它的样子），我一直把它带在身边，看到它心里就暖烘烘的。

可怜的孩子，为了逃避检查，居然躲到外面溜达，是不是外面很冷？真嫉妒你身边的人，她们可以陪你，而我何时能再见到你呢？《废都》我一直无缘看到，但也不着急看，只可惜不能和你讨论书里的人和事了。不过，很高兴看到你说这作品不是"低级"作家的黄色小说。自然主义的创作方法过分逼真地描绘庸俗色情的细节，这绝对是不可取的，如果贾给人的印象是回归到自然主义中，那意味着他创作的后退和失败。但你说："难怪此书会有轰动，也许是它太大胆、太颓废？"后面是问号，说明你也不能肯定这个看法是否正确。我不清楚你对"轰动"的定义是什么，如果说人人都欲一睹为快就是，那么《废都》可能算是一部"轰动"之作。但一时的轰动并不能说明作品的价值，很多畅销小说不过是昙花一现而已，但也确实"轰动"过一阵子。其次，"太大胆、太颓废"，不应该是构成"轰动"的因素，书摊儿上的低级趣味小报更为大胆、更为颓废，却很少引起"轰动"。算了，这本书我看了后详谈，如果你有兴趣的话。

《十月》不要寄，我讨厌霍某人，厌屋及乌。

林，你一封信换了三次稿纸颜色，这是什么花样？

回封信两次提到吃，一次麻辣豆腐，一次炒豆角，都是素菜。林，你真让我担心，别把自己身体搞坏了。胖丫头，你真是一点也不胖了，其实你胖一点才好看。再见面呀，我高兴看见你胖的样子。

亲爱的林，你身体的曲线真美，好好珍惜，为了我，多吃好的，别太难为自己。中秋佳节，我心里有你，你心里有我，即使不能相聚，我们终究比天上那颗孤单单的月亮幸福得多，对不对？

林，我永远不会厌烦你的絮絮叨叨，就像我永远喜欢听你讲故事一样，那里面有你的善良、友爱、热情，让我既愉快又爱怜。

亲爱的宝贝，吻你！

陈

1993 年 9 月 20 日

亲爱的林：

上午十点半去邮局给你寄书，费了好大劲儿才捆好送进去，却被摔了出来，说："里面是什么？"我说是书，"是书也得打开检查！"得，工夫白花了。我拿起包就走，回到宿舍，拆开包装，骑上自行车去另一个邮局，排了一会儿队，在里面又包了层牛皮袋，总算寄出去了。

"金黄色的夕阳，平平地就在窗外映着，玻璃和窗帘发红，发亮。校园里回荡着乐曲，阅览室里人稀少，显得宁静，屋内一切都是重新修整过的，好像新的似的。"很美，这也是一种幸福，很多人不可企及的幸福，珍惜它吧！

"半个月只吃蔬菜"，你可真行，傻瓜！别让我为你担心好不好？每天都要记得吃顿肉菜，身体要紧，身体不好，什么都完了。再说，我喜欢胖胖的林，洁白滑腻多迷人哪！别苦了自己，为你自己，也为你的陈。

你的陈好想你。

陈
1993 年 9 月 21 日

亲爱的林：

今早把《废都》收到，除了午饭一直在看，从早上八点到下午三点，总算看完了。什么感觉呢，一种失落吧，"江郎才尽"，这就是我对贾的评价。你知道在中国现当代作家中，我是比较推崇贾的，但这部作品使我把他划入其他作家一列了，各有造诣，相差无几。

因为要急着还人家，作品我仅仅浏览了一遍。我觉得贾最大的失败是，他放弃了他熟悉的他自己的土壤和环境，那是他的宝藏，其他方面，他和别人的感受并无两样。同时，他缺乏大家（巴尔扎克、托尔斯泰、雨果等）的思想深度和对时代的感应，这使《废都》没有深刻性和共鸣性（也许措辞不当，是从内容、主题，反映社会的广度、深度说的），看完后，我们得到什么？一个感情纠纷的故事而已。可能会让人一声浩叹，可能会让人同情书中人物的命运，但这不是作家——严格说来，不是大作家的事儿，尤其不是一个正当鼎盛时期、具有重大影响的作家的事儿（作家或者一切艺术家、艺术品应该承担起什么责任，如果你有兴趣，我们以后再讨论）。

内容的贫乏、主题的单一是《废都》的最大失败，它耐不起时代的推敲和岁月的检验，它的价值和流行的言情小说可以划入一个水准。正如刘绍棠（一流作家不是大作家）知道他的乡土小说的根和血脉在哪儿一样，贾也该明白他离不开他的商州系列的沃土，那是他的生命之源，当然，也是他的创作灵感之源。当然，在艺术创作的道路上，艺术家们都希望不断超越自我，取得突破，这是好事。《废都》应该是贾向旧我告别的第一部长篇吧，他选择了他比较熟悉的知识分子阶层（贾是庄之蝶的原型，庄的名字大约取自庄周梦蝶的故事，其他人物的原型也该生活在贾的周围），但他失败了，它的深度、力度不够，至少我认为他目前还没有能力突破旧我，他的学识、思想使他不能胜任起这个突破（这个话题也可以细谈，如果你想）。

《废都》思想内容的贫乏苍白是它的致命弱点。它的第二个弱点是它的形式。"此调不弹久矣"，是我对贾散文的评价。贾的散文在大陆当今诸多的所谓"名家"之中，令我耳目一新神清气爽，大有知音之感。尤其他的语言既吸收了古白话文的精练，又融入时代气息，传统文化和现代文明水乳交融，境界、韵致罕有匹敌（当然非篇篇如此）。可惜这些优点在《废都》中丧失殆尽。你信中说他在极力模仿三国水浒的风格，我认为对极了，"模仿"尤其恰当，贾在"模仿"中丧失了自我。虽然他的传统文学功底极深，他"进去"了，可惜"出"不来，对于艺术家来说，还有什么比迷失自我更愚蠢呢？在《废都》的语言中，我已看不出贾原来的影子，不知是他有意还是无意？他有意，说明他已失去自我（放弃自我特色，完全去追求或模仿另一种方式）；他无意，更可怕，说明他已成僵化，模式套住了他的思维（在艺术上，形成模式僵化，那么，他的艺术道路可不光明）。

第三，《废都》消极的地方太多。注意，我这里指的不是灰色，我指的是那些性爱描写、因果报应等。说是自然主义吧，却不时出现此处删多少多少字，我认为这些东西正是它在市面上火起来的原因。普通人在它里面看什么，大多是奔性描写去的。作家的任务不是抄写现实，他应该有选择地反映现实，如果单靠性描写吸引读者，可能会一时有成效，但不能长久（《金瓶梅》是个特例，可惜无缘看到原著）。你知道，我一向不反对这类描写，而且还专门找这类描写多的书看，但《废都》里的性爱描写太没有必要。

你觉不觉得，这部小说的很多细节在他那本散文集里都出现过？

贾乃当今文坛举足轻重的人物，他不会想到被我这个无名之辈一顿批判。

说点其他的话。我多希望你也能像唐琬、阿灿那样对我呀，唐琬离庄那么近，还寄来她的吻红，真不知庄怎么修来的这般福气。

林，能不能对我主动些？

做梦都爱你的陈

1993 年 9 月 23 日

亲爱的林：

正在办公室看书，突然觉得庄之蝶这个人物很卑鄙，唐琬如此爱他，在她出事以后，他没勇气营救她，反倒指责周敏，最后只有听任他心爱的女人遭受非人虐待，实在令我不齿；阿灿如此爱他，为他毁容，他无力或者说根本不想保护她；柳月如此爱他，他把柳当作礼物做交易；他对赵进行冠冕堂皇的欺骗。他虽是名人，人品低下，只不过是个专心为自己打算的小人罢了。我真不明白，为什么有那么多美丽善良的女子，死心塌地地爱上他？我想，假如唐琬逃出来，第一个要找的可能还是庄，而且还不会埋怨。庄真是个大骗子！

陈
1993 年 9 月 25 日

林：

亲爱的，十一你能来吗？我们放假三天，恰好同宿舍的那个家伙要去秦皇岛了，我们可以为所欲为，我要好好"爱"你三天！

北京以两票之差输给悉尼，在我周围反响并不大，而且大多数认为理所当然，北京的交通、运输、通信、体育馆设施、环境等各方面条件和实力，输了也正常。人们反应很平静，很接受。说真的，23 日那天我都没去看电视，早早躺下了，可惜隔壁电视声音太大，也没睡着。快来吧，林，我有好多话要对你说，而且太阳也太想你了！

150 元的工资，连吃饭都不够，现在好一些，竣工室十月的工资是 200元，而且每天中午大家吃 5 元的盒饭，这样早晨和晚上用三四元，每月能多出 100 元左右，以后每月 1 日我给你寄 50—80 元好不好？别拒绝我的心意，我们现在都不富裕，这是我唯一能为心上人做的事。

你的陈
1993 年 9 月 27 日

林：

票买了吗？30 日我去车站接你，在出站方向最右的检票口。还记得吗？那年夏日，你一身短裙阳光灿烂地在春城车站接我的情景。那天你真美，娇小迷人，我好骄傲。那次就是在最右的检票口。

林，你前面那封信的邮票一定又是用唾液粘的，对不对？记得那次寄信，你还不好意思，背对着我去舔邮票，结果被我发现了。

如果觉得信纸用得过快，你可以两面写，这样既可以使信封看起来不那么臃肿，又多了很多内容。

你净胡说，我都看什么书啦？我什么时候变得"萎靡不振"了。有些事情我对你说，你就不接受，就拿《废都》里的性爱描写说，倘若从前我让你看，你一定不看，现在不但看，而且为之辩护，你不是在我面前装假正经吧？我看的书至少比那里的东西干净多了，《圣床》我买了，你又何必装模作样地把"圣"字去掉，好像很不齿的样子。你不看拉倒，我只能笑你无知罢了。

陈

1993 年 9 月 28 日

林：

九点去车站接你，十四点回来，你没来。

我只能这样解释，你没收到电报。

祝你假日愉快。

不知为什么，这次自从发了电报，我就有了预感，你来不了了。

陈

1993 年 9 月 30 日

亲爱的林：

十一三天的时间过得实在太快，甚至来不及体会，只知道玩和吃，三天如轻烟消失，令人惋惜和留恋，总觉得我们似乎应该做更多的事情，真遗憾。

林，现在到学校了吗？一路上累不累？你回去一定记得多吃好菜，尖尖的屁股不如圆圆的屁股漂亮，你看照片中的那个胖丫头现在有多瘦，颧骨都出来了。

今天去坐地铁，倒是没有十一人那么多，但还是排了一会儿队，在地铁门上贴着打字纸：申奥尚未成功，同志仍需努力，国人的素质是比较良好的了。

后来骑车去王府井买显影罐，经过天安门，人少多了，照相蛮合适。显影罐只有一家卖，都是进口的，要四五十元，我嫌贵没买。回来路过你买包子的地方，睹物思人，就买了两个当晚餐。今天买了两本摄影方面的书，用了 10 元。

陈

1993 年 10 月 5 日

林：

上午去邮局给你寄照片，快件，这样保险些。

下午去北京图书馆，想办个图书证，一到那儿才惊讶个人的渺小。北图建筑宏伟而精巧，气势不凡，真后悔，怎么没早发现这块宝地。否则，十一无论如何也得拽着你来这里看一下。我在院子里转了 20 多分钟，才找到入口，大厅极大，一两百人或坐或站，都在看书，一点声音都没有。而里面房间之多，藏书之富，来往人都匆匆而过，一切给人一种人在书中、沧海一粟的紧迫感，才知道不见北图，不能说去过图书馆了。我甚至有种想法，什么时候能在这里找到自己的著作，该是多么令人自豪的事情啊，不知道这是不是痴人说梦。

遗憾的是，借书证没办成，下午不办，只好等下周一。回来的路上，遥望北图，突发奇想，将北京各有特色的建筑拍下来，留作资料，岂非好事一桩？又担心自己的摄影技术和功底，咨嗟不已。

北图在动物园、首都体育馆附近，骑车 30 多分钟，无论如何，你下次来我领你去的第一个地方，就是北京图书馆。它真令我赞叹。天安门没有，颐和园没有，圆明园的废墟令人感慨而沉重（可惜那天游人太多，欢笑太多，玩乐的人也太多，环境不好，气氛不好，我真想有机会单独一个人静坐在大水法中，天地苍茫，夕阳残照，才可能真正领悟出处什么），景山和故宫还没有去，因此，北图要算是第一个令我赞叹的地方了，你怎能不去？

今天收到你的信，我盼望着能马上穿上那双鞋呢，又怎么会怪你？林，别说傻话，我从来不在乎你买的东西值多少钱，只要是你买的，虽然我表面发脾气，其实心里很高兴的，有什么比收到心上人买的东西更令人开心的呢，这不是钱的多少能衡量的。上次我多次责怪你留着钱不花，是因为觉得你自己吃得太清淡了，身体要紧，而不是让你去买穿的玩的东西，我们还不能讲究这些，你可不能再瘦下去了，重点保护对象是你的两个圆圆的月亮，记住没有？

你在拆毛线，做什么用？怎么这次来没说过？

亲，我的心肝宝贝儿。你的太阳已经满脸通红啦！

陈

1993 年 10 月 8 日

林：

"秋天来了"，从你寄来的两片落叶上，却看不出秋的萧瑟之气，只感到宁静和温暖。

《某某如是说》这一类的书，这里有的是，买也不值得，里面大都是编者选的只言片语。这种做法固然可以使作家对某一问题的阐述集中，但容易割裂原文全篇的意思，少看为妙，所以这类书我看见好多次了，从来连翻都没翻一下。若要买，恐怕也买不过来，借着看吧。这类书大多是一时之作，读过以后未必有很大保留价值。

你怎么不从《秦汉风俗》中摘录些别的过来？真对不起，别看你抄得"口水直流"，我可全跳过去了。你知道我对什么感兴趣的，对不对？

陈

1993 年 10 月 11 日

亲爱的林：

今天是星期天，没什么事儿，早上八点起来吃了两根油条，就骑车去北太平庄和新街口的书店，买了一本《新编婚姻医学》，就是我说有图的那本。还买了本《艺术哲学》，但不是丹纳的（你上次看中的那本），而是一个美国人叫奥尔德里奇写的。丹纳的那个不错，我还在看，里面的很多观点（艺术欣赏、审美经验、艺术品产生的因素等），和我在学校时的看法一致。待看完它后，和散文集一起给你寄去。

我本打算晚上给你写信的，但回来后在办公室看书，午饭的时候到了，但没想到两个门口都给锁上了，出不去，只得回来。饭是吃不成了，干脆写信给你。

《北京人在纽约》我只看了一两集，印象不很深，而且我觉得没原作好。据该剧导演在回答记者采访时说，如果全剧打四分，那么，剧本占一分，全体演员占一分，姜文独占两分（我找到报纸了，题目是"梦回纽约，北京人在纽约导演郑晓龙、冯小刚一起谈"），其实言过其实。姜文的演技确实很出色，但还不到一半功劳的程度，我认为至少演阿春的王姬不比他差。因为是过期报纸，我把其中的关于陈道明夫妇退出该剧的一段给你剪下来附在此信背后，供你参考。

照片中的林越来越漂亮了，但要更性感、更丰满才好呢。冲洗胶卷的显影罐借着了，估计这星期怎么也要试验一次，就在办公室里。

亲！

陈

1993 年 10 月 11 日

林：

今天真累。上午去北图办借书证，被告知今年不办了，要等到明年才成。幸好阅览室用工作证也能看，我从二楼逛到六楼，觉得以后可有书看了，里面有期刊、报纸、工具书、美术资料各个阅览室，真不错。

陈

1993 年 10 月 12 日

林：

今天把鞋取回来，真高兴，因为是你买的。我不在乎钱的多少，你何必每封信都写上"以后给你买高级的"，我不要"高级的"，东西的贵贱能说明什么呢？

下午我就可以把鞋穿上了，可惜你看不到，

陈

1993 年 10 月 13 日

林：

今天有些感冒。

躺在床上，又想起了十一的三天时间，时间那么充裕，你却从不让我"满足"，一想起来心情就不好。每天饭后我都等你，可你总说累就睡着了（真睡着了？），我睡不着，坐在旁边守着你。到睡觉的时候，即使是我主动，你也是应付应付，一点没意思。最后一天，连食物发臭都比这个令你感兴趣，真让我无奈。林，我那么听你话，你不让动我就不动，你别是真的有性冷淡吧。否则我们总是这样下去，我没病，也得被你这种应付法弄出毛病来，你能否为我想一想？

下午躺在床上，有一段时间睡着了，就梦见你特意来看我（而不是趁什么节日），结果在半路上，突然和一群民工发生了冲突，我和一个人打起来，你却被另几个人抱住了，急得我不知怎么的就把和我打架的杀了，又一口气把抱着你的几个人全杀了，然后拉着你就跑，但你却一把把我推在地上，自己脱下衣服躺下来流着眼泪就搂我上去，也不管周围有人。我醒过来，一头大汗，头很疼，静静地躺了会儿。后来突然又想起《废都》里庄之蝶对牛月清说的一句话：“我这不是在奸尸吗？”不管原因是什么，这能说他们的爱情是美满的吗？

林，对我热情些吧。什么时候你能再有主动对我举起双腿的勇气呢？

你病中的陈

1993 年 10 月 13 日

林：

前几天感冒了。也许是病中的缘故，我尤其想念亲人，就是你，其他人在脑子里连个影儿都没有。

陈

1993 年 10 月 14 日

林：

今天感冒好了，以为有你的信，去传达室看了两次。都空手而回。下午去王府井一家商店买了冲洗胶卷用的显影定影液，回来时在五四书店买了三本散文集，许地山、周作人和郁达夫的，和从前给你买的沈从文、徐志摩、贾平凹（还有谁？一时记不起来了，望回信写上，免得到时候买重了）的都是作家出版社的，我打算把这套书买全了，待我看完就把这三本书给你寄去。

上午在《南方周末》看到一则消息，顾城在海外自杀，原题“青年诗人顾城在新西兰寓所杀妻自缢”，死期是十月八日。顾 1987 年旅居海外，报道说是因为他妻子“不忠”。报载，“顾城这人追求完美，凡事求其规律和顺乎自己，一旦有冲突，便陷入绝望”，不知你是否看到了这则消息。人生真是说不准会发生什么事。

晚饭糟透了，是中午剩的胡萝卜、凉的，我吃了几口，连饭都吃不下去，只得去综合商店买了个面包和方便面。

林，愿你更美丽、更性感，更重要的是，更热情、更风骚最好。当然，这些平时要深藏不露，只有和我在一起才这样，否则不是和动物没有区别了吗？我真的很在乎这些。

爱你的陈

1993 年 10 月 15 日

林：

　　看郁达夫的散文。郁达夫的散文绝对是小知识分子情调，更为恰当的，应该是小资产阶级知识分子情调，他太局限于自己的小世界，而且措辞、语言平平常常，不是特别耐人寻味。但他的名篇《故都的秋》（是他的吧？）却在这本集子里没有选，那是篇优美的文章。我记起来了，这一套丛书中，还有一本林语堂的，已买过是不是？

　　怎么你也感冒啦？你的例假是不是结束啦？牙没有拔，是不是怕疼？以后吃东西你可要受限制了。

　　英语我真替你的谨慎生气，干吗不试试？别人的水平未必有你想象的高，你总是过于轻视自己。看到你小说修改得如此顺利，真令人高兴，以后就应该集中精力读书写作，不要想什么家教、打工的事，也不要担心再向你家里要钱，好不好？

　　舞厅等乱七八糟的地方不要去，遇到自己喜欢的录像和电影可以去看，当然，最好是和女伴同去。不过我还是倾向于做学问应该耐得住寂寞。

　　《北京人在纽约》我并没有看几集。你那天刚来，累得躺在我床上就睡着了，我坐在你身边，忍不住要亲你、爱抚你，常言道久别胜新婚啊，又不忍心影响你，又怕按捺不住自己，就借口去隔壁看电视了。林啊，什么时候你能体谅到爱你的陈的心思呢？你对我总是推托的，提起这件事就让我灰心，其实我的性欲并不强烈，是一个正常男子的反应，但总是得不到满足而已。

　　林，你应该使我更健康、更快乐、更迷恋你，为什么一次又一次地冷却我的心呢？

　　我记得毕业时你对我说过一句话，"我不保证什么"，这是经历过磨难的人才说出来的。未来的事谁也无法打保票，你我当初的誓言，现在有谁兑现了呢？你是一点没兑现，我可能兑现了有 80% 吧。

　　我们都不是热恋中的学生了，也经过了不少曲折。但我们的感情是不是曾经可以达到了那种刻骨铭心、相思成灰的境界？我认为是的。在它面前，任何语言都显得苍白虚伪。因此，我们能踏踏实实地过好现在就好——以前我还总以为一爱就要一辈子呢，真幼稚！可我还是希望自己永远是那时候的我。

你的陈

1993 年 10 月 16 日

林：

今天没做什么事，稀里糊涂就到晚上了。骑车出去溜达了 40 多分钟，两手空空转回来。现在在一间空荡荡的大房子里看书，心情寂寥冷清，没有生气，好像年轻人的朝气不属于我似的，不知道这无聊的平淡的日子何时才能结束。

春城的天气很冷吧？我想象不出你现在穿的什么衣服，告诉我好吗？你在留长发吗？小说是否已经誊完，人家满意吗？我一直猜不透你在进行什么重大事件，你也不告诉我猜得对不对，还有我前面那封信提的问题，你还一个没回答呢。

小说完成后记得多看书，要吃好、休息好、照顾好自己。以后天冷了，如果自习室离得远，就在寝室里看书写信吧，慢慢会习惯的。

唉，刚才真叫人丧气。我在办公室里试冲洗胶卷用的放大机，留下一盏灯，这时一个同事也来看书，他又打开了一盏灯。只好对付，但光线太亮，看不清效果，而且我也分不清底片的正反面。最令人沮丧的是，因为放大机特别简陋，我正试图调焦距的时候，"哗啦"一声，镜头光灯栽了下来，幸好没掉到地上，否则摔碎了更不好收拾。灯泡温度特别高，碰一下烫手，过了好一会儿，才算把它拆了下来。但已心有余悸、兴趣索然，草草收场。这台放大机实在太原始，想想一台普及型的放大机都要 200 元左右，真令我失望，看来自己冲洗照片的前景很不乐观。

看我多乖，这封信一个"性"字也没有。来，亲亲我，呀，不好了……

陈

1993 年 10 月 18 日

林：

看完你这封信，把收到信的激情冲淡许多，先谈正事吧。

　　"北雁南归"这个题目我觉得不好，什么"同心心有结"更没有意思。"北雁南归"一词首先与故事本身不符，我不知道蔡文姬从塞北回来后，住在黄河流域还是长江流域，或是更南？既然是曹操接回来的，大约在北方不会错吧。胡人是塞外，相比而言，她确是"南归"，但以此而用书名，总给我不大舒服的感觉。其次，我隐约从你的信中猜出你写的大概是爱情故事，你不觉得写蔡文姬的爱情过于牵强了吗？在兵荒马乱的时代背景下，一个女子哪有爱情可言？若是我写，绝对是要换个角度的。

　　看了你和那个弹钢琴的女生的事以后，又叫我担心。你很单纯，而且极易被世俗风气感染，我这里没有贬低任何人的意思，每个人都有自己的活法，何必要去羡慕、攀比他人？金钱对你的诱惑力很大，而且你总自卑，总以为不如别人，你能不能静下心来只读书？对于自信心不足的你来说，不应该再把目光放在其他人的分数上，它只会让你沮丧和失落。而且我感觉你有些"急功近利"，读书不是朝夕的事，应该耐得住寂寞和清苦。写东西不是为了钱和利益，我真的不希望看到你是一个在名利途中挣扎的女孩儿。这些话可能过于严重，只是你的自卑和单纯，让我担心。

　　米开朗基罗一生未婚（好像是吧，我记不清了），他一生时间大都是在办公室里度过。他谢绝客人的邀请、集会、晚餐时说，"各种有才智、有道德、有技能的人都会使我倾慕而占据我的心灵，因而扰乱了我的工作"。以米开朗基罗的天分，尚不能拒绝别人的（成功、才能、金钱等）诱惑，何况我们？他的聪明在于克制自己，那么你我呢？何况现在社会风气不正，金钱至上，好像赚了足够多的钱，就能力也有了，地位也有了，女人也有了，什么都有了。我可以保证，在这种物质潮流中坚定自己的信念。那么，你呢？

　　没有人能给你自信、自尊，只有你自己。亲爱的林，走出对身边人敬畏的误区吧，否则只能迷失了自己。

　　"天外有天"这是事实，我们不该故步自封。同时，我们必须知道，一个人的精力是有限的，在一个学科、一个领域中，以毕生的精力做出成绩来也不是容易的事，哪里还能分散精力顾及其他？当然，天才是有的，可惜你我都不是。

　　刚才看你信时才发现一页忘了看，看过后，我真后悔刚给你寄走的那封信和我这封前面那些话，希望你明白。

　　毛裤不织也罢。

"我逼你"，说这话你不感到亏心吗？每次被你拒绝，我只感到丢人。突然恶毒地想起《多情剑客无情剑》中的一个人物，谁都可以上，就是不让你上，天下女人真是无奇不有。

我后悔这封信前面的话，但我从不撕掉自己的字。

陈

1993 年 10 月 21 日

林：

自从你的第十封信以后，我实在没有心情回信，有时想写，一看你的信，又不想写了。过了这么长时间，特别是收到毛裤以后，知道你眼睛坏了，下了几番决心，还是把话说出来吧。

我的心情一直不好，饭是越吃越少，能对付就对付而已。昨天大雾，烟气蒙蒙的，十步内人影模糊。去邮局把书给你寄走。晚上竟然飘起雨丝，不大、不急、又细，一个人去办公室的路上，看见旁边长凳上有对搂抱着的男女，想起你来，更加心情黯然。没带伞（现在一说到这个字，我便想起你当初矫正我把"伞"说成"闪"的情景），时间长了，眼镜上密密麻麻的，爬满了水。我默默地走，眼前竟是大三暑假我们冒雨骑车的情景。

当时我在前面，雨比现在大多了，眼镜全被雨水蒙上，什么都看不清楚，我拼命向前蹬，最后是你在紧紧跟着我（当时真傻！就不知道停下来休息一下，或者等雨停了再走。我傻，你也傻乎乎地就那么跟着我。唉，再也找不到当时的你我了）。就是那次吧，我把路领错了，我怎么也忘不了平安那莽莽苍苍、荒凉的天空；怎么也忘不了回来时娇小的你在前面使劲骑车的身影。那次真的令我感动。在我带错路的时候，你没有责怪我和娇气，你往回骑的劲头，你不会知道对我是多么大的鼓励！

在岗上部队大院，没人的时候我就赖到你身上，我好喜欢你那时半推半就地说我，"癫皮狗又来了"，然后就和我一起亲热，你的爱意那样浓浓地洋溢在你的身上。我们那时在一起真的很幸福，对吗——如果一切都不改变的话。

一本《茶花女》开始了我们的恋情，世界上又多了对热恋的情人。第一次和你上街，我在公交车上吻了你的秀发，然后我们还很不熟悉地相互挽着手。可是我们多开心，一切在眼里都是美好的、欢乐的，见到每一个都是笑脸，愿他们也和我们一样欢乐，爱情真好啊，我们陶醉在自己的世界里。

后来呢，后来有那么多的事令人难忘。夜晚你从寝室给在教学楼的我送来热烫烫黏糊糊的元宵，守着我吃完；记得我们在冰场上学滑冰的情景吗？同学说"你真幸福"，这可能是真心羡慕，也可能是假意奉承，但我当时确实感到我很幸福，虽然她是对你说的。

还有雪地里的第一捧雪（这更令我终生难忘，一想起来，那时的你如在眼前，鲜艳的红羽绒服，通红的脸蛋，出其不意的动作，又娇又羞的眼神，洁白的雪花突然撒在我脸上，嘴巴鼻子都被封住了，眼镜也模糊一片，吓得你慌忙跑过来查看）；南湖冰雪上的身影，湖畔老树下两个气哭了的恋人；你生日的前一天，我终于嘴对嘴地和你亲吻，腹下不知不觉地挺起来，后来是令人颤抖、胆战心惊的抚摸；你第一次看它是在教学楼一楼，记得你说的话吗？你说"它难看死了"，停了一会儿，又说"我要"，真令我感到兴奋和激动。

我比较后悔的一件事是北戴河那次旅游，没有给你留下足够的照片，对你也过于粗暴（那时我们已经有很多争吵了）。记得那次你站在水里，让我拍照片，我说是逆光，不拍，还狠狠地训斥你，而且是当着外人的面，你受了委屈一声不吭。但走回来的路上，经过一个挺漂亮的楼梯口，我给别人拍了不少照片，你却没照，我一声没说就走了。现在想起来，我真后悔，如果我们能再回到那里，我还有补救的机会，否则这件事会永远挂在我心上。唉，你为什么不对我多提些要求呢？如果你那次能主动提出在哪里拍，我也不会拒绝。我喜欢你撒娇，可惜你很少撒娇。真的，我喜欢你对我撒娇。

再说说下棋的事儿，我并不是为自己辩解，你难道不知道我每次下棋的时候都是我俩闹别扭的时候吗？而且有时我俩在你寝室玩的时候，你却常常被其他人的游戏和谈话所吸引，令我非常尴尬。

十一你回去后，来信说"我要为你打扮得漂漂亮亮"，令我高兴。但你的那封信实在太伤我的心。看着它，我突然觉得好像不再认识你了似的，觉得在你眼里我是个流氓似的，难道我在你眼里就是那么个角色吗？

我记得我们交往不久就谈论性这个问题，算了，我懒得再说。在这个问题上，我不知道你除了小时候看见有人吵架后立即坐在一起外，还受过什么刺激，如果有，你应该告诉我，我一定会体谅你，如果没有，那你的理由我就觉得毫无道理。这正常极了，否则还叫什么爱人，这也是爱情的一种方式吧。

不敢再吻你的陈

1993 年 11 月 15 日

林：

一、没地方冲洗胶卷，只好作罢，从你走到现在，我连一个黑白胶卷都没照完。

二、毛裤很好，但你忘了在前面留口，我和你不一样呢。而且你把那件又宽又长的毛衣拆了，我感觉好可惜，因为我喜欢你穿那件毛衣的俏生生的美丽的样子。

三、我成天没事干，还要被你精神折磨，更加瘦了。

四、寄给你的是香山红叶，不是一般的树叶，你自作聪明了。还有一件事，枫叶上我编了号码，回信时候告诉我，你注意到没有？

五、粗心的林，你不会忘了看这背面的两页吧。为了提醒你，我把最后一个标点符号点得力透纸背。

爱你。

陈
1993 年 11 月 15 日

林：

先说件有意思的事，你猜今天我们单位每人发了什么东西，我给你列个清单：被罩两件，肥皂五块，熊猫洗衣粉两袋，黑妹牙膏两筒，领洁净两个，舒肤佳两盒，扇牌洗衣皂四块，乱七八糟的，可以开百货店了。年初我们每人还分了两箱富士苹果。

好了，谈正事吧，虽然它太令人不愉快，终归逃避不掉。十一点去取你的信，看完已经从盼望到有些失望还有些伤心了。

从一开始你就问我，希望自己的"她"是什么样的？到今年十一你又问，我的回答使你"伤心"，这是第一个需要解释的地方。我觉得每个人有每个人的活法，为什么要给自己立个榜样？保持你自己，这就足够，从你一开始我就是说"像你这样的"，你不信，一定要列出 1、2、3 来，我记得在大学教学楼里那个黑黑的夜晚，我说的第一个要求是"必须是爱我的"，两年以后你又追问我希望的妻子的形象，我想象不出，不过否定了你举的例子。两人相亲相爱、共同生活，相互满意就行了，我希望你今后不要总为自己寻找模式，爱你的人爱的是你，而不是你想成为的人。

有两件事我本不想这么早说，但从这封信的口气看，你大概不会让步，只好提前说。还有一个月到你 22 岁的生日，我计划给你寄去 22 片枫叶，枫叶能保持长久吧。我曾把杨树叶、爬山虎叶和枫叶同时夹在书里，前几天发现那两种叶子乍看颜色依然，一碰全碎。我一向不大会说话，就比如从前你埋怨我总不夸你一样，我心里 100 个愿意赞美你，可我说不出来。又比如我和你一起过生日的时候，唯有默默吃饭而已，很少说祝福的话。我不懂浪漫，我只希望你明白我对你的爱的程度，从你走后我就想 12 月 30 日去春城陪你过生日，给你一个意外，没料到事情能到这一步。不管结果如何，12 月 30 日，我总会去春城一趟，那除了你，没有什么值得留恋的。

这件事弄成这个结果，不但你始料不及，连我也没有想到。你在信中已有两次认为我只要你的肉体，如果从头到尾我给你留下的是这样印象，我也没话说。这件事我提的次数确实太多了，让我在你特别是被你拒绝的面前羞愧不已。这件事不需要解释，但对你的："难道我们的爱情如此脆弱？"我想说几句，这件事早已不单单是感情的问题，它也成为你对我的信任和情感程度的标志。我爱你爱得太专心，所以忍受不了你对我的保留。你若从前就将身心交给我，我一定不会辜负你，我们大学的结果就一定不会是这个样子的。扎在我心中的刺只有你才能拔出，但你放弃了，并开始渐渐疏远了我。其实，从那时起，我就处于既舍不得这段感情舍不得你，又不敢全心认定你就是能和我风雨同舟的终身伴侣的两难境地。

三年的交往时间不短，相互了解也足够深。一句歌词说"爱你并不容易"，我爱得辛苦却被所爱的人冷淡，趁早了断，何必误人误己，牵扯不清。

既然你不信任我，何必拖拖拉拉。

陈

1993 年 11 月 17 日

林：

这儿的天气一直暖和，11 月中旬的感觉和初春一样。给你写信的那天，下了一整天细雨，小雨丝丝的那种。没料到变起来也快，今早起来听见走廊里人说好大雪啊，结果一下就是一天，到下午五点才停，现在地面已经盖上了厚厚一层积雪。气温骤然下降，中午我把冬天那件黑色外套穿上，里面是你织的那件绿色毛衣，还比较暖和。

十一以后发生的这一切，谁都没有料到。我在等你答复，如果你拒绝我，我再没有勇气和你一起做这件事，我在你面前太丢人；如果我们好了的话，这是两个人的秘密。但从上封信看，你是宁愿失去我，也不愿让步了。

两年多的交往，我们应该相知已深，你两次说我只爱你的肉体，我无话可说。

陈
1993 年 11 月 19 日

林：

自上次发的百货外，昨天每人又补发了两只口罩、两桶洗发膏，真是无微不至。

陈
1993 年 11 月 23 日

林：

不知道书和猫卡收到没有，我很挂念，特别是猫卡背后有字，你不会看不到吧？

自从 11 月以来，我从未叠过被子。单身生活很自由，好多习惯都丢掉了，比如写日记，练太极拳等。我现在很迟钝懒散，我很希望改变自己，改变以前那样做什么都毫无保留、全心投入的坏习惯，这种人注定为情所累。

刚才又发了两样东西，枕巾四条，沐浴液一瓶。可惜你现在住的是公寓，否则这些被套、枕巾之类的就有用了，我现在都放在床底下压着呢，有的干脆送人了。

陈
1993 年 11 月 25 日

林：

上午因去区丰台办事。司机很年轻，我问他多大了，他说 25 岁，我说比我还大两岁呢，他说，没想到，你看上去挺大。我心中一愣，没想到我在别人眼中已经很老了，我还以为自己是个学生呢，真是时光无情。碰巧的是，他说以前常去东北虎林、吉林、哈尔滨，他说，从前他对象是虎林的，后来吹了。

回来去取信，倒是挺厚，虽然已没有高兴、失望的感觉，但总比手一掂量轻轻的心里舒服。

我现在做什么都没有情绪，很少感动，包括看你的信，从前的久远的那种寂寞孤独感早已回来。不知道到了你生日那天，会不会有改变？

爱情和性欲两个字，我不要提，而且有些厌恶。有件事告诉你，也不怕难为情，每天睡觉前和早晨醒来的时候，我常常有强烈的性冲动，但你放心，绝不会因为想起你，纯粹是生理反应。我还可以控制自己。你的几个赞美之词，我实在不敢当，可能是情人眼里出"西施"吧——我了解自己和了解你一样清楚。

如果你是为了和我有"共同语言"而读《庄子》，希望你不要读了。你口口声声要和我"平等"，当我爱你的时候，哪件事我不是把你放在比我还重要的地位？你能做到像我爱你一样地爱我吗？记得韩玮琪吗？她是那种身材好又漂亮的女孩儿，我感觉到她对我的好感，我也想认识她，但就是因为你不愿意（而且是和我一起去看她的演出），我再也没和她联系过。这点你做得到吗？

别再轻易许诺什么了，它就像现在的你一样容易变。

希望你读一读贾平凹的《黑氏》（《人民文学》1985 年），我想听听你对黑氏的看法。

你一向很会保护自己（也许只对我而言），所以我不担心你在春城的一切。我怎么会怀疑你看上刘某人，我只不明白，为什么刘某人那么猥琐，他黏上了你一阵子，最后骗了钱走（我唯一一次撕了你写的两张纸，当时看也没看，不知什么内容。现在才知道。我以为他骗色，原来还骗财），他怎么不黏糊别人，是不是你给了他机会？

在爱情上，我不受任何人左右，不要逼我反复说这一句，它让我对我爱的那个人的智力产生怀疑。我喜欢你身上的那种淡淡的气味，你明白吗？我好像对你说过。可是，上次你来的时候，那种气味已经消失了。爱你的人，爱的是你自己，而不是你希望成为的某个人，你明白不明白？这是我对你问我希望将来是什么样子的回答的解释。你理解吗？这世界上不可能再有一个你，就像不可能再有一个我一样真实。何必总给自己立个模子呢？

在这种心情下，还能写这么多话，令我奇怪，可能还对你贼心不死吧！虽然很消沉，还是希望你多来信，有你的信，毕竟是件很温暖的事。我突然想写这个字了，爱你，我的林。也许是情绪来了吧，但信也到头了。

吻!

你的陈
1993 年 11 月 26 日

林:

有件事请你明白,我还用不着以装病的借口不去南方,那几天我便血,像撒尿一样,只是没有痛感而已,后来好像到了老家才好的。也没吃什么药,便血的原因我一直弄不清。你一向很有主见,但希望你以后不要再犯这种臆想的错误。

陈
1993 年 11 月 28 日

林:

今天下午收到你的一封信。算了,你不用花言巧语。我当然很看重贞操,我始终珍惜你,比珍惜自己更重要。别人不能给我影响,忘了他们,为了你我愿意。既然我已把你从精神上变成女人,那么肉体也不例外。大学第一次亲密行为以后,你在教学楼走廊里小声对我说:"刚才我还一直害怕见人呢,现在感觉也很好。"语气又娇羞又自豪,我真喜欢那时的你呀!

你是我的,何必在乎其他。你为我做的事,只能使你在我心中更令我爱你、更在乎你。

你的陈
1993 年 11 月 29 日

林:

因为北京 12 月 1 日开始禁放烟花爆竹,这星期以来,鞭炮声音不断。今天是 11 月 30 日,最后一天,窗外更是响声连绵、焰火满天,真像过春节一样,我在屋里都闻到了鞭炮的硝烟香味儿呢。

陈
1993 年 11 月 30 日

林：

月底我可能有事出去一段时间，因此，12 月 20 日，我们应该各自寄出今年的最后一封信。切记切记，明年 1 月三四日才能回来，到时我再通知你。

陈

1993 年 12 月 2 日

林：

今天以为有你的信，没有。没有你的信的时候，还是很惦记你的，经常给我写信好吗？

陈

1993 年 12 月 3 日

林：

单位食堂的晚饭，从到这里晚饭的菜一直就是白菜，从前是这样，现在是这样，将来也是这样；做法从前是炖，现在是炖，将来也是炖。而我对你，从前想要你，现在想要你，将来也是想要你。

今天路过单位旁边的公园。湖水已经结冰，有小孩儿在上面玩，树林中有很多摆地摊的，十一时你曾经混进去学跳舞的那块地方已经不见了，但现在有三处跳交际舞的，热气腾腾，女的只穿羊毛衫，不知什么时候我们也可以去中间混。我看见一对和我年纪差不多的"狗男女"，小心翼翼地摆着姿势不敢迈步。

爬山虎的叶子早就落光了，墙上只剩下赤裸裸的藤条。我把秋天捡的几片爬山虎叶子给你寄过去，不要弄错了，这不是红叶。

你给我买的小围巾，我很不高兴，希望你不要给我买什么东西了，你的所作所为应该是为了让我高兴对吧。你可以等到工作了，用工资给我买东西的。

好好读书，毕业后我们都会在北京的。

吻你！

陈

1993 年 12 月 5 日

亲爱的林：

今天的两件事，让一直心情很不好的我有些高兴，给你说说吧。

记得我曾说要给你寄东北农村家做的大酱吧。昨天从我老家捎过来一瓶酱，今天上午我想去邮局买个小木箱，把这瓶酱和刚写的信一起给你寄走。打好如意算盘，我把它们放在塑料袋里，挂在车把上，骑自行车就走。

不料刚到街道拐弯处，就听见啪的一声，我还纳闷是什么东西呢，有人喊"你的东西掉了"，我回头一看，塑料袋摔在地上，拾起来发现瓶子都碎了。拎着回到寝室，发现酱和玻璃碴混在一起，只好倒到垃圾桶里，信纸全被酱糊住了，拿到水房冲洗也已经认不出字来了。真是意料之外，让我哭笑不得。经过这番折腾，我想给你寄大酱的雄心也没了，现在手上还有大酱味儿呢。

买了本《中国新十大家族》回来，碰见有两家在卖《查泰莱斯夫人的情人》，是盗版全本、竖排，无译者姓名、无出版单位，一家卖20元一家卖18元，我嫌贵没买。

现在给你写的那封信还在"晾"着呢，一股大酱味。我打算你来信后，把它和这几页一起给你寄去，当作今年的最后一封信。那封大酱信就当是我送你的生日礼物了，提前祝你生日快乐吧。

（刚收到你的信，是两封，五号的和十号的，不知怎么弄在一起了。注意：不准上街、不准去舞厅、不准买爆竹、不准再给我买东西，尽量不要去其他屋里吃饭。在25日之前，要抓紧时间复习功课，准备考试。）

你的收不到信的、刚吃了白菜的、把酱瓶摔碎了的、一个人在办公室里的陈。

陈

1993年12月13日

情

无

篇

第十章

1994 年 1 月 3 日—6 月 12 日

邓林的信

亲爱的陈：

现在已经是 3 日晚上九点半，你已经稳稳地躺在床上休息了吗[①]？经过一夜半天的火车，肯定是累坏了吧？今天一天我不知怎么过的，白天就是看英语，晚上没有出去。半个月来和你在寝室里静静地看书，已经喜欢上在台灯下看书了。可是今晚不一样，我一个人在台灯下，却安不下心来，没有你在身边，我像缺少了定心丸，看不下去。只好一会儿喝点水，一会儿吃点儿东西，勉勉强强看了一些。你怎么样了？一路上没冻着、饿着吧？可怜的大鼻子，怎么吃也不胖。这一折腾又得瘦成什么样子？单位上有什么变化吗？但愿你一切都好。

昨晚坐公共汽车回来，不到八点四十分，很累，铺了被褥洗洗就睡下了，睡得很香，一觉睡到天亮。就想现在你还在火车上呢，在做什么呢，看书看风景？上课的时候，九点半，又想你快到北京了。到十一点去打饭，心才放下来，那时你已经在北京的土地上了，该好好地回去休息了。

陈，你这一来，我们好像又回到了从前那段日子，亲密无间、安安静静地生活。真的，我感到非常的踏实，生活有了目的，做什么都非常有劲。不像我一个人，连吃饭都没干劲。今天中午打饭，就有干豆腐炒韭菜，我就打了一份。看着这份菜，我忽然感觉很不好受，鼻子发酸，吃了一半就吃不下去了，盖上饭盖就拎了回来。大鼻子，回单位又该吃白菜了，记着自己买个

---

① 1993 年底，陈错去春城给邓林过生日，在北方大学住了一星期左右。

小锅，想吃什么就做什么，好吗？

这半个月咱俩在一起，我感觉你比从前对我更好，也许是分开一段时间，才感觉到你对我的好，以前天天这样，反而不觉得了，是吗？陈，别担心我对你的要求什么的，我也知道那些还很遥远，也很难，只不过我盼望你能早一点出人头地，具有生存的资本，这也是你所需要的，不是吗？我也要在这段时间里不断完善自己，使自己将来有能力不把自己作为一个负担，放在你原本脆弱的肩头，而是咱俩共同去支撑、去生活。

我知道，大概我不会过别人那种舒舒服服的日子，虽舒服，却缺少动力、太茫然，物质上的丰富并不能使两个精神贫瘠的人幸福，对吧？但我们的努力都是为了生活得更美好，物质上的低要求早已是过去的口号，追求享受并不是丑恶的，否则，人们不断改善生活是为什么，大家都过那种原始社会的生活不是更好吗？

陈，你走了，我的心好像也跟着走了，我又回到了刚开学的那种无魂的感觉，一天到晚迷迷糊糊，不知自己在做什么。好像一个完整的世界，突然被分成了半个。我想让这种状态快点结束，恢复到斗志昂扬的情绪，毕竟我还有两门功课的考试在等着我。

已有点儿晚，刚才和她们聊了一会儿天，时间就过去了，若不聊吧，显得生分，而且吵闹着也不能让我安心去写。

先写到这儿，盼你安全到达的消息。

吻你！

你的林

1994 年 1 月 3 日

亲爱的陈：

你走了有一天了，不知你的疲劳恢复了没有？但愿你一切都好，精神抖擞地开始工作。

我又是学了一天的英语，下午效率稍有点低，勉强看了两个小时书，头有点发晕。你看和你在一起舒服久了，竟然吃不了苦了。

今天一月、二月的补助发下来了，将近 190 元啊！这可是个不小的数目，我已将钱存进银行了。因为放假前我的钱足够给家人买东西，况且你还留给我 100 元呢。据说 10 日能把我们写的作文评点的稿费发下来，看来下学期的费用不用向家里要了。

吃过晚饭，我早早来到自习室，人非常少，令我奇怪，原打算看会儿政治的，匆忙之中，忘记带政治书了，只好还是看英语了。

我要看书了，明天再给你接着写。你收到我那两封信了吧？今早的信我已寄出了，祝你愉快度过今晚！

你的林
1994 年 1 月 4 日

亲爱的陈：

今天中午洗了澡，下午睡了一阵，基本没看书，所以就很有精神地看了一晚上书。可惜的是，后来旁边来个喝了酒的人，味道难闻极了。现在复习功课的精神状态比较正常，不迷糊了。

我们屋的两个人正滔滔不绝地在讨论张和李的关系，乱七八糟的。前一段，李原来的女友又找回来，张碰见了，所以一回来就议论了半天，基本每晚都是这个话题，把王吓得说她都不敢去谈恋爱了。她对李的行为"喊"了又"喊"，很有意思，你若在这听一听，肯定会笑的。

每次我想回寝室再学会儿，每次都不可能，只能谈谈聊聊、听会儿音乐，东北音乐台我找到了，效果很好。

先写到这儿，吻！

你的林
1994 年 1 月 5 日

亲爱的陈：

今天晚上刚考完英语，吃完晚饭就来到自习室，想静静地写信，放松一下，顺便也可以看几眼政治。

你肯定关心我考得怎样？一个字"亏"。那些出错的地方，全是我会的，但是今天的考试太让我紧张，心理压力非常大，一方面我平时看课本不多，觉得自己六级都过了，还在乎什么课本，又不难？另一方面是一到偌大的公共教室中，周围全是高手，不知不觉就紧张起来，所以就出现了遗憾。反正一切都过去了，75 分当然没问题，只是不可能得高分了。

亲爱的，你好吗？别来无恙吧？想知道你在做什么？也许今天会有你的信，但我没去取，等下了晚自习再去看看吧。

那个考试的大教室冷极了，考到四点半的时候，我的手脚全冻僵了，握不住笔，好像脑子也冻住了似的，难受死了。现在暖和过来了，手脚又开始发胀、发烫，肿得不行，到 13 日下午还得去受一次罪。

今天自习室人不多，刚考完，大家都在寝室里放松，我也闻到了做菜的油香味。对了，我打算 11 日去买 13 日的 60 次车票，研究生订票全是自己买，这样我想考完就走，提前把要带的东西整理好。这些年，一个人走来走去习惯了，乐得自在。

好了，考完一科就轻松一科，我心里放下了一块石头，却有种失落感和遗憾。另一科还生死未卜呢，我得抓紧时间看书，争取不落人后。原想争一争奖学金的，看来希望不太大，只求心安了。

那只小锅买了吗？我希望你已经开始用它煮东西吃了，至少可以改善一下晚上只有大白菜的状况，是不是？今天好冷啊，你有感觉吗？我还来例假了，不过不太难受。

今天将信寄走，放假前我大概还能给你寄一封，以后回到家再写啊，愿你今晚过得愉快，吻你！

你的林

1994 年 1 月 7 日

亲爱的陈：

你好！

今天上完家教回来，领了 80 元奖金，其实真的一点不多，是最低价格了，不过心里还是很高兴，放假前又多了一笔可以买东西的钱。但令人气愤的是，小学生作文评点的书出来后，我写的评点无缘无故删掉了 13 篇，可能是篇数超出了计划的缘故，但为什么只删我的呢？她们俩的都没删。真倒霉，我不知道该向谁去喊冤。

该好好地背政治了。稿酬的事儿，弄得我心里乱糟糟的，但必须要把心情平静下来，准备这门考试，对吗？在家教的路上，我还背着呢，相信会顺利过关的。

你的信，我昨天收到的，你一切都好，我就放心了，希望你这一个月过得愉快。出来那么长时间，没什么事儿吧？我已经给家里人买好了棉鞋，还买了三包豆沙馅回去，可以做豆沙包或炸豆沙丸子之类的，不知还能不能挤出时间给我弟买顶帽子，买车票的时候再说吧。今天有点累，心情也有些烦躁，不知和例假有没有关系？庆幸回家的路上没遇着就好。

吻你！

你的林

1994 年 1 月 9 日

亲爱的陈：

今天一天的政治背得我脑子木木的，到晚上之后就不能再迅速地记什么了，老半天一句话都读不通，就是心里太紧张、发慌。其实想一想，这考试算得了什么呢？可是就是不由自主地想拼命去背。

昨天家教前，我看了 40 分钟的政治，发现记得飞快，至少四道题基本上一字不漏地记下来了。而今天白天一天，才背了两三道大题，还不知道正确率是多少。现在才八点多钟，我有点想回去了，回去干什么呢？小说都还了，也没什么可吃的东西。

我这两天有点发低烧，也睡不好，所以学习效率低。记得每年期末都这样，是不是和心理素质有关？反正上次考英语冻得我要命。其实这些题都不难背，如果我头脑清醒的话，只需一天工夫就得。

明天上午我要去买票，或许是要回家的缘故，心里浮躁躁的，总静不下心来。看来，这学期想将成绩考出色的希望渺小了。先写到这儿，想你，亲爱的。

你的林

1994 年 1 月 10 日十六点五分

亲爱的：

一回寝室见到你的两封信，都是很着急问我时间的，我一时非常矛盾，真不知该怎么办好。

因为我给家里已经去了信，说我顺利的话，15 日就能到家，说得挺肯定的，所以我想他们肯定会去接我。

而你呢？14 日如果没有收到我的信，肯定也要去北京站接我的。当然，在北京停一停很容易，而且你那儿有那么多好吃的，我非常想去你那展示一下手艺，给你改善下伙食，不过我想2月21日开学，十八九日我肯定就到了北京，你那时或许也该上班了，我想研究生管得可能不严，晚几天来也许没事，我们会再见面的，对吗？

所以我不打算在北京停了，我特别想早点回家，假期一共才30天左右。陈，我爱你，我知道你在盼着我，尽管我们刚刚见面，一个星期前才分别。而我与家人可有半年没见了，我们一个月后还会有机会啊。

明天一早我去买票，然后就将这封信用快件寄出，免得你多跑一趟。

已经夜晚十一点五十分，明天一早还要去买车票，只能就此打住。亲爱的，委屈一下你了，祝你天天好心情。

吻你。

你的林

1994年1月10日二十三点五十分

亲爱的：

我的手冻得握不住笔，今天票没买上，又不想14日走，所以准备13日晚无座也走。花了大半天时间去各处预订，白费力气，票紧张死了。这样我实在没准信了，亲爱的，别为我去车站受冻了，记住了，别担心我，总会回家的。越不好走，我越想快点走。

心急如焚的林

1994年1月11日

亲爱的陈：

你好吗？一转眼到了17日，从发出快件到现在已经六天时间，你一定在着急等我的消息吧？不过你看到信就会放下心来，我到家了，16日早上八点钟到的。洗洗脸，吃了一碗鸡蛋面，我就睡了一觉，睡到下午三点多钟，六个小时，我真是累坏了。有趣的是，北方的寒流也跟着我来了，今天下了一天雨夹雪，外面铺了一层薄薄的雪，洗澡回来，地上积了水不好走。

我和一个四川的女孩儿叫方雪梅的一起定的13日到天津的282次，60次太难买了。13日下午四点，考完政治，回寝室收拾东西，五点钟我们俩就坐车去车站。车厢特别冷，我把棉袜子都套上了，还不行。14日上午十点多到天津西站，转十一点五十五分的特快到北京，到北京已是下午三点，签的票是凌晨三点四分的 227 次（无座），方雪梅连票也没签上。当时我就想给你打个电话，让你到车站来陪陪我，可那个破电话亭打了好几次，怎么也不通，总是忙音。后来我一想，反正是半夜的车，等不了多久就走了，再说有方陪着我就不折腾你了吧。虽然我很想让你给我带点吃的来，我和方吃的盒饭，难吃极了，少得让人不敢相信那值 2.5 元。

更倒霉的在后面，两点多钟我去排队上车，人家问我去哪儿？我说了，别人说那你上这趟车干什么？我一看是开往郑州的，还要倒车，真气死我了！本来我让售票员签 15 日 25 次的，他自作主张给我签了一张，我以为是去广州的，今年暑假我就是坐的到广州的车回家的。没办法，我只好又等到上午 12 点多钟，硬挤上了 25 次（无座），勉强对付到了家，真是又累又乏。

方签到了 16 日到重庆的特快，还要在北京站等一天一夜呢。从订票到回家一直都不顺利，好运气不知道哪里去了。

我买的两双鞋，她们马上就穿上了，我给我弟买了一顶呢帽，很漂亮的，长春挺流行的那种。还买了一个神功元气袋，百货大楼的"百日爱心大奉献"半价出售的，我和同学都买了，我妈一听就不信那是真的，气人。

洗了澡舒服极了，胃口也好，不停地吃东西，觉得什么都好吃。我买的豆沙馅儿，包了豆沙包，味道还不错。这个假期就在下雪中开始了，我打算给我二姐的小孩儿织毛裤，我姐已织上了，下面我接着织。

我弟上自习回来了，我必须和他说话，先写到这儿，明天早晨接着写，好吗？

亲爱的，昨晚和我二姐聊到很晚才睡，早上起来九点多钟，洗了衣服、吃早饭，很快就到中午，我得先将信寄出，免得你又说我"慢半拍"。我一切都好，外面的雪没化，薄薄地铺了一层，简直是百年一遇的一场雪景了，南方的雪极少可以半天不化的。我要去邮局了，写到这儿好吗？

亲爱的，我爱你，想你，别为我担心了，我好好的。吻你，大鼻子！

在家享福的林

1994 年 1 月 18 日

陈：

你好吗？我的手很冷，写信都笨笨的，因为家里和外面一样冷，也就四五摄氏度的样子。在学校时，寝室或自习室都热得只穿一件毛衣就可以了，家里有一个像灯具一样的取暖器，好像是什么红外线的，点上比较暖和。

我正给二姐的小毛毛织毛衣呢，可小了，打起来很快，只是线细不好织。我二姐如今可富态了，不过也很漂亮，可不像别的女子，一怀孕就不打扮，蓬头垢面的，她看上去更好看了，穿着也干净整洁。我昨晚和她说话直到半夜两点多钟，她一早起来，脸色不好，困得要命。她和二姐夫一直很好，真让我羡慕呢。我二姐夫可逗了，因为我二姐对父母孝顺，总和他讲我父母的不容易，结果他单位发什么东西或买什么东西，就让我二姐拿给我父母，自己的爹妈都不放在心上。

我在家没事就听听广播、看看电视、打毛线，零食不断，什么柑橘、瓜子、锅巴、饼干，我的胃总是满满的。我弟说我才回来几天，就胖了一圈，真可怕，可该锻炼锻炼了。

我爸妈也老了很多，每天仍是口角不断，真是，都那么大年纪了，还火气那么大。我每次都打岔转移他们的注意力，多数都奏效。今天下午我爸竟然一个人扛着煤气罐上楼，累坏了，那罐特别重。他们都老了，却没有人来帮忙，我弟更别指望他。

时间很快，已经在家第四天了，就像刚回来一天似的，每天一眨眼就过去了，也没干什么。早晨起来就九点了，带了一盘新概念英语磁带回来，但一直没兴趣听。这次真的是回来放假了，却又无处可玩。

同学上班都好几年了，比我小一两届的女孩儿成家有孩子的很多，我简直不敢相信。那种生活多空虚啊，年纪轻轻，匆匆成家，这辈子也就这样了。我想还是应该等到人真正大了，真正有了家庭观念，需要家的时候再成也不晚。

亲爱的大鼻子，上次寄出的信你是否收到了？在这儿的邮局寄信，真让我不放心，谁知道邮筒开不开呢？亲爱的，我还用你那种弯笔尖的钢笔写字了，因为油笔没油了，又找不到笔芯。没有在北京停留，你生气了吗？我实在不忍心让你在寒冷的北京站陪我挨冻，要知道早晨七点钟的时候，我从心里向全身打战，控制不住地哆嗦，冻得牙齿"咯咯咯"的。

这两天一直有点感冒，清鼻涕不断，腰疼是因为坐火车时靠在洗手间下的一小块平板上凉的，我真害怕折腾出什么病来，年轻时还好，等年老的时候，什么病都来了。

但知道在长春过寒假的滋味了，就怎么也不愿意留下来。即使受那么大的罪，也非回来不可。方雪梅也有同感，她还不知道怎么样呢。

因为我弟总要考试，高三了，一切都得为了他，我偶尔给他讲题，发现他竟不如我上高三的数学水平，心里凉了半截。这个寒假的任务就是陪他学习，再就是织小毛毛的毛衣，帮我妈干家务活。我周围的人都忙，唯我清闲，都为自己感到惭愧了，毕竟我也是大人了。可这种清闲我很喜欢，又希望一辈子能这样过，真是矛盾。

陈，写信告诉我你家的地址，那个数字我忘记了，如果你不希望我给你春节期间往家寄信，就别告诉我，随你高兴。

吻你，晚安！

洗过脚没穿袜子的林

1994 年 1 月 20 日

亲爱的陈：

回到家的第十天了，猜猜我在做什么？每天时间过得好快，而且我已经到"健美城"锻炼了六天！其实就是有一些健身器材，像跑步机、划船机、脚踏车一类的东西，很容易的，没有专门的教练指导什么须知之类的练习，健美城是市劳动服务公司办的，我办了一个 15 天的月票。早上七点半就爬起来，先去那儿玩一个小时，再回来吃早饭，然后收拾屋子，做做卫生就十点了，然后再看会儿电视、打打毛线，就该帮忙做中午饭了。

现在我没事就逼着我弟看书学习，结果开始他还对我挺亲近，现在特烦。有次晚上我陪他做英语题，他胃不舒服，第二天就病了，一个下午和一个晚上都没去上课，还说是我把他累着了。今天中午我又让他去做题，他倒没反对，胡乱做了两道就上学去了。我想他的水平还不如我读文科那时的水平，他考理科更难得高分，高考对他来说太难了。

晚上到了八点就不能看电视，因为他八点四十五分就放自习，家里有个要高考的学生，全家就得陪着，哪有一点放假的气氛。我有时和同学出去，到健美城锻炼，晚上回来晚一点，过了九点钟，我妈就会不高兴，问我"野"到哪儿去了？都 22 岁的大人了，也管得像以前一样，半点自由都没有！去锻炼的人极少，因为学校放假，快过春节，经常只有我一个人在很大的一个健身房，幸亏有音乐、新歌不断地放，才能坚持一天一个小时的样子。

亲爱的陈，头一回在夜深人静的时候给你写信，回来后一直不是和妈一起睡，就是和二姐一起睡，所以晚上都是在闲聊中度过的，我不习惯、也不喜欢她们看着我在台灯下写信。今晚二姐夫把我二姐接回去了，因为二姐不满意我竟然把她一个人丢在家里去玩，所以口口声声要回家，其实呢，她实在是想我姐夫了，估计两个人今晚会很融洽地度过。我只不过是被他们抓当了幌子。

第十天了，我不知道你有没有收到我的信？当我投信到工厂的信箱中，听着"咚"的落地声，真担心那信箱到底能有几封信，何时才能开一次？如果没人开的话，我的信什么时候才能到你那儿了？或许你已经放假，不可能的，你们单位不会放那么早，所以我的头两封信你应该收到了吧？

每次放假收到你的信总在十天之后，可这次你在北京，应该能早一点的，你有我的地址，为什么不给我来信呢？你难道一点都不担心我的旅途吗？为什么一定要等到我给你去信了才回呢？

一个人在台灯下听着闹钟"嘀嗒嘀嗒"地响，真惬意，好久都没有享受过这样独处的幽静了。不论在学校、在路上、在家里，总是那么多人，只有今天晚上我才成为我自己。

我把原来的信、卡片翻出来，尤其是照片，仔细地翻看，恍如隔世，那些关于高中、大学的人一一出现在眼前。我已经发现了，我从未在意过的卡片，我都不记得我曾有过这样或那样的卡片了，现在翻到了，仿佛突然才醒悟过来，原来过去的我是那么懵懂，而她们早已成熟，她们早就明白我后来才明白的道理。那时不愿付出感情与友谊，因为从小就缺少朋友，直到现在我才发现，其实很多人都是记着我的，而我却没接受同学的生日祝福，从未想到记住别人的日子。有些后悔没有和更多的人保持联系，想想真遗憾。我以前的照片，现在看起来给我一种难言的滋味，就连大学也一样。不去想他们了，而今，我过得既平静又充实，心中没有烦恼、压力，只有耐心地等待春节的到来。我会过一个开心的春节，会尽情地享受它。

夜已深，我的两个脚冰凉，鼻子和手很烫，我要睡去了，明天一定又起不来了，祝你做个好梦。

吻你！

林

1994 年 1 月 26 日

亲爱的陈：

看到你的快件①，我想我最想说的第一句话就是：我错了，请你别生气，以后我不会再做同样的蠢事了。尽管你不要再提这件事，但我还是想告诉你，因为路上有方雪梅做伴儿，我不能丢下她一个人在车站等车，也不愿带她去你那儿，你会为难，不忍心打电话叫你到车站冻到后半夜，因为票签错了。当时以为自己是在做很深情地自我牺牲，哪想到一切都那么傻。回家后平淡的生活早已使我后悔，后悔没去你那看望你、打扰你，我失去了一个多好的机会。你也够傻的，我既然没买到13日的60次，当然不会在14日中午到北京站。我的"罪名"是不是又多了一条？不过，亲爱的，你弄错了，我的家怎么会对我不重要？越长大越离家，我越感到家的温暖与可贵。在外地八年了，父母早已将我当成客人般对待，见面总是关怀备至，姐弟对我也宠着，每次回家我都感到深深的放松和骄傲，被人宠着实在是很惬意的事儿。而在外面，我是成人，是处处替别人着想的，心里没有一刻放松的时候。

陈，你和我不都有这种体会吗？那一年寒假，以为半年后就要回家了再也不会相见的，所以我们共同度过了一个月时间。然而，那冬季的严寒和清冷，使我想起来就觉得只有回家好，而且提心吊胆地等待命运的心情也不堪回首。

我的家虽然不富裕但很亲，亲的表达方式有多种，就是争吵一番，同样给人感觉这是一个热闹的家庭，我喜欢我的家人，尤其是二姐。你若来，一定会感受到家的气氛，我妈常提起你来，仿佛早认定你是她的三女婿。可是你至今未到我家来，也许你脑子里对我家有种畏惧感。

一个月的时间你工作有了变动，又去阜新出差，我不能想象你会瘦成什么样子，像你这样一个事事认真、孤独、多愁善感的人，能轻松愉快地工作吗？真希望你能放开胆子，乐观地去享受生活中的每一寸阳光，那样就不会觉得生活的苦。

方雪梅她就喜欢旅途的劳累和繁忙，既然她喜欢，所以她在北京站宁愿冻两个晚上，也不去找同学、亲戚，而心里还很坦然。虽然心疼你的身体，但忙也是好事，苦一点也应该，因为我们年轻，我们还没有资格、权利去享受舒适的生活。

---

① 此快件已遗失，可参见同期的陈错日记。

陈，为什么总说我变了呢？为什么总强调这个字？让我觉得自己好像在变坏似的。人边成长边变化，这是自然的，更何况你我都未成熟到不受任何因素左右的程度。我不知道人们追求更好的生活是不是错的，如果错了，那我们人类干吗要文明、要进步？其实我并不是拜金主义者，只要干好自己的工作，钱够用就行。没有足够的钱，就没有自尊，这不是我说的，是电视上武汉大学一位年富力强的中年教授这样说的。

记得大二、大三的时候，在食堂吃饭，你总是看着我，而大四以后，你和我在食堂吃饭或喝饮料的时候，你的目光不再在我身上。你说我在你心中的地位多重要，对我来说，何尝不是？我在乎你的一言一行、一举一动，我从没想到再爱另一个男的，根本不可能产生这种念头，因为我早已接受了你，但是你仍不能完全接受我。因为这世上不仅仅有我对你重要，还有很多因素使你不得不将爱情放在次要的位置上。你能说你没变吗？你的信中有一句话表明你真的变了、成熟了，你懂得"爱一个人应该小心翼翼"，爱人的心是玻璃做的，这个你到底明白了。

今天是 28 日，你说 28 日回家，我不知道明天寄出的信你会不会收到，我也不知道该不该向你家里寄信，你妈会不会不高兴？但我仍希望你在回家前看到，所以还是寄到你单位去，好吗？

听过《慢慢地陪着你走》吗？让我慢慢地陪着你，走过一段又一段路程好吗？愿你这次旅途顺利，最好能收到我的信。

晚安，吻！

脚丫冰凉的林
1994 年 1 月 28 日

亲爱的陈：

今天突然雨夹雪，恰恰我和其他三个女生（从小学直到高中的）约好去逛街，结果将衣服淋得透湿，头发也湿了，两条腿酸痛无比。回来喝了热茶，又去她们的单身宿舍吃晚饭。其实在街上，她们也请我吃了汤包、米酒和蛋炒饭。她们说我没有上班，该她们请。所以这一星期全和她们一起玩，直到晚上快十点才回来。

这几天算是玩得比较多的时候，但每次回来都觉得不好。因为我弟，所以父母全处于备战状态，而我却不管他去玩了，本身会分他心，可当我天天在家陪他，他却不向我请教，还得去主动问他，他就趁机和我聊天，也没学什么。我不知道这样是不是得不偿失，催他多了，他又烦我说，"我最讨厌别人逼我做事"，可别人不强迫他，他又没什么自觉性。就是这么矛盾。

去年他在家休学一年，我二姐就不能看电视、听收音机，反正家里有个高三学生，全家人就陪着吧。我弟折腾了两年，所以我今年还是不能放心去玩儿。2月我弟和我二姐过生日，我给他们写了点歌信，不晓得会不会播出？要是没播出，可就掉链子了。

我去健身城锻炼成效不大，半个小时至45分钟，根本达不到我预期的目的，半个月完事后，可能还是老样子，会不会担心我长得很胖、锻炼得很壮？不过我真觉得身体素质好给我带来的益处，至少我经受得生活的各种苦。你每天上下班骑车来回，就当成一种锻炼吧，多吃一些饭，不能对付，那样你会受不了的。

亲爱的陈，你怎么样啦？出差该回来了吧？路上没有事吧？到今天还没有你的消息呢，已经2月1日，也许你已回到岗上部队大院了。不管你走到了哪里，都应该给我寄一封信了，对吧？我想好了，不管你父母乐意与否，我还是要继续给你寄信好吗？

这两天有点感冒，去开了点药，没告诉父母，他们为我弟已操碎了心，所以我不想再烦他们了。

原打算假期在家写点什么，可是要做的琐事很多，我没有自己的时间和空间来安安静静地写。我的手因为洗衣服、洗碗而裂口粗糙，更不用说我妈的手了，非常粗糙，但我今年却格外愿意帮忙做家务。我不能像以前那样不做事而心安理得，我总有种歉疚感。然后就是我弟，一见他不抓紧时间学习，我就急，忍不住说他几句，他又不服气，免不了争吵，弄得又不愉快。

我妈退休工资每月只有200多元，和你差不多，她可工作了30年啊。我呢，真的只有那种家庭优越的人才能浪漫得起来，我再也不能像以前那样陶醉在自己的小天地中，是该到了分担点什么的时候了。

虽然生活中有诸多的不如意，但我对生活还是充满乐观，觉得命运待我们每个人都不薄。你我都是幸运儿，没有什么可埋怨的。人生来就是苦的，我们就要去自己创造快乐，让自己愉快。周围的人并不是各个都是俗的，有的甚至远远超过我们，能认识更多有才能的人，是一种提高的机会。我们才不是最苦的人呢，我们的生活道路够顺利，够幸福的了。

气温下降到 0 摄氏度左右，我的手脚又是冰凉的，快点钻进被窝，是当务之急了。

陈，你现在在哪儿？不知你借调得多久？反正等我到学校后，你就给我打直拨电话好不好？那样和见面也差不多，多好啊，一想就让人高兴，你要有耐心打啊。

明天把信寄给岗上吧，我不断鼓励自己，你会高兴的，是吗？

愿你晚安，吻！

你的林

1994 年 2 月 1 日

亲爱的陈：

中午二姐回来吃饭，取点东西，于是陪她聊天、看电视，直到下午四点多，然后又帮我妈炸绿豆丸子，弄得一身油烟味。

要过年了，自然开始忙起来，父母年纪都大了，我该多干一些活儿。从明天起就得擦玻璃、门窗、洗衣，活不算太重，但是量比较大。你呢？在家干点什么呢？假期做点家务活，好不好？以后总得要自己生活的呀。

陈，你到哪儿啦？回家了吧？怎么还没有你的消息？我一想到你回到那座白色的城堡中，就不知你会是什么样？大概又是一头扎到书中，不抬头地看书吧？我倒真想看点书，可是家里的那些书我看过多少遍了。你身体还好吗？从北京回家是不是觉得特别冷？这儿也很冷。你在想着我吗？

我常常向我的同学和二姐说起你，说起你的时候，我是坦然的、开心的、信任的心情，仿佛我们之间根本没有时空的距离，仿佛你正在我身边一样的自然。因为你就在我心里，我不需要去寻找你的音容笑貌，它会自己冒出来。我妈旁敲侧击地问咱俩好的程度，我每次都怕她看出什么，心虚得"烦"她一两句，大约她总觉得咱俩好得……

越写越冷，有点坐不住了。亲爱的大鼻子，但愿我返校的时候，你已经上班了，我真的好盼望见到你一面，我不愿再犯同样的错误。真的，我能吗？

先写到这儿，要钻被窝了，吻你，晚安。

你的林

1994 年 2 月 2 日

陈：

　　下午听说有信，我就知道是你，急急忙忙去取，却没有，急得我到处质问别人，把别人弄得怪不高兴的。后来回到家，信却在桌子上了，是我的一位同学顺便带回的。

　　陈，我喜欢写卡的那个你，而不喜欢写信教导我的那个你。可以想象你写信的时候，心情多不愉快。寒假里望眼欲穿的第二封信，一下子把我打进冰窖。你能让我高兴一点吗？你习惯用这种责备的口气给我写信，在你眼里，我实在是个缺点堆成山的人，浑身上下全是坏的。

　　陈，记不记得罗曼·罗兰说的"生活中不是没有美，而是缺乏发现美的眼睛"，如果没有发现美的眼睛，我们看到的就全是黑暗面、丑陋的、坏的方面，那么我们怎么会活得开心？脸上怎么会有笑容？你这样看我，我都习惯了，但你不能这样看别人。努力去发现别人的美的方面，否则人无完人，眼光苛刻的人，怎么能交到朋友？

　　在北方大学你来看我的时候，我让你多吃点饭菜，催多了，你又愤然而走。我没有想到，分别半年你都上了班，可当初的少爷脾气一点没改，难道我做错了？当时我实在想不通，你我都不是小孩子了，你怎么会不知道我是对你好才这样呢？为什么会一怒之下就走了呢？和以前一模一样。我闷闷地坐了好一会儿，胸口堵得难受，后来张、王回来，我就穿上衣服出去找你。经过综合商店，想起没有面条了，又买了一扎面条，又从四食堂到操场，有两次在黑暗中差点认错了人，我是又羞又气，就回来了。不一会儿你也回来了。我不想让别人看出我们俩的心情，所以轻描淡写地说了一句，就掩饰过去了，后来也不想再提起。

　　后来那次你骂了我，我实在太气，所以出去到水房站了一会儿，等我再回去时，你又没有人影了。是啊，我要小姐脾气，你受不了。可你知道吗？你多么爱发你的少爷脾气，我受不受得了？你觉得这是理所当然的，对吧？

　　姓苏的寝室那位根本没回来，而是他不想让别人住进来，说晚上睡不好，李大哥不仅向人家道歉，还帮你铺好床铺，还不让我告诉你，怕你不高兴，说你来玩一次不容易。我之所以对他礼貌，难道你还怀疑什么吗？如果不是为了让你住得舒服一些，我也可以不找李大哥帮忙，住在二楼我们系男生寝室，人多又嘈杂，你会安安静静地休息吗？

　　陈，我知道，都是因为你把我看得很重要，在乎我，所以才怀疑我的言行，可你知不知道所有认识我的人都清楚地知道我有男朋友在北京，而我将来的去处估计也是那里，别人也有别人的感情世界、奋斗目标，大家友好相处、互不干涉，这不好吗？其实张和王都希望你能主动一点和她们说说话，你不说话，人家才觉得你不礼貌呢。

陈，你不知道真正的清贫的日子是什么样的？你没有过过那种日子。所以在你的理想中，甘于清贫你是能够做到的。可我知道贫穷是什么滋味，穷会使你时时处处有种屈辱感，你怎么会有这种感觉？你从来没有缺过钱，所以你鄙视它。我并不希望自己变成只知道赚钱的机器，但也不希望自己将来在市场上为几分钱的菜价斤斤计较，就像我父母现在这样。你能体会到当我拎着菜篮，站在旁边看着的那种心情吗？你的父母当然不会"下贱"到这种地步，因为他们生活得很好。那对甘于清贫的夫妇固然令人钦佩羡慕，但他们脸上的神情是严肃的、深沉的、不苟言笑的，因为他们没有心情也笑不起来，生活那么辛苦，他们的担子好重。

我不对富人奴颜婢膝，也不对穷人横眉冷对。我对别人是真诚的、一律平等的，怎么称得上"势利"？真正势利的是谁？从前的我有千万条缺点，难道新的代替了旧的，以前的我又强似现在的我了，你让我说什么好呢！

我想让自己成为一个有独立生活能力的女子，那样才能保持性格的活力，不至于让人厌烦，我想我们应该互相尊重对方、相敬如宾。你已经耍惯大男子主义作风，你以为你是真心待我，所以才对我不讲客气，随便说什么、怎么伤人都没关系，对吗？不是的，信任、尊重、关心、理解，缺一样都不可以的。

你的林

1994 年 2 月 4 日

亲爱的陈：

还有两天就要过年了，家里忙着洗洗涮涮，我从早上到下午，一直在擦窗户、家具、柜子，手指头沾着黑的东西，洗都洗不下来。因为我弟高三，我的父母一颗心全放在他身上，脸上少见笑容，气氛压抑，还不如往年轻松。我觉得自己像上高中一样，被管得死死的，才十点半，电视就关了，灯也熄了，洗洗去睡觉。

寒假过了 2/3 了，越快过年也就越快开学了，不知为什么，今年寒假好像没有痛快过、放心过、轻松过，心里总会忐忑不安，不只是为了你，还是因为我弟弟、为家里。今年回来，发现我父母吵得更厉害了，我妈没有一天不骂我爸的，似乎不骂就憋出病来似的。吵得比年轻时还凶，这种争吵使家不像个家，让我也闷闷不乐，他们越老，反而越不和睦。我妈瞧不起我爸，烦他到了极点。我不想管他们，懒得管，只是这样对我弟的情绪影响太大了，没有良好的学习环境，他太难赶上。

本来心情郁闷，你的来信又让我雪上加霜，这个寒假过的！我从小听责备听得太多了，我最不喜欢别人责备我，一句严厉的话都不爱听。最能打动我的就是温情，总记得苔丝说的一句话，"只要他对我好，即使给我一杯毒酒，我也会喝下去"。陈，对我温和一些，好吗？

陈，你看多有意思，我给我弟生日点歌，在昨天2月5日，但忘了收听，等想起来已上床了，谁知道播出没有？只当他们播出了吧。唉，那封信我抄了两遍才寄出的呢，等得太长、那么辛苦，到时候却忘了。

陈，在北京见到你时，愿你是快快乐乐的。吻你！

你的林

1994年2月6日

陈：

今天早晨四点多到北京站，没有签票，就直接坐公交车过来，到你的宿舍才六点二十分，敲门没有人。门房大爷说你们都没回来，当时我太累了，就在门房休息一会儿，到七八点的时候，换班的女门房让姓毕的女生，给了我你房间的钥匙，让我好好休息一下，于是我就睡下了。因为感冒，昏昏沉沉的，一直睡到下午一点多钟才醒。你还没有回来，大概这次见不着你了。

寒假给你的快件，估计你是没有收到，否则你最晚17日也应该在单位上等我了。春节过得好吗？放假的日子，当然心情很放松的，还没过够吧？

我特意从南方给你带来米酒，也不知道会不会坏，车上温度高，你回来记得煮着喝，最好往汤里加点蛋花。本想亲自为你煮一次，看来只能你自己动手了。

另外，粗的火腿肠是我妈亲手灌的，细的是买的四川腊肠。我发现你床底下纸箱里的大橘子，吃了一个好甜，我带走几个，帮你吃它，好吗？

没见着你的林

1994年2月17日

陈：

开学一星期以来心情很坏，因为在 21 日那天收到了你的快件。

寝室在寒假时，房顶漏水或其他原因，靠窗两侧及屋顶湿了，床下的纸箱子遭殃，书和衣服湿了、长毛，我的书倒没什么好的，只湿了几本，幸亏用塑料袋包着，但那件蓝色的风衣，不得不花了两个多小时洗了，现在干透了，估计也不能再穿，里面的棉花都起坨坨了。我们三个分别暂时到别的寝室对付。书湿得最多的是王，她买了不少好书，可惜颜色全完了。

其他的烦心事也有，比如说稿费、家教什么的，我的头发被二姐剪得太短，等等。另外，最主要的就是这学期有三门专业课，小说理论、西方文论是必修的，那个比较文学，老师今天说也必修，我本还想选一门现当代文学作品研讨什么的，怕功课太多了，嚼不烂。还有二外、计算机的，加上英语、政治，一个星期天天有课了，再也没有上学期的悠闲时间，真有点不习惯了。上学期英语考了 82 分，听说女生大多是 80 分以上，最高分 88 分，我想自己是个中等吧，因为 75 分及格。政治大约没问题的。

我返校的第二天就是 20 日晚上，最热闹，从四川回来的方雪梅，带来了四川米酒，她一煮，惹得大家都蜂拥而去品尝，但她把米酒装在一个装饼干的铁筒里，与铁发生了反应，有股锈味。而我带来的（给你留下了一大半，我只带回来一点）没坏，煮了之后那么多人要喝，于是，大量加水，到最后成了白糖水了，米粒只寥寥几颗。

你的米酒是否变成红颜色啦？如果是白的，刚开盖儿时，当然会有股很重的酒味，那可不是坏了，米酒的味儿是那样的，加水煮出来就好喝了。但米粒变了色泽，必然坏了。你不知道路上背着它有多沉。

明天张的生日，我和王为她准备买蛋糕什么的，聚一聚，今天在食堂买了鸡腿，三只，花了 9.1 元，真让人心疼，留着明天吃的。

寒假我在家，真是尽最大的力气去吃各种美味。我弟嘴刁，他要吃海参、鱿鱼、鸭肠、牛肚、口蘑等，我家就买了不少，我可开心死了，天天大吃特吃，胖了一圈。别忘了，我还在健身房锻炼呢。回学校后，谁见我都说胖了。奇怪的是，刚刚开学八九天，我完全瘦下来了，又黄又没有精神，可能是精神作用。这不，又收到你回京后的信，我好多了，至少心情不再那么难受。

你工作上的事不太顺利，也难免的。调动工作，在一般人看来都是特别麻烦，而且棘手的，哪有那么容易说办就办，称心如意的。我不知道怎么个调动法，不过听别人的经验，都是花很多钱、走后门什么的。你将来还是要去报社类的单位工作是吗？那么既然那家出版社不合适，你就不要勉强。我想你有你的考虑，耐心一些，会有对你的专业的工作在等着你。

希望你一切都好，今年是你的本命年，据说本命年不容易度过，不过我不信。我二姐就是本命年结的婚，很美满的，今年又要有小孩子了，我就盼着这事儿呢。你才24岁，别担心，什么青春年华易逝，应该说，男人的事业从30岁才开始，小字辈儿哪有那么快的出头之日呢？

我现在倒熄灭了挣钱的热情，只想踏踏实实把功课学好，如果家教费事，我会不干的，你的奖金我不需要，现在的钱足够我用了。另外，每月有95元的补助，我不会缺钱花。你干脆到银行开个账户，带上身份证，填个单子就可以，很容易的，把钱存起来，你要为将来的生活着想，对吗？

89级的这帮女生学习劲头可真了得，借书跟抢一样的，让我担心自己能否超过她们。她们夜以继日地读书，不像我，总找个借口不看书，比如眼睛疼了、感冒什么的。

上小说理论，一共11个娘子军，而只有老师一个老头儿是男的，有点滑稽吧。阴盛阳衰的中文系！我想好了，不管怎样，我都用功了，否则，将来的毕业论文又成问题，那时谁也帮不了我，只能去瞎折腾了。

但愿我能真学点本事，对工作、对自身，可以有自信、独立地面对社会。只愿毕业前这段时间，我的情感世界阳光灿烂，风平浪静，不要再让狂风骤雨将我淹没。虽然长春此时还是寒风萧瑟，但是春暖花开的日子就会来的，一切都会好起来的，连同这间潮湿的房子。

盼信的林

1994 年 3 月 1 日

亲爱的陈：

在你烦恼时想起我，我真的很高兴，我多想替你解除所有的麻烦，让你自信快乐起来，可我能做什么呢？对社会、对工作一窍不通的我，也不知道你该选择哪个职业，我只能等待着你的决定，听到你的好消息。

和别人相比，你还是幸运的，北京好多人想去不能去，也许一辈子就只是个梦想了，要想在北京找到好工作，很快干出成绩，一定是难的，你要踏下心来，去接受每一次的挫折和坎坷，坦然一点，就不会太累了，对吗？别管干什么，只当是锻炼自己的机会好了，不要怕这怕那，"大胆大胆再大胆，法国就得救了！"我把高中历史课本都搬出来了，因为你年轻，不怕有失误。

我们这学期开的课，授课老师全是老头儿，年龄至少也在50岁以上，但都态度温和、谦逊有礼，不故作姿态，有的看上去真像落魄的腐儒，让人又敬佩又怜悯。

今天晚上张生日，因为她和我们班一个胡同学曾有旧情，如今她又对他有意（她和航校的那个吹了），所以我和王便依了她的意思，去姓胡的寝室里聚了聚。他们寝室里还有个姓金的，元旦晚上你和我煮饺子时，来给女生寝室祝新年快乐的那位，人很老实，气氛一般，因为姓胡的情绪不高。后来分蛋糕的时候，他送给张一只精致的闹钟，模样像本小书。其实张并不真心想和他谈，只是不想让他们太僵，谁知道以后会怎样？

开学十来天，就这样匆匆忙忙上课，时间显得很紧，不知怎样对付那成堆成堆的参考书。我选了三门课，还有一门想旁听，我只担心我是否能学好所有的课程。

图书馆很暖和，寝室像冰窖，在这儿写信感觉很惬意。明天有英语听力，下午据说还有一门未定的，不是先秦两汉文学史，就是现当代作品选，后天有小说理论，我有太多的书要看。

先写到这儿，不知你心情如何？别忘了给我写信，我盼着你的信，也盼着你过得比我好、快乐比我多。

　　　　　　　　　　　　　　　　　　　　　　　不变的林

　　　　　　　　　　　　　　　　　　　　　　　1994年3月3日

亲爱的：

三八节快到了，用什么方式祝我节日快乐？15日学校研究生分配洽谈会在这儿开，到处有人议论分配情况，据说91级今年分配不很好，不像去年那么容易。洽谈会还要门票，我本想去看一下，离得远，又不想去凑那个热闹，等明年再看吧，我觉得去高校的人似乎仍占多数。

我给自己定了五门专业课，两门旁听课，不敢多选，尽管别人说旁听的课程到时候都不会抓人，但我还是担心期末忙不过来，所以还是谨慎一点。

陈，你今天心情好点了吗？工作的事有什么进展？又是4日，我们仍然只发了94.9元，原来听说要涨的，可是没一点迹象。学校饭菜全部涨价了，一般的菜都涨了一毛，肉菜涨得更厉害，只吃青菜，这一月的补助就全花进去了。

林

1993 年 3 月 4 日

亲爱的陈：

　　情果不是我买的，是大年初二我二姐回来拜年拎来的礼物之一，可能是姐夫在外地买的，他总出差。反正家里没人和我争，我弟很慷慨地让我带上半袋，而他自己还有一袋呢。你喜欢吃吗？等我写信去问问我姐。别给我买零食寄过来，这都有，你还不如自己买点尝尝，光靠食堂的一日三餐岂不太单调乏味，至少也该买点饼干之类的充饥，你就是太不会照顾自己的身体。

　　不知你怎么重新看起郭沫若的诗来了？我想我是不会感兴趣的，对他我很陌生，他的事是那个时代和他个性解放的产物，当时不是认为写得蛮好的嘛。

　　我现在看的书全是老师列的书目，根本没时间看别的，光是文艺理论这一门课，要看的书就不下于 20 本，每一本至少用一个月呢。英语都给挤没时间了。

　　我又开始借过期期刊看，上学期没借，实在是一大遗憾。《十月》《中篇小说选刊》，这个文学、那个文学的，很多，而我上学期竟然不知道可以借，总是稀里糊涂地看什么翻译过来的理论书籍，头昏脑涨，实在失策。

　　这一阵，我看书都到十一二点，要是只看小说精神还好，大概是考研给练出来的。我也在发愁毕业论文的事，小说及散文选择面不大，我也犹豫不定，散文吧，可能好搞点，那杜老师人特和气，小说呢，用的地方多，可刘老师要求比较严，我害怕他不满意我的水平。你说我选谁做导师好呢？没有你的帮忙，我肯定很笨的。

　　做个普通人，有什么不好，只要知足常乐，笑看人生，活得不也自在吗？只不过免不了被认为是平庸，是不思进取，等等。反正中国人对哪种生活态度都有截然相反的论点，不论采取哪种生活方式，总会有反对你的人。当官也累，做普通人也苦。

　　陈，我听你的话，好好读书，将来去哪，暂不考虑，继续读书也难说。当博士不是我的最终目标，况且我怕也没有当博士那个水平。

对了，忘了告诉你，上学期的小学生作文评点稿酬发下来了，只有 170 元，毫无疑问，被一层层回扣扣走了，也不懂那么多，存起来了，别担心我的生活。

忙忙碌碌的林

1994 年 3 月 10 日

陈：

你好吗？心情还好吧？

近一个月来，头一次不去图书馆，一个人静坐在 705，不是 706，给你写信。原以为上次的雪是最后一场，今天从中午开始又飘雪了，雪花很大，落地就化了，像下雨后的样子。这种阴雨天，我的心情怎么会舒畅？

两天前你的那封厚厚的信，像块石头压在我心上，我不知道我该怎样回这封信。沉甸甸的信中有思念、有快慰、有泪水、有愤怒。每看一遍，我都要鼓足勇气去翻开一页页的纸，上面写了 183 个林字，有心形的，有漫画似的，都是印在你脑中的过去。陈，你一直将自己沉浸在过去的日子里，是不是？

听到有我电话，我正发着烧，顾不得穿好衣服匆匆跑下七楼，一边跑一边在心里说，"一定是陈"，除了你，还会有谁？我屏住呼吸，心还在跳，脑子里混沌一片，"喂"了一声，那边传来不清晰的声音，它真的不像你的，因为声音很细弱，听筒里还有杂音。我忽然想起上学期在湖北宜昌的高中同学冯工程曾来过电话，我想大概是他，问了一句，便听见了你变细了的声音问，"你是谁？"那时我知道了，通过电话声音是会变的，我都不知说什么好。我知道你的脾气的，等着你的责问，然而，比责问更无情的是断掉的"咔嗒"声，和随后传来的刺耳的杂音。旁边等着打电话的人马上凑过来拿去听筒，昏昏沉沉的我爬上七楼，我的思维仿佛凝固了，眼睛直直地盯着天花板，躺在被窝里，头发烫，身上冰凉，我无法辩解，我等着你的来信，听候你的发落。

陈，你错了，冯工程绝不是介入我的情感的人，他从来都不是，他一直和高中的许多同学保持联系，远在广东的、新疆的都有，那是一种人的生活方式。不管你是否相信我的辩解，我已经不打算再为我开脱，那样只能导致更大的疑心。你何时放心过我？你一直是个占有欲非常强的人，而且从不肯放下面子追求我，那样你会感到屈辱，是吗？

今年第一封信我就说过，学习期间我不再想谈感情，我的感情世界需要风平浪静、阳光明媚，这样我们彼此才不会在信中互相折磨、怀疑、流泪、痛苦、哀叹、恼怒，而这一切，对我们只能是伤害和更多的不信任。

陈，冷静下来好吗？日子每天简简单单地过，我们的情绪也应平平淡淡地顺着日子流动，为什么要让自己大起大落、反反复复？

也许我从内心中实际比你要淡泊、知足、自我控制力要强，也许是我每天匆匆忙忙上课学习，无暇顾及或在逃避什么，让自己陷在书本中，我对我的未来茫然无知，除了等待，被动地生活，我什么都不去想。我知道的只有一点，你一个人躺在简陋的宿舍里，会有一种多么难以忍耐的孤独感，2月份仅仅大半天的时间，我就完全体会到了，我谁也不认识，哪也不去想，只有一种孤独无助的感觉，有时特别静，仿佛世上只剩下一个人。在你宿舍待的时间，让我完全体验到你的心情。但你是男人，这就注定你更孤独，虽然有成就的男人内心都是非常孤独的，但这种感觉太让人难以承受。所以你又很想做个平凡的人，过一个平凡的生活，对吗？

我的力量实在太小，我无法从孤独中将你解放出来。因为我知道，在我们过去相处的日子里，你也从没有忘掉孤独，从来没有和我一起真正开怀大笑过，我的能力实在太小了。相反，你天性的抑郁渐渐浸透了我，时时感受到生活的沉重。于是三年之中，我迅速成熟，也许叫老成，所以现在的我，偶尔会很天真，天真得让自己也纳闷，有时又很沉重，沉重得像个老妇。我的性格出现了不协调，陈，你意识到了吗？

我从你那里知道我"不配"，我不配得到别人的爱，不配自比苔丝，知道我为什么那么在乎"贱"字？初中时，我妈脾气暴躁，常骂我们出气，最伤我们自尊心的，一个是"贱"，一个是"不配"，恰恰你都用上了。初中时家里没电视，我妈说"你们也配有电视看?!"为什么我们不配？因为穷。

陈，别再为我折磨你自己了，我有很多缺点，放弃我，也许你会轻松些。我没有资格做你的妻子，做情人恐怕也不够，是吗？我让你满意过吗？只愿你放宽心思，坦然面对单调乏味的生活，别苦了自己，尤其要保重身体，千万别对付。

此致，祝如意！

林
1994 年 3 月 21 日

我的陈：

昨晚你还没过检票线，我就离开了候车室，心里空空的①。回到寝室，一开705的门，一切凌乱如旧，人却走了，我才意识到你真的离开了，站在你那张椅子旁，我感到冷，禁不住打哆嗦，是从心底升起的冷，真是"不寒而栗"。

怕自己受不了，赶紧把要洗的东西装满一大盆，到水房洗起来，从八点半一直洗到九点半，心情才放松了一些。后来就坐在桌旁看小说，直到快十二点了，才有了睡意。我想你在车上干什么呢？睡了吗？饿了吗？会不会感冒？

今天依然很晒、很热。家教回来，路过商场，我又难受起来，心像被什么东西揪着似的，赶快离开它们，那时我就想你我在这逛的情景。我弄丢了钱，你也不生气。冒出个念头，看旁边有直拨电话，就想打，发现没记住号码，又担心你还没回宿舍，那时十一点多。晚上到图书馆，给家里回了封信，又看了会儿外语，没有心情学习。

我沉不下心来，脑子乱糟糟的，总是你的一举一动，让我忘记了我现在是一个人了，一个人在冷冷清清的图书馆阅览室里。陈，快给我来信吧，是否平安到达？感冒没有加重吧？真担心你的身体，万一累着了怎么办？我等着你的信。

林

1994 年 4 月 3 日

陈：

天气渐渐地越发热起来，穿一件毛衣也热，懒得换尼裙，没什么情绪。再说那双高跟鞋②实在太折磨人，还是穿平底的踏实。

你走后，我也有点感冒，嗓子有点变声，脸色不太好，可能因为上街次数多给晒出来了的，面色发黑，估计卖饭师傅不会再说我白了。

刚才我把你带来的烧鸡吃了。一个人在寝室真好，不论你怎么大吃大嚼，也不怕别人笑话，而且心情也松弛。人多时总是时刻想到别人，太累。

---

① 三月底，为了两个人的关系，陈错去了北方大学一趟。

② 那双鞋是陈错在北京给邓林买的生日礼物，100 元左右，相当于陈错一个月工资的一半。

那个插线板我给安上了，开始总不好使，插也不亮，后来检查插头，发现断了一根线，当然是你那天生气时拽断的，原来那个不好看的插线板其实是好的。陈，你回去三天了，上班后没事儿吧？真担心你受批评，我胆小惯了，不像你，做什么都由着性子来。

这次来你的脾气好像温和多了，难得生气，或者你让自己不生气，让我有些不习惯。但是不管怎么，心里还是美滋滋的，觉得自己比以前自信了似的。

以前你一训我，我就觉得自己奇丑无比，情绪一落千丈。也许是社会上的事儿经历多了，你也懂得了很多在学校里不能想象的事，被渐渐地磨去了一层锋芒、棱角，能够容忍人了。如果这样，当然好，男人应该可以承受住很多事情，凭意气用事总是显得太年轻，只是不能被磨得太平，那就没意思了，对吧？

含着奶糖写信，我觉得生活变得也甜蜜起来。真的，以前总看到别的一对对恋人，女的总像个小公主似的，男的忙不迭地跑前跑后，自己却得不到这种宠爱，很委屈，没想到半年之后的陈也会心疼人，恭维人了，甭管是否又居心不良，反正受用，我简直有点发飘了。

这两天天阴、闷热，身上总发黏。被罩换下来洗了，头一回这么黑，都是你的臭脚丫子蹬的。不爱干净的男人不是好男人，在南方公共水龙下洗被罩的大都是男人，不信你去看看。

先写到这儿了，吻你的脸。

林
1994 年 4 月 5 日

亲爱的陈：

星期五收到了你的信，但是快件和书还没来，可能拖到下周一才能取到了。你一回去又买书，又洗照片，又是一笔花费，我想以后别寄得太频繁，书我可以路过北京时带走，看完再带回来给你，好吗？最着急的是看照片，我想恐怕没有在北京时照得好了。

这个星期情绪基本稳定下来，该干什么就干什么。书又借了一些新的，课继续上，只是心里总是空落落的。星期天早晨去了一趟早市，和几个女生一起，我买了 15 个鸡蛋、两袋挂面、三根黄瓜、半斤榨菜，可惜没有油，要不可以煎蛋炒菜了。还买了两斤苹果，没几个，回来就干掉了两个，这一下就花掉了十多元。

平时不用钱，用起来钱可花得够快的。不过，现在什么都涨，就是我们的补助不涨，不过我还算比较宽裕的，至少还有 1000 元存款呢，家教费也发了一个月的，所以花一些也无妨的。

这一星期感冒时好时坏，有时觉得没事儿了，突然又重起来，懒得去看病。学校医院里的医生恶劣之至，尤其是对公费医疗的学生。我的牙就一直对付着，用一边吃东西呢。

天气渐渐又冷下来，你来的那个星期，大致属于比较反常的天气，热得要命。现在外面风刮得也大，据说可能来一次小雪呢。

上次好不容易讨论完了，小说理论又布置了三套讨论题，没完没了，可真没劲儿，把大家的好奇、新鲜感弄没了。我到这会儿还没动手写提纲，资料不全，三言两语也凑不了数儿，光这一门课就花去了一半的时间和精力了。还要求有作品当例子，我一时也不知道到哪儿去看那么多小说来证明。英语被挤得一星期只有两三个晚上看一会儿，以前可都是一下午一下午地看呢。

陈，你还很有运气，你走了第三天，我就来例假了，直到这个周六才基本结束，你要晚来几天不就碰上了吗？回去后单位怎么样？买了小锅吗？我的信封也剩得不多，这个怕是最后一个了，以后连信也不敢写太勤，支付又一笔额外开支。我想以后咱们把信写得厚厚的，只要内容丰富就行了，总比三天两头地寄一封内容薄薄的好，你说呢？

明天星期一，等我把照片、书拿到了再给你寄信好吗？免得你又担心我怎么还没收到。我想着你呢，亲爱的陈，虽然我没有天天给你汇报，但我心里总挂着你，你大大地放心好了。如果我每天都惦记着写信，会使我精力不集中，会很容易思想"跑马灯"。你知道我很笨的。

亲。

你的林
1994 年 4 月 11 日

亲爱的陈：

今天上午收到了快件，书还没收到。照片一张张都仔细看过了，觉得没有以前的漂亮。在白桦林照的那些大概是最"撇"的一回，大学时的都比现在好看，在儿童公园照的都还不错，校园里有一张也可以。总结出经验来啦，黄昏时照相最漂亮，以后可要记住。

我这件蓝衣服照浅了，本来颜色应该比这深，在儿童公园中就比较像真实的颜色。我花了两个小时，把三本影集翻出来，费劲地重新整理一遍。我看还是那些黑白照片最耐看，以前脸上的线条也比较柔和，圆乎乎的稚气未脱，毕业还那样，现在呢，好像真的老了一些，或者是有些疲惫。我的精力好像不够用似的，大概跟天气无常、睡眠不足有关吧。

我的毛衣外套都有几件，可现在大风，天气又有点阴，穿不了，不像在南方，女孩儿们一到春季，全是各种毛衣外套，花色非常多。我换上了一件绒衣，可能是幼稚了点，我一穿，不少人瞧我，但没人夸好看，那件蓝风衣，倒有人说颜色适合我。

我特意到商店买了 20 个旧信封，估计这个学期差不多够用了。唉，如果你能方便给我打直拨电话就好了，看看等你工作调动之后，能不能有这个机会了。别发愁，心急吃不了热豆腐，干什么都要沉住气。别看你外表不活跃，内心可不沉稳，嘴上没毛，办事不牢，你还是小。

陈，你走后，我的情绪始终扭转不过来，仿佛你还在我身边，一切都还是在一起，原来沉浸在学习中的那种心情没了，在图书馆也找不到原来的感觉。原来住这屋的凤菊花，你见过的那个女孩儿，我觉得她确实踏实刻苦，男友又是理论所研究生，能给她指点不很好吗？可是她原来的同学一提起她都有些不屑，说她的成绩都是她男朋友的功劳，从考研到现在，学习全归功于她男朋友。真怪，人家有这个条件，当然要走些捷径，可也用不着瞧不起她呀，大约还是嫉妒吧。

如今，706 成了张小姐和胡先生的专房了。每次我开门进去，总是俩人，一股烟味，胡的烟瘾大，有时他中午不下去，晚上也很晚才走。有一回中午，我开门看见胡坦然躺在一张床上，当然，张马上就迎我而来，但看出来她很不自然。他们才处了一个月，如今，人的确是开放的。

我们五一可能就要搬回去住了。那件红色羊毛衫，我没舍得穿在外面，另外，天气也凉，偶尔穿一次，王便说："打扮这么整齐干啥呢？"好像你走了，我就成了孤苦伶仃之人，不能穿好看的衣服啦？真是岂有此理！

陈，我现在心情有点浮躁，不知何时能平静，也许我的好强心理使我感到有压力吧。不多说了，一看表又是十一点半了。

亲爱的，我想着你，我周围处处有你的影子，所以别人诧异，我为何总一个人待在阴凉的 705，我可不觉得寂寞，这里有多少东西陪伴着我呢？听首歌很快就能进入梦乡！

晚安，亲爱的大鼻子，吻你！

你的林
1994 年 4 月 12 日

亲爱的陈：

四本书和照片都收到了。奇怪的是，《镜与灯》和《佛灭》这两本反而来得比《色戒》《小说美学》晚，也许平寄是当信寄的吧。这几本书都很不错，另外，我看了你的那张书单，有不少书我想看，可又觉得这么寄，太费事了，小说理论这门课只开半学期，如果我选这个方向，麻烦点也认了，若是不选小说，则不必如此。我觉得这些书图书馆好像都有，只是能借到的机会比较小而已。如果我在北京读书，这算什么事，真是的。

你这次旷工影响了单位对你的印象吗？我心里一直发虚，真怕你几次散心引起不必要的麻烦，你还是不成熟，意气用事就表明你不沉稳。

我大姐给我来信诉苦，更多怨恨悲叹，让我感到非常难受，心里发沉，又不知怎么才能安慰她？几个字能让她十多年的心酸化为甘甜吗？她的确没有我和二姐生活得舒心，而且她的文化水平也限制她看得更明白。但她是那种特别要强的人，不甘于人后，所以不公平的待遇对她来说是难以承受的。如果她无所谓地混了，也罢，但我了解她，她其实比我二姐更有灵性，更懂得人生的痛苦。所以安慰的话我也说不出，也只能无奈叹息。她和姐夫的工资都不高，既要生活又要养育儿子，小外甥以前营养不良，半夜爱哭闹，快把他们折腾死了。

不谈他们了，对你说只能增添你的不愉快。

那本《镜与灯》我翻看了十来页，觉得很不好懂，大约和译文有关，语感不流畅，所以稍稍费解，但我相信这是本有价值的书，《小说艺术论稿》就比较通俗，但价值肯定不会特别大，上课时，刘老师就对此书质疑过。

周三上课，中午睡着了，差点迟到，跑去上课，心跳得厉害，也是太久没有锻炼的缘故。讨论时，又是上次那位女生侃侃而谈，新词儿一串串的，什么"心理流程、价值取向"，还有听不懂的，总之是高级极了，我总觉得她在那里拼命想证明自己的能力、表现才华，毫不谦虚。每次讨论引起争执，都由她开始的，都有点儿不愉快。我没张口，只听。

这阵子用电炉子次数多，早晨我煮鸡蛋，晚上热饭，中午烧开水，好在一个人一个屋，怎么做都没有人知道。喜欢一个人住，太自由了，也较寂寞。我知道自己底子不好、看书少，尤其是看有的人在看什么《荣格心理学》《变态心理学》之类的书，我想自己实在没有三头六臂，也不是那种精力充沛之人，比不过别人呢。

先写到这儿，在自习室写信都安安静静、暖暖和和的，真好。

吻你！

林
1994 年 4 月 12 日

亲爱的陈：

你走了十多天了，总觉得你两三天前才离开似的，处处有你的气息围绕着我。有时看着书，忽然想起自己光光地和你在一起的样子，还有你叹气地说，"你在床上真迷人"，我怎么迷人了？我什么都不会。

可能是又有点着凉，晚上在图书馆趴着睡着了，起来后头疼得很。天气又有些转凉，一不小心就感冒。今晚收效甚微，信倒写了一大堆。

回来时和两个女生走一起，有说有笑，讨论对付坏人的办法，简直忘记了害怕，只是觉得好玩。

现在头脑清醒了，又不困了，明天寄信给你，没有等急吧？

吻大鼻子！

你的林
1994 年 4 月 12 日

亲爱的陈：

我的感冒至今未好利落，上课总是迷迷糊糊的，脑子也不太清醒，好像总有一股热在烧着我的脑门儿。前天匆匆给你寄了一封信，问你要不要我五一去北京？等再想一想，才想起原来你来的时候早就说好了，五一不去了吗？真有意思，我写信时脑子里一个劲儿地埋怨，当时怎么没说过五一的事儿呢？是不是我的记性真的出了什么问题？为什么常常犯迷糊？像丢了魂似的。

据说 7 月 5 日就放暑假，屈指算来也不过 60 来天，眨眨眼也就过去了。都怪你，你若不来，五一我不就可以名正言顺地去看你了吗？也好，等放假我去你那儿，咱们一起去商场给你买衣服裤子，这次你可是答应过的，如果还像以前那样什么都不买，那我就不理你了。

　　他们学现当代文学的 5 月 3 日在西安有个学术研讨会，他们几个人好像要去参加，正在联系呢。有的人在早早打算离校回家，这种气氛搅得人心不安。其实，五一是星期日，基本上没什么假，安慰自己忍耐一下吧。

　　我们同寝的张也喜欢课堂上讨论，我一下子就想起了在课堂上那个洋洋万言、口齿伶俐、锋芒毕露的女孩儿的形象。当然，张的性格也适合讨论的。可其实我们讨论过两三次小说理论，结局往往是意见得不到统一，反而容易伤对方自尊心，埋下怨怼情绪。我不喜欢这样显着个性讨论的教学形式，可能是太软弱的缘故。

　　寝室的日光灯大战已持续了两分钟，张小姐不知和哪屋的干上了，偏偏我们的张不是个善茬，绝不放弃，只苦了我这个写信的人。对了，张大概要和胡同学一起回家，让其父母见一下是否通过。

　　《喧嚣与骚动》《天作之合》《屠格涅夫中短篇小说选》《白比姆黑耳朵》《鼠疫》《蝇王》《金蔷薇》《菲茨杰拉德小说选》《欧美现代派作品集》《梅里美小说选》，这十本书是我想要读的，其他的书想放假时从你那儿再拿回家看。这十本书想先睹为快。其实，像茨威格等人的小说我也想看，一方面考虑到时间并不太多，如果要寄的话，你那几张 2 元的邮票估计还不够呢。

　　这边天气又开始暖和了，我只穿了条线裤、毛衣就可以了，又套上了那件你不欣赏的黄外套，穿上高跟鞋，好像一下子高了不少。

　　今天阳光也很好，只是一旦有微风，就打不成羽毛球，所以至今还没有下去打过。

　　我有时叩叩牙齿，嫌累腮帮子，好在牙不总疼，我只用一边吃东西。现在脸上的肉胖嘟嘟的。

　　先写到这儿吧，唠唠叨叨地。

　　吻你！

你的林
1994 年 4 月 19 日

亲爱的陈：

　　昨晚吃完晚饭去洗饭盒，一出寝室，门就被风自动给锁住了，什么也没拿出来，借件衣服去门卫要钥匙。你猜多别扭，是那天盘问我的那个中年妇女，我硬着头皮说明情况，她态度恶劣，拿着名册理直气壮地说："你不是

705 的人，我怎么能随便把钥匙借给你？"一气之下我就走了，原来 705 那两个女孩儿都不在屋，只好到别人寝室闲坐着，又去六楼看了会电视。后来进了房间，心情全无，一晚上就过去了。不过这也是住这么长时间来的第一次。

今天下午的课没上，匆匆赶去，又匆匆回来，也不想看书了，索性写信。外面操场上不知哪个单位在开运动会，广播里不停地放歌曲，听着很热闹。

对了，回来的时候，在柳园看到那些树，不知何时，也许是一夜之间全都绿了，而且绿得很鲜艳，夏天就这样迅速地来了，原以为还很遥远呢。

昨天最高温度 25 摄氏度，热得不行。我记得长春七八月上 25 度的时间也不多，对吧？可惜没晒被褥，一大失策，今天却阴了。

日子总是平淡的，学习起来也没有尽头，也不知我平时所看、所抄的到底有没有用处？积累的材料将来是否能用上？到底往哪方面发展？我比较佩服的是，她们总能将老师布置的任务完成得相当出色、深入，条理分明，说出来也是侃侃而谈。我忽然发觉可能因为自己是外校的，到底不太和气氛？另外也比较胆小，底子薄。总是这样，什么时候能有起色呢？我是不是太缺乏自信心了？

陈，你现在还好吗？别偷懒，该洗洗、该换换，看看你就知道不是南方人，南方人最大特点就是爱清洁，男的也一样，你的床单、被罩该换了吧？床上的墨迹看上去不太漂亮，对不对？想吃什么自己去买，反正谁也不认识你，民以食为天。另外，如果没有衣服换，就去买一两件，国营商店的价格总不会太高，质量还能让人放心。

昨天收到你的信，不许你自己"解决问题"，你难道不知道这样伤身体吗？次数多了，人就无法自拔了，这肯定与你看那些黄色书有关。我可不要看那些书"过瘾"，我自己的书还看不过来呢。

这次看你比上次更瘦，真不知你是怎么过日子的？早晨锻炼要坚持，达到锻炼效果，别去歪想，好吗？如果你戒不掉这个坏毛病，我可不答应你！

五一，你准备干什么？到哪儿玩去？长城吗？单位不组织活动吗？才 22日，我就总想五一，真是的，我自己没把心思收回来，都是你。

先写到这儿，都写累了。

吻你！

你的林

1994 年 4 月 22 日

亲爱的陈：

这封信的情况太突然了，半天我才明白过来，你要决心改变现状，自己去寻找合适于你的工作了。看来这份工作你很急于得到，而且也不计后果，有点冒险，对吧？虽然和摄影能联系起来，又隶属大百科全书出版社，我想吸引力是有的，可是我真替你担心，我倒不怕你干不好，只是担心太累，你受得了吗？

还有两年时间，我必须在长春，而你可以在北京放开胆子干一场，权当年轻时对自己的锻炼。是啊，24 岁，多年轻的时候，此时不干，更待何时？反正你做出决定就不会"牵三挂四"，而我因此就得"牵三挂四"了。能出差当然好，我发现你喜欢上坐火车了，最好逛遍东西南北，增长阅历、开阔眼界。我其实去的地方比你远，见的东西也比你多，信不？争取以后你能向我描述所见的奇妙的景色和风土人情。

五一看来只能安心在这儿待着了，正巧例假提前，哪儿也去不成了。30日我去家教，五一老乡可能聚一聚，2 日不知干什么，反正没什么可说的。这三天你会去哪里？在做什么？我只能在猜测中度过了。

对了，我新买了一个电热杯，上热很快，烧水、煮东西吃都很方便，我特别喜欢，功率是 360 瓦的，小巧美观，免得总用别人的。今早就是煮的面条，不到 20 分钟就好了，早饭还是挺快的。我又买了一点糖，随时可以吃上一两块，蛮舒服的。虽然一个人在寝室里冷冷清清，惯了也就好了。这两天天气转暖，阳光充足，我的心情也随之好点了。

现在同学已经走了不少，估计今天外教课一定人烟稀少，寥寥无几。前两天起来锻炼身体，和一个老乡打羽毛球，你别犯疑呀，他真是个小老乡，完全像个小高中生，爱玩，南方口音很重。早晨五点半到七点，很多学生都起来锻炼了，唯独研究生楼人少，大都是习惯熬夜，所以不能早起吧。因为刚开始锻炼，全身肌肉酸痛，慢慢会好的，总比睡懒觉好。

又开始摸吉他了，而且找了几本吉他书。因为张和胡同学总是说我太刻苦了，我想大概是得适当放松，否则我真成了修女了。吉他弹起来声音不大，所以我随时可以玩，不怕吵着别人。可惜五月就该回 706，不能这么随心所欲的。

我的信现在你能收到吗？五一之前你不会走吧？培训时你还住在单位吗？不能马上寄信，那我只得遵命，将信写得"丰厚"些了。

吻你！

你的林

1994 年 4 月 27 日

亲爱的：

收到你的信后，就去看有没有书，直到 29 日还没有，明天就放假了，这下子恐怕五一是看不成了，太可惜，这么长时间完全可以看完两三本小说的。

今天下午的课不上，但我还想去看看到底会不会有我的书？也可能那个胖老师压根儿就不来，白跑一趟呢。

今天天气特别好，没有风。中午和三个男老乡在校园里照了几张相，他们学马列的每人发了一个胶卷，所以趁机和几个老乡合影。据说晚上还要在学士园小聚一次，一共四个人，最多一个小时就能吃完。大家都没有钱，在食堂打几个菜，在学士园点两个，凑合一顿呗。我无所谓，既不特别高兴，也不消极。

偏巧来例假了，哪儿也去不成，哪儿也玩不成，只能老老实实地在楼里待着。如果明天上午家教，又可以度过大半天。现在有点感冒，浑身无力。

上午洗了澡，下午的课通知不上了，真的感谢老师的通情达理，让我们轻轻松松地过节。

五月到了，学校的丁香花开了，刚刚绽放，十分好看。那些梨树、桃树开的花已经开败了，枯萎干燥的感觉，连颜色在阳光的直射下，也显得淡淡的，真是春光易老！就这么不留情地绿了树、绿了草坪，好像生怕错过了这个夏季似的，生怕晚一点就没有机会展示它们的美了。

走在大道上，心里有些苦涩，时光飞逝，岁月就在这荣枯之间悄悄溜走，我们的青春就如同这春光，而我却觉得自己始终没有作为一个青春少女美丽过，始终是一个普通的、像一滴水的女孩儿，淹没在人群之中。总是以天真朴素的学生模样出现，什么时候我才能真正成熟？

昨天下午送张和胡回去了，晚上就没去上自习，即使去了，也看不进去。躺在床上看书、吃零食，因为感冒犯困，没看进去什么。寂寞得无聊，真不知该怎么样才好？陈，你在忙什么呢？

吻你！

你的林

1994 年 4 月 29 日

亲爱的陈：

5月1日以为你能给我来电话，当然只是想，哪有这个条件呢？也不知你过得怎么样？这三天我过得还比较开心，痛痛快快玩了三天。没看什么书，不过书倒是已经取回来了，我很高兴有这么多难得的好书，可以慢慢消遣了，你真好，亲爱的。

29日晚饭时，老乡们便聚餐了，各自买了几个菜，他们又点了一个地三鲜，还有什么忘记了，菜还是不少，但吃了不到一个小时就结束了。不过这一聚，大家好像熟悉起来了。

30日家教，白天就过去了，晚上看会儿电视，看会儿小说，便睡了。

从五一这天才开始玩，老乡几个一起去吃饭、打扑克、看电影，一天两顿饭，所以觉得时间过得特别快。5月2日这天放风筝，放得很高，超过了研究生楼。玩了两个多小时，也不觉得累。一共五个老乡都在操场上，有的打网球，有的踢足球。有两个老乡，一个姓彭，一个姓黄，都三十七八岁的人了，一玩起来像个老小孩儿，逗得要命，他们说和你们小孩儿在一起都变年轻了。后来一起做了顿菜，只炒了两三个青菜，其他都是凉菜、锅巴、花生米之类的。这次比上次更有气氛一些，自己动手做，在寝室里吃，随便一些。因为女老乡只有我一个，所以他们都挺照顾我，买东西都不用我，也不用我做菜，让我等着吃就行。原来被人伺候着是挺舒服的，以后我得学着享享福。对吧，大鼻子？后来又是打牌，我总输。想这一学期，也就是这三天可以痛快地玩，玩够了，还要玩命地学。一松一紧，不至于将弦崩断。

今天开始上课，人却都没回来，还是五一前剩下的这些人来上课，让人感觉假还没过完似的，你想收心都没这个气氛。刘老师因此也将课改到周六上，所以今天下午又可以休息了。

外面天很阴，刮着大风，呼呼的。开始我睡得迷迷瞪瞪的，怎么也醒不了，可能是五一玩儿惯了，难以紧张起来吧。

刚才隔壁的方雪梅找我一起去系里取信，顺便买了点信纸、活页纸和大枣之类的零食，走了一趟回来，清醒多了。

收到我大姐的信，情绪好多了，说我父母写信给她，南方工厂也要铣工，问她去不去？她就想换工作，一听说铣工又不想去了，而且对将来该怎么过产生了困惑。真是世事难料，我也不知应该说什么好了。

对了，你将中国大百科全书出版社的事儿推掉了，你父母给你找的那个到底怎么样啦?

外面的天不好,我的嗓子也有些发炎,心情一般,也许是七楼太静的缘故。知道我为什么放风筝吗?蒋胜兰写信说,她要和同学去放,所以我也特别想玩儿了,而且小时候常和我弟放,所以兴致盎然。可惜我周围的女孩儿没有像蒋那样有生活情趣的,否则我会更快乐的。以前有段时间和蒋一起玩、一起锻炼,的确很开心。

先写到这,快点来信,大鼻子。

吻你!

你的林

1994 年 5 月 3 日

亲爱的:

今天收到你 5 月 3 日的信,原以为你五一会很忙,会和单位一起出去玩,看来是白白地度过三天。

从前天开始,我们给忙坏了,自学考试的试卷由我们批改。从上午七点半到十一点半,下午一点半到五点半,一直改到今天下午,累死人。尤其是晚饭,还赶不上,虽然我中午买了双份饭,到晚上大家都用电炉子,根本插不进去,只得泡点热水对付了。

今天中午我还忙里偷闲去洗澡,寝室都没有回,又去批卷。精神还可以。

刚才洗了衣服,晒了,洗把脸,这才有工夫坐下来给你写信。每天都累得什么也不想干,只想睡觉,多亏明天专业课又推后,可以不用拼命去找资料讨论,至少可以换到下周。

据说下周成人高考又要批卷,恐怕还要改几天,顶多挣二三百元吧,不过也很令人高兴了,凭空有了一小笔收入,不用那么精打细算每月的开销。其实我每月 150 元过得绰绰有余,也不买什么零食,也不去玩,除了吃饭、必需用品外,几乎用不了多少。

总之,这段日子,生活秩序给打乱了,晚上没去自习,从五一的前几天就没去。这阵子我黑了,也胖了,肯定没有你来的时候白,也没那时候精神。

现在本该回 706,她俩都回了,但音乐系弹钢琴的那个女生先我一步住在我床上了,说是她们寝室一个女的丈夫来了,她给腾地方,所以我又得在 705 住上一星期了。反正住哪我都无所谓,都是三个人,也很少在寝室里。

以后我依旧会去上自习的，和从前一样。五一刚过，各科也快接近尾声，也该准备资料完成期末的作业了。

既然你的衣服不够，就该自己去商场买，实在没把握，叫上一个同事给参谋一下，有什么呢？你又不喜欢去商场那种人多的地方，其实我也不喜欢去，总怕上当或买的不合适，不过以后总要学会买东西的。开始吃亏，以后就不会或者少一些，越不敢去越不行。

听说长春这阵有不少减价羊毛衫，过季了吗？都很好看，价钱也低，我后悔咱们买的这件贵了些，不过，据说去年冬天我这件要 160 元呢。我的毛衣太多，否则真想再买一件。你走后我不逛商场，没那个兴致和需要。我想你至少得添一件西裤、一套像样的西装、一身便装或者牛仔或者运动服，你给自己买吧。我也不懂男士服装的款式、价格，即使有我陪着你，也未必买得满意，只是能给你壮壮胆子而已。我想我有必要学会买男士服装，至少得懂什么料子、款式之类的，否则将来你还是不打扮自己的。

刚才我又饿了，就煮了两个鸡蛋，一口气全吃下，肚里又觉得吃多了。有了自己的电器，真是方便呀。自己这段时间住惯了一间房，一下子三个人挤在一起，可不习惯了，生怕影响了别人，就连煮东西发出声响，我都觉得不好。你开始自己做饭吃了吗？肯定是没有，对吧？

现在和老乡的关系比以前好多了，见了面都挺热情，不过时间长了也会淡化掉。有一个叫李旭光的小孩儿，好像超喜欢到我这来玩，他帮我修了变压器，还想请我看电影。不过你别多心，他完全像个高中生，或许我告诉过你吧，和他在一起就像和我弟弟在一起那样。我反正是很坦然的，而且他也非常清楚我有男朋友，所以你不必胡猜。我想我和谁接触，可以告诉你的，没必要隐瞒什么，对吗？

你好像只和你周围的男同事交往，好像从没提过女的，总是要和异性接触的，过于敏感反而不正常，你说呢？我觉得同学、同事之间，完全是有友谊存在的，虽然有时这种友谊的基础仍是对对方有好感。这四个老乡人都挺实在，和以前在春城大学的差不多。

今天的确有点累了，先写到这儿。明天周六，给你寄出去。

吻你！

你的林

1994 年 5 月 6 日

亲爱的：

改了整一天卷，疲惫极了，什么也不想干。草草地用热水泡了中午的饭，吃了，坐在书桌前开着台灯，只想静静地休息会儿，想爬上床，又想还要看书写信，也就这么待着了。

这次成人高考要改到下周一，整整七天时间，而且据说报酬并不高，只有200元左右，不少老师因此就懒得改，找了一批本科生和我们一帮人一起判。不知怎么地，这次大家都在怠工，进度慢。

这一星期课是肯定不上了，总觉得这样做不对劲，丢了功课，心里有些空落落的，不如每天去图书馆坐下来充实。因为累，晚上也就不可能看书，你寄来的书摊在那儿，等着我去翻呢。

昨晚我去上自习了，那个叫李旭光的小老乡给我留了个条，说要约我出去玩儿。我趁他不在的时候，给他留个条，婉言拒绝了。我想我会清醒地处理各种事儿，尤其是在我经历了感情的风风雨雨之后。

陈，还在给我写信吗？每天都在想我吗？你的工作换了吗？平时过得愉快吗？

白天脑子绷得紧紧的，无暇去想别的事儿，只想着按时准时、马不停蹄地旋转，只有这时候才有片刻的安宁，然而到了十点半就得休息，否则根本恢复不了体力。挣钱可真够辛苦的，这是大家共同的感受。《白比姆黑耳朵》只剩一点就看完了，小说并不复杂，可以说是比较简单的一类，20世纪五六十年代的风格。

我放假时，会把我看过的书再带回给你，好吗？

吻你！

你的林

1994年5月10日

亲爱的陈：

晚上吃完晚饭后（也是对付中午剩的，每次我多打一些，吃一半），幸亏我们组放得早，回来先插上电炉子，一会儿就热好了，茄子烂乎乎的和饭混在一起，也不知什么味儿。

外面夕阳斜照，校园里风平浪静，黄昏与清晨是唯一没有风的时间。于是和另一个姓胡的女生一起去溜达，在人工湖边看，很多人在钓鱼，不知哪儿来了这么多人，从早到晚在这钓鱼，也没人管。后来出了北门，进了动植物园，那儿下了班，可以随便进去玩。大学时去过一次，早忘了里面什么样。今天才又重新看了一遍，有猴山、水禽馆、老虎馆，最热闹的是儿童乐园，音乐响个不停，有不少孩子在玩儿。猴山里的猴子不很多，是大马猴，吃榆树叶子呢，特别有意思。

十六点半进去，不到七点半，天就暗了，于是往回返，偶尔来散散步，感觉很放松，心情也开朗了不少。

天渐渐热了，我还穿着毛衣毛裤。家里来信说已经穿薄衣薄衫、短袖裙子了，该有30多摄氏度了吧？北京肯定也穿不住毛衣了，是吗？这儿爱美的女孩儿，有穿长纱裙的，但早晚温差太大，换来换去想必也麻烦。

因为705的主人已回来，我就不能像以前那样随意行事了，不能随时弹琴、放音乐，也不能熬夜，总之开始过一种循规蹈矩的生活。这种日子没意思，真想仍是自己拥有一间小屋。

本该搬回706，但音乐系的那个女生仍借住在我床上，其实我更愿意回自己的寝室住，在705总像一个外人，不自在。

吻，大鼻子！

林

1994 年 5 月 11 日

亲爱的陈：

今天星期三，改卷使我厌倦，也知道调剂一下了，偶尔向窗外眺望，放松一下眼睛，有时上厕所溜达一趟。现在是中间休息，我又想给你写信了。

上周六冒雨给你寄出一封，想必你收到了吧？我也想多写一写，可乏味的日子，真不知写什么好。不过奇怪的是，这么累的工作，我反而长胖，原因是吃得多，而且又零食不断，这阵子面包、奶糖、水果不断地买。也不知怎么回事，五一后胃口突然好起来，一顿能吃二两饭、一个馒头，外加甜食，不胖才怪。而且太阳晒着，比以前更黑了，其实从你走后，我一直就没有白起来了。

早晨名正言顺地不起来锻炼，但早饭必吃，吃得也多，怕饿着自己。你呢？有没有比原来胖些？还是吃食堂吗？有没有去给自己买衣服？要知道你还要自己过两年单身日子，如果你要30岁结婚，那还有六年对吧？总不能对付到那一天吧？

外面的丁香花全部开放，也即将开败了，我只喜欢它们未开放时，开到盛时，便有一种衰败之感。风热热地刮着，干燥，夹着尘土，鼻息也是干热的。这个季节，在南方总是湿润的，或许还常下雨。

亲爱的，课间没写完，这时接着写。五点半改完卷就直奔澡堂，舒舒服服洗了个热水澡，出来已经快七点了。夕阳几乎沉没净尽，空气是暖洋洋的，没有风，有许多人在外面玩球。泡上衣服，先热饭，不紧不慢地吃了，烧了一壶开水，然后才洗衣服，一直忙到八点半才算结束，可以打开台灯坐下写信。

你看日子就如此过去，而什么事也没做，还累得不行。我们星期天都可能不休息，因为好多人偷懒，我也不像前两次改卷那么认真了，差不多就行。

对了，中午、晚上七楼很安静，几乎听不到一丝人声。我想趁机再看会小说，否则一晚上又没了。明天一早给你寄信，但愿你周六就能收到。

吻你！

林

1994 年 5 月 12 日

亲爱的陈：

改卷改得筋疲力尽时，收到你的信。我没有精确地去数过这是你的第几封信，当然，一定比我的多，因为它只有薄薄两页纸，还满是冷冷的话语，我仿佛见到了你那种冷酷的样子。不知道你为什么又不快乐了，也许是我信中的话让你不高兴。那封信是和家信一起寄的，在我印象中，信封都封了口的，可是偏偏就出了事故，真是千载难逢的事故。我知道你非常生气，你也知道我时常粗心的。

我想我不应该把我平时所做的事隐瞒着不说，因为我在做这些事的时候，真的是问心无愧的，我以我的坦率对人，心无杂念，况且别人也知道我是有男朋友的，难道真的只有将自己牢牢地固定在一个小小的空间才安全吗？人的情绪有时是会低沉的，不可能总是兴高采烈的，我写信时偶尔流露出这种情绪时，你就会抓住不放。那种狐疑的神情，现于纸端。难道你要我伪装自己？

五一前有封信你没收到，五一后的信你收到的也晚，可这并不意味着我的心思飞了，对你的思念不可能是每分每秒的。一个人还要正常生活吧？五一我的确过得挺高兴，难道你不希望我高兴？你是不是宁愿我一个人待在床上看书过三天？当然，我知道你因为爱我，不让我和别人接触，爱情都是自私的，但有一点你应该放心我、信任我，要知道谁也无法替代咱们俩之间三年多的感情。我并非那种无知的、轻浮的人，我是爱玩、爱热闹、喜欢唱歌、跳舞、聊天，也可以说是个俗人，女人喜欢的东西我都喜欢，不能做到高雅脱俗，不能做到清心寡欲。我之所以在这里生活，是因为将来我会到你的身边，我最后的归宿，以后半辈子应该度过的地方，难道不是吗？除了北京，我还可以去哪里？除了你，我还可以跟谁？我并不是说气话，而是在表白自己，说出自己的真情实感。真的，我始终抱着一个念头，我是有归宿的人，两年之后我就可以和我的他在一起，我在这里快乐也好，忧伤也好，终究会成过往云烟，随时间流逝在生活的长河中，只是一瞬。或许不能留下什么印象。

我做事心里是有数的，我是什么样的人，自己也明白。陈，也许你觉得我很好，但我始终觉得自己特别平常，平庸极了，没有把自己看得很高，仍是原来的我。研究生也是普普通通的人，有的人的品格似乎并不怎么样。

陈，希望你能保持你平和的心情，愉快的生活。不如意的时候有很多，你还会面对更多的挫折和打击，要自己调剂自己，以饱满的热情去生活。你始终看待世界很灰，这一点我很清楚。"灰"意味着愤世嫉俗，眼里容不下沙子，情绪容易偏激。大学时，我和你都如此，现在我好像看开了不少，该快乐的时候就快乐，以宽容的心情待人。记得你批评我容不下同类的话吗？当时我爱讽刺那些漂亮的女孩儿，当然也有嫉妒心在内，如今我学会了欣赏，也许是比以前更成熟了些。我不漂亮，唯一的优点也是缺点就是善良，你又要嘲笑我了，对吧。陈，如果你真的能像你所说的，尽量不惹我生气、伤心，那么，我将是世上最快乐、幸福的人！但愿你永远以一种大度温柔的心情待我，而不仅仅在需要我的时候，好吗？

1994 年 5 月 12 日

亲爱的：

今天特别热，穿毛衣已经有点燥热，但又怕穿少了，在教室里时间长了会冷，只好将就着。这儿就中午特别热，早晚还有点凉。

5月20、21日，学校要开春季运动会，据说往年没有的，所以各个系在忙着排节目。早上吃饭时，看见教学楼前面有二三十个女孩子在练健美操，我就想起以前我们在春城大学时练健美操的情景，已是如此遥远的事了。那时也没有觉得特别有意思，反而觉得又烦又累，现在看看她们，又有点羡慕起来。

每天早上七点去吃饭，吃完直接去系里改卷。偏巧食堂这时人最多，排队要七八分钟，可烦人，显得时间特别紧。今天进度还可以，已经开始核分，据说明天就能完事，这个再好不过了。

大概上周吃糖吃的，牙又开始疼起来，偏偏整个白天没有一点时间去医院，只能忍着。吃完饭就刷刷牙，只能用左边牙吃饭，如果明天能结束，我就立刻去看牙，实在太疼了。

除此之外，身体状况都很好，一直没有感冒，精神也可以，可以说是很难得的。你呢？是不是还那么瘦？有没有给自己改善伙食？

中午，这儿的女孩儿穿的可是五花八门，超短裙、长纱裙、牛仔装、毛衣，冷暖各人自知吧。这个季节算春末夏初对吧？我的那些毛衣根本没有机会再穿了，我想等发了工资，去看看有没有合适的新衣服。现在的衣服显得幼稚了些，红羊毛衫我不舍得穿，在外面怕弄脏。

亲爱的，上面是休息时间偷空写的，所以晚饭后我又接着写了。当时旁边有个老师说，"你也太辛苦了"，仅有的20分钟，我也用来写信。收到在北京的老同学的信，她在玉渊潭照的照片寄来了一张，模样基本没变，只是更成熟了些。我只羡慕她能在北京读书，虽然她抱怨北京的风沙干燥，灰尘多，但我觉得能在北京读一次书真是无憾。

晚上买了一包瓜子，因为牙疼得厉害，也没怎么吃。这颗牙大概坏得很严重了，连牙龈也疼起来，明天说什么也得好好治治。

傍晚温度适宜，出去在人工湖边走了走，买了一个卷饼，用半边牙啃着吃的，特别费劲儿，等老了可怎么办呢？以后坚决不吃糖了，都怪你，鼓励我买糖吃，你就是罪魁祸首。

因为牙疼，带着腮帮子也疼，所以一晚上人都不太舒服，看书也哼哼着。705那两个女孩儿，一个有朋友很忙，另一个交际特别广，也忙，就我挺闲的，也乐得独享空间。

《梅里美小说选》也看得差不多了，但还有更多的书等着我呢。先写到这儿，明天早上给你寄去好吗？

不用你请我，我自己也会亲你的。

亲你！

牙疼的林

1994 年 5 月 13 日

亲爱的：

我从 705 搬回 706 了。星期天家教后到百货大楼逛了逛，回来后搬书、铺床，乱七八糟的东西，偏偏又停电了，就着黄昏的光线收拾一番，直到八点半才来电，一天累得够呛。

在百货大楼买了一件 15 元的绒衣，也可以当 T 恤衫，处理品米黄色，我觉得比较合适，又买了一双黑丝袜等其他的零碎。因为过季，许多羊毛衫减价，原来 100 多元的降到七八十元，红的那件羊毛衫竟然降到了 60 元。看了挺长时间，没有中意的。

家教有直拨电话，我想好了，这个周日，我中午教完，十二点半到一点，我给你打一个电话，你尽量在寝室等我吧，好吗？你的电话号码没变吧？他家那个老太太对我挺好，还希望下学期小孩儿升初中后，让我继续教呢。我当时含含糊糊的，没有定，也没有回绝，但心底的确不愿意教了，只怕伤人家面子，反正这半学年快对付完了。据说那小女孩儿语文成绩有所提高，所以她奶奶认为我还可以，在他家打电话，肯定没问题。

今天以为能有你的信，我一直也没有去取信了，谁爱跑谁跑吧。反正系里的课也多起来，基本隔一天就去一次的。上下午都有课，下午上完课我去洗澡，早上爬起来锻炼，所以出汗多。不到一星期就得去洗一次。洗完衣服又擦洗桌椅什么的，她俩一直也不收拾，灰蒙蒙的。我看这样下去，我再不收拾，永远也不会有人去收拾的。

中间又紧急开了个会，研究生发困难补助，每人发了 200 元。另外，还有一个勤工俭学的机会，就是申请后研究生处让你干点工作，比方每天两个小时的活，关水龙头了、关灯了，还有打字的活。我有点想去，但是又怕安排在固定的工作就不合适了，哪花得起时间呢？

现在王有了一个教留学生汉语的机会，每个月能有 90 多元工资，她还嫌少呢。我觉得能教学校的留学生，比出去干家教好多了，至少不用在路上花冤枉时间。其实钱多少都够用，只是干家教的确亏，加上路上花的时间，经常跑六个小时。下学期我得辞掉这个家教。

发了 200 元，加上改卷能有 300 元，下学期的费用基本上够用了。我又不爱买书，过一种平平淡淡的读书生活也很好，至于吃穿，楼里好像都不太讲究。当然，也有一些女孩儿用金钱来装饰自己的，那没法比。不说这些，谈到钱，总是让人觉得俗气，可生活中就是如此。

昨天还很燥热，今天气温骤降。上周六下了一场暴雨，今天下午又狂风大作，简直弄不明白，长春怎么会有这么多反复无常的天气。我穿的薄毛衣、绒裤，很少穿裙子。今天洗了个澡，干干净净的，又没去上课，自己才换上裙子穿了一会儿，好看，不方便。

对了，我们系的几个头儿看 92 级的中文师兄师姐们去春游，也号召我们去净月潭玩。我首先是没车子，二来又去过，但集体活动似乎又不能公开反对，只好保持中立，到时候推托掉就完了。我们 93 级的女生占大多数，而且都挺有个性，挺散的，估计这事儿不容易办成。我对这些活动也没什么兴趣，还不如好好睡一觉呢。

你的工作到底怎么样了？联系好了吗？不知进展如何？你来信也不说，我当然希望能早一点听到你的好消息。

寝室来了个外系的女生，挺吵，我先写到这儿，明天再接着写，好吗？

吻你！

你的林

1994 年 5 月 16 日

亲爱的陈：

傍晚时狂风大作，带上伞和外套去上自习，担心下雨，结果一晚上平安无事，回来时风很大，很冷。今天上了一天课，精神却还不错，可能和这两天早起锻炼有关吧。

今天是"发财"了，下午领了 224 元成人高考改卷的钱，然后又发了困难补助 200 元，如果再发自考改卷的钱，估计有 500 元没问题了。

张和王都怂恿我去买一套好衣服，在她们看来，我没有一件特别高档的衣服，说过了年龄想穿也穿不出效果来了，但我也怕买得不合适，再说吧。

领了钱，大家脸上都喜气洋洋的，头一次发这么多钱嘛。我买了一斤红枣和两斤苹果，就花了六元多钱，其实钱花起来太快了。

陈，你不必担心我，现在我很好，绝对是按部就班的，早起早睡，看书学习依旧，和录像厅、舞厅无缘的。上周六到楼下中文系办的舞会看了看，小小的教室充斥着一股难闻的汗酸味儿，没等进去，已经让人恶心，我想是不会再去了。

这两天中午都打的肉菜，昨天是鸡蛋炒香肠，味道一般，今天中午是干炸鱼，不新鲜，晚上买的面食凉菜，觉得还可以。现在晚上也有卖小米粥的，黄澄澄的很诱人，以后可以去买来尝尝。楼下小店还贴出大糙粥的广告，我总想着刚到岗上部队大院那天，刮大风吃大糙粥的情景，多有地方风味。那种情景、那种环境氛围是买不到的，所以一直没去。

星期天做家教时称了一下体重，身高 1.61 米，56.5 公斤。我穿的是平底鞋、毛衣，应该比较精确了，看来此时的我还真不算太胖，稍有些重而已，身高似乎也高了一些。也许百货大楼的称不准，也未可知，下次去国贸再试试。

周五、周六开运动会，图书馆一律关门，我们楼又避不开运动会的噪声。

你怎么样啦？还在生我的气、猜疑我吗？你的情绪好点了吗？我以后会仔细贴好信封，不会再惹你不高兴的。

写到这儿吧，她俩睡半天了，我的台灯也许会打扰她们。

吻你！

光着脚写信的林

1994 年 5 月 17 日

亲爱的：

周六收到你的信，真好。

学校运动会中午才结束，好容易安静下来了。用电热杯烧了一壶开水，就睡了。迷迷糊糊到两点多钟，王把信给我带回来，并问我高兴不高兴，我只能对她"千恩万谢"。

既然你一连收到人家两封信，也不多给人家写一点，还是只有两页纸，那字儿也大，我要抗议！

你没有说你现在怎么样了？也不告诉我你工作的事是否顺利，平时都做些什么？只是批评我。要是这样的话，以后我就不告诉你我平时做什么事，免得你不高兴，好吗？

今天上午，化学系那个老乡没事，想找我聊天，我借故推托掉了。晚饭时，李旭光又来了，我也找个借口说不舒服，没让他有机会说出去玩儿一类的话。虽然找我的只有这两个老乡，而且他们都明白我和你的关系，也见过你，但我知道我不能陪他们。善良并不能带来更多的好处，相反可能会带来麻烦。

有时老实真的很没用，你看昨天我去了系里，又有一批卷子要判，没被通知的人几乎都是老老实实的那几个。这次只改了一天多，一两个小时就得 100 多元，真挺合适的，干两个月家教才 100 多元呢，真没法比。

昨天晚上下雨，今早天放晴，空中瓦蓝瓦蓝的，嵌着白云。空气清新，阳光也好，真想到郊外春游了。可惜我们 93 级中文系的要去净月潭玩，明天我有家教，只能作罢。何况，我可不喜欢和我们系的那几个没有男子汉气概的男生一起。

王晚上去跳舞，去校外跳舞，回来又在楼下跳，难得见她这么高兴，大概因为挣了钱，想轻松一下吧。我没事就买了一包怪味豆，边看小说、边听收音机、边吃边喝水，不一会儿肚子就又胀鼓鼓的，估计早晨锻炼的效果就没了。

我借了一个小音箱，可以放出声音来，声音小，我听着很合适，总插着耳机，觉得耳朵听力受损。现在晚上有个小节目《21 世纪英语》，用唱歌来说英语，挺逗的。

先写到这儿，我要继续看小说了。

吻！

你的林

1994 年 5 月 21 日

亲爱的：

下午一回来王就告诉我，你给我来个长途电话，我四点钟才回屋，因为想去看看牛仔服，逛了一会儿国贸商城，时间过得很快，如果少逛半个小时就好了。

今天做家教，小姑娘的奶奶和我唠叨了半天，意思就是让我尽力帮她小孙女考上个好的中学，怎么教育小姑娘，等等。十二点半，他们家的儿子儿媳亲戚朋友来了一大堆，吵吵嚷嚷，特别热闹。房里人太多，我几次想开口都没好意思，吃了饭就走了。我知道你肯定会守在电话机旁等我，前一次他家没人，我知道是直拨电话后，真想立刻打，可惜没带电话号码，这次带了又没有运气。陈，真盼望你能来电话，宿舍在晚十点以后不传电话，中午可以，一般在十二点到一点之间，我都在。

陈，我会好好学习的。今天晚上洗了一大堆衣服，又有床单、枕巾之类的，很累，加上图书馆没开，就在寝室休息了。睡到八点多钟，又爬起来听磁带，给你写信。

离结束课程时间近了，有的课已布置了作业题，也该认认真真地准备写了。天气渐渐热了，而且常常燥热烦闷，我觉得今年夏天的气温肯定高。

我们要批高考卷，又得到七月中旬以后，具体哪天能改完，现在还不知道，到时候我会告诉你。别急，还有一个多月，我们就会在北京相见的，不是吗？

我还是老样子，不事修饰的中学生模样，也许会老了一些。先写到这儿，张和王都回来了，心里不能静下来写了。

吻！

你的林

1994 年 5 月 22 日

亲爱的：

从昨天晚上起，我开始感觉不舒服，坐在图书馆自习室里头，一直昏昏沉沉，看了很久都不知道在看什么，眼睛也发沉。我没意识到是病了，以为有点困而已，一直坚持到九点半回来。嗓子也疼，全身酸痛，脉搏跳得很快，我找出扑热息痛之类的药，胡乱吃了，喝了一杯开水就睡。

今天早晨六点钟起来，全身大汗淋漓，脑袋像被箍了什么东西似的疼。接着又睡到八点才爬起来，擦了汗，可能是药起了点作用，人稍稍清醒了些，但仍发烧。借来体温计一量，大约是 37.7 摄氏度的样子。外面下雨，天阴云密布，没法去医院开药，只得又吃一些以前开的药，她们也给我找了一点。

前一阵子一直都很健康，精神也可以，这一周来也坚持早晨锻炼，跑跑步、打打球什么的。也许是天太热，运动之后出了汗，图凉快，回寝室后只穿了紧身衣，听英语、聊天，没想到就引发这么一场大病。我想，能在这星期恢复过来就不错了，现在两边扁桃体连咽唾沫都困难。

早上没去吃饭，煮了点白水面，难吃极了。吃完后又是一阵发晕，呼吸都发烫，扁桃体肿，非得打针不可，可又不想出去，外面又冷又湿，路还远，而且三、四节也有课，烦死了。

昨天上课讨论比较文学，老师第一个叫我发言，幸亏准备得比较充分，滔滔不绝了一阵，然后就轻松地听别人发言，无忧无虑了。下午小说理论，我也是第一个发言，不管说得如何，觉得这是一种锻炼胆子的机会。我要去打针了，先写到这儿。

你的林

1994 年 5 月 25 日

亲爱的：

今天病情好多了，也许是打的针起作用了，但扁桃体正在发炎，咽东西时疼，特别难受。真不知啥时候能好利落。共开了三天的针，用那种一次性的针管，一共花了 6 元。病得真不是时候，偏偏又来了例假，这下子全身都不舒服了。

晚上自习室也犯困。因为早晨吃了感冒通，困了一上午，下午上课时也有点昏昏欲睡，似听非听，但脑子清醒，也不发烧了。晚自习提前了十分钟走，偏巧遇上了阵雨，没地方躲，只得一路跑回来。身上淋得半湿，赶紧喝开水，用热水洗一洗，现在暖和过来了。这两天天气有点不正常，看来我这感冒也是应该得的。

昨天到六月了，各科也开始趋近尾声，有的科目开始留论文题，反正是让我们早点准备。我想准备得充分一点，当然，也花时间精力，况且我选了四门专业课，这就必须一个星期完成一科任务，否则肯定有完不成的。论文有的据说可以拖到下学期才交，我想自己应该不用。

这学期英语不如上学期紧，我的时间大多花在专业课上了，但也没见学到什么名堂来，书倒是看了一些，但现在感觉有点看不懂了，也许是疲了。

这里下雨就特别冷，回来我就套上了你那件运动服，挺暖和的。明天可以不用早起锻炼了，操场是湿的。刚才我感觉有点饿，煮了一个荷包蛋吃了，虽有挂面，却没有欲望吃，白水面太难吃了。

光说我自己了，你现在怎么样？前天收到你的一封信，让我漂漂亮亮地见你，可是到现在我还没有买到称心如意的衣服呢！好一点的都太贵了，对付着买，穿着不如意，倒不如不买了，也许在北京能相中了，我想到时候和你一起去逛街买衣服，好不好？

今天给我打针的那个护士技术超低，把庆大霉素打得跟青霉素一样疼，怪事。对了，信上你画的是什么抽象画？也不知是谁？反正不是我。没想到那年暑假的那件连衣裙，竟给你留下那么深刻的印象，其实后来去北戴河也穿过，你还记得吗？大约和人的心情有关吧，我也清楚地记得那次你下了火车，干干净净的，还不好意思跟我打招呼呢，因为一群人在一起，也不笑，我还以为你不喜欢我去接你呢？

那已经是三年前的事了吧？好长的时间，那年我才 19 周岁呢，而你也不过刚满 20 岁。想想那时其实很天真，也很狂热，现在还能有那种单车走千里的壮志吗？

明天周五，因为生病，连信也写得少了。不用惦记我，一切都会好的。

吻！

你的林
1994 年 5 月 26 日

亲爱的陈：

周一收到你的信，只有一页多，你那字用我的字来写恐怕只有半页吧？如果你觉得写不多，可以多等两天，充实一点，再寄来吧，行不？

昨天家教后我给你去电话，一点多钟，传达室的老大爷去叫了四五声，没有人，我让他转告你，下周我再打。想想北京离长春这么远，却可以听到你的声音，清清楚楚地交谈，当然不能随意地谈，旁边那个小学生耳朵竖着呢。我也不知道打通电话了，会对你说什么，只是想听听你的声音，仿佛能看见你的表情的那种感觉吧。

眼看六月了，长春的天仍不太热，中午暴晒一阵，早晚仍冷冷的。每天我晨跑半小时，我买了一双平底皮鞋，边上带镂空的，深红色，25 元，也算是处理的吧。打算回家时，再买一双白色凉鞋，我现在只有一双紫色的，我姐给我的沙滩鞋，又肥又大，不好配衣服。牛仔裤没买，太贵，没合适的，我一个人不愿意挑来挑去，又没经验。

零食、水果最近都吃了不少，伙食也提高了一个档次，估计每月至少得上 90 元了。也许因为手头有点钱了，花起来也不心疼，也知道心疼自己一把了。

难得你学会了拌凉菜，什么时候你吃腻了白菜才好呢！就可以做点鸡蛋菜或汤，还有两年日子呢，慢慢学做吧。其实烹调很有意思的，现在男生基本都会做菜的，不会做的极少数，就连我弟的手艺都比我强。

这学期开的文学课内容比较杂，一两句交代不清，你若想了解，可以借些书来看。总之它是两个不同民族、国家文学作品及其范围的比较，相同之处、不同之处，相互影响、相互接受等。西方文论，以前咱们开过的，这个老师讲得太慢，半学期才讲到亚里士多德，几乎讲了一学期的柏拉图。小说理论的内容挺多，留的思考题也不少，大致就是从人物、情节、环境几方面分别研究。因为小说研究范围大，内容丰富，随便找找文学刊物，比如你寄给我的那个《大家》，上面的评论就很新颖。

对了，我们大概要选专业了，我想来想去觉得选小说还是有意思些，比散文有前途。另外据说还有一个姓何的老师可能带我们，他是搞语言研究方面的，第一年带研究生，没把握选他，但也说不准，不知道老师们如何安排。

我想你现在娱乐时间多了，看书自然少了，但我也乐意知道你能和别人一起玩，至少你不会太孤寂。有时人需要友情和放松，调剂一下一成不变的生活，玩腻了再去看书，效果也很好。

今儿先写到这儿吧，你的身体还好吗？胃口怎么样？

吻！

林

1994 年 5 月 30 日

陈：

今儿上午没课，上自习看书，下午上课，平平淡淡的。

早晨锻炼完了，我们四个老乡一块儿去外面吃早点，我买了两根油条、一碗豆腐脑儿，觉得一般。以后还是在食堂吃粥。

晚上本来要上自习的，705 的两个女生要做手工艺品，就是现在街上常见的风铃带小珠串和铃铛的那种，挺好看的。我就忍不住想学，于是用牛皮纸练着叠，又帮她俩做，比较麻烦。花了三个小时，一晚上就耗进去了。不过我喜欢这种手工制作，既然学会了，以后找时间买来材料，也装饰一下自己的案头、床头什么的。现在我的桌子上方，只有你给我带来的挂历，仍是第一页，我特别喜欢那把吉他画，不过今天已是 6 月 1 日，我觉得六月的画也很好看，刚才把它翻了过去，是一瓶花两只红果半扇纱窗的，一幅很温馨的画面。

你信里又问起五一的照片，富达胶卷，底色不好，发黄，照得也差劲，合影我还没要，只有三张单人的，如果你想看，给你寄一张也可以，因为其中一张闭眼了、另一张照的侧面，一般，只有这张稍微好一点，也傻哈哈的。他们那叫技术吗？哪有你给我照得好呢？别胡思乱想了，等我要一张合影来，你看看那几个人的尊容，你就知道我的这几个老乡和你根本没法比，十万八千里了。

写到这儿吧，我感冒好得差不多了，不要担心。

吻你！

林

1994 年 6 月 1 日

亲爱的：

贺电收到。也许你写的是宿舍楼的地址，所以在研究生处耽搁了两天，才到我这，还是那个化学系的小老乡给我送来的。看你开的玩笑，我们同学一听都觉得好玩，六一节这么郑重其事地来张贺电，我可不是小孩子了。

6 月 13 日是你的生日，我正在想给你寄什么才好？我在学手工艺品，什么风铃、船之类的，很有趣的，但不知你喜欢不喜欢，而且这东西不好寄，怕压。今年是你的本命年，应该好好庆祝一下的，可惜我不在你身边，你的生日会怎么过？

不知你换了寝室后，有没有变得更善交际一点？从你打牌和写信来看，好像心情还可以，你还让我愉快一些、变得好看一点呢。对了，我记得我早就告诉过你，两次寄的书全部收到了，可你连问了三次《白比姆黑耳朵》是否收到，还有《大家》，我没回答是因为我记得我早就说过了呀，若没收到，我会比你更着急的，傻蛋。

这些书我都放得比较隐秘，不敢明目张胆拿出来看，否则，她们会毫不客气的，那时候拒绝又不好。所以，谨记你"慎存不外借"的叮嘱。可有一天，王爬上我床来，借故给我放衣服，翻看了《大家》，称赞不已，当时我没在。过后，她用一种抱歉的口吻对我说起，我也只好含糊过去，她说你买的书够品位、会买书，那是自然。

对了，我和王都选的刘老师的小说专业，张选了散文，还有一个何老师搞语言方面研究的，也带我们，于是在职的那个女生就选了他的，本来她开始也选了小说，不知为何改了。后来我有点后悔，一个老师带一个学生，肯定是很认真的，刘老师有各种职务、头衔，哪有工夫管我呢？

林

1994 年 6 月 5 日

陈：

今天中午一点左右开始打电话，拨了两次，一次饭前、一次饭后，不知怎的，那边回答是空号。奇怪，上次很容易就打通了，可这次却一遍遍地告诉我是空号，今天你又白等我一天了。你看多不巧，这学期打了几次电话都不顺利，就是相互接不着，真让我遗憾。看来只有等到暑假，我放假时不知你还在不在原单位，不会到别处去吧？

今天特别热，阳光晒得皮肤都疼，连续几天三十一二摄氏度的，热得人们都开始穿短裤了。女孩子们更是争奇斗艳，衣服的新潮让人望尘莫及，出门时我的眼睛都不够用，在校园里也一样欣赏女孩儿的美，的确很惬意。

当然，对自己的穿着也要让自己满意，否则，会觉得相形见绌，哪有那种心思看别人。至今为止，我没有买任何高档衣服，几次想出去又找借口没去，天热或怕累，一个人，等等，其实主要怕自己买贵了，又不适合自己。她们劝我买一身漂亮的连衣裙，我确实没有像样的连衣裙，但姐姐给我剩下的连衣裙也够多，只是样式老旧了些。

早晨锻炼，外加天热，一开澡堂，我必去。现在开始复习功课，找资料写论文了，否则到月底肯定忙不完。紧张起来，时间总是不够用，平时小说杂志也想看看。渐渐晃到 6 月 6 日了，还有一个月这个学期就会结束。

六月，长春依然是飞絮漫天，飘飘忽忽，悠悠然充斥在阳光下的柳树叶间，闪闪的，毛茸茸的，看着可爱，只是不敢使劲呼吸，痒痒的想耸鼻子。寝室里、教室里、湖面上，到处是腾云驾雾的杨絮，草地上像下了一场雪。只是今年的杨柳絮似乎不如往年洁净，有点发乌的颜色，不知是空气污染，还是春城大学的杨絮纯正。

这一阵子的气候可真怪，热一阵子，来场雨，又暴晒几天，又来场雨，有点类似南方的天气了。你现在穿什么呢？我有点记不起你夏天的衣服，仍是长衣长裤吗？

吻！

林

1994 年 6 月 6 日

陈：

　　你看我不想给你寄照片的，本来就没有什么好看的吧，这下可好，你的来信口气就变得极不快，还说什么我买鞋是"憋坏了"，钱不钱的。

　　要知道，改卷后的钱我没有乱花，都存起来了，想暑假回去给我弟弟 500 元，至少对我父母是个安慰吧。所以我花得很小心，就是那双平底鞋，也是花了 25 元才买减价的。上次丢了 50 元，我多后悔，你忘了吗？我根本不是那种随便用钱的人，以后不要老说我什么"有主见、憋坏了"之类的好不好？

　　离期末考试只有半个月，我的作业只完成了一门，还有三门没写，实在令人着急。我为写一门作业，又查资料，又借书，还要组织资料，特别费工夫。这学期的时间基本奉献给小说理论了，别的课没怎么研究，所以真怕写得没水平。

　　不要怨我信写得少，生活没有一点改变，百日如一日，也许是我的心情一直是淡淡的吧，没什么特别高兴的事，你不也如此吗？

　　你也不告诉我你的日常生活，搬到新寝室的情况，不说工作的情况，不谈你的读书心得，总之我一点也不清楚你目前的生活。写信也是言简意赅，有时就埋怨我两句，我的信总写得唠唠叨叨的，一点小事说半天，有时连我自己都不喜欢。我想写信应该看作一种练笔，有人说，写信时的心情最美丽，可我却像个婆婆嘴，哪有美感？

林

1994 年 6 月 10 日

亲爱的陈：

　　明天就是你的 24 岁生日了，我实在不知道怎么才能表达此时我的心情，不知怎样才能使你快乐。记得以前你的生日，只是出去聚一次、吃顿饭，也没有特别的祝贺。我仍记得考研的那个冬天，你给我买的那个小生日蛋糕，在那样灰色的日子里，它给我带来了永远的亮色，我想我不会忘记独自吃蛋糕时的心情，永远都不会忘记。而我却没有给你一个难忘的生日，对吗？

　　这个周日家教改到了周六下午，所以周日打算给你打电话祝贺生日的计划落空了，这是我盼望许久的，可是临时的更改，将这个计划轻易地就破坏了。只好等到明天抽空给你拍张贺电祝你生日快乐。有我的祝福，你不会寂寞，虽然我不能给你全部的快乐，至少它能带给你一丝快慰，对吗？

　　从你的信中我只是重温往事，你常常回忆起旧事，或品评一番，而你现在是否快乐？记得以前你总把生日看得很淡，不想让我出什么别的方式。你的淡然常让我遗憾，以致心中很歉然。

　　我正在听的是我那个小学生借给我的磁带，有的歌挺好听的。晚上去自习室，空气很热，穿裙子也觉得热乎乎的，感觉和南方相似。今年的夏天，分外热，来得也比往年早。

　　转眼这学期要过去了，时间快得让人不敢相信。可能因为专业课多，时间紧的缘故吧。以后的两年，会更快，真希望两年半就能毕业。

　　这两个月发现伙食费比以前用得多，每月有八九十元的样子，外加水果、零食也常买。上次牙补好了之后，我又买了两次奶糖。

　　对了，你的生日恰巧是今年的端午节，真是难得的日子，可惜不能一起祝贺。你自己买几只粽子、鸡蛋、白糖，一定要尝尝啊！

　　那个家教的老太太人挺和善的，她问我们寝室有几个人，给我们一人一份粽子，让我带回来呢。吃上粽子，才感觉有了点过节的味道，但我总惦记着家里那种圆锥形的。据说北京粽子的花样繁多，你不去看看吗？

　　天热，我的胳膊、腿上都被蚊子咬起了包，而且又疼又痒。这里的蚊子比家里的蚊子还厉害几分，等有空儿我把蚊帐挂起来。但你的宿舍估计比我这儿更多蚊子，要不我还是把蚊帐放假时带给你吧，好吗？

　　吻你！

林

1994 年 6 月 12 日

陈错的信

南湖

陈错日记：中午在食堂排队打饭，突然想起一句话"冰雪斑驳"，眼前出现南湖冰面。边吃边想，饭后回到办公室，跪在椅子上，成短诗一首。

湖面冰雪斑驳
辨不出曾经的足迹
天空晴朗依旧
听不见从前的欢笑

我来到这里
站在那株枝丫斜伸的老树旁
抚摸着深黑的树干
寻找你的气息

我来到这里
带着冰雪洁白和回忆
寻找
鲜红似火的你
长发迎风的你
纯真如昔的你

1994 年 1 月 19 日

我站在这里

我站在这里
等待你的消息

湖水 六孔桥①

荒草 松树林

泥泞的黑色土地

有我们欢笑的足迹和难忘的记忆

你曾将我拥抱

仰头为我抹去眼里的泪滴

我站在这里

等待你的消息

狭窄的街道

昏黄的路灯

圆圆的月亮

温柔的夜风

我们相互偎依

曾多少次用脚步衡量从南湖到学校的距离

那时风中有你

雪中有你

风雪中我们说永不分离

我站在这里

等待你的消息

人流如潮的站前广场

车水马龙的十字路口

我视而不见如雕塑般站立

干冷的北风 刺痛的面孔

难挨的时光 沉默的盼望

稀落的行人 傍晚的斜阳

1994 年 1 月 22 日

---

① 湖上有六孔石桥。

291 次火车

陈错日记：1 月 23 日，去辽宁阜新出差，在火车上看了会儿书，二十时开始写诗，二十一时十分车厢熄灯，望着窗外睡不着觉。24 日六时灯开了，将诗补充完整。这三首诗的写作背景，都是陈错让邓林寒假在北京停留未果。

微弱灯光下的白色床铺 暗红毛毯
满桌凌乱的水果 糕点 饮料
狭长的空间 深绿窗帘
这是 291 次火车的一节硬卧车厢

一个人披着衣服在低着头织毛线
一个人在看着色情封面的通俗小说
一个人撕扯着油腻的烧鸡大吃大嚼
还有两个人在高声感叹钱挣得很少却花得很多
大多数人都已睡觉 或者躺在床上默默地想着什么
夜晚
在轰轰隆隆地开往阜新的 291 次火车上
我摊开稿纸
趴在床铺上写我的爱情和生活

远方的她现在在温暖的家里
从前的她愿意安心读书 共我同舟风雨
但是时间不会停留 欲望逐渐生长
又有几个女子坚贞如一
不受金钱虚荣和享乐的影响侵袭
说过的话像空气不留痕迹
昨天的你成为我心痛的回忆

如今的我在京城漂泊
粗茶淡饭 三尺寓所

工作无聊单调

亲人冷眼相看

不知从什么时候起

对庸俗我已经习惯于沉默

对未来也没有了太多期待

青春的热情好像失落不存在

童年的理想似乎被架成空中楼阁

流失的爱情啊违心的生活

我既然缺少勇气将它打破

就只好忍受它的束缚 坐视青春消磨

这时 车厢里的灯光熄灭

旅客们已经酣然进入梦乡

我靠在床上 凝视窗口

火车走走停停 像蜗牛爬行

沉沉黑夜和偶尔闪现的两三点灯火

没有人注意到我的困惑失落和彷徨

甜蜜的往事让我黯然神伤

心中的姑娘不知她在何方

每天都无意义地东奔西忙

我的未来是否像现在这样

让失望和黑暗笼罩住愁肠

1994 年 1 月 24 日

亲爱的林：

今天有些感冒，肚子也坏了，一个人很不舒服，这几天一直在想我们的事，睡觉也不踏实。病了以后，心情更加寂寥，想到未来，我的工作还未确定，但最令我心烦躁的还是你我的事。如果我想平平淡淡过完这一生，那么这件事就是这辈子最重要的事了。我不想耽误你，虽然我心里希望你只属于我一个，但我对娶你为妻，总是处在纠结中，我说服不了自己。现在我不敢苛求你什么，其实从你"变得聪明"以后，我就不该再要求你的身体。你已不再是你，你既不肯把一生放在我身上，又怎么会心甘情愿地把自己给了我？只是我一直没想明白罢了。

我娶不娶你这个话题，我们从前提过多次，但我告诉你，从前我说过娶你，可惜那时你已经对我有所不信任，你在为自己留条后路。我不敢肯定你最后能找到一个什么样的人结婚，但我敢肯定地说，你再也找不到像我这样真心待你、爱你的人了。从年初自春城回来，到你过京不留这段时间的经历，使我对不敢和你结婚又有了坚定的态度。像你这种逐渐"变得聪明"起来的人，怎么甘心为我着想、做我的"小媳妇"？在春城你已经给我冷遇，成家后以你我的脾气还不得闹得四分五裂？我的脾气不好，你从前可以体贴我，为什么现在就变得"你不知道在家里都是别人让着我的"？

心里真烦，现在说这些有什么用，就像你在信中说的，"不想犯同样的错误"，可惜有些错误只犯一次，已经足够。

老天对我如此刻薄，好容易有个牵挂我、爱我的人，又让我们不能在一起。你知道我最看重人的本性，本性如此，改是改不掉的，即使一次两次忍受过去，该冲突的时候仍会爆发。这次在春城，不过短短半个多月，你数过没有，我们就有了多少次口角？甚至当着外人的面。每次都很不愉快，然后你不理我，我不理你，过了一会儿，大多数是你找了个话题，两个人才再说起话来，你以为这是正常的？

你质问我："为什么每次都得我先理你？"我能回答什么，"情"不能用"理"来回答。但这样下去，连我们之间的爱情早晚也得被这些鸡毛蒜皮的小事吵掉。

在北方大学，你拉着我不放，让我把话说清楚，为什么不想娶你又拖着你不放？真让我无言以对，可能心里总侥幸我们能再回到从前吧。现在我告诉你，如果你有合适的人，不要顾忌我。

陈
1994 年 2 月 11 日

林：

收到你快件，信看完了，首先抱歉的是我没有及时赶回来，希望你能顺利返回春城。

多谢你直言相劝，但还轮不到你来教我做人。我性格本不好，吃亏、得罪人也不知道多少，但我并不后悔，也不会去试图改变，合则留、不合则去，缘分尽了的时候，一切都挑得出缺点，何况我就是个缺点很多的人。

当初的一切好像都失去了基础，可能我们都到了重新审视对方的时候。

何必把自己隐藏得那么深，委屈自己那么长时间，真的很辛苦你了。

你不要自比于苔丝，何必自欺欺人。你以为那层薄薄的东西是纯洁与否的标志吗？当初在这方面大胆的你，比后来假惺惺的你纯洁百倍！

你对过去的我知道多少，说我不知道贫困的滋味？我小时候在农村的经历不用说，就是到了部队大院，在上初中以前，我家里也是精打细算过日子。现在的我不会再为几元钱的事发愁，但你知道初中的时候，我为了省下五毛车钱，一个人顺着马路走了 9 公里去市里的新华书店买书吗？你不屑像老太太们似的在菜市场几分几分地和人斤斤计较，但这次我去阜新出差，在车站前的货摊上，我用了一个多小时看普通百姓买东西时的情形，那种斤斤计较的言辞和乐天的生活态度，偏偏给了我很大感动。

那对清贫夫妇，我敬佩他们的，不是他们的衣着朴素、落魄寒酸，而是那种旁若无人、相亲相爱的神色。痛苦时有欢笑的心情，清贫时在花花世界里怡然自得，这境界我装是装出来了，可惜还达不到。

"生活中普通的人给我最多感动"，我爱他们、尊重他们，不敢丝毫轻视、侮辱他们。相反，金钱、地位越高的人，心机必多，对他们我敬而远之，我也丝毫不羡慕也不想成为他们那样的人。

也许是我责怪你的次数太多了，让你现在有种你在我心中一无是处的感觉，可是，你应该明白，我是个很挑剔的人，当初既然爱上你，总不是因为这些缺点吧。"你是一个好女孩儿"，这句话不用你自己在信中借别人的嘴对我说，你当然是，何必要求我天天对着你夸你呢？你的优点在我心里，这种感觉大概就像当初你爱我我却很少当着我的面亲口对我说一样。

如果你再谈朋友，奉劝你以本来面目对人，何苦既委屈了自己，又忍耐了这么长时间呢，误人误己。

陈

1994 年 2 月 15 日

林：

　　你是我第一个真心对待的女孩儿。我是一个禁不起挑剔的人，我用自己的方式爱着你，结果却是伤害了你，现在才知道你爱我爱得多么辛苦（无论谁，肯委屈自己顺从别人的意思这么长时间，都很不容易）。

　　你最初的那首歌和那份心意，让我在孤独寂寞中突然感受到这天底下还有一个人对我这么关注，那种红颜知己之感，足以使我爱你爱得义无反顾。但变成了你今天的"少爷脾气"，这也什么都无须说了。

　　我也许会永远一个人，也许会遇到满意我的人，这是我自己的事，但即使是为了爱，我仍不会和我性格不合的人结婚成家。

　　钱如果是我认为该花的时候，我一向大方。知道你是个很节俭朴素的女孩儿，而且自尊心强，希望你不要过于苛刻自己。我们之间的感情不能用钱来衡量，但是生存需要这个东西。我很希望你不要再像上学期那样辛苦，你过得越好，我才越高兴。只是，如果这个也伤害了你的自尊，那么，我希望你就丢掉这个可怜的自尊吧。

　　不要对我要求什么，不要再对我许诺什么。在我心中，你永远是那个不计后果、不会骑车就陪我上路的林。

陈

1994 年 2 月 17 日

林：

　　我已于 23 日返京。

　　回来看见你留下的纸条和米酒、香肠和苹果，苹果、香肠很好吃，米酒不知道坏了没有，味儿很冲，我给倒了。床下的那箱橘子，你应该都带去，你没看见旁边还有一箱没开封吗？

　　办公室里有你的两封信，我已收好。

　　你现在好吗？是否已经开始上课？

　　今天去联系好的那家报社面谈，结果那是家新开的出版社，如果我去，是做文史方面的责任编辑，而且待遇不算好，房子的问题也暂时解决不了，我不打算去。这件事，令我很意外，因为一直说的都是这家报社，这真是世事难测。如果这件事不成，我一闲又是半年，青春眨眼就过。真不知该怎么办。

对了，根据国家规定，工作时间改了，从三月开始，每隔一周换一次，一星期工作五天，即这周工作五天，下周工作六天，下下周工作五天，下下下周工作六天。这样还不错，对吧？

多吃多睡，好好学习。

陈

1994 年 2 月 25 日

亲爱的林：

今天真想你！

也许每当遇到失意的时候，最易想起的就是自己最亲爱的人吧，真想有个人说说心里事，商量商量自己拿不定主意的事。想哭不敢，想喊不敢。再多的忧愁只能一个人品味，再大的压力只能一个人承担。每一步选择都可能导致终身的幸福和失败。每一个机会错过了就不能重来。在学校真是无忧无虑。现在真想你在我身边，陪我说说话，聊聊天。

一直以为那是家报社，不料却是出版社。最主要的是做文史方面的责任编辑，约稿、组稿、审稿，接触的人也不多，前途不大。我认为最出色的编辑，也不过是熬了满头白发为他人作嫁而已。但如果我把这个辞掉（已经辞了），剩下的已经没有选择了，真让人闹心。

毕业后碰到的一切，已经切实让我感到人生的艰苦。每走一步，赌的都是未来的命运。人这一辈子，其实很容易过，我一眨眼不就混一年嘛！有时候心里真空虚，觉得生活没有目标，觉得活得太累，不如做个普普通通的人得了。现在我隐约觉着，毕业分配我也许是把自己推上了一条令自己终生后悔的路。那时自高自大，不想回部队在父母"羽翼"下生活（首先，我一向对什么二代比如军二代，世家比如军人世家之类的有些看法，认为他们大多数是借父辈的影响才选择的，有多少是真正热爱这个的呢。而自己更不屑于此。其次，也怕窝在岗上这个小地方一辈子出不来，现在才知道部队系统也是可以全国范围调动的），所以独自来到北京（还不是靠家里的关系？但至少到了一个陌生的环境和行业，要完全靠自己打拼了，和父母没什么关系了），当时家里托人准备的三条选择，以为怎么都可以找到自己想做的工作了，不料因各种原因（包括自己的无知）现在全部落空。我自己也曾跑过人才市场，也都不了了之。在北京，不是机会太少，而是等级太森严，步步都有限制。从前见到什么科长、处长之类的不以为然，现在才知道，那都是一步步拼上来的。也许，在北京，我会永远成为一个异乡人。

再混几年，可能以后机会有了，但年龄也大了，进取心已经消磨，对自己和社会的信心正逐步丧失，少时狂傲孤高的陈错已不再存在。唉，活着真不容易！

我已感觉到自己的变化。虽然生活才刚刚开始，我好像已经平庸。社会太大，我太小，真不知道何时才能混出个人样来。

有时真想就在这个科研单位（学中文的，在这里属于打杂的）找个适合的岗位，不搞写作不谈理想，平平安安、平平淡淡、平平庸庸过完这辈子，可真不甘心啊。

亲爱的，告诉我，我该怎么办？

一年等来一场空，真令我身心俱疲！

陈

1994 年 2 月 26 日

林：

今天是周六，是第一个五天工作日。上午骑车去西单，想买点吃的给你邮去，那种情果我没找到，其他也没有什么合适的，空手而归。

晚饭后无聊，和两个同事骑车去天安门，路上也就二三十分钟，广场上人不多。从王府井回来，在东安市场夜市小吃街逛了一圈，同事请客吃了碗卤煮。

我同屋的今天去外地出差，估计 2 周到 3 周能回来，而且现在我也没事，不知道你能不能来？如果来，发电报，我去接你，如果脱不了身，也不必勉强，也不必发电报了，我能理解。

现在气候温暖，晚上外面一点不凉，虽然花还没开。常常想自己很平常，渐渐觉得对自己的自信正在消失，恨不得就做一个普普通通的人，平平淡淡走完这一生。

此信明天快件寄出。盼回电。

陈

1994 年 3 月 6 日

邓林：

你没听出我的声音，你问"是冯工程吗？"一下子把我从激动的心情中震醒，我好像什么都说不出了，我说"我是陈错"，你毫不吃惊，问"你现在在哪儿呢？"我说"在办公室"，停了停，你没出声（也许你在等我接着说），我的火气上来了，说声"算了"就把电话挂掉。脑袋里好一阵没有知觉，手摁在电话上，浑身好像什么都不想动了。我料不到，好不容易和你通一次电话，竟然是这种情况。

昨晚就给你打了电话，半个小时没通。今天是周末，我去办公室看书，恰巧办公室主任来了，我忍了一会儿，才向他借钥匙（外地直拨是公款，一般不让办私事，平常是锁着的），他挺不乐意，犹犹豫豫地把钥匙给我。我拨了三次，等你，心都激动得快跳出来了，我可以清楚听见自己的呼吸声。以为你也在寝室里焦急地等着我的电话，想不到是这样结果，原来你是在等别人的电话。

我现在只觉得浑身冰冷。

这就是"不变的林"？

我怎么就这样巧，什么都让我碰上啦？——你曾用无法申辩的口气这样反问我。

这一星期没有你的信，总以为你会过来，甚至我在打电话时，还在想你宿舍的人过来接电话，告诉我，你坐车来北京了。突然听见你这样轻松愉快的声音，我真是失望极了。

我再傻，也不会对对我没有感情的人痴情；我再一无所有，也不会抓住不属于我自己的任何东西。

陈

1994 年 3 月 12 日

亲爱的林：

现在既然不是你负责取信，为防止信件遗失，如果你寄出信后，四五天没收到回信，那一定是遭到厄运了，记得追查。

你信封上的署名怎么像抽风似的？有时"先生"有时没有，我很不习惯，以后一律不署"先生"好不好？就像我从来没忍心给你的名字署上"小姐"一样。

不知道你怎么又喜欢上黑色的丝袜啦? 真是莫名其妙, 又是受了谁的影响? 很不好。

上学期间抓紧时间看书, 你还没到打工挣钱挣学费的地步呢, 尽量少参与这类事, 何必眼红别人呢?

牛仔裤, 你总是贼心不死, 好歹得买一条才甘心, 是不是? 买吧, 我没意见。多买些好看的衣服也行, 但不要计较牌子, 名牌、上档次的未必好, 合适才是最好的。记得那年暑假, 你穿了一身洁白碎花连衣裙去车站接我吗, 阳光明媚下的你如此美丽纯洁, 令我惊喜、自豪, 那几乎是你在我心中最美的形象。但那件连衣裙并不是件名牌, 对吧?

明天我会等你电话。如果方便, 今晚我先给你打个电话, 希望你不要再被我碰到什么。

听你这封信的口气, 已经接连有两封信你没收到了, 这种情况你要留心一下。我们的每封信都很重要, 每一封都丢不起。记着你写信的日期, 一定会有我的回信, 如果没有, 你就要去查看一下了。

陈

1994 年 3 月 21 日

亲爱的林:

我已于今天十一点准时到京, 一路顺利, 勿念。车过山海关, 外面很明显地由一片片肃杀的黑土地转为黄土地。黄土地上已有整齐的嫩绿庄稼, 非常悦目。

下火车后, 本想坐地铁, 但人特别多, 只好倒公交回到寝室。躺了半个多小时, 把自行车打上气, 去德胜门附近将胶卷送去冲洗。照片出来后, 即和书一起给你寄去, 估计你周五或周六能收到。

然后回来把走之前留下的裤子和衬衣洗了, 用了半个小时左右。这时候才三点, 想起《镜与灯》, 就骑车去北太平庄的北师大书店, 那没有, 附近的科艺书店也没有, 跑到新街口新华书店买到了, 顺便在对面的中国书店买了一本桂青山的《现代小说创作学》和《大家》创刊号。

食堂晚上不卖白菜了, 卖的是炒豆芽, 要 1.5 元一份, 真黑。

这一星期我在岗上过得实实在在, 没有一点忧愁烦恼, 可惜一回来心情就不由不沉重。工作无着落, 真令人心烦。

林，你现在是在 706 呢，还是在图书馆呢？706 真冷。学习不要压力太大，只要天天过得充实，有收获就很好，不要被别人那些虚假的"繁荣"吓着，名词术语堆砌起来的东西可能隐藏着更大的浅薄和取巧。多读好书，别把时间花在《最后一个匈奴》之类上（这类书翻翻了解下即可）。要吃好、穿好、睡好，有满意的衣服就买，漂漂亮亮的，自己也舒服。

陈

1994 年 4 月 3 日

亲爱的林：

这儿的天气真热，眼见别人都已经换上单衣了，我还是冬天的一身，走几步就出汗。今天 22 摄氏度。

中午去取照片，店里的中年妇女直夸小姑娘长得好看，还问白桦林在哪儿？因为多了三张，又管我要了 1.8 元。看照片，我的感觉是你的蓝衣服太单调了，应该多换几种颜色的。张爱玲的《红玫瑰白玫瑰》借给同事没要回来，我只得随便抽了本小说和《镜与灯》放在一起，在办公室用牛皮纸包好了，写上地址，满头大汗地去旁边的邮局。我说挂号，那个男营业员称了称，问当信寄吗？我也不明白什么意思，就说是。于是男营业员告诉我 8.5 元，我把钱递过去，纳闷怎么这么贵？也没好意思问。男营业员给了我四张 2 元的、一张 0.5 元的邮票，我匆匆忙忙地在旁边封口捆绳，并把照片放进去，结果男营业员问我是不是往里面塞东西啦？我说是照片，男营业员说 9.5 元。我生气了，说不寄了，正好我还嫌贵呢！把包拿出来，将牛皮纸撕了，邮票粘住了，幸好粘在一起。于是拿着两本书骑车去北太平庄邮局。路上，才想明白，为什么有次给你寄信看见有人寄东西，邮票是 8 元多，他说要一毛钱一张的。像出现我这种情况，邮票还可以分开用的，而要都是 1 元的就浪费了，也算长了个心眼吧。在北太平庄邮局，0.5 元的牛皮纸（营业员给打好包装的）、0.7 元邮费，我又买了张 0.2 元的，和刚才 0.5 元的正好一对，这样把书寄走了。相片寄的挂号，1.3 元，我撕了张 2 元的贴上（浪费了 0.7元），你如果仔细看会发现邮票的古怪。现在还剩三张 2 元的，也不知道有没有机会用掉。办完了，总算出了口气。你看，我急得连信都没写，就先寄东西，明天寄信，如果一起寄，你又得多等一天了。

今天中午，单位图书馆处理图书，我买了本《太阳照样升起》，在学校读过的，这个是自己留着看的，是 1984 年版的，才 1 元多点，还买了两本：周密的《武林旧事》0.4 元，朱东润的《杜甫评述》0.8 元，想想当时的书真是便宜。

林，你要专心学习，照顾好自己，多去图书馆，好书是需要碰的。还有，我猜在你看了 30 多张相同的蓝衣服照片之后，是不是觉得蓝衣服样式老且旧了呢？

（刚才得知，非标准信封可以使用到 9 月 1 日，最迟可到年底，但邮局不能再卖了，现在标准信封要 0.15 元一个，这封信就是。不知道你那儿有没有从前的信封，如果没有，可以的话，尽快去商店多买些非标准的。邮局这是在变相提价呀。）

陈
1994 年 4 月 4 日

林：

你要安安静静地读书，好好地吃饭，胖胖的林比瘦瘦的林好看。屋里还是那么冷吗？一定要注意身体，好在气温逐渐上升。北京这儿今天是 24 摄氏度，明天 26 摄氏度，就像没有春天一下子到了夏天似的。

陈
1994 年 4 月 5 日

林：

昨天买了本叶朗的《小说美学》，下午找出《色戒》，去邮局寄出。这次是平寄，没有收据，希望你能尽快收到这些书（一共四本）和一沓照片。

我现在在看《小说创造学》和《几度夕阳红》，累得眼睛疼。你是否开始看《基督山伯爵》啦？这些书看完应收好，都有保存价值。

陈
1994 年 4 月 6 日

亲爱的林：

今天收到了你的信，估计你这两天也就能收到我的书和照片了。这儿的天气有所下降，14 摄氏度到 18 摄氏度，现在才有点春天的样子了。

上午问单位里花房里的师傅，单位种的几种花的名字，有白兰、紫兰、迎春和桃花、杏花，其中白兰最好看，亭亭玉立，花瓣大且舒展，洁白如雪；其次是桃花，特别鲜艳，红得美极了；再次是紫兰，白中带紫；最后是迎春，远看还挺热闹，近看却感觉无甚特色，黄得没味道。现在这里的树和草都绿了。

林，你那双高跟鞋还没把跟修上吧？别对付，让脚受罪，赶紧找个时间修好。不要费心给我打电话，既花钱又不一定找得到，如果我工作安定下来，有直拨电话的话，我们联系就方便了。

陈
1994 年 4 月 7 日

亲爱的林：

今天收到你的信，知道你只收到了相片，还没收到书，邮局真慢。

过生日送人情是不可避免的，但意思到了就行，钱的多少并不说明问题，你也不用攀比什么规格，对吗？

多买些好吃的，只要你好好的，我就放心了。可惜你怎么感冒了呢？幸好我走了，否则你又该说是让我折腾的了。在一起的时候，忘了问你牙的事，没想到一直没好，怎么办呢？牙可是大事啊，既然医院对付，这样吧，你每天早晚睡觉或起床前叩齿 108 下，没事的时候也经常做做叩齿，坚持下来，可能会有些效果，还要记住以后少吃糖一类的东西、多刷牙、保持口腔卫生。

没想到你们那里又冷下来，这儿街上穿单衣、丝袜的有的是，我还是冬天那一身呢，懒得换。

如果写信分散精力，那就随便好了，但记得以后最好不要超过五页纸，免得超重。

20 个信封足够了，到九月可能就作废了呢。而且我上次去寄信时，又发现新印的标准信封是 5 分钱的，0.15 元的可能是备用的。

衣服买来就是为了穿的，亲爱的，别舍不得。

我要你亲我，还要别的……

陈
1994 年 4 月 14 日

亲爱的林：

　　春城平地冒出九万闲散人员（下岗职工），治安实在令我担心。亲爱的，你在那里千万不可轻举妄动，出校门时应至少四人以上，当然不出最佳。图书馆到宿舍有一段夜路很不安全，你们想的法子千奇百怪，但很可能到出事时就会忘得一干二净。宿舍里六楼不是有个小教室吗？晚上可以去那里，如果宿舍实在冷的话。不论在校内外，千万不要单独行走，切记切记！只恨我不能在你旁边陪你。

　　无情节小说是现代小说的一种类别，但绝对不会是小说发展的方向。小说的目的是什么？情节只是小说表达所需要的手段而已。有无情节应该由作品内容及作者所要表达的思想、观念等而定。

　　文学理论不是术语堆砌的理论。懂与不懂的界限，虽然很难分清，但有无内容是很容易看出来的。不要轻信人言，不要迷信专家、学者之流。《镜与灯》可能有些价值，取舍在于自己。看不懂的时候有两种方法：一是放一放，过段时间再看；二是跳过这部分，先看后面的，再回头看，也许就懂了。其实，这类理论性书籍有的只是很简单的一个道理，作者为了故作高深，用深奥的语言加了个学术面目，不必为一时读不懂而佩服某人。

　　而且，读一本书的时候（理论性、知识性、学术性的），不一定都按部就班从前向后读，先读序跋，至于内容，可以先从目录上挑自己需要的、有兴趣的看，然后再找出与这些篇目相关的章节去读，这样可能收效更大一些。个人读书习惯不同，各有方法，只选合适自己的即可。

　　宝贝儿，想到你光光的身子，太阳就烫起来了，只好自己解决，每星期大约两次吧，弄得手黏糊糊的。亲爱的，你真性感，但因为你开始总是推推托托的，这会令我逐渐冷淡的。

你的陈
1994 年 4 月 18 日

亲爱的林：

　　记得我在春城时和你说过的北京春季人才交流会吧，已经过了一个多月了，前天上午接到一个电话，让我去面试，我想了半天，也不知是哪家，当时我填了三家的表格。下午应约过去，大致情况如下。

　　隶属中国大百科全书出版社，但被私人承包，有单身房可以安排，工作基本是在全国各地采编（文字、摄影），工资按创收的8%分，有没有基本工资没问。现在的任务是收集整理全国各地的厨具、洁具等情况，现有的活可以干到明年二月，二月以后无法确定。公司实行聘任制，解聘即等于失业，试用期一个月，培训十天，发摄影器材。试用期间，风险担保金5000元（存折或国库券，不要现金）或找担保人也可以。

我初步答应4月25日过去试试，打算找个同事做担保。如果合适的话，就在那儿做一阵子，那里不要档案、户口，福利和国营单位的种种保障是没有的。这件事不打算和家里说，待试用期过了，做出决定再和他们讲。

三月、四月的工资还没有取，今天早晨向中心主任请假，说六月之前换单位，五月想自己出去找一下，可不可以不签到？他答应得很痛快。我的性格有时候很软弱，但有时候也很武断，没决定之前顾虑极多，决定了就不会再牵三扯四，如果我觉得这份工作还可以，那么我不会在意那里的其他条件。

你的信真是越来越少，看来你的学习一定是越抓越紧，你这种做法，我从前不会容忍，现在随你的便，这是不是就是你所谓的成熟？

陈
1994年4月21日

亲爱的林：

前天刚给你寄出五本书，就收到了你列有书名清单的信，今天下午去单位签完到，我回来找出几本你要的书。听着外面有闷雷声，天气却是晴晴朗朗的，就匆忙推车出去，结果路上就落下了许许多多雨点，十分钟左右赶到邮局。先寄信，再排队打电报、寄书，忙得手忙脚乱。结果把两张2元邮票好像给夹进书里了，没奈何又买了2.7元邮票。出来时，天已放晴，车座子还有雨水的痕迹。

昨天上午，接到岗上部队大院一个电话，说有一家行业报纸可能要人，介绍人认识那的一个总编辑，让我联系一下。这样又突然把我的计划打乱。今天上午我和介绍人通了一次电话，他说有时间找我谈一谈。想一想，只好把百科全书的事推掉，只当作一个插曲罢了。但这次能否成功谁也说不准，如若不成，我就又办了一件错事。

林，五一不要乱跑，外出一定要结伴而行。现在你手头上的书，估计足够看到放假前了。你怎么会知道《白比姆黑耳朵》的？小说固然不错，我还没看完呢，你要看，我当然马上给你寄去。这个《白比姆黑耳朵》属于内部发行，版本较为珍贵，望好好保留。

陈

1994 年 4 月 24 日

林：

今天收到你的信，书已寄出，电报想必也收到了吧？

在学习上，不要总对自己担心，坚持总是有用的，但这不是立竿见影的事儿。傻蛋儿，你怎么会把自己锁外面？还要借衣服下去，那个看门的女师傅，你要和她搞好关系，否则我去找你可能就要多费口舌了。

陈

1994 年 4 月 26 日

林：

今天已是 5 月 3 日。三天假，什么也没做，书也没读，街也没上，2 日下了一天雨。在屋里除了睡觉，就是下棋和打牌，不知从什么时候起，我也沾染上了这些无聊习惯。昨晚四个人打"拱猪"到十二点，我净输，心里不好受却摆着笑脸，显得自己无所谓。那时就想，如果你在身边多好，两个人安安静静地玩，虽然没有这份热闹，但那种舒服的情绪是最令我留恋的。我特意学会了两种两个人玩的牌，变色龙和关牌，什么时候我们可以在一个屋子内，在一盏灯下，一张床前，静静地度过呢。这时真想你。

你过得好吗？盼信。

陈

1994 年 5 月 3 日

林：

真不容易收到你的信。

书寄了两次，希望回信写明是否都收到。

如果可能，可以将你在五一拍的玉照寄来，也让我见识一下。

你何必再美其名曰"丰厚"，如果你嫌麻烦，大可一封信也不写。

书不是给别人看的，也不是供你炫耀的，你如果没有时间读，希望寄回来，邮费并不贵。

心情本来不好，如果又有什么使你感到刺耳的话，那也没办法。

我不是个会玩儿、会说、会令人开心的人，而且我的心肠很小，我也不打算改掉这些缺点，希望你明白。

从前我并没有做过什么对不起你的事，何必现在每每自责，给人给己的印象是对你很刻薄，使你更相信自己做出了多么大牺牲。想想大学的那几年吧，到底一直是谁在包容谁？谁在鼓励谁？

看了你这封信，如果可以的话，我愿意收回上封信（5月3日吧）所说的话。我愿意为我喜欢的女孩儿做任何事，同样，我不会为我不喜欢的女孩儿做任何事。

如果你是这样"牵三挂四地惦记我"，我真开了眼界。

陈

1994年5月6日

林：

真高兴在经过了一个多星期以后，能收到你的信，而且得知你五一虽然"牵三挂四地惦记我"的同时，依然玩得"很好很充实"，我也感到了极大的快乐。如果这样天天有人陪着你玩儿，我没有使你满意的"作为一个青春少女美丽过"，是不是就能够补偿了？

你现在一方面是"寂寞得无聊"，一方面是给我写信"分散精力"，真是太难为你了。其实没什么关系，写不写是你自己的事。即使你不想写了，不要告诉我原因，不写就是。这学期至今你给我写了九封信，真辛苦你了。

陈

1994年5月8日

林：

我非常高兴地收到了你的第二封信，也非常感谢你给了我一个机会，使我能非常荣幸地告诉你，你使我遇到了自从我学会写信、寄信、收信以来从没遇见的事：你的这封信没封口，一点不假，信口连一点粘连的痕迹都没有。我不知道此信经过几人之手，只希望这事不要再发生，你的心思哪里去了？如果实在忙，又不好意思不写信，建议寄张明信片即可。这件事使我感到非常非常地不能理解。

只要你高兴，随便做你认为对的事情，不必解释。你的原因左右不了我，对一件事每个人都有自己的看法和解释，只要你知道我爱着你就行了。

陈
1994 年 5 月 9 日

林：

虽然收到的这封信的内容令人不太愉快，但这是一个多月来，第一次有这样难得地连续两天都能收到你的信，我希望这不是回光返照。

我很愿意用自己的力量使你高兴，从前那样对你，我已经做了自己能做的，但结果却使你感到"自己不曾美丽过"，这句话让我伤心和感到刺耳。我不会比从前做得更好。如果你认为，只有和其他男的在一起你才开心，这真令我难堪而且不能容忍。

你"仿佛又看到我那种冷酷的样子"，你"问心无愧，心无杂念，坦率对人"，你当然得"正常生活"，你"爱玩儿热闹唱歌跳舞聊天"，可以说是个"俗人"。我不想对你说什么，如果没有这些你就"美丽"不起来，那么你好自为之。

林，你不必用言语反诘我，你所说所做的都是对的。只是，我不喜欢。没有别的什么，就因为你爱我，我爱你，所以必须有些东西，是相爱的两个人为了对方而不能做的。

欢乐是自己的事，欢乐的方式有许多种，你难道一定要从异性的交往中才能获得吗？

30 多岁的人在异性面前表现得像小孩子，让我为他的伪装感到可笑；一个喝多了的男人去找不太熟悉的女孩子跳舞，更令我鄙视，你不觉得这是没教养的表现和对女孩子的不尊重吗？这就是你现在交往的那些人吗？

有个问题我必须澄清。世界在你的眼中是不是很灰，我不知道，我只希望你不要把这种观点强加给我。好人有时能做坏事，正像坏人有时候能做好事一样，人在本质上都是好的，这是社会向前发展的基本动力。

你当然不会计我的信数，所以以后你来一封信我回一封信，这样当你想知道信有多少的时候，问我就行了。

这封信你没落款，我只好向你学习。

1994 年 5 月 17 日

林：

收到你的回信。没什么事儿就不要打电话了，你五一的照片怎么没寄过来？

家教的事，如果嫌路远报酬又低，推掉算了，老太太是从她的角度考虑的，你不是老太太。

单位的食堂还是那样，晚上一成不变的是白菜。当然没自己做菜，不过有时自己拌拌黄瓜、西红柿，你以后来了，这两样东西就不用你动手了。

家教教完了，别四处瞎逛，赶快回学校。

工作的事还没定，有结果会告诉你的。以前晚上都去办公室看书，现在已经连着好几个晚上，四个人在一起打牌，一打就是十一二点，我不感兴趣，又总是输，忒没意思。

文学方面的你们学过或课堂上留下来的作业题目，可否来信告诉我。

陈
1994 年 5 月 26 日

林：

听说你病了，怎么搞的？又赶上例假，真够你受的。多保重身体，身体可是轻视不得的事。

星期天中午我在宿舍，从十二点到十四点半，晚上传达室老师傅告诉我有春城的电话，那时候我可能是去打饭了，估计是十二点一刻到十二点半之间，没想到就出了差错。

书可能是我寄多了，少寄一点，可能你就没有了"疲"的感觉。而且我问了几次，《大家》和《白比姆黑耳朵》你收到没有，怎么一直没回信？就像让你寄相片一样，悄无声息。

这个月我又买了近 80 元的书，那本《新诗鉴赏辞典》还是花 20 元买下的。

不要拒绝长大，花开花谢是自然现象。总以为自己已经很老、很吃亏，也该是一种灰色心理。花容月貌不能长久，长久的是一颗心灵。心情愉快些好不好？那样你会更好看的。

我这里的生活每天还是老样子，所幸没得过什么病，虽然还是那样瘦，身体还可以。

不知怎么的，从五月以来，再没有心情像从前那样天天给你写信。不要怪我，我会做好一切的。

陈

1994 年 5 月 30 日

亲爱的林：

昨天上午去邮局，本想给你寄张明信片，但没有找到合适的，就发了份电报，用的是节日封，地址写的是宿舍。

有时候你使我很没趣儿。像我上封信说的，那个穿碎花裙的女孩儿差不多是我心里最美的形象；而北戴河的那个你，虽然有我不对的因素在内，但我还是相信，那不是真实的你。你毫不在意地将两个极美极丑的形象放在一起，想说明什么呢？想说明你一贯是如此美丽，而我只是因自己一时情绪给你下判断吗？

你也许写的时候很漫不经心，但我的情绪被你破坏了，这两个形象的反差，就像你第一次那样主动地举起腿让我看你，和后来几次把我推下去，或用种种借口不给我一样对比鲜明。前者是纯洁，美丽和热情的，后者我说不清，但总令我灰心和疑问，这不是你说的种种借口所能解释的。

林，给我以前的你好吗？我不知道你现在车子骑得怎么样，我想，如果可能，我让你和我一起骑车去更远的地方，你会拒绝我吗？

爱你的陈

1994 年 6 月 1 日

林：

先抄一段书。

"有几次，我吻过她的脖子上留下了淤血痕迹，整得她给脖子上围了一条毛巾遮掩过去。她并不责怪我吻得太狠，照样把脸颊脖颈和我偎贴在一起。"——陈忠实《蓝袍先生》

信和相片今天收到，相片寄回，你自己留着吧。你学的什么，我不想知道，你也不用给我解释比较文学的概念问题，只要把留的作业写下即可。

前些日子买了本《小说叙事学》（徐岱），不知你说的是不是这个？如需要，下次给你寄去。

六一的电报不知你收到没有？昨天中午没吃饭，在办公室等你的电话，也没有，以后就不要打了，你着急，我也着急，何苦来哉？

上周日一点多，我正在寝室里睡觉。传达室的师傅对你说到我门口喊了一声，没人，如果连你都听到他的喊声，说明他没动地方。你明白吗？

信写的字数少，和从前相比，已经说明了些什么。你又劝我不写，不知什么意思？

既然你已经买了鞋，以后什么事你都自己看着办吧，你是个很有主见的人，不用再问我的意见了。

陈
1994 年 6 月 6 日

林：

今天温度是 34 摄氏度，很热。

虽然我不太赞成你往家里带钱的做法，但显然你是对的，你随便吧。你还没工作呢，此举未必佳。

12 日我去劳动人民文化宫书市，买了本《外国诗歌鉴赏辞典》和《艾略特文集》，然后在前门商业一条街逛了两个多小时，买了条短裤和衬衫。回来一试才发现，短裤小了，当时我只顾腰围了；衬衫又太肥大，都不合适，真没有办法。

你在信里写了考研的那些日子，这是你第一次回忆过去吧。我没怎么感到那是些灰色的日子。大年三十的夜里，你可怜巴巴地不让我进入的情景，倒让我记得清清楚楚——那是我们在一起过的第一个春节吧。

你的信封换了标准信封，从前的信封用完了吗？选小说也不错，自己努力吧，争取提前毕业。

多吃、多睡、多看书。

陈
1994 年 6 月 15 日

第十一章

1994 年 7 月 4 日—12 月 30 日

陈:

　　这么长时间没收到我的信,一定很着急吧,还有一门政治没有考,但是是开卷,所以目前基本上没有事儿,看看笔记、教材即可。

　　上次你打电话来,让我早点去北京,我没有答应,也没有说原因,在电话里也说不明白。不知为什么,一想到我们俩人要见面了,我并不是非常激动和渴望,却有种不太情愿的感觉。我想我们俩应该好好考虑一下我们之间的事儿了。

　　从谈恋爱至今,已有三四年的工夫,其中的波折也够多的。记得你写信时曾说,从前的我如何如何好,如今的又是怎样不好,两组形容词是完全相反的。其中,有"冷漠"和"假惺惺"。怎么说呢? 你向来是敏感的,尤其你我又是男女朋友,一丝一毫的勉强也来不得,所以你的感觉不能说不对,我一直是极力维护我们之间的感情的,一度非常痛苦地让自己承受一切,只希望你依然爱我。

　　我从未提出过分手两字,也害怕听到这两个字。然而,你真真假假地提出分手的次数,让我都记不清了。每一次都让我痛不欲生,心都破碎了,即使我极力去弥补,我们重归于好,可是伤痕毕竟留下了,而且也是一种不能去回忆、触摸的伤痕。

　　四月初你走了,我也以为彼此会给我们之间带来转机,可以弥补我们之间的所有过节,可是似乎并没有那么大的作用。我们之间的感情,仍在无可挽回地冷淡下去,我发现自己心中爱情的烈火已经不知何时暗淡下去,再也不能像当初那样焚烧自己,不顾一切地去爱了。

　　可是,陈,不是我责备你,但我想告诉你,熄灭我心中圣洁的爱火的,只有你。我不在乎任何外力,我对你一开始就是忠贞不渝的,准备将一生都交付给你，因此，爱得十分投入，忘记了一切。然而，你对我的误解、苛刻、疑虑不断，认识不到三个月，我就为争取在你面前的公平而哭了一场。也许是因为最先是我对你表示好感的，所以你一直是高高地处于主动地位审视我的言行，常常以令人发寒的言辞指责我。

记不清我们之间有多少次不愉快，每一次都过去了再和好，可是冷漠一点点地在吞噬着我对你的情感。直到最后，在考研前的11月，你提出分开，我的心竟能不再疼，只有麻木和一掠而过的苦涩。因为经历过许多次揪心的痛处，所以自己真的不再感到别的什么了。

后来考研你陪着我，你履行你的诺言，而且待我比以前好得多，直到寒假不回家也陪着我，我不知是你还爱我，还是为了减轻内心的歉疚。直到现在，我们仍是恋人，是朋友，你依然想着我，爱着我，对我越来越好，说不再惹我生气，我多希望你从一开始就这样，从来就这样啊。

我一直不敢正视自己，不敢解剖自己对你的情感。可是一年过去了，我知道自己不能再这样骗自己了，情感的事真的不能勉强，一点也不能。我依旧尊重你，就如同当年一样，尊重的因素仍大于爱，正因为这种尊重感，使我们不像真正相爱的人那样和谐。我常有种屈辱感，那是你有意无意地给我的，我不能否认，如今的你已懂得尊重我的人格，让我高兴，可是我真的已经没有热情了。

我一再让你放弃，可你不肯，为什么要努力去寻找从前的那个林呢？

从前的那个林属于从前，现在她已经历经沧桑之后，不再有如火的热情和如雪的清纯，她也被"情"字锤炼得老成而冷漠，麻木而无奈。陈，我至今仍认为我只是为爱情而生活的女人，高官厚禄、奢华富足的日子不是我所能消受得起的，我无意去攀什么高枝，从来就没有这种想法。不要以为我是为了那些而爱你的，只有在和你谈上朋友后，我才了解到你的家庭，给我的不是欣喜，而是畏惧。别的不说了，只有爱是我的一切。但我发现自己不再有那么疯狂的爱了的时候，如此懦弱而珍惜感情的我，也不得不强迫自己鼓起勇气对你说，这样下去无济于事，你再做一次寻找吧。

如果你去爱一个女孩儿，一定记住，不要用语言去伤她的心，因为她那颗心对你是不设防的，因此，太容易受伤，语言比得上任何可怕的武器，但是足以毁掉最美的东西。你说过若再爱一个人，一定会"小心翼翼地对她"。对极了，那才叫爱，可惜只有在与我谈恋爱之后，你才懂得这一点。我一想起来就想流泪，我相信你会使另一个女孩儿幸福。

你给我的很多东西，我会一件件整理好归还给你，你不要恨我，我不忍心伤害任何一个人，对你我更不忍，只请你千万不要为我伤心或遭受精神上的打击，我与你不再是恋人，但仍是好朋友、老同学。我喜欢你寄来的那些书，它们都是最宝贵的财富，请允许我看完它们，可以吗？如果我仍在学业上有求于你，你能帮帮我吗？

考完试就回家，我不在北京停留，你有足够的时间接受我这封信。

此致，祝一切都好！

林

1994 年 7 月 4 日

林：

我的印象，历年的高考都会下雨。这一阵，北京一直高温酷热，7 日一场大雨，断断续续，下个没完，今早还有小雨。取了你的信回来，我在单位门口找了棵大树，站着读了一遍，然后回宿舍躺了一下午。晚上一个人来到空荡荡的办公室里，把抽屉里的信整理了一遍，这是你的第五十五封信。

我已经没了感觉，这次带给我的伤心和失望，远没有年初放假你过而不停带来的大，现在我已经足够冷静了。

从前的事我不后悔，即使它们如此强烈地"伤害"了你。人不是一下子就明白很多事情的，这不是一个请求原谅的事情。

我对你还恨不起来，从来没有存心让你感到"屈辱"，只能说是我的感觉太迟钝了。你居然跟我在一起"屈辱"了三年——为什么在大学你不止一次有机会脱离这种"屈辱"（我不止一次提出过吧），却哭着喊着不放手，你能给我一个解释吗？分手我不怪你，但以这种借口，是你在侮辱我们这段感情，还是在侮辱我呢？

人，最怕的是对不起自己的良心。你我交往三四年，我在感情上没有一丝一毫对不起你的地方。所谓我的"愧疚"，是你强加于我的；所谓你的"屈辱"，是你自己的想象和杜撰出来的。但付出的感情不会消失，有些东西是永远不会被替代的。我 30 岁以前不结婚，为从前的你，也为我自己。

以前送你的东西，你不要再清理了，真的没必要。付出的感情，可能没人珍惜，但已收不回来。东西也是这样，送出去的就不再是自己的。再说，还来还去也是件无聊的事。

如果你不再需要，那些信要还给我，你还要的话，我就复印一份留存。你的信和我的信，现在是我最珍贵的财富，它们会永远陪伴我。

突然想起初恋的时候，你说如果遇到坏人怎么办？我笑嘻嘻地说，把你往前一推我转身就跑，其实我想郑重地告诉你，当时我心里想的是，为了你，我愿意付出自己的生命。

愿你开心。

陈

1994 年 7 月 8 日

陈错日记：

凌晨，被隔壁看球的叫声惊醒，泪水已挂在眼角，索性起来写几句话。

曾经的往事让我失掉你，你告诉我言语的锋利，熄灭你心中爱火，对此我只能沉默，任何解释都令我厌恶。

情深不去，缘尽勿留。你我皆世间浊物，今后唯努力餐饭而已。

三天三件事①，祸也单行。白雪开始的，微雨结束。东西如感情，不可回收。咫尺千里，情留尺素，望彼归还，与我相顾。

1994 年 7 月 10 日凌晨

邓林：②

一、你既然提出结束，既然你的所谓爱之火已经熄灭，对你我无他求，请寄还我从前的信件及有关字迹的一切东西，它们对你已经不重要，对我是一段生命的记录，我绝对不会让我的情感，放在一个对我已经没有感情的人手里。

二、如此结束，反复自问，我可以问心无愧地正视你，说我对得起你。以后的路，只好各道珍重。

人的成长，总要付出代价。相同的错误，不会重新发生。仍相信真情不会离去，也相信了真情可以改变。

三、寄回请使用挂号，希望你尊重我的感情。我不希望这些信件有任何遗失。

---

① 收到分手信的那天，陈错的自行车丢了，第二天生病，请假在宿舍休息。
② 此为陈错催要以往信件的信。

四、同学之情薄如纸，我无同学。

陈错

1994 年 8 月 2 日

静坐①

星期天
从早上到中午
我坐在空荡荡的办公室里
纱窗中透出的冷冷寒气使我清醒
远处打夯的声音和毫无生气的房间
有我静坐

每个夜晚
我也是这样度过
不可重回的时间悄悄流淌
我心急如焚又无可奈何
面前摆放着洁白的信笺
我呆呆望着它却无法写下什么

从前
亲爱的她每天都给我写信
这些信给我压抑的生活带来很多快乐
从前
每天我都要对她诉说我的思念和生活
洁白的信纸成了我避难的场所
经过一千多个日日夜夜的沉淀
我以为这份感情已经牢不可破

---

① 选自陈错日记。

从小就向往着北京的博大和巍峨
毕业后才发现这里的冷漠和烦琐
我在拥挤的人群中迈不开脚步
巨大的城市让我茫然不知所措

这时她在东北的一所大学里读书
这时她的两个姐姐都已先后出嫁
这时她抱怨自己从来没有美丽过
这时她想为自己寻找一个安稳的窝

这时我开始知道了生活是这样辛苦
这时我才明白爱情会受到很多约束
这时她不再给我写信
这时我懂得了真情付出
是在用自己的未来做赌注
这时我拥有了一个又一个寂寞的黄昏
这时我品味着一个又一个漫长的夜晚
这时我静坐在办公桌旁
这时我的心中一片荒凉

这时 阳光照在我脸上
这时 我脸上没有阳光

1994 年 8 月 20 日

邓林:①

偶尔会想起我吗？我是你曾经最爱的陈。

你不会知道九月我们分手的那个夜晚②，我在你宿舍楼前那排蓖麻树下，又独自站了多久。当时你说"十点半了"，我让你走，自己也走了。转个弯

---

① 此信未寄出。

② 9 月 1 日至 5 日，陈错去北方大学取信，这是两个人最后一次见面，陈错住在学校的培训中心，一个床位每天 8 元。

儿，看你上楼，我又回到了那棵叶子肥大的蓖麻树下。仰望着宿舍楼的一扇扇窗户，我找不到哪扇是你的窗户。有一两个小时，我不知道是怀着什么样的心情，注视着心中认定的那扇窗户——但这已与你无关。我尊重这段感情，我久久不愿告别的是曾经深爱着的这段感情，我只想给自己一个交代，用自己的方式给它画上句号。

记得我在收拾信件的时候，眼泪抑制不住地流下来，静静地哭了很长时间，你坐在旁边，一声不吭，就那么冷冷地看着；有次过街，我不知所谓地习惯性地牵你的手，你一把甩开，说"我自己会走"；在蓖麻树下，两个人相对无话，我站着、你蹲着，我蹲下、你马上站起来；分手时我们在车站喝水，我说，"这样的机会越来越少了"，你立刻说："以后我和你断绝一切来往！"

你的所作所为已经不是不爱我，简直是恨我了。这个结果是我最不愿意看到的。虽然这和我往常的经历没什么不同，我的朋友——如果我曾经有过朋友的话，和我闹翻以后的关系，往往比和普通同学的关系更差。但你我是相处了三四年的恋人，仍以这种结局结束，真是讽刺。

没有谁对得起对不起谁的问题，我真心待你，如果你我从头走过，我不会做得更好。当你在最后一封信说，你当初只是"崇拜我"，我只觉得好笑。我想，即使你有了新目标和新感情，也没必要糟蹋甚至否定曾经的感情和付出吧。

你不是为了我着想，跟我分担忧愁、痛苦的人，在你心中你自己是最重要的，而后来你对我的轻视的态度和语气随处可见，更让我感受到你的本性和现实。7月，随随便便寄过来的信是有关自己终身大事的，你就不担心它丢了吗？

我无意再说你，你已不再爱我。我想，你若因我不愿娶你而放弃我，我实在无话可说，而且心怀愧疚。但一两个月间态度突变，其中发生了什么，只有你自己知道。"爱情之火熄灭"云云，不过是说辞。我不会再爱上你这种女子，我为从前的你而挂念着现在的你。

还是九月，有一次在你寝室，你头发好像有什么东西，我想伸手去拿掉，你居然尖叫起来。事后，我想，这一定是你早就想好的，如果我有什么对你"非礼"的举动，你不惜大喊大叫来"保护"自己，对不对？你可真聪明。可惜你把我看得太低了，相貌和身材从来不是你吸引我的地方，而对没有感情的亲热，我还不熟悉。那次我对你一点心情都没有，我的纠缠是对我爱的人的。

当我在大学因为刘某人事件，第一次向你提出不想保持这段关系时，你痛哭的情景如在眼前。从此，我不敢或不忍心在你面前再提相同的话题。北戴河是你让我感到更加被孤立，甚至是被所爱的人轻视的感觉，暑假里我把它写在信中，但迟迟没有给你寄出的勇气，我怕伤害你、怕你再哭着说："你让我怎么办我就怎么办"。我不知道怎么办，我只是需要一个关心我、体贴我的人，而当我知道你不是这样的人时，我们已经有了很深的感情。我舍不得放弃它，又不知道解决的办法，就小心地保持着现状；而你，至少在当时，无论在精神上还是物质上，都离不开我的支持，这就是你考研前后（包括那个寒假）我陪着你的真实状态。

所以，在大学毕业分离的那个时刻，我是背着你大哭着离开的；而你，在我离开的当天写的信里（称呼我全名），"吃了上午剩的饭菜，很没味道""心情非常平静"，这里已经没有丝毫的感情色彩了。而仅仅 1 年后的今天，你把我的善良说成"懦弱"，你把我的陪伴说成"屈辱"，你还真敢信口雌黄。

说什么"读书越多人越坏"，你二姐没文化，你也没文化吗？不说远的，只说你我。是读书让你脱离了那个偏僻的国企，让你脱离了你长辈的平庸的生活环境，让你有了更好的选择，你现在不会连这个也敢否认吧？而读书让我认识了世界的美好，让我开阔了视野，让我不汲汲于富贵、不苟且于眼前，让我相信爱情的甜蜜和友情的忠诚，而现实的人和事只让我敬而远之。

我从前的预感并没错。北戴河你使我感到更加孤立，现在是我走上社会后最迷茫无助的时候，你选择了跟我分手。两次时机把握得真好！这就是我一直犹豫着不敢娶你的原因，却不幸你都做到了。果然是最爱的人才是伤你最深的人。说什么"言语的伤害最厉害"，言语的伤害再厉害，也敌不过行为上的伤害。行为是因，言语是果。是我在言语上先伤了你，还是你在行为上先伤了我？

1993 年末的冬天，你一个人在北方大学的深情、清贫、一针一线编织的情谊和牵肠挂肚的思念，差一点就打动了我，让我心疼，让我有了最初我们相识时要一生一世的感觉，所以，我不惜请事假去春城给你过生日。但，见面后两个人相处时，矛盾依然如故，我的努力终究是破碎了。

我已经记不清写这封信的动机了。我总是很想你、惦记你，现在对别的女孩儿我有种本能的厌恶感，也许过段时间会好些。你对我已绝情，我又何必总把自己沉溺在过去的感情中解脱不出来。这封信如果有机会见面，我就亲手交给你，如果没有，就让它锁在抽屉里吧。

我已没有勇气给你寄信，这样也许更有利于你现在的生活。

邓林，我会时时想念你的。永远不会忘记那个曾经那么爱我的女孩儿，她曾与我风雨同舟而且毫无怨言——但这已与你无关，那个女孩儿不是现在的你，我对现在的你没有丝毫兴趣。

你曾说过，别人是"谈情说爱"，我俩是"写情读爱"。你我的信件，虽然你像对待我们的感情一样，弃之如垃圾，但我还珍藏着，一切都有迹可循。一切都可以消失，唯有文字不灭——这也是我始终坚持要从事文字工作的原因。

我一直认为你从北戴河回来后，就再没有过全心全意爱我，一直认为从那以后你就在为自己打算。这一次，你仍用那种我辜负了你的语气说："到毕业时我才发现这世界谁都靠不住，就得靠自己"。我只想说，自刘某人事件以后，我们嫌隙已生，我那时有分手的想法，却没有分手的冷酷心肠，你的眼泪让我们和好了。但这根刺扎在我心中，再也没有拔出来。从那以后，我们之间争争吵吵的事的发生开始频繁起来，有的是小事，有的是大事，你对我的态度明显变了。而那时，我多少次真心实意地把问题提出来，希望我们共同解决、共同面对，而你也多少次真心实意地避而不谈或总是转移话题。也许，从那时起，你就已意识到，这些问题因两个人的性格原因是无法解决的，所以总是回避，而我，却还在徒劳地寻求解决之道。

从那以后，我可以感觉到你对我的保留和不信任，让我不敢为你有与家庭破釜沉舟的勇气。我现在有时候想想，虽然毕业时我处于任人宰割的地步，就工作问题和家里也没什么沟通，但他们能把我办进北京，如果我坚持留在春城找一家报社，那不是更容易的事嘛。但我当时没有这样做，甚至连想都没这样想过，而且，这种事你也从来没找我谈过。我还记得很清楚的一件事是，拍毕业照那天上午，我躲出去了，回来后才得知你也没去，但我们之前却没有丝毫沟通。当时已经隔阂得这么深了，我们的感情只是依靠惯性在维持，那时你的心已不在我这里——虽然是我陪着你考的研究生，而你也声称是为我考的研究生。

今年年初你在北京过而不停，已使我死心。而开学后你信里多次出现的"寂寞、无聊、没有美丽过"等字眼，让我不明白是什么使你在短短一两个月之后，情感就发生了这样明显的变化。三月底，收到你首次要我"放弃你"的信后，以为一切就此结束了。我去北方大学找你，本就是要取回我的信件、就此了断的，但看见你第一眼的感觉，我就知道了这次分不了手，从前我"屡次"提出分手时的一幕再次发生。我把手伸进你的衣服，你靠过来，抱住了我，问，你干什么来了？我说不出分手的话，就说，怕你丢了，舍不得你。于是，两人貌似和好如初。就这样又维持了三四个月，直到7月你的一封潦潦草草的分手信寄来，一切终于结束了。

林，我后来一直对娶你为妻犹豫不决（我想，这是使你感到"屈辱"的真正原因），这个念头源自刘某人事件，在给你的信中反复提过。而你直到今年还不承认你做错了，还以自己"坦荡对人""有的人会不停地走进走出你的视线"等为自己辩解。我并不清楚你和异性交往的情况，但今年三月我在北方大学的仅仅几天里，就遇到了两次男生喝醉了（一个是你老乡，一个是你所谓的李大哥）上来找你的情况，你觉得这正常吗？我当时非常恼火，恼火的不是他们来找你，而是他们喝醉了来找你，这是把你当作了他们消遣的对象。男生在自己在乎的异性面前，一般不会让其看到自己醉酒的丑态，而他们偏偏借酒遮脸来找你，这是看轻你，还是想耍酒疯占便宜？我不得而知。

你当然是"坦荡对人"的，可他们对你根本没有一点对异性的尊重，这就是你"坦荡对人"的结果。包括刘某人。你不要总心存侥幸，你承担不起这种事的后果的——这种后果如果发生了，哪怕仅仅一次，也足以让一个女孩子身败名裂。我想，一个为人稳重的女孩是不会让这种事情发生的。

我从来没有反对过你和异性的正常交往，但自从知道了你这种没有分寸的、"坦荡对人"的交往异性的方式后，我再也没放心过。记得最开始知道你在火车上认识一个在北京上学的男生的时候，我就反对过，觉得这种认识方式有些"轻浮"，当时你就很不高兴。后来你在牡丹江遇雨灾，碰到了那个在铁路工作的中年男人，侥幸全身而退，你不知道我当时看了你的信后有多后怕。那时我们正处于热恋之中，这些还不至于影响我们的感情。但很快刘某人就来了，当时还是处于你我热恋之中。你口中的我对你的"不信任"出现了，确实是再也没放下来过。这也是你和我的差别：和你相恋以后，我和其他异性没有任何较密切的来往，而你，仅我知道的保持长期"友谊"关系的异性就不止三四个。

没有人能做到一切为了别人，我只要求我的妻子能够"稳重、体贴"：对别人稳重，对自己丈夫体贴——这两点你做不到，林。想想这三四年来，是你为我做得多，还是我为你做得多就知道了。

你在后来的信中，多次对我说的"小心翼翼"表示肯定，认为我"终于成熟了"，但我想你是理解错了，我对此并不以为然。"小心翼翼"的爱情一定是会出毛病的，一段互相伪装、互相迁就的感情注定不能长久，还是以本色相对的好，以免误人误己。

两个孤独的人在人海中会互相吸引，会寻找同类，然而，相处下来，你使我愈加孤独，愈加不快乐。不是你的"力量太小"，是你后来很少用心地对待我。热恋中你对我的好，我永远不会忘记。所以，在我已经知道了我们不合适以后的那些日子，只要你不同意分开，我就狠不下心来放手，总心存一丝侥幸，以为你能回到从前。这就是你信中"我真真假假多次提出分手"的真相。

林，你骨子里的自卑、不自信，是你家庭给你的，是你小时候的经历造成的。你说我对你"从来都是高高在上的"，说和我认识3个月就"哭着向我要公平"，去翻翻从前那些信件吧，亲吻、抚摸、亲密关系等这些感情上的事儿，哪一件不是我等你完全同意了才做的？哪一件不是我们商量着共同完成的？这些一笔一画写下的文字，总比你的感觉或者印象真实吧。

即使你考上了研究生以后，你的自卑、不自信仍在伴随着你，比如你信中常见的"我底子薄、我是外校的、我怕老师不满意我的水平"等等，包括你不敢报名英语六级免试考试等。其实，付出的努力一定会有回报，你的成绩不比任何人差，要相信自己，何必自轻自贱（一个让你敏感的字眼）。但现在你既然已有了甩了我的"勇气"，想必你正变得自信起来。

林，自去年从春城回来，到年底邀你在北京停留无果，这段时间我伤透了心。我知道面对的是新的邓林，并不是我的"林"了。你寒假回家以后的两封来信，口气与以往大不相同，不管你是否忘记了部队大院的地址，从前的你都不会用"随便你愿意不愿意给我地址"这种无所谓的语气对我说话。

我知道自己的脾气不好，在外面不会有人看我脸色行事，忍受我的人只有爱我的人。这个事情我觉得不是用"理"来衡量的，维系它们的是感情，勉强不来。这次去春城，我才知道你的脾气也很大，针尖对麦芒，现在还没成家，成家后还不得天天打架？

如果夫妻两个价值观不同，家庭早晚出毛病，你吃得了苦我放心，我不担心这个，将来即使我混得再不好，生活水平也不会差到为吃穿发愁。大学时你曾说过我好高骛远，毕业一年多了，连自己都感觉到自己的四处碰壁和眼高手低。或许在你眼里，我早已失去了当初吸引你的气质，反倒是个一事无成、愤世嫉俗的形象，对现在的你已经没有任何价值了，所以因自卑而缺乏安全感的你转身离去，在感情上绝不拖泥带水。

其实自从你考上北方大学以后，你对我的感情已是患得患失，阴晴不定，稍有风吹草动，便迅速消磨殆尽，直至化为乌有，竟然没有留下一丝一毫的情谊——这对于身心俱困于情、且无法自拔的我来说，也未尝不是一种解脱。

两个人在一起是为了共同寻找幸福，两个人相爱是因为可以在对方身上找到幸福。奇怪的是，我们的感情从一开始，我就告诉你，"跟着我是要受苦的"，而你也接受了这个看法，说你"生来就是为了受苦的"。你的话很容易理解，处于热恋中的人都愿意为彼此"受苦"——哪怕这是臆想的、无中生有的，这种"受苦"带有一种自我牺牲而且古典的悲壮、崇高的意味。

可我当初为什么要这样定义自己的将来呢？我很差吗，我的家庭条件很差吗？差到大学毕业以后，穷困潦倒到连累自己爱人跟着"受苦"的地步？现在的我找不到当初这样说的原因，只能解释为这是一个青年人的矫情，更多的是一个青年人对自身才能，以及选择的写作道路的怀疑和焦虑的体现，因为我既没有拿得出手的作品，又对各门功课敷衍了事，高不成低不就的，所以这种怀疑和焦虑一直伴随着我。

但这却一语成谶。"受苦"的爱情在热恋以后，大多是不会长久的，你我都没有在这段爱情中找到幸福。

我做事缺少规划，性情好冲动，但自从高中的时候选文科，我就没有想过走赚钱、做官的道路，从小的理想我不会改变。

关于工作，我进京以后曾有三种选择。第一是"下海"去一家省部级商贸公司，这是赚钱的路，我没考虑。第二是给一个民主党派中央副主席做秘书，这个如果我同意的话，去年下半年就能办好手续了，这是从政的路。那位副主席在他的办公室约过我，谈过话后对我的评价是"文质彬彬、不卑不亢"，希望我能去（这是介绍人的原话，对我家里人说的），但我拒绝了。秘书在我当时的印象里，就是拎包跑腿、伺候人的。现在在社会混了一段时间了，才知道自己的想法错了，但当时没有人告诉我或劝过我，这个是我现在想起来还比较后悔的事情。第三是去一家正在筹备的报社，我选的就是它。没想到世事难料，三种选择全部落空。

从小就想对社会多些了解，妄想用文字在历史上留下点痕迹，这条路我会走到底。我天分不够，所幸还肯用功；脾气不好，但从不做亏心事。在这条路上，也许以后被人海淹没，也许生命对我特别吝啬，但我一定要对得起自己，咬牙走到底。

大学生总以为有大把的青春可供挥霍，更有人"半月谈"或者"每周一歌"，所以，大学时期的爱情多是无疾而终。三四年来，眼见周围的人分分合合，心中颇不以为然。因为你我从一开始，至少我是从一开始，就是奔着天长地久去的。从你主动示好，到你主动绝交，我知道，这是你对我的感情的否定，也是对我这个人的全面否定。

从小就孤独，朋友总是不能善始善终，心目中的爱人更是忠贞不渝、朴实无华、相濡以沫、同甘共苦的那种。我性情呆板，言辞艰涩，身体单薄，相貌平常，遇见你便心满意足，一心一意、不做他想。以为可以执子之手，与子偕老。开始便知道你不是那种面目娇美的女孩儿，我所追求者亦非此类，想两个人情投意合，总能将彼此放在心上、互不离弃。可后来的事我们都经历了，我的真情毕竟没有留住你的真心，最终我竟得到了一个你视我如仇人的结局！

林，我不是一个浪漫、幽默和会说甜言蜜语的人，我从没想过要伤害你。从前我爱你，有些做法、言语可能很过分，但那些都是恋人之间的摩擦，不足以伤害我们的感情。记得最初你曾给我写了个纸条："给我时间，让我学会爱与被爱。"少不更事的我呀，当时哪知道这寥寥几个字里，所包含的纯洁少女的多少柔情和真情啊！我心中的妻子就是那个时候的林，找不到她，我永远是一个人。

邓林，真心希望你有一个完美的结果。我既然使你失望，那就为你祝福吧。

情深不去，缘尽勿留。我想，我的爱情虽然结束了，但它不会消失，它只不过是以另一种方式存在着，成为我青春的一部分，成为我人生的一部分，会时时给我温暖，让我心疼。

因为有过，所以永恒。

曾经你的陈

1994 年 10 月 11 日

以为我们的誓言会直到永远，以为我们的故事会流传世间。

1994 年 12 月 30 日

全书完稿于 2022 年 6 月 13 日